Die Rose von Arabien

CHRISTINE LEHMANN

Die Rose von Arabien

Planet Girl

Die Zeit besteht aus zwei Tagen, der eine
gewährt Sicherheit, der andere droht mit Gefahren;
das Leben besteht aus zwei Teilen, der eine ist klar, der
andere trübe; siehst du nicht, wenn Sturmwinde toben,
wie sie nur die Gipfel der Bäume erschüttern?

Tausendundeine Nacht (Gustav Weil, Erster Band)

1

*E*s nieselte. Eigentlich hatte ich gar keine Lust auf Weihnachtsmarkt. Ich war jetzt sechzehn. Da hatten Christbaumkugeln, gebrannte Mandeln und Pfannenreiniger ihren Reiz verloren.

Aber jedes Jahr Anfang Dezember traf sich mein Vater mit seinen Studenten zum Glühweintrinken. Er war Professor für Ingenieurwissenschaften und erforschte Solaranlagen. Und seit dem Tod meiner Mutter nahm er mich mit. An unserem Brauch änderte sich auch nichts, als mein Vater vor drei Jahren wieder mit einer Frau zusammenzog. Sie hieß Jutta und war Deutschlehrerin am Gymnasium. Am Weihnachtsmarktnachmittag musste sie stets turmhohe Stapel Deutschaufsätze korrigieren. Und mein Vater hing nun mal an unseren Vater-Tochter-Ritualen, an unseren Klettertouren im Sommer in den Alpen, an unseren Sonntagabendgesprächen, an Geburtstagsfeiern und dem jährlichen Gang auf den Friedhof zum Grab meiner Mutter.

Man verabredete sich stets um 16 Uhr vor Spielwaren-Kurz und ging nie weiter als bis zu der großen Bude an der Ecke, wo es die besten Bratwürste und den besten Glühwein gab, jedenfalls nach Überzeugung meines Vaters, denn ich war sicher, dass alle dieselbe Glühweinmischung vom Großhandel verwendeten. Ich hatte an diesem Tag noch Schule und kam später. Es dämmerte schon, als ich mich im Gedränge der Weihnachtsmarktbesucher – vor allem Schweizer – von der Haltestelle Schlossplatz über den Schillerplatz zum Marktplatz kämpfte. Der Regen verwandelte sich allmählich in nasse Schneeflocken, die auf dem Kopfsteinpflaster unter tausend Tritten sofort schmolzen.

An der Bude mit den Erzgebirgsengelchen und der großen Weihnachtspyramide fiel er mir zum ersten Mal auf. Er überragte die Gruppe alter Damen, die ihre Handtaschen vor dem Bauch trugen und den Nostalgischen bekamen angesichts der geschnitzten und bemalten singenden Heerscharen aus dem Erzgebirge. In seinem Haar glitzerten die Tropfen geschmolzener Schneeflocken. Es war schwarz wie eine mondlose Nacht voller Sterne. Er trug einen dunklen, schmal geschnittenen Mantel und einen anthrazitgrauen Schal mit schmalen roten Streifen, sicherlich Kaschmir, und hatte den Mantelkragen hochgeschlagen. Die Hände hatte er in den Taschen verborgen und stand ganz still im Geschiebe. Es war, als hielten die Damen, die ihn umdrängelten und sich schubsten, um die Engelchen besser sehen zu können, Abstand zu diesem Mann. Eine Aura umgab ihn. Als ob er von einem anderen Stern käme und noch nie diese kleinen bunten Holzengelchen gesehen hätte mit ihren Trompeten, Triangeln und singend aufgerissenen Mündern.

Nein, ich blieb nicht stehen, ich kämpfte mich weiter. Ich hatte schließlich eine Verabredung mit meinem Vater und seinen Studenten. Es waren angehende Ingenieure, die entweder über Druckverhältnisse und Effizienz von Energieanlagen redeten oder den Mädchen hinterherriefen. Unter ihnen war immer ein besonders Eifriger, der Krawatte trug und versuchte, sich bei meinem Vater einzuschmeicheln, und einer, der mit mir flirtete.

Aber das Bild von dem geheimnisvollen Mann, der bei den Erzgebirgsengeln gestanden hatte, ging mir nicht aus dem Kopf. Ich erreichte den Marktplatz, über dessen Buden sich der Turm des Stuttgarter Rathauses erhob, und bereute, nicht stehen geblieben zu sein, wenigstens so lange, bis ich sein Gesicht gesehen hatte. Vielleicht wäre es gewöhnlich oder unsympathisch gewesen, vielleicht hätte es mich enttäuscht und ich hätte ihn vergessen können. Doch nun hatte ich das Gefühl, etwas Wichtiges nicht getan zu haben. Ich war drauf und dran umzukehren. Weit konnte er ja nicht sein. Doch was dann? Finja, sagte ich mir, sei nicht albern!

Meine Freundin Meike hatte sich einmal in der Straßenbahn in einen Jungen verknallt. Sie war ausgestiegen und hatte nachher wochenlang nach ihm gesucht. Sie war immer wieder zur gleichen Zeit mit der Straßenbahn gefahren, hatte ihn über den Rundfunk und über die Zeitung gesucht und schließlich gefunden. Sie hatten sich getroffen. Meike war schier gestorben vor Aufregung. Doch dann hatte er sich als totaler Unsympath entpuppt.»Ordinär wie eine Blattwanze!«, hatte Meike nur gesagt und nichts weiter erzählen wollen.

Ich sah den blonden Schopf meines Vaters das Grüppchen seiner Studenten überragen und blieb stehen. Etwas in mir wollte anders. Ich drehte mich um. Keinen Moment zu früh, denn während ich mich umdrehte, bemerkte ich, dass jemand seine Hand aus meiner Handtasche zog. Es war ein kleiner Junge in abgerissenen Kleidern. Er hatte schon meinen Geldbeutel in der Hand. Für einen Moment blickte ich in freche braune Augen, dann drehte er sich um und rannte los, im Zickzack zwischen den Menschen hindurch, die erschrocken auswichen.

»He!«, schrie ich.
Ich wollte gerade lossprinten, da stoppte jemand seinen Lauf. Der Junge hatte versucht, einen Haken zu schlagen, rannte aber mit dem Kopf voran in den Mantel eines Mannes, der vom Himmel gefallen schien. Mir fuhr es in die Glieder. Denn es war er, der Fremde vom anderen Stern. Er hielt den kleinen Dieb am Arm gepackt. Der Junge zappelte.
»Er hat mir den Geldbeutel geklaut!«, rief ich. »Halten Sie ihn fest!«
Ich sah, wie der Fremde dem Jungen meinen Geldbeutel aus der Hand nahm. Und plötzlich hörte der Junge auf zu zappeln, stand still wie ein Lamm. Wie verzaubert, dachte ich. Und so stand auch ich und schaute verblüfft zu. Denn nun ließ der Fremde die Hand des kleinen Diebs los. Doch der Junge floh nicht. Er blieb stehen. Er schien wie hypnotisiert. Gebannt sah er zu, wie der Fremde seine Hand in den Mantel steckte und mit einem Geldschein wieder hervorzog, den er dem Jungen hinhielt. Der kleine Dieb nahm den Schein, deutete eine dankende Verbeugung an und rannte davon. Im Nu war er im Dunkeln zwischen den Leuten verschwunden.
»Das ist meine Geldbörse!«, sagte ich, aufgeregt und außer Atem bei dem Mann ankommend.
»Bitte sehr!«, erwiderte er.
Ich hätte sie beinahe fallen lassen, als sein Blick in meinen tauchte. Was für Augen! Pechschwarz unter langen Wimpern und dichten schwarzen Brauen! Und was für ein Gesicht! Sehr jung, glatt und südländisch dunkel mit markanter Nase und kräftigem Kinn. Auf seinen Lippen lag ein leichtes Lächeln. Es war ein schönes, dennoch sehr männliches Gesicht. Ich musste ihn einfach angucken. Entweder war er ein reicher britischer Collegestudent oder ein Prinz aus dem Mor-

genland. Beide gehörten nicht zwischen Lebkuchen- und Glühweinbuden.

»Warum haben Sie ihn laufen lassen?«, fragte ich, denn irgendetwas musste ich sagen. »Man hätte ihn der Polizei übergeben müssen.«

»Ist doch bloß ein kleiner Dieb«, antwortete er in akkuratem Deutsch mit einem Hauch von schweizerdeutschem Akzent.

»Er gehört bestimmt zu einer osteuropäischen Diebesbande«, referierte ich, was überall in der Zeitung stand. »Die schicken Minderjährige über die Weihnachtsmärkte, weil sie noch nicht strafmündig sind.«

»Dann hätte es ohnehin keinen Sinn gehabt, ihn festzuhalten, nicht wahr?«

»Aber Sie haben ihm sogar noch Geld gegeben!«

»Er muss doch auch leben.«

Fast streng hielt sein Blick meinem stand. Und bestimmt schaute ich ihn ungläubig an. »Aber ...«

»Wenn ihr etwas Gutes gebt, soll es den Armen und dem, der unterwegs ist, zukommen«, sagte der Fremde.

Ich musste unwillkürlich lachen. Was für ein seltsamer Heiliger! Der Spruch klang zwar fromm, aber nicht wie aus meiner Welt. »Und Sie sind nicht zufällig Jesus?«

Er zog verärgert die Brauen zusammen. Sein Blick ging hinüber zur Auslage bunter Kräuterbonbons, die einen intensiven Geruch nach Eukalyptus, Ingwer und Fenchel verbreiteten. Was hatte ich denn gesagt?, fragte ich mich fieberhaft. Mein Hirn war wie aus Zuckerwatte. Das Einzige, was mir einfiel, war die Verabredung mit meinem Vater. »Ich ... ich muss dann mal ...«, stammelte ich und hätte viel lieber etwas ganz anderes gestottert, keine Ahnung, was, aber auf jeden Fall etwas, das uns nicht getrennt hätte.

»Ich muss auch los«, antwortete er. »Hat mich gefreut. *Good bye!*« Und damit drehte er sich um.

Ich Ochsenfrosch! Hätte ich nicht etwas sagen können wie: »Wollen Sie nicht mitkommen und mit uns einen Glühwein trinken?«

Die Lücke, die seine Gestalt ins Gedränge der Weihnachtsmarktbesucher geschlagen hatte, schloss sich. Und schon war der geheimnisvolle Mann in der Menge verschwunden. Doch sein Bild hatte sich in mir eingebrannt. Die dunklen Augen, das schöne und dennoch gar nicht weiche Gesicht überm hochgeschlagenen Mantelkragen. Etwas fröstelig hatte er ausgesehen. Die ganze Zeit hatte er die Hände in den Manteltaschen gehabt. Eine Schneeflocke war ihm auf die Wimpern gefallen und zu einem glitzernden Tropfen geschmolzen.

Betäubt vom Duft der Bonbons, der sich mit den Düften von Glühwein und Kartoffelpuffern mischte, stolperte ich meines Wegs.

Auf einmal hatte ich keine Lust mehr auf das Treffen mit meinem Vater und seinen Studenten. Es schien plötzlich alles sinnlos, dunkel und reizlos wie dieser Weihnachtsmarkt unter dem grauschwarzen Himmel, aus dem nasser Schnee fiel und nicht liegen blieb.

»Finja, da bist du ja!« Mein Vater nahm mich kurz in den Arm, als ich bei den Stehtischen ankam. Die Tische hatten in der Mitte ein Loch, in das man den Abfall schieben konnte. Mülleimertische gewissermaßen. Ich schaute in die rotnasigen Gesichter der sieben oder acht Studenten, die gekommen waren und sich an dampfenden Weingläsern und ihren Zigaretten festhielten. Aber ich sah alles nur wie durch Watte. Ich hatte einen großen Fehler gemacht. Aus Trägheit, aus Feigheit, weil man als Frau Männer nicht zum Glühwein einlud ...

»Was willst du haben?«, fragte mich mein Vater. »Glühwein?«

»Ja, ja.«

Einer der Studenten erbot sich und ging.

»Ist was?«, fragte mein Vater. Er hatte manchmal ein feines Gespür für meine Befindlichkeiten.

»Nein, es ist nichts, Papa. Mir ... mir hat nur eben ein kleiner Taschendieb den Geldbeutel klauen wollen. Ein Passant ... hat mir geholfen. Er hat ihn festgehalten und ... na ja.«

»Dann Prost auf den Schrecken!«, sagte mein Vater und hob sein halb leeres Glühweinglas. Der Student hatte mir meines inzwischen gebracht. Alle hoben die Gläser und unterhielten sich noch eine ganze Weile über strafunmündige Taschendiebe, osteuropäische Diebesbanden und was sie tun würden, wenn sie so ein Bürschchen schnappen würden. Nämlich ihm so Bescheid stoßen, dass er diese Saison nicht mehr klauen würde.

»Die müssen doch auch leben!«, hörte ich mich sagen.

»Aber nicht aus meinem Geldbeutel«, sagte Boris, der mir den Wein gebracht hatte. Boris studierte schon eine Weile bei meinem Vater und war letztes Jahr auch dabei gewesen.

Später unterhielt man sich über Dubai und die künstlichen Inselwelten, welche die Scheichs im Meer anlegten. Eine sah aus wie eine Palme, die andere hieß *The World* und stellte das Abbild einer Weltkarte mit ihren Kontinenten dar.

»Aber das meiste ist gestoppt worden wegen der Wirtschaftskrise«, bemerkte Boris. »Den Scheichs ist das Geld ausgegangen. Werden Sie denn dort jetzt überhaupt noch gebraucht, Professor?«

»Aber sicher!«, antwortete mein Vater. »Wenn den Scheichs das Öl ausgeht, dann wollen sie Weltmarktführer in

Solartechnik sein. Und der Flughafen in der Wüste vor der Stadt wird auch weitergebaut.«

Für diesen gigantischen Flughafen von Dubai hatte das Institut meines Vaters ein Lichtkonzept und ein Konzept für eine Klimaanlage entwickelt, die nur mithilfe der Sonne und raffinierter Belüftung funktionierte. Mein Vater war Anfang des Jahres für drei Monate in Dubai gewesen und in wenigen Tagen würde er erneut für einige Monate hinfliegen.

Jutta und ich würden ihn über Weihnachten besuchen. Das Hotel war gebucht, einschließlich Wüstentour und Übernachtung im Beduinenzelt. Noch vor einer Stunde hatte mich die Aussicht, Weihnachten in den Vereinigten Arabischen Emiraten zu verbringen, mit Vorfreude erfüllt: Wüste, Wärme, Meer, eine Glitzerwelt aus Hochhäusern, Kamele, Araberpferde, Männer in langen weißen Hemden, Bauchtänzerinnen. Aber das interessierte mich alles jetzt gar nicht mehr. Wie ein Schwarm von Sternschnuppen fielen feuchte Schneeflocken durch den Lichtschein der Laterne auf uns herab. Kurz leuchteten sie auf, ehe sie verloschen. Sie waren dazu verdammt, zertreten zu werden oder sich in den schmutzigen Winkeln zu vereinen, und würden doch auch dort bald geschmolzen und vergangen sein.

Nein, so durfte der Tag nicht enden! Wenn mir der Fremde schon nicht aus dem Kopf gehen wollte, musste ich ihn suchen. So groß war der Weihnachtsmarkt auch wieder nicht. Und wenn es sein sollte, dann würde ich ihn wiederfinden.

»Du«, sagte ich zu meinem Vater, »ich muss noch mal schnell was besorgen. In einer halben Stunde bin ich wieder da.«

Mein Vater nickte lächelnd. »Weißt ja, wo du uns findest.« Vermutlich dachte er, ich wollte ihm ein Paar Wollsocken oder einen Brustbeutel für die Reise kaufen.

Ich lief los. Wohin hatte er sich vorhin gewandt? Wenn er den Weihnachtsmarkt Richtung Markthalle und Karlsplatz verlassen hatte, dann hatte ich keine Chance mehr. Aber wenn er seinen Weg über den Schillerplatz fortgesetzt hatte, würde ich ihn zwischen den Ständen finden. Denn ein Weihnachtsmarktbesucher schlenderte langsam. Ich dagegen rannte fast, vorbei an der Maronenrösterei, an der Bude mit den Erzgebirgsengelchen und der Pyramide bis vor zu den Fischbratereien am Schlossplatz. Auch dort befanden sich Stände mit Fressalien, seitdem jeden Winter die Eisbahn aufgestellt wurde. Ich huschte im Zickzack durch Leute, die in Crêpes bissen und auf wabbeligen Plastiktellern Schupfnudeln mit Sauerkraut oder Maultaschen zu den Mülleimertischen balancierten. Es dampfte und duftete überall. Plötzlich fragte ich mich, was ich hier eigentlich tat. Was, wenn ich ihn wirklich fand? Was wollte ich denn sagen? »Ach, so ein Zufall aber auch. Tja, man trifft sich immer zweimal im Leben.« Und dann mein schönstes Mädchenlächeln aufsetzen, womit ich meinen Vater immer rumkriegte, damit er sagte: »Meinetwegen, Spätzelchen.« Kokettieren, damit der Mann vom andern Stern kapierte, dass er jetzt etwas vorschlagen musste: »Darf ich Sie zu einem Glas Glühwein einladen?« Aber vielleicht wollte er das gar nicht. Am Ende interessierte er sich gar nicht für mich, Finja Friedmann, die sechzehnjährige Gymnasiastin, die ihm hinterherlief und ihn atemlos anhimmelte.

Während ich zwischen den Buden das Schillerdenkmal umrundete, ging ich mit mir ins Gericht. Was war ich schon? Die Tochter eines Professors, überdurchschnittlich gut in der Schule, blond und blauäugig und halbwegs hübsch. Jetzt bereute ich, dass ich mir meine lange blonde Mähne im Sommer hatte blitzkurz schneiden lassen. Einen Prinzen aus dem

Morgenland reizten Frauen mit kurzen Haaren sicher nicht. Außerdem trug ich Jeans, Pullover, Schal, kurze Kunstlederjacke und hochhackige Stiefel, alles topmodisch, aber keineswegs elegant oder gediegen. Im Gegenteil. Die Jagd nach Schuhen und Hosen für fünf Euro in den angesagten Billigstläden, die meine Freundinnen Meike und Nele und ich zu unternehmen pflegten, kam mir auf einmal kindisch vor. Wir waren nur Schülerinnen ohne Geld. Und der junge Mann im eleganten Wintermantel mit Kaschmirschal hatte mir das sicherlich sofort angesehen. Zu jung. Nicht sein Niveau. Und wie hätte ich ihn meinem Vater oder meiner Stiefmutter Jutta verkaufen sollen? Was würden sie sagen, wenn ich einen solchen Mann anschleppte? So märchenhaft schön, so elegant, kultiviert, reich, jedoch offensichtlich aus fernen Landen und fremder Kultur. Jutta war ohnehin schon ziemlich nervös, was meine Freunde betraf. Sie fürchtete ständig, dass ich die Schule schmeißen würde. Jutta befürchtete ständig allerlei. Und ich machte es ihr auch nicht gerade leicht. Wenn sie mich nervte mit ihren Bedenklichkeiten, dann sagte ich: »Du bist nicht meine Mutter!« Und sie kniff die Lippen zusammen und antwortete: »Aber einen gut gemeinten Rat könntest du trotzdem annehmen.« Sie steckte voller guter Ratschläge. Solche wie: »Zieh dir ein Unterhemd an. Ihr holt euch doch alle eine Nierenentzündung, wenn ihr in diesen kurzen Jacken herumlauft.«

Leider waren all diese Gedanken unnötig. Ich hatte den ganzen Schillerplatz abgeklappert, den Durchgang zum Marktplatz, den ganzen Markt unterm Rathausturm, auch die Seitenarme in den Nebenstraßen, hatte die Markthalle umrundet und stand wieder vor dem Stand mit den Erzgebirgsengelchen. Aus der Traum! Ein Hirngespinst, eine typische Finja-Idee war das gewesen. Ich war einer Fantasie hinterhergejagt und hatte sie nicht fassen können. Aber ich hatte es wenigstens versucht. Es hatte eben nicht sein sollen. Auch wenn es sich nun anfühlte wie ein Loch im Herzen. Aber eines dieser Engelchen musste ich kaufen. Es ging nicht anders, auch wenn sie erschreckend teuer waren. Aus irgendeinem Grund war es wichtig, dass ich ein Andenken behielt. In meiner Hand fand sich ein Engelchen ein, das in einem Halbmond saß, hingebungsvoll sang und mit den Beinen baumelte. Man konnte es an den Weihnachtsbaum hängen. Also das.

Ich bezahlte, die Verkäuferin steckte es mir in ein Tütchen, ich versenkte es in meiner Jackentasche und wandte mich zurück zum Marktplatz, wo mein Vater und seine Studenten immer noch ihren Glühwein tranken. Ich fühlte mich müde und ausgelaugt. Obendrein hatte ich fast die Hälfte meines Weihnachtsgeschenkbudgets für ein Erzgebirgsengelchen ausgegeben, für das ich keinerlei Verwendung hatte. Jutta fand diese Art von Christbaumschmuck kitschig. Sie duldete nur selbst gebastelte Strohsterne und Bienenwachskerzen. Und dieses Jahr würden wir ohnehin keinen Baum haben. Wir würden in Dubai sein. In dieser islamischen Gegend feierte man Weihnachten nicht.

Am Stand waren die Studenten und mein Vater bei einer weiteren Runde Glühwein angelangt und ziemlich fröhlich. Mein Glas mit dem kalt gewordenen Wein stand auch noch dort und ich wäre am liebsten umgekehrt. Doch dann traf es mich wie ein Blitz.

Da stand er ja! Zwischen Boris und meinem Vater mit hochgeschlagenem Mantelkragen, das Kinn im Schal. Im gelben Licht der Standbeleuchtung schimmerte seine Haut wie Samt. Sie war deutlich dunkler als die seiner Kommilitonen. Eine Hand steckte tief in der Manteltasche, mit der anderen hob er gerade einen Kaffeebecher an die Lippen. Dampf stieg auf, fing einige Schneeflocken ab und verwandelte sie in Tropfen. Und mit einem Schlag wusste ich, wer er war: Chalil ibn Nasser as-Salama. »Unser Scheich«, wie mein Vater ihn immer genannt hatte. »Blitzgescheit.«

Er war der Sohn des Scheichs, dem mein Vater und sein Institut den Auftrag in Dubai verdankten. Er studierte seit einem Jahr bei meinem Vater und hatte gerade sein Diplom gemacht.

»Chalil«, rief mein Vater, als ich bei ihm anlangte, »darf ich dir mein Spätzelchen vorstellen, meine Tochter Finja?«

Eben noch hatten Chalils Augen aufgeblitzt – schwer zu sagen, ob erfreut oder irritiert, zumindest aber überrascht –, doch im nächsten Moment schon legte sich ein höfliches Lächeln auf seine Lippen. Er nickte und streckte mir die Hand über den Mülleimertisch entgegen. »Angenehm«, sagte er.

Zwei kleine steile Falten standen ihm zwischen den Augenbrauen. Wahrscheinlich fragte er sich, was »Spätzelchen« hieß. Seine Hand berührte meine nur kurz, statt sie zu drücken. Sie war warm und trocken.

»Finja ist unser Maskottchen«, rief Boris lauthals. »Ich kenne sie schon, seit sie noch so war.« Er hielt die Hand in Hüfthöhe. Dabei kannte er mich höchstens seit zwei Jahren. »Kein Weihnachtsmarkt ohne Finja«, fuhr er fort. »Das musst du wissen, Kalil!« Boris machte sich gar nicht die Mühe, das kehlige Ch auszusprechen. Er machte gleich ein K daraus. Es klang aggressiv.

Chalil lächelte höflich und wich meinem Blick aus. Vermutlich starrte ich ihn viel zu hemmungslos an.

»Es ist ein interessanter Markt«, sagte er dann. »Typisch deutsch.«

»Stuttgart hat den größten Weihnachtsmarkt in Deutschland«, behauptete Boris.»Auch, wenn der Nürnberger Christkindlesmarkt berühmter ist.«

Chalil nickte.»Aber wenn du nur Kaffee trinkst, Kalil, dann kriegst du nicht das richtige Feeling. Du musst den Glühwein wenigstens mal probieren. Wir sind hier in Deutschland. Da gehört das einfach dazu. Euer Mohammed wird schon nichts dagegen haben.«

Wieder huschte ein Anflug von Ärger über Chalils Gesicht. Er zog die Brauen zusammen wie vorhin, als ich den Scherz über Jesus gemacht hatte.»Wir haben auch guten Wein in Dubai«, sagte er, offenbar darauf bedacht, dem streitlustigen Unterton des Gesprächs auszuweichen.

»Aber ihr Moslems dürft ihn nicht trinken, nicht wahr?«, hakte Boris nach.

»Der Koran verbietet Alkohol, das ist richtig«, antwortete Chalil. Er sprach das Buch der Bücher *Kur'an* aus.»Aber in Dubai sind wir nicht so streng. Die großen Hotels haben alle Lizenzen zum Alkoholausschank.«

Auf einmal wurde mir klar, dass sein so fromm klingender Spruch über das Spenden und die Armen das Zitat einer Sure aus dem Koran gewesen sein musste. Und meine spöttische Bemerkung, er sei wohl Jesus, war womöglich eine Beleidigung seines Glaubens gewesen. Keine Ahnung. Wir hatten zwar den Islam in der Schule durchgenommen, doch ich hatte nicht wirklich aufgepasst.

»Aber bei euch dürfen die Frauen keinen Führerschein machen und nicht Auto fahren, nicht wahr?«, stichelte Boris weiter.

Chalil hob das Kinn und nagelte seinen dunklen Blick in Boris' blassblaue Augen. Doch seine Miene blieb ruhig und freundlich.«Ich lade dich herzlich ein, uns einmal zu besuchen. Dann wirst du sehen, dass die Straßen voll sind von Frauen, die Auto fahren.«

»Was Sie meinen, Boris«, griff mein Vater ein, »ist Saudi-Arabien. Dort dürfen Frauen nicht allein Auto fahren. Und dort gibt es auch offiziell keinen Alkohol. Dubai ist dagegen eher westlich orientiert.«

Doch so schnell wollte sich Boris nicht geschlagen geben. »Aber du trinkst keinen Alkohol, Kalil? Zumindest habe ich dich noch nie auch nur ein Bier mit uns trinken sehen. Bist du ein strenggläubiger Muslim? Betest du auch fünf Mal am Tag?« Boris hob die Augen zum dunklen Himmel, aus dem es Schnee rieselte. »Die Sonne ist untergegangen, müsstest du nicht längst deinen Gebetsteppich ausgerollt haben und dich gen Mekka verbeugen?«

»Gibt es bei euch nicht auch Menschen, welche die Gebote weniger streng befolgen?«, fragte Chalil freundlich, wenn auch leicht genervt. »Außerdem erlaubt es der Islam, unter Umständen auf die täglichen Waschungen und Gebete zu verzichten, auf Reisen zum Beispiel.«

Boris lachte gemütlich. »Und du bist gerade auf Reisen. Verstehe. Aber warum gerade auf Reisen?«

»Weil der Reisende früher oft nicht wusste, wo Mekka liegt.«

»Aber heute gibt es Kompasse!«

»Und in welcher Richtung liegt von hier aus gesehen Mekka?«

»Im Osten!«, bemerkte einer der anderen Studenten, versuchte, sich auf dem Marktplatz zwischen den Häusern zu orientieren und streckte dann den Arm Richtung Stiftskirche aus. »Dort.«

»Nein, dort ist Osten!«, widersprach ein anderer und deutete mit großer Geste in die Gegenrichtung zum Kaufhaus Breuninger.

»Und ich müsste auch genau wissen«, fuhr Chalil amüsiert fort, »wann in diesen Breiten an welchem Tag die Sonne aufgeht, wann sie am höchsten steht und wann sie untergeht und das letzte Licht verlöscht. Bei uns steht das auf die Sekunde genau in der Zeitung.«

»Außerdem ruft der Muezzin die Gebetsstunden aus!«, ergänzte Boris. »Und hier irgendwo im Schneematsch den Gebetsteppich ausrollen, ist auch ziemlich eklig. Schmuddelwetter ist einfach nix für den Islam. Prost!«

»Ganz schön kompliziert, eure Religion«, bemerkte ein anderer.

»Für uns nicht«, antwortete Chalil, immer noch ruhig. »Ihr habt doch auch Regeln.«

»Nee. Ich nicht!«, röhrte einer. Die Jungs lachten.

Ich musste mir im Stillen eingestehen, dass ich keine Ahnung hatte. Was hatten wir für Regeln? Jedenfalls keine, die mein tägliches Leben bestimmten. Bestenfalls mal Schulgottesdienst zum Schuljahresanfang und ein »so wahr mir Gott helfe!«, wenn ein Minister vorm Bundestag den Amtseid schwor. Wir lebten in einem säkularen Staat, so hieß das, wenn ich mich recht erinnerte. Sicher, wir feierten alle Weihnachten und mein Vater las vorm geschmückten Christbaum am 24. abends die Weihnachtsgeschichte aus der Bibel vor. Ich wusste, dass Karfreitag der Todestag von Jesus war und man an diesem Tag eigentlich kein Fleisch essen sollte und dass wir an Ostern seine Auferstehung feierten. Aber schon bei Pfingsten wäre ich ins Schwimmen gekommen, wenn ich Chalil hätte erklären sollen, was wir da feierten. Das Pfingstwunder, der wichtigste Feiertag für uns Protestanten – war das nicht irgendwas mit vielen Sprachen und … Ich hoffe, mein Relilehrer liest das jetzt nicht. Und kompliziert war eigentlich nichts. Nun ja, man sollte keinen Sex vor der Ehe haben, aber dafür kam man auch nicht mehr in die Hölle. Und die Hölle war auch eher katholisch. Ich hatte mir über all das nie richtig Gedanken gemacht.

»Es ist doch eigentlich derselbe Gott, an den wir glauben«, behauptete ich. »Zumindest sollte er es sein.«

Darauf erwiderte Chalil nichts. Es sagte auch niemand sonst etwas dazu. Chalil senkte den Blick und hob erneut den Kaffeebecher, um einen Schluck zu nehmen. Seine Mundwinkel zuckten leicht, schwer zu sagen, ob amüsiert oder verärgert. Er hatte sich gut im Griff. Er nahm einen zweiten Schluck und ließ den Blick aus nachtdunklen Augen über das Tannengrün und die Auslagen der Buden schweifen. Uns am nächsten stapelten sich rosafarbene und hellblaue Plüschtiere. Eine dick eingemummelte Frau stand dahinter und starrte müde ins vorbeiflanierende Volk. Chalils Blick kehrte zurück zum Tisch und ... und traf mich. Ich senkte hastig die Augen. Mein Atem ging schneller, als mir lieb war. Doch ich wagte nicht, wieder aufzublicken.

So standen wir noch eine Weile zusammen und die Gassen begannen bereits, sich zu leeren. In großen Gruppen zogen die Schweizer zu ihren Bussen ab. Die Studenten diskutierten, wohin man noch gehen konnte. Einer fragte auch Chalil, ob er noch mitkomme, aber, wie mir schien, ohne große Hoffnung.

»Vielen Dank«, antwortete Chalil, »aber ich muss noch Besorgungen machen.« Er lächelte. »Geschenke für meine Familie kaufen.«

»Wann fliegst du denn?«, fragte mein Vater. Er duzte Chalil, anders als dessen Kommilitonen. Immerhin hatte mein Vater drei Monate lang im Palast von Chalils Vater an den

Stränden von Dubai verbracht. Und weder im Arabischen noch im Englischen, der zweiten Landessprache Dubais, gab es die Sie-Form. Ich erinnerte mich plötzlich, dass mein Vater und Jutta Chalil auch einmal zu uns nach Hause zum Essen eingeladen hatten. Ich war nur nicht da gewesen. Ich hatte irgendetwas Wichtiges mit Meike und Nele vorgehabt, an das ich mich nicht mehr erinnerte. Ich Närrin! Ich Dödel!

»Übermorgen«, antwortete Chalil.

Oh Gott! Übermorgen schon! Und wieder trafen sich unsere Blicke. Seiner war prüfend und wandte sich sofort wieder ab. Ich fühlte mich erröten. Hoffentlich merkte es keiner. Bei dem Licht glühten eh alle irgendwie rot. Doch bestimmt hatte Chalil trotzdem längst gemerkt, dass ich ihn anstarrte. Das wird nichts, sagte ich mir, das funktioniert nicht. Der ist nichts für dich. Schlag ihn dir aus dem Kopf. Lass ihn fliegen und Schluss. Doch würde ich ihn nicht wahrscheinlich sogar wiedersehen, wenn wir nach Dubai kamen, um meinen Vater zu besuchen. Hoffentlich! Was für ein Glück, dass wir diese Reise längst geplant hatten. Was für wunderbare Aussichten auf einmal wieder. Doch was, wenn Chalil mir dann die kalte Schulter zeigte? Ich hatte mich wirklich verknallt! Dabei kannte ich ihn erst ein paar Minuten. Ging es ihm auch so?

Eine letzte Probe musste sein. Ich wandte mich an meinen Vater. »Fahr du schon mal heim. Ich habe vorhin nicht gefunden, was ich gesucht habe, ich muss noch mal los. Und vielleicht gehe ich dann noch bei Meike vorbei.«

»Ist recht«, antwortete er.

Damit musste Chalil klar sein, dass auch ich noch bleiben würde, um etwas einzukaufen. Und nun war es an ihm, sich zu entscheiden. Wenn er uns jetzt die Hände schüttelte und ging, dann hatte ich verloren. Wenn er sich aber scheinbar zufällig in meine Richtung wandte und sich mir anschloss, dann ... ja dann! Ich wagte kaum, es zu hoffen. Mir war ganz schlecht vor Anspannung.

Ein allgemeiner Aufbruch bahnte sich an.

»Dann werde ich mal«, wandte sich Chalil nun an meinen Vater und reichte ihm die Hand. »Ich komme morgen auf jeden Fall noch mal ins Institut.«

Meine Hoffnungen fielen senkrecht in den Abgrund. Chalil verabschiedete sich formell von seinen Kommilitonen, nickte mir kurz zu, steckte die Hände in die Manteltaschen und wandte sich nach einem kurzen Zögern – einem Zögern immerhin – von uns ab.

Scheiße!

Ich machte es kurz, denn ich spürte, wie mir Tränen in die Augen stiegen, gab meinem Vater ein Küsschen auf die Backe und eilte davon, um die nächste Ecke, außer Sicht. Zu besorgen hatte ich nichts. Und eines wurde mir auch klar: Nach Dubai würden mich keine zehn Pferde bringen. Das würde ich mir nicht antun. Wenn mich schon eine halbe Stunde mit diesem Chalil an einem Mülltisch neben einer Wurstbraterei derartig in Wallungen und ins Schlingern brachte! Ich konnte mich auf den Kopf stellen, er interessierte sich nicht für mich. Ich war ihm zu ... keine Ahnung. Nicht interessant eben, eine Ungläubige, verboten. Punkt, Ende! Abhaken.

Der Schnee blieb jetzt liegen. Weiße Sternchen sammelten sich auf dem Boden zwischen den mittlerweile geschlossenen Buden. Ich ging die steile Schulstraße hinauf. Ich musste mich einfach bewegen, Stress abbauen. Ich hatte zu hoch gepokert. Es war sicher nur der Stress, der mir Nässe in die Augen trieb, mehr nicht, und der kalte Wind, das Wetter. Auf der Königsstraße tummelten sich die Menschen. Die meisten Kaufhäuser hatten noch länger offen. In der Schütte vor einem Antiquariat fand ich ein zerfleddertes Buch von Hans Dominik, einem schreibenden Ingenieur von vor hundert Jahren. Total unlesbar, aber mein Vater mochte so was. Vielleicht fand ich ja auch noch etwas für Jutta, was man im Koffer mitnehmen konnte. Ach nein, gerade eben hatte ich doch beschlossen, nicht mit nach Dubai zu fliegen. Es würde einen ziemlichen Aufstand geben. Jutta würde meinen, sie müsse ebenfalls hierbleiben, als ob man mich nicht für vierzehn Tage allein lassen konnte. Und mein Vater wäre auch ziemlich enttäuscht. Wir hatten noch nie Weihnachten getrennt gefeiert. Und er hing an unseren Ritualen, wie schon gesagt. Manchmal tat Jutta mir direkt leid. Sie würde immer außen vor bleiben, egal wie sehr mein Vater sie liebte. Und das musste er wohl, denn immerhin wollte er sie nun auch heiraten, obwohl er meine Mutter sehr geliebt hatte und ich nicht begeistert von der Idee war, dass er mir eine Zweitmutter vor die Nase setzen würde. Jedenfalls konnte ich es nicht bringen, Weihnachten daheimzubleiben. Ich würde nach Dubai mitkommen müssen.

Als ich die Hände in die Jackentaschen steckte, stieß ich auf das Tütchen mit dem Erzgebirgsengel. Blödsinnig, dass ich den gekauft hatte. Und doch tröstete es mich irgendwie. Ich zog mein Portemonnaie aus der Handtasche und zählte meine Barschaft. Viel war es nicht mehr für Juttas Geschenk. Mir kam zu Bewusstsein, dass ich vor dem Schaufenster mit den Swarovski-Kristallen stehen geblieben war. Die geschliffenen Figuren und Schmuckstücke aus Glas funkelten. Ob Jutta so etwas tragen würde? Egal, die Geste zählte.

»Ich würde das nehmen, die Gazelle!«, sagte eine leise Stimme dicht hinter mir. Ich sah eine Hand, die auf die kleine Glasfigur deutete, und fuhr herum.

»Chalil! Und ich dachte ...« Ich biss mir auf die Lippe.

Er lächelte. Seine Zähne blitzten in dem dunklen Gesicht. Sein Blick flog von mir weg zum Schaufenster. Ich musste mich zwingen, ihn nicht anzustarren, dieses ernste und wache Gesicht mit dem forschenden Ausdruck und der entspannten Offenheit. Durfte ein Mann so schön sein? Wenigstens am Kinn hatte er eine Narbe, nicht einmal sonderlich klein. Sie sah aus wie von den Krallen eines Raubtiers gezogen. So nahe, wie er mir war, konnte ich auch ein paar Bartstoppeln erkennen und seinen Geruch wahrnehmen: ein herber und zugleich fremdartig süßer Duft, der mich an rote Teppiche, Gold, die tausend Säulen einer Moschee und an Wüstenwind erinnerte. Keine Ahnung, warum.

»Es ist übrigens ein Reh«, sagte ich.

»Ach ja? Mich erinnert es an *Rasala*, die Gazelle.« Amüsiert zuckten seine Mundwinkel. »*Rasala* heißt übrigens auch ›aufgehende Sonne‹.«

»Aber es ist ein Reh. In unseren Wäldern gibt es keine Gazellen.« Was für einen Blödsinn redete ich da? Jutta hatte sowieso keinen Sinn für süße kleine Rehe oder Gazellen aus Glas. »Ich suche ein Geschenk für die Lebensgefährtin meines Vaters. Aber so was findet sie kitschig«, erklärte ich.

»Kitschig.«

»Kitsch, das ist …«

»Ich weiß. Die Engländer haben das Wort übernommen. Offenbar haben besonders die Deutschen das Gefühl, dass etwas kitschig ist und damit unecht und geschmacklos. Übrigens, ich frage mich, ob Sie …«

»Ich duze mich eigentlich mit den Studenten meines Vater«, unterbrach ich ihn.

»Also gut. Fi… Finja. Ja?«

»Und du heißt Chalil. Ist das so richtig ausgesprochen?«

Er nickte.

»Ich bin manchmal im Institut meines Vaters oder ich fahre auf Exkursionen mit, aber dich habe ich nie getroffen.« Unnötig zu sagen, dass er mir aufgefallen wäre. »Und als du bei uns zu Hause zum Essen eingeladen warst, hatte ich leider einen anderen Termin.«

Er lächelte verständnisvoller, als mir lieb war. »Ich bin auch viel unterwegs gewesen in Deutschland. Ich war in Thüringen, um mir die Fabriken für Solaranlagen anzuschauen. Wir wollen Solar- und Siliziumwerke bauen in Dubai.« Er zog die Hand aus der Manteltasche und stopfte sich fröstelnd den Schal fester.

»Ja, ihr habt viel Sonne!«, bemerkte ich. »Und nicht so ein nasskaltes Wetter wie hier.«

»Wüstennächte können auch sehr kalt werden. Aber sie sind mir nie so kalt vorgekommen. Es ist eine trockene Kälte. Die erträgt man leichter. Aber«, beeilte er sich hinzuzufügen, »Deutschland hat mir sehr gut gefallen. Die Deutschen sind alle so pünktlich und so zuverlässig. Und sie bauen schöne Autos.« Er grinste. »Besonders hier in Stuttgart, Porsche und Mercedes. Übrigens frage ich mich, ob du mir helfen würdest.«

Mein Herz flatterte. »Klar, wenn ich kann. Wobei?«

»Ich suche etwas Besondres für meine Mutter und meine Schwester, ein ungewöhnliches Schmuckstück. Gold und Edelsteine gibt es mehr als genug bei uns, ganze Basare voll. Deshalb muss es etwas sein, was typisch ist für hier.«

»Oh!«

Da fragte er nun wirklich die Falsche. Die Ringe, die ich trug, waren aus Silber, meine Uhr hatte keinen Markennamen und mein Vater hatte im Leben noch nie daran gedacht, dass ich mich womöglich über ein Kettchen mit einem Stein freuen könnte. Was auch besser so war, denn was er dann gekauft hätte, wäre bestimmt so altbacken gewesen, dass ich es nicht hätte tragen wollen. Ich überlegte fieberhaft. Es gab ein paar Juweliere in der Königsstraße. Zur Not musste man eben dort nach was Typischem fragen. Was zum Teufel war eigentlich typisch für deutschen Schmuck?

Da fiel mir plötzlich was ein. »Ich weiß, wo wir hingehen! Er ist gar nicht mal weit! Komm! Den Laden gibt es noch nicht lang. Er gehört einer Pforzheimer Manufaktur. Pforzheim, das sagt dir was? Die Gold- und Schmuckstadt von Baden-Württemberg.«

Er nickte. »Ich habe davon gehört.«

»Hier lang!« Fast hätte ich ihn am Arm genommen, aber irgendetwas hinderte mich daran. Vielleicht dachte ich, dass

Muslime keinen so vertraulichen Umgang mit Frauen pflegten, oder seine gepflegte Erscheinung hielt mich davon ab, ihn am Ärmel zu ziehen. Vielleicht fürchtete ich auch, etwas völlig Unerwartetes und Unkontrollierbares würde passieren, wenn ich ihn berührte. Keine Ahnung.

Wir gingen an der Eisbahn entlang. Hier hatten die Buden noch offen und verkauften den gleichen Glühwein. »Schon mal Schlittschuh gefahren?«, fragte ich.

»Nein.«

»Ich zeig es dir, wenn du willst.«

Er warf mir einen kurzen Blick zu, seltsam warnend. »Und du, bist du schon mal auf einem Kamel geritten?«

»Nein!«

»Dann werde ich es dir zeigen, wenn du einmal in Dubai bist.« Es klang nicht sonderlich sicher, dass dies jemals geschehen würde. Eher formell, und so, als ob er habe klarstellen wollen, dass, wenn hier jemandem etwas gezeigt werden sollte, er es war, der es mir zeigte, und nicht ich ihm.

»Ich komme in drei Wochen nach Dubai!«, flutschte es aus mir heraus. »Wir wollen mit meinem Vater Weihnachten feiern.«

Sein Schritt stockte kurz. Erstaunen malte sich auf sein Gesicht. »Das ist ... Es wird dir gefallen. Allerdings hat dein Vater gar nichts gesagt. Ihr seid natürlich jederzeit willkommen, du und deine ... äh, die Lebensgefährtin deines Vaters. Unser Haus ist euer Haus.«

Als ich begriff, was ihn befremdete, hatte ich mich schon verplappert. »Wir werden in einem Hotel wohnen. Es liegt gleich am Strand.«

»Das Haus meiner Familie liegt auch am Strand. Kein Grund, ein Hotel zu buchen. Ein Hotel ist unpersönlich, das Essen ist nicht gut, es ist nicht sauber ...«

»Oje!« Ich musste lachen, gerade weil es ihm so ernst war.
»Das darfst du nicht falsch verstehen, Chalil. Mein Vater wollte sicherlich eure Gastfreundschaft nicht überstrapazieren. Deshalb hat er ... hat er nichts gesagt und einfach für uns gebucht. Das macht man bei uns so. Man achtet darauf, dass sich auch gute Freunde nicht verpflichtet fühlen, einen einzuladen. So gut müsstest du uns doch nach einem Jahr hier kennen.«

Er musterte mich. »Und bei uns gilt die Gastfreundschaft. Das hast du sicher auch schon mal gehört. Und die lehnt man nicht ab.«

»Sonst zieht man sich ewige Feindschaft zu«, spöttelte ich.

Er runzelte die Stirn.

»War ein Witz, Chalil. Entschuldige. Ich bin sicher, mein Vater wollte euch nur nicht zur Last fallen. Wir denken so. Rede doch mit ihm, morgen. Es wird ihn sicher sehr freuen, wenn du uns einlädst. Das Hotel kann man wahrscheinlich stornieren.«

Chalil schwieg. Der Schnee fiel weiß in Schauern in die Lichter auf dem Schlossplatz. Das Dach des Neuen Schlosses und die Grünflächen um die Triumphsäule waren weiß überhaucht. Man hörte das Kratzen der Schlittschuhkufen auf der Eisbahn. Es war ein Wintermärchenabend, wie bestellt für den Spaziergang eines arabischen Scheichs zum Abschied von Deutschland.

»Und ich fände es total toll, wenn wir bei euch wohnen könnten. Voll interessant. Seid ihr wirklich echte Scheichs?«

Er sah im Moment gar nicht danach aus, sondern eher wie ein Collegestudent. Vermutlich war er unermesslich reich.

»Scheich«, erklärte er, »heißt eigentlich ›der Alte‹. Es war einst der Titel der Stammesführer bei den Beduinen. Sie wurden gewählt und hatten auch die Gerichtsbarkeit inne. Dann sind immer wieder die Söhne der Scheichs, also der Alten, zur Wahl angetreten, und so ist der Titel erblich geworden. Inzwischen tragen ihn nur noch die sieben Herrscherfamilien der Vereinigten Arabischen Emirate.«

»Dann herrscht ihr über Dubai?«

»Nein. Meine Familie stellt derzeit keinen Herrscher in einem Emirat. Aber ein Onkel von mir ist Umweltminister. In Dubai herrscht Scheich Muhammed, Sohn von Raschid al Maktum. Er ist außerdem Premierminister, Verteidigungsminister und Vizepräsident der Vereinigten Arabischen Emirate. Seine zweite Frau ist Prinzessin Haya bint al-Hussein, die Tochter von König Hussein von Jordanien, *Allah rahmet eylesin.*«

Es klang wie »Gott habe ihn selig«.

»Scheich Muhammed hat sieben Söhne und neun Töchter.«

Mir klingelten die Ohren. »Höre ich richtig, er hat zwei Frauen?«

»Ja.«

»Gleichzeitig? Ich meine, die eine ist nicht verstorben?«

»Nein.« Chalil warf mir einen kurzen Blick zu. »Der *Kur'an* erlaubt uns vier Frauen. Wir dürfen allerdings keine einer anderen vorziehen. Ich weiß natürlich, dass das hier nicht verstanden wird.«

»Oh, ich kann mir schon Männer denken, die das gut verstehen, nur zu gut. Boris zum Beispiel. Dem würde das gefallen.«

Ich spürte Chalils Hand an meinem Ellbogen, ganz leicht nur, doch es ging eine mächtige Kraft von dieser Berührung aus, eine beruhigende und besänftigende Wärme. »Bitte, Finja, lass uns nicht über Weltanschauungen streiten«, sagte er leise. »Es sind sehr unterschiedliche Kulturen.«

Okay. Keine Diskussionen über kulturelle Unterschiede. Nun gut. Aber so ganz konnte ich das Necken nicht lassen. »Darfst du denn überhaupt mit einer Frau durch die Straßen spazieren? Und noch dazu mit einer unverschleierten und unverheirateten?«
Ich spürte sein stilles Seufzen. »Wenn du uns besuchst, Finja, dann wirst du auf unseren Straßen sehr viele hübsche, unverschleierte Frauen sehen, Frauen, die mit Männern im Restaurant sitzen, obwohl sie nicht verheiratet sind. Wir sind nicht Saudi-Arabien. Obgleich es auch bei uns in jüngster Zeit Tendenzen gibt und immer mehr junge Frauen wieder die *Abaja* tragen, den langen schwarzen Umhang. Manche tragen sogar den *Nikab*, den schwarzen Gesichtsschleier.«
»Mein Gott, schwarz, bei der Hitze! Während die Männer weiß tragen dürfen.«
»Eine schwarz gekleidete Person, die durch die Wüste eilt, sieht man aus großer Entfernung. Dann weiß jeder Mann: Dort geht eine Frau, der sollte er sich besser nicht nähern.«
»Und warum nicht?«
»Damit er nicht in Versuchung gerät.« Die Glut von Chalils Blick traf mich. Mir stockte der Atem. Er senkte schnell die Lider, aber um seinen Mund spielte ein harter Zug. »Es ist zum Schutz der Frauen, Finja. Sie sind schwächer als wir Männer. Wir wollen nicht, dass einer Frau etwas passiert. Und wenn ihr Leid geschähe, müsste ihre Familie sie rächen. Wir wollen nur Leid und Blutvergießen vermeiden.«
Es mussten ja sehr gefährliche Männer sein, die dieses Land bevölkerten, Männer, die ihre Begierden überhaupt nicht unter Kontrolle hatten, dachte ich. Aber ich wagte nicht, es auszusprechen. Hatte er mich doch gebeten, unsere Lebenswelten und Grundprinzipien des Zusammenlebens nicht gegeneinanderzustellen. Vielleicht besser so. Wir wür-

den keine Übereinstimmung erzielen. Ich würde nie verstehen, wie es die Ehefrauen aushielten, eine zweite Frau neben sich zu haben, sogar eine dritte und vierte. Wenn überhaupt, dann hätten auch die Frauen sich mehrere Männer nehmen dürfen müssen, fand ich.

Meine Hochgefühle erfuhren einen üblen Dämpfer. Chalil und mich trennten Welten. Das war klar.

»Hier ist es«, sagte ich und versuchte, meine Niedergeschlagenheit zu verscheuchen. Der kleine Laden befand sich am Schillerplatz, nicht weit von dem inzwischen verrammelten Stand mit den Erzgebirgsengelchen.

Zu Kordeln gedrehte Goldschnüre zierten die Schaufenster, dazwischen emaillierte Ringe mit kleinen Diamanten. Preise standen nirgendwo dabei. In dem winzigen Laden lauerte wie eine Spinne eine Dame. Ich hätte mich niemals getraut einzutreten. Und mich hätte die Dame wohl auch kaum einer Antwort gewürdigt, wenn ich danach gefragt hätte, was einer der Ringe im Schaufenster kostete. Der elementare Unterschied zwischen Chalil und mir war, dass er nicht nach Preisen fragte und die Dame eifrig und beflissen Schublade um Schublade aufzog und immer dickere und mit immer mehr Diamanten bestückte Goldkordeln auf schwarzen Samt legte. Das Collier aus drei Goldkordeln mit Brillanten und dicker Brillantschließe für Chalils Mutter war schnell ausgewählt. Kostenpunkt: schlappe 62.000 Euro.

Ich staunte, wie sachkundig Chalil mit den Schmuckstücken umging. Die Uhr, die an seinem Handgelenk unter dem Mantel hervorblitzte, hatte der Verkäuferin bereits Achtung abgenötigt, das sah ich. Solche Damen schätzten ihre Kundschaft mit einem Blick ab. Und dieser würde viel Geld hierlassen. Die Jugend, die ihm aus den Augen blitzte und um die Lippen hüpfte, wenn er lächelte, war gänzlich verschwunden. Vor mir stand ein Mann, dem man nichts vormachen konnte, der es gewohnt war zu prüfen, ehe er bezahlte, und hart zu verhandeln.

»Was meinst du?«, fragte mich Chalil und zeigte mir ein Armband mit filigran emaillierter Schließe. »Wäre das was für meine Schwester?«

Ja, was sollte ich dazu sagen? Das Stück war schön, edel, handgemacht, einmalig und absolut typisch für diesen Pforzheimer Goldschmied, es gefiel mir sogar, aber ich hätte es niemals tragen mögen. Meike wäre in Ohnmacht gefallen, Nele erst recht, wenn ich damit in der Schule aufgelaufen wäre. Unvorstellbar. Nicht mal zu einem Abschlussball hätte es gepasst. Viel zu protzig.

»Ich kenne deine Schwester nicht«, antwortete ich.

»Funda ist schön wie der Mond, wenn er in der vierzehnten Nacht scheint«, sagte er.

Ich musste lachen. »Du meinst den Vollmond? Und Funda hat dunkle Haare, nehme ich an. Dann ist die braune Schließe vielleicht ... äh ... passender.«

»Und dazu passend hätte ich noch das Collier Mokka-Versuchung und die dazugehörenden Ohrringe«, sagte die Verkäuferin. Und das Auftragen von Kostbarkeiten ging gerade so weiter.

Solange sie sich berechtigte Hoffnungen machen durfte, dass der junge Scheich – denn das hatte sie mittlerweile begriffen, weshalb sie ihn jetzt mit Exzellenz anredete – sich am Ende des Auftragens für eine üppige Auswahl von Colliers, Armbändern, Ringen und Ohrgehängen entscheiden würde, schien es auch mir gestattet, das Geschmeide in die Hand zu nehmen, ohne dass ihr Blick wachsam und misstrauisch wurde.

Nur einen einzigen der Emaille-Ringe hätte ich vielleicht

tragen können und wollen, wenn auch erst zu meiner Hochzeit oder zu einer der sehr feierlichen Universitätsveranstaltungen, bei denen sich sogar Jutta die Perlenkette anlegte, um wie eine Professorengattin auszusehen. Er besaß nicht den üblichen Ring von Diamanten am Rand, sondern bestand nur aus einem Goldreifen, dessen Emaille-Schicht mit weißen Ornamenten versehen war und schimmerte wie perlmuttfarbene Seide.

Am Ende stapelten sich auf dem Glastisch ein Dutzend in Schachteln und Dosen verpackte Schmuckstücke, für die Chalil, ohne mit der Wimper zu zucken, mit Karte knapp 300.000 Euro bezahlte. Dafür hätte mein Vater mir zur Volljährigkeit eine Wohnung kaufen können. Der Dame zitterten die Hände, als sie die Rechnung zur Unterschrift hinlegte.

Irgendwie war mir schlecht, als wir – Chalil mit seiner wertvollen Tüte – aus dem hellen Laden auf die Straße hinaustraten. Der geschlossene Weihnachtsmarkt lag dunkel und verlassen vor uns. Es war so ein bitterer Geschmack, den ich nicht wegschlucken konnte. Und tiefe Trauer. Ich weiß nicht, warum.

Schweigend wandten wir uns Richtung Schlossplatz und bogen in eine der leeren Gassen des Weihnachtsmarkts ab.

»Habe ich dich erschreckt?«, fragte Chalil unvermittelt.

»Ich weiß, unser Reichtum erschreckt die Menschen hier in Europa.«

»Nun ja. Wundert dich das?«

Er blieb stehen und drehte sich zu mir. Wieder spürte ich seine Hand an meinem Ellbogen. Man konnte sich ihm nicht entziehen, wenn er einen so direkt anschaute. Ich verstand auf einmal, warum auch der kleine Dieb nicht hatte fliehen können, als Chalil ihn losließ. Ich war wieder wie hypnotisiert.

»Es tut mir leid, Finja«, sagte er. »Es war taktlos von mir, dich mitzunehmen. Aber ich ...«, er lächelte schief, »... ich wollte einfach noch ein bisschen mit dir ...« Er schluckte und setzte neu an. »Ich bin dir hinterhergegangen, nachdem du dich von deinem Vater verabschiedet hattest. Ich hatte den Eindruck, dass du das auch wolltest.«

Ich musste lachen. »Ja, Chalil, das stimmt.«

Ich spürte seine warme kräftige Hand an meinem Kinn. Er blickte mir ernst in die Augen. »Du bist schön wie ein Morgen am Meer, Finja. Wenn ich ein anderer wäre, würde ich um dich werben. Aber ich bin der älteste Sohn meines Vaters, ich bin der künftige Alte, der Scheich. Ich werde einmal Schardscha regieren.«

»Was ist das denn?«

»Das ist eines der sieben Emirate der Vereinigten Arabischen Emirate.« Sein Daumen strich sachte über mein Kinn. »Und wir Scheichs sind im besonderen Maße den Traditionen verpflichtet.«

Was redete er da? Mir wurden die Knie weich. Er hatte schon alles zu Ende gedacht, während in mir noch Achterbahn herrschte.

»Ich weiß«, sagte ich. Dabei wusste ich gar nichts.

Ein trauriges Lächeln flackerte in seinen Mundwinkeln. Und plötzlich war er wieder da, der harte Zug um die Nase, die beiden steilen Falten zwischen den Brauen. Sein Daumen hielt inne. Die weißen Wolken unseres Atems trafen sich.

»Chalil!« Es war nur ein klägliches Wispern.

Seine Nüstern waren geweitet, die Zähne blitzten zwischen seinen halb geöffneten Lippen. Unser Atem mischte sich, unsere Lippen trafen sich. Ich spürte die ungeheure Begierde in seinem Kuss, eine wilde Sehnsucht, eine erschreckende Kraft. Wenn dieser Mann so hasste, wie er begehrte, dann war er ein fürchterlicher Feind. Erbarmungslos und hart, unversöhnlich, wenn er sich betrogen sah.

Doch schon eine Sekunde später war alles anders, hatte er den heftigen Kuss der Liebenden gelöst und in einen schwesterlichen Kuss verwandelt, zart und zärtlich. Seine Lippen lösten sich, er küsste mich auf die Stirn wie ein kleines Mädchen und schob eine Strähne meines Haars unter meine Mütze. Dann senkte er die Hand, entließ mich, ließ mich zurückfallen in die schneekalte Wirklichkeit, ächzte und trat zurück.

Hätte ich dieses leise Aufstöhnen nicht gehört, ich hätte mich wie ein naives kleines Mädchen gefühlt, dem ein zehn Jahre älterer Mann schonend beizubringen versucht hatte, dass es sich keine Hoffnungen machen sollte, weil er es zwar hübsch fand, aber nicht wirklich liebte. Doch so war es nicht.

Schweigend wandten wir uns dem Durchgang zur Königsstraße zu. Die meisten Läden hatten geschlossen. Der gläserne Kubus der Galerie leuchtete grünlich, die Säulen des Königsbaus reihten sich starr und kalt hintereinander. Einsam leuchtete das blaue Viereck mit dem weißen U neben der Rolltreppe zur U-Bahn. Langsam hielten wir darauf zu.

»Jetzt hast du immer noch kein Geschenk für die Frau deines Vaters gefunden«, bemerkte er.

»Ich finde schon noch was.«

Erneut wortlos gingen wir auf die U-Bahn-Station zu. An der Rolltreppe blieb er stehen. Nun also der Abschied. Endgültig, auch wenn wir uns schon in drei Wochen im Haus seiner Eltern wiedersahen. Aber dort war er der Scheich. Der älteste Sohn, der in besonderem Maße den Traditionen verpflichtet war. Welchen auch immer. Es bedeutete, dass er nicht um mich werben durfte und dass wir uns nie wieder küssen würden, weder begehrlich noch unschuldig. Würde ich ihn je wieder so erleben? Mit dieser Offenheit im Mienenspiel und Verliebtheit im Blick wie ein ganz normaler junger Student, der gerade die Frau fürs Leben erwählt hatte und ihr in zwei Wochen einen Heiratsantrag machen würde.

»Ach ja«, sagte er. Und zum ersten Mal sah ich ihn richtig verlegen. »Ich möchte dir gern noch etwas geben.« Er zog die Hand aus der Manteltasche, darin eine dieser kleinen Schachteln, von denen er noch mehr und größere in seiner Tüte hatte.

Ich erschrak.

»Ich weiß, Finja, es ist unpassend, ich sollte das nicht tun. Es könnte missverstanden werden. Aber du verstehst es schon richtig. Bitte nimm es! Lehne es nicht ab.«

Ich klappte das Schächtelchen auf. Darin steckte der seidig schimmernde Emaille-Ring, der mir als einziger gefallen hatte. Und das war Chalil offenbar nicht entgangen.

»Nein«, sagte ich. »Ich kann das nicht ...«

»Bitte. Dir erscheint das vielleicht übertrieben, aber für mich ist es ... ist es nichts ... ich meine, für mich ist es nur ein kleines Zeichen meiner ... meiner Wertschätzung und Hochachtung für die Tochter meines Professors, dem ich so viel verdanke.«

Er stammelte richtig. Total süß!

»Also gut.« Ich steckte mir den Ring an den Finger. »Danke.«

Ein bisschen überschwänglicher hätte ich mich eigentlich bedanken müssen. Aber ich dachte nur daran, dass ich den Ring würde abnehmen müssen, bevor ich nach Hause kam. Jutta würde sofort erkennen, wie viel er wert war. Sie würde Fragen stellten, die ich nicht beantworten konnte: Warum schenkt dieser Chalil dir so etwas? Läuft da was? Ist dir eigentlich klar, was das bedeutet, wenn ein Scheich einer Frau so etwas schenkt? Wie soll das werden? Du bist sechzehn

Jahre alt. Willst du die Schule schmeißen und einen Scheich heiraten? Stell dir das nicht so rosig vor, mein Kind. Dubai ist ein arabisches Land. Da sind Frauen nicht viel wert. Egal, wie tolerant und verständnisvoll sich dieser Chalil hier gebärdet. Dort ist er ganz anders, glaub mir. Dort wird er von dir erwarten, dass du dich an seine Regeln hältst.

»Aber ich möchte«, sagte ich, »dir auch etwas schenken.«

Er schaute mich überrascht an.

Ich zog das Tütchen mit dem Erzgebirgsengelchen aus der Jackentasche und reichte es ihm. Seine Finger waren tatsächlich nervös, als er es öffnete. Das Engelchen, das in seinem Halbmond saß und hingebungsvoll sang und mit den Beinen baumelte, rutschte in seine Hand.

»Es ist«, sagte ich, »nur Weihnachtskitsch. Aber ich habe gesehen, wie du diese Engelchen angeschaut hast. Sie sind ... sie sind typisch deutsch.«

Er lachte. Das pausbäckige Engelchen mit den dicken Wurstbeinchen sah zerbrechlich aus in seiner Hand. »Danke, Finja«, sagte er zärtlich. »Wenn ich in der Wüste bin und die Sonne alles verbrennt, dann werde ich mich eines wunderschönen Abends an einen Weihnachtsmarkt bei Schnee und Kälte erinnern. Und an ein Paar blauer Augen. Und es wird mir helfen, Durst und Hitze zu ertragen.«

Wir gaben uns die Hand. Wir sagten »Auf Wiedersehen!«, in der Gewissheit, dass wir uns wiedersehen würden, schon bald, dass es aber unter anderen Bedingungen sein würde. Egal. Ich freute mich unbändig. »Bis bald, Chalil!«

Er blieb oben stehen, während ich die Rolltreppe nach unten fuhr.

3

$\mathcal{E}$in Ruckeln ging durch das Flugzeug, als wir das Meer hinter uns ließen und das Land unter uns begann. Stundenlang waren wir über die Wüste Saudi-Arabiens geflogen, dann hatte blau der Persische Golf unter uns gelegen. Die Emirates Airline servierte Vanilleeis. Irgendwann ging ein Gemurmel durch die Reihen. Dubai! Von Weitem sahen wir, von der untergehenden Sonne in Orangerot getaucht, Hunderte von Wolkenkratzern emporragen. Ein Wald von Hochhäusern im Dunst der Küste. Wir erkannten auf seiner künstlichen Insel bläulich leuchtend den *Burdsch al-Arab*, den Turm Arabiens, das Megaluxushotel in Form eines Segels, das zum Wahrzeichen der Stadt geworden ist, zusammen mit dem *Burdsch Chalifa*, dem höchsten Haus der Welt, das all die Hochhäuser um mehr als das Doppelte überragte. Vom Flugzeug aus sah ich die Sonne noch, aber die Stadt, über der wir kreisten, versank schon in der Dämmerung. Gleichzeitig begannen die Hochhausnadeln, die Straßen und Paläste aufzuleuchten. Sie überzogen sich förmlich mit Lichtern und Reklame in allen erdenklichen Farben.

Die Landebahnen des Flughafens lagen mitten in der Stadt. Das Flugzeug ruckelte kreisend über der Stadt zwischen Wüste und Meer. In wenigen Minuten würden wir aufsetzen. Ich lehnte mich zurück, plötzlich unendlich müde.

Seit vier Uhr früh war ich unterwegs und die letzten Wochen hindurch hatte die Reise immer wieder infrage gestanden.

Denn kaum hatten wir meinen Vater nach Dubai verabschiedet, kam die Nachricht, dass Juttas Mutter gestürzt war und sich einen Oberschenkelhalsbruch zugezogen hatte. Sie lag in einem Krankenhaus in München. »Unter diesen Umständen«, hatte Jutta erklärt, »können wir über Weihnachten natürlich nicht nach Dubai fliegen. Wenn meine Mutter aus dem Krankenhaus kommt, braucht sie Hilfe.«

Ich sah zwar nicht, warum das mich und meinen Plan berühren sollte, meinen Vater in Dubai zu besuchen, aber Jutta liebte es, zuerst die Probleme zu sehen. »Und gerade jetzt ist dein Vater nicht da. Und die ganze Weihnachtsbäckerei habe ich auch noch am Hals, selbst einen Weihnachtsbaum müssen wir noch kaufen.« Es bedurfte etlicher Telefonate mit meinem Vater in Dubai, bis Jutta erkannte, dass wir keinen Weihnachtsbaum und keine Plätzchen brauchten, wenn sie in München war und ich in Dubai, und dass ich wahrlich alt genug war, alleine zu fliegen.

»Und bring dein Kletterzeug mit«, hatte mein Vater mir noch empfohlen. »Wir werden in die Berge fahren.«

Mir war es tatsächlich egal, ob ich fliegen oder in Stuttgart bleiben würde. Seit dem Abschied von Chalil an der Rolltreppe befand ich mich in einem Zustand von Benebelung. Ich hatte mich schon verliebt, aber es war anders gewesen, nicht so überwältigend. Ständig musste ich an Chalil denken, wie im Halbwachtraum fühlte ich seine Hand an meinem Ellbogen, an meinem Kinn, schmeckte seinen Kuss, bedachte die Worte, mit denen er mir erklärt hatte, warum er künftig Abstand zu mir halten würde, und rang meinen inneren Protest nieder. Warum musste ich das akzeptieren? Ich war bereit zu kämpfen. Warum kam das für ihn nicht infrage? Was für grauenvolle Traditionen waren das, denen er sich unterwarf? Was hatte er denn von Reichtum, Ansehen und Macht, wenn er dafür auf die Liebe verzichten musste? Aber vermutlich hatte ich es nur nicht kapiert. Er hatte mich geküsst, ja, aber in Wahrheit hatte er mir doch zu verstehen gegeben, dass ich zu klein, zu jung, zu unbedeutend war, als dass es sich für ihn lohnte, auch nur einen Gedanken an die vage Möglichkeit zu verschwenden, mich in sein Leben zu lassen, gegen alle Widerstände der Tradition und seiner Familie.

»Sei froh!«, hatte Meike mir erklärt. »Das erspart dir jede Menge Probleme.« Und Nele hatte hinzugefügt: »Ich habe mal ein Buch gelesen von einer Frau, die eine Affäre mit einem Scheich gehabt hat. Die können nicht aus ihrer Haut, diese Männer. Und sie sind total eifersüchtig. Die Frau musste um ihr Leben fürchten, als sie sich trennen wollte.«

In der Tat kam es mir so vor, als sei ich gerade noch einmal davongekommen. Als hätte ich mir nur mit knapper Not die Chance erhalten, mein Abitur zu machen, zu studieren, einen Beruf zu ergreifen – ich wollte eigentlich Schriftstellerin werden, behauptete den Erwachsenen gegenüber aber, ich wolle in den Journalismus und darum Germanistik und Politik studieren – und ein Leben zu führen wie alle anderen auch. Auch wenn die Aussicht auf die fast endlose Abfolge von Weihnachtsfeiern, Osterferien und Sommerreisen, von Hunden, die man überlebte, und Autos, die man sich kaufte, von Geldverdienen und Mittagstischen mit Arbeitskollegen keinerlei Reiz besaß und mir die Freiheit, über mein Leben zu bestimmen, trostlos erschien, dunkel und endlos wie ein deutscher Winter.

»Du hast dich halt verliebt«, hatte Nele mir erklärt. »Das

läuft total unbewusst ab.« Nele hatte immer solche Weisheiten auf Lager. »Da kannst du nichts gegen machen. Das ist klar. Das läuft über dein Riechzentrum im Gehirn. Es sagt dir, der andere riecht gut. Also passt er zu mir. Wenn wir uns zusammentun und Kinder kriegen, dann werden sie gesund und stark sein, weil sich unsere Immunsysteme ergänzen. Unser Riechzentrum kann nämlich am Geruch erkennen, was für ein Immunsystem der andere hat. Da sind wir wie die Tiere. Aber ob wir mentalitätsmäßig zueinanderpassen, das ist dann noch nicht gesagt.«

»Bäh! Du bist unromantisch!«, hatte Meike gerufen. »Das hilft Finja überhaupt nicht.«

»Er ist schön!«, hatte ich geseufzt. »Schön wie Assam der Goldschmied von Basra aus *Tausendundeiner Nacht*. Schön wie ein blühender Garten im Mondlicht. Die Leute blieben vor Assams Laden stehen und wussten nicht, was sie mehr bewundern sollten, den Schmuck, den er verkaufte, oder die Anmut seiner Bewegungen, das Feuer seiner Augen oder das Schwarz seiner Haare!«

»Das mit Chalil ist nicht *Tausendundeine Nacht*, Finja«, hatte Meike mich ermahnt. »In der Realität gehen Märchen nicht gut aus! Das liegt daran, dass es keine Wunderlampen gibt und keine Geister in einer Flasche, die dir drei Wünsche erfüllen.«

Tausendundeine Nacht war ein ganz spezielles Thema unter uns dreien. Unsere private Bibel, konnte man fast sagen. Immerhin kamen in der Märchensammlung sogar Jesus und seine Jünger vor. Wir waren inzwischen richtige Spezialistinnen geworden. Es hatte damit angefangen, dass Jutta vor einigen Jahren behauptet hatte, die Geschichten von Ali Baba und den vierzig Räubern, Aladin mit der Wunderlampe und Sindbad dem Seefahrer, die ich als Kind so gern gelesen hatte, stünden gar nicht in der echten Version der Märchensammlung. »Lies das mal!« Ich glaube, sie hatte mir die Version für Erwachsene zur Abschreckung gegeben, und aus purem Trotz hatte ich mich durch die altertümliche Sprache gebissen. Und natürlich kamen Ali Baba und Sindbad darin vor. Aber auch viele Geschichten über die List der Frauen und die List der Männer. Und welche größer war, war nicht entschieden. Ursprünglich stammten die Märchen aus Indien, dann hatten Perser Geschichten hinzugefügt, schließlich waren sie über die Jahrhunderte von arabischen Erzählern ergänzt und irgendwann übersetzt worden und nach Europa gekommen.

Besonders faszinierte Meike, Nele und mich die Rahmenhandlung, die Geschichte der Geschichtenerzählerin Scheherazade. Wir hatten stundenlang darüber diskutiert, wie wir uns an ihrer Stelle verhalten hätten. Man musste sich das nur mal ganz konkret vorstellen. Da war ein König, der von seiner geliebten Frau betrogen worden war. Darüber war er so ergrimmt, dass er nicht nur diese Frau töten ließ, sondern auch jede weitere junge Frau, die er zu sich holte, um eine Nacht mit ihr zu verbringen. Nur damit sie ihn künftig nicht betrügen konnte, ließ er sie nach dieser einen Nacht ermorden. Und dann war da Scheherazade, die Tochter des Wesirs. Und es war nicht so, dass der König befohlen hatte, dass sie zu ihm komme, damit er eine Nacht mit ihr verbringen konnte, es war nicht so, dass sie keine Wahl gehabt hätte. Nein, der König wusste überhaupt nichts von ihr. Sie war es, die aus Gründen, über die Nele, Meike und ich uns nicht einig werden konnten, ihren Vater bat, sie zum König zu bringen und sie ihm als Frau anzubieten.

»Sie hat sich eben in den König verliebt«, meinte Nele.

»In den alten Sack?«, widersprach Meike. »Nein, sie wollte

gerne Königin sein, in Luxus leben und Macht haben. Sie war ganz einfach ehrgeizig, berechnend und schlau. Und es hat ja geklappt.«

Ich sah das anders. »Sie hat das Morden beenden wollen, glaube ich. Sie hat einen Weg gesucht, den König daran zu hindern, dass er eine Frau nach der anderen tötet. Eigentlich hätte man den König ermorden müssen, um ihn zu stoppen. Aber das war nicht möglich. Vergiften hätte Scheherazade ihn nicht können, denn natürlich hatte er Vorkoster. Wenn sie ihn mit einem Messer erstochen hätte, hätten die Wachleute im Palast sie in den Kerker geworfen und sie wäre hingerichtet worden. Also musste sie einen anderen Weg gehen. Und eines konnte sie nicht hoffen, nämlich, dass dieser König sich in nur einer Nacht so unsterblich in sie verliebt, dass er sie am Leben lässt. Das war all den anderen jungen Frauen vor ihr auch nicht gelungen. Denn der Punkt war ja gerade der, dass der König sich nicht verlieben wollte, um nie wieder enttäuscht zu werden. Und hätte er sich verliebt, so hätte er nur noch mehr gefürchtet, dass die Frau, die er liebte, ihn eines Tages betrog, und umso eher hätte er sie töten lassen.«

Womöglich galten alle drei Gründe. Sonst hätte Scheherazade vielleicht den Mut gar nicht aufgebracht. Um die erste Nacht zu überleben, musste sie einen Trick anwenden. Sie hatte sich das alles minutiös ausgetüftelt. Woher sie das Selbstvertrauen nahm, dass es funktionieren würde, hatten Meike, Nele und ich lange diskutiert. Denn wenn es nicht funktionierte, wäre sie tot gewesen. Wäre ich oder wären Meike oder Nele auch ein solches Risiko eingegangen? Und wie schaffte man es, so an sich zu glauben?

Wahrscheinlich hatte Scheherazade von Kindheit an die Erfahrung gemacht, dass sie ihre Mitmenschen besonders gut mit ihren ausufernden Geschichten einwickeln konnte, ihren

Vater vor allem. Brich an der spannendsten Stelle ab und der Zuhörer japst und giert nach der Fortsetzung. Und so wollte sie es mit dem König machen. Natürlich musste sie erst einmal mit ihm schlafen. Schließlich ging es ihm ja nur darum. Als er erschöpft neben ihr lag, fragte sie ihn, ob sie ihre Schwester kommen lassen dürfe, um sich mit ihr bis zum Morgengrauen zu unterhalten. Der König hatte nichts dagegen. Eigenartig genug, aber vielleicht waren die Sitten bei Hof ja damals so. Die Schwester Dinharzade kam und Scheherazade begann, ihr eine Geschichte zu erzählen, laut genug, dass der König mithören musste, ob er wollte oder nicht. Und anstatt die Klatschbasen rauszuschmeißen, beispielsweise weil er schlafen wollte, richtete er sich auf und hörte zu, bald ganz gefesselt von der Geschichte. Scheherazade merkte, dass sie ihn gefangen hatte, dass er in ihrer Falle zappelte. Es funktionierte. Und so unterbrach sie sich, als der Morgen angebrochen war, an der spannendsten Stelle und erklärte, sie werde die Geschichte in der folgenden Nacht fortsetzen. Wenn er wissen wollte, wie es weiterging, musste der König sie am Leben lassen. Und er ließ sie am Leben. Am Abend ging der König dann von seinen Regierungsgeschäften nach Hause, stieg auf sein Lager und Scheherazade musste sich zu ihm legen. Und so ging es Nacht um Nacht, Tausend und eine Nacht lang, also zwei Jahre und siebeneinhalb Monate. Und immer war die Schwester dabei. In dieser Zeit gebar Scheherazade dem Sultan auch drei Kinder.

Und nachdem sie ihre letzte Geschichte erzählt hatte, sagte sie:»Du könntest also, großer König, dich über das verwundern, was dir von den Weibern zugestoßen ist, während doch den Königen vor dir noch Schlimmeres widerfahren ist! Ich könnte dir noch viel mehr ähnliche Sachen erzählen. Allein, das würde zu lange aufhalten und dich ermüden. In dem be-

reits Erzählten ist Lehre und Warnung genug für den Verständigen.« Und der König begriff endlich, was Scheherazade ihm in all den Nächten beizubringen versucht hatte. Sein Herz war reiner und sein Verstand war ruhiger geworden. Er bereute und sagte:»Gepriesen sei Gott, der sie zum Mittel ausgewählt hat, meine Untertanen zu befreien.« Und damit erhob er sich und küsste das Haupt Scheherazades, worüber sie und ihre Schwester Dinharzade außerordentlich erfreut waren. Dann heiratete er sie.
»Reden kann Leben retten!« Meike lernte gern etwas aus Texten und stanzte es dann in Sprüche.»Wenn die Menschen mehr miteinander reden und Geschichten erzählen würden, gäbe es weniger Kriege auf der Erde.«
»Ja«, fand auch Nele.»Vor allem würden wir einander besser verstehen.«

Ich hatte nichts dagegen, Lehren zu ziehen, und es war ein schöner Gedanke, dass man sein Leben durch Erzählen retten konnte, aber man konnte sich auch um Kopf und Kragen reden, das Falsche sagen und eine Katastrophe heraufbeschwören. Und so richtig sympathisch war mir die Märchensammlung auch nicht mehr. Da wurde viel getötet und ständig verführte der Zorn einen Mächtigen zu grausamen Taten. Inzwischen spiegelte das Buch in meinen Augen eine altertümliche Düsternis und Gewalt, die beängstigende Realität werden konnte. Auf unheimliche Weise erinnerte es mich an den Moment, als Chalil zwischen den verlassenen Hütten des Weihnachtsmarkts mein Kinn ergriffen und mich geküsst hatte. Plötzlich und ohne es zu wollen, hatte ich den starken Willen eines Mannes gespürt, der mit der Leidenschaft, mit der er vielleicht zu lieben imstande war, hassen würde, sobald er sich betrogen fühlte, erbarmungslos, grausam und maßlos im Zorn wie die Könige und Fürsten in den Märchen aus *Tausendundeiner Nacht*.

Das Flugzeug der Emirates Airline setzte auf. Die Lichter der Landebahn flogen an uns vorbei. Letztlich hatte Jutta eingesehen, dass es für sie am bequemsten war, mich versorgt bei meinem Vater in Dubai zu wissen, während sie sich in München um ihre Mutter kümmerte. Irgendwie hing sie noch der Vorstellung an, ich würde, wenn ich alleine in der Stuttgarter Wohnung blieb, Dummheiten machen und das Haus in Brand setzen. Damit ich auch gewiss nicht verloren ging, hatte sie mich frühmorgens am Flughafen abgeliefert und mein Vater würde mich hier empfangen. Im Flugzeug hatte ich mir den Ring über den Finger geschoben, den Chalil mir geschenkt hatte. Meinem Vater würde nichts auffallen, er hatte keinen Sinn für Schmuck.

Ob Chalil auch gekommen war, um mich abzuholen?

Ich vertrieb den Gedanken.

Eingestiegen war ich in Stuttgart in Winterjacke bei Minusgraden. Jetzt empfing uns eine schwüle Wärme, die nach Kerosin und Wüstensand roch. Jedenfalls bildete ich mir das ein. Der gleißend erleuchtete Flughafen war wiederum klimatisiert. In der Halle mit den Kofferbändern wuchsen echte Palmen. Bläuliche Lichter spiegelten sich im polierten Marmorboden. In einer Ecke stand ein üppig mit roten und goldenen Kugeln geschmückter Weihnachtsbaum. Und das in einem islamischen Land! Dubai kannte offenbar keine Grenzen. Es eignete sich alles an, was glänzte und schimmerte, was leuchtete und glitzerte. Mein Vater empfing mich kurzärmelig und in Cargohosen. Er hatte sich einen kurzen Bart wachsen lassen, seine Nase war sonnenverbrannt. Er wirkte ungemein abenteuerlustig, entspannt und zufrieden.

»Na, da bist du ja, mein Spätzelchen«, sagte er und schloss mich in seine langen Arme. »Wie war der Flug?« »Lang!« Verstohlen blickte ich mich um. Chalil war nicht gekommen. Ich hatte es nicht zu hoffen gewagt und war doch enttäuscht. Das fing ja gut an, dachte ich. Dabei hatte ich mir vorgenommen, nicht nach ihm Ausschau zu halten, auf keinen Fall dem Augenblick entgegenzufiebern, in dem wir uns wiedersahen, und vor allem: nicht darüber nachdenken, ob er mich nun liebte – genug liebte – oder nicht, und was welche Geste oder ungesagten Worte mir gegenüber nun bedeuten mochten. Es war mir erlaubt zu finden, dass er gut aussah, zum Seufzen gut sogar, aber mehr war nicht drin! Keine Achterbahn der Gefühle mehr! Ich war hier, um mit meinem Vater Weihnachten zu feiern und meine Schulferien zu genießen. Mehr nicht.

Die ersten Männer in weißen Gewändern mit Kopftüchern und dicken schwarzen Kordeln obendrauf fielen mir ins Auge. *Dischdascha* nannte man das Nachthemd, *Ghutra* das Tuch und *Agal* die Doppelkordel aus Ziegenhaar. Das Kopftuch konnte man bei Sandsturm vors Gesicht schlagen und das bodenlange Hemd mit seinen langen Ärmeln war die einfachste und luftigste Form, der Hitze zu begegnen, ohne die Haut der Sonne auszusetzen. Die meisten Männer, erklärte mir mein Vater, trugen unter dem Kopftuch noch ein weißes Käppchen, oft gehäkelt oder geklöppelt.

Der Geruch auf der anderen Seite des Flughafens, wo uns ein grüner Rolls-Royce mit Chauffeur aus dem Hause as-Salama erwartete, war großstädtischer, wobei sich in den feuchtschwülen Stadtnebel der Nacht ein Hauch von Meer mischte, leicht brackig. »Das kommt vom Creek her«, erklärte mein Vater. »Du wirst ihn sehen. Wir müssen über eine der Brücken in den Süden der Stadt fahren.«

Der Chauffeur öffnete uns die Türen. Er trug eine rote Livree und war Inder, wie mein Vater mir zuraunte. Und man habe es sich natürlich nicht nehmen lassen, für mich, den Ehrengast, den Rolls-Royce aus der Garage zu holen. Anordnung von seiner Exzellenz, Scheich Nasser, persönlich.

»Im Kühlschrank sind Getränke, wenn du willst, und die unvermeidlichen Datteln.«

Aber ich mochte nichts essen. Mein Verdauungstrakt war noch ganz verklebt von den Snacks, die man uns bei Emirates Airline auf Porzellan mit Silberbesteck serviert hatte. Ich kuschelte mich an meinen Vater und ließ die knalligen Lichter der Stadt an mir vorüberflitzen. Auf einer gigantischen Brücke überquerten wir den Creek, jenen schmalen Meeresarm, der weit in die Stadt reichte und den modernen Norden vom älteren Süden trennte. Auf seinem dunklen Wasserspiegel hüpften die Lichter der gewaltigen Stadt, an seinen Ufern schaukelten dicht an dicht alte hölzerne Segelschiffe, die *Daus*. Auf tuckernden Fährbooten, den *Abras*, ließen sich Leute von einem Ufer zum anderen übersetzen. Und wie eine Wand aus Lichtern erhoben sich die unzähligen Wolkenkratzer, viele im Bau und noch überragt von Kränen. Momentan stand alles still, nicht nur, weil es Nacht war, sondern auch, weil die Wirtschaftskrise die Bauten stoppte.

»Aber das wird nicht lange dauern«, meinte mein Vater.

Umso mehr Betrieb herrschte auf den Straßen. Endlos waren die Reihen der Scheinwerfer, die uns entgegenkamen. Immer wieder gerieten auch die Rücklichter vor uns ins Stocken. Auf den Gehwegen flanierten im sommerlichen Schlenderschritt junge Leute auf dem Weg zu Partys, in Bars oder an den Strand. Schließlich ließen wir den Nadelwald der Hochhäuser hinter uns. Vor uns leuchtete in zartem Türkisblau der *Burdsch al-Arab*.

»Er ist dem Segel einer Dau nachempfunden«, erklärte mir mein Vater. Wir rollten eine von Palmen gesäumte Allee entlang. Mauern, Parks und Villen versperrten den Blick aufs Meer. Hier wohnten die Reichsten der Reichen, auch wenn die Häuser schlicht wirkten, ein wenig wie Festungen. Es gab kaum Türen und noch weniger Fenster, die zur Straße zeigten. Plötzlich bog unser Fahrer ab. Ein Tor aus Gusseisen leuchtete rot im Licht der Scheinwerfer auf. Es öffnete sich langsam. Grüne Büsche auf saftigem Gras sprangen an uns vorbei, Blüten leuchteten kurz auf, Palmen ragten ins Dunkel der Nacht. Dann tauchten die sandfarbenen Frontwände eines Hauses auf, groß wie ein Palast. Die Eingangstür blieb im Schatten, Fenster gab es keine, nur weit oben im ersten Stock ein paar Vorsprünge, ein Geländer, viereckige Türme.

»Das sind Windtürme«, bemerkte mein Vater.»Eine uralte Klimaanlage. Sie sorgen dafür, dass es im Haus kühl ist. Der Palast stammt vom Ende des 19. Jahrhunderts. Die hohen Mauern sollen vor den heißen Wüstenwinden schützen. Der Innenhof liegt immer halb im Schatten.«

Der Fahrer fuhr direkt in eine Garage hinein, deren Tor sich automatisch geöffnet hatte. Darin standen aufgereiht Autos, ein Dutzend an der Zahl, darunter ein Porsche, drei Mercedes-Geländewagen, Jeeps, Pick-ups und ein Van.

»Der Wohlstand einer Familie«, meinte mein Vater,»bemisst sich heute nicht mehr an der Zahl der Kamele und Pferde, sondern an den Pferdestärken. Aber ich kann dir verraten, die Scheichs halten sich auch jede Menge Rennkamele und Araberpferde. Und Falken.«

Ein Diener kam und nahm meine Reisetasche.

»Hast du Stiefel und Klettersachen dabei?«, erkundigte sich mein Vater.

»Samt Extrarucksack!«

Wir folgten dem Diener. In der Tür zum Innern des Palasts empfing uns ein zweiter Diener, ein Pakistani oder Inder, der uns in den Empfangsraum bringen wollte.

Wie anders war dieser Palast, als ich bei dem Reichtum, den der Fuhrpark demonstrierte, erwartet hätte. Ich hatte mit Schmuck, Stuck, Teppichen, Gold und Marmor gerechnet, aber der Boden bestand aus Sandstein, die Wände waren weiß verputzt, an schmucklosen Wandpfeilern hingen einfache Laternen mit Glühbirnen, die Türen, die in alle vier Himmelsrichtungen von der Eingangshalle abgingen, waren aus dunklem Holz grob gehauen und von schlichten Rundbögen überspannt. Die Decken mit ihren Holzbalken lagen sehr hoch im Dunkel der Nacht. Neben dem Eingangsportal, das man nur an der Doppeltür erkannte, befand sich ein Raum für die Garderobe, wo die Frauen ihre *Abajas*, die langen schwarzen Umhänge, ablegten, sobald sie das Haus betraten. Es hingen einige dort.

»Traditionell befinden sich Küche und die Wirtschaftsräume hier im Erdgeschoss«, erläuterte mir mein Vater, während wir dem Diener einen Gang entlang folgten, »außerdem der Versammlungsraum, früher nur den Männern vorbehalten. Im ersten Stock befinden sich die Schlafräume.«

Stimmengemurmel kam aus den Tiefen des Gangs. Wir gelangten bei einer Tür an, neben der etliche Schuhe aufgereiht standen. Ausgelatschte Schuhe, Sandalen, staubige Treter.

Mein Vater bückte sich, um seine Schnürsenkel zu lösen. »Du auch«, sagte er. »Du musst die Schuhe ausziehen.«

Ich schnürte meine Hiker auf. Dann standen mein Vater und ich in Socken da. Der Diener streckte die Hand nach der Türklinke aus.

Gleich würde ich Chalil wiedersehen.

Mir gaben urplötzlich die Knie nach. Werd jetzt bloß nicht ohnmächtig, Finja! Oh Gott, was sollte ich nur sagen, was tun, wie mich verhalten? Wie würde er mich anschauen, wie mich ansprechen? Dutzende von Leuten würden uns beobachten, jede Bewegung verfolgen, darunter der strenge Scheich Nasser, den ich mir, ohne darüber nachzudenken, immer als eine Art Patriarch mit Schnauzbart, Narben und aufbrausendem Naturell vorgestellt hatte.

»Ist was?« Mein Vater fasste mich am Ellbogen.

»Geht schon wieder. Ich bin seit vier Uhr heute früh auf den Beinen. Und dann die Hitze!«

»Es wird nicht lange gehen. Aber dich vorstellen muss ich schon. Es wäre unhöflich, wenn ...«

»Ja, alles klar, Papa!«

Der Raum, in den uns der Diener ließ, war nahezu quadratisch. Auch seine Wände waren kahl und weiß getüncht. Hoch oben unter dem schwarzen Deckengebälk liefen Fenster rundherum, die keine Scheiben besaßen, dafür aber verschiebbare Läden, mit denen man Sonneneinfall und Hitze regulieren konnte. Der Boden war mit rotbunten orientalischen Teppichen belegt. In der Mitte befanden sich zwei Tischgestelle mit großen Messingtellern, auf denen Schalen mit Datteln und kandierten Früchten standen. An den Wänden entlang lagen weiße Sitzkissen. Auf ihnen saßen, die nackten Füße unter dem Saum der Gewänder gekreuzt, vier Männer mit schwarzen Haaren, dunklen Augen und weißen Kopftüchern.

Ich musste zweimal hingucken, bis ich meinen Augen glaubte. Chalil war nicht unter ihnen. Ich hätte erleichtert sein können, war aber wie gelähmt vor Enttäuschung.

Ein Mann, der Älteste, erhob sich würdevoll. Er trug einen gepflegten schwarzen Vollbart, in dem sich hier und da ein graues Haar zeigte, einen stattlichen Bauch unter der *Dischdascha* und an den Händen goldene Ringe. Er gab dem Diener einen kurzen Befehl auf Arabisch, der daraufhin umdrehte und davonspritzte, und kam auf uns zu. Sein breites Lächeln entblößte eine Reihe tadelloser großer schneeweißer Zähne.

»*As-salamu alekum!*«, rief er und zog zuerst meinen Vater zu ausgiebigen Bruderküssen an sich.

»*Wa alekum is-salam*«, antwortete mein Vater und fuhr auf Englisch fort. »Exzellenz, Scheich Nasser, darf ich dir meine Tochter Finja vorstellen?«

Der Scheich lächelte mich an, ohne mir die Hand hinzustrecken, und sagte, sein Lächeln zwischen mir und meinem Vater hin- und herschickend, auf Englisch: »Sei uns ganz herzlich willkommen, Finja. Dein Vater freut sich seit Tagen auf deinen Besuch und er hat uns alle angesteckt damit. Und wie ich sehe, ist er zu Recht stolz auf dich. Du erfreust die Augen wie eine Gazelle in der Wüste.« Er lachte verschmitzt, als amüsiere er sich selbst über seine blumige Sprache. »Hundert Kamele für deine Tochter, Kurt!«

Mein Vater grinste. »Zweitausend! Und dein bester Falke!«

Der Scheich lachte dröhnend und wandte sich wieder mir zu. »Ich hoffe, es gefällt dir bei uns. Wir haben uns alle redlich Mühe gegeben, damit du dich wie zu Hause fühlst. Dein Vater hat sich für Weihnachten etwas ganz Besonderes für dich ausgedacht.« Sein Blick funkelte zu meinem Vater hinüber. Mit einer weniger einladenden als vielmehr befehlenden Geste gab er ihm das Wort.

»Wir werden Weihnachten in der Wüste feiern«, erklärte mein Vater auf Englisch. Ich hörte ihm an, dass er das gar nicht hatte erzählen wollen. Er liebte Überraschungen. »Und zwar in den Zelten der Scheichfamilie im Hadscharbgebirge.«

»Leider werde ich nicht dabei sein können«, bemerkte seine Exzellenz. »Übermorgen brecht ihr auf. Es wird eine richtige Wüstentour. Ich hoffe, du hast warme Sachen eingepackt. Die Nächte in der Wüste sind kalt.«

Seine Exzellenz lachte dazu und machte sich daran, mir die Anwesenden vorzustellen, allen voran seinen jüngeren Sohn, Suhail, einen Neffen, noch einen Neffen und einen Cousin. Keiner stand auf, als ich ihm die Hand reichte. Aber sie lächelten freundlich. Wahrscheinlich hätte ich ihnen die Hand nicht geben dürfen.

»Bitte nehmt Platz. Möchtet ihr Kaffee?«

Ich hätte abgewinkt, aber mein Vater nickte. »Und nimm von den Datteln«, raunte er mir zu. »Du musst etwas essen.« Es klang so eindringlich, dass ich verstand, dass Papas Aufforderung nicht der Sorge um mich galt, sondern der Höflichkeit unseren Gastgebern gegenüber.

Ein Diener – der dritte, den ich sah – brachte eine Kanne und Mokkatassen und reichte uns Kaffee. Er war süß und schmeckte nach Weihnachtsgebäck.

»Kardamom«, erläuterte mein Vater, als er mich schnüffeln sah. »Sie tun Kardamom hinein und Nelken.«

Aus dem Augenwinkel bemerkte ich, dass Suhail mich unverhohlen anstarrte. Er war vermutlich kaum zwanzig, kompakt und kräftig, und hatte ein rundliches Gesicht mit vollen Lippen. Ähnlichkeiten mit Chalil konnte ich nicht entdecken. Aber seine Cousins waren Suhail ähnlich und sie glichen allesamt dem Scheich, der inzwischen auf sein Sitzkissen zurückgekehrt war und es sich bequem machte.

Mein Vater mühte sich hingegen vergeblich, für sich und seine langen Beine eine Position auf dem Kissen zu finden. »Du darfst ihnen deine Fußsohlen nicht hinstrecken«, ermahnte er mich, was vor allem ihm Mühe machte. Ich schlug meine Füße züchtig unter und war dankbar, dass hier die Männer Konversation machten.

Um Suhails Blick nicht ständig in die Quere zu kommen, musterte ich eine schöne alte Holztafel an der Wand gegenüber. Ein Holzschnitzer hatte in mühsamer Kleinarbeit ein Relief aus arabischen Schriftzeichen geschnitten, die sich in Form eines fliegenden Falken zusammenfügten. Die arabische Schrift eignete sich so gut für Muster, dass sich auch von denen, die sie lesen konnten, vermutlich kaum jemand die Mühe machte, ihren Sinn zu entschlüsseln. Ich fragte mich nicht, was dort stand, aber mein Vater hatte es sich offenbar gefragt und um Erklärung gebeten.

»Ihr werdet echte Frömmigkeit nicht erlangen, ehe ihr nicht von dem spendet, was ihr liebt. Gott weiß es«, erklärte er mir auf Deutsch, als die Scheichs sich gerade untereinander unterhielten. »Das hat mit den Geschäften der Familie zu tun.«

Diese Geschäfte hatte er mir schon nach seinem ersten Besuch im Haus seiner Exzellenz Scheich Nasser erklärt. Der Scheich hatte vor etlichen Jahren einen Fond gegründet, der Spendengelder verwaltete. Im Grunde war er eine Art Steuerbehörde. Der Koran schrieb den Gläubigen nämlich vor, den vierzigsten Teil ihres Vermögens, also 2,5 Prozent, die sogenannte *Zakat*, an Arme und Bedürftige zu geben. Wie aber sollte ein Milliarden Dollar schwerer Scheich so viele Arme und Bedürftige finden und beschenken, wie er Geld zu vergeben hatte? Deshalb übernahm das für sie der Zakat-Fond. Er kassierte die Spenden und verteilte sie über ein ausgefeiltes Netzwerk an sozial Bedürftige, natürlich ausschließlich an Muslime. Für diesen Dienst bekam die Familie des Scheichs wiederum von den dankbaren Spendern so viel Anerkennung, dass sie ausgesprochen gut davon leben konnte. Mit ihrem Geld wiederum gründeten die as-Salamas Firmen, die zum Ziel hatten, eines Tages die gesamte Stromversorgung des Landes aus Sonnenenergie und der Kraft der Gezeiten zu decken. Das Know-how dafür sammelten sie in Deutschland ein. So waren sie auf meinen Vater gestoßen, der an seinem Institut ganz neue Technologien entwickelte, um Licht und Hitze der Sonne zu nutzen. Darum hatte Chalil bei meinem Vater studiert, deshalb hatte er Solarfirmen in Thüringen besucht.

Die Tür öffnete sich und eine Frau kam herein. »Die Scheicha«, raunte mir mein Vater zu, sortierte seine Beine und erhob sich. Auch ich stand auf.

Die Dame war klein und rundlich, aber sie füllte den kahlen Raum augenblicklich mit ihrer Persönlichkeit und einem Duft nach Orient und Reichtum. Sie trug ein buntes Hauskleid und an Hals und Armen überreichlich Goldschmuck, der allerdings nicht protzig wirkte. Es schien, als brauche ihr ausdrucksstarkes Gesicht diesen Schmuck sogar dringend als Gegengewicht. Sonst hätte ihr intensiver Blick aus nachtschwarzen Augen uns verbrannt und ihr Lächeln uns geblendet.

Ihr Haar war kurz geschnitten und mittelblond gefärbt. Darunter zuckten mächtige dunkle Brauen. Die Augen waren violett geschminkt, die Wimpern getuscht, ein Lidstrich betonte die Mandelform ihrer großen funkelnden Augen. Ihre Lippen waren voll, ihr Lächeln so offen und herzlich, dass sie mich sofort für sich einnahm. Mein Herz flog ihr förmlich zu. Ja, das war Chalils Mutter. Von ihr hatte er diese einnehmende Anmut, den bezwingenden Charme, das Temperament.

»*Mabruk*«, sagte sie und streckte meinem Vater die Hand hin.

»*Allah ibarik fik*«, antwortete mein Vater. »Guten Abend, Umm Chalil.«

Er nannte sie nach arabischer Sitte »Mutter von Chalil«, nach dem erstgeborenen Sohn der Familie. Wäre der Scheich nicht eine Exzellenz gewesen, hätte er zu ihm vermutlich »Abu Chalil« gesagt. Wer keinen Sohn hatte, bekam diesen Ehrentitel nicht. Übrigens hatte Chalils Mutter meinen Vater mit »Gratuliere!« begrüßt und er hatte darauf geantwortet: »Gott segne dich.«

»Ah!«, rief Chalils Mutter nun. »Die kleine *Rasala*, die – wie sagt man – Gazelle.« Sie wuschelte mir mit der Hand durch mein blondes Kurzhaar und lachte. »Schön wie die aufgehende Sonne! Wie war die Reise? War sie sehr anstrengend?«

»Es geht.«

»Wie schön, dass ich dich endlich kennenlerne. Dein Vater hat schon so viel von dir erzählt!«

Was gab es über mich zu erzählen? Ich warf meinem Vater einen Blick zu. Er blinzelte zurück.

»Er ist sehr stolz auf dich, sein *sweet little sparrow* ...«

Offenbar hatte mein Vater versucht, ihr zu erklären, was »Spätzelchen« bedeutete, und die doppelte Verkleinerung mit kleiner süßer Spatz ins Englische übersetzt. Er zuckte um Vergebung bittend mit den Schultern.

»Ich hoffe, du hast genügend warme Sachen mit? Wüstennächte können sehr kalt werden.«

Nie hätte ich vermutet, dass die meistgestellte Frage im Wüstenland Dubai die sein würde, ob ich auch genug Wintersachen dabeihatte.

»Aber wenn nicht, ist es auch kein Problem«, fuhr sie überlegend fort, »wir finden sicher etwas für dich. Sonst wird Salwa mit dir morgen einkaufen gehen. Keine Sorge! Du wirst nicht frieren. Wir haben nämlich etwas ganz Besonderes vor mit dir. Eine Überraschung ...«

Es war ja nun keine mehr, aber darüber klärte sie niemand auf. Offenbar wollte ihr Ehemann ihr den Spaß nicht verderben und mein Vater neigte ohnehin nicht dazu, aufzutrumpfen und andere über Irrtümer zu belehren.

»So, und jetzt werden wir gleich etwas essen.« Kaum hatte sie das gesagt, brachten drei Diener Wasserschalen, damit wir uns die Hände waschen konnten, und Tischgestelle, die man auseinanderfalten konnte. Darauf kamen große Teller, beladen mit Vorspeisen. Es gab dicke Bohnen, in Essig eingelegtes Gemüse, gebackene Auberginen mit Sesampaste und Nussöl, Kichererbsenpüree mit Sesam und Olivenöl, das man Humus nennt, Salat mit Petersilie und Minze, frittierte Kichererbsenbällchen, genannt Falafel, und eine Gewürzmischung aus Pfeffer, Koriander, Nelken, Muskat, Kreuzkümmel, Zimt und Paprika. Dazu wurde warmes Fladenbrot verteilt, von dem man Stücke abriss, um es als Löffel zu benutzen.

Auch Frauen kamen jetzt in den Versammlungsraum. Salwa, die Umm Chalil vorhin erwähnt hatte, war die Frau von Chalils Bruder Suhail, ein überschlankes Mädchen, das kaum älter war als ich, in knappen Jeans und kurzärmeliger Bluse. Ihr langes Haar war schwarz mit einer blond gefärbten Strähne.

Mein Vater erklärte mir leise, während wir gefüllte Teller gereicht bekamen, dass es nicht üblich sei, dass Frauen und Männer im Versammlungsraum zusammen äßen, genauso wenig, wie es üblich sei, zu Ehren eines Mädchens wie mir so ein Gastmahl zu veranstalten, und dass der Scheich dies trotzdem tue aus Hochachtung vor ihm, meinem Vater, und in Kenntnis der anderen Sitten bei uns zu Hause. Außerdem besitze man im Haus as-Salama eigentlich ein komfortables Esszimmer, wo man am Tisch auf Stühlen aß. Doch der

Scheich liebe es, den Wüstensohn zu geben, wenn er westliche Gäste hatte.

Ich merkte erst jetzt, was für einen Hunger ich hatte. Während wir aßen, traf ein weiterer Gast ein, ein magerer, sonnenverbrannter Schotte mit rotblondem Vollbart, in Cargohosen und Jeansweste, der uns als Muhammad vorgestellt wurde und früher Bill geheißen hatte, wie er uns sogleich erläuterte. Nur einer erschien nicht: Chalil. Und ich starb hundert Tode. Jedes Mal, wenn die Tür aufging und jemand hereinkam, jagte es meinen Puls hoch, mein Herz klopfte, mir brach der Schweiß aus.

Als die Hauptspeisen aufgetragen wurden, ahnte ich, dass der Abend lang werden würde. Mein Vater machte keine Anstalten sich zu erinnern, dass er mir in Aussicht gestellt hatte, mich nur schnell vorstellen zu wollen. Müdigkeit und Schwindel überkamen mich in Wellen. Aber ein Gastmahl abzubrechen, weil man müde war oder einfach nur allein sein wollte, gehörte vermutlich zu den Todsünden. Außerdem hätte ich Chalils Mutter gezwungen, sich um mich zu kümmern, wenn ich nun aufstand. Oder ein Diener hätte mich in einen fernen Trakt des Palasts entführt und in einem düsteren Zimmer zurückgelassen. Oder so ähnlich.

Und zugegeben, das Essen war köstlich. Es belebte mich mit seinen Gewürzen. Das gegrillte Lammfleisch hatte vorher in einer raffinierten Marinade gelegen. Dazu gab es Reis mit Nüssen, Zwiebeln und braune Linsen.

Die Männer in den weißen Hemden aßen mit der Hand, mit der rechten übrigens. Ich erinnerte mich, dass mein Vater mir schon mal erklärt hatte, dass man einem Araber niemals die linke Hand hinstrecken durfte. Sie war die unreine Hand, mit der man die Körperpflege besorgte. In der Wüste konnte man sich ja nicht ständig die Hände waschen.

Salwa und Chalils Mutter nötigten mich ununterbrochen, weiterzuessen. Schließlich gab mir mein Vater den Tipp, etwas auf dem Teller liegen zu lassen, zum Zeichen, dass genug da sei und ich satt sei. Wo war Chalil nun eigentlich?, fragte ich mich. Niemand sprach von ihm. Es war, als existiere er gar nicht, außer in dem Ehrennamen seiner Mutter. Vielleicht würde ich ihn in diesen vierzehn Tagen überhaupt nicht zu Gesicht bekommen. Womöglich fand Chalil, dass es besser war für ihn und mich, wenn wir uns gar nicht wiedersahen. Damit er nicht in Versuchung geriet. So, wie man sich der schwarz gekleideten Frau in der Wüste nicht näherte. Vielleicht hatte er sich auf Reisen begeben. Am Ende befand er sich gar in Europa, in Deutschland, während ich in seinem Haus Hammel mit Fingern aß, weil sein Vater es lustig fand, Ausländer mit beduinischer Esskultur zu beglücken. Was für ein schlechter Witz! Am liebsten hätte ich geheult. Dabei hätte ich froh sein müssen. So würde ich mich nicht ständig umsehen müssen, wo er war. Eigentlich war es so am besten. Entspann dich, Finja. Chalil kommt nicht mehr.

Ich lehnte mich gegen das Rückenkissen. Gern hätte ich die Beine ausgestreckt, erinnerte mich aber gerade noch rechtzeitig, dass die andern meine Fußsohlen nicht sehen durften. Ich versuchte, mich zu entspannen. Es war warm, ich war satt, die Familie hatte mich herzlich aufgenommen. Vor mir lagen spannende vierzehn Tage in Dubai, um die mich Meike und Nele bereits im Vorfeld heftig beneidet hatten. Wie sehr würden sie mich erst beneiden, wenn ich erzählte von dem Fuhrpark, dem Palast, der Wüste und von wer weiß, was ich noch alles sehen würde.

Von den Nachtischen konnte ich nur noch probieren: Baklawa, Maisgrieß mit Nüssen, Nudelgewölle mit Käse gefüllt, alles entweder in Rosenwasser oder Jasminsirup getränkt und so süß, dass es wehtat. Dazu gab es Datteln und Tee. Irgendwann wurden auch die Wasserpfeifen gebracht. Und was der Schotte Bill, alias Muhammad, rauchte, wollte ich lieber nicht wissen. Mein Vater war eher naiv in solchen Sachen.

Bill war erst kürzlich zum Islam übergetreten, wie er mir erzählte, nachdem er sich in das Kissen neben mir hatte fallen lassen. Er sei im Begriff, sein Leben zu ändern, besitze aber immer noch eine Jacht. Sie liege draußen im Hafen. Er sei Hochseetaucher, verdiene sein Geld mit Hochseetörns mit einsamen oder abenteuerlustigen Damen. »Ich kann dir die schönsten Riffe im Golf zeigen!«

Seine meerblauen Augen wirkten wie ertrunken, irgendwie fanatisch. Vielleicht lag es auch nur an seinem ausgefransten langen Bart der strenggläubigen Moslems, dass der Schotte mir irgendwie abgedreht vorkam, keine Ahnung.

»Ich kann dir alles zeigen«, raunte er mir ins Ohr, »Fische, Seeschlangen …« Dabei knetete seine Hand meinen Oberarm. »Dinge, die du dir nicht vorstellen kannst. Alles, was du willst.«

Ekelhaft! Und mein Vater bekam natürlich wieder mal nichts mit.

Aber Chalils Mutter hatte scharfe Augen und rettete mich. »Komm, Finja«, sagte sie. »Du bist sicher müde. Ich zeige dir dein Zimmer.«

Bill grinste. »Wie gesagt: Meine Jacht liegt ihm Hafen!«

Gern hätte ich meinem Vater noch einen Gutenachtkuss gegeben, so wie früher. Aber allein schon Bills gieriger Blick hielt mich davon ab.

Auch Salwa stand auf. Ich folgte ihr und Umm Chalil durch einen langen Gang. Er führte uns zunächst in die Küche.

Sie dampfte vor Geschäftigkeit. In einem großen Kamin

glühten die Kohlen noch, über denen der Koch das Lammfleisch gegrillt und auf einem runden Blech das Fladenbrot gebacken hatte. Das war aber auch das Einzige, was hier altertümlich wirkte. Die Küche war ansonsten perfekt ausgestattet, nur alles in größerem Rahmen als für eine mitteleuropäische Vierkopffamilie. Ein Hausmädchen räumte gerade Geschirr in zwei Spülmaschinen, es gab mehrere Kühlschränke, eine Kochinsel mit sechs Herdplatten, einen großen Backofen und rundum waren die Wände mit Schränken aus hellem Holz verkleidet.

»Es ist eine deutsche Küche«, sagte Umm Chalil, als sie meinen Blick bemerkte. »Die Deutschen können nützliche und praktische Dinge herstellen. Und sie sie sind sehr pünktlich. Ich mag Pünktlichkeit.«

Salwa holte eine Dose Cola aus einem der Kühlschränke, riss sie auf und trank in großen Zügen. Dann fragte sie mich mit einem etwas hochmütigen Augenaufschlag, aber nicht unfreundlich, ob ich mitkommen wolle. Sie wolle noch mit ein paar Freundinnen in die Stadt, eine andere Freundin besuchen.

Eigentlich sonst gern, aber ich war fix und fertig.

Umm Chalil sah mich zögern, sie stieß ein paar schnelle, kehlige Worte aus, auf die Salwa mit einer bockigen Schnute reagierte, ehe sie auf Englisch sagte: »Es war ein langer Tag. Du möchtest wahrscheinlich duschen und ins Bett, oder?«

Ich nickte.

Chalils Mutter legte spontan den Arm um mich und drückte mich an sich. »Sei nicht so schüchtern, Finja. Ihr Europäer habt immer ein bisschen Angst, etwas falsch zu machen, besonders ihr Deutschen. Aber unsere Gastfreundschaft ist kein Gefängnis, wir ziehen keine Dolche, wenn euch etwas nicht schmeckt oder wenn ihr eine Einladung ablehnt.«

Ich musste lachen.

»Und nun komm! Dein Zimmer liegt im Frauentrakt, auch wenn wir hier natürlich keinen echten Frauentrakt mehr haben. Es wird dir gefallen.«

Die Küchentür sprang auf und eine junge Frau trat ein. Sie war klein und zierlich, steckte in schwarzen Jeans, Stiefeln und einem schwarzen Sweater, trug ihr pechschwarzes Haar kurz geschnitten und keinerlei Make-up im Gesicht.

»Ah, Funda!«, sagte Umm Chalil in einem seltsamen Ton zwischen Unwille und mütterlicher Zärtlichkeit. »Wo hast du wieder gesteckt?«

Beim Essen war sie jedenfalls nicht gewesen.

»Ich hatte zu tun.« Sie schien niemanden zu sehen, auch mich nicht. »Chalil ist eben gekommen«, fuhr sie fort.

Mein Herz tat einen Hüpfer.

»Ich möchte ihm einen Teller bringen. Es ist doch noch was da?«

»Natürlich«, antwortete die Scheicha. »Übrigens, das ist Finja, sie ist vorhin angekommen.«

Fundas Augen, die denen ihrer Mutter sehr ähnlich waren, richteten sich auf mich, intensiv und prüfend. Ein kleines Lächeln erschien auf ihren Lippen. »*Welcome. Do you like Dubai?*«

Ihre Frage klang wie eine ungeduldige Verbeugung vor den Konventionen, ihre Stimme war fast heiser vor Ironie. Sie hasste ihr Land, dachte ich plötzlich. Es steckte eine aggressive Spannung in dem zierlichen, vollständig schwarz gekleideten Figürchen.

»*It's very nice!*«, antwortete ich übertrieben begeistert.

Sie lächelte. Offenbar hatte ich den richtigen ironischen Ton angeschlagen.

»Du kommst aus Deutschland, nicht wahr?« Während sie

redete, häufte sie eilig von den Köstlichkeiten des Abendessens etwas auf einen großen Teller. »Mit dir würde ich mich gern mal unterhalten. Ich muss alles wissen über den Feminismus in Europa. Ich möchte wissen, was für Aktionen ihr gemacht habt? Vielleicht können wir etwas daraus lernen.« Oje, davon hatte ich nun überhaupt keine Ahnung. Feminismus war ein Wort, das Jutta in Verbindung mit dem Wort »damals« verwendete.
»Nun ja«, sagte ich. »Eigentlich ...«
»Funda!«, griff ihre Mutter ein. »Unser Gast ist müde ...«
Funda lächelte spöttisch und zog resigniert eine Braue hoch. Da stand Chalils Schwester vor mir mit dem Essen für ihren älteren Bruder, den sie offensichtlich sehr mochte, und war erpicht darauf, in mir eine Schwester im Kampf um die Frauenbefreiung zu sehen. Und ich dachte nur: Chalil ist da! Er sitzt drüben im Versammlungsraum und ich bin nicht dort?
»Weißt du«, erklärte sie mir, »wir bauen gerade eine Frauenbewegung auf. Das gefällt Mama natürlich gar nicht. Dabei ...«, sie wandte sich an ihre elegante Mutter, »... wärst du doch auch froh, wenn du auf deinen Geschäftsreisen ohne Aufpasser unterwegs sein könntest. Und dass wir in Saudi-Arabien ...«
»Ist gut, Funda!«, unterbrach Umm Chalil sie zum zweiten Mal unwillig. »Das müssen wir hier jetzt nicht diskutieren. Und vergiss nicht, was du Chalil versprochen hast. Und was er für dich getan hat! Mit dieser rücksichtslosen Art wirst du nie etwas erreichen.«
»Doch, nur so, Mama! Die Sache mit Chalil tut mir leid, das weißt du. Ich habe mich bei ihm entschuldigt. Aber das Ganze hat auch gezeigt, dass es nur so geht. Mitglieder unserer Familie kann man nicht monatelang wegsperren und fol-

tern. Deshalb muss ich mein Gesicht zeigen und meine Stimme erheben. Irgendwann wird man uns hören. Und mich zu erschlagen wie eine Hündin werden sie nicht wagen, eben weil ich die Tochter eines Scheichs bin.«
Umm Chalil seufzte. »Wie das ausgeht, haben wir ja gesehen, Funda! Und irgendwann reißt auch deinem Vater der Geduldsfaden!«
Funda lachte. Es war ein starkes und kämpferisches Lachen, das mir gefiel. Dann besann sie sich auf den gefüllten Teller in ihrer Hand. »Wir sehen uns!«, sagte sie, nickte ihrer Mutter zu, drehte sich um und huschte hinaus.

Undenkbar, dass ich ihr einfach hinterherlief, plötzlich gar nicht mehr müde, plötzlich Finja, der Partyburner. Was würde Chalil von mir denken, wenn ich so angehechelt kam? Es war alles ganz falsch gelaufen. Von Anfang an. Ich war nicht zu Hause gewesen, als mein Vater Chalil zum Essen eingeladen hatte, ich hatte ihn erst an seinem vorletzen Tag in Stuttgart kennengelernt. Und während Chalil jetzt von seiner Schwester einen Teller Essen empfing, war ich auf dem Weg in den Frauentrakt, der zwar keiner mehr war, in den sich Chalil aber gewiss heute Abend nicht mehr verirren würde. Warum sollte er auch?

Wir stiegen ein enges Treppenhaus in den ersten Stock hinauf. Auch hier war der Gang lang und die Decke hoch. Der Boden knarrte hölzern unter unseren Tritten. Die Türen waren nicht ganz so rustikal wie unten, an den weißen Wänden hingen Kristalllampen. Die Möbel, die ich im Vorbeigehen in den Räumen sah, waren vom Feinsten: weiße Ledersessel, Tische aus seltenem Wurzelholz, Sekretäre, handgefertigt, große Fernsehflachbildschirme, schwere Teppiche, alles luxuriös und zugleich bequem. Auch den traditionellen Frauenraum gab es noch. Er war ähnlich geschnitten wie der Versammlungsraum unten, nur dass es hier Sofas waren, die rundherum an den Wänden standen.

Das Zimmer, in dem Chalils Mutter schließlich Licht machte, war hell und groß. Das Fenster reichte bis zum Boden. Es stand offen, die hölzernen Fensterläden aber waren geschlossen. Ein kühler Duft nach Orangenblüten strich durch die Ritzen herein.

Auf den Dielen lag ein Ornamentteppich, das Bett war breit, in einer Ecke stand ein Glastisch zwischen zwei cremefarbenen Ledersesseln. Der Schrank nahm eine ganze Wandseite ein. Eine Tür führte in ein großes Badezimmer mit einer Wanne und Duschkabine aus Marmor mit goldenen Wasserhähnen. Seifen, Duschlotions und Öle standen auf den Ablagen, die Handtücher dufteten nach Zimt und Rosen.

Jemand hatte meine Reisetasche ausgepackt und meine Sachen in den Schubladen und Fächern verteilt. Auf den Kleiderbügeln hingen nicht nur meine paar Sachen, sondern außerdem eine weiße Daunenjacke mit Pelzbesatz – zweifellos echter Pelz –, eine Wetterjacke mit vielen Taschen und einige lange Kleider.

»Ich hoffe, das passt dir«, sagte Umm Chalil wie nebenbei und als sei es das Selbstverständlichste von der Welt, dass der Gastgeber den Gast mit einem Sortiment von teuren Kleidungsstücken empfing. »Wenn nicht, besorgen wir andere.«

»Danke ...«, stotterte ich. »Aber ...«

»Schon gut«, unterbrach sie mich. »Mach dir darüber keine Gedanken. Das sind nur ein paar armselige Fetzen. Es gibt Wichtigeres, wofür es sich lohnt, Kraft aufzuwenden, um es zurückzuweisen oder es sich zu erkämpfen.« Sie musterte mich plötzlich prüfend. »Oder nicht?«

»Doch, sicher.«

Sie wusste es!, fuhr es mir siedend heiß durch den Bauch.

Sie wusste alles. Rasch steckte ich die Hand in die Jeanstasche, an der der Ring steckte, den Chalil mir geschenkt hatte. Eine blödsinnig kindliche Geste, denn sicherlich hatte ihr scharfes Auge den Ring längst bemerkt und sehr wohl erkannt, dass er aus derselben Manufaktur stammte wie das Collier, das ihr Sohn ihr aus Stuttgart mitgebracht hatte. Womöglich kannte sie die Marke sogar. Und auch wenn der Ring nur ein Nasenwasser gekostet hatte, verglichen mit den Klunkern, die Chalil ihr mitgebracht hatte, so wusste sie vermutlich, dass so ein Schmuckstück über meinen Verhältnissen lag, auch über denen meines Vaters, zumal meine Klamotten auch nicht aus edlen Boutiquen stammten.

Vielleicht hätte ich ihr einfach gleich alles erzählen sollen. Vielleicht hatte sie ein großes, warmes Herz. Und sie mochte mich. Zumindest verhielt sie sich so. Fast wie eine Mutter. Seit ich neun war, hatte ich keine Mutter mehr. Ich kannte das nicht, was für Meike und Nele so selbstverständlich war. Jutta nahm mich nicht in den Arm, allein schon, weil ich es nicht wollte. Ich erzählte ihr nichts von mir. Wir stritten uns nicht einmal, so wie Nele und Meike sich mit ihren Müttern zofften. Es wäre schön, Umm Chalil als Mutter zu haben, dachte ich in diesem Moment.

»Fühl dich wie zu Hause«, sagte sie. »Und gute Nacht, *sweet little sparrow*. Wir freuen uns, dass du da bist.« Sie strich mir über die Wange und lachte freundlich. Dann war auch sie weg.

4

Ich sank aufs Bett und schloss kurz die Augen. Das Bett schien sich mit mir zu drehen wie ein fliegender Teppich. Ich machte die Augen wieder auf. Ich war zwar todmüde, aber der Punkt war überschritten, an dem ich einfach hätte einschlafen können. Es war erstaunlich still. Man hörte den Wind mit Blättern spielen und das Scheppern von Blech, das zwischen Wänden hallte. Ich stand auf und ging zum Fenster, um zu schauen, wo ich war. Der hölzerne Laden ließ sich nach außen aufstoßen. Über eine drei Handbreit hohe Schwelle stieg ich hinaus auf einen Balkon und blickte in einen Innenhof. Der Balkon lief innen ganz herum, soweit ich das in der Dunkelheit erkennen konnte. Das Holz des Geländers fühlte sich warm und rau an unter meiner Hand. In der Mitte des Innenhofs stand schwarz und gewaltig ein Baum. Im Trakt rechts fiel unter der Arkade eines Säulengangs Licht auf ein Pflaster aus großen, hell schimmernden Steinplatten. Von dort kam auch das Scheppern von Blech und Geschirr, das von den Wänden des Palasts zurückgeworfen wurde. Dort befand sich wohl die Küche.

Der Geruch nach Holzkohlengrill und verbranntem

Fleischfett mischte sich mit dem Duft nach Jasmin oder Orangenblüten. Und nach Meer, wie ich mir einbildete. Ich meinte sogar, es rauschen zu hören. Eine Runde schwimmen, das wär's jetzt. Ich schaute auf die Uhr. Es war kurz nach zehn. Die Luft war lau und meine Muskeln sehnten sich nach Bewegung. Wie machte ich das jetzt am geschicktesten? Es war stockfinster und ich wusste nicht einmal, in welcher Richtung ich das Meer suchen musste, geschweige denn, wie ich aus diesem Palast herauskam.

Egal. Ich fand meinen Bikini in den Schrankschubladen, sprang ins Badezimmer, schlüpfte hinein und zog Jeans und T-Shirt darüber. Außerdem nahm ich den verräterischen Ring ab und warf ihn in den Waschbeutel. Dann trat ich wieder auf den umlaufenden Balkon hinaus. Vielleicht gab es eine Treppe hinunter. Aber ich stieß alsbald auf eine Mauer. Auf der anderen Seite des Frauentrakts befand sich ebenfalls eine Mauer. Von hier aus kam man nicht hinunter.

Beim Umkehren bemerkte ich aus dem Augenwinkel eine Bewegung unten im Hof. Für einen kurzen Moment meinte ich, im tiefen Schatten des Baums weißen Stoff aufschimmern zu sehen.

Suhail fiel mir ein, der mich vorhin so angestarrt hatte. Vielleicht sollte ich doch auf den Ausflug verzichten. Ich dachte an Funda und ihren Kampf für die Freiheit der Frauen. Nein, ich würde mich nicht jetzt schon einschüchtern lassen und mich selbst ins Haus verbannen.

Mit leichtem Herzklopfen verließ ich mein Zimmer und tappte den langen Flur entlang, bis ich das Treppenhaus fand. Unten wandte ich mich nicht Richtung Küche, sondern nach der anderen Seite, in der Hoffnung, auf eine Tür zu stoßen, die aus dem Gebäude hinausführte. Ich bog einmal nach rechts und gelangte in den Trakt, der sich dem Haupteingang gegenüber befand. Er besaß einen quadratischen Flur mit Rundbögen und vier Türen nach jeder Seite. Die eine führte vermutlich in den Innenhof, die gegenüberliegende musste dann hinausführen. Sie knarrte leise. Frische Luft schlug mir entgegen. Ein Nachtvogel schrie. Nur wenige Sterne schafften es, die feuchte Dunstglocke über der Stadt zu durchdringen. Ein halb voller Mond hing wie eine Wiege über den fransigen Wedeln von Palmen, die sich gegen den Himmel abzeichneten. Meine Augen hatten sich schnell an die Dunkelheit gewöhnt. Ich erkannte vor mir einen Weg aus Platten, der zwischen den Palmen verschwand. Eine Katze huschte vorüber. Die Palmwedel raschelten eigenartig. Getier knisterte zuseiten des Wegs. Nur Mut, Finja! Du hast es angefangen, also bring es auch zu Ende. Nach einer Weile vernahm ich das Schlagen von Wasser gegen eine Kaimauer, das leise Klirren der Takelage von Segelbooten. Licht blitzte zwischen den Palmen und die weißen Aufbauten einer riesenhaften Jacht leuchteten.

Ein Knacken im Dunkel des Palmenhains ließ mich zusammenfahren. Ich drehte mich um, konnte aber niemanden sehen. Ich zwang mich, langsam weiterzugehen, und stand plötzlich im Licht zweier Laternen am Kai eines Privathafens, in dem etliche Boote lagen: Motorboote, Segelboote, eine große Jacht, eine kleine Jacht. Nicht übel! Ich hatte bisher in meinem Leben von Segeltörns und Luxusjachten nur geträumt, so wie Nele und Meike davon träumten: einen reichen Mann kennenlernen, mit dem Privatjet fliegen, auf einer Jacht Hummer essen und Champagner trinken, Party feiern. Bitte sehr! Hier war alles möglich, alles greifbar.

Doch es faszinierte mich in diesem Moment gar nicht so,

wie ich erwartet hatte. Anderes war wichtiger. Ich war doch zu sehr Tochter meines Vaters, des Professors, der sein Leben den Dingen widmete, die schwer zu erreichen waren und von denen die anderen sagten: Das geht nicht, das funktioniert nie im Leben. Da war ich wie er. Das wurde mir plötzlich klar. Ich hatte das »Geht-nicht-gibt's-nicht«-Gen von meinem Vater geerbt. Und jetzt würde ich schwimmen gehen.

Rechts oder links? Weiter drüben stand ein kleines Hafengebäude. Im Schatten dahinter hörten die Steine der Hafenanlage auf und Sand begann. Silbrig schimmerte der Strand im Mondlicht, landseitig gesäumt vom undurchdringlichen Dunkel der Palmen und Parkbäume der Villen entlang der Küste. In der Ferne sah man den *Burdsch al-Arab* bläulich leuchten, etwas ins Meer entrückt, und ihm gegenüber die glitzernde und funkelnde Skyline von Dubai-Stadt. Die Gischt der kleinen heranrollenden Wellen leuchtete gespenstisch hell im schwarzen Wasser. Groß wölbte sich der Nachthimmel über allem.

Ein bisschen unheimlich war es schon. Sollte ich wirklich?

Ich zog die Sandalen aus, ließ die helle Hafenanlage hinter mir und ging zum dunklen Wasser vor. Es war überraschend warm. Die Wellen, die meine Füße umspielten, fluoreszierten weißgrünlich. Als ich meinen Fuß im nassen Sand zurückzog, hinterließ ich eine grüne Leuchtspur, die nach einer Sekunde verlosch. Meeresleuchten, fiel mir ein. Das gab es also wirklich. Algen, eigentlich Bakterien, die sich bei Wärme sprunghaft vermehrten und bei Reibung zu leuchten begannen. Wenn das Wasser abfloss und ich den Fuß in den nassen Sand setzte, knipste sich ein Licht an, als ob sich eine Lampe im Boden befände. Irre! Und mit dem Finger konnte ich leuchtende Gesichter in den Sand malen, wenn sie auch sofort wieder verloschen.

Ich hockte noch im Sand, da hörte ich vom Hafen her ein Geräusch. Als ob eine Blechtonne umgefallen wäre. Sie rollte scheppernd, dann war Stille. Es war mir also doch jemand gefolgt. Zumindest war da jemand. Ich duckte mich unwillkürlich und hielt den Atem an. Irgendwas passierte dort. Aber sehen konnte ich nichts. Das Hafengebäude stand schwarz gegen den etwas helleren Himmel. Die mir zugewandte Wand lag im Schatten der Laterne an der Ecke des Hafens. In deren Licht leuchtete hell die weiße Hochseejacht und an den Masten der Segelboote blitzte hin und wieder der Stahl der Takelage auf.

Ich lauschte angestrengt. Nichts! Ich wollte gerade aufstehen, um – das muss ich gestehen – Richtung Palast zurückzulaufen und meinen Badeausflug vorzeitig zu beenden, da hörte ich Stimmen, unartikulierte Laute. Etwas bewegte sich, leuchtete kurz im Laternenlicht weiß auf: das Gewand eines Arabers. Dann sah ich eine dunkle Gestalt vom Gebäude wegstolpern, einen Mann in Hosen. Ein zweiter, derjenige im weißen Gewand, stürzte sich auf ihn. Im Widerschein der beleuchteten Hochseejacht sah ich, dass sie kämpften. Einer der Männer schrie erstickt. Der mit den Hosen versuchte, wie mir schien, sich loszureißen, aber der andere, der in der *Dischdascha*, schlug zu. Etwas blitzte kurz auf, als es in hohem Bogen in den Sand flog. Noch ein Schlag und der Mann in Hosen taumelte aus dem Licht heraus und landete im Schatten, sodass ich ihn nicht mehr sehen konnte. Die Gestalt im weißen Gewand stand still. Wer auch immer es war, er hatte sich die *Ghutra* fest um den Kopf geschlungen. Sonst hätte er sie samt *Agal* beim Kampf verlieren müssen. Er schien zu schauen, ob der andere sich noch einmal rühren würde. Aber nichts geschah. Vielleicht blickte er sich auch nach Zeugen des Gewaltausbruchs um. Keine Ahnung.

Ich hatte mich unwillkürlich platt in den Sand geworfen und hoffte, dass meine Gestalt sich gegen keinerlei Lichter, keine leuchtende Gischt abhob.
Nach einer Weile bewegte sich die weiße Gestalt. Langsamen Schrittes schwebte sie fort, am Kai entlang, passierte die Laterne an der Ecke und verschwand im Dunkel zwischen den Palmen des Hains, hinter dem sich der Palast des Scheichs mit seinen Türmen und spärlichen Lichtern fast vollständig verbarg.
Mir klopfte das Herz bis zum Hals. Ich weiß nicht, wie lange ich im Sand lag und darauf wartete, dass sich der Mann in Hosen wieder rühren und im Gegenlicht des Hafens sichtbar werden würde. Aber nichts rührte sich. Er war doch nicht tot? Ich war doch nicht wirklich Zeugin eines Mordes geworden! Ausgerechnet an meinem ersten unglücklichen Abend in Dubai. Wäre ich doch nie hier herausgegangen! Es war Wahnsinn gewesen! So wenig, wie ich mich hier auskannte, ohne jede Ahnung, nach welchen Regeln man lebte. Und es waren andere Regeln als bei mir zu Hause, das hatte ich immerhin gewusst, Regeln von Männern für Männer, kriegerische Regeln, darauf bedacht, Frauen zum eigenen Schutz auszuschließen, indem man sie in die Häuser verbannte. Ich hatte mich nicht daran gehalten und prompt etwas mitangesehen, was nicht für meine Augen bestimmt gewesen war. Ein Ehrenhandel? Ein Fememord? Ein Streit um eine Frau?
Was tun? Vielleicht war der Mann ja auch nur verletzt, womöglich aber so schwer, dass er Hilfe brauchte. Womöglich würde er sogar sterben, wenn sich nicht bald jemand um ihn kümmerte. Und dieser Jemand konnte nur ich sein. Sonst war niemand hier.
Ich erhob mich auf Hände und Knie. Nichts rührte sich.

Nur das unermüdliche Klatschen der Wellen, die an den Strand brachen, war zu hören. Ich stand auf und zog mir die Sandalen an. Am liebsten hätte ich mich danach einfach davongemacht, in großem Bogen um das Hafengebäude und den Hafen herum gen Palmenhain und Palast. Was ging mich eine Prügelei unter Fremden an. Aber wenn es dann morgen hieß, am Strand liege ein Toter und er sei verblutet und man hätte ihn noch retten können? Das hätte ich nicht ertragen. Es half also nichts. Ich musste nachschauen. Ich wollte nicht, ich hatte Angst, aber ich musste. Für einen Augenblick spielte ich mit dem Gedanken, in den Palast zu laufen und die Leute zu alarmieren, damit sie nachschauten. Vielleicht hätte ich auf diese Weise sogar noch Chalil gesehen. Aber was hätte er von mir gedacht, wenn ich in den Versammlungsraum der Männer platzte und aufgeregt Zeter und Mordio schrie und wenn sich herausstellte, dass ich mutterseelenallein in tiefer Nacht an den Strand gegangen war, um zu baden, während man mich schlafend in meinem Zimmer im Frauentrakt wähnte? Und womöglich machte ich ganz umsonst einen Aufstand, weil der Verletzte längst aufgestanden und abgehauen war.

Nein, das ging nicht. Ich war auf mich allein gestellt. Das hast du davon, Finja. Langsam tappte ich auf das finster aufragende Hafengebäude zu, voller Furcht, ich könnte unversehens über einen leblosen Körper stolpern. Hätte ich nur eine Taschenlampe gehabt! Immerhin zauberte das Mondlicht einen silbrigen Nebel über den welligen Sand und ich hatte den Eindruck, dass ich einen Körper auf ein paar Meter Entfernung erkennen würde.

Schon hörte man das leise Klirren der Takelagen, da stieß ich mit dem Fuß an etwas, das im Sand lag, an einen kleinen harten Gegenstand. Ich bückte mich und tastete danach. Es war ein Messer. Die Vorstellung, dass Blut daran klebte, erschreckte mich so, dass ich es sofort wieder fallen ließ. Unwillkürlich wischte ich die Finger an meinen Jeans ab. Eine dunkle Wischspur auf dem hellen Jeansstoff konnte ich allerdings im Schein des Mondes nicht erkennen. Kein Blut!

Ich zwang mich, das Messer wieder zu ergreifen, und hielt es so, dass die Klinge im fernen Hafenlicht blitzte. Sie wirkte leidlich sauber. Es war ein Messer von der Art, wie es Outdoorsportler, Trekker oder Angler in einer Scheide am Gürtel tragen konnten. Die Klinge war nicht ganz so lang wie meine Hand. Der Griff war glatt. Ein bisschen wirkte es wie ein Küchenmesser.

Und was machte ich jetzt damit? Mitnehmen, liegen lassen? Es widersprach meinem europäischen Sicherheitsempfinden, ein solches Messer am Strand liegen zu lassen. Aber ich hatte keine Handtasche dabei, in die ich es stecken konnte. Ich konnte es nur offen in der Hand tragen. Und so den Palast betreten … Ich verschob die Lösung dieses Problems auf später. Vorerst verschaffte es mir sogar eine gewisse Sicherheit, das Messer in der Faust zu halten und vor mir herzutragen.

Erst als ich das Hafengebäude fast erreicht hatte, erkannte ich den Mann, der im Schatten an der Wand lehnte. Immerhin war er nicht tot. Er stöhnte und rieb sich den Fuß. Als er sich vorbeugte, schimmerte sein Haar rötlich. Es war Bill, der Schotte mit dem Moslembart, der mir nach dem Abendessen mit seinen Zweideutigkeiten auf den Pelz gerückt war.

Er erkannte mich im selben Augenblick. »*Shit!*«, fluchte er. »Was willst du mit diesem Messer?« Er lachte rau. »Mann, bleib mir bloß vom Leib und sag deinem verdammten arabischen Lover, dass ich nichts von dir will und nichts mit dir habe!«

Ich kapierte gar nichts.

»Schau mich nicht so an, verdammt!« Er betastete vorsichtig seine Nase. »Der Hurensohn hat mir das Nasenbein gebrochen! Und den Fuß!«

»Brauchst du Hilfe, soll ich …«, stotterte ich.

»Hilfe?« Bill schnaubte. »Wer soll mir denn helfen? Die halten doch alle zusammen! Hau bloß ab! Verschwinde! Wenn der mitkriegt, dass ich mit dir spreche, dann bringt er mich um!«

»Wer denn, um Gottes willen?«

»Weiß ich doch nicht, meine Kleine! Diese Araber sehen alle gleich aus in ihren weißen Nachthemden! Aber du musst doch wissen, wer so eifersüchtig ist, dass er jeden zusammenschlägt, der dich auch nur anschaut! Du musst deinen Lover doch kennen! Er hätte mich fast umgebracht, verdammt!«

Mit anderen Worten: Bei der Prügelei war es um mich gegangen.

»Ich habe keinen arabischen Lover«, sagte ich.

Wer sollte das denn auch sein? Chalil war nicht da gewesen, als Bill mich angemacht hatte. Und außerdem war er nicht mein Lover. Im Gegenteil. Er war der, mit dem ich nie zusammenkommen würde, weil er mich nicht lieben durfte. Andererseits … Jemand konnte Chalil erzählt haben, dass Bill sich an mich rangemacht hatte. Suhail zum Beispiel, Chalils Bruder, der mich die ganze Zeit angestarrt hatte. Und wer weiß, vielleicht hatte das Chalil genügt, um auszurasten, weil er mich beschützen zu müssen meinte, und zwar als mein Gastgeber, und weil er mich eben doch bereits als seinen Besitz betrachtete.

Da war es wieder, das Unheimliche, das Düstere, das mich seit meiner Ankunft in diesem Land beunruhigte. Kannte ich mich aus? Hatte ich irgendeine Ahnung? Vielleicht war das hier einfach eine Frage der Ehre. Das war es, was geschah, wenn man sich als Frau die Freiheit nahm, selbst zu bestimmen, mit wem man redete oder flirtete und wohin man ging. Plötzlich war man mit schuld daran, dass ein Mann einen anderen andern halb tot schlug. Fürchterlich war das!

»Ich kenne niemanden, der so etwas tun würde«, bekräftigte ich nachdrücklich. »Das muss ein Missverständnis sein. Wahrscheinlich ist es um ein anderes Mädchen gegangen. Du hast doch bestimmt einige an der Angel, so wie du rangehst. Ich bin ja erst seit ein paar Stunden hier.«

Der Schotte musterte mich. »Irrtum ausgeschlossen!«, sagte er schließlich. »Er hat deinen Namen gesagt, Finja, so heißt du doch? Na bitte. Übrigens, das Messer da …«

Ich hielt es ihm hin. »Ist das deines?« Ich war mir eigentlich sicher. Es passte zu einem Sporttaucher, einem sonnenverbrannten Abenteurer in Cargohosen.

»Nein, das gehört mir nicht«, antwortete er wider Erwarten. »Es ist seines. Er wollte mich damit abstechen. Zum Glück habe ich es ihm aus der Hand schlagen können.«

Seine farblosen Augen glitzerten im Zwielicht. Ich glaubte ihm nicht. Ich glaubte kein Wort von dem, was er sagte. Wahrscheinlich war er viel zu bekifft, um irgendetwas richtig zu kapieren.

»Nimm es!«, sagte ich. »Falls der Angreifer wiederkommt. Ich kann es nicht brauchen.«

Bill lachte lauthals. Keine Ahnung, warum. Ich bot ihm noch mal an, Hilfe zu holen, er lehnte es wieder ab. Zum Beweis, dass er keine Hilfe brauchte, stellte er sich stöhnend und fluchend auf die Füße und humpelte ein paar Schritte. »Und jetzt verschwinde. Hat mich gefreut, dich kennenzulernen. Viel Glück.«

Na gut. Er wollte es so. Ich ließ ihn zurück und marschierte die Kaimauer entlang, vorbei am Heck der Hochseejacht. Ich hatte die Laterne an der Ecke fast erreicht, da stieß ich mit dem Fuß an etwas, das mit leisem Klackern davonschoss. Ich erhaschte die Bewegung mit den Augen. Es war kein Steinchen. Es hatte etwas Grünes, grüne Flügelchen, eine goldbraune Haarkappe, schwarze Knopfaugen, einen singend aufgerissenen Mund und es hockte mit baumelnden Beinchen in einem Halbmond.

Der Schreck schoss mir bis in die Kniekehlen hinab. Es war das Erzgebirgsengelchen, das ich Chalil geschenkt hatte. Der unbekannte Angreifer war Chalil gewesen. Er hatte Bill die Nase gebrochen.

Meine Uhr zeigte kurz nach zwölf. Ich war über zwei Stunden draußen gewesen. Was mich hatte entspannen und erfrischen sollen, hatte sich in einen Albtraum verwandelt. Meine Gedanken rollten wie Mühlsteine durch mein Gehirn. Ich hatte Kopfschmerzen und fühlte mich zum Zerreißen gespannt.

Ohne mich richtig zu orientieren, stolperte ich den langen Flur entlang und stieg ein Treppenhaus nach oben. Der Gang, in den ich gelangte, kam mir fremd vor. Die Teppiche waren gröber, die Lampen an den Wänden einfacher als dort, wo ich mein Zimmer hatte. Und es roch anders. Wobei mir erst jetzt klar wurde, dass der Frauentrakt von einem Duft nach edlen Ölen, Rosen und Jasmin durchflutet gewesen war.

In diesem Teil des Palastes aber roch es nach Lampenöl und warmem Holz. Ich war das falsche Treppenhaus nach oben gestiegen, und wie ich die Verhältnisse einschätzte, würde es kein Durchkommen zum Frauentrakt geben. Ich wollte umkehren, aber mir fiel ein Licht auf, das seitlich in den Gang fiel. Es schien ein weiteres Treppenhaus zu versprechen. Doch als ich näher kam, erkannte ich, dass es eine Zimmertür war, die halb offen stand.

Ich stoppte und hielt den Atem an. Hoffentlich hatte der, der dort drin war, mich noch nicht gehört. Besser, ich zog mich geräuschlos zurück. Doch schon beim ersten Schritt rückwärts knarrte unterm Teppich eine Diele. Sie jaulte, als hätte man einem Hund auf den Schwanz getreten.

Scheherazade hätte daraus sicher eine Geschichte gemacht: die Geschichte der Diele. Dem König hätte sie von der jaulenden Diele erzählt, welche die leichten Schritte der schönen Sklavin ertragen hatte, die hastigen Füße des ertappten Liebhabers auf der Flucht und das zornige Stampfen des betrogenen Ehemannes. Eine der vielen Geschichten von Verrat und Lüge, Rache und Verzweiflung. Und nur, wer die Schmerzen der Diele achtete und sie mit seinem Fuß übersprang, würde am Ende mit Reichtum, Liebesglück und einem langem Leben belohnt werden.

In meinem Fall ereilte mich der Fluch sofort. Ich hatte kaum ausgeatmet, da trat aus dem Zimmer eine weiß gewandete Gestalt. Die *Dischdascha* war fleckig, die Manschette am Ärmel war halb abgerissen. Gelblicher Sandstaub klebte auf dem feinen Stoff.

»Chalil!«

Er stand auf bloßen Füßen und hatte die *Ghutra* wie einen Schal auf die Schultern herabgezogen. Auf seinem schwarzen Haar saß das kleine weiße Häkelkäppchen. Das Haar war glanzlos vor Staub. Sein Gesicht war tief gebräunt und müde, wie nach einem tagelangen Ritt unter sengender Sonne. Seine Lippen waren spröde, ihr Ausdruck angestrengt, fast ein wenig verächtlich und bitter, auch wenn sie jetzt versuchten zu lächeln.

»Guten Abend, Finja«, sagte er leise. Dabei senkte er irgendwie verlegen den Blick. »*Marhaba*, willkommen!«

Eine Welle von Sympathie überrollte mich. Am liebsten

hätte ich ihn in den Arm genommen und an mich gedrückt, ihn hineingeführt, seine schmutzigen Sachen ausgezogen und ihn in die Badewanne gesteckt. Er sah so aus, als kümmere er sich zu wenig um sich selbst.

Doch dann schoss es mir durch den Kopf: Er hat eben da draußen dem Schotten die Nase eingeschlagen. Nicht, dass mir Bill, alias Muhammad, in irgendeiner Weise sympathisch war. Aber so viel Zorn, eine solche strafende Eifersucht, das war ... unheimlich, finster, beängstigend.

Wenn der Erzgebirgsengel am Kampfplatz mir nicht Beweis genug gewesen wäre, so fand ich weitere in ein paar kleinen Blutflecken auf seiner *Ghutra*, einer Schürfwunde auf seinen Fingerknöcheln und dem zerrissenen Ärmel. Ich schloss meine Faust so fest um das Erzgebirgsengelchen, dass die Spitzen des Halbmonds mir in die Handfläche stachen. Dass er es bloß nicht in meiner Hand entdeckte! Dann hätte er gewusst, dass ich Zeugin seiner Gewalttat gewesen war und – womöglich eine Todsünde, die ebenfalls Strafe erforderte – alleine draußen am Stand gewesen war.

»Willkommen in Dubai«, sagte Chalil formell. Noch immer blickte er mich nicht richtig an.

»Chalil, ich ..«

»Ich bitte um Entschuldigung«, unterbrach er mich im selben distanzierten Ton, »dass ich zu deinem Empfang nicht da war. Ich bin aufgehalten worden ... in der Wüste. Wir hatten Probleme mit einem Auto und haben uns verspätet. Ich ... wollte mich gerade waschen und ...«

Ich machte einen Schritt auf ihn zu.

Er wich einen Schritt zurück.

»Entschuldige«, stotterte ich, »ich habe mich verlaufen. Ich wollte eigentlich ...«

»Kein Problem.« Er versuchte zu lächeln.

Was sollte ich jetzt sagen? Warum nur hatte er Bill zusammengeschlagen? Die Frage drängte sich immer wieder vor.

»Ich vermute«, sagte ich blöde, »es gibt von hier keinen Durchgang zum Frauentrakt.«

»Stimmt.« Sein Lächeln wurde etwas freier.

»Also muss ich wieder hinunter und dann ...«

»Warte«, sagte er und warf einen Blick in das Zimmer, aus dem er gekommen war, »einen Moment nur. Dann bringe ich dich hinüber.«

Er verschwand.

Ich linste um die Ecke. Das Türblatt war fast bis in den Rahmen geschwungen. Durch den Spalt sah ich einen schönen leuchtend roten Teppich mit goldenen und grünen Ornamenten und den Teil eines Schreibtischs aus sandfarbenem Holz in der Ecke gegenüber, auf dem soeben ein Computerbildschirm dunkel wurde. Einen Atemzug später riss Chalil die Tür auf und wäre fast gegen mich geprallt. Ich fuhr zurück, er auch.

»Entschuldige«, sagte ich zum zweiten Mal. Die Komik der Situation wurde mir bewusst. Was für ein verkrampftes Geeier!

Auch er lächelte fast amüsiert. »Keine Ursache. Du wolltest sehen, wie ich wohne. Bitte sehr!«

»Darf ich wirklich?«

Er nickte und wich in dem Maß zurück, wie ich in das Zimmer tappte, das seines war, die Atmosphäre feierlich in mich einatmend wie den Duft von kostbarsten Harzen. Es war eine strenge Gediegenheit, die es ausatmete. Der Teppich war weich. In einer Ecke stand bei einem einfachen Bord aus gewachstem Holz ein Clubsessel mit einer Leselampe. Neben dem türartigen Fenster zum Balkon befand sich der Schreibtisch, darauf entdeckte ich einige Papiere und den Computer.

Daneben ein Schrank mit Aktenordnern. Außerdem gab es ein nicht übermäßig großes, aber gut gefülltes Bücherregal mit englischen und deutschen Titeln zwischen den arabischen. Goethe erkannte ich und Thomas Mann, Laurence Sternes *Tristram Shandy* und andere Klassiker. Eine weitere Tür, die vermutlich in Chalils Schlafgemächer führte, war geschlossen.

In der Ecke auf dem Bord lehnte ein Ding, das ich als Musikinstrument einstufte. Es bestand aus einer verbeulten Blechdose mit Klangloch, in die oben ein Stock hineingesteckt war, von dem über einen Steg zwei Saiten zum unteren Rand der Blechdose gespannt waren. Die Saiten des Bogens, mit dem man diese simple Geige spielte, war unter die Saiten gefädelt, sodass man ihn nicht vom Instrument wegnehmen konnte.

Chalil folgte meinem Blick. »Eine *Rababa*«, sagte er. »Ich habe sie als kleiner Junge gebastelt. Sie ist die älteste Form der Violine. Der Klangkörper kann auch aus einer Kokosnuss bestehen. Hier ist es eine Blechdose.« Er drehte sich zum Bord um und nahm die *Rababa* herunter.

Ich nutzte den Moment, in dem er mir den Rücken zudrehte, um den Erzgebirgsengel in den Clubsessel fallen zu lassen. So würde Chalil glauben, er sei ihm dort aus der Tasche gerutscht und nicht bei der Prügelei draußen am Hafen. Und ich war die Sorge los, dass er ihn in meiner Hand entdeckte und sofort wusste, dass ich draußen gewesen war und alles gesehen hatte.

»Ich habe meine Kindheit und Jugend in den Zelten meines Großvaters in der Oase al-Abar as-saba verbracht. Das heißt Oase der sieben Brunnen. Sie befindet sich im Hadschargebirge«, erklärte er, sich mir wieder zuwendend. »Das liegt im Sultanat Oman.«

Er stellte das Instrument auf die breite Lehne des Clubsessels und ließ den Bogen unter den Saiten entlanggleiten. Ein fester, erstaunlich weicher und etwas trauriger Ton entstand. Chalil entlockte dem Teil eine kurze, rasche Melodie in wirbeligen Halbtonschritten und lächelte. »Ich bin etwas außer Übung.«

»Das ist schön«, sagte ich. »Lebt dein Großvater noch?«

»Du wirst ihn kennenlernen. Ihr werdet Weihnachten zusammen verbringen in...« Er unterbrach sich, stand auf und stellte die *Rababa* zurück in die Ecke.

»Ich weiß es schon«, sagte ich. »Es soll zwar eine Überraschung sein, aber dein Vater hat darauf bestanden, dass mein Vater es mir verrät.«

»Ja, mein Vater war sofort begeistert von der Idee, in der Wüste Weihnachten zu feiern, euch zu Ehren. Eigentlich war es sogar sein Vorschlag. Leider wird er nun selbst nicht mit dabei sein können. Er muss zu einer politischen Konferenz.«

Ich hörte kaum zu, denn ein Wörtchen klang in mir nach: »*Ihr?* Du sagst: ›Ihr werdet Weihnachten zusammen verbringen‹. Wirst du auch nicht mit dabei sein?«

Er schnalzte mit der Zunge.

Dass er mir damit bereits die Antwort gegeben hatte, nämlich »Nein«, entging mir völlig. Ich ahnte noch nichts von der Meisterschaft der Araber, mit Gesten zu antworten, vor allem, wenn es darum ging, Nein zu sagen. Wahrscheinlich guckte ich Chalil so erwartungsvoll an, dass er sich nun bemüßigt fühlte zu erklären: »Ich habe viele Pflichten, ich ... ich muss wahrscheinlich verreisen.«

Mir schwindelte kurz vor Enttäuschung.

Als ich wieder klar sehen konnte, begegnete ich seinem besorgten Blick. Aber er senkte sofort die Lider.

»Es hat doch ...«, stotterte ich, »nichts mit ... damit zu tun, dass du mich nicht ... ich meine, es hat nichts mit mir zu tun, oder?«

»Nein, Finja! Nein!« In seiner Stimme brach etwas hindurch, was warm und zärtlich klang. Alles in mir drängte sich zu ihm. Aber er hob das Kinn und schuf durch diese kleine Bewegung sofort wieder Distanz, unmissverständlich sogar für mich. »Es ist schon spät«, sagte er. »Ich bringe dich jetzt hinüber. Du bist seit dem frühen Morgen unterwegs und das Abendessen hat, fürchte ich, auch Stunden gedauert. Sie haben dich sicher ständig genötigt und du hast dich nicht getraut abzulehnen. Du musst todmüde sein.«

Seine mitfühlenden Worte sollten mich vermutlich entschädigen für die Tatsache, dass er mich fortschickte, kaum dass wir einander wiedergesehen hatten. Wenn das unsere Zukunft war – distanzierte Konversationen –, dann wollte ich lieber gleich reinen Tisch machen.

»Okay«, sagte ich. »Ich habe mir zwar ...«

Er unterbrach mich. Ohne Worte, allein mit einem abweisenden Zucken der Braue und seiner gebieterischen Entschlossenheit. Ohne die Distanz zwischen uns zu verringern, schob er mich förmlich aus seinem Zimmer, zog die Tür hinter sich zu und wandte sich in die Richtung, aus der ich gekommen war.

Der Gang war so eng, dass sich unsere Schultern hin und wieder berührten. Ich konnte mir nicht helfen, es war ein gutes Gefühl, ihn auf gleicher Höhe neben mir zu wissen, ihn zuweilen sogar kurz zu spüren. Er bewegte sich mit einer Gelassenheit, die mir doch alles andere als ruhig vorkam. Vielmehr schienen knapp unterhalb dieses Gewandes von Selbstkontrolle ungeahnte Kräfte und Leidenschaften zu stecken, deren gewalttätigen Ausbruch ich gerade vorhin am Hafen hatte mit ansehen müssen.

Meine zaghaften Glücksgefühle verflogen. Wie ungeheuer fremd er mir doch war!

Wir bogen ins Treppenhaus ein. Ich holte Luft. »Wenn das so ist, Chalil, wenn wir …«

»Langsam, Finja«, sagte er. »Ich weiß, Geduld ist nicht gerade eine Stärke bei euch Deutschen. Aber ich muss dich trotzdem bitten: Hab Geduld mit uns … mit mir. Alles braucht seine Zeit.«

Mein Herz begann zu flattern. Versuchte er mir gerade zu erklären, dass er doch nicht von vornherein ausschloss, dass er und ich …?

So ging das nicht! Ich stoppte.

Er kam zwei Stufen unter mir zum Stehen und drehte sich um, die Augen zu mir erhoben. Im Licht der Treppenhauslampe leuchteten sie in einem tiefen Braun, wie es nur Augen haben konnten, mit keiner anderen Farbe vergleichbar, durchsichtig und zugleich undurchdringlich.

»Chalil? Was wird das hier?«

Er schaute mich aufmerksam an. Es schien ihm nichts auszumachen, dass er unter mir stand und zu mir aufschaute. Er machte keine Anstalten, die zwei Stufen zu erklimmen, um die gewohnte Augenhöhe wiederzugewinnen, wie ich es oft bei den Studenten meines Vaters auf den Treppen zum Institut erlebt hatte.

»Wenn wir nicht … Ich meine …«

»Ja?«

»Chalil, es tut mir leid, aber ich brauche Klarheit. Ich weiß, du bist ein Scheichsohn. Okay. Und wir dürfen hier vermutlich nicht miteinander reden. Was weiß ich.«

Er lächelte.

»Ich bin hier, weil mein Vater mit mir Weihnachten feiern will und ich mit ihm. Wir haben Weihnachten noch nie getrennt verbracht. Ich bin nicht deinetwegen hier, Chalil! Die Reise war schon lange vorher geplant! Ich ... ich laufe dir nicht ... hinterher. Damit das klar ist.«

Er nickte.

»Aber ich verstehe einfach nicht, was du willst. Was soll das? Du erklärst mir, du würdest um mich werben, wenn du dürftest. Aber du darfst nicht. Okay. Aber verdammt, warum schlägst du dann diesen unglückseligen Bill zusammen?«

Chalil richtete sich auf. Seine Augen blitzten, das Lächeln war aus seinem Gesicht verschwunden.

»Warum, Chalil?«

Seine Züge wurden hart und abweisend. Auf einmal war er ganz der junge Scheich, dem niemand zu nahe treten durfte, der sich von niemandem etwas sagen lassen musste und der die Macht besaß, über andere Menschen zu richten.

»Ich bin dir keine Rechenschaft über mein Tun schuldig, Finja!«, sagte Chalil ziemlich scharf. »Und ich bitte dich dringend, urteile nicht über Dinge und Verhältnisse, die du nicht verstehst.«

»Nein!«, sagte ich aufgebracht. »Das verstehe ich wirklich nicht! Und ich will es auch gar nicht verstehen!«

»Gut!«, antwortete er. Eine Sekunde hielt sein Blick meinem stand, dann senkte er die Lider. Aber es war kein Zeichen von Verlegenheit, sondern eher Stolz. Als ob ich keinen weiteren Blick wert sei. Er hob die Hand, als wolle er mich am Ellbogen fassen. Es war wieder einer dieser gebieterischen Gesten, denen ich unwillkürlich Folge leistete. Auch wenn in mir wilder Protest wütete!

Schweigend stiegen wir das Treppenhaus hinunter. Unten angekommen, führte Chalil mich in den nächsten Trakt, an der mittlerweile dunklen Küche vorbei und das anliegende Treppenhaus hinauf. Auf der letzten Stufe blieb er stehen.

»Dann gute Nacht, Finja.«

»Gute Nacht.« Ich besann mich auf eiskalte Höflichkeit. »Und vielen Dank.«

»Nichts zu danken.«

Er sah aus, als wolle er noch etwas sagen, tat es aber nicht, sondern drehte sich um und stieg die Treppe hinab. Sein Gewand raschelte leise.

6

Im Morgengrauen weckte mich der Muezzin, der seinen Aufruf zum Morgengebet mit »*Allahu akbar*« begann, »Gott ist groß«. Als ich dann wirklich wach wurde, fiel bereits Sonne durch die Ritzen der Fensterläden. Stimmen hallten wider im Innenhof, Kindergeschrei und das Scheppern von Eimern.

Es war neun Uhr durch! Ich stieg aus dem Bett, ging unter die Dusche und probierte das nach Rosen duftende Duschgel und die nach Jasmin duftende Lotion meiner Gastgeber aus.

Die Düsternis des Abends und der Nacht war in weite Ferne gerückt. Auch die gründlich verhagelte Begegnung mit Chalil. Arroganter Macho! Wäre er nur nicht so schön gewesen, dass es mir die Seele zerriss, wenn ich nur an ihn dachte! Eigentlich hätte ich schon gewarnt sein sollen, als er auf meine Witzelei über seine jesusgute Geste dem kleinen Dieb gegenüber so humorlos reagierte. Ich und ein Mann ohne Humor – das konnte nicht gut gehen.

Immerhin hatte ich gut geschlafen. Der Empfang gestern Abend war mehr als herzlich gewesen, sagte ich mir. Ich war willkommen. Umm Chalil schien mich zu mögen. Und sie hatte Humor! Ihre Tochter Funda war Feministin. Die Familie war modern eingestellt. Vielleicht würden sie mich tolerieren ... Stopp, Finja! Gerade eben hatte ich doch noch eingesehen, dass Chalil und ich nicht zusammenpassten. Also musste ich mich jetzt nicht fragen, ob seine Familie mich akzeptieren würde!

Aber wenn sie mich akzeptieren würde ... Wenn!

Irgendwas war zwischen Chalil und mir, das alle kulturellen Unterschiede missachtete. Ich hatte es gestern Nacht deutlich gespürt. Allein, neben ihm zu gehen, hatte mich mit Ruhe und Freude angefüllt. Ein bisschen zittrig war diese Ruhe zwar gewesen, aber beglückend. Und auch er hatte sich beherrschen müssen. Und um Geduld hatte er mich gebeten! Das war doch gewissermaßen ein Versprechen gewesen.

Die brutale Szene am Hafen hatte ich schon fast verdrängt. Was hatte ich schon gesehen? Vermutlich war mir alles größer, heftiger und gewalttätiger vorgekommen im Halbschatten der Hafenlaterne. Und wieso glaubte ich Bills Behauptung, dass der andere, also Chalil, ihn angegriffen hatte? Sicher hatte Chalil sich nur verteidigt. Das Messer hatte ausgesehen wie eines, das ein Mann wie Bill bei sich trug, ein Fischer, der Fische aufschlitzte. Einer wie Chalil hätte doch eher ein Beduinenmesser benutzt. Und die sahen, wie ich aus *Tausendundeiner Nacht* wusste, ganz anders aus. Sie hatten krumme Klingen und verzierte Griffe.

Eine Dienerin wartete vor meiner Zimmertür, um mich ins Esszimmer hinunterzubringen. Dort saßen Salwa, Funda und Chalils Mutter beim Frühstück. Als ich eintrat, unterbrachen sie ein leise geführtes Gespräch. Umm Chalil sprang auf, begrüßte mich mit mehreren Küssen links und rechts auf die Wange und führte mich zum Tisch. Aber es herrschte eine seltsam angespannte Atmosphäre. Ich kam zum falschen Zeitpunkt. Sie waren auch schon fertig mit Essen.

Die Gerichte auf dem Tisch unterschieden sich kaum vom Abendessen. In der Mitte, für alle zugänglich, stand ein halb leerer Teller mit Humus, dem unvermeidlichen Kichererbsen- und Sesammus. Es gab Auberginenpüree, frittierte Kichererbsenbällchen, gegrilltes Hähnchenfleisch, Gurkenquark mit Knoblauch, Salat, saure Gurken, Tomaten, Oliven und frisches, noch warmes Fladenbrot.

Salwa hatte eine ernste Miene aufgesetzt und schaute missmutig drein. Neben ihrem Teller lag eine Schachtel amerikanischer Zigaretten. Aber Funda lächelte mich freundlich an. »Na, gut geschlafen?«

»Vorzüglich«, antwortete ich.

»Ist das Bett auch bequem genug?«, erkundigte sich Umm Chalil. »Brauchst du noch Kissen?«

»Es ist alles perfekt, danke«, antwortete ich.

»Es ist kein Problem, wir haben ...«

»Und der Muezzin, hat er dich geweckt?«, unterbrach Funda ihre Mutter mit leicht genervtem Unterton. »Wenn man das nicht gewöhnt ist ...«

»An das Glockenläuten bei uns muss man sich auch erst gewöhnen«, erwiderte ich.

Salwa schaute hoch. »Glocken?«

»In den Kirchtürmen«, erklärte ich. »Große Glocken, tonnenschwer. Wo ich wohne, läuten sie abends um sechs. Und natürlich sonntags zum Gottesdienst. Und sie schlagen zu jeder Stunde.«

Salwa sah nicht aus, als könnte sie sich darunter etwas vorstellen.

»Also zum Beispiel, wenn es neun Uhr ist«, erklärte ich, »dann schlägt ein Klöppel neun Mal gegen die Glocke. Dann weiß jeder, wie spät es ist.«

»Wozu?«, fragte Funda mit freundlichem Spott. »Ihr tragt

doch sicher auch alle Armbanduhren. Weißt du, wie man bei uns über euch sagt? Ihr habt die Uhren, wir haben Zeit.«

Salwa lachte.

Ich lachte mit. »Und ihr habt den Muezzin.«

Eine Dienerin stellte mir ein Glas mit hellem Tee hin, in dem mehrere Zweige Minze steckten.

»Oder möchtest du lieber Kaffee?«, fragte Umm Chalil.

»Nein, danke.«

»Dein Vater hat uns erzählt, dass ihr zu Hause Kaffee zum Frühstück trinkt, in großen Tassen.«

»Vielen Dank, aber ich trinke gern auch mal Tee.«

Das Glas hatte keinen Henkel und war glühend heiß. Man musste es mit den Fingerspitzen ganz oben am Rand fassen, sich mit den Lippen durchs Minzkraut wursteln und vorsichtig schlürfen. Der Tee war sehr süß und belebend.

»Hm, wunderbar!«, sagte ich. »Was ist das für ein Tee?«

»Erst kocht man grünen Tee auf«, erklärte mir Umm Chalil bereitwillig, »dann gießt man ihn ab und kocht ihn noch mal, dann tut man Minze hinein und lässt ihn ziehen. Aber ich kann dir auch Kaffee bringen lassen.«

Ich musste lachen. »Entschuldigt«, sagte ich. »Ich möchte nicht unhöflich sein und niemanden kränken, indem ich etwas ablehne. Aber ich trinke gern diesen Tee. Er ist sehr belebend.«

Umm Chalil schien zufrieden und nickte.

Funda lachte herzlich. »Arme Finja!«, sagte sie. »Aber die Regel ist ganz einfach. Wir nötigen dich drei Mal, und wenn du beim dritten Mal *Nein, danke* sagst, dann ist es gut. Umgekehrt ist es so: Wenn dich jemand einlädt, so musst du zwei Mal ablehnen. Wirklich ernst meint er es erst, wenn er dich zum dritten Mal einlädt. Und dann sagst du zu.«

Das war doch mal ein klares Wort.

»Ist schon ziemlich nervig«, erklärte Funda. »Mir gefällt eure eindeutige, knappe Art. Ja heißt Ja und Nein heißt Nein.«

»Auch nicht immer!« Ich ertappte mich dabei, dass ich das Bedürfnis verspürte, Fundas Kritik an ihren eigenen Leuten zu entkräften. Plötzlich befanden wir uns mitten in einem »bei uns« und »bei euch«. Sie lobte die westliche Umstandslosigkeit, ich die orientalische Weitschweifigkeit, sie unsere gesellschaftlichen Freiheiten, ich ihre Geborgenheit in einer großen Familie. Irgendwann mussten wir beide lachen.

»Woanders scheint es immer besser«, bemerkte sie. »Das liegt daran, dass wir unsere eigenen Schwächen so gut kennen.«

»Man darf nur niemals vorschnell urteilen«, bemerkte Umm Chalil. »Bitte, greif zu, Finja! Oder möchtest du etwas anderes?«

»Nein, danke! Es sieht alles sehr gut aus!«

Funda lachte. »Bitte, Mama, jetzt nicht noch zwei Mal fragen!«

Umm Chalil war durchaus bereit, über sich selbst zu lachen. Sie fragte dann aber doch noch zwei Mal.

Das Frühstück war wirklich gewöhnungsbedürftig. Ich riss ein Stück vom Fladenbrot ab und stippte damit vom Humus auf. Knoblauch und Olivenöl zum Frühstück! Aber ich war entschlossen, mich auf alles einzulassen. Ich musste so schnell wie möglich herausfinden, ob ich hier leben konnte … vielleicht, eines Tages. Nein, Finja! Schlag dir das aus dem Kopf!

Salwa zündete sich eine Zigarette an.

Meine Gedanken wandten sich der gestrigen Nacht und meinem missglückten Badeausflug zu. »Gibt es das hier eigentlich öfter, dieses Meeresleuchten?«, fragte ich, ohne groß nachzudenken.

Funda hob überrascht den Kopf.

»Das Meer leuchtet«, erklärte ich. »Ich habe so etwas noch nie gesehen.«

»Und wann hast du es gesehen?«, fragte Funda.

Am liebsten hätte ich mir die Zunge abgebissen. Aber es war nicht mehr zurückzunehmen. »Ich ... na ja, ich konnte nicht einschlafen. Da dachte ich, ein kleiner Spaziergang an den Strand täte mir gut. Ich liebe das Meer! Wo ich wohne, ist es sehr weit weg.«

Salwa sagte etwas auf Arabisch zu ihrer Schwiegermutter.

Umm Chalil zog kurz die Braue hoch. Daraufhin ließ Salwa sich verärgert gegen die Rückenlehne fallen, als hätte sie eine ablehnende Antwort bekommen. Ihr Blick schoss kurz zu mir herüber, dann senkte sie die Augen und spitzte die Asche ihrer Zigarette am Rand des Aschenbechers.

Ich blickte Funda an. Sie musterte mich über ihr Teeglas mit dem Minzkraut hinweg aufmerksam. Ihre Augen hatten dieselbe tiefbraune Farbe wie die ihres Bruders und auch zwischen ihren Brauen waren zwei winzige steile Falten erschienen. Sie war auf charaktervolle Weise schön, unzweifelhaft intelligent, willensstark und kämpferisch. Ich schätzte sie auf Anfang zwanzig, aber eigentlich wirkte sie reifer und sehr erfahren. Sie trug übrigens keinerlei Schmuck an ihren Händen. In den Ohrläppchen steckten nur zwei unauffällige goldene Ringe.

Ich hätte gern gefragt, was eigentlich los war und ob es mit mir zu tun hatte. Aber wahrscheinlich fragte man hier nicht direkt.

»Entschuldige mich jetzt, Finja«, sagte Umm Chalil und stand auf. »Ich weiß nicht, was du vorhast, aber selbstverständlich steht dir ein Wagen mit Chauffeur zur Verfügung. Unsere Shopping-Malls sind sehr sehenswert. Zu uns kommen sie von überall her, um einzukaufen. Dein Vater sagt immer, gegen Dubai sei New York ein Kuhdorf.« Sie küsste mich zeremoniell auf beide Wangen und verließ das Esszimmer.

Funda stellte das Teeglas ab. Ihr Blick war scharf. »Und hast du schlafen können nach deinem Spaziergang am Strand?«, fragte sie.

»Ich habe geschlafen wie ein Stein. Es ist erstaunlich still hier.«

Die beiden jungen Frauen lauerten, Salwa herausfordernd, Funda abwartend. Irgendetwas musste ich jetzt sagen. Aber bloß nicht das Falsche. Musste ich erzählen, dass ich Zeugin einer Prügelei geworden war? Und wenn ich es nicht erzählte, würde ich dann als Lügnerin dastehen und das Vertrauen meiner Gastgeber verspielt haben, weil sie längst wussten, dass ich den Kampf beobachtet hatte?

Ich beschloss, mich vorzutasten. »Übrigens war ich nicht allein am Strand. Ich meine, da waren auch einige andere Leute.«

Funda nickte erwartungsvoll.

Salwa keifte leise etwas auf Arabisch zu Funda hinüber.

Funda hob bremsend die Hand.

»Was ist denn eigentlich los?«, fragte ich. »Habe ich irgendein Verbrechen begangen?«

Funda lächelte traurig und schüttelte den Kopf. »Wollen wir hoffen, dass es nicht so ist. Nein, Finja. Du hast nichts falsch gemacht. Aber womöglich hast du großes Glück gehabt. Die Polizei war heute früh hier. Man hat am Strand einen Toten gefunden.«

Mir wurde es abwechselnd heiß und kalt.

»Er war gestern auch bei unserem Abendessen. Er ist Ausländer ...«

»Bill? Doch nicht Bill, der Schotte, oder?«, entfuhr es mir. »Aber ...«

Funda blickte mich mit offenen Augen an.

Bill hatte doch noch gelebt, hatte ich sagen wollen. So schwer waren seine Verletzungen nicht gewesen. Er hatte doch noch aufstehen und weggehen können. »Wie ….«, stammelte ich. »Wie … ist er …«

»Jemand hat ihm die Kehle durchgeschnitten«, antwortete Salwa und vollführte eine entsprechende Geste. »Von hinten!« Zum ersten Mal sah ich sie lächeln. Das Ganze gefiel ihr.

Mir schwindelte. Ich dachte, ich würde gleich vom Stuhl kippen. Wie lange hatte ich gebraucht, um ins Haus zurückzugehen? Wann war ich Chalil begegnet? Er hatte doch schon am Computer gesessen. Er musste also schon eine Weile in seinem Zimmer gewesen sein, ehe ich angeknarrt gekommen war. Er konnte es also nicht gewesen sein. Die Erleichterung, die mich durchflutete, war nicht weniger schwindelerregend.

Oder war er noch mal losgegangen, um dem Schotten den Garaus zu machen, nachdem wir uns im Gang getroffen hatten und ich ihm so etwas wie krankhafte Eifersucht vorgehalten hatte? Nein! Das wollte ich nicht denken! Warum hätte Chalil das tun sollen? Nur, weil Bill ein bisschen anzüglich mit mir geflirtet hatte? Aber Chalil hatte doch in Deutschland studiert! Er wusste, dass es nichts bedeutete, wenn eine junge Frau mit einem Mann sprach. Und außerdem gehörte ich ihm nicht.

»Ist dir nicht gut?«, erkundigte sich Funda und ergriff meine Hand. »Wir hätten dir nichts sagen dürfen. Mama wollte nicht, dass du davon erfährst. Aber die Dienstboten werden es sowieso herumerzählen. Die Polizei hat heute früh alle befragt, ob sie etwas gesehen haben.«

»Schon okay. Es ist nur … erst gestern Abend … im Versammlungsraum habe ich noch mit … mit Bill gesprochen und …«

»Das war unübersehbar!«, sagte Salwa mit genüsslicher Häme. »Sogar angegrapscht hat er dich! Das war unschicklich.«

Funda lachte hart. »Salwa, du klingst wie deine Großmutter.«

»Meine Großmutter ist eine ehrenwerte Frau. Was ist schlecht daran, dass Männer respektvoll mit Frauen umgehen?«

»Den feinen Unterschied zwischen Respekt und Bevormundung wirst du nie begreifen, Salwa. Im Übrigen ist Bill Ausländer, genauso wie Finja. Es ist normal, dass sie sich auf ihre Art und Weise miteinander unterhalten.«

Ich versuchte, einen klaren Gedanken zu fassen. Aber eigentlich konnte ich nur denken: Chalil hat Bill getötet! Meinetwegen. Das halte ich nicht aus!

»Und … warum …«, stotterte ich. »Weiß man, warum …«

»Man weiß weder wer noch warum«, antwortete Funda. »Aber es ist allgemein bekannt, dass Bill einiges … nun ja, am Laufen hatte. Und es würde mich nicht wundern, wenn einem eifersüchtigen Ehemann die Sicherung durchgebrannt wäre.«

Salwa schnaubte: »Aber zum Islam übertreten und auf strenggläubigen Muslim machen! So ein Heuchler!«

»Und warum war die Polizei hier?« Das Herz klopfte mir bis zum Hals. Ich konnte nur hoffen, dass Funda mir nicht anhörte, welche Angst ich hatte: Angst um Chalil. Angst, man könne ihn als Mörder entlarven. Würde man ihn hängen? In Dubai galt die Todesstrafe.

»Sie wollte klären«, antwortete Funda, »wann Bill gestern Nacht das Haus verlassen und wer ihn zuletzt gesehen hat.«

Vermutlich ich. Außer seinem Mörder natürlich. Aber das konnte ich niemandem sagen. Denn dann hätte ich von der nächtlichen Prügelei erzählen müssen. Und dass Bill zu mir gesagt hatte: »Pfeif deinen arabischen Lover zurück«, oder so ähnlich. Und dass ich wusste, wer der Angreifer gewesen war. Dann würde man den Mörder im Haus von Scheich Nasser suchen. Und das würde mir vermutlich niemand verzeihen, weder Chalil noch seine Mutter, seine Schwester, sein Bruder und seine Schwägerin. Folglich durfte ich nichts sagen. Absolut nichts.

»Mach dir keine Gedanken«, sagte Funda freundlich besorgt. »Solche Dinge passieren leider. Bill hat sich sehr verändert in letzter Zeit. Er hat sich mit gefährlichen Leuten eingelassen. Er war ... er war irgendwie ungeduldig. Ich weiß nicht, wie ich das anders ausdrücken soll.«

Ich verstand gar nichts.

»Es tut mir leid, dass dein Aufenthalt bei uns mit so einer bösen Sache anfängt.« Funda lächelte, dann stand sie auf. »Ich würde dir ja jetzt gern die Stadt zeigen, Finja, aber ich habe noch einiges zu erledigen, bevor wir morgen in die Wüste aufbrechen.«

So blieben Salwa und ich allein am Frühstückstisch zurück. Unsere Blicke trafen sich kurz und wir wussten beide: Je weniger wir miteinander zu tun haben würden, desto besser. Sie steckte sich eine neue Zigarette an, blies den Rauch über die leer gegessenen Teller. Immerhin raffte sie sich zu einer gewissen Höflichkeit auf. »Ich fahre nachher in die Stadt. Wenn du willst, kannst du mitkommen.«

»Vielen Dank, aber ich möchte erst einmal mit meinem Vater sprechen.«

Sie lächelte abschätzig. Dann drückte sie die Zigarette aus und stand auf. »In einer Stunde in der Garage. Entweder du bist da oder ...« Sie vollendete den Satz nicht. Von wegen, drei Mal fragen.

»Du weißt nicht zufällig, wo mein Vater ist?«
Sie schnalzte mit der Zunge. Das bedeutete Nein, wie ich inzwischen wusste. »Ich glaube«, fügte sie gnädig an, »er wollte auf die Baustelle.« Damit ging auch sie.

Das Esszimmer hatte eine Tür zum Innenhof. Er war schattig und kühl. Die Sonne beschien die Wände, aber noch nicht den Grund des Hofs. Und wenn sie mittags ganz oben stand, spendete ein Baum in der Mitte Schatten oder man blieb im Schatten der umlaufenden Arkaden. An der Umfassung eines alten Brunnens putzte sich eine schwarz-weiße Katze.

Ich ließ mich auf einen Sockel der Arkadensäulen sinken. Ich musste nachdenken. Aber worüber eigentlich genau? Chalil hatte einen Menschen ermordet! Nein! Ich rief mich zur Ordnung. Hatte Funda mir nicht eben erst erklärt, dass es andere Möglichkeiten gab: eifersüchtige Ehemänner und irgendwelche Dinge, die mit langen Bärten und Ungeduld zu tun hatten. Es war zum Verzweifeln. Da kauerte ich am Fuß einer Säule im Innenhof eines arabischen Palasts und nichts war, wie ich es mir vorgestellt hatte.

In den Tagen vor meiner Reise hatte ich mir ausgemalt, wie Chalil mir die Stadt zeigen würde, seine Stadt, später die Wüste. Wir würden an den Strand gehen. Seine Gestalt in Badehose. Sein schönes ernstes Gesicht mit dem hellen Lächeln hatte ich immer wieder vor mir gesehen. Wir hätten uns kennenlernen können, tastend und langsam. Ich hätte ihm von mir erzählt, vom Tod meiner Mutter, von meiner Einsamkeit. Er hätte mir von seinem Leben erzählt, in dem es sicherlich ebenfalls düstere Momente gab. Wir hätten einander verstanden. Auch er hätte begriffen, dass wir zusammengehörten. Er hätte begonnen, um mich zu kämpfen, entschlossen und unbeirrbar. Letztlich hätten wir alle Hindernisse überwunden.

Doch mit einem Schlag war alles anders. Chalil war ein Mörder. Ich stoppte mich erneut. Dafür gab es nun wirklich keinen Beweis!

Das Messer fiel mir plötzlich ein. Funda und Salwa hatten nichts darüber gesagt, was es für ein Messer gewesen war und ob die Polizei es bei der Leiche gefunden hatte. Ob es nun Bill gehört hatte oder Chalil, spielte jetzt eigentlich keine Rolle mehr. Dass Chalil Bills Gegner bei der Prügelei am Hafen gewesen war, daran bestand allerdings kein Zweifel. Chalil hatte es ja auch gar nicht bestritten. Er hatte nur behauptet, er schulde mir keine Rechtfertigung.

Wie gut, dachte ich plötzlich, dass ich das Erzgebirgsengelchen nicht behalten hatte, sondern in Chalils Clubsessel hatte fallen lassen. Andernfalls hätte ich so etwas wie einen Beweis in den Händen gehalten. Und wer weiß, ob Chalil mir traute. Traute ein arabischer Mann einer Frau, und dann noch einer europäischen? Oder würde er mich töten müssen, damit ich ihn nicht – mit oder ohne Beweisstück in der Hand – an die Polizei verriet?

Himmel! Spinnst du jetzt total? Finja, du hast zu viele Krimis gelesen! Chalil würde mich niemals töten! Absurd! Total absurd?

Ich sprang auf, weil ich es mit meinen eigenen Gedanken nicht mehr aushielt, und überquerte den Innenhof. Die schwarz-weiße Katze huschte fort. Auf der anderen Seite befand sich eine Tür. Ich stand wieder in dem Torhaus, durch das ich gestern Richtung Strand hinausgegangen war.

Ja, wäre ich doch nie an den Strand gegangen, nie nach Dubai geflogen, hätte ich Chalil doch nie kennengelernt. Hätte ich nie die Prügelei beobachtet, nicht hinterher mit Bill gesprochen. Dann hätte ich den Erzgebirgsengel nicht gefunden und würde jetzt nicht mit diesem schrecklichen Verdacht kämpfen. Das hatte ich nun davon, dass ich nicht bedacht hatte, wie gefährlich es in diesem Land werden konnte, wenn Frauen eigenmächtig irgendetwas unternahmen.

Auf einmal war ich froh, dass Chalil nicht in die Wüste mitkommen würde. Auch, wenn es mir das Herz zusammenpresste oder zerriss oder zerschnitt. Aber das tat es ja sowieso, seit ich am Frühstückstisch von der schrecklichen Tat erfahren hatte. Chalil!, dachte ich. Was hast du getan, was tust du mir an? Wer bist du? Warum?

Ich war hinausgetreten, auf den Plattenweg, der zum Strand führte. Bei Tageslicht sah der Palmenhain licht und freundlich aus. Die Stämme standen weit auseinander. Der blaue Himmel blitzte zwischen ihren Wedeln. Man hörte das Meer rauschen. Irgendwo plätscherte Wasser. Hier und dort wucherte blühendes grünes Kraut.

Mein Handy klingelte. Es war eine fremde Nummer. Chalil? Mein Herz galoppierte los. Aber woher hatte er meine Nummer? »Ja?«, sagte ich.

»Spätzelchen? Habe ich dich geweckt?«

»Ach, Papa, du bist's!«

»Ich rufe von einem hiesigen Handy an. Wenn man mit unseren telefoniert, kostet das ein Vermögen. Du solltest deines so wenig wie möglich benutzen. Am besten, du stellst es ganz ab. Wenn Meike oder Nele dich anrufen, kostet es ja auch. Deshalb auch nur ganz kurz ... Ich musste heute früh zur Baustelle. Und es wird sicher spät werden heute. Wir haben noch ein paar Dinge zu klären, bevor wir morgen in die Wüste fahren. Du bist vorbereitet?«

»Ja, Papa. Ich weiß, die Nächte können kalt werden.«

Er lachte. »Pass auf, Spätzelchen, noch etwas: Die Polizei war heute früh im Palast. Man hat einen Toten am Strand gefunden.«

»Ich weiß, Papa. Funda und Salwa haben es mir erzählt. Es ist Bill. Ich verstehe das nicht. Ich kann mir das gar nicht erklären.«

»Es hat nichts mit uns und der Familie as-Salama zu tun, Spätzelchen. Mach dir keine Gedanken. Die Polizei musste aus formellen Gründen auch im Palast fragen. Scheich Nasser legt großen Wert darauf, sich den Behörden gegenüber als Bürger zu zeigen.«

»Papa?«

»Ja?«

»Weißt du, Bill hat mich doch gestern Abend ziemlich übel angemacht. Das hast du wahrscheinlich gar nicht gemerkt.«

»Doch, das habe ich schon bemerkt. Aber ... na ja, dass es so schlimm war ...«

»So schlimm war es auch wieder nicht. Nur ziemlich zweideutig. Und alle haben das mitgekriegt. Die achten hier sehr genau auf so was.«

»Was willst du mir sagen, Spätzelchen?«

»Na ja, und gestern, nachdem Umm Chalil mich auf mein Zimmer gebracht hat, da ... da bin ich nicht gleich ins Bett gegangen. Ich war noch so aufgedreht. Ich dachte, wenn ich eine Runde schwimmen ginge, im Meer ... Es hat Meeresleuchten, Papa, wusstest du das?«

»Ein Bakterium, das sich bei Wärme explosionsartig vermehrt. Das gibt es manchmal.«

»Und dann habe ich zufällig gesehen, ... da haben sich zwei geprügelt, Papa. Ich hatte total Angst. Ich habe mich geduckt, damit sie mich nicht bemerken und all das. Ich habe nicht gesehen, wer es war. Und irgendwann wollte ich zurück ins Haus. Da habe ich Bill getroffen. Er war verletzt. Die Nase sei gebrochen. Ich wollte Hilfe holen, aber das wollte er nicht. Und dann ist er gegangen und ich bin gegangen.«

»Hm«, machte mein Vater. »Und du hast nicht erkannt, wer der andere war?«

»Nein. Er ... er war gekleidet wie ein Araber. Mehr habe ich nicht gesehen.«

»Ich denke nicht, dass das relevant ist, Finja. Bill hat die Händel gesucht, so, wie er sich verhalten hat. Er hatte früher jede Menge Affären. In letzter Zeit allerdings ... aber das geht uns nichts an. Jedenfalls hat sich die Polizei mit Chalils Erklärungen zufriedengegeben. Und ich denke, dabei sollten wir es belassen.«

Es gelang mir, nicht herauszuplatzen: Chalil war bei dem Gespräch dabei? Aber ich konnte mich nicht hindern zu fragen: »Und was hat er denen erklärt?«

»Das kann ich dir nicht sagen«, antwortete mein Vater. »Mein Arabisch ist viel zu schlecht. Und jetzt zerbrich dir nicht den Kopf darüber. Das ist zwar eine hässliche Sache, aber es hat nicht wirklich etwas mit uns zu tun.«

»Okay.« Ich hoffte, dass es nicht zu kläglich klang.

»Und noch was, Finja. Die Frauen der Familie as-Salama gehen unheimlich gern in der City einkaufen. Bei ihren Touren geben sie kurz mal einige hunderttausend Dirham aus. Vier Dirham entsprechen ungefähr einem Euro, nur damit du dir das vorstellen kannst. Sie werden dich mit Sicherheit fragen, ob du mitkommen möchtest. Ich habe nichts dagegen, Finja. Geh nur mit und schau dir das mal an, aber ...«

»Ich habe sowieso kein Geld, Papa.«

»Genau deshalb rufe ich dich an, Spätzelchen. Es geht natürlich nicht an, dass sie für dich bezahlen ...«

»Ich will nichts kaufen, Papa.«

Er lachte leise. »Das wäre das erste Mal, dass du nicht was siehst, was du unbedingt brauchst. Aber sei so gut und guck auf den Preis. Unsere Gastgeber werden dir auf jeden Fall was schenken. Das kannst du ruhig annehmen. Aber du solltest ein Gegengeschenk machen. Deshalb habe ich dir meine Kreditkarte und ein paar Scheine in meinem Zimmer auf den Tisch gelegt. Die nimmst du mit. Aber bitte, Finja, mach mich nicht arm!«

»Keine Sorge!«

»Dann viel Spaß, Spätzelchen. Hab einen schönen Tag! Wir sehen uns heute Abend.«

»Moment, Papa. Ich weiß nicht, wo dein Zimmer ist.«

»Ach so, ja.« Er beschrieb mir, von der Küche ausgehend, einen Weg durch den Palast. »Und vom Treppenhaus dann die dritte Tür.«

Mein Vater hatte ein schönes Zimmer. Eigentlich war es ein Gemach. Es bestand aus einem schlicht, aber edel eingerichteten Salon mit Tisch, Sofa und Sesseln, aus einem großen Schlafzimmer mit einem breiten Bett und einem Badezimmer aus Marmor mit goldenen Wasserhähnen. Das Bett war von dienstbaren Geistern gemacht worden. Auf dem Tisch im Salon lagen Kreditkarte und ein Bündel bläulich-violetter Geldscheine. Ich steckte sie mir in die Jeanstasche und ging zum Treppenhaus zurück.

Chalils Zimmer lag am anderen Ende des Gangs. Meine Füße liefen den Weg wie von allein. Mir klopfte das Herz bis zum Hals. Ich hob die Hand und … und klopfte. Es hallte düster wider im Gang.

Drinnen rührte sich nichts.

Klopfte man in Arabien an Zimmertüren? Zuzutrauen war es den Einheimischen, dass sie darauf nicht reagierten. Langsam drückte ich die Klinke herunter und schob die Tür einen Spalt auf. »Chalil?«, flüsterte ich in den Raum. Nichts. Ich huschte hinein und zog die Tür hinter mir zu.

»Hallo, Chalil«, sagte ich noch einmal. »Bist du da?«
Was suchst du hier, Finja?

Das hätte ich Chalil erklären müssen, wenn er plötzlich zur Tür hereingetreten wäre. Mit diesem funkelnden Lächeln, den samtschwarzen Augen. Mit ein paar Schritten wäre ich bei ihm. Er würde mich an sich ziehen mit dieser Selbstsicherheit, die mich stumm machte.

Ich drehte mich hastig um, so sicher war ich, dass er hinter mir in der Tür zu seinem Schlafzimmer atmete. Er würde lächeln, wenn auch mit zwei ernsten Häkchen zwischen seinen Brauen. Was suchst du in meinem Zimmer, Finja? Ich schaute zu dem Clubsessel hinüber. Das Erzgebirgsengelchen lag nicht mehr darin. Natürlich nicht. Er hatte es gefunden, nachdem er in sein Zimmer zurückgekehrt war, und gedacht, es sei ihm dort aus der Tasche seines Gewands gerutscht. Eigentlich hätte er es schon hundertmal verloren haben müssen, wenn es so leicht aus der Tasche glitt, dachte ich, gerührt, dass er es immer bei sich trug.

Nein, Chalil hatte niemanden getötet. Dieser kultivierte junge Mann, den ich auf dem Weihnachtsmarkt getroffen hatte, schnitt niemandem hinterrücks die Gurgel durch. Ausgeschlossen! Aber wie anders hatte er gestern vor mir gestanden! In staubigem Gewand mit zerrissener Manschette, Blut auf dem Kopftuch und abgekämpftem Gesichtsausdruck. Ein Beduine, verschwitzt, mit dem Wüstenstaub in den Haaren und dem Geruch nach Kamel in den Kleidern. Ein ganz anderer Chalil, der nach wilden und strengen Gesetzen lebte, von denen ich keine Ahnung hatte. Der hatte töten müssen.

Hätte ich ihm nur gestern Nacht nicht verraten, dass ich seine Auseinandersetzung mit Bill mitangesehen hatte. Heute lag Bill tot am Strand. Und Chalil konnte sich denken, dass ich ihn für den Täter hielt. Warum auch immer. Keine

Ahnung. Aus Eifersucht, weil er mich so lange für sein Eigentum hielt, wie ich in seinem Haus lebte und er sich nicht entschieden hatte, ob er sich nun für mich interessierte oder nicht. Ich hatte keinen blassen Schimmer, wie ein Araber tickte. Ich wusste nur, dass man ihre Ehre sehr leicht kränkte, dass manche von ihnen sogar ihre Schwestern töteten, wenn sie ein selbstständiges Leben leben wollten, und dass sie Ehebrecherinnen steinigten. Es waren völlig andere Regeln, nach denen Chalil hier lebte. Und ich kannte so gut wie keine davon.

Nach unseren Regeln, mit denen ich aufgewachsen war und die bisher für mich gegolten hatten, war ich verpflichtet, der Polizei zu erzählen, was ich wusste. Ich musste mithelfen, um zu verhindern, dass ein Mörder ungeschoren davonkam. Aber würde man mir glauben, einer Frau, einer Ungläubigen, die gegen einen Mann aussagte, noch dazu den Sohn eines Scheichs? Sicher nicht!

Ohne nachzudenken, hatte ich die zweite Tür geöffnet und stand in einem schlichten Schlafzimmer. Auf den Dielen lag ein abgetretener Teppich, an der Wand stand ein Bett mit weißer Webdecke. Die Wände waren weiß gestrichen. Außer einem Schrank gab es keine Möbel. Die Fenster zum Innenhof standen weit offen. Die Lichter der Morgensonne hatten sich bereits zurückgezogen. Die meiste Zeit des Tages lagen diese Fenster im Schatten. Das hielt das Zimmer kühl.

Eine weitere Tür führte vermutlich ins Badezimmer. Aber ich hatte mich sowieso schon viel zu weit vorgewagt. Trotzdem fühlte ich mich eigenartig ruhig und sicher. Als ob Chalils Gegenwart in diesem Raum mir Mut und Zuversicht einflößte. Als ob er mich in den Arm genommen und mir ins Ohr geflüstert hätte: »Meine kleine Finja, wo denkst du hin? Ich bringe doch niemanden um!«

Das Gefühl von Kraft und Zuversicht war auf einmal so überwältigend, dass ich es nie wieder vergessen werde. Was auch immer gestern Nacht draußen geschehen war, Chalil hatte kein Unrecht getan.

Salwa bot mir eine *Abaja* an, als ich mich in der Garage einfand. Sie selbst hatte sich einen dieser langen schwarzen Umhänge übergeworfen. Er war mit silbernen Paisley-Mustern bestickt, sie trug ihn offen, sodass ihre knallengen Jeans und das Top bei jedem Schritt hervorblitzten.
»Du musst sie nicht tragen«, sagte Salwa. »Aber vielleicht möchtest du ja. Es sieht einfach besser aus, finde ich.«
Meine *Abaja* bestand aus einem leichten schwarzen Stoff und hatte weite Ärmel. Ich konnte sie vorne offen lassen wie einen Mantel. Ihre Borten waren aus schimmerndem Satin. Dazu gab es ein Tuch, das man sich über den Kopf legte und so um Hals und Schultern schlang, dass es nicht gleich verrutschte. Ich würde darin weniger auffallen mit meinen kurzen blonden Haaren, dachte ich. Außerdem fühlte es sich irgendwie gut an, sehr arabisch!
Der Chauffeur holte noch eine Cousine von Salwa ab, die Katja hieß und ebenfalls eine *Abaja* trug. Beide waren unter den Gewändern bis in die Fingerspitzen aufgestylt. Silberne Gürtel um schmale Hüften, Riemchensandaletten mit Brillanten besetzt, die Haare, die man unter dem Tuch kaum sah, aber ahnte, waren kunstvoll gesteckt, mit glitzernden Klemmen verziert. Die Augen hatten sie geschminkt, als ginge es darum, Scheherazades König zu verführen, sie am Leben zu lassen, ohne dass sie ihm vorher noch Geschichten erzählen mussten.
Ich kam mir billig und provinziell vor. Und mal ehrlich, das war ich auch. Es soll ja Leute geben, die nach Stuttgart kom-

men, um einzukaufen, und manche Stuttgarter fahren nach München. Und die Münchner schwören auf Paris oder fliegen für ein Wochenende nach New York zum Shoppen. Aber mein Vater hatte recht: Gegen Dubai-Stadt war New York ein Kuhdorf. Was vor mir aus der Wüste in den Himmel wuchs, war mit nichts zu vergleichen, was ich mir auch nur hätte vorstellen können.

Sechsspurig rollten wir hinein ins Spalier der Hochhäuser, die aus dem gelben Sandboden der Wüste zu sprießen schienen wie Pilze im Herbst nach einem Regen. Sand, Palmen und staubige Baustellen flogen überall längs der Straße an uns vorbei. Und kaum ein lebendiger Mensch war zu sehen zwischen den Gebilden aus teuersten Materialien, Glas, Metall und farbigem Stein. Das Einzige, was lebendig schien, weil es sich bewegte, waren wir und die Autos, die an uns vorbeizogen oder hinter uns zurückblieben.

Nach und nach verdichtete sich der Wald von Hochhäusern, eines kurioser als das andere, auffälliger, reicher, verrückter. Und all diese Himmelskratzer wirkten geradezu winzig, verglichen mit dem *Burdsch Chalifa*, dem Chalifa-Turm, der sie noch um das Doppelte überragte, mehr als 800 Meter hoch, fast einen Kilometer also. 189 Stockwerke reckte er sich in den blauen Himmel, sich nach oben verjüngend, wie ein Tropfstein in einer Höhle dem stetigen Kalktropfen entgegenwuchs.

»Ein Land auf der Welt muss es geben«, pflegte mein Vater zu sagen, »wo wir Ingenieure die verrücktesten und gewagtesten Ideen ausprobieren dürfen.« Seit Neuestem fügte er hinzu: »Solange das Geld reicht.« Es war den Scheichs in letzter Zeit ausgegangen. Deshalb bewegten sich die Kräne auch nicht, die auf den meisten Hochhäusern standen, als dürfe das Höhenwachstum kein Ende nehmen.

Doch nach wie vor war Dubai eine Mega-Einkaufsstadt. Aus der ganzen arabischen Welt kam man hierher, um zu shoppen. Natürlich gab es auch Basare mit Gewürzen, Gold und Kleidern und es gab sicher auch so etwas Lächerliches wie Kaufhäuser. Aber wo andere Städte stolz waren auf ihre Einkaufsgalerie, gab es hier gigantische Galerien im Dutzend. Die Mall, die Salwa, Katja und ich mit der würdevollen Gelassenheit betraten, zu der unsere wallenden Gewänder uns zwangen, war eine komplette Stadt aus Glas, Stahl und Lichtern mit spiegelnden Marmorböden, Springbrunnen, Palmen und Marktplätzen, auf denen Jongleure und lebende Statuen die Passanten unterhielten. Über mehrere Stockwerke kletterten die Ladengalerien empor. Vom Sportwagen, über Teppiche, Goldschmuck und Stoffe bis hin zur Haute Couture aus Paris konnte man alles kaufen unter diesem Himmel aus blauen Mosaiken, Glaskuppen und Kronen rätselhafter Bäume aus Stahl.

Sogar eine Eisbahn gab es in dieser Einkaufsstadt, auf der Schlittschuhläufer sich zu *Jingle Bells* auf den Kufen zu halten versuchten. Fast wie auf dem Stuttgarter Weihnachtsmarkt. Dazu jede Menge geschmückter Weihnachtsbäume.

»Aber ihr feiert doch Jesu Geburt gar nicht!«, rief ich.

»Wir feiern sie nicht so wie ihr«, antwortete mir Katja lächelnd, »aber wir verstehen euer Fest. Denn auch wir glauben an das Wunder der Geburt von Isa, den ihr Jesus nennt, Friede sei mit ihm, ohne dass Maria von einem Mann berührt wurde. Jesus hat von Gott die Gabe bekommen, Wunder zu tun. Er ist einer der Propheten vor Mohammed. Er hatte seine Mission, doch erst Mohammed hat unseren Glauben von allen Irrtümern gereinigt. Der Islam ist keine neue Religion, sondern die Vollendung der Religionen. Er vereinigt die Hauptmerkmale des jüdischen Glaubens, nämlich die Gerechtigkeit Gottes, und des christlichen, nämlich die Liebe Gottes.«

Ganz schön arrogant, fand ich, sagte es aber nicht. Katja gefiel mir eigentlich gut. Sie war freundlich und interessiert. Sie studierte an der Zayed-Universität für Frauen Medien- und Kommunikationswissenschaften und wollte einmal Fernsehjournalistin werden.

»Und die Geburt von Jesus kommt wirklich im Koran vor?«

»Ja. In der neunzehnten Sure heißt es: ›Und die Wehen der Geburt trieben Maria zum Stamm einer Dattelpalme.‹«

»Bei uns gebiert sie in einer Krippe in Bethlehem. Bei Ochs und Esel. Und dann kommen die Könige aus dem Morgenland.«

»Nun, bei uns kommt sie an einer Palme nieder«, erwiderte Katja.

Nachdem diese spirituellen Übereinstimmungen und Unterschiede unserer Kulturen geklärt waren, stürmten Katja und Salwa die Boutiquen. Ich tappte staunend hinterher. Bisher hatte ich immer gedacht, Boutiquen mit Markennamen seien etwas für ältere Damen. Die waren es, die in Stuttgart solche Läden betraten. »Total trutschig, was es da gibt!«, pflegte Meike zu behaupten, die ihre Mutter schon begleitet hatte. »Schildkrötenhalsmode«, urteilte Nele taktlos. Hier war das anders. Salwa probierte Kleider, Blusen, Shorts, Schuhe und kaufte, ohne zu überlegen. Katja lachte erst, doch als wir bei den Pelzen anlangten, geriet auch sie in einen Rausch.

Ich dachte an die Pelze in meinem Schrank und an die fünfzig Grad Hitze, die es hier im Sommer hatte. Selbst jetzt, im Winter, zeigte das Thermometer mollige 25 Grad an.

»Wo kann man hier eigentlich Pelze tragen?«

»Im *Chill Out*«, antwortete Salwa mit arrogantem Augenaufschlag.»Das ist eine Eisbar. Da herrschen Minus 6 Grad. Und wenn du nicht die Daunenjacke anziehen willst, die schon andere Leute angehabt haben ...«

»Und in der Skihalle natürlich«, ergänzte Katja, als sei es das Selbstverständlichste von der Welt.

Diese Pelzjacken und Daunenmäntel mit pelzverbrämten Kapuzen enthielten, so erfuhr ich, außerdem ein Versprechen auf die Zukunft. Männer pflegten sie ihren Bräuten im halben Dutzend zur Hochzeit zu schenken, als Pfand auf die Reisen, die sie mit ihnen unternehmen würden. Pelze elektrisierten die Fantasie arabischer Frauen wie uns Winterfröstler Südseefotos und Urlaubskataloge mit Bildern von Drinks am Pool und Segeltörns. In diesen Pelzen träumten sie sich in die Ferne, in die freie Welt.

Mich dagegen fesselten eher die traditionellen bunten arabischen Gewänder aus Seide mit Goldborten, für die Salwa und Katja nur ein verächtliches Augenbrauenzucken übrig hatten. Wer wollte so was noch tragen? Ich auch nicht, daheim in Stuttgart. Aber irgendetwas musste ich kaufen. Meine beiden Begleiterinnen wurden schon unruhig und zeigten mir jede Menge Sachen, um herauszubekommen, was mir gefiel. Als ich ein Seidentuch bewundernd etwas länger durch meine Finger gleiten ließ, kaufte Katja es, ehe ich auch nur Piep gesagt hatte. Und mir wurde plötzlich klar, dass ich für alle Familienmitglieder ein Weihnachtsgeschenk kaufen musste.

»Was schenkt man denn hier so?«, erkundigte ich mich bei meinen beiden Begleiterinnen.

»Meistens Süßigkeiten«, antwortete Salwa. »Kandierte Früchte, gefüllte Datteln.«

Als Salwa gerade nicht in der Nähe war, raunte Katja mir zu: »Salwa liebt übrigens Klemmen fürs Haar und solchen Firlefanz. Umm Chalil könntest du ein Kopftuch schenken.«

»Und die andern? Ich meine ... äh, Suhail, Funda, Chalil ... Ach ja, und der Großvater. Ich muss auch für ihn was mitbringen.«

»Es wird nicht von dir erwartet, dass du für die Männer Geschenke mitbringst«, stellte Katja klar. »Aber, falls es dich interessiert, Suhail sammelt Modellautos. Und der legendäre Großvater – ich habe ihn zwar nie kennengelernt, aber Salwa hat es mir erzählt –, der sammelt Sandrosen.«

»Was?«

»Man findet sie in der Sahara und in Saudi-Arabien und in irgendeinem Ort in Deutschland. Sie entstehen, wenn Wasser ziemlich schnell verdunstet und der Sand kristallisiert. Dann bilden sich Rosenformen. Es gibt einen Laden hier, der so etwas verkauft. Aber wie gesagt ...«

»Ich dürfte aber, wenn ich wollte, auch den Männern was schenken?«

»Wenn dein Vater die Geschenke überreicht.«

»Also los! Wo gibt es diese Sandrosen?«

Wir machten uns auf den Weg.

»Und ...« Ich tat so, als müsste ich zögern. »Wen gibt es noch in der Familie? Funda und ... Chalil.«

»Chalil?« Katja überlegte. »Bei ihm weiß man das nicht so genau. Er ist sehr distanziert. Ich habe, glaube ich, noch nie mehr als vier Worte mit ihm gewechselt. Ein seltenes oder altes Musikinstrument vielleicht.«

Das sprengte mein Budget, vielmehr das meines Vaters. Ich hätte mir bereits in Deutschland über Mitbringsel für alle Gedanken machen müssen. Dann hätte ich ein Modell des Fernsehturms, Tassen mit Stuttgartmotiven oder typisch deutsche Topflappen, Mützen oder Schals oder so etwas einpacken können.

»Und Funda?«, fragte ich.

Katja lächelte eigenartig. »Funda ist ein besonderer Fall. Sie hasst unsere Heimat. Sie kämpft für die Befreiung der Frauen. Sie möchte, dass wir alle arbeiten.«

»Du möchtest doch auch später einmal arbeiten«, sagte ich.

»Wenn es mein Mann erlaubt. Und wenn es die Kinder zulassen. Ich möchte heiraten und viele Kinder haben. Was ist denn so schlimm daran? Es ist unsere Natur. Und bei uns sind verheiratete Frauen hoch geachtet, sie haben das Sagen im Haus.«

Ich hatte nicht das geringste Bedürfnis, mit Katja oder Salwa darüber zu diskutieren, wie sie sich ihr künftiges Leben vorstellten.

Der Laden mit den Wüstenrosen lag in einem Winkel hinter einer Säule. Er bestand aus einem einzigen winzigen Raum. Zwischen den mit Schachteln bestückten Regalen fand kaum ein wackliger Tisch Platz, hinter dem ein vertrocknetes Männchen mit weißer Häkelkappe auf dem Kopf saß. Manche Halbedelsteine bot er in Säcken feil, einige große Rosenquarze lagen vorn, um Kunden anzulocken.

Katja stellte ihn mir vor. »Die größten und seltensten Perlen bekommst du bei Achmed. Warum sitzt du überhaupt noch im Laden?«, sagte sie, an den Alten gewandt. »Warum bist du nicht zu Hause bei deinen vierzig Enkeln und rauchst die Wasserpfeife?«

Achmed lachte freundlich. Und ich fragte mich, wo er in diesem Kramladen die großen und seltenen Perlen versteckte. Ich erinnerte mich, gelesen zu haben, dass Dubai bis vor kaum fünfzig Jahren noch ein Dorf von Perlenfischern gewesen war.

Katja moderierte für mich den Kauf. Sie erklärte Achmed, dass ich für Chalils Großvater eine Wüstenrose kaufen wolle, als Geschenk. Achmed musterte mich freundlich, erkannte, dass ich nicht zu den Kundinnen gehörte, die, ohne mit der Wimper zu zucken, eine halbe Million Dollar oder Euro für eine Kette aus taubeneigroßen Perlen zahlen würde, holte eine Schachtel irgendwo hervor und zeigte mir Sandrosen, wie man sie vermutlich überall bekam. Die größte hätte ich mit zwei Händen halten müssen, die kleinste passte in meine Handfläche. Es waren verblüffende Gebilde aus kristallisiertem Sand, der zu kleinen Blättchen verbacken war, die in den meisten Fällen um ein Zentrum angeordnet waren wie eine Rosenblüte, auffällig und unscheinbar zugleich, denn sie waren schlicht sandfarben und glitzerten nicht. Sicherlich besaß der alte Scheich bereits jede Menge Wüstenrosen von ungewöhnlicher Größe und Form, aber die Geste zählte. Außerdem musste sie in meiner Reisetasche bequem zu transportieren sein.

Achmed ließ süßen schwarzen Tee in kleinen Gläsern bringen. Dann begann Katja zu feilschen. Sie rang um jeden Dirham. Mehrmals legte sie das Stück verärgert wieder hin und tat so, als wollten wir gehen. Achmed verdrehte anklagend die Augen und hob die Hände, als müssten seine vierzig Enkel verhungern, wenn er noch einen Dirham heruntergingen.

Mir war das ziemlich peinlich. Am Ende kostete die Wüstenrose achtzig Dirham, was zwanzig Euro entsprach, und wir hatten eine halbe Stunde mit großen Gesten palavert. Und Tee hatte Achmed auch noch spendiert.

Katja lächelte zufrieden, als wir gingen. »Du musst handeln, sonst macht es keinen Spaß«, erklärte sie mir. »Achmed ist einer der reichsten Männer hier in der Mall, er müsste nicht im Laden sitzen. Aber es macht ihm eben Freude.«

Mit Elan machten wir uns daran, die anderen Geschenke

zu suchen. Sogar Salwa entdeckte alsbald ihren Jagdeifer. Es reizte die beiden jungen Frauen unter der Vorgabe »es darf praktisch nichts kosten«, nach schönen Dingen zu suchen. Sie entwickelten wahren Spürsinn und feilschten leidenschaftlich.

»Eigentlich ist es eine schöne Sache, sich zu Weihnachten etwas zu schenken«, bemerkte Salwa.

»Habt ihr kein Fest, wo man sich was schenkt?«

»Doch, das Zuckerfest am Ende des Fastenmonats Ramadan«, antwortete Katja. »Aber da schenkt man sich meistens Süßigkeiten. Und man gibt den Armen.«

Sogar für Funda entdeckte ich etwas. Ein italienischer Schmuckhersteller bot silberne Anhänger für Glücksarmbänder an, darunter das klassische Frauenzeichen, der Venusspiegel. Ich kaufte es, ohne zu feilschen, hinter dem Rücken von Salwa und Katja. Am Ende blieb nur noch die Frage, was schenkte ich Chalil? Andererseits würde er gar nicht dabei sein, wenn wir in der Wüste feierten. Ich wollte es schon aufgeben, da kamen wir an einem Geschäft mit CDs und DVDs vorbei. Salwa und Katja sichteten die Poptitel und mir fiel ganz hinten im Laden eine CD in die Hand, auf der in bläulicher Nacht eine verschneite Kapelle mit schneebedecktem Tannenbaum abgebildet war. »Die schönsten Weihnachtslieder«, stand auf Deutsch in Schnörkelschrift auf dem Cover. Wenn Chalil Musik liebte ... und Deutsch konnte er auch.

Salva staunte: »Sieht es bei euch wirklich so aus?«

»Manchmal«, sagte ich. »In den Bergen.«

»Mir würde es gefallen in euren Bergen«, bemerkte Salwa. »Wir haben nur die Wüste. Ich hasse die Wüste!«

Und so war ich im Megashoppingpalast von Dubai zwischen arabischen Wandmosaiken und Schaufensterpuppen mit *Abajas* und *Dischdaschas* mehr in Weihnachtsstimmung geraten als in so mancher Adventszeit zu Hause, wenn es regnete und weder richtig kalt noch warm werden wollte.

Zum Schluss zeigten sie mir das Aquarium. Das größte der Welt! Unter einem künstlichen Sternenhimmel schimmerte dunkelblau die Tiefsee, von der wir nur durch eine mehrere Stockwerke hohe Glasscheibe getrennt waren. Fischschwärme schwebten in unergründlichen Tiefen, riesige Haie kamen herangeschwommen, blickten uns mit kaltem Auge an und machten mit aufgerissenen Mäulern an der Scheibe kehrt.

7

Um vier Uhr früh wurde es laut im Haus. Türen fielen ins Schloss, Füße knarrten den Gang entlang, der Innenhof hallte wider vom Geklapper aus der Küche. Die Fenster waren noch stockfinster. Ich taumelte hoch, duschte mich und zog mir, zitternd vor Müdigkeit, Jeans, Shirt und Hoody an. Es herrschte eine klamme Kälte. Meine Reisetasche stand bereit, die Winterjacke lag darauf, aber ich war versucht, sie gleich anzuziehen.

Ich tappte hinunter. Mein Vater stand schon im Frühstücksraum mit einem Kaffeebecher in der Hand und blinzelte mir zu. Er trug Cordhosen und eine dicke Sportjacke und krault sich den immer länger werdenden Bart. Salwa nippte mit kleinen müden Augen an einem Tee. Suhail kam herein, begrüßte uns alle zeremoniell mit Handschlag und verschlang einen Teller Humus mit Brot. Er war bestens gerüstet für die Wüste, trug eine Jacke über dem Gewand, Bergstiefel an den Füßen und hatte sich das Kopftuch fest um Kopf und Hals geschlungen. Umm Chalil hatte sich in Hosen gehüllt, trug darüber aber einen Kaftan mit Kopftuch, das sie über der Schulter drapiert hatte. Auch auf ihren Goldschmuck hatte sie nicht verzichtet. Ihre Augen blitzten gut gelaunt. Sie schaffte es, zugleich wüstentauglich und wie eine Dame auszusehen.

»Mein Mann lässt sich entschuldigen«, verkündete sie. »Geschäfte. Er wird aber vielleicht später mit dem Hubschrauber nachkommen.«

Salwa blickte sehnsüchtig auf. Sie wäre wohl auch lieber mit dem Hubschrauber geflogen, als stundenlang durch die Wüste zu fahren.

Funda kam herein und musterte ihre Familie mit einem verhaltenen Lächeln. Sie hatte sich von allen am wenigsten vom anstehenden Abenteuer beeindrucken lassen. Sie steckte in schwarzen Jeans, Sneakers und einem Sweater. Sie nickte mir zu und ließ sich Tee einschenken.

Von Chalil war nicht die Rede. Und ich hatte auch gestern nicht mit ihm sprechen können, obgleich er beim Abendessen dabei gewesen war. Das hatte übrigens nicht auf dem Boden im Versammlungsraum, sondern am Tisch im Esszimmer stattgefunden und als Gäste waren nur zwei Neffen des Scheichs zugegen gewesen. Obwohl sich alle munter unterhalten hatten – hauptsächlich mein Vater, Scheich Nasser, Suhail und einer seiner Cousins –, hatte ich die Anspannung am Tisch gespürt. Vielleicht war sie auch nur von Chalil ausgegangen. Er hatte kaum ein Wort gesagt, war meinem Blick konsequent ausgewichen und hatte den Teller nach wenigen Bissen halb voll stehen lassen. Seine Miene war ernst gewesen, verschlossen, eigentlich finster, was der so schwer zu erklärenden Schönheit seines Gesichts allerdings keinen Abbruch getan hatte. Im Gegenteil. Es hatte wie in Marmor gemeißelt gewirkt.

Auch ich hatte kaum einen Bissen heruntebekommen. Hätte ich nur eine Minute mit ihm alleine sprechen können! »Mach dir keine Sorgen, Chalil«, hätte ich ihm versichert.

»Ich glaube doch gar nicht, dass du Bill umgebracht hast. Was auch immer da passiert ist, du hast nichts Böses getan. Du bist ein guter Mensch.«

Gut, dass ich dazu keine Gelegenheit bekam. Denn ich hätte Chalil im selben Atemzug gestehen müssen, wie sehr ich am Morgen an ihm gezweifelt hatte und wie entsetzt ich gewesen war, bis ich in seinem Zimmer gestanden und plötzlich Ruhe und Vertrauen gefunden hatte.

Außerdem sah er aus, als wären ihm meine Gefühle momentan völlig gleichgültig. Er hatte andere Sorgen als die Sehnsüchte und Hoffnungen, die eine kleine Schülerin aus Stuttgart mitgebracht, und die Ängste, die sie dazubekommen hatte. Es war kindisch von mir, mich im Mittelpunkt seines Denkens und Fühlens zu glauben.

Und wieder zuckte in mir diese fürchterliche Angst, dass er doch etwas mit Bills Tod zu tun haben könnte. Er sah so finster aus, so in sich gekehrt! Gab es etwas, was ihn mehr bedrückte als die Polizei, die wegen Mordes ermittelte? Vielleicht hatte er es nicht tun wollen, aber der Familienrat hatte es beschlossen, weil Bill auf irgendeine Art die Ehre der Familie gekränkt und deren Zorn auf sich gezogen hatte. Vielleicht hatte Bill Salwa angemacht oder sich Funda unzüchtig genähert! Daraufhin hatte der Familienrat – rein männlich besetzt – beschlossen, ihn zu töten. Und das Los war auf Chalil gefallen. Womöglich hatte er ihn gleich am Hafen umbringen wollen und war gestört worden. Beispielsweise durch mich. Vielleicht hatte er mich eben doch bemerkt, wie ich im Sand lag und mich duckte. Deshalb hatte er sich zunächst zurückgezogen, um dann später zurückzukehren. Deshalb hatte er das Gespräch mit mir abkürzen müssen und sich geweigert, mir irgendetwas zu erklären. Weil er noch einen Mord zu erledigen hatte.

Finja, du hast eine viel zu blühende Fantasie! Und du machst dich selbst verrückt! Das waren Hirngespinste aus der Welt von *Tausendundeiner Nacht*. Und wenn wir schon beim Märchen waren: Niemals hätte einer aus der Familie einen Gast, der mit ihm am Tisch Süßes gegessen hatte, töten dürfen. Das widersprach den Gesetzen der orientalischen Gastfreundschaft. Allerdings war Chalil beim Essen nicht dabei gewesen. Vielleicht deshalb nicht ... Und wieder saß ich mit Herzklopfen und heißem Kopf und voller Zweifel da.

Die halbe Nacht hatte ich wach gelegen und gehofft, Chalil werde den Weg zu mir finden – beispielsweise über den Balkon – und mir alles erklären. Aber er war nicht gekommen.

Die drei Geländewagen standen in der Garage bereit, mit Wasserkanistern, Essensvorräten, Kochgeschirr, Schlafsäcken und GPS-Geräten ausgerüstet. Sie mussten außer uns noch zwei indische Diener und einen älteren Araber namens Walid aufnehmen. Suhail und Funda bestanden darauf, selbst zu fahren. Deshalb saßen sie schon mal in zwei unterschiedlichen Wagen. Salwa begab sich mit Umm Chalil zu Suhail. Ich stellte mich neben Funda, in der Hoffnung, zu ihr ins Auto steigen zu können. Mein Vater und Walid gesellten sich zu mir und Funda. Kaum war der Morgenruf des Muezzins verklungen, öffneten sich die Garagentore und wir rollten hinaus.

Erste Morgenröte färbte den Himmel überm Horizont rosig. Die letzten Sterne verflüchtigten sich. Im Konvoi ging es über die mächtige Stadtautobahn. Plötzlich war die Sonne da und tauchte die Stadt in goldenes Licht. Die Hochhäuser wirkten noch verschlafen. Die ersten Fenster begannen zu blitzen, die Schatten fielen lang über die Straße, wellten sich endlos in den Wüstensand. Kein Mensch war auf den Straßen zu sehen. Das bärtige Gesicht von Scheich Maktum prangte riesenhaft an den Wänden so mancher Hochhäuser.

»Dubai«, erklärte Funda mir, »hat sich innerhalb von fünfzig Jahren aus einem Perlenfischerdorf mit ein paar Hütten im Sand zu einer Stadt mit den höchsten Hochhäusern der Welt entwickelt.«

Wir verließen die Stadt auf der Wüstenpiste 66 und fuhren in die Sonne hinein, Richtung Südosten. Neubauten und Gewerbegebiete, Tankstellen und Einkaufscenter blieben zurück und mit den Stadtstraßen auch die letzten Palmen. Die Wüste übernahm, wellig, weißgrau im gelben Gegenlicht der steigenden Sonne. Schnurgerade durchschnitt die Autobahn mit ihren gelben Seitenbegrenzungen die Leere. Hin und wieder tauchte eine Ortschaft zwischen Palmen und Plantagen mit pompösen Ausfahrten auf. Nicht viele Autos fuhren hier, vor allem Lastwagen, die mit ihrer Fracht nach al-Ain und weiter nach Oman donnerten.

Mein Vater unterhielt sich auf der Rückbank mit dem alten Walid über die Geologie der Wüste, soweit ich das beim Dröhnen des Motors verstehen konnte. Funda fuhr schweigend. Ich dachte an Chalil und mir wurde elend.

Es war ein schrecklicher Fehler gewesen, dass ich nach Dubai gereist war. Ein romantischer Irrtum. Sicher, Chalil hatte mich geküsst. Männer küssten manchmal junge Frauen. Er hatte mir einen viel zu teuren Ring geschenkt. Aber für seine weiblichen Verwandten hatte er ein Vielfaches ausgegeben. Das machten arabische Prinzen in Deutschland so. Und ich war darauf hereingefallen und hatte an die große Liebe geglaubt.

Wie hatte Chalil in der Nacht zu mir gesagt? »Ich weiß, Geduld ist nicht gerade eine Stärke von euch Deutschen, aber bitte, hab Geduld mit mir, alles braucht seine Zeit.« Oder so ähnlich. Das war nicht einmal ein »vielleicht« gewesen, und wenn ein Araber »vielleicht« sagte, dann meinte er eigentlich »nein«. In Wahrheit hatte Chalil mir also nicht Hoffnungen machen, sondern vielmehr alle Hoffnungen zerstören wollen.

Vergiss es, Finja! Schlag dir das aus dem Kopf. Das Märchen, das du dir erträumst, gibt es nicht. Nicht im Dubai des 21. Jahrhunderts, wo die Häuser in den Himmel wachsen und Ingenieure mit dem Geld der Scheichs die Gesetze der Schwerkraft sprengen, die Scheichs selbst aber niemals mit den alten Traditionen brechen.

Die Sonne stand bereits ziemlich hoch. Ob es draußen warm oder sogar heiß war, konnte ich nicht beurteilen, denn wir fuhren mit Klimaanlage. Wir waren etwa zwei Stunden gefahren, die Straße begann schon vor Hitze zu flirren, da tauchten vor uns die Palmen und flachen Gebäude von einem Ort namens al-Faka auf. Der Geländewagen vor uns nahm die Ausfahrt und bog auf eine Rastanlage ab. Funda folgte. Wir hielten und stiegen aus. Offenbar mussten Umm Chalil und Salwa die Waschräume aufsuchen. Ich schloss mich an.

Als wir zurückkamen, saßen die Männer an Tischchen und tranken irgendwas. Die Diener rauchten am andern Ende des Parkplatzes.

Ich umrundete das Gebäude und ging ein Stück in die Wüste hinaus. Eine Gruppe Dromedare weidete dort. Keine Ahnung, was sie zwischen den Steinen fanden. Im Geröll zu meinen Füßen konnte ich ein paar winzige Bodenpflanzen ausmachen, eher grau als grün. Der Sand war orangerot und leicht gewellt, der Himmel tiefblau. Und wenn gerade kein Lastwagen auf der Piste vorbeidonnerte, war es ziemlich still.

Ich holte tief Luft. Stille und Weite gefielen mir, die Ruhe, die Schlichtheit und Würde der Wüste, die mehr Geheimnisse verbarg, als ich in diesem Moment auch nur ahnen konnte.

»Warte, bis wir ins Gebirge kommen!«, sagte hinter mir eine Stimme. Es war Funda. Sie lächelte. »Leider bin ich nicht in der Wüste aufgewachsen wie Chalil. Ich bin eben nur ein Mädchen. Ich bin für das Leben in Palästen ausgebildet. Aber Chalil hat noch alles gelernt, was ein Beduine können muss: mit dem Falken jagen, tagelang auf dem Kamel die Wüste durchqueren, Wasser finden, Pferderennen gewinnen. Er ist ein echter Beduine. Er hat am Schwarzen Berg im Hadschargebirge sogar den Tahr gesehen!«

»Den was?«

»Man sagt auch Halbziege. Es ist eine Mischung aus Ziege und Steinbock, das scheueste Tier auf der Welt. Und es heißt, Chalil habe den Tahr vor den Pranken des Arabischen Leoparden bewahrt. Davon trägt er die Narbe am Kinn!«

Diese Narbe am Kinn, die hatte ich gesehen. »Wie kam das?«

Funda lachte. »Das musst du dir von ihm erzählen lassen, Finja. Jedenfalls hat er auch dem Leoparden geholfen und dafür hat er von ihm die Ohrfeige bekommen. Allerdings kann er die Begegnung nicht beweisen, er hat den Leoparden nicht erlegt. Er wird also seiner künftigen Frau keine Jacke aus dem Fell des Arabischen Leoparden schenken können.«

Ich schüttelte mich unwillkürlich. »Das ist auch besser so. Ich würde niemals ...« Ich biss mir auf die Lippe.

Funda musterte mich aufmerksam. »Du magst Chalil, nicht wahr?«

Ich erschrak.

Funda legte die Hand auf meinen Arm. »Niemand weiß es. Auch Chalil hat mir nichts gesagt. Aber du hast ihn bei dir zu

Hause getroffen. Davon hat er uns auch nichts erzählt. Er hat immer gesagt, in Deutschland sei es nicht üblich, dass man in der Familie seines Professors verkehrt. Er hat nur einmal bei deinem Vater und seiner Frau ...«

»Sie ist nicht seine Frau, sondern seine Freundin«, unterbrach ich. »Sie sind nicht verheiratet.«

»Ach so?« Das schien sogar Funda schwer zu verstehen. »Aber ihr lebt doch alle zusammen?«

»Mein Vater wollte nach dem Tod meiner Mutter nicht gleich wieder heiraten. Aber ... na ja, jetzt wird er sie doch heiraten.«

»Chalil hat uns erklärt, in Deutschland sei die Familie nicht so wichtig wie bei uns. Wir wussten natürlich schon, dass dein Vater eine Tochter hat. Und weil Chalil so gar nichts von dir erzählt hat und ...«, sie schmunzelte, »... weil du am Abend deiner Ankunft einen Ring an der Hand getragen hast, der so ähnlich ist wie der Schmuck, den Chalil meiner Mutter und mir mitgebracht hat, da dachte ich ...«

Was sollte ich darauf antworten? Alles abstreiten? Mich Funda anvertrauen?

»Du brauchst nichts zu sagen, Finja. Chalil ist anders aus Deutschland wiedergekommen, als er gegangen ist. Er hat sich zum Beispiel bisher keinen Bart mehr wachsen lassen. Offenbar geht auch an unserem frommen Chalil ein Jahr in einer anderen und unzweifelhaft freieren Kultur nicht spurlos vorüber.«

»Ist er ... war er ... Was verstehst du unter fromm?«

Funda lachte. »Chalil hat sich fünf Mal am Tag gen Mekka verneigt, er ist regelmäßig in der Moschee gewesen, um den *Kur'an* zu lesen ...« Sie unterbrach sich. »Dazu musst du wissen: Den *Kur'an* kann man nicht lernen, wenn man ihn still für sich liest, man muss ihn hören. Schon das Wort bedeutet eigentlich Lesung, Vortrag. Der Überlieferung nach ist der *Kur'an* eine Kopie des Buchs der Bücher, das bei Gott liegt, und Gott hat es Mohammed ins Herz geschrieben. Der Engel Gabriel hat daraufhin die Worte auf Mohammeds Zunge gebracht. Bis heute wird der *Kur'an* eigentlich mündlich weitergegeben. Man hat aber einmal aufgeschrieben, was Mohammed offenbarte. Doch damals hatte die arabische Schrift noch keine Vokalzeichen und keine Betonungspunkte ...«

Funda spürte meine Ratlosigkeit und lächelte. »Aber du weißt, dass das Arabische von rechts nach links geschrieben wird.«

»Ja, das weiß ich.«

»Und dass im Arabischen nur die Konsonanten geschrieben werden, vom *Alef*, dem A, mal abgesehen?«

Ich nickte.

»Heute malt man Punkte unter oder über die Konsonanten, die für Vokale stehen, und Betonungszeichen. Wenn man das nicht macht, können drei Konsonanten als ganz verschiedene Worte gelesen werden.«

»Ich verstehe. So wie bei u und ü«, bemerkte ich. »Wenn man die Punkte weglässt, könnte Sud sowohl Sud, also *soup*, auf Englisch, als auch Süd, *south*, heißen. Man würde es allerdings aus dem Zusammenhang erschließen. Ein Schiff führe nicht Richtung Suppe, sondern Richtung Süd.«

»Genau. Nun ist der Sinn von Koransuren nicht immer so leicht zu erschließen. Deshalb war es von jeher wichtig, den Text mündlich zu beherrschen, am besten auswendig. Darum haben wir auch die Koranschulen. Die Kinder hören den Text und lernen ihn, indem sie ihn nachsprechen. Die Schrift dient nur als Gedächtnisstütze. Natürlich gibt es inzwischen punktierte Versionen des *Kur'an*.« Sie tippte mich am Arm. »Übrigens komm. Es geht weiter.«

»Und Chalil«, fragte ich, während wir langsam zum Parkplatz zurückgingen, »kann er den *Kur'an* also auswendig?«

»Zumindest zum großen Teil. Er war zwar ein paar Jahre auf einem englischen Internat, aber im Grunde ist er immer der fromme Beduine geblieben, ein Wüstenritter, kühn im Kampf, hart und treu in der Pflicht zur Blutrache, freigiebig und gastfreundlich bis zur aufopfernden Hingabe, selbstlos der Sippe und großmütig dem geachteten Feind gegenüber, unbeirrbar im Glauben. Auch, wenn seine Jahre im Ausland ihn sicherlich offener gemacht haben für eine, sagen wir, weniger wortwörtliche Auslegung der Gebote. Er behauptet immer, der Islam sei eine friedliebende Religion und keineswegs so frauenfeindlich, wie ich immer sage. Bei uns ist beispielsweise nicht Eva schuld am Sündenfall im Paradies. Es ist nicht sie, die Adam verführt, von der verbotenen Frucht zu essen, sondern es sind beide zusammen, die davon kosten. Und Frauen hatten bei uns von Anfang an viel mehr Rechte in der Ehe, als das im Christentum zur selben Zeit der Fall war.«

»Aber ein Mann darf seine Frau schlagen«, bemerkte ich.

Funda lächelte bitter. »Ja. Das wissen alle, auch wenn sie den *Kur'an* sonst gar nicht kennen. Leider stimmt es. Eine Frau war zu Mohammed gekommen und hatte ihn um die Erlaubnis gebeten, ihren Mann zurückzuschlagen, wenn der sie schlug. Mohammed erlaubte es, doch dann ereilte ihn die Offenbarung, die da lautet: ›Und jene Frauen, deren Widerspenstigkeit ihr befürchtet: Ermahnt sie, meidet sie im Ehebett und schlagt sie! Wenn sie euch dann gehorchen, so sucht gegen sie keine Ausrede.‹ Daraufhin sagte der Prophet: ›Ich wollte das eine, aber Gott wollte das andere, und was Gott will, muss das Beste sein.‹ Und damit stehen wir nun da.«

»Dumm gelaufen«, bemerkte ich.

Funda lachte. »Sag das niemals laut, Finja. Und beachte: Nur ein Mann, der die Widerspenstigkeit seiner Frau *fürchtet*, schlägt sie. Wer keine Angst vor seiner Frau hat, hat das nicht nötig!« Sie grinste. »Meine Auslegung!«

Ich lachte.

»Und Chalil würde seine Frau natürlich niemals schlagen. Er hat nie zu der engherzigen Sorte gehört, falls du verstehst, was ich meine. Aber natürlich beachtet er die Regeln. Hält sich von Frauen fern und so.« Sie lachte. »Wobei ich natürlich nicht weiß, was er in Deutschland so alles getrieben hat. Weißt du, das ist hier manchmal ein echtes Problem bei den jungen Männern. Nicht nur das mit dem Sex. Viele haben so wenig Umgang mit Frauen, oft sogar innerhalb ihrer eigenen Familien, dass sie keine Ahnung haben, wie wir ticken. Wenn ein Mann nur verschleierte Gesichter sieht, lernt er auch nie, unser Mienenspiel zu deuten. Er sieht nicht, was uns gefällt oder missfällt, er merkt nicht, wie wir uns fühlen. Es gibt unglaublich viele Missverständnisse.«

»Ach, die gibt es bei uns auch«, sagte ich.

Funda lachte. »Aber stell dir einen Mann vor, der bis zu seinem zwanzigsten Lebensjahr außer mit seiner Mutter und seinen Schwestern noch nie persönliche Worte mit einer Frau gewechselt hat. Und dann ist er zum ersten Mal mit einer Frau allein, sie macht ihm schöne Augen, sie gurrt, sie legt den *Nikab* ab und er sieht zum ersten Mal ihren Mund in der reizvollsten und verführerischsten Form. Und wir wissen doch, Männer sind sehr viel leichter verführbar als wir Frauen. Sie sehen ein weibliches Gesicht und sind erregt. So ein Mann muss auf die Erstbeste hereinfallen. Er kennt ja keine Alternativen. Das ist das Problem.«

Wollte sie damit sagen, dass Chalil auf mich hatte hereinfallen müssen, einfach aufgrund der Umstände?

Wir hatten die Autos erreicht und stiegen alle wieder ein. Funda lenkte unseren Wagen hinter dem von Suahil auf die Wüstenpiste und alsbald rollten wir dahin, auf das ferne Massiv des Hadschargebirges zu. Hin und wieder ragte das dürre, beinahe blattlose Geäst eines Baums in den Himmel. Man nannte ihn Akazie, wie mein Vater mir erklärte, eine Mimosenart mit zarten Blüten und wüsten Stacheln, die sogar Autoreifen durchstechen konnten.

Als ich mich wenig später noch einmal zu meinem Vater umdrehte, war er eingeschlafen. Auch der alte Walid hatte die Augen geschlossen. Es sprach nichts dagegen, dass ich mich mit Funda unterhielt.

»Chalil ist also bei seinem Großvater im Beduinenzelt großgeworden …«

»Ja, wie gesagt, eine alte Tradition unserer Familie. Der Älteste geht beim Großvater in die Lehre, er soll, bevor er im Ausland studiert, die Kenntnisse der Altvordern erwerben. Der Erstgeborene ist der Wahrer der Traditionen. Früher habe ich Chalil glühend um dieses Privileg beneidet, heute bin ich froh, dass ich es nicht habe. Chalil trägt eine große Verantwortung. Und er hatte nie eine Wahl. Eigentlich wollte er nämlich Arzt werden, nicht Bauingenieur.«

»Ach! Und warum durfte er das nicht werden?«

»Weil mein Vater fand, Arzt könne jeder werden, aber nicht jeder, der Ingenieur werde, habe die Mittel, welche wir besitzen, um dem Land den technischen Fortschritt zu schenken, den es braucht.«

»Das heißt«, entschlüsselte ich Fundas Satz, »Chalil sollte etwas studieren, was zu dem passt, worin dein Vater sein Geld investiert. Worin investiert er denn?«

»Er will hier in der Wüste…« Funda ließ die Hand in großem Bogen durch das eintönige Panorama in der Windschutzscheibe schweifen, »... die größten Sonnenenergieanlagen bauen, die es auf der Welt gibt.« Funda blickte kurz in den Rückspiegel. »Und dein Vater soll ihm dabei helfen. Er baut die Siliziumfabrik für die modernsten Solaranlagen.«

»Hm.« Da wusste Funda mehr als ich. Ein kurzer Blick nach hinten zeigte auch mir, dass mein Vater immer noch schlief. »Aber Chalil ist doch ein guter Ingenieur. Mein Vater hat ihn mal als seinen besten Studenten bezeichnet.«

»Mag sein. Aber schon immer hat Chalil sich für Medizin interessiert. Als Junge hat er einmal ein Kamel per Kaiserschnitt zur Welt gebracht ...«

»Echt jetzt? Wie? Erzähl, Funda!«

Sie schmunzelte. »Man erzählt sich, dass er einmal sieben Kamele seines Großvaters nach Hause führte. Da kam für die wertvollste der Kamelstuten die Stunde, da sie gebären sollte. Die Sonne ging unter, der Mond stieg empor, doch die Geburt kam nicht voran. Chalil hatte schon gesehen, wie man in solchen Fällen im Geburtsgang der Stute mit der Hand nach den Füßen des Fohlens suchte, sie packte und zog. Aber er war zu klein und zu schwach, das zu tun. Allerdings mit Gottes Hilfe allein würde die Stute es nicht schaffen und Großvater Sultan würde ein wertvolles Tier samt Fohlen verlieren. Also hat Chalil seine *Ghutra* vom Kopf gezogen und sie Faden für Faden aufgedröselt. Dann hat er den Stachel einer Akazie genommen und mit dem Messer ein Loch hineingebohrt, durch das er einen Faden ziehen konnte. Das Messer hat er dann im Feuer erhitzt und desinfiziert. Dann hat er die Stute mit seiner *Agal* an den Beinen gefesselt, damit sie nicht nach ihm treten konnte. Schließlich hat er all seinen Mut zusammengenommen und nur beim Schein von Mond und Sternen und einem kleinen Feuer dem Tier den Bauch aufgeschlitzt. Er hat das Fohlen herausgeholt und den Bauch der Stute mit der

Nadel aus Akaziendorn und dem Faden seiner *Ghutra* wieder zugenäht.« Funda warf einen Blick zu mir herüber. »Beide haben überlebt, Stute und Fohlen.«

Ich lachte bewundernd.

»Eines anderen Tages brach sich der Falke von Scheich Sultan einen Flügel und Chalil hat die Knochen gerichtet, den Flügel geschient und das Tier gesund gepflegt. Und schon bald konnte der Falke wieder fliegen und wurde zu einem der schnellsten und erfolgreichsten Falken, die Chalils Großvater je besessen hat. Doch er hat nur Chalil als Herrn anerkannt, nur auf seiner Hand ist er gelandet, nur von ihm hat er Futter angenommen. Und eines Tages hat er Chalil sogar das Leben gerettet und ihn uns allen, meiner Mutter, meinem Vater und uns Geschwistern erhalten.«

»Wie kam das?«, fragte ich. Es gefiel mir, wie Funda erzählte.

»Es war an einem Tag im Fastenmonat Ramadan, wenn alle hungrig und durstig sind, weil sie, solange es hell ist, weder essen noch trinken dürfen, als Chalil sich mit der Ziegenherde seines Großvaters auf dem Heimweg befand. Er schaute wohl nicht genau auf den Weg. Plötzlich stieß schnell wie ein Pfeil aus dem blauen Himmel der Falke herab und schlug vor Chalils Fuß eine Viper, die ihn eben hatte beißen wollen.«

»Wirklich?«, erkundigte ich mich.

Funda blickte mich lachend an. »Natürlich, Finja. Es ist absolut wahr, was ich erzähle. So hat man es mir erzählt und ich habe keinen Buchstaben daran geändert. Nun ja, vielleicht ist mit der Zeit Chalils Fuß der Schlange ein wenig näher gerückt, als er es tatsächlich war, und ihr Biss stand in Wirklichkeit weniger unmittelbar bevor, aber mit Sicherheit hat der Falke vor Chalils Augen eine Viper geschlagen.«

»Und wer hat dir das erzählt?«

»Chalil. Er kommt gern freitags zu mir und wir trinken Tee und reden. Aber auch unser Großvater Sultan erzählt gern von Chalils Taten. Schon bald waren nämlich Chalils heilende Fähigkeiten so bekannt im ganzen Hadschargebirge, dass, wer ein krankes Tier hatte, es zu Chalils Großvater brachte und ihn bat, seinen Enkel zu holen, damit er es heile. Zum Dank dafür hat Großvater Sultan viele Geschenke erhalten. Und so durfte Chalil sich etwas wünschen und er wünschte sich, dass er sich medizinische Bücher kaufen dürfe, damit sein Tun nicht allein von Gottes Eingebungen abhängig sein möge, sondern auch mit Sachverstand geschehe. Also begaben sie sich in die Oase al-Ain. Und auf dem Heimweg stießen sie auf eine Frau, die an einem Felsen lehnte und vor Schmerzen wimmerte. Sie war schwanger. Chalil bat seinen Großvater, die Kamele sich niederlegen zu lassen und abzusteigen. Die Frau hieß Nusra. Sie wollte zuerst nicht mit den Männern sprechen, aber als sie sah, dass es ein Knabe war, der sich ihr näherte und sie freundlich ansprach, klagte sie, dass die Wehen vor drei Tagen eingesetzt hätten, dass es aber nicht vorangehen wolle. Ihre Schwiegermutter und deren Schwestern hätten gesagt, es sei ein Kind der Sünde, deshalb werde sie sterben. Darum habe sie sich auf den Weg nach al-Ain gemacht, wo es ein Krankenhaus gab. Damals gab es noch keine Satellitentelefone, und selbst wenn es sie gegeben hätte, so hätte Nusras Mann vermutlich keines besessen, um Hilfe zu holen. Ohnehin befand er sich gerade auf Pilgerreise in Mekka.«

»Aber das ist doch Wahnsinn, in so einem Zustand alleine durch die Berge laufen zu wollen.«

»Beduinenfrauen sind gut zu Fuß, Finja. Und sie können Schmerzen aushalten. Und wenn du weißt, du hast keine andere Chance mehr, wenn du überleben willst … Großvater Sultan wollte, nachdem er das Schicksal Nusras in Gottes Hände befohlen hatte, das Kamel wieder besteigen und seinen Weg fortsetzen, doch Chalil hielt ihn zurück. ›Sie wird sterben‹, sagte er, ›wenn die Hände eines gottesfürchtigen Menschen ihr nicht helfen.‹

›Aber wer soll ihr helfen?‹, fragte der Großvater.

›Ich werde ihr helfen, *inschallah*, so Gott will‹, antwortete Chalil. ›Ich werde es machen wie bei der Kamelstute.‹

Dieses Mal musste Chalil keine *Ghutra* aufdröseln und aus keinem Akaziendorn eine Nadel machen. Inzwischen besaß er, weil er schon ein paar Mal ein Tier hatte operieren müssen, eingewickelt in einen Lappen aus Leder, chirurgische Messer, Nadeln und Fäden.«

»Oh Gott!«, entfuhr es mir. »Das ist doch Wahnsinn!«

»Oh, die Chirurgie hat eine lange Tradition bei uns«, antwortete Funda leichthin. »Und die Operation gelang. Im letzten Licht des Tages, der von Gott auf wundersame Weise um einige Stunden verlängert worden war – so behauptet es jedenfalls mein Großvater –, zog Chalil das Kind aus Nusras Bauch und nähte sie anschließend wieder zu. Während der Operation hat Chalil übrigens niemals Nusras Gesicht gesehen. Sie hielt es unter ihrer Gesichtsmaske verborgen, *Burka* sagen die im Oman dazu.

Am anderen Morgen brachten Chalil und sein Großvater Mutter und Tochter nach Hause. Doch weil es nur ein Mädchen war, schimpften Nusras Schwiegermutter und deren Schwestern, es müsse des Teufels Werk sein, dass Mutter und Tochter überlebt hätten, der Teufel habe den Sohn, den Uthman hätte bekommen sollen, in eine Tochter verwandelt. Und als Uthman, Nusras Mann, wiederkam von seiner Pilgerreise, verwirrten diese Reden der Mutter Uthmans Verstand, und er jagte Nusra fort. Dann nahm er sein Gewehr und gürtete sich mit Munition, bestieg sein Pferd und machte sich auf den Weg zu den Zelten von Scheich Sultan im Wadi al-Abar as-saba, um Schadenersatz zu fordern.«

»Oje!«

Funda blickte kurz zu mir herüber.

»Klingt wie ein Märchen aus *Tausendundeiner Nacht*«, bemerkte ich.

Sie lachte leise. »Und darum muss ich jetzt auch unterbrechen.«

Der Wagen vor uns war eine Abfahrt hinuntergefahren. Funda lenkte unseren Vierradantrieb hinterher. Das weckte meinen Vater. Er fuhr hoch und fragte: »Was ist?«

»Wir sind in al-Ain«, erklärte Funda. »Mittagspause.«

In der Tat hatten die Gärten der großen Oase an der Grenze zum Sultanat Oman uns aufgenommen. Wir kehrten in einem Lokal ein, wo man uns rasch Humus, Hammelspieße, Bohnen, Brot, Datteln und süßen Minztee servierte. Eine Stunde später bestiegen wir die Autos wieder. Funda überließ das Steuer jetzt dem alten Walid und ich meinem Vater den Beifahrersitz. Es ging wieder hinaus in die Wüste. Sie war inzwischen steiniger geworden und stieg stetig an.

»Und wie ging es weiter?«, drängte ich Funda.

Und sie erzählte: »Uthman kam ins Wadi al-Abar as-saba, wo die Zelte von Chalils Großvater Scheich Sultan nahe den Gräbern seiner Vorfahren standen. Er hatte aber solche Schmerzen im Rücken, dass er nur mit Mühe vom Pferd steigen konnte und sich sogleich niedersetzen musste. Scheich Sultan schickte einen seiner Enkel mit Wasser und Datteln hinaus, aber Uthman lehnte die Gaben ab. Er sei nicht in friedlicher Absicht gekommen, erklärte er. Er fordere Entschädigung für seine Frau, die entehrt worden sei.

Scheich Sultan legte sich kostbare Gewänder an und begab sich hinaus, um mit dem Mann zu reden. Chalil folgte ihm heimlich und versteckte sich in der Nähe.

Und Uthman sprach: ›Ich habe vor einem Jahr drei meiner besten Kamelstuten hergegeben für meine Frau und vier Hammel geschlachtet für die Hochzeit. Sie war schön wie eine Rose, auf die der Morgentau gefallen ist, ihr Duft glich dem des Jasmins in einer milden Nacht. Und Gott wollte es, dass sie sogleich schwanger wurde und mir einen Sohn gebären sollte. Zum Dank begab ich mich auf die Hadsch, doch wie ich zurückkehre in die Zelte meiner Familie, da ist meine Rose verblüht und in ihrem Arm schreit nicht mein Sohn, sondern ein Teufelsbalg. Und auf ihrem Leib trägt sie von seiner Kralle ein Zeichen. Ich musste sie verstoßen!‹

›Und warum kommst du damit zu mir?‹, fragte Scheich Sultan. ›Im Streit unter Menschen kann ich ein Urteil fällen, *inschallah*, aber nicht im Streit der Menschen mit dem *Scheitan*.‹

›Ich führe Klage gegen dich‹, erwiderte Uthman. ›Man hat mir berichtet, dass meine Frau in die Wüste gegangen ist, um zu gebären, wie einst Maria, die, als sie ihre Stunde kommen fühlte, im Schutz einer Palme den Propheten Jesus gebar, Friede sei mit ihm. Doch wie die Geburt vonstattengehen sollte, da bist du des Wegs gekommen mit deinem Enkel Chalil. Und anstatt sie zu meiden, habt ihr euch ihr genähert.‹

›Das stimmt‹, bestätigte Scheich Sultan. ›Aber Chalil hat gehandelt wie ein Arzt. Er hat dir deine Frau und deine Tochter gerettet.‹

›Wenn Gott gewollt hätte, dass ich statt meines Sohnes eine Tochter bekommen soll, dann hätte meine Frau sie geboren, wie es die Natur verlangt, im Kreis der Frauen meiner Familie.‹

›Mein Enkel hat das Geheimnis deiner Frau nicht erblickt‹, sagte Großvater Sultan. ›Ich kann bezeugen, dass keine Regeln der Schicklichkeit verletzt worden sind. Deine Tochter hat den Leib deiner Frau durch den Bauch verlassen.‹

Uthman wollte es nicht begreifen, wie das gehen könne. Wie konnte ein Knabe wie Chalil solche Künste beherrschen? ›Es ist ein Mädchen! Das ist der Beweis, dass der Satan meine Frau verdorben und entehrt hat! Es hätte ein Sohn werden sollen.‹

Das fand Chalil so verkehrt, dass er es nicht mehr in seinem Versteck aushielt und seinen Großvater bat, etwas sagen zu dürfen. ›Dass deine Frau dir ein Mädchen geboren hat‹, erklärte er dem aufgebrachten Uthman, ›das hast allein du zu verantworten. Es ist der Same des Mannes, der darüber entscheidet, ob im Leib der Frau ein Junge oder ein Mädchen heranreift. Wenn du jemanden dafür bestrafen willst, dann musst du dich selbst bestrafen. Aber auch du hast keine Schuld, denn es kann niemand bewusst steuern, welcher Same auf fruchtbaren Boden fällt und ob im Leib der Frau ein Junge oder ein Mädchen heranwächst. Das nächste Mal solltest du die fruchtbaren Tage deiner Frau abwarten und dich zu ihr legen, gleich nachdem sie ihre unreinen Tage gehabt hat. Dann hast du größere Chancen, einen Sohn zu zeugen, denn der Same mit männlichem Erbgut ist schneller und kommt eher ans Ziel als der Same mit weiblichem Erbgut, der dafür aber länger überlebt.‹«

»Ach was! Tatsächlich?«, entfuhr es mir.

Funda blickte mich an. »Wusstest du das nicht? Ich dachte, ihr seid alle so wahnsinnig aufgeklärt.«

Ich musste lachen. »Das muss ich aus dem Mund einer Muslimin erfahren, die es von ihrem frommen Bruder hat!«

Auch Funda lachte.

»Bei uns ist es nicht so wichtig«, bemerkte ich, »dass die Frauen einen Sohn bekommen. Es gibt sogar viele Väter, die wünschen sich eine Tochter. Aber egal. Wie hat Uthman reagiert?«

»Er gehörte zu den Männern, die glauben, genug zu wissen, wenn sie den *Kur'an* kennen, und darin steht nichts über Spermien und den Kaiserschnitt. Er erneuerte seine Klage und forderte als Ersatz für seine Frau und die Schmerzen ihres Verlusts, die er erlitten hatte, sechs Kamele von Scheich Sultan. Unser Großvater sah, dass Uthman seine Frau geliebt hatte und aus Unwissenheit so töricht gewesen war, Zauberei zu vermuten, wo eigentlich Gott ein gutes Werk getan hatte. Und er sagte: ›Du tust mir leid, Uthman. Hol Nusra zu dir zurück. Dann will ich dir zwei Kamelstuten geben und drei Hammel, damit ihr noch einmal Hochzeit feiert.‹

Das aber wollte Uthman auch nicht.

Da wandte sich Chalil an seinen Großvater und bat darum, noch einmal das Wort ergreifen zu dürfen, und sagte zu Uthman: ›Wenn du Schmerzen hättest und es käme ein Arzt, der deine Schmerzen linderte, würdest du dann auch vor den Scheich ziehen und den Arzt anklagen, er habe mit dem Satan im Bund gestanden?‹

Uthman ahnte, worauf das hinauslief, und sagte nichts.

›Es ist sicherlich nicht die Selbstsucht, die dich mit unterschiedlichem Maß messen lässt‹, fuhr Chalil fort. ›Das Leben eines Mannes ist vor Gott nicht mehr wert als das einer Frau. Dich bedrückt doch nur, dass du nicht dabei gewesen bist, als deine Frau in Not war, dass du nicht gesehen hast, was ich mit Gottes Hilfe getan habe, um sie und deine Tochter zu retten. Darum werde ich dir jetzt beweisen, dass es nicht Teufels Werk war, indem ich auch dich heile.‹

›Ich bin gesund!‹, knurrte Uthman.

›Hast du nicht Schmerzen in der Lende?‹, fragte Chalil. ›Vorhin, als du vom Pferd gestiegen bist, habe ich gesehen, dass es dir schwerfällt zu gehen. So eine Pilgerfahrt ist anstrengend, lang und mühselig sind die Gebete. Es hat geregnet. Du hast dich verkühlt. Deine Muskeln schmerzen und es ist von Tag zu Tag schlimmer geworden statt besser.‹

Das konnte Uthman nicht bestreiten. In Wahrheit waren die Schmerzen mitverantwortlich für seinen Zorn auf seine Frau gewesen. Doch obgleich er sie verstoßen hatte, um sein Haus zu reinigen, waren die Schmerzen nicht besser geworden, sondern hatten sich auf seinem Ritt zu den Zelten des Scheichs nur noch verschlimmert.

›Dein innerstes Gefühl hat dir gesagt‹, behauptete Chalil mit der Arglosigkeit eines Kindes im Blick, ›dass du auf dem falschen Wege bist und darum mit jedem Schritt, den dein Pferd getan hat, die Schmerzen verstärkst.‹

Und Chalil hieß ihn sich niederlegen und stieg mit nackten Füßen dem Mann auf den Rücken und hüpfte auf ihm herum. Und als Uthman sich erhob, waren die Schmerzen verschwunden. Er versprach, Nusra zurückzuholen in sein Zelt. Ihre Tochter wolle er Abra nennen, was Beispiel bedeutet, denn er habe seine Lektion gelernt. Und wenn sie alt genug sei zu heiraten, so werde er sie Chalil zum Weib geben, wenn er sie haben wolle.«

Ich erschrak. Es war ja kein Märchen, das Funda mir erzählte. Es war Wirklichkeit. »Wie alt ist Abra jetzt?«

»Sie müsste vierzehn sein«, überlegte Funda. »Zehn Jahre jünger als Chalil. Er ist vierundzwanzig.«

Eine Vierzehnjährige und ein Vierundzwanzigjähriger? Andererseits war Abra tatsächlich nur zwei Jahre jünger als ich. Genauso gut hätte ich es sein können, die Chalil aus dem Leib einer Mutter gezogen hatte. Als ich geboren wurde, war

Chalil acht Jahre alt gewesen und hatte bereits ein Kamelfohlen per Kaiserschnitt zur Welt gebracht. Uns trennten nicht nur Welten, sondern Jahrzehnte. »Und …?« Ich wagte die Frage nicht zu stellen.

Funda blickte mich versonnen lächelnd an und ergriff meine nervöse Hand. »Du willst wissen, ob Abra und Chalil verlobt sind.«

Ich nickte.

Funda ließ sich in die Rückenlehne fallen, wandte den Kopf ab und blickte durchs Fenster hinaus. Die Wüste, die seit Stunden an uns vorbeiglitt, hatte sich verändert. Stellenweise ragten jetzt Felsen empor. Wir waren dem dunklen Gebirgszug des Hadschar ziemlich nahe gekommen. Die flimmernde Luft über dem Wüstensand ließ nicht erkennen, wo es begann, seine Gipfel wurden von Dunst verwischt, der mich hätte stutzig machen müssen. Aber ich dachte mir nichts dabei.

Außerdem blickte Funda mich wieder an und sagte: »Abras Geschichte ist … wie soll ich sagen? …«

»Erzähl einfach!«, bat ich. »Bitte erzähl sie mir.«

8

Nusra konnte keine weiteren Kinder mehr bekommen und so nahm Uthman sich eine weitere Frau, die ihm zwei Söhne gebar. Aber seine wahre Liebe galt Nusra. Doch sie starb an einer Wundinfektion, als Abra noch keine fünf Jahre alt war. Uthman war darüber so untröstlich, dass er seine Zelte floh und auf Reisen ging.

Auch Abra war untröstlich, doch niemand tröstete sie. Mit ihrer Mutter hatte sie ihre Beschützerin verloren und war dem Hass von Uthmans Mutter, den Tanten und seiner zweiten Frau ausgeliefert. Sie musste hart arbeiten. Man schickte sie Wasser holen, hieß sie die Töpfe scheuern, sie musste im Garten Unkraut zupfen, und wenn das Gemüse verdorrte, weil das Wasser aus dem Brunnen zu salzig war, bekam sie Schläge mit einer alten *Agal*. Nacht um Nacht weinte Abra um ihre Mutter. Das erste böse Gefühl setzte sich in ihrem Herzen fest. Sie begann zu hassen. Sie hasste den Tod. Der Todesengel Isra'il erschien ihr als böser steifer Mann in prächtigen Gewändern, der auf dem Kopf ein blütenweißes Tuch trug und eine goldene Kordel. Sein Mund lächelte verführerisch, seine Augen blitzten, doch wenn man ihm nahe kam, so wurden sie schwarz und leer und waren ohne Leben.

Sie glaubte, dieser Engel sei auch ihrer Mutter eines Nachts erschienen und ihre Mutter habe sich verführen lassen und alle vergessen, die sie liebten, ihre Tochter und ihren Mann, und sei ihm gefolgt. Und Abra nahm sich vor, dass auch sie mit dem Engel mitgehen werde, wenn er noch einmal kam. Aber er kam nicht mehr. Und Abra war ganz verzweifelt. Sie hatte doch niemanden, der sie liebte. Und nun wollte Isra'il sie auch nicht.

Doch eines Tages, als man sie wieder einmal den weiten Weg zum Brunnen geschickt hatte, fand sie ihn umlagert von Ziegen und Schafen. Ein junger Mann holte Eimer für Eimer Wasser herauf und tränkte die Tiere. Abra blieb mit ihren beiden leeren Kanistern in den Händen stehen und wagte sich nicht weiter vor.

Der junge Mann bewegte sich mit der Kraft und Geschmeidigkeit des Leoparden, sein Blick war wach wie der eines Falken und seine Miene war so freundlich wie die Morgenröte. Er trug eine *Dischdascha* und eine *Ghutra*, weiß wie die Blüten des Jasmins. So schön war er, dass Abra ihn mit offenem Mund anstarrte. Das musste der Engel Isra'il sein, dachte sie. Er war doch gekommen! Jetzt würde sie endlich sterben, er würde ihre Seele mitnehmen ins Paradies.

»Komm!«, rief der junge Mann, als er das Mädchen so stehen sah mit seinen zwei leeren Kanistern. »Wer bist du denn?«

»Abra«, flüsterte das Mädchen.

»Du bist Abra, Tochter von Uthman und Nusra?« Der Engel lächelte. »Ich helfe dir, die Kanister zu füllen.«

Die Mäuler der neugierigen Ziegen zupften an Abras Gewand auf der Suche nach etwas Essbaren. Der schöne junge Mann scheuchte sie beiseite und bahnte ihr den Weg. Sie nahm allen Mut zusammen und fragte: »Bist du der Engel Isra'il? Nimmst du mich mit zu meiner Mutter?«

»Was redest du da?«, erwiderte der junge Mann erschrocken.

»Bitte, bring mich zu meiner Mutter!«

»Das kann ich nicht, Abra. Selbst wenn ich es könnte, würde ich es nicht tun. Ich habe deiner Mutter geholfen, dich zur Welt zu bringen. Ich bin Chalil, Sohn von Scheich Nasser bin Sultan.«

Abra erschrak und wich zurück.

Sie erinnerte sich kaum an die Geschichte, die ihre Mutter Nusra ihr einmal erzählt hatte. Sie war zu klein gewesen, um sie zu verstehen. Jemand war gekommen und hatte etwas getan, was man nicht tat. Und weil ihre Großmutter sie so oft Teufelsbalg rief und behauptete, sie sei vom Satan auf die Welt gebracht worden, hatte Abra zu glauben angefangen, es sei nicht mit rechten Dingen zugegangen und das sei der Grund, warum sie unglücklich sein müsse in ihrem Leben.

»Dann bist du der *Scheitan*!«, flüsterte sie.

»Wer hat dir das in den Kopf gesetzt?«, rief Chalil. Er klang zwar verärgert, doch sein Lächeln war so freundlich und warm, dass Abras Herz ihm zuflog. »Komm her«, sagte er, »setzen wir uns in den Schatten der Akazie und du erzählst mir, was dich so bedrückt. Ich habe Datteln dabei. Hast du Hunger?«

Abra hatte Hunger. Aber sie hatte auch Angst. »Wenn ich nicht gleich wiederkomme mit dem Wasser, dann wird Großmutter sehr böse.«

Chalils Gesicht verfinsterte sich. »Schlägt sie dich?«

»Manchmal.«

»Und wo ist dein Vater?«

»Ich weiß es nicht.«

»Arme kleine Abra«, rief Chalil erschüttert. »Wo Dankbarkeit herrschen müsste, herrscht Undank und Selbstsucht.

Dein Vater hat sich von dir abgewandt und dich verlassen. Und auch ich habe mich niemals nach dir erkundigt. Bitte verzeih mir.«

Abra war zu jung, um Chalil wirklich zu verstehen und ihm Verzeihung zu gewähren, aber sie nickte mit großem Ernst. Und die Datteln, die der schöne Hirte ihr reichte, waren süß und sättigend.

Abra war ein hübsches Kind. Sie hatte große verständige Augen und ein kluges Gesicht. Allerdings waren ihre Haare verfilzt und ihr Gewand fleckig und zerrissen. Niemand hatte ihr bisher Lesen und Schreiben beigebracht oder sie gar auf eine Schule geschickt. Und man würde es auch nicht tun. Sobald sie ihre erste Monatsblutung gehabt hatte, würde man sie an den erstbesten Beduinen verheiraten, der Interesse für sie zeigte. Chalil erinnerte sich, dass Abras Vater Uthman sie ihm zur Frau angeboten hatte, wenn sie alt genug war zu heiraten. Er hatte nie mehr daran gedacht, aber nun empfand er Verantwortung für Abra.

Er half ihr, die Wasserkanister zu füllen, und trug sie mit ihr zusammen zum Zelt ihres Vaters. Die Ziegenherde folgte ihnen. Es war ein Weg von einer Stunde über Geröll und Steine, ein abgelegenes Gebirgstal hinauf. Uthmans Zelt war klein, vielfach geflickt und dennoch zerrissen, denn seit Langem schon trug er nichts mehr dazu bei, seinen Besitz zu erhalten oder zu vermehren. Stattdessen hatte er nach und nach Vieh und Teile seines Hausrats mitgenommen und verkauft und das Geld in der Stadt für Essen und Huren ausgegeben. Die drei Söhne Uthmans liefen in Lumpen herum und hatten freche, schmutzige Gesichter. Und nur, weil ein fremder, gut gekleideter junger Mann Abra begleitete und einen der beiden Wasserkanister trug, wagten sie nicht, ihre Halbschwester mit Steinen zu bewerfen und zu verspotten.

Vor dem Zelt saß Uthmans Mutter auf dem Boden, zusammen mit ihren beiden Schwestern und Uthmans zweiter Frau. Sie legten sich rasch die Gesichtsmasken an, als sie einen Fremden sich nähern sahen. Chalil blieb in gebührendem Abstand stehen, während Abra zu ihnen hinlief und ihnen sagte, wer er war. Das löste große Aufregung aus, die Frauen sprangen auf und huschten ins Zelt, um sich zurechtzumachen. Auch Abra wurde hineingezerrt. Nach einer Weile erschienen, eine nach der anderen, die Frauen wieder, an ihren Gewändern zupfend.

Sie baten Chalil heran. Die Großmutter sprach: »Wir müssen dich um Entschuldigung bitten, dass wir dir weder Kaffee noch Süßigkeiten anbieten können, sondern nur Tee und Datteln. Mein Sohn Uthman ist nach Nizwa geritten, um Besorgungen zu machen. Wir erwarten ihn jeden Tag zurück.«

Chalil blickte in unruhige Augen, die im Schlitz der *Burka* sichtbar waren. Er wusste, er konnte von dieser Frau kein einziges aufrichtiges Wort erwarten. Am liebsten wäre er gleich zur Sache gekommen, um diesen finsteren Ort so schnell wie möglich wieder verlassen zu können. Doch der Anstand gebot es, dass er sich zuerst nach dem Befinden von Umm Uthman, ihren Schwestern und ihrer Schwiegertochter erkundigte und selbst deren Fragen nach dem Befinden seines Großvaters, seines Vaters, seiner Onkel und Tanten, seiner Cousinen und Cousins – Umm Uthman kannte alle mit Namen – beantwortete.

Endlich konnte er zur Sache kommen. »Wo ist Abra jetzt?«, fragte er, denn sie war mit den Frauen nicht wieder aus dem Zelt herausgekommen.

»Sie hat keine *Burka*, um ihr Gesicht zu bedecken«, antwortete die Alte. »Wie oft habe ich zu meinem Sohn Uthman schon gesagt, er soll jetzt endlich eine *Burka* mitbringen aus der Stadt, denn das Mädchen kommt in das Alter, wo es den Männern schöne Augen macht.«

Chalil unterdrückte seinen Ärger. »Abra ist ein Kind! Und abgesehen davon: Um sich zu bedecken, reicht der Zipfel eines Tuchs. Bitte sei so gut und hole Abra heraus. Sie scheint mir ein gutes Kind zu sein. Ich … ich möchte ihr ein Geschenk machen.«

»Ein Geschenk? Was denn für ein Geschenk?« Gier glitzerte in den Sehschlitzen der Gesichtsmaske.

»Ruf sie.«

Abra wurde gerufen und trat heraus. Eine Großtante ergriff sie an der Hand und stieß sie nach vorne. »Stell dich nicht so blöd an, du Satansbraten! Geh schon! Der Herr will dir ein Geschenk geben.«

Chalil nahm Abra an der Hand und zog sie hinter sich. Dann wandte er sich an die vier Frauen und begann so weitschweifig und umständlich, dass ihnen bald der Kopf schwirrte, sein Anliegen zu erläutern. In dürren Worten wäre es schnell gesagt gewesen. Sein Geschenk für die unglückliche Abra war, dass er sie mitnehmen würde, und zwar sofort. Doch wenn er das so direkt gesagt hätte, hätten die Frauen Sünde und Unsitte geschrien. Und so schilderte Chalil den vier Frauen ausführlich das bequeme und anspruchsvolle Leben in den Zelten des Scheichs, sprach von Festen, bei denen jede Hand gebraucht werde, von Tieren, die viel Pflege benötigten und von kostbarem Hausrat, der geputzt werden müsse. Zum Schluss pries er die Güte und Großzügigkeit der Scheicha, deren Haar so fein sei, dass es zum Flechten der zarten Hände eines Mädchens bedürfe. Leider sei die persönliche Dienerin der Scheicha, ein liebreizendes Mädchen von zwölf Jahren, gestern einem Bräutigam versprochen worden, und nun brauche man schnell Ersatz.

Irgendwann begriffen die Frauen, dass der vornehme junge Prinz ihre dumme Abra mitnehmen wollte in die fürstlichen Zelte des Scheichs. Dies war nicht nur eine große Ehre, sondern bot ihnen auch die Möglichkeit, die Kleine so teuer wie möglich zu verkaufen. Sofort hoben sie an zu jammern und zu klagen, wie lieb und teuer ihnen die kleine Abra sei, die süße Tochter der schönen Nusra, Gott sei ihr gnädig, und wie sehr sie ihnen fehlen werde mit ihrem lieblichen Gesichtchen und dem fröhlichen Gesang, mit dem sie gleich einem Vogel das Zelt erfüllte.

Um sie zu unterbrechen, wandte Chalil sich an Abra: »Und du?«, fragte er. »Möchtest du denn mit mir kommen und der Scheicha dienen?«

Abra nickte heftig.

»Dann pack zusammen, was du mitnehmen möchtest.«

»Was?«, rief Umm Uthman. »Du willst sie jetzt gleich mitnehmen? Aber das geht doch nicht! Uthman ist nicht zu Hause. Das sind Dinge, die nur ein Mann entscheiden kann.«

»Ich gebe dir heute vier Ziegen«, erwiderte Chalil. »Und wenn Uthman wieder da ist, soll er kommen und uns seinen Preis nennen.«

»Zwanzig Ziegen!«, rief Umm Uthman. »Sonst bleibt Abra hier. Uthmans Rückkehr könnte sich verzögern oder es stößt ihm ein Unglück zu, was Gott verhindern möge, und dann käme niemand zu euch, um seine Forderung zu stellen, und ihr wäret billig davongekommen.«

Sie feilschten lange. Schließlich gab Chalil ihnen vier Ziegen und einen jungen Bock und verließ das Tal.

Und so ließ Abra ihren Hass hinter sich und entdeckte die Liebe. Wie eine Tochter nahm man sie in den Zelten von Scheich Sultan und seiner Söhne und Töchter auf. Uthman kam ein halbes Jahr später in die Oase, um nach seiner Tochter zu schauen, und erhielt ein Auto als Geschenk. Zusammen mit den jüngeren Enkelinnen des Scheichs lernte Abra nun in der Schule in der Oase lesen, schreiben und rechnen. Abras Glück hätte vollkommen sein können. Doch wenn tiefe Nacht und Stille um sie herum herrschten, dachte sie an ihre geliebte Mutter und den Todesengel. An ihren großen Hass auf den Tod dachte sie und daran, wie er sich urplötzlich in Sehnsucht und Liebe verwandelt hatte, als sie Chalil am Brunnen begegnet war, den sie in ihrer kindlichen Torheit für den Todesengel Isra'il gehalten hatte. Und tatsächlich hatte er sie erlöst. Dafür liebte sie ihn. Immer tiefer und stärker wurde ihre Liebe zu Chalil mit den Jahren, in denen sie zu einer hübschen jungen Frau heranreifte.

Doch sah sie ihn selten. Seine Ausbildung zum Wüstenritter nahm seine ganze Zeit in Anspruch. Er lernte kämpfen und jagen und studierte den *Kur'an*. Sie bekam ihn nur im Kreis der Männer zu Gesicht, wenn sie zusammen mit anderen Frauen das Essen und den Tee servierte. Auch wenn er ihr dankte, schaute er sie kaum an.

Dann hörte sie zufällig, wie eine Enkelin des Scheichs ihrer Cousine von einer alten Frau erzählte, die sich auf das Mixen von Liebestränken verstünde. So ein Trank, dachte sie, würde ihr helfen, Chalils Liebe zu erringen, eine Liebe, die so mächtig und unstillbar sein würde, dass er mit ihr fortging und sie heiratete. Und dann würde sie ihm so viele Söhne schenken, dass er nicht daran dachte, sich eine zweite Frau zu nehmen. Ja, dachte sie, der junge Scheich müsste sie nur lieben, dann werde sich alles von alleine ergeben, so, wie Wasser einen Bach hinunterfloss, über Stein und Fels, und nichts konnte es aufhalten. Dann werde es keine Rolle mehr spielen, dass sie von niederer Herkunft war. Man erzählte sich doch so viele Geschichten von schönen jungen Hirtinnen oder Dienerinnen, in die ein König oder Sultan sich unsterblich verliebt und die er zur Frau genommen hatte. Und sie waren mächtige Herrscherinnen geworden.

Schließlich fand sie einen Ziegenhirten – Tamer mit Namen –, der dumm und geldgierig genug war, heimliche Botengänge für die Frauen in den Zelten zu unternehmen. Für ihn musste Abra jedoch eine Bezahlung auftreiben. Aber sie besaß nichts außer dem, was man ihr an Kleidern und Haarschmuck geschenkt hatte. Und Abra begann damit zu hadern, dass sie arm war, dass sie der Scheicha Tag um Tag dienen musste, um ihr Essen zu bekommen, und dass sie keine anderen Aussichten in ihrem Leben hatte, als Dienerin zu bleiben oder an einen Mann vergeben zu werden, den sie nicht liebte. Auch das einfache Leben in den Beduinenzelten in der Oase gefiel ihr nicht mehr. Sie hatte Lesen und Schreiben gelernt, sie verstand es sogar, einige Suren des *Kur'an* kunstvoll zu rezitieren. Sie konnte kostbare Kleider nähen und war zu einer Spezialistin in Kosmetik geworden, weil die Ansprüche der Scheicha hoch waren. Wäre sie eine von Scheich Sultans Enkelinnen gewesen, hätte man sie nach Dubai-City in eine Schule geschickt und auf die Frauenuniversität und sie hätte Auslandsreisen machen dürfen.

Wie sie eines Nachts auf ihrem Lager ruhte und düstere Gedanken wälzte, erschien ihr ein Dschinn. Er reichte ihr ein Fläschchen und sagte: »Hier ist der Liebestrank, den du begehrst.«

Abra erschrak. »Ich habe dich nicht gerufen!«

»Doch. Ich höre dich Nacht für Nacht nach mir schreien. Du verzehrst dich vor Sehnsucht nach Liebe. Und du wirst keine Ruhe finden, ehe du nicht dein Glück versucht hast. Bist du nicht eine schöne junge Frau wie jede andere? Sind die in Reichtum und Wohlstand geborenen Töchter und Enkelinnen des Scheichs, die in Rosenwasser und Eselsmilch baden, bessere Menschen als du, mit mehr Anrecht auf Glück? Und hat Gott nicht Wunder geschehen lassen, damit du das Licht der Welt erblickst? Soll das umsonst gewesen sein?«

Der Dschinn reichte Abra das Fläschchen mit dem Liebestrank.

»Ach, lass es mich nur einmal in die Hand nehmen«, seufzte Abra und griff danach. »Ich möchte nur einmal fühlen, wie es wäre, wenn ich mein Schicksal selbst zu meinen Gunsten beeinflussen könnte. Dann gebe ich es dir zurück.«

Doch als sie dem Dschinn das Fläschchen zurückgeben wollte, war er verschwunden. Und Abra hörte nur noch den Atem der Frauen, die neben ihr schliefen.

Sie verbarg das Fläschchen und begann darüber nachzudenken, wie sie das Zaubermittel anwenden konnte. Zunächst einmal musste sich eine Gelegenheit finden, mit Chalil allein zu sein. Das war schwierig genug.

Das Wadi al-Abar as-saba war groß, in ihm lebten über zweihundert Menschen. Es gab eine gemauerte Schule, eine kleine Moschee mit schiefer Kuppel, deren Gebetsnische die Richtung nach Mekka vorgab. Sie stand auf dem Gräberhügel neben dem Mausoleum von Scheich Achmed ibn Mohammed as-Salama, dem Vater von Scheich Sultan ibn Achmed, Vater von Scheich Nasser, Vater von Chalil. Neben dem Friedhof befand sich der Versammlungsplatz mit der großen Feuerstelle, wo die großen Feste gefeiert wurden. Der Scheich hatte außerdem zwei Brunnen graben lassen – einen davon außerhalb für das Vieh – und das alte *Faladsch*, das Bewässerungssystem aus Leitungen und Kanälen, repariert und vergrößert. Es versorgte hundert Dattelpalmen, etliche Orangen- und Zitronenbäume und Gemüsegärten mit Wasser aus dem Gebirge.

Doch die Welten der Männer und Frauen waren strikt getrennt. Oft sah Abra Chalil wochenlang nicht. Immer öfter verschwand er auch für etliche Monate nach Dubai-City. Und schließlich hieß es, er sei in England. Zwei Jahre lang wartete Abra vergebens darauf, dass er wieder in die Oase zurückkehrte.

Unser Wagen verlangsamte die Fahrt und hielt. Funda richtete sich auf und schaute aus dem Fenster. Wir waren schon vor einiger Zeit auf eine schmalere, aber ordentliche Asphaltstraße abgebogen, und hielten auf die Gipfel des Gebirges zu.

Unser Fahrer stieg aus.

»Warum halten wir?«, fragte ich.

»Keine Ahnung«, antwortete mein Vater.

Wir stiegen ebenfalls aus. Der Wagen vor uns, den Suhail steuerte, hatte gehalten, der dritte fuhr gerade von hinten heran und stoppte. Die Männer in ihren wehenden Gewändern standen mitten auf der Straße, hielten die Hände über die Augen, blickten in die Ferne und diskutierten. Vor uns senkte sich die schmale Asphaltstraße in ein steiniges Gelände mit kleinen kugeligen Büschen.

»Ein Wadi«, sagte mein Vater. »Ein trockenes Flussbett.«

Die Sonne stand schon ziemlich tief. Die Büsche im Wadi warfen lange blaue Schatten. Es war etliche Kilometer breit.

»Mist!«, fluchte Funda leise.

»Was ist denn?«

»Siehst du das?« Sie deutete auf das Gebirge, dem wir in

den letzten Stunden so nahe gekommen waren, dass man seine schroffen Felswände und Zacken erkennen konnte. Seine Gipfel verschwanden in einem blauschwarzen Himmel.

»Wolken!«, rief ich erstaunt.

»Ja!«, antwortete Funda. »Es regnet in den Bergen.«

»Und deshalb können wir nicht weiterfahren?«, spottete ich. »Weil wir nass werden könnten? Aber bis dahin ist es doch noch ...«

»Nein, Finja«, unterbrach mich mein Vater. »Darum geht es nicht. Es ist gut, wenn es regnet. Das ist sogar sehr gut.«

Der alte Walid hatte sich inzwischen aus der diskutierenden Gruppe gelöst und lief die Straße hinunter, ein Stück weit in das Wadi hinein. Dann kniete er nieder, beugte sich vor und legte das Ohr auf den Asphalt.

»Was tut er?«

»Ich schätze, er will hören, ob das Wasser kommt«, erklärte Funda. »Tolle Geste, sehr beeindruckend. Ob es ihm und uns allerdings weiterhilft?«

Mein Vater lachte. Er hätte es auch geglaubt, so wie ich. Und vielleicht war es ja auch wirklich so, dass der Alte etwas gehört hatte, denn er kehrte eiligen Schrittes zurück und winkte schon von Weitem verneinend mit den Händen.

»Zu gefährlich!«, erklärte Umm Chalil, sich zu uns umwendend. Sie zuckte mit den Schultern, so, als müsste sie sich für das schlechte Benehmen der Wüste entschuldigen, die eigentlich trocken zu sein hatte, statt mit Fluten zu drohen.

»Wenn das Wasser so ein ausgetrocknetes Wadi herunterschießt, dann entwickelt es furchtbare Gewalten«, behauptete mein Vater. »Es würde unsere Autos glatt mitreißen.«

»Hier nicht mehr«, widersprach Suhail. Seine Knopfaugen glitzerten abenteuerlustig. »Das Gefälle ist hier nur noch gering. Wir würden alle heil hinüberkommen. Vielleicht schaffen wir es sogar noch, bevor das Wasser kommt.«

»Ohne mich!«, erklärte Salwa.

Kurzum, die Lage war weder eindeutig, noch herrschte Einigkeit unter den Einheimischen, wie sie zu bewerten war. Funda hob die Hände und sagte: »Mich müsst ihr nicht fragen, ich kenne mich in der Wüste nicht aus. Schade, dass Chalil nicht hier ist.«

Suhail war dafür, es zu versuchen. Umm Chalil und Salwa waren dagegen. Der alte Walid runzelte die Stirn, lauschte in den Wind und befand, man müsse ja nichts riskieren.

»Und was dann?«, fragte ich.

»Wir übernachten hier«, lächelte Funda. »Wir haben ja alles dabei, Schlafsäcke, Essen.«

Salwa war dann doch eher dafür umzukehren und in al-Ain ein Hotelzimmer zu nehmen. Die Stunde Fahrt schien sie nicht zu schrecken.

»Wie weit ist es denn noch bis zu den Zelten des Scheichs?«, fragte ich.

»Zwei Stunden ungefähr«, antwortete mein Vater, der als Einziger gerade ein Ohr für meine Frage gehabt hatte. Die anderen diskutierten auf Arabisch.

»Das Problem ist anscheinend«, erläuterte Papa mir, »dass es schwierig wird, das Wadi noch zu überqueren, wenn es erst einmal überflutet ist. Und es dauert zwei oder drei Tage, bis das Wasser wieder abgeflossen ist.«

»Dann ist Weihnachten rum«, bemerkte ich. Es klang zwar kindisch, aber ich wünschte mir nun einmal, dass mein Vater und ich Heiligabend irgendwo waren, wo wir gemütlich feiern konnten, und nicht neben einem abgesoffenen Wadi oder in einem Hotel am Rand der Wüstenautobahn oder gar im Auto auf der Fahrt nach irgendwohin.

»Ich weiß, Spätzelchen«, sagte mein Vater und legte den Arm um mich.

»Wie lange würde es denn dauern, bis wir drüben sind?«, überlegte ich. »Ein paar Minuten doch nur. Wenn wir schnell fahren.«

»Hm. Bis zur anderen Seite sind es schätzungsweise zwanzig Kilometer.«

»Was, so viel?«

Mein Vater nickte. »Man täuscht sich in der Wüste leicht mit den Entfernungen. Die Luft ist so trocken und klar, dass einem alles näher erscheint, als es in Wahrheit ist. Wir bräuchten schätzungsweise zehn Minuten, bis wir drüben sind. Und hundert würde ich auf der Straße da unten nicht unbedingt fahren.«

»Na ja, aber zehn Minuten!«

»Na, du bist ja ganz schön mutig, Spätzelchen!«

Ich grinste meinen Vater an. »Wusstest du das noch nicht?«

Er drückte mich kurz an sich. »Macht es dir Spaß, ja? Gefällt es dir?«

Ich nickte. Ihm machte es Spaß, das sah ich. Er war viel lockerer als daheim.

Und plötzlich hieß es: »*Jallah, jallah!* Auf geht's!«, und alle sprangen zu den Autos. Funda zog mich mit sich. Wir liefen, die Autotüren knallten, die Motoren jaulten auf. Fast gleichzeitig setzten sich die Fahrzeuge unseres kleinen Konvois in Bewegung.

Es ging einige Meter hinunter, ziemlich steil. Dann rasten wir auf der beinahe schnurgeraden Piste entlang. Links und rechts sausten die kugeligen grauen Büsche vorbei. Sie warfen ihre Zweige ab, wenn es trocken war, erklärte mir mein Vater, und wurden groß und grün, wenn sie Wasser bekamen. Die Geröllbrocken, die in dem trockenen Flussbett lagen, zeugten von der Kraft des Wassers, das sie bei früheren Fluten aus dem Gebirge bis hierher geschoben hatte.

Wie gebannt starrten Funda und ich links aus dem Fenster hinaus. In der Ferne stand die blaue Wand des Hadschargebirges, dessen Gipfel mit dunklen Wolken verschmolzen. Die tief stehende Sonne ließ einzelne Wolkenballen goldgelb aufleuchten. In ihrem Licht strahlte fast weiß das gegenüberliegende Ufer, das wir zu erreichen suchten.

»Sieht man schon was?«, fragte ich Funda, die links am Fenster saß.

»Wenn man das Wasser kommen sieht, ist es zu spät«, antwortete sie mit einem unechten Lachen. Sie hatte Angst, das spürte ich.

Es war nicht der Moment, sie um die Fortsetzung der Geschichte zu bitten, sosehr ich auch wünschte zu erfahren, was aus Abra und ihrer Liebe zu Chalil geworden war. Ob es ihr am Ende gelungen war, Chalil – ich wagte kaum, es zu denken – für sich zu gewinnen oder vielmehr zu verführen?

Eine Horde Dromedare galoppierte auf die Straße zu, schwenkte ab, bevor sie mit uns zusammenstieß, und preschte parallel zu uns auf das andere Ufer zu. Sie warfen ihre langen Beine, sie waren verteufelt schnell.

»*Jallah, jallah!*«, rief Funda dem alten Walid am Steuer angstvoll zu.

»Wir haben es gleich geschafft!«, sagte mein Vater, sich am Türgriff festklammernd.

Allmählich wurde auch mir bange. Angst steckt an.

Eines der Dromedare lief dem Wagen, der vor uns fuhr, direkt vor den Kühler. Suhail bremste, unser Fahrer bremste, hinter uns quietschten die Reifen. Wir flogen in den Sitzen nach vorn. Das Dromedar überschlug sich, fiel in den Staub, rappelte sich aber wieder auf und rannte seiner flüchtenden

Herde hinterher, wenn auch hinkend. Unser Konvoi setzte sich wieder in Bewegung. Schnell gewannen wir Fahrt. Funda stöhnte. Das Ufer kam näher. Wir hatten es gleich geschafft.

Wir hätten es in der Tat geschafft, wenn nicht ein Lastwagen mit umgekipptem Anhänger genau am Aufgang quer über der Straße gelegen hätte. Den hatte ich von meiner Rückbank im zweiten Auto der Kolonne nicht sehen können. Unsere drei Wagen kamen erneut zum Stehen.

»Raus«, sagte Funda und öffnete die Tür. Ihre Panik kam mir unangemessen vor, aber mein Vater und ich folgten ihr. Auch Suhail, die Diener und der alte Walid waren ausgestiegen.

Eine tiefe Stille umgab uns, eigenartig mächtig und gewaltig, so, als sei sie imstande, auch unsere Stimmen zu ersticken, wenn sie wollte.

»Wozu haben wir denn Geländewagen?«, bemerkte ich, nur um etwas zu sagen. »Wir können doch von der Straße runter und drum herum fahren.«

Aber es hörte niemand. Und so einfach war es auch nicht. Die Straße war vom letzten Wasser unterspült und von Sand bedeckt worden. Deshalb war der Fahrer des Lasters von der Fahrbahn hinuntergefahren, um den Anstieg ans Ufer seitlich anzugehen. Aber das Ufer war ziemlich steil, was womöglich ebenfalls die Schuld der letzten Fluten war, und der Auflieger war umgekippt. Damit versperrte er nicht nur die Straße, sondern auch den einzigen halbwegs befahrbaren Anstieg an dieser Stelle. Selbst für Vierradantriebe waren die läppischen drei Meter Sand und Geröll daneben zu steil.

Der Fahrer des Lasters hockte auf halber Höhe am Hang auf den Fersen und bewachte Wagen und Ladung. Womöglich wartete er auf Hilfe, keine Ahnung. Der Laster hatte übrigens Zementsäcke geladen, die aus der hinten offenen Tür herausgepurzelt waren.

»Nicht gut«, bemerkte mein Vater. »Wenn sie Nässe abbekommen, dann werden sie betonhart.«

Aber das war nicht wirklich das Problem. Suhail forderte uns auf, zu Fuß das Ufer hinaufzusteigen, und holte auch seine Mutter und seine Frau Salwa aus dem hinteren Geländewagen.

»*Jallah, jallah!* Los, auf geht's!«

Nur die beiden Diener und Suhail blieben bei den Fahrzeugen zurück. Sie setzten sich hinter die Lenkräder, stießen zurück und fuhren von der Straße hinunter in den sandigen Grund, das Wadi abwärts. Sie würden woanders einen befahrbaren Aufgang suchen.

Wir stiegen derweil über Zementsäcke und umrundeten den quer liegenden Anhänger. Was ist, wenn das Wasser jetzt kommt?, fragte ich mich. Hätten wir nicht vielleicht unser Gepäck mitnehmen sollen? Andererseits war ich ganz froh, mich nicht mit meiner Reisetasche abschleppen zu müssen. Der Aufstieg zog sich.

Die Dromedare standen längst oben und blickten mit arroganter Miene mal zu uns herüber, mal Richtung Gebirge.

»Hörst du das?«, fragte auf einmal Funda keuchend.

Ich hörte nichts. Nur gewaltige Stille und das Rauschen des Blutes in meinen Ohren, meinen Atem. Dann spürte ich es. Es war ein Beben, das in meinem Körper widerzuhallen schien. Erst leise, dann immer lauter näherte sich ein Knistern, als fräße sich ein Feuer durch ein Meer von Papier.

Wir waren alle stehen geblieben, unfähig, uns von dem Schauspiel abzuwenden, das sich uns bot. Erst war es nur ein bisschen Wasser, das hell und klar aus dem Nichts auftauchte und Büsche und Steine umspielte, an der Straße leckte und sie glitzernd überzog. Ihm folgte eine Welle, die Buschkugeln, Äste, Hölzer und alte Plastikkanister vor sich herschob und sich gurgelnd über die Straße und gegen den Lastwagen warf. Und schon hatte sich das eben noch trockene Wadi in einen unübersehbar breiten, reißenden, sandfarbenen Fluss verwandelt, der nichts in seinem Weg duldete, nicht einmal den Auflieger des Lastwagens. Er ruckte, dann löste er sich, dann glitt er fort, unaufhaltsam geschoben vom Strom.

Die Autos!

Wir fuhren alle herum. Von den drei Geländewagen sah man nur noch die Dächer. Einer hatte es mit dem Kühler immerhin ein Stück weit den Abhang hinaufgeschafft.

»Suhail!«, schrie Salwa.

Ich spürte, wie sich Funda neben mir verkrampfte. Umm Chalil hatte die Hände vor den Mund geschlagen. Mein Vater sprang die Böschung empor und rannte mit seinen langen Beinen Ufer abwärts. Da sah ich auch schon bei den Autos Gestalten die Böschung hinaufkraxeln. Ich zählte rasch. Es waren drei. Sie hatten es alle geschafft.

Eine Stunde später war die Nacht gefallen. Die Männer hatten Holz gesammelt und Feuer gemacht. Die Diener kneteten Brotteig aus feuchtem Mehl und buken Fladen auf einem runden Blech, das auf der Glut lag. Dazu gab es Humus und Bohnen aus der Dose, Datteln und süßen heißen Tee, auch für den Fahrer des verunglückten Lastwagens.

Über uns glitzerte ein gigantischer Sternenhimmel. Noch nie im Leben hatte ich an einem tiefschwarzen Himmel so viele Sterne gesehen, so dicht, so hell, kleine und große, manche ganz nah, manche aus den unendlichen Tiefen von Milliarden Jahren herabscheinend. Der Große Wagen, den man in Stuttgarter Breiten so deutlich sah, war derartig umschwärmt von Sternen, dass ich ihn kaum erkannte. Und in all diesem Gefunkel segelte wie eine alte, behäbige *Dau* der Halbmond.

Ich konnte mich nicht sattsehen. Dafür hatte es sich gelohnt, dachte ich. Allein dafür! Dass ich diesen Sternenhimmel gesehen hatte. Niemals würde ich ihn Nele und Meike beschreiben können: diese Feierlichkeit und zugleich Schüchternheit des Wüstenhimmels. Denn er war nicht aufdringlich, er forderte nicht, dass ich ihn bewunderte. Er war einfach da, jede Nacht, egal, ob ich ihn sah und bestaunte oder nicht. Seine unvergleichliche Pracht entfaltete er allein für die von Hitze und Sonne ausgedorrten Pflanzen, die erhitzten Steine und das Getier, das sich tagsüber versteckt hielt. Nicht einmal Skorpione und Schlangen waren ihm zu gering, sich ihnen in seiner glitzernden Schönheit zu zeigen. Und wenn mit dem Tag wir Menschen auftauchten und die Wüste mit unseren Autos durchpflügten, dann zog er sich zurück, verbarg sich hinter dem undurchdringlichen Himmelblau, das wir alle so liebten.

Ich verstand uns nicht mehr, auch mich selbst nicht. Vor einer Stunde war es mir noch als Katastrophe erschienen, dass unsere Autos mit all unserem Gepäck unter Wasser standen. Suhail, der alte Walid und die Diener hatten, als das Wasser ruhiger floss, mit Seilen gesichert zuerst die Wasserkanister und Konservendosen aus den Autos geholt. Nach und nach hatten sie dann auch den Rest ans Ufer gebracht. Aber es war alles patschnass. Die Schlafsäcke, unsere warmen Jacken für die kalten Wüstennächte, die Kleider aus den Reisetaschen – das alles hatten wir erst einmal zum Trocknen im Sand ausbreiten müssen. Meine Bergstiefel, meine Seile und Gurte zum Klettern, die Wäsche, der Waschbeutel, alles war nass, auch meine Geschenke. Das Buch für meinen

Vater wellte sich und die Sandrose für den alten Scheich war in der Pappschachtel zu einem Sandhäufchen geschmolzen.

»Ja, Wasser zerstört sie«, hatte mir Funda erklärt. »Genauso wie sie durch Wasser entstehen. Nämlich wenn ein Blitz in den Wüstenboden einschlägt und seine Hitze das Wasser im Boden darunter blitzschnell verdunsten lässt. Dann kristallisieren die Mineralien im Wasser mit dem Sand aus und bilden solche Rosetten. Warum hast du sie überhaupt mitgenommen?«

Da ich ihr nicht sagen wollte, dass ich Geschenke gekauft hatte, hatte ich gelogen, ich hätte vergessen, sie aus der Reisetasche zu nehmen.

Würde man die Autos überhaupt wieder zum Laufen bringen?, hatte ich mich gefragt. Oder gab man sie verloren? Und wie würde es mit uns weitergehen? Würden wir uns am anderen Morgen zu Fuß zu den Zelten des Großvaters aufmachen?

Aber gegen diesen Sternenhimmel, was waren da die Sorgen eines kleinen Mädchens aus Deutschland! Ich ließ mich rückwärts in den warmen Sand fallen und verlor mich zwischen den Sternen auf der Suche nach dem einen, der so weit entfernt war, dass sein Lichtstrahl meine Pupillen erst traf, wenn er schon lange aufgehört hatte zu leuchten.

Unter diesem Himmel hatte Chalil seine Kindheit und Jugend verbracht, dachte ich. Hier war er zu Hause. Ich war sicher, wer in der Wüste aufgewachsen war, würde ihre spröde Schönheit am Tag und ihre stolze Pracht bei Nacht niemals vergessen können, würde sich immer nach ihr zurücksehnen.

Allmählich aber wurde es kalt. Die Männer hatten angefangen zu singen. Es waren kurze Lieder, die sie mit Inbrunst intonierten. Sie hatten sich gleich nach dem Essen vom Feuer zurückgezogen und in gut zehn Meter Entfernung ein eigenes kleineres Feuer entfacht. Suhail hatte seiner Frau Salwa die Jacke überlassen, die er über seinem Gewand getragen hatte. Sie hatte sich darunter zusammengerollt wie ein junger Hund und schien schlafen zu können. Umm Chalil hatte ihren, wenn auch leichten Umhang fest um sich gezogen und lehnte mit geschlossenen Augen an einem Stapel Steine, den die Diener für sie aufgetürmt hatten. Funda hatte, als wir aus den Autos sprangen, ihren Sweater um die Hüfte gewickelt bei sich gehabt. Aber ich als Europäerin, die aus dem Winter kam, hatte mir natürlich während der Fahrt durch die Wüste bei dreißig Grad im Schatten alles bis auf T-Shirt, Jeans und Turnschuhe ausgezogen. Mein Hoody war auf der Rückbank zurückgeblieben und lag dort vermutlich immer noch.

So nah konnte man gar nicht an ein Feuer heranrücken, dass man nicht am Rücken fror, auch wenn einem vorn die Backen glühten. Funda wollte mir ihren Sweater aufdrängen, aber ich lehnte ab, mehr als drei Mal.

An Hinlegen und Schlafen war allerdings nicht zu denken.

»Erzähl«, bibberte ich deshalb, »erzähl mir die Geschichte von Abra weiter, bitte, Funda.«

»Aber nur, wenn du nachher meinen Pullover anziehst! Wir wechseln uns ab, okay?«

»Okay!« Wir rückten so nah ans Feuer, wie es gerade ging.

»Wo war ich stehen geblieben?«

»Abra lauert darauf, dass Chalil seinen Großvater besuchen kommt, damit sie ihm den Liebestrank geben kann, den sie von einem Dschinn bekommen hat.«

»Ach ja, richtig.«

»Übrigens, das mit dem Dschinn ist ja wohl reines Märchen, nicht wahr?«

Funda lachte. »Glaubst du nicht an die Dschinn?«

»Nein, allein schon deshalb nicht, weil es bei uns keine Dschinn gibt. Bei uns gibt es Zwerge, Feen und Hexen, Kobolde und ... und ... na ja, Dämonen. Aber es sind alles Märchenfiguren.«

»Dschinn sind aus rauchlosem Feuer erschaffen«, erklärte Funda. »Engel dagegen aus dem Licht. Wir Menschen übrigens aus der Erde. Tagsüber schweben die Dschinn in der Luft oberhalb der Menschensphäre bis direkt unterhalb der Engelsphäre, weshalb sie die Gespräche der Engel belauschen können. Übrigens gilt die Verkündigung des Propheten Mohammed ausdrücklich nicht nur für uns Menschen, sondern auch für die Dschinn. Unter ihnen gibt es Gute und Böse. Meistens sind sie beides, so wie wir Menschen. Es gibt aber auch sehr mächtige Dämonen, die uns schaden wollen. Die Mächtigsten sind die *Rul*, die sich von Leichen ernähren. Noch mächtiger sind die *Sila* und wahrhaft zerstörerisch sind die *Ifrit*. Sie sind Totengeister mit Hörnern, Löwenklauen und Eselshufen. Übrigens, wenn du in einer Flasche einen Dschinn findest, dann muss er dir drei Wünsche erfüllen, sobald du die Flasche öffnest.«

»Alles klar!«

Funda lachte leise. »Was würdest du dir denn wünschen?«

Ich zögerte. »Keine Ahnung!«

»Sag bloß, du hast noch nie darüber nachgedacht.«

Doch, hatte ich natürlich. Momentan wünschte ich mir Chalil, ein langes Leben mit Chalil und genügend Geld und Gesundheit, um es zu genießen, aber das wollte ich unter keinen Umständen sagen. »Reichtum, Liebe und ein langes Leben«, sagte ich stattdessen. »Oder so. Es gibt ja eh niemanden, der mir drei Wünsche erfüllt.«

Nun lachte Funda lauthals. »Das ist unfair, ich weiß, Finja. Bitte verzeih mir, dass ich in dich gedrungen bin. Ich wollte dich nicht in Verlegenheit bringen. Und ich glaube natürlich auch nicht, dass es Dschinn gibt, die einem drei Wünsche erfüllen.«

»Und wo hat Abra dann diesen Liebestrunk in Wirklichkeit her?«

»Glaubst du, dass es so einen Liebestrunk überhaupt gibt?«

»Darüber habe ich noch nie nachgedacht. Gibt es nicht so etwas, ein ... wie heißt das ... ein Aphrodisiakum ...« Ich brach mir schier die Zunge ab, brachte es aber richtig heraus, »... das Männer ... nun ja, total geil macht. Es wird aus bestimmten Pflanzen hergestellt.«

»Oder aus Myrrhe-Harz.«

»Ach!«, neckte ich sie. »Kennst du dich damit aus?«

»Quatsch!«

»Das beantwortet meine Frage immer noch nicht, woher Abra nun den Liebestrank hatte, meinetwegen auch die Myrrhe.«

»Ich weiß es nicht, Finja.«

»Woher weißt du überhaupt all das über Abra, wie sie sich gefühlt hat, was sie dachte?«

Funda hob entschuldigend die Hände. »Vielleicht hat es mir ein Dschinn erzählt. Was ist? Soll ich nun weitererzählen oder willst du gleich alles in Zweifel ziehen?«

»Nein, erzähl!«

10

Abra war mittlerweile dreizehn Jahre alt. Der Lehrer Jussuf schrieb Gedichte zu ihren Ehren und hatte begonnen, um sie zu werben. Doch Abra konnte und mochte ihn nicht erhören. Sie träumte von der Stadt, wo der Palast stand, in dem Chalil lebte. Abra hatte Bilder von Dubai-Stadt in den Zeitungen und Zeitschriften gesehen: das Gedränge der Menschen, die hohen Häuser, die *Daus* und Fähren auf dem Creek, die Lichter, die das Leuchten der Sterne überstrahlten. In den *Schuks* gab es unvorstellbare Mengen an Gold. Frauen liefen ohne Schleier auf den Straßen herum, jeder Mann konnte ihnen ins Gesicht sehen. Es gab Bars, sogar eine, die ganz und gar aus Eis war, in denen Männer und Frauen miteinander tanzten. Und eines Tages, dessen war Abra sicher, würde Chalil einer dieser freizügigen Frauen in der Stadt erliegen.

Doch dann hieß es, Chalil werde die Oase besuchen, bevor er wieder ins Ausland gehe. Abra fasste Hoffnung. Gott gab ihr noch eine Chance, Chalil dazu zu bringen, dass er sie wiederentdeckte, zum dritten Mal. Und sie wartete. Auf die Kinder war Verlass. Sobald eine Staubwolke in der Ebene ankündigte, dass sich ein Auto näherte, rannten sie das Wadi hinunter bis dorthin, wo die Felsen zurückwichen und es sich zur Ebene öffnete, und umtanzten mit Geschrei das Auto. Die meisten Fahrer versuchten dann, schneller oben am Festplatz anzukommen, auch wenn es in dem schweren Sand zwischen den Reihen der Palmen schwierig war, schneller zu fahren, als ein aus Leibeskräften rennendes Kind vorankam.

Und diesmal brachten sie Chalil. Oder vielmehr einen Geländewagen, dem ein Mann entstieg. Auch wenn Abra sein Gesicht nicht sah, so hätte sie Chalil unter Tausenden wiedererkannt, allein an der Art, wie er sich bewegte, leicht und geschmeidig, kraftvoll und unbekümmert. Mit wehendem Gewand schritt er zum Zelt seines Großvaters hinüber.

Chalils erster Weg, nachdem er seinen Großvater begrüßt hatte, galt der Falknerei. Er ging barfuß wie der Ärmste unter den Beduinen. Er liebte es, den warmen rauen Sand zwischen den Zehen zu spüren oder die kühlen Stellen, wo der Boden feucht war. Das Kopftuch hatte er über die schwarze Kordel geschlungen und festgestopft.

Um zur Falknerei zu kommen, musste er im Schatten der Palmen hinaufgehen bis zu der Stelle, wo es in eine Schlucht abging. Der alte Falkner Scha'aban freute sich wie immer auf seine stille, aber herzliche Art. Scha'aban hatte ihm beigebracht, wie man Falken abrichtete, er hatte mit ihm geweint, als der Falke starb, dem er, Chalil, einst den Flügel geheilt und der ihm dann das Leben gerettet hatte, indem er die Viper vor seinen Füßen schlug.

Der Alte zeigte ihm sogleich den neuen Falken, ein junges Weibchen, kaum ein Jahr alt und noch im Jugendgefieder. »Das wird einmal ein ganz großer Falke!«, meinte Scha'aban. »Aber er hat noch keinen Namen. Er hat sich uns noch nicht offenbart.«

Scha'aban glaubte, dass jeder Falke eine eigene Persönlichkeit hatte. Wenn der Falkner sie verkannte und ihm beispielsweise einen Namen gab, der auf seine Sehkraft anspielte, obgleich die Vorzüge des Falken in der Eleganz seines Flugs lagen, so würde er niemals ein guter Jäger werden. Chalil glaubte zwar nicht an die Magie der Namen, die ein Mensch für ein Tier fand, aber ihm leuchtete ein, dass ein Falkner, der den Charakter und die Begabungen seines Falken verkannte, ihn niemals würde wirklich gut abrichten können.

»Nimm ihn mit zum Training«, schlug Scha'aban vor. »Vielleicht zeigt er sich ja dir.«

Chalil lächelte. »Du überschätzt meine Fähigkeiten, *Schech*«, sagte er, den Ehrentitel für seinen alten Meister benutzend. »Aber ich will ihn gern mitnehmen.«

Er band sich die Ledertasche mit den Stücken Taubenfleisch um und zog sich den Lederhandschuh über die linke Hand. Dann näherte er sich der Stange und animierte das junge Falkenweibchen, auf seine Hand zu steigen. Er nahm das Bändel, das dem Falken vom Bein hing, und zog es zwischen Zeigefinger und Daumen der behandschuhten Hand. Das Gefieder glänzte wie Bronze und Messing. Chalil zog dem Tier die Haube über den Kopf, die verhindern sollte, dass es etwas sah und sich aufregte, und nahm das Federspiel vom Haken.

Mit dem Falken auf der Hand verließ er das Falkenzelt und wandte sich der Schlucht zu. Er stieg die Seitenflanke hinauf, bis er oben auf einem runden Felskopf stand, von dem aus man weit in die Ebene blicken konnte.

Er löste die Haube und zog sie dem Falken vom Kopf. Und wieder fiel ihm die Klarheit und der Glanz der Augen des jungen Weibchens auf. Vielleicht hätte Chalil die Falkenjagd schon längst aufgegeben, wenn er das Rätsel des Falkenblicks hätte entschlüsseln können. Ein Falke konnte auf acht Kilometer Entfernung eine Taube erkennen. Wenn er aus dem

Himmel auf sie herabstieß, überließ er sich nicht allein dem freien Fall, sondern er beschleunigte den achthundert Gramm schweren Körper sogar noch auf 350 Stundenkilometer. Der Falke war das schnellste Tier der Welt. Er sah alles in unendlicher Entfernung und nichts in der Nähe. Es war nicht möglich, die sanften und zugleich scharfen dunklen Augen eines Falken auf sich, den Falkner, zu lenken. Er erwiderte den Blick nicht. Doch jedes Mal, wenn Chalil einen Falken auf der Hand hatte, fühlte er sich durchschaut, für den Bruchteil einer Sekunde nur, und im nächsten Moment schon vergessen, wenn der Falke den Blick abwandte und auf einen Punkt in unendlicher Ferne richtete.

Chalil hob die Hand hoch und ließ das Tier fliegen. Es breitete die Flügel aus und schwang sich in die Höhe. Der Falke flog weit hinaus in die Ebene, kehrte in einem Bogen über die Dattelpalmen des Wadis zurück, strich an den Felshängen der Berge entlang und ließ sich von der Thermik erneut in die Höhe tragen.

Chalil streckte das Federspiel aus. Dabei handelte es sich um einen Stab, an dem an einem Band ein kleines Kissen mit Federn in Vogelform hing. Ab jetzt durfte er den Falken keine Sekunde aus den Augen lassen. Endlich sah er ihn vom Gebirge her herabschießen, pfeilschnell, mit angelegten Flügeln. Chalil zog das Federspiel mit einem raschen Ruck weg, genau in dem Moment, da der Falke es mit seinen Krallen greifen wollte. Das Tier schlug daneben, fing sich knapp über dem Boden und stieg zu einer neuen Runde auf.

Die Kunst des Falkners bestand darin, mit dem Federspiel stets schneller zu sein als der Falke. War man zu langsam und schlug er die Krallen in die Federn, so war das Training zu Ende. Der Falke hatte Erfolg gehabt und musste zur Belohnung vom Taubenfleisch bekommen.

Das junge Weibchen beherrschte diese Übungen schon ziemlich gut. Einen Falken letztlich zur Jagd auf Vögel auszubilden, war eine hohe Kunst, über die es viele Bücher gab. Ein Falkner brauchte dazu Disziplin und Fürsorglichkeit. Deshalb galt die Falknerei seit Jahrhunderten als gute Erziehung für einen künftigen Herrscher.

»Der Falke lehrt uns die Kontrolle über Geschwindigkeit und Bewegung«, hatte Scha'aban schon dem fünfjährigen Chalil die uralten Sätze eingeschärft, »er lehrt uns Geduld. Er ist Symbol für das Erkennen von Gelegenheiten und das Handeln im richtigen Moment. Er zeigt uns, dass wir uns mit ganzem Herzen engagieren müssen, wenn wir Erfolg haben wollen. Er steht für Führerschaft, Besonnenheit, Umsicht. Er steht für einen schnellen, anmutigen und beweglichen Verstand und dafür, wie wir unsere geistigen Fähigkeiten wirkungsvoller einsetzen können, um mit mehr Geduld das zu ergreifen, was wir am meisten brauchen und uns wünschen.«

Nach einer halben Stunde stieß Chalil ein lautes »Hey!« aus, das Zeichen für den Falken, zu ihm zurückzukommen. Diesmal durfte er das Federspiel schlagen, landete mit ihm auf dem Boden und bekam von Chalil die Belohnung.

Erst jetzt bemerkte Chalil, dass er nicht allein war. Am Fuß des Felsens stand die schwarze Gestalt einer Frau. Ihre Gesichtsmaske war schwarz und ohne jeglichen Schmuck. An ihrer Halskette hing ein leuchtend blauer Türkis. Sie war schlank und ziemlich jung. Obgleich sie erkannt haben musste, dass Chalil sie bemerkte hatte, wich sie nicht zurück. Im Gegenteil. Es kam Chalil so vor, als gehe ein kleiner Ruck durch die Gestalt, als richte sie sich auf, ja, als wolle sie einen Schritt auf ihn zu machen.

Er holte den Falken auf seinen Handschuh, gab ihm noch ein Stück Fleisch und klemmte das Fußband des Falken zwischen Daumen und Zeigefinger. Dann wandte er sich abwärts.

Die Frau wich nicht zurück. Sie musste ihm etwas sehr Wichtiges mitzuteilen haben, dachte er. Hinter den Schlitzen der Maske funkelten große schwarze Augen, in denen Chalil Melancholie und zugleich Lebenshunger entdecken zu können meinte. Eine innere Stimme warnte ihn: Geh nicht näher!

Er musste schmunzeln. Wie oft hatte er diese Warnung schon gehört. Sie war Standard in seiner Welt, in der die Männer mit reiner Seele und ohne Sünde hätten leben können, hätte es die Frauen nicht gegeben mit ihren Verführungskünsten. Sie weckten die männliche Begierde, die Raserei und Unvernunft, und deshalb musste man sie meiden, zu ihrem Schutz, aber vor allem zum eigenen.

»*As-salam alek*«, sagte sie.

»*Alek is-salam*«, antwortete Chalil. Etwas Drängendes in ihrem Tonfall bewog ihn, stehen zu bleiben.

Der Blick der jungen Frau zuckte zum Falken auf seiner Hand. Chalil bemerkte, dass er vergessen hatte, dem Tier die Kopfhaube überzustülpen. Als er seinen Blick wieder der jungen Frau zuwandte, hatte sie die Lider gesenkt.

»Wer bist du?«, fragte er.

»Die Flügel deiner Seele.«

Chalil erschrak, obgleich er sich nicht erklären konnte, warum. Mit einem Lachen versuchte er, sein Unbehagen zu verscheuchen. »Du bist ja eine richtige Poetin.«

Da schlug sie ihre großen hungrigen Augen zu ihm auf.

Falkenaugen, dachte Chalil plötzlich. Was für eine seltsame Gedankenverbindung! Was hatten die Augen einer jungen Frau mit denen des Jagdfalken gemein? Vielleicht gar nicht so wenig? Entdeckte nicht auch sie ihre Beute in weiter Ferne, um sodann mit großer Geschwindigkeit auf sie herabzustoßen und sie zu schlagen? Und entweder man war schnell genug, sich zu retten, oder klug genug, im Versteck zwischen den Zweigen des Buschs hocken zu bleiben. Aber was blieb einer Frau im Grunde auch anderes übrig, als sich aus der Distanz einen Mann auszugucken und ihn dann in einem unbewachten Moment abzupassen, wenn sie irgendwie Einfluss darauf nehmen wollte, dass der Mann, der um sie warb, der war, den sie sich halbwegs wünschte?

»Bist du von hier?«, fragte er.

Ihre Augen verengten sich ein bisschen, so, als lächelte sie unter ihrem Gesichtsschleier. »Du warst viele Jahre lang fort. Darüber hast du mich vergessen. Ich bin Abra bint Uthman al-Mawardi und seit Langem Dienerin deiner Großmutter.«

»Oh! *Asif*! Entschuldige!«, murmelte er.

»Und du hast mich zwei Mal zur Welt gebracht, Chalil.«

Er sah das kleine blutverschmierte Baby wieder vor sich, das er aus dem Bauch einer fremden Frau geholt hatte. Dann das Mädchen, das ihm am Brunnen begegnet war, damals schon mit Augen, riesengroß vor unerfüllten Wünschen. Aus dem Kind war eine junge Frau geworden.

»Natürlich habe ich dich nicht vergessen, Abra«, sagte er. »Aber du bist in diesen Jahren …« Er unterbrach sich. Auf Englisch hätte er jetzt mit großer Selbstverständlichkeit bemerkt, sie sei in dieser Zeit zu einer Frau herangereift. Aber er befand sich in einer Oase des Hadschar-Gebirges und solch direkte Worte wären unschicklich gewesen.

»Du bist nicht mehr das Kind, das ich kenne, Abra«, sagte er lächelnd. »Wie ist es dir denn ergangen?«

Statt zu antworten, hockte sie sich auf den Boden nieder und lud ihn mit einer Handbewegung ein, sich ebenfalls zu setzen. Sie roch nach Ud, dem Duft des Adlerholzes, in dessen Rauch sich die Frauen stellten, bis ihre Kleider und ihre Haut seinen süß-bitteren Duft angenommen hatten.

Aus unsichtbaren Taschen unter dem Gewand zog sie eine Messingdose hervor. Sie hob den Deckel ab und stellte eine Schale mit Datteln vor ihn hin, die in Sirup schwammen.

»Ich habe dir nie danken können«, erklärte sie. »Ich weiß, ich bedeute dir nichts, ich bin nur eine unbedeutende Dienerin im Gefolge deiner Großmutter. Ich sollte dich nicht belästigen.«

»Nein«, sagte er. »Du belästigst mich nicht, Abra. Wie könntest du? Geht es dir gut?«

»Mach dir keine Gedanken um mich! Ich bitte dich nur, lass dich heute von mir bewirten. Es ist schon lange mein großer Wunsch, dass du einmal aus meiner Hand nimmst, was ich nur für dich zubereitet habe. Und während du kostest, möchte ich dich um einen Rat bitten.«

»Ah!« Chalil entspannte sich etwas. Sie wollte seinen Rat und hatte ihm deshalb etwas mitgebracht. »Worum geht es, Abra?«

Sie schob ihm das Schälchen hin. Um sie nicht zu kränken, nahm er eine Dattel, die von Sirup tropfte.

»Ich habe niemanden, den ich um Rat fragen könnte«, fuhr sie fort. »Meinen Vater habe ich seit vielen Jahren nicht mehr gesehen, ich weiß nicht einmal, ob er noch am Leben ist. Und deine Großmutter ist zwar sehr gütig zu mir, aber ich möchte sie nicht mit meinen Sorgen belasten. Und du und ich, Chalil, wir sind doch so gut wie verwandt. Du bist mein Vater und mein älterer Bruder in einem.«

»Nun sag schon, Abra«, sagte er lächelnd und steckte sich die Dattel in den Mund, ehe sie ihm das Gewand volltropfte. Sie war schaurig süß. Er war es fast nicht mehr gewohnt. »Was ist los?«

»Ich möchte heiraten«, sagte sie.

Plötzlich hatte Chalil das Gefühl, ihm öffne sich eine Tür zu etwas ganz Neuem. Es war ein unbekanntes Gefühl gespannter Neugierde. Ein Schauer rieselte ihm den Rücken hinunter. Obgleich Chalil als jungem Scheich scheinbar alle Türen offen standen, war er doch in Wahrheit genauso wenig Herr seines Schicksals, wie es Abra war. Er war nicht Arzt geworden, sondern der Bitte seines Vaters gefolgt, Ingenieurwissenschaften zu studieren. Hätte man ihn an diesem Tag gefragt, welches Leben er am liebsten führen wollte, hätte er keine Antwort gewusst. Sehnte er sich nach dem Leben in der Wüste? Lebte er lieber in der Stadt? Wollte er reisen und die Welt sehen? Träumte er von Freiheit oder waren Frau und Kinder seine Erfüllung? Zu allem hätte er Ja sagen können. Und das war, als sagte er zu allem Nein. Er kam sich vor wie ein Falke, der den falschen Namen trug.

»Also, meine kleine Abra möchte heiraten«, rief er lächelnd. »*Mabruk!* Gratuliere!«

»*Allah ibarik fik*, Gotte segne dich!«

Chalil steckte sich eine zweite dieser verteufelt süßen Datteln in den Mund. Zwei lagen noch im Schälchen und er hoffte, dass er Gelegenheit bekam, auch sie zu essen. »Und wen möchtest du heiraten, Abra?«

»Den Mann, den Gott und das Schicksal mir zugedacht hat.«

Chalil nahm die dritte Dattel, schalt sich gierig und unbeherrscht und steckte sie in den Mund. Die vierte würde er liegen lassen. »Köstlich, Abra! Der Mann, der dich bekommt, kann sich glücklich schätzen. Du wirst ihn täglich verzücken!«

Er sagte es mit scherzhaftem Unterton und sie hätte lachen müssen, entweder geschmeichelt oder einfach nur vergnügt, aber sie lachte nicht. Unter der Maske blieb es still. Stattdessen kam ihre schmale zarte Hand erneut unter dem Umhang zum Vorschein und schob die Schale mit der einen übrigen Dattel noch näher zu ihm hin. »Dann iss, Chalil!«, sagte sie. »Du machst mich glücklich damit.«

Sosehr er sich auf Mäßigung, Anstand und gute Erziehung zu besinnen versuchte, er griff zum vierten Mal zu und leckte sich hernach auch noch die Finger ab.

»Und nun«, sagte er, während ein süßes Gefühl von Glück und Übermut durch seinen Körper rieselte, »was kann ich für dich tun? *Adschniha ruchi*, Flügel meiner Seele.«

Da richtete sie sich plötzlich auf und lauschte. Er hatte nichts Besonderes gehört, aber sie schnappte hastig die leere Messingschale, stülpte den Deckel darauf und steckte sie ein. »Man ruft nach mir. Morgen, Chalil, wenn du willst. Ich brauche deinen Rat. Aber jetzt muss ich gehen. Ich bin morgen um dieselbe Zeit am … am Bir al-Haram. Und ich bringe …« Ihre Stimme nahm einen neckend selbstsicheren Klang an. »… ich bringe auch wieder von diesen Datteln mit!«

Im nächsten Moment war sie aufgesprungen, hatte sich umgedreht, lief in halsbrecherischem Tempo den Fels hinunter und verschwand unten hinter der Biegung.

Benommen erhob sich Chalil. »Morgen!«, murmelte er beglückt. Ihm war, als hätte der Dattelhonig, der ihm zuerst fast wehgetan hatte in seiner überirdischen Süße, seine Glieder mit Wärme und wohliger Schwere gefüllt. Zugleich fühlte er sich leicht, als könne er fliegen. Morgen! Noch nie hatte er sich so unverschämt auf ein Morgen gefreut und sich dabei so wenig Gedanken gemacht. Natürlich würde er Abra mit Rat und Tat zur Seite stehen, sie war doch seine Schwester, sein Kind, die Flügel seiner Seele.

Langsam setzte er sich in Bewegung, stoppte aber erneut.

Auf dem Steinboden glänzte wie Tau am Morgen ein Tropfen Honig. Chalil musste an sich halten, um sich nicht zu bücken und ihn mit dem Zeigefinger aufzutippen. Was für ein verteufeltes Zeug, dachte er! Der Mann, den Abra heiratete, war ein Glückspilz.

Ihm fiel auf, dass der Falke seine Kopfhaube immer noch nicht trug. Er holte sie aus der Tasche, setzte sie ihm auf und machte sich an den Abstieg.

»Und, hat er dir seinen Namen verraten?«, fragte ihn Scha'aban, als er den Falken auf die Stange zurücksetzte und das Federspiel an seinen Platz zurückhängte.

»*Adschniha ruchi*«, antwortete Chalil. Er konnte nichts dagegen tun, der Name drängte sich ihm einfach so über die Lippen: »Flügel meiner Seele.«

Schon lange hatte Chalil sich nicht mehr so entspannt gefühlt. Alles erschien ihm leicht. Nein, er konnte sich überhaupt nicht erinnern, sich jemals so leicht gefühlt zu haben, geradezu beseligt. Er verbrachte den Abend mit seinem Großvater und einigen Freunden. Sie lachten viel. Dann sagten sie einander Gute Nacht. Doch der Abschied aus vergnügter Runde fiel Chalil nicht schwer. Morgen würde er Abra wiedersehen. Er würde ihr raten, ihr helfen. Das war er ihr schuldig. Sie musste einen guten Mann bekommen. Dafür würde er sorgen. Dabei – fiel ihm plötzlich ein – war sie doch eigentlich ihm versprochen. Sie musste jetzt ungefähr dreizehn Jahre alt sein, alt genug, um zu heiraten. Und er war es auch.

Als der Morgen graute, hielt es ihn nicht mehr auf seinem Lager. Er sprang auf. Heute Nachmittag am Bir al-Haram!, dachte er freudig erregt. Es war ein abgelegener Platz, dem sich niemand nähern konnte, ohne dass man ihn sah. Ein guter Platz! Zum ersten Mal, als er zum Brunnen ging, hielt er

Ausschau nach den Frauen des Zelts der Scheicha. Zum ersten Mal fragte er sich, unter welchem der schwarzen Gewänder, die geschäftig unter der Zelttür heraus- und hineinhuschten, Abra steckte, die Frau, die ihn so beschäftigte, ja erregte, seit gestern. War es die, die ihm einen kurzen Blick zuwarf, oder jene, die eine Sekunde länger als nötig am Zelteingang stehen blieb, bevor sie hineinschlüpfte?

Er war verliebt! Die Erkenntnis traf Chalil wie ein Schlag. Sein Schritt stockte.

Na und!, sagte er sich dann. Warum nicht? Es war kein Verbrechen. Es war Gottes ausdrücklicher Wille, dass kein Mann und keine Frau alleine blieben. Und wenn er sich heute Nachmittag mit Abra traf, so würde er ... Seine Gedanken stockten erneut. Sie wollte doch einen anderen heiraten! Sie liebte einen anderen! Denn darum wollte sie doch mit ihm sprechen. Würde er die Selbstlosigkeit besitzen, ihr zu diesem anderen zu raten?

Chalil trat an den Brunnen, vollzog die Waschungen, die man vor dem Morgengebet verrichtete, und begab sich, ohne den Blick zu heben und noch einmal nach den Frauen des Scheicha-Zelts Ausschau zu halten, zur Moschee am Gräberhügel. Es gelang ihm nur sehr unvollkommen, den Aufruhr seiner Sinne zu bändigen und sich den Gebeten zuzuwenden. Und er schämte sich dafür. Aber so sehr auch wieder nicht. Dazu war er viel zu glücklich.

11

»Verdammt, was hat diese Hexe ihm denn gegeben?«, fluchte ich.

Funda lachte leise. »Was wohl? Was wird das gewesen sein.«

»Ja, was denn?«

»Das müsstest du doch wissen, Finja!«

»Wieso muss ich das wissen?« Ich war langsam wirklich aufgebracht. »Liebestränke, so etwas gibt es nicht!«

»Offenbar doch!« Funda lachte immer noch. Vergnügt zog sie mich an sich. »Oje! Du frierst ja ganz fürchterlich!« Sie rieb mir die nackten Arme. »Jetzt musst du aber endlich mal meinen Sweater nehmen.«

Ich widersprach nicht. Funda zog den Sweater aus und ich streifte ihn über, mit Fundas Körperwärme darin und einem leichten Duft nach blumigem Waschmittel. Ein wohliger Schauer rann mir über den Rücken. So köstlich konnte Wärme sein.

»Ein Glühwein wäre jetzt auch nicht verkehrt!«, bemerkte ich.

»Was?«, fragte Funda. »*Hot wine*?«

Ich hatte Glühwein in der Schnelle mit »heißer Wein«

übersetzt. Erst jetzt fiel mir ein, dass im Englischen »hot« auch für »scharf« stand.

Aber egal! Funda lachte sowieso. »Und du willst wirklich darauf bestehen, dass du keine Ahnung hast, was Abra, mit Honig vermischt, über die Datteln gegossen hat?«

Ich stutzte. »Alkohol?«

»Das Wort kommt übrigens aus dem Arabischen. *Al-kuhul* steht für die geistige Essenz, die für eine irdene Essenz als Lösungsmittel gebraucht wird. Wir Araber haben das Wort über Spanien nach Europa gebracht.«

»Und du bist sicher, dass es Alkohol war?«

»Ich bin mir nicht sicher, Finja. Aber Chalil ist sich ziemlich sicher. Er hat dieselbe Wirkung später noch einmal festgestellt, nachdem man ihm bei euch in Deutschland einen Nachtisch mit Alkohol serviert hatte.«

»Aber Alkohol ist doch kein Liebestrank. Es macht doch bloß ein bisschen …« Ich versuchte, mich an meinen ersten Schluck Alkohol zu erinnern, »… na ja, beschwipst. Und warm! Na gut. Heiter macht er auch. Meinetwegen auch zuversichtlich. Hast du noch nie Alkohol getrunken?«

»Doch! Ich hatte mal einen … Freund – aber nicht weitererzählen –, mit dem bin ich in eines der Hotels gegangen, die eine Lizenz haben.«

»Und?«

»Das ist nicht mein Ding. Ich habe es lieber klar im Kopf.«

Aus dem Augenwinkel sah ich plötzlich eine Bewegung. Etwas Schwarzes sauste aus dem Himmel herab. Völlig lautlos. Ich fuhr zusammen, es war ein Urschrecken des Urmenschen vor dem Unbekannten der Nacht. Das Ding landete mit einem vernehmlichen Plumps und mit Gestaube und Steinekollern keine drei Meter von der Glut unserer Feuerstelle entfernt.

Große Augen in einer kreisrunden hellen Federfläche starrten uns unverwandt an.

»Ein Kauz!«, sagte Funda. Auch ihre Stimme klang nicht wirklich fest. »Er hat eine Maus geschlagen.« Sie lachte erleichtert. »Das Wasser hat eine Unmenge Mäuse heraufgescheucht. Sicher auch Schlangen. Die meisten können ja schwimmen.«

»Uh!« Ich zog unwillkürlich die Füße noch näher an mich heran. »Ich glaube, ich mag die Wüste nicht.«

»Du hast einen völlig falschen Eindruck, Finja. Wenn man falsch angezogen ist, ist keine Party wirklich nett.«

Auf der anderen Seite unserer Feuerstelle schliefen oder dösten aneinandergelehnt Fundas Mutter und ihre Schwägerin Salwa. Vielleicht bekamen sie mehr Wärme vom Feuer ab, vielleicht waren sie unempfindlicher, keine Ahnung.

»Wie soll ich nur die Nacht überstehen, Funda?« Mithilfe des Mondlichts konnte ich die Zeiger meiner Uhr gerade so erkennen. »Es ist erst halb elf. Und jetzt frierst du auch. Du bibberst ja schon!«

Leider war ihr Sweater zu klein, als dass wir beide darin Platz gehabt hätten. Funda war ein schlankes, fast knochiges Geschöpf und zudem einen halben Kopf kleiner als ich. Eine Weile saßen wir schweigend. Der Kauz fing an, seine Beute im Ganzen zu verschlingen. Er würgte und schluckte. Zum Schluss hing nur noch ein Mauseschwanz aus seinem Hakenschnabel. Dass wir ihm dabei zuschauten, störte ihn nicht.

Man konnte überhaupt erstaunlich viel sehen im Mondlicht. Ich erkannte am anderen Feuer die Gestalten der Männer. Sie hatten sich alle hingelegt. Eine dürre Akazie spreizte, halb hinter einem Hügel versteckt, ihre Äste in der Ebene. So hell war es, dass sogar die kleinen Steine Schatten warfen.

Ich blickte empor. Der Mond lag auf dem Rücken, unten

rund, oben abgeschnitten wie ein Orangenschnitz. In nördlicheren Breiten, beispielsweise in Stuttgart, stand der Halbmond aufrecht, und die beleuchtete Hälfte war mal rechts und mal links.

»Haben wir eigentlich zunehmenden oder abnehmenden Mond?«, fragte ich Funda.

»Zunehmenden. Wenn der Mond vor Sonnenuntergang am Himmel erscheint, nimmt er zu. Wenn er abnimmt, dann geht er erst später auf und ist dafür morgens noch lange am Himmel zu sehen.«

Mit anderen Worten, das Licht würde in den frühen Morgenstunden verschwinden, genau dann, wenn es am kältesten war und wir am müdesten waren. Ich hätte nie gedacht, dass es mich einmal interessieren würde, wann der Mond unterging.

»Das Feuer geht bald aus, meinst du nicht?«, sagte ich.

»Hm.«

Ich versuchte, mich zusammenzureißen. Ich musste Funda nach dem Ende der Geschichte von Abra und Chalil fragen. Es hatte ja keinen Sinn, wenn ich mich in falschen Hoffnungen wiegte. Wenn Chalil den Künsten Abras erlegen war und sie geheiratet hatte, dann war es besser, ich wusste es gleich. Und es würde auch sein widersprüchliches Verhalten erklären, diese Umschwünge von Nähe zur Distanz.

»Wie geht es denn nun weiter? Hat er sie am folgenden Tag am … wie hieß das? … am Bir al-Haram getroffen? Hat sie ihn … hat sie ihn verführt?«

»Was meinst du?«

»Mann, Funda, ich habe keine Ahnung, wie das bei euch läuft! Wenn ein Mann einen Schwips mit Liebe verwechselt, weil er die Wirkung von Alkohol nicht kennt, dann ist alles möglich.«

»Du findest uns ziemlich beschränkt und rückständig, nicht wahr?«

»Nein, Funda. Das wollte ich damit nicht sagen. Wirklich nicht!« Ich überlegte, was ich eigentlich hatte sagen wollen. »Ich bin nur ... es ist alles irgendwie ... fremd! Auch schön, wie du es erzählst, und tragisch. Und weißt du, eigentlich ist mir Abra sympathisch. Sie hat ihre Mutter früh verloren, so wie ich. Abras Hass auf den Tod kann ich total gut nachempfinden. Ich war auch lange Zeit wütend auf Gott, dass er ausgerechnet meine Mutter zu sich gerufen hat und nicht beispielsweise die grässliche Turnlehrerin. Auf die hätten wir alle gut verzichten können. Aber solche trifft es eben nie!«

»Dafür müssen sie länger mit ihrer eigenen Bosheit leben«, bemerkte Funda. »Das ist die wahre Strafe! Leben müssen!«

»Denkst du das wirklich?«

Ich spürte an meinem Arm, wie Funda nickte. Doch als sie sprach, hatte sie jeden Anflug von Düsterkeit aus ihrer Stimme vertrieben. »Wie alt warst du, als deine Mutter starb?«

»Neun. Sicher, ich hatte Glück, verglichen mit Abra. Mein Vater hat sich um mich gekümmert. Wir hatten immer Geld. Natürlich hatte ich es leichter als Abra. Ich konnte zur Schule gehen. Ich kann studieren. Ich darf Männer kennenlernen, mir meinen Mann selber aussuchen ... jedenfalls im Prinzip.«

»Dafür kämpfe ich«, sagte Funda leise. »Ich möchte, dass Frauen und Kinder nicht verkauft werden. Ich möchte, dass alle Frauen die Schulen besuchen dürfen, die sie besuchen wollen, und studieren und reisen, sich frei bewegen können. Verstehst du das?«

»Ja, natürlich! Eigentlich ist es selbstverständlich.«

»Und eines Tages werden wir es auch erreichen, sogar in Saudi-Arabien. Aber ich möchte noch etwas anderes und das ist sehr viel schwieriger.«

»Was denn?«

»Ich möchte, dass wir Frauen nicht mehr dafür verantwortlich gemacht werden, wenn ein Mann gegen die Gesetze verstößt. Vergewaltigt ein Mann eine Frau, dann heißt es: Sie hat sich aufreizend benommen, sie ist selber schuld. Ja, verdammt! Sind denn unsere Männer solche Tölpel! Können sie nicht selbst für ihre Taten einstehen? Hängen sie uns so an der Angel? Und wenn das so ist, warum bestrafen sie dann uns? Warum binden sie sich nicht selbst die Augen zu? Warum müssen wir verschleiert gehen? Warum sperren sie uns ein? Warum nicht sich selbst, wenn sie sich nicht beherrschen können? Dann können sie ein bisschen üben, wie das mit der Selbstkontrolle geht. Verstehst du, Finja.«

»Ich glaube, ich weiß, was du meinst. Jutta, die Lebensgefährtin meines Vaters, hat mir mal erzählt, dass ein Politiker gesagt hat, wenn Frauen nicht auf dunkler Straße vergewaltigt werden wollen, dann sollten sie zu Hause bleiben. Das hat einen öffentlichen Aufschrei gegeben.«

»Bei uns würde es keinen geben. Das ist Alltag. Und unsere Geschichten und Märchen sind voll von bösen Frauen, welche die Männer ins Unglück stürzen. Abras Geschichte ist genau so eine. Und sie ist kein Märchen. Sie ist wahr.«

»Und mir wirfst du vor, ich würde euch für beschränkt und rückschrittlich halten? Erstens könnte das nicht auf dich zutreffen, Funda, und zweitens sprichst du selbst nicht besonders nett über bestimmte ... bestimmte Auswüchse.«

»*Asif*, entschuldige!«, sagte sie. »Ich habe übertrieben reagiert. Der Freund, den ich mal hatte, dieser ... egal ..., der ist mir damals mit seinem abschätzigen Gerede über uns auch ziemlich auf den Geist gegangen. Er hatte recht, aber so, wie er es sagte, war es ungerecht! Verflucht, ist das kalt!«

Funda schüttelte sich heftig und schlug die Arme um den

Leib. Dann sprang sie auf. »Komm, gehen wir ein Stück! Gehen wir Holz suchen. Sonst geht uns das Feuer wirklich bald aus.«

Auf dem silbernen Nebel des Mondlichts wanderten wir vom überschwemmten Wadi weg in die Wüste hinaus. Es war ein eigenartig bodenloser Boden, auf den ich meine Füße setzte. Das Licht des Mondes war anders als Sonnenlicht. Es warf zwar auch Schatten, aber ich konnte nicht abschätzen, wie tief ein Loch war oder wie hoch ein Stein. Sehr seltsam.

»Wo findet man hier Holz?«, fragte ich. Die Männer hatten vorhin auch etwas gefunden, knorrige Äste, alte Latten.

Funda steuerte auf die Akazie zu, die in unabschätzbarer Ferne ihre dürren Äste ausbreitete. Plötzlich ging es eine Böschung hinunter. Wir durchquerten eine Senke. Vor unseren Füßen tauchten immer wieder plötzlich Büsche auf, an denen sich Sand und Gezweig aufgehäuft hatten. Funda bückte sich und hielt einen Knüppel in der Hand. Allmählich gewöhnten sich auch meine Augen daran, Holzstücke zu sehen, deren Herkunft mir unklar blieb.

»Und was ist nun mit Abra geworden?«, fragte ich.

»Du wirst sie morgen sehen«, antwortete Funda. »Vorausgesetzt, wir schaffen es ins Wadi al-Abar as-saba.«

Mir klopfte plötzlich das Herz. Als wen würde ich Abra sehen, als Chalils Frau? Mir wurde bewusst, dass ich insgeheim gehofft – oder vielleicht auch nur angenommen – hatte, sie sei tot. Zumindest irgendwie nicht existent, nicht aus Fleisch und Blut, sondern eben bloß Figur einer märchenhaft ausgeschmückten Geschichte, die man sich an langen Abenden ohne Strom und Fernsehen erzählte, damit sie anderen jungen Frauen zur Lehre und als Warnung diente. Abra, der Name bedeutete ja Beispiel und Lektion, wenn ich mich richtig erinnerte.

12

Noch einmal rührte Abra am Abend, versteckt zwischen Palmen, den Liebestrank, den ihr der Dschinn überlassen hatte, in Jasminsirup ein. Die Wirkung der Süßigkeit auf Chalil war so frappierend gewesen, so entzückend und rührend, dass Abra kein schlechtes Gewissen mehr empfand. Chalil hatte sie doch einfach nur offen und zärtlich angelächelt. Sie hatten miteinander gesprochen wie Geschwister. Es war eine große Vertrautheit zwischen ihnen gewesen. Chalil hatte sie angeschaut, er hatte ihr immer wieder in die Augen geblickt, als suche er ihr Gesicht hinter der Burka. So also fühlte sich das an, wenn der Blick eines Mannes interessiert auf einem ruhte und man zum Menschen erhoben wurde mit Verstand und Gefühlen. Vielleicht würde sie Chalil morgen schon beibringen können, dass er es war, der ihr Ehemann werden sollte. Je nachdem, wie der Liebessaft auf ihn wirkte. Sie hatte diesmal etwas mehr aus dem Fläschchen in den Jasminsirup gegossen.

Der Wunsch musste in ihm übermächtig werden, sie zu erkennen und zur Frau zu nehmen. Und wenn es sogleich geschah, weil die stärkere Mischung ihm den Verstand raubte und die Begierden wie bei einem Tier entfesselte, so würde sie nicht erschrecken und ihn nicht abwehren. Denn hernach würde er zu ihrem Vorteil erkennen müssen, was er getan hatte. Wenn er ihre und seine Ehre retten wollte, so würde er sie heiraten und zu sich nehmen müssen. Und sie würde als Scheicha geachtet und geehrt an seiner Seite leben und einer großen Dienerschaft befehlen, bis es Gott gefiel, sie zu sich zu holen.

So dachte Abra sich das. Vor Aufregung konnte sie in der Nacht kaum schlafen. Am anderen Morgen wartete sie, bis die anderen Frauen das Zelt verlassen hatten, legte sich das schönste Kleid an, das sie besaß, und hüllte sich in ihren schwarzen Umhang, sodass niemand es sehen konnte. So begab sie sich zur Scheicha, um ihr, wie üblich, beim Ankleiden zu helfen und ihr Haar zu flechten.

»So, du willst also heiraten?«, bemerkte die Scheicha, kaum dass Abra mit ihren Diensten begonnen hatte.

»Wer sagt das?«, fragte Abra erschrocken. Hatte Chalil ihr Geheimnis etwa ausgeplaudert?

»Man spricht in der ganzen Oase davon«, antwortete die Scheicha. »Gratuliere.«

»Gott segne dich! Aber ich habe nicht vor zu heiraten. Wer sollte es denn sein?«

»Ich weiß es nicht«, antwortete die Scheicha. »Und wenn du es nicht weißt ...« Sie lachte.

Abra verbrachte den Vormittag in banger Sorge, dass sie zum Scheich gerufen würde und er ihr mitteilte, dass der Lehrer Jussuf um ihre Hand angehalten hatte. Natürlich musste sie nicht Ja sagen. Aber man konnte sie unter Druck setzen. Ihr Vater, die Scheicha oder die anderen Dienerinnen konnten der Meinung sein, sie sei hochmütig, wenn sie den guten und fleißigen Jussuf ablehnte. Aber nichts geschah. Sie wurde nicht gerufen. War also das Gerücht doch von Chalil ausgegangen? Führte der Liebeshonig etwa dazu, dass ein Mann kein Geheimnis mehr für sich behalten konnte?

Und was bedeutete das für ihr Treffen heute Nachmittag? Würde Chalil sich hinterher vor seinen Freunden damit brüsten, dass die Dienerin seiner Großmutter in seinen Armen gelegen hatte? Dann würde sie als Hure dastehen und in Schimpf und Schande fortgejagt werden.

Als die Stunde ihres Treffens herankam, war Chalils Hochstimmung verflogen. Er wappnete sich mit Klugheit und Vorsicht, denn der Ort, den Abra ihm vorgeschlagen hatte, war ziemlich abgelegen. Er befand sich eine Dreiviertelstunde Wegs von der Oase entfernt in einer Schlucht. Das Besondere an diesem Platz war ein Becken, in dem sich die meiste Zeit des Jahres Wasser sammelte, das aus einer Felsspalte sickerte. Man erzählte sich, dass vor langer Zeit ein Beduinenjunge mit seinen Ziegen verzweifelt auf der Suche nach Wasser gewesen sei. Alle Brunnen, die er ansteuerte, waren ausgetrocknet. Als er schon meinte, er und das Vieh seines Vaters müssten verdursten, erschien ihm im Schlaf ein Engel. Der sprach zu ihm, er solle nach dem Morgengebet die älteste seiner Ziegen am Ohr packen und seine eigenen Augen fest schließen, und wenn er dann das *Schahada*, das Glaubensbekenntnis, spräche, so werde die Ziege ihn mit Gottes Hilfe zu einer verborgenen Quelle führen. Der Hirtenjunge tat wie ihm geheißen. Und als er die Augen wieder aufmachte, weil die Ziege stehen geblieben war, sah er ein Rinnsal, das aus dem nackten Felsen quoll. Und er labte sich und seine Ziegen daran. Seitdem hieß der Ort Bir al-Haram, was ein doppeldeutiger Name war und sowohl der Verbotene Brunnen als auch der Heilige Brunnen bedeutete.

Schon als kleiner Junge hatte Chalil diese Quelle entdeckt, ohne sich von einer Ziege führen zu lassen und ohne ein einziges Mal das Glaubensbekenntnis zu sprechen. Die Geschichte vom Bir al-Haram hatte er erst später gehört. Sie schien ihm ein typisches Beispiel für die Mischung aus Religiosität und Lebensklugheit. Denn natürlich war eine alte Ziege stets erfahren genug, Wasser zu finden, wenn man sie nur ließ. Das hatte der Beduinenjunge in Wahrheit im Schlaf begriffen. Und weil er keinen Strick dabeigehabt hatte, hatte er sich am Ohr der Ziege festgehalten. Denn er musste die Augen geschlossen halten, wenn er die Ziege nicht unabsichtlich dorthin lenken wollte, wo er meinte, dass es langging. Seine eigene Klugheit hatte der Junge, als er heimkehrte und von seiner Not und Notlösung erzählte, hinter einer Engelserscheinung versteckt. Vielleicht aus religiöser Demut, vielleicht aber auch, weil er von seinem Vater Schläge bekommen hätte, wenn er mit seiner eigenen Schlauheit prahlte.

Dieses Versteckspiel war es, was Chalil, je älter er wurde, zunehmend beschäftigte. Es war ein Zeichen tiefer Religiosität, aber manchmal schien es ihm auch übertrieben. Vor allem nach seinem ersten Besuch in Deutschland. Dort allerdings herrschte Übertreibung in die andere Richtung. Nie war Chalil in so kurzer Zeit so vielen Menschen begegnet, die herausstrichen, was sie alles konnten, wussten und leisteten. Bescheidenheit schien dort keine Tugend zu sein. Der Glaube der Menschen an ihre eigene Großartigkeit und Kraft schien grenzenlos, der Glaube an Gott, den Schöpfer und Lenker, von dem ihr Schicksal abhing, minimal. Wenn sie Unglück hatten, klagten sie vor Gott, wenn sie Glück hatten, rechneten sie es ihrer eigenen Geschicklichkeit und Intelligenz zu und strichen es vor anderen heraus, die weniger Glück hatten. Doch wenn jemand unglücklich war, hieß es über ihn, er sei selber schuld, er müsse mehr tun. Der Gedanke an Erbarmen kam den Reichen und Starken nicht.

Denn wer selbst schuld war an seinem Elend, der verdiente ja auch keine Zuwendungen und Unterstützungen. Das war für Chalil, dessen Familie davon lebte, dass sie die *Zakat*, die Armenabgabe, an Bedürftige verteilte, befremdend.

»*La ilaha illa Allah, Mohammadun rasulu Allah.* Es gibt keinen Gott außer Gott, und Mohammed ist sein Prophet«, murmelte Chalil, als er in die Schlucht einbog. Seit er die Geschichte vom Bir al-Haram kannte, konnte er nicht anders, als jedes Mal, wenn er diesen Weg einschlug, wie zur Beschwörung eines bösen Zaubers, das *Schahada* aufzusagen, so, als ob das Böse Macht über ihn bekäme, wenn er es nicht tat.

Aber wieso begann er ausgerechnet heute, seine frommen Gesten infrage zu stellen? Es war eine seltsame Unsicherheit in ihm an diesem Tag. Es musste daran liegen, dass er sich mit einer Frau treffen wollte, sagte er sich. Er hatte sich heimlich mit ihr verabredet. Das gehörte sich nicht, auch wenn Abra für ihn Schwester und Tochter in einem war und sie ihn um einen brüderlichen Rat gebeten hatte. Und es war ja nichts Unreines in seinen Gedanken. Wirklich nicht?

Sie war noch nicht da, als er am Bir al-Haram ankam. Der natürliche Brunnen war fast ausgetrocknet. Die Feuchtigkeit im Boden reichte dennoch, um seine Ränder grün zu machen und für die Wurzeln eines kleinen Rosenbuschs, der in voller Blüte stand. Nach Winterregenfällen konnte das Wasser durchaus ein Felsbecken füllen, in dem bequem zwei Menschen Platz hatten. In der gelbroten Sandsteinwand knapp oberhalb des Beckens verlief ein kaum sichtbarer Bruchspalt. Die Stelle, aus der das Wasser auszutreten und ins Becken zu rinnen pflegte, war weißlich verkrustet und trocken.

Chalil suchte sich einen kleinen Stein und klopfte Kalk und Sinter von der Austrittstelle. Sofort begann der Fels zu glitzern, Wasser quoll aus dem Spalt und rann ins Becken. Deshalb hatte der Ort den Namen Heiliger Brunnen erhalten, denn so wie eben Chalil hatte einst Moses für die Israeliten bei der vierzigjährigen Wanderung durch die Wüste Wasser aus dem Stein geschlagen. So stand es im *Kur'an*. Viele göttlichen Wunder hatten einen realen Hintergrund aus der Lebenswelt der Beduinen.

Chalil formte mit den Händen eine Schale, ließ sie volllaufen und trank ein paar Schlucke. Dann setzte er sich in den Schatten und wartete.

Nach einer Weile hörte er etwas. Es war wie ein Flüstern. Aber es wehte kein Wind, der sich in den Spalten oder Blättern des Rosenbuschs verfing. Es war auch keine Eidechse zu sehen, es flatterte kein Vogel, es summte kein Insekt. Es war die Stille der Wüste, die zu Chalil sprach, das Rauschen des Blutes in seinen Ohren, das Wispern der Gedanken, wenn man allein war. »Sei wachsam!«, sagte sie. »Es gibt keine Gefahr, die größer ist als jene, die von Menschen und ihren Leidenschaften ausgeht.« Wieder einmal verstand Chalil jene heiligen Männer wie den Asketen Johannes, die sich in die Wüste zurückzogen und fern der Menschen als Einsiedler lebten. Aber es kam ihm auch wie eine Schwäche vor, wie Feigheit. Schließlich waren die Menschen geboren, ein soziales Leben zu führen, für andere da zu sein und von anderen Zuneigung und Unterstützung zu bekommen. Natürlich gab es dabei Konflikte und Versuchungen. Aber er war jung und willens, sich den Gefahren zu stellen.

Während er noch darüber nachdachte, hörte er Schritte in den Wänden der Schlucht widerhallen. Abras schwarze Gestalt erschien im Felsspalt. Sie stockte kurz, dann kam sie herbei und grüßte ihn. Er erwiderte ihre Segenswünsche. Sie ließ sich auf dem Boden nieder, zog die Messingdose mit den

Datteln unter ihrem Umhang hervor, öffnete sie und stellte sie vor sich hin.

»Nimm!«, forderte sie ihn auf. »Ich habe sie extra für dich angerichtet.«

Ein betörender Duft stieg Chalil in die Nase, eine fast unbezwingbare Gier erfasste ihn. Da plötzlich wusste er, worum es hier ging. Und schlagartig verging ihm der Appetit auf die Datteln und auf alles Süße. »Jetzt verstehe ich, was du vorhast, Abra«, sagte er ungewollt zornig. »Mich willst du verführen mit diesem Sirup. Mich willst du heiraten. Welcher Teufel reitet dich? Oh, Abra! Dass du zu so etwas fähig bist, hätte ich niemals von dir gedacht.«

Abras Augen blickten ihn erschrocken durch die Sehschlitze der Maske an. »*Asif*!«, hauchte sie. »Verzeih! Aber du tust mir Unrecht, Chalil.«

Er schnaubte verächtlich und stand auf.

»Bleib! Hör mich an, bitte!«, rief Abra, ebenfalls aufspringend. »Du hast mich zwei Mal gerettet. Mein Leben ist von dir und gehört dir. Ohne dich ist es sinnlos wie ein Wasserkrug, der einen Sprung hat, wie ein Rennkamel ohne Reiter, wie ein Feuer, auf dem niemand etwas kocht.«

Chalil war wider Willen stehen geblieben. In gewisser Weise war er es ihr schuldig, sie anzuhören. Schließlich war sie nur dank seiner Einmischung überhaupt in dieser Oase zu Hause.

»Und wie stehe ich nun da, Chalil? Sie sagen, dass ich heiraten werde. Du hast geplaudert!«

»Nein!«

»Aber ich habe nur mit dir darüber gesprochen.«

War er sich wirklich ganz sicher? Und wieso fragte er sich, ob er sich sicher war? Absurd! Er wusste doch, was er getan und gesagt hatte.

»Und wie stehe ich nun da?«, klagte Abra. »Man wird über mich lachen! Sie hat sich in einen Mann verguckt, aber er will sie nicht. Und im schlimmsten Fall wird man sagen, ich hätte mich unschicklich benommen. Ich sei eine Schande. Man wird mich fortjagen.«

»Na«, bemerkte Chalil. »Hast du mir nicht selbst erzählt, du wolltest heiraten und bräuchtest meinen Rat?«

»Und du erzählst es gleich herum?«

Chalil versuchte sich zu erinnern, was gestern Abend gewesen war. Er hatte mit Freunden zusammengesessen. Sie hatten sich Geschichten erzählt. »Wir werden einen Mann für dich finden, Abra. Ich habe gehört, dass der Lehrer Jussuf Gedichte auf deine Schönheit schreibt …«

»Jussuf?« Abra lachte hart. »Was weiß der von meiner Schönheit? Und ich will nicht irgendeinen Mann heiraten! Ich habe immer nur dich geliebt, Chalil. Wenn ich nachts um meine Mutter weinte, bist du mir in meinen Träumen erschienen. Ich dachte, es sei Isra'il, aber als du mir bei Tag am Brunnen erschienst und mir sagtest, wer du wirklich bist, da wusste ich, ich habe immer nur von dir geträumt.«

Chalil blickte zu Boden. Er spürte die drängende Not des Mädchens, die Gewalt ihrer Liebe, die ihr die Besinnung auf Recht und Unrecht raubte. In Abras Kopf, so schien es ihm, herrschte eine finstere und böse Mischung aus Sehnsucht, Einsamkeit und Kampfesmut. Er bewunderte ihre Unbeirrbarkeit, gleichzeitig erschreckte ihn die Erbarmungslosigkeit, mit der sie die Hand nach ihm ausstreckte, wie um ihre Klauen in sein Fleisch zu schlagen und ihn niemals mehr loszulassen, gleich dem legendären Vogel Ruch.

»Abra«, sagte er, »wo denkst du hin? Geh in dich und verrichte deine Gebete mit Andacht, damit du deinen Kopf wieder klar bekommst.«

Abra fuhr zurück. Er sah von ihrem Gesicht nur Augen und Nase und konnte nicht abschätzen, ob Zorn oder Verzweiflung von ihr Besitz ergriffen.

»Du bist noch so jung!«, beeilte er sich hinzuzusetzen. »Du wirst einen anderen Mann lieb gewinnen und glücklich machen und so deine Bestimmung finden.«

Ihre Augen standen voller Tränen. »Ich hätte im Bauch meiner Mutter sterben sollen!«

Wie ein Fluch kam Chalil auf einmal seine gute Tat vor, die er in seiner kindlichen Unbefangenheit getan hatte, einfach, weil er wusste, wie.

»Nie habe ich über mein Leben bestimmen können, Chalil. Du hast mich hierhergeholt! Warum hast du mich nicht im Elend gelassen, in den Zelten meines Vaters? Ich gehöre dir. Aber du ... du verschmähst mich.« Tränen rollten ihr unter der Maske hervor und tropften von ihrem Kinn auf den Türkis auf ihrer Brust.

Er zwang sich, ruhig zu bleiben. »Du liebst den Falschen, Abra. Wie könntest du glücklich sein in der Stadt? Es leben dort sehr kluge Frauen. Sie haben Schulen und Universitäten besucht, manche leiten eine Firma so wie meine Mutter, eine Frau ist sogar Finanzministerin der Vereinigten Arabischen Emirate. Sie alle werden Gast in unserem Palast sein. Vom Leben der Beduinen verstehen sie nichts. Manche von ihnen haben sich eine Villa in die Wüste bauen lassen und verbringen das Wochenende dort mit Dusche und Klimaanlage. All das, was du bist und was du gelernt hast, würde nichts gelten in ihren Augen. Sie würden dich verachten.«

Abra schwieg. Es war kein Schweigen der Einsicht, sondern der trotzigen Resignation, wie Chalil schien. Im Grunde hatte er eben nichts anderes gesagt, als dass er selbst sie verachtete, weil sie nur ein einfaches Beduinenmädchen war.

»Nun gut«, sagte er. »Du hast mich an meine Verantwortung für dich erinnert. Ich werde ...«

Er stockte. Jede Hilfe, die er diesem Mädchen gewährt hatte, hatte ihr Leben – und seines – ein Stück komplizierter gemacht. Er hatte ihr das Leben gerettet, er hatte sie von den prügelnden Frauen in Uthmans Zelt weggeholt und jetzt stand sie vor ihm und vergoss Tränen verschmähter Liebe.

»Ich werde mit dem Lehrer Jussuf reden. Es heißt, du bist klug und liebst es zu studieren. Du könntest gemeinsam mit ihm die Schule betreiben und unterrichten. Und wenn du ihn erst besser kennst ...«

Abras Atem ging kurz und stoßweise. Chalil spürte ihre kalte Entschlossenheit. Ihre Hoffnungslosigkeit. Sie öffnete ihm ihren Geist nicht, damit Argumente einen Platz fanden und reifen konnten. Menschen, die sich so versteiften, taten manchmal drastische Dinge.

»Schau mich an!« Er packte sie sogar am Arm, um ihren abirrenden Blick zu zwingen, sich auf ihn zu richten. Sie schien ihm völlig weggetreten.

»Niemand von uns kann sich sein Schicksal aussuchen. Auch ich nicht. Zwischen uns kann es keine Verbindung geben. Aber ich bin bereit, dir bei der Suche nach einem guten Mann zu helfen wie ein Bruder. Pass auf! Wir treffen eine Vereinbarung.«

Es war, als blitze ein böser Dschinn aus Abras Augen: »Wehe, Chalil«, sagte sie. »Dass dir nicht widerfahren möge, was ich erleide. Was du liebst, wird sich von dir entfernen, wie eine Fata Morgana in der Wüste, und deine Seele wird verdursten, weil du nach Erquickung strebst, die unerreichbar ist. Und niemand wird da sein, dich zu trösten!«

Chalil trat erschrocken zurück. Er glaubte nicht an Flüche, dazu war sein Verstand zu klar. Aber Abras Worte waren mit so viel Hass gesprochen, dass sich der Himmel über ihm zu verdüstern schien und Kälte über ihn fiel. Als ob Liebe und Hass die Seiten ein und derselben Münze seien, die man im Handumdrehen wendete. Chalil hatte noch nicht geliebt, nur deshalb verwunderte es ihn. Und er überwand seine Abscheu.

»Du weißt nicht, was du sagst«, stellte er fest. »Deshalb will ich dir verzeihen. Ich sehe ein, dass ich Verantwortung habe für dich. Deshalb verspreche ich dir, dass ich dich …«

13

Funda stieß einen Schreckensschrei aus und fiel um. Das Holz, das sie unterm Arm gesammelt hatte, klackerte über die Steine.

»Was ist?«, fragte ich und beugte mich zu ihr.

»Mist!«, fluchte Funda und rieb sich den Knöchel. »Ich bin in ein Loch gestolpert. Ich dachte, es sei nur ein Schatten, aber es war ein Loch.«

»Hast du dir was getan?«

»Mein Knöchel. Ich glaube, ich habe mir …« Sie versuchte aufzustehen und sank mit einem Schmerzenslaut zurück.

Ich schaute mich um. Wir hatten uns, Holz sammelnd und ganz auf Fundas Erzählung konzentriert, ziemlich weit von unserem Lager entfernt. Die beiden Feuer waren gerade noch als winzige Punkte in der Dunkelheit zu erkennen. Ich dachte an die Mahnung meines Vaters: In der Wüste kommt einem alles näher vor, als es tatsächlich ist.

»Komm, Funda, versuch aufzustehen«, sagte ich. »Ich helfe dir.«

Mit vereinten Kräften bekamen wir Funda auf die Füße. Aber sie konnte nicht auftreten, ohne jedes Mal aufzujaulen.

»*As-scheitan!*«, fluchte sie leise.

»Glaubst du, es ist was gebrochen?«

»Keine Ahnung, Finja. Ich hoffe nicht. Wenn nur Chalil hier wäre, er könnte es gleich sagen.«

Er war aber nicht hier. Nicht einmal in Spuren. Chalil war so weit weg, dass Funda und ich ihn in unseren Gesprächen herbeireden mussten. Eine unheimliche Wut packte mich. Was für eine Schnapsidee, nach Dubai zu kommen, was für ein Blödsinn, Weihnachten in der Wüste zu feiern! Was für ein Wahnsinn, ein Wadi mit Autos zu durchqueren, das gleich überflutet werden würde! Und all das nur, weil ich mich auf dem Weihnachtsmarkt in einen bildschönen Araber vergafft hatte, der Kaffee statt Glühwein getrunken und Suren zitiert hatte.

Andererseits hätte ich dann auch nie Funda kennengelernt.

»Und wenn ich zum Lager gehe und Hilfe hole?«, schlug ich vor.

Funda lachte leicht verlegen. »Davon habe ich immer schon geträumt. Mich von meinem Bruder Suhail und einem alten Beduinen auf Händen durch die Wüste tragen zu lassen. Aber ich fürchte, es wird uns nichts anderes übrig bleiben.« Sie versuchte, ein paar Schritte zu machen, aber es ging nicht.

»Okay!«, sagte ich tapfer. »Dann gehe ich mal ...« Ich unterbrach mich. »Aber wie finden wir dich wieder? Hier im Dunkeln.«

»Gute Frage.«

»Wenn wir eine Taschenlampe hätten, dann hättest du Signal geben können.«

Wir hatten allerdings keine Taschenlampe.

»Und wenn wir hier ein kleines Feuer machen?«, schlug ich vor. »Holz haben wir ja.«

Die Idee schien uns für zwei Sekunden genial. Bis Funda mich fragte: »Hast du ein Feuerzeug?«

Hatte ich nicht. Ich rauchte nicht. Funda auch nicht. »Optimal blöd!«

Funda lachte und ließ sich ächzend wieder auf den Boden fallen. »Geh nie in die Wüste ohne Feuerzeug, Wasser und eine dicke Jacke!«

»Na toll! Und jetzt?«

»Eine von uns muss zurück zum Lager. Wenn die morgen aufwachen und merken, dass wir verschwunden sind, dann bricht da eine ziemliche Hektik aus, das kannst du mir glauben. Und ich fürchte, ich kann nicht. Du musst gehen. Du erklärst meiner Mutter, was los ist, und sobald die Sonne aufgeht, kommt ihr mich holen.«

»Okay.« So ganz wohl war mir allerdings nicht. »Aber dann nimmst du jetzt deinen Sweater wieder. Mir wird nicht kalt, wenn ich mich bewege.«

Funda akzeptierte.

»Und lass dich nicht von Wölfen anknabbern!«, sagte ich.

»Gibt es hier nicht. Glaube ich. Und jetzt geh! Ich komme schon klar. In mir fließt immerhin das Blut der Beduinen.«

Ich blickte mich nach den winzigen roten Punkten um. Das musste zu schaffen sein. Also los. Nach ein paar Schritten schaute ich noch mal zurück. Da saß Funda als dunkler Schatten inmitten der vom Mondlicht versilberten Fläche. Sie hob die Hand und winkte mit den Fingern. Ich winkte zurück, fixierte wieder die kleinen roten Punkte und marschierte los.

Schon bald war ich allein wie noch nie in meinem Leben. Es war absolut still, ich hörte nur meine tapsenden Schritte, das Schleifen meiner Hosenbeine aneinander und meinen Atem. Unsicherheit erfasste mich. Der Boden schien mir trügerisch, denn im Mondlicht konnte ich oft nicht abschätzen, ob es hinunter- oder hinaufging. Ich stolperte ständig. Wenn ich mir jetzt ebenfalls den Fuß verknackste, dann war ich verloren, dachte ich. Und Funda auch.

Dann schimpfte ich mich albern. Es war keine halbe Stunde bis zu unserem Lager. Wenn wir morgen nicht dort waren, würde man uns suchen und finden. Es war nur die Nacht, welche die Wüste endlos machte.

Vor mir tauchte ein Busch auf. Funda hatte mich vorhin beim Holzsuchen gewarnt. In den Büschen hielten sich Schlangen auf und unter Steinen Skorpione. Ich umrundete den Busch.

Außerdem hätte ich Funda, bevor ich losging, unbedingt noch fragen müssen, was Chalil Abra versprochen hatte. Doch wohl nicht, dass er sie heiraten werde. Nicht, nachdem sie ihn verflucht hatte! Oder? Wie lang lag diese Vereinbarung eigentlich zurück?, fragte ich mich. Wenn ich Funda richtig verstanden hatte, hatte das Gespräch am Verbotenen Brunnen vor Chalils einjährigem Aufenthalt in Deutschland stattgefunden, also vor mindestens einem Jahr.

Am liebsten wäre ich umgekehrt, um mir von Funda den Rest erzählen zu lassen. Aber da hatte ich mich bereits verlaufen. Denn als ich mich umschaute, waren die beiden roten Punkte der Lagerfeuer verschwunden. Ich blieb sofort stehen. Jetzt bloß nicht in die falsche Richtung rennen. Ganz langsam drehte ich mich einmal um mich selbst und suchte konzentriert die Umgebung ab. Dabei stellte ich fest, dass ich in eine kleine Senke geraten war. Ich musste also nur drüben wieder hinaufgehen und würde die Feuer wieder sehen.

Ich stieg zuversichtlich den seichten Anstieg hinauf.

Keine Lagerfeuer!

Mein Herz klopfte so panisch, dass ich mich erst einmal niederhockte. Auch um mich davon abzuhalten, irgendwohin zu rennen. Nachdenken, Finja! Ruhe bewahren!

Am besten war es wohl, wenn ich zum Ufer des überfluteten Wadis ging und mich stromaufwärts wandte. Dann musste ich unweigerlich an unseren Lagerplatz stoßen. Und wenn ich nicht längst im Kreis marschiert war – Menschen gingen im Kreis, wenn sie keinen Zielpunkt sahen, hieß es doch immer – und wenn unser Lager ungefähr dort lag, dann musste der Fluss im rechten Winkel dazu da drüben liegen. Und selbst wenn ich nicht genau auf ihn zuhielt, musste ich früher oder später an sein Ufer kommen.

Okay.

Ich stand auf. Wo musste ich jetzt hin? In der Dunkelheit war eine Richtung so gut wie die andere. Der Mond musste links über mir stehen, sagte ich mir. Dann befand ich mich auf dem Weg Richtung Westen oder Nordwesten. Hoffentlich!

Ein natürlicher Graben tat sich plötzlich vor mir auf. Die platte Wüste war erstaunlich wellig. Und ich hatte noch Glück, dass es keine Gegend war, wo sich Sanddünen türmten. Wir befanden uns in den eher felsigen Ausläufern des Hadschargebirges. Ich musste die Richtung wieder ändern, um die Böschung hinabzukommen. Eigentlich war es nicht so kompliziert, dann die alte Richtung wieder anzusteuern. Wäre da nicht eine Kuppel gewesen, die ich hinauflief, in der Hoffnung, die Lagerfeuer wieder zu erblicken.

Nach einer halben Stunde gestand ich mir ein, dass ich mich verlaufen hatte. Mir brach der Schweiß aus. Womöglich entfernte ich mich vom Lager und vom Fluss. War es besser, wenn ich blieb, wo ich war? Aber wenn ich mich jetzt hinsetzte und den Morgen abwartete, würde ich erfrieren. Oder mir wenigstens eine Lungenentzündung holen. Es gab keine andere Lösung, als mich zu bewegen, als weiterzugehen. Hätte ich mich nur mit den Sternen ausgekannt!

Aber ich kannte nur die kümmerlichen Sternbilder in Stuttgart. Und da war eigentlich nur der Große Wagen gut zu erkennen. Ich glaube, man musste die Hinterachse zum Horizont hinab verlängern und dann stieß man auf den Polarstern, der immer im Norden stand. An den hätte ich mich halten können. Aber hier über mir hatte jemand die Lichter ausgestreut wie Grassamen.

Wie viele Fehler willst du eigentlich noch begehen, Finja?, fragte ich mich ernsthaft. Erster Fehler: dich in Chalil verlieben. Zweiter Fehler: dir von ihm einen Ring schenken lassen und glauben, das sei die große Liebe. Dritter Fehler: Nele und Meike erzählen, dass du einen Scheich heiraten wirst. Vierter Fehler: nach Dubai geflogen zu sein. Fünfter Fehler: nicht sofort wieder abgeflogen zu sein. Abgesehen von den kleinen Fehlern, dass ich nachts an den Strand gegangen und Zeugin einer Schlägerei geworden war, deren eine Partei jetzt tot war und deren andere ich kannte. Ich hätte es der Polizei mitteilen müssen! Sechster Fehler – oder war das schon der siebte? Im Arabischen stand vierzig für »viele«. Ich hatte mindestens einundvierzig Fehler begangen, wie zum Beispiel beim Lauschen von Fundas Erzählung über Abra und Chalil nicht auf den Weg zu achten, nicht zu rauchen und kein Feuerzeug zu besitzen, zuletzt den, nachts allein in die Wüste zu laufen. Das wäre tagsüber schon tödlich gewesen.

Nun, tot war ich noch nicht. Nur bescheuert! Die Aufzählung meiner Fehler beruhigte mich. Das war der Trick. Gesteh dir ein, dass du ein dummes kleines Mädchen bist, und die Welt kommt wieder in Ordnung. Mein Vater pflegte das so auszudrücken: In der Selbstüberschätzung liegt das Verderben. Das stimmte. Immer wenn ich mir aufzählte, was ich alles falsch gemacht hatte, und mich klein und doof fühlte, dann ging es plötzlich in eine andere Richtung weiter.

Und Chalil, das war eindeutig die falsche Richtung gewesen. Das war nicht mein Leben. Das war ein Märchen. Ich musste umkehren, zurück zu Finja Friedmann, sechzehn Jahre, Schülerin, Touristin und derzeit in der Wüste verloren.

Dann begann ich den Zauber der Wüstennacht zu spüren. So viele Sterne, eine so große Stille. Ich suchte nach Worten, wie ich Meike und Nele das alles beschreiben konnte. Der Himmel wie ein pechschwarzes Samtkissen, in das man Milliarden von Diamanten genäht hatte, kleine und große. Der Mond klar wie ein beschädigter Perlmuttknopf am Himmel. Sein helles Licht tauchte die Wüste in ein diffuses Silberbad.

Es war an der Zeit, dass ich mich Gott anvertraute. Er würde mich schon richtig führen. Ein Moslem hätte jedenfalls so gedacht. Plötzlich fühlte ich mich Chalil nah. Zu ihm sprachen die Stille und Weite der Wüste. Er war hier aufgewachsen, er fand es verlockend, sich von allen Menschen zurückzuziehen wie einst der Asket Johannes, vermutlich das Pendant zu unserem Johannes dem Täufer, der sich in der Wüste von Heuschrecken und wildem Honig ernährte und dann Jesus taufte. Dass all diese Gestalten, die ich aus der Bibel kannte – und leider nur ziemlich ungenügend –, auch im Koran vorkamen, war eine Überraschung für mich. Und ich meinte auch begriffen zu haben, dass der Islam keineswegs Askese und Mönchtum predigte, sondern forderte, dass der Mensch mit anderen zusammenlebte, Verantwortung für sozial Schwächere übernahm, die Freuden der Ehe genoss und eine Familie gründete.

Eine Akazie reckte plötzlich aus dem Silberdunkel des Sandes ihre dürren Zweige in den Sternenhimmel. Ich hielt auf sie zu wie auf einen Freund in der Einsamkeit. Steine kollerten. Ich stoppte. Noch immer kollerten Steine. Allerdings kam das Geräusch von weiter weg. Und dann sah ich, dass die Akazie sich bewegte. Genauer, zwischen ihren Ästen hüpften Schatten hin und her wie Kobolde.

Ich hielt den Atem an.

Was passierte da? War es eine Tanzparty der Dschinn oder irgendein natürliches Wunder, von denen die Wüste so viele bereithielt und von denen ich nicht die geringste Ahnung hatte? Turnte da ein Leopard im Geäst? Breitete ein Adler oder Geier seine Schwingen aus?

Ich schluckte mein Herzklopfen hinunter und schärfte den Blick. Da erkannte ich, dass die Bewegung hinter der Akazie stattfand. Es war eine Reihe von Bergen, die sich schwankend näherte: Kamele! Sie hielten auch nicht auf die Akazie zu, sondern zielten zügigen Schrittes an dem Baum vorbei. Über dem Vordersten schwebte etwas Helles. Ein Reiter!

Am liebsten hätte ich laut rausgelacht. Finja allein in der Wüste trifft auf eine Karawane. Aber ich wagte es nicht, die Stille zu brechen.

Vermutlich hatte mich der Reiter noch nicht bemerkt. Ich trug im Gegensatz zu ihm dunkle Kleider. Und wenn ein Mann in der Wüste einer Frau begegnete, das hatte ich inzwischen begriffen, dann herrschte höchste Alarmstufe. Anderseits, ein Einheimischer in der Wüste war wahrscheinlich meine Rettung.

Plötzlich änderte das erste Kamel die Richtung und hielt auf mich zu. Die anderen folgten.

Weglaufen war zwecklos.

Im Mondlicht erkannte ich, dass die Kamele gesattelt waren. Kordeln baumelten von ihren Köpfen, Hälsen und unter ihren Bäuchen. Der Reiter saß übrigens nicht vor, sondern hinter dem Höcker des Dromedars. Seine nackten Füße baumelten links und rechts herab, *Dischdascha* und *Ghutra* leuchteten in der Nacht.

»*As-salam alek!*«, rief ich.

Am besten, ich gab der Begegnung gleich so etwas wie einen formellen Rahmen. Der Beduine hatte sicher längst erkannt, dass ich eine Touristin war, kurzärmelig, wie ich herumstand.

»*Wa alek is-salam*«, antwortete der Reiter und brachte das Dromedar bei der Akazie zum Stehen. Auch die anderen hielten. Eines reckte den Kopf und riss einen stachligen Zweig aus dem Baum.

Auf ein Kommando hin, das ich nicht mitbekam, knickte das vorderste Dromedar unter dem Reiter seine langen Vorderbeine ein, dann die Hinterbeine, und legte sich nieder. Dabei stieß es Gurgellaute aus, die sich wie Protest anhörten.

Der weiße Reiter schwang ein Bein über den Höcker und sprang in den steinigen Sand, ordnete seine Gewänder und kam auf mich zu. Die *Ghutra* hatte er über Mund und Nase gewickelt. In der linken Hand trug er einen Stock. Hände und Gesicht lagen unsichtbar im tiefen Schatten.

Es war etwas Kraftvolles und Siegessicheres in seinen Bewegungen. Ohne Zweifel fühlte er sich als Herr der Lage.

»*Do you speak english?*«, stellte ich klar, dass unsere Unterhaltung nicht auf Arabisch weiterging. »Ich bin Gast der Familie von Scheich Nasser as-Salama. Er und seine Leute lagern nicht weit von hier. Ich … ich habe nur einen Spaziergang gemacht. Wenn ich nicht gleich zurückkehre, suchen sie nach mir. Wahrscheinlich suchen sie jetzt schon nach mir.«

Der Reiter lachte kurz. Dabei hob er eine Hand, fasste sich in das Kopftuch, löste es von seinem Gesicht und schlug sich den Zipfel über die Schulter. »Der Scheich«, sagte er, nicht auf

Arabisch, auch nicht auf Englisch, sondern auf Deutsch, »befindet sich in Dubai-Stadt, seine Leute haben drei Geländewagen im Wadi versenkt und schlafen und du hast dich rettungslos verlaufen, Finja.«

»Himmel! Chalil!«

Jetzt stand er unmittelbar vor mir. Der Mond funkelte in seinen Augen, seine Zähne schimmerten und er lächelte, wie nur Chalil lächeln konnte.

»Wo kommst du auf einmal her?«, rief ich. »Ich dachte ... wir dachten ... Hattest du nicht gesagt, du müsstest in der Stadt bleiben?«

»Es ... es sollte eine Überraschung sein.«

»Die ist dir gelungen, Chalil!«

Ich war so erleichtert, dass mir die Knie weich wurden. Und das auch noch aus anderen Gründen. Auf einmal stand der Mann, dem ich in den letzten Stunden innerlich so nah gewesen war, aus Fleisch und Blut vor mir. Der Prinz aus Fundas Märchen war doch immer noch Wirklichkeit, er lebte, atmete und sprach mit seiner ernsten und warmen Stimme zu mir. Und ich fühlte, wie sich alles in mir zu ihm hinwandte, jedes Härchen, jede Faser meines Körpers. Ich war unbeschreiblich glücklich, ihn zu sehen, zu hören, so nah zu spüren. Er war mir so vertraut. Wie ein Teil von mir. Mir schien, als würde ich ihn seit Jahren kennen.

»Jemand musste ja das Fest vorbereiten, Finja«, erklärte er mit einem Lächeln in der Stimme, »jemand, der wenigstens halbwegs eine Vorstellung hat, wie ihr es feiert. Ich bin gestern Nacht schon losgefahren. Und als mich vorhin Suhails Anruf über Satellitentelefon mit der Nachricht von eurem Missgeschick ereilte, habe ich mich unverzüglich mit Kamelen auf den Weg gemacht. Mein Großvater hat zwar zwei große Geländewagen, aber mit denen ist er selbst gerade unterwegs. Und schließlich müsst ihr schon morgen ins Wadi al-Abar as-saba kommen, nicht? Morgen ist Heiligabend.«

Ich musste lachen. Zum einen, weil »Heiligabend« aus seinem Mund irgendwie komisch klang, zum anderen vor Freude und Glück. Dabei fühlte ich blöderweise Tränen aufsteigen.

»Ach, Chalil, ich bin so froh, dass du da bist!«

Ich musste es einfach sagen, wenn ich mich nicht an meiner Freude und Erleichterung verschlucken wollte. Vielleicht machte ich dabei eine Bewegung, die bei mir zu Hause selbstverständlich war, wenn man jemandem sagte, dass man froh war, ihn zu sehen, und er stand nach Art der Araber auch viel zu nah für das europäische Distanzgefühl, jedenfalls berührte meine Schulter seine Brust. Im nächsten Augenblick schlang er seine Arme um mich. Ich krallte mich in den Stoff seines Gewands, wie beschwipst von Chalils Duft nach Sand, Sternen und Hitze. Es ging gar nicht anders: Unsere Lippen fanden sich. Wir küssten uns, wir sanken ineinander und in ein Nie-wieder-lasse-ich-los!

Dann mussten wir Luft holen. Chalil küsste mich auf Nase und Stirn, er strich mir über das Haar und die Wange, ließ dann die Hand auf meiner Schulter ruhen und betrachtete mich. Im Gegenzug berauschte ich mich am Schimmer in seinen Augen, der Freundlichkeit auf seinen Lippen, der Entschlossenheit und Kraft in seinem schmalen, ernsten Gesicht mit der samtig glatten Haut. Es war so verboten schön, so männlich schön!

Sein Daumen strich über mein Schlüsselbein, leicht und zaudernd. Ich hätte seine Hand gern genommen und weitergeführt, fürchtete aber, ich könnte sie verscheuchen und sie würde wegflattern wie ein Schmetterling. Und ich wollte ihn ja nicht verführen. Chalil musste sich für mich entscheiden, mit ganzem Herzen und Verstand.

Und dennoch war auch wahr: Etwas in ihm und in mir, was wir nicht beeinflussen konnten, hatte bewirkt, das wir uns bereits füreinander entschieden hatten. Und wenn wir die Welt um uns herum vergaßen, wenn sie einfach nicht da war, so wie in diesem Moment, dann war absolut gewiss und unumstößlich, dass es für ihn nur mich gab. Wir gehörten zusammen.

Doch wenn ich andererseits bedachte, woran er glaubte und in welchen Traditionen er lebte und leben würde, dann war ebenso unabweisbar, dass er Zeit brauchte, viel Zeit. Vielleicht mehr, als sein und mein Leben dauerte.« Eine falsche Bewegung und ich würde alles kaputt machen. Unsere Liebe würde zerfallen wie eine Sandrose, wenn sie nass wurde. Und genau diese Sandrosen entstanden nur, wenn der Blitz in den Wüstenboden einschlug, so, wie die Liebe in Chalils Seele eingeschlagen hatte. Und in meine.

»So ein Zufall«, sagte ich, um etwas zu sagen, »dass du ausgerechnet hier vorbeigekommen bist. Die Wüste ist so groß.«

»So groß ist sie auch wieder nicht.« Chalil warf der Akazie, an der jetzt zwei der Dromedare rupften, einen kurzen Blick zu. »Menschen und Tiere halten sich an Bäume. Und meine Kamele haben mir deine Anwesenheit gemeldet, bevor ich dich, meine *Schams ad-Duha*, bemerkt habe!«

»Bitte was?«

»Meine Morgenröte!« Er lächelte. »Und was machst du hier?«

»Ich habe mich tatsächlich verlaufen. Funda ist hier noch irgendwo. Wir wollten Holz suchen, dabei hat sie sich den Fuß verknackst. Wir müssen sie finden, Chalil!«

Ich wollte mich lösen, doch er schnalzte mit der Zunge und hielt mich fest. Ernst und nachdenklich schaute er auf mich herab.

Was dachte ich auch jetzt an Funda? Vermutlich würden Chalil und ich nie wieder allein zusammen sein, nie wieder so wie jetzt. Alle Regeln, nach denen er lebte, seine komplette Kultur zielten darauf ab, genau so ein Zusammentreffen zu verhindern. Damit genau das nicht geschah, was gerade mit uns passierte.

»Ich bin nur deinetwegen nach Dubai gekommen«, sagte ich. »Ich musste dich wiedersehen, ich …«

»Ich weiß, Finja. Auch ich habe den Tag herbeigesehnt, an dem ich dich wiedersehe. Und … und ich habe ihn gefürchtet.«

Er brauchte es mir nicht zu erklären, ich verstand ihn. Funda hatte mir genügend von seiner Gedankenwelt erzählt.

»Als ich dich vorgestern Nacht sah …« Er stockte.

»Und ich dachte schon, du würdest die ganze Zeit auf Reisen sein, damit du mir nicht begegnen musst, weil …« Auch ich stockte.

»Nein, Finja. Ich kann seit Wochen an nichts anderes mehr denken als an dich. Ich habe mich furchtbar beeilt, um rechtzeitig zum Abendessen und zu deinem Empfang zu Hause zu sein. Aber dann hatten wir eine Autopanne.« Er fuhr mit dem Daumen mein Kinn entlang und zwang mich, ihn anzusehen. Seine Augen funkelten. »Es ist so schön, ein unverschleiertes Gesicht zu sehen und ein Lächeln als Antwort zu bekommen. Es ist gut zu sehen, dass die eigenen Gefühle erwidert werden, ohne Falschheit und Versteckspiel. Diese Freiheit in … in deinem Blick, in deinem ganzen Wesen, das hat mich von Anfang an an dir so fasziniert. Und du bist schön, Finja!«

Mir klopfte mächtig das Herz. Und ich musste lächeln. Zugleich befiel mich Mutlosigkeit. »Aber sie passt nicht hierher, meine Freiheit«, sagte ich. »Das ist das Problem.«

Er schnalzte mit der Zunge und hob den Kopf. Es war eine wegwerfende Bewegung des Übermuts, eine Geste der Macht, die sich, wenn sie wollte, über alle Regeln hinwegsetzen konnte.

»Es sollte kein Problem sein, Finja«, antwortete er. »Ich habe es schätzen gelernt, wie offen und frei bei euch Frauen und Männer miteinander verkehren. Auch für uns ist Freiheit und Gerechtigkeit ein hohes Gut. Im *Kur'an* heißt es: ›Den Frauen stehen die gleichen Rechte zu, wie sie die Männer zur gütigen Ausübung über sie haben.‹« Er lächelte. »Das bedeutet auch, dass Macht nur im Guten ausgeübt werden darf.«

»Na ja, aber was gut ist, wer bestimmt das?«

»So ist das nicht gemeint, Finja. Es heißt, dass es keine Gewalt geben darf, sondern nur gütiges Handeln. Es gibt da keinen Unterschied zu dem, was ihr für richtig und wichtig haltet. Man soll liebevoll miteinander umgehen. Auch, wenn es im täglichen Leben nicht immer eingehalten wird.«

Das klang gut. Dennoch fühlte ich leichtes Unbehagen. Nicht nur, weil es mir so vorkam, als werde sich das »Wir« und »Ihr« immer wieder störend in unsere Unterhaltungen mischen, sondern weil es im Alltag entscheidende Unterschiede gab, wie mir schien.

»Wir können uns doch aber«, bemerkte ich, »nie wirklich ungestört unterhalten, nie kennenlernen. So wie jetzt hier ... so dürfen wir nie zusammen sein.«

Er lachte. »Ist das deine einzige Sorge, Finja?«

Fand er diese allumfassende Aufsicht etwa gut? Ärger stieg in mir auf. »Wie soll man sich denn kennenlernen, Chalil, wenn Mann und Frau praktisch nie miteinander reden dürfen.«

»Wir dürfen doch!« Sachte strich er mir das Haar aus der Stirn.

»Ja, aber doch nur heimlich!«
»Keineswegs. Wenn wir wieder in der Stadt sind, dann lade ich dich zum Essen ein und wir gehen zusammen in ein Restaurant. So macht man das bei euch doch auch. Wie findest du das?«

Ich lachte. »Gut.«

Er nickte. Sein Lächeln war ernst, seine Hand zuckte auf meiner Schulter. »Hab Vertrauen, Finja. Ich werde dich nie belügen, ich werde dir nicht wehtun!«

Seine Hand ruhte jetzt schwer auf meiner Schulter. Befehlend schwer.

»Vertraust du mir denn auch, Chalil?«

»Wenn du aufrichtig zu mir bist, dann werde ich …«

»Das ist kein Vertrauen«, entfuhr es mir. »Vertrauen ist ein Vorschuss, Chalil!«

Er zog seine Hand zurück, als hätte er sie sich verbrannt.

Oje! Wie konnte ich von einem Araber verlangen, dass er einer Frau vertraute, und dann auch noch einer europäischen? Hier vertraute man Frauen grundsätzlich nicht. Wie auch anders, wenn man so wenig abschätzen konnte, wie Frauen dachten. Wenn man stets ihre Verführungskünste fürchtete, die einem selbst oder einem anderen gelten konnten. Wie unendlich weit waren wir doch voneinander entfernt!

Vielleicht kam ihm seine Geste selbst zu schroff vor, denn er griff sich ins Kopftuch, als gebe es dringend etwas zurechtzuziehen. Dabei senkte er den Blick, als wollte er mir Gelegenheit geben, ihn zu betrachten und zu prüfen, die breiten Schultern, die freie Haltung seines Kopfs, das schmale Gesicht, die gerade Nase, die fest geschlossenen Lippen, das kräftige Kinn. Chalils Jugend machte sein Gesicht glatt und geradlinig und auf unsagbare Weise anmutig, aber ich erkannte auch Härte in den Gesichtszügen, den Stolz des Herrschers, die Unbeirrbarkeit seines Willens und Strenge, nicht nur mit anderen, sondern vor allem mit sich selbst. Würde ich ihm je wirklich nahekommen? »Chalil?«

Er hob den Blick. Seine Augen funkelten. Und plötzlich fanden sich unsere Hände wieder. Sein Blick tauchte in meinen. Ich spürte seine drängende Sehnsucht. Er küsste mich, fragend und fordernd. Oh Gott! Wenn es jetzt doch passierte? Vertraute er mir? Vertraute er sich mir nicht gerade an? War er nicht gerade bereit, sich mir hinzugeben, furchtlos, grenzenlos und bedenkenlos? Ja, das war unsere eigentliche Wahrheit. Wir waren füreinander ausersehen.

»Oh, Finja«, sagte er leise und mit einem übermütigen Beben in der Stimme.

Plötzlich zuckte er zusammen, hob den Kopf und schaute sich nach den Kamelen um. Sie hatten ihr Rupfen am Baum unterbrochen und blickten kauend in die Ferne. Chalil folgte ihrem Blick. Er schien förmlich Witterung aufzunehmen wie die Tiere. Ein Luftzug raschelte in den Zweigen der Akazie.

Dann roch ich es auch, ganz schwach nur: den Rauch eines Feuers.

»Es ist ganz in der Nähe«, sagte er. »Euer Lager muss gleich hier sein.« Er ließ mich los und trat zurück. »Komm!«

Der unwirkliche Zauber des Augenblicks zerstob. Es fiel mir schwer, zurückzukehren in die Wirklichkeit und das Leben an der Stelle wieder aufzunehmen, wo aus der Dunkelheit Kamele auf mich zugekommen waren und ich einem fremden Wüstenritter meinen arabischen Gruß zugerufen hatte.

Er ging zu seinen Kamelen. Zwei von ihnen hatten sich wieder der Akazie zugewandt. Die Zweige knackten. Ich folgte Chalil benommen.

Sein Reittier lag noch am Boden. Er zog ein weiteres Kamel aus dem Baum. Der unglaublich stachlige Zweig der Akazie mit den wenigen kleinen gefiederten Blättern ragte halb aus seinem Maul mit der geteilten Oberlippe. Die Stacheln zerstachen Autoreifen, konnten aber einem so weich aussehenden Kamelmaul offenbar nichts anhaben.

Chalil zwang das Kamel, sich hinzulegen. Es ging zuerst vorne, dann hinten runter. An den Ellbogen vorne und den Knien am Hinterbein hatte es Schwielen anstelle von Fell. Es waren die Stellen, die auf dem Boden aufsetzten, wenn es sich legte. Wobei es laut protestierte.

Ein Windhauch zupfte an Chalils über den Kopf zurückgeschlagener *Ghutra*. Seine Miene war undurchdringlich. Bedauerte er es oder war er im Grunde erleichtert, dass ein Luftzug uns auseinandergetrieben und ihn vor einer Unbedachtsamkeit bewahrt hatte? Es war nicht zu erkennen.

»Steig auf!«, sagte er, als das Dromedar lag.

»Ich weiß doch gar nicht, wie man ein Kamel reitet?«

»Aber das Kamel weiß es.«

Ich beschloss, dem Tier und Chalil zu vertrauen, und kletterte hinter dem Höcker auf die Decke. Darunter war ein Sitz mit einem Griff, an dem ich mich festhalten konnte.

Chalil gab einen Befehl und half mit dem Stock nach, den er in der linken Hand trug. Das Kamel riss das Maul auf und kollerte erneut ungehalten. Dann ging es hinten hoch und vor mir senkte sich ein Abgrund. Ich war froh, dass ich mich an den Griffen festhalten konnte, bis es auch vorne hochgekommen war. Man saß doch ziemlich hoch über dem Boden. Himmel!

Chalil wandte sich seinem Dromedar zu, das noch lag, schlang sich das lose Ende der *Ghutra* unterm Kinn entlang und wieder hinauf über die *Agal* und stopfte es fest, sprang mit einem Satz auf den Sattel, befahl dem Kamel aufzustehen und lenkte es, ohne sich nach mir und den anderen Tieren umzuschauen, von der Akazie weg.

Alle, auch mein Kamel, setzten sich in Bewegung. Schon nach wenigen Schaukelschritten hatten wir eine dieser Anhöhen erklommen, die man nicht erkannte, wenn man davorstand, und sahen in vielleicht hundert Metern Entfernung die Glut unserer beiden Lagerfeuer.

14

Ein Ritt von sechs Stunden lag vor uns, immer auf die grauschwarze Front des Hadschargebirges zu, dessen Felsen, Grate und Schluchten umso schroffer erschienen, je näher wir kamen. Drei Kamele trugen unser Gepäck, das über Nacht halbwegs trocken geworden war. Salwa und Chalils Mutter saßen zusammen auf einem Dromedar, ebenso wie die indischen Diener. Der alte Walid, mein Vater, Suhail, Chalil, Funda und ich hatten je ein eigenes Reittier bekommen.

Den Fahrer des Lastwagens hatte man am Morgen mit einigen Dosen Humus und Fleisch bei den drei Geländewagen zurückgelassen. Er musste ohnehin auf seinen eigenen Lastwagen aufpassen, bis Hilfe kam. Seine Ladung war auf der Straße und im Auflieger zu Beton geworden. Die Wagen des Scheichs standen noch bis zu den Kotflügeln im Wasser, das stillzustehen schien und dessen gelbliche Fläche bis zum Horizont reichte. Hätten wir gestern drüben gewartet, wären wir heute nicht mehr herübergekommen. Und was sorgte ich mich um die drei Geländewagen des Scheichs? Er hatte Geld und Leute genug, sich darum zu kümmern. Eine Reise auf Kamelen war zwar auf Dauer schmerzhaft für den Hintern, aber viel schöner.

Wann immer ich wollte, konnte ich meinen Blick auf Chalils breite Schultern richten, auf das strahlende Weiß seines Gewands, auf die dagegen dunkel wirkende Hand, die locker den Strick hielt, der zum Kopfgeschirr des Kamels führte. Manchmal zog er die Beine an und schien förmlich auf dem Hinterteil des Kamels zu knien. Auch Suhail veränderte seine Haltung ständig. Er schlug bevorzugt das Bein quer über den Höcker. Der alte Walid saß überhaupt gleich vor dem Höcker und hakte den einen Fuß unter den Knöchel des andern. Manchmal hatte ich den Eindruck, als schliefe er sogar dabei. So hatte jeder seine Art, sich einen langen Ritt erträglich zu machen. Kamele stoppten nicht und veränderten ihr Tempo nicht, wenn sie einmal in Gang gesetzt worden waren. Unermüdlich schwenkten sie ihre langen Beine. Nicht hintereinander übrigens, sondern versetzt nebeneinander, jeweils in einigen Metern Entfernung. Das Einzige, was man auf ihrem Rücken zu tun hatte, war, das Schaukeln mit dem Oberkörper auszugleichen. Vor und zurück, vor und zurück. Ohne Pause. Auch das war ermüdend, wie ich bald feststellte. Aber es war ein urtümliches und wahrhaft feierliches Reisen.

Langsam zog die Landschaft in ihrer schlichten Ruhe an uns vorbei. Die weite Fläche eines trockenen Flussbetts, hier und da ein großer Geröllbrocken, kleine kugelige Büsche, immer mal wieder eine Akazie, die ihren stachligen und zartgrünen Schirm aufspannte, eine orangefarbene Sanddüne, die sich zwischen zwei Felstürmen erstreckte, gelb, weiß, grün und rot gemaserter Sandstein, der uns eine Weile begleitete und dann abbog. Es geschah nicht viel, aber es gab doch viel mehr Abwechslung, als ich es in der Wüste vermutet hätte. Ich konnte kaum alles erfassen.

Chalil hatte sich noch gestern Nacht auf die Suche nach

Funda gemacht und sie zum Lager gebracht. Wie er sie gefunden hatte, blieb mir ein Rätsel. Er hatte sich den Fuß seiner Schwester angeschaut, und festgestellt, dass sich zwei Sehnen verklemmt hatten. Mit einem einzigen schnellen, aber schmerzhaften Griff hatte er sie auseinandergedrückt. Funda hatte aufgeschrien, aber am Morgen konnte sie schon wieder mit dem Fuß auftreten. Und nach dem Morgengebet, das die Männer in einiger Entfernung verrichteten und Salwa bei uns, waren wir aufgebrochen. Umm Chalil hatte mir ein Kopftuch zum Schutz gegen die schon glühende Sonne gegeben, außerdem hatte ich eine langärmelige, wenn auch völlig verknitterte Bluse an.

Und ich war grundlos glücklich. Na, vielleicht nicht ganz grundlos. Chalil hatte mir in der Nacht am Akazienbaum doch deutlich gezeigt, dass er mich liebte. Viel deutlicher, als ich es erwartet hatte, nach allem, was Funda mir über ihn und Abra erzählt hatte, und nach dem, wie unsere Begegnungen im Palast seines Vaters verlaufen waren. Und wäre uns die Unruhe der Kamele beim Geruch des Feuers nicht dazwischengekommen, dann … ja, was wäre passiert? Ein Schauer rieselte mir durch den Bauch.

Und nun waren wir zusammen unterwegs zu den Zelten seines Großvaters, wo er aufgewachsen war. Ich hatte allen Grund, glücklich zu sein. Es war ein mir völlig unbekanntes Glücksgefühl, stärker, beunruhigender und zugleich beruhigender, als ich es je empfunden hatte, beispielsweise wenn ich mit meinem Vater durch die Alpen kraxelte und wir uns bei einem Aufstieg gegenseitig mit dem Seil sicherten oder wenn wir am Sonntagabend auf der Couch saßen, ich an ihn gekuschelt, und über Gott und die Welt redeten. An diesem Tag, dem 24. Dezember, war alles in Ordnung. Und mein Glaube war grenzenlos, dass ich dort ankommen würde, wo ich hinwollte. Es gab für mich nur eine Zukunft: die mit Chalil. Unsere Kamele schaukelten unaufhaltsam in dieselbe Richtung.

Kamele waren die Wüstentiere schlechthin, erklärte mir Funda, als wir nach zwei Stunden eine Pause machten. Sie konnten ewig ohne Wasser auskommen, sie konnten ein Viertel ihres Körpergewichts an Wasser verlieren und genau das in wenigen Minuten wieder in ihren Magen saufen. Sie speicherten im Höcker zwar kein Wasser, aber Fett, das Wasser enthielt. In kalten Wüstennächten senkten sie ihre Körpertemperatur drastisch, damit es am andern Morgen lange dauerte, bis sie so warm waren, dass sie zur Abkühlung schwitzen mussten. Sie hatten lange Beine, damit ihr Bauch weit vom heißen Wüstenboden entfernt war, und sie waren, von oben gesehen, ganz schmal, damit die Mittagssonne kaum Fläche hatte, auf die sie traf. Und sie konnten mithilfe ihrer Nasenschleimhäute sogar Wasser aus der Luft aufnehmen.

Gegen Mittag machten wir eine zweite Pause in einem Wadi, in dessen tiefsten Stellen Wasser stand und knorrige Bäume wuchsen. Die Diener sammelten rasch Holz, machten Feuer und stellten einen Topf in die Flammen und eine Kanne für den Tee.

»Na, gefällt es dir, Spätzelchen?«, fragte mein Vater.

»Ja, sehr. Und dir?«

Ich sah ihm an, wie sehr ihm das Abenteuer Spaß machte. »Übrigens«, erklärte er mir, »diese Bäume heißen Tamarisken. Wo sie stehen, ist das Wasser nicht trinkbar. Es ist salzig und enthält viel Magnesium. Das macht einen Mordsdurchfall.«

Wir hatten zum Glück genügend Wasser in PET-Flaschen dabei und waren darauf nicht angewiesen.

Chalil sprang mit nackten Füßen zwischen den knorrigen Tamarisken mit ihren nadelartigen Blättchen über die Steine im Wasser und bückte sich hin und wieder, als suche er etwas. Dann hatte er es gefunden. Er hob es auf, verschloss es in seiner Faust, richtete sich auf, sprang in den Sand zurück und kam auf uns zu. Die Augen auf meinen Vater gerichtet, der ihn um einen Kopf überragte, öffnete Chalil seine Handfläche. In ihr rollten bernsteingelbe Kügelchen. »Manna«, sagte Chalil. »Es ist Manna.«

»Das Manna aus der Bibel«, rief mein Vater, »das der Herr nach dem Auszug des Volks Israel aus Ägypten bei seiner Wanderung durch die Wüste morgens vom Himmel regnen lässt, damit die Israeliten nicht verhungern?«

»Wir nennen es *Man as-Sama*. Himmelsbrot. Es stammt von den Tamarisken. Es ist ein Harz. Der Baum scheidet es aus, wenn Schildläuse ihn verletzen. Auch die Ausscheidungen der Schildläuse selbst sind süß und vermischen sich damit. Die Beduinen sammeln es und verwenden es wie Honig. Es wird übrigens auch im *Kur'an* erwähnt. Da heißt es: ›Und wir ließen die Wolke über euch Schatten werfen. Und wir sandten das Manna und die Wachteln auf euch hinunter. Esst von den guten Dingen, die wir euch beschert haben!‹«

Chalil lächelte und blickte zu meinem Vater auf wie ein vergnügter Student, der seinem Professor einen besonderen Fund vorweisen konnte. Er streckte einladend die Hand aus. »Willst du mal probieren, *Schech*?«

Mein Vater war von jeher unerschrocken, was unbekannte Nahrungsmittel betraf, er probierte alles mit wissenschaftlicher Neugier. Also tupfte er mit der Fingerspitze eines der Honigkügelchen von Chalils Handfläche. »Hm, süß!«, befand er und schaute mich vergnügt an. »Das musst du probieren, Finja! Das ist wirklich erstaunlich!«

Chalils Hand zuckte nicht, aber meine zitterte ein bisschen, als ich eines der Kügelchen auftippte und dabei seine Handfläche berührte. Unsere Blicke trafen sich kurz. Er senkte sofort die Lider.

Reiner Zucker explodierte mir förmlich auf der Zunge. Ein Geschmack, den ich in dieser Landschaft niemals erwartet hätte.

»Dann ist das also kein Wunder, von dem die Bibel erzählt«, bemerkte mein Vater. »Sondern sozusagen eine ganz natürliche Sache.«

»Nur, dass sich von den paar Tropfen Manna unter den Tamarisken natürlich kein Nomadenvolk ernähren konnte«, bemerkte Chalil. »Und wir hatten Glück, dass ich überhaupt etwas gefunden habe. Bis Mittag haben Vögel und Insekten das Manna meist längst weggefressen. Man findet es eigentlich nur im Morgentau.«

Also doch ein Wunder!

Die Diener buken inzwischen Fladenbrot und erhitzten Bohnen aus der Dose. Dazu gab es süßen Tee mit Minze.

Ich setzte mich neben Funda zu Salwa und Umm Chalil. Es war Suhail, der seiner Frau und uns das Essen auf einem Pappteller brachte, den wir zwischen uns stellten und von dem wir gemeinsam aßen. Das Fladenbrot verwendeten wir dabei wie Löffel. Leider ergab sich keine Gelegenheit, Funda zu fragen, wie Abras Geschichte weiterging und was Chalil ihr versprochen hatte.

Salwa stöhnte, als die Küche zusammengeräumt wurde und man sich erhob. »Man hätte uns Frauen ruhig mit dem Auto holen können«, meinte sie. »Die haben doch jede Menge Autos im Wadi stehen.«

»Touristen zahlen viel Geld fürs Kamelreiten«, meinte

Umm Chalil gelassen. »Und für Bauchtanznächte im Beduinenzelt. Ist natürlich alles unecht und vorgespielt. Die Bauchtänzerin kommt aus der Türkei und die Beduinen sind Filipinos.«

»Aber weißt du, was wirklich knallt?«, wandte Salwa sich plötzlich lebhaft an mich. »Das ist Quad-Fahren in den Dünen. Ein Cousin von mir organisiert solche Fahrten, mit Geländewagen und Quads. Das müssen wir mal machen.«

Am Nachmittag rückten die Felsen allmählich zusammen. Um uns herum erhoben sich schrundige Hänge, die aussahen wie eben aus der Erde geboren. Das Hadschargebirge war, wie mein Vater mir erläuterte, einer der seltenen Orte auf der Welt, wo man sich anschauen konnte, wie einst der warme Erdmantel und die schon harte Erdkruste sich gegeneinandergeschoben und aufgeworfen hatten. Deshalb mischten sich hier Gesteine in allen Farben: rostrot, schwarz, grau, ockergelb. Manchmal in Streifen, andernorts verrührt wie Eiscreme. Die Täler waren tief, die Hänge steil.

Zum *Asir*, dem Nachmittagsgebet, hielten wir erneut. Salwa und Umm Chalil verrichteten ebenfalls Waschungen und Gebete. Funda kühlte sich währenddessen den Verband am Fuß mit Wasser.

Ich setzte mich zu ihr. »Tut's arg weh?«

»Es geht so. Chalil ist ein Wunderheiler! Allerdings ist diese Reiterei mit baumelnden Füßen nicht das Wahre. Aber eine Bedu-Frau weint nicht.«

Ich lachte. »Ach übrigens: Was hat Chalil der unglücklichen Abra denn nun versprochen?«

»Was denkst du denn, was er ihr versprochen hat?«

»Ich weiß nicht. Doch sicher nicht, dass er sie zur Frau nimmt.«

Funda lachte. »Glaubst du, Chalil würde etwas versprechen, was er nicht halten kann?«

Ich war erleichtert. »Nein.«

»Na siehst du.«

»Aber was kann er Abra denn anbieten, was sie zufriedenstellt, wenn sie ihn schon nicht bekommt? Geld? Reichtum?«

»Würde dich das zufriedenstellen?«

»Natürlich nicht. Aber um mich geht es doch hier gar nicht.«

»Um wen denn sonst, Finja? Warum erzähle ich dir denn diese Geschichten? Du bist doch bis über beide Ohren in Chalil verliebt!«

»He! Wer sagt das?«

»Deine Augen sagen das. So, wie du ihn anschaust. Mag sein, dass du gekommen bist, weil dein Vater sich freut, mit seiner kleinen Tochter Weihnachten zu feiern. Aber in Wahrheit wolltest du Chalil wiedersehen.«

Wozu widersprechen? »Aber ...«

»Und darum«, unterbrach mich Funda »finde ich, du solltest wissen, in wen du dich verliebt hast, Finja. Weißt du, ich liebe meinen Bruder von ganzem Herzen. Er ist der beste Bruder, den ich mir denken kann. Nie hat er mich geschlagen, nie hat er sich aufgeführt, wie sich andere Brüder aufführen, wenn die Schwestern Dinge tun, die sie nicht gut finden, aber heiraten ...«, sie schaute mich ernst an, »... heiraten würde ich Chalil nicht.«

»Und warum nicht?«

»Ah, es geht weiter!«, sagte sie und versuchte aufzustehen. »Komm!« Sie ließ sich von mir auf die Füße helfen und humpelnd zu ihrem Kamel führen.

»Warum«, fragte ich hastig, bevor die Reise auf Kamelen uns wieder trennen würde, »warum würdest du ihn nicht heiraten?«

»Weil ich seine Schwester bin! Bei uns sind Ehen zwischen Bruder und Schwester verboten.« Funda lachte sehr vergnügt. »Was dachtest du denn? Dass ich Chalil für einen unerträglichen Tyrannen halte? Oder für einen, der nach dem Freitagsgebet heimkommt und verkündet, der Islam erlaube es, dass er seine Frau züchtigt? Aber du, Finja, du bist völlig anders aufgewachsen als ich. Du musst dir gut überlegen, ob du hier zurechtkommst. Stell dir das nicht leicht vor. Beziehungen zwischen unseren Männern und euren Frauen gehen selten gut. Jedenfalls nicht auf Dauer. Mir ist keine bekannt.«

Damit bestiegen wir unsere Kamele wieder und zogen ein Tal hinauf. In den Senkungen schimmerte hier und da Wasser vom letzten Regen. Es gab sogar so etwas wie eine Straße. Sie bestand aus Reifenspuren neben dem Flussbett. Ab und an sah man ein kleines schwarzes Zelt aus Ziegenhaar etwas abseits stehen. Kinder kamen herbeigelaufen und starrten uns mit verrotzten Nasen an. Manchmal eilten in der Ferne auch die schwarzen Gestalten von Frauen dahin. Einmal kam uns ein Pick-up mit einem Dutzend Ziegen auf der Ladefläche entgegen. Der Fahrer grüßte aus dem Führerhaus heraus, aber unsere Kamele wurden nicht angehalten, um ein Schwätzchen zu halten.

Und es wurde spürbar kühler. Mein Vater studierte sein GPS-Gerät und rief mir zu, dass wir uns mittlerweile auf über 500 Meter Höhe befanden. Die höchsten Berge des Hadschar waren 3.000 Meter hoch. Ein paar Mal passierten wir kleine Gemüsegärten inmitten von Geröll. An manchen Talhängen gab es bewässerte Terrassen mit üppigem Grün. Zu meinem Erstaunen baute man hier Orangen- und Zitronenbäume an.

Schließlich bogen wir in einen Trichter ab, der sich zu einem schmalen gewundenen Tal verengte. Das schwarzgraue Massiv nahm uns auf und umgab uns bald vollständig. Von diesem Tal ging es in ein anderes, das sich wiederum zur Ebene weitete. Und wieder wandten wir uns dem Trichter zu, der ins Gebirge führte.

Dann, auf einmal, hinter einer Engstelle einem Tor gleich, öffnete sich der Blick auf einen Wald von Dattelpalmen, der sich das Tal emporwand. Schwüle, feuchte Luft staute sich zwischen den Wänden. Der Sandboden war von Reifen tief gefurcht. Hoch wie Mauern säumte das Wurzelwerk der Palmen den Fahrweg.

Das also war die Oase des Wadi al-Abar as-saba. Da kamen uns auch die Kinder entgegengelaufen und umsprangen uns johlend. Sie waren mir fast vertraut. Männer stiegen zwischen den Palmen herum oder schleppten Palmwedel. Ziegen meckerten, Hunde kläfften. An den Hängen hinter den Palmstämmen sah ich Zelte und gemauerte Häuser, bunte Wäsche auf Leinen, den Rauch von Feuer.

Endlich erreichten wir einen größeren freien Platz und hielten. Bis mein Kamel in die Knie gezwungen worden war, hatte ich Zeit, mich von erhöhter Warte aus umzusehen.

Das Tal lag zwischen hohen Felswänden aus aufgeworfenem Gestein. Eine Seite war von der sinkenden Sonne durchglüht. Die Palmen endeten an einem Hügel, auf dessen höchstem Punkt ein kleines Gebäude mit einer etwas schiefen Kuppel stand. Das Grab von Chalils Urgroßvater, umgeben von Gräbern, die man nur an den kleinen, in den Boden gerammten länglichen Steinen erkannte. Der kleine Bau daneben musste die Moschee sein mit der Ausbuchtung der Gebetsnische, die gen Mekka zeigte. Nicht weit davon befand sich eine große ummauerte Feuerstelle, über der man am Spieß vermutlich ganze Kamele braten konnte.

In der Mitte des Platzes stand ein Brunnen mit einem Baumstamm als Hebel, an dem ein Eimer hing. Auf der anderen Seite des Platzes befanden sich vier große Zelte aus schwarzem Ziegenhaar. Eines von ihnen hatte eine Satellitenschüssel. Dahinter standen zwei Geländewagen mit getönten Scheiben. Das Erstaunlichste aber waren die stattlichen Reihen von Solarzellen oben am Hang, welche die Oase mit Strom versorgten.

Der Duft von Kaffee zog über den Platz. Mein Vater deutete zu einem entfernt stehenden Haus mit Wellblechdach, vor dem ein alter Mann saß und in aller Ruhe eine Eisentrommel über einer Pfanne mit Holzkohle drehte. »Er röstet Kaffeebohnen!«

Als wir abstiegen, ertappte ich mich dabei, dass ich mich nach den schwarzen Gestalten umschaute, die sich in respektvoller Entfernung hielten, an ihren Kopftüchern zupften und uns anstarrten. Ihre Gesichter waren mit einer Art Maske bedeckt. Manche waren aus schwarzem Stoff wie Zorros Gesichtsmaske, nur dass sie hier bis zum Kinn ging, andere bedeckten nur Stirn und Mund mit ledernen oder vergoldeten Schilden. Der Hals der Frauen lag frei und sie trugen schwere Silberketten mit Amuletten. War Abra unter ihnen? Und welche Frau war sie?

Wir wurden übrigens keineswegs sofort in ein Zelt geführt. Nachdem wir von den Kamelen abgestiegen waren, standen wir zuerst herum, dann hockten sich die Diener und der alte Walid an die Feuerstelle. Mein Vater suchte sich einen Stein, um halbwegs bequem sitzen zu können. Wir Frauen aber blieben in einiger Entfernung zu den Männern stehen. Umm Chalil und Salwa hatten sich *Abajas* übergeworfen und hielten sich das Ende des dazugehörigen Kopftuchschals vor Mund und Nase. Nur Funda stand herum wie ich, in Jeans, langärmeliger Bluse und das Tuch nur locker um den Kopf geschlungen.

Ich kam mir allerdings irgendwie nackt vor, den Blicken ausgesetzt. »Verletzen wir nicht die Gefühle der Leute?«, fragte ich Funda.

Sie lachte. »Ich vielleicht, aber du nicht. Sie sehen ja nicht zum ersten Mal Europäer. Als Ungläubige brauchst du dich nicht zu verschleiern. Und was ich tue, ist meine Entscheidung. Großpapa ist zu klug, um wegen einer extravaganten Enkelin einen Skandal zu machen. Er denkt, das verwächst sich, wenn ich erst einmal verheiratet bin, oder wir Feministinnen haben Erfolg, und dann wird er stolz sein auf mich.«

Sie mochte ihren Großvater. Das hörte ich.

Während wir herumstanden, begaben sich Suhail und Chalil zu den Zelten des Scheichs und traten in eines ein. Sie teilten ihm formell mit, dass sie Gäste mitgebracht hatten. Während sie fort waren, kamen zwei junge Männer, eher noch Buben, mit hellem Lächeln und aufgeweckten Augen. Sie brachten kleine Gläser und Tee in einer Kanne. Davon schenkten sie zuerst den Männern ein.

Eine Gruppe von Jungs fing an, auf dem Platz Fußball zu spielen. Sie nahmen den Saum ihrer *Dischdascha*s zwischen die Zähne, um die nackten Beine frei zu haben, und rannten aus Leibeskräften dem Ball hinterher, bis ein Alter sie schimpfend fortscheuchte.

Und endlich trat Scheich Sultan ibn Achmed as-Salama aus dem Zelt, begleitet von seinen beiden Enkeln. Er war ein kleiner Mann mit gepflegtem grau melierten Bart, Hakennase und flinken kleinen Augen. Auf seinen Schultern über der weißen *Dischdascha* und den herabhängenden Teilen der *Ghutra* trug er die *Bischt*, einen Umhang aus leichtem braunen Stoff mit prächtiger Goldborte. Seine Füße steckten wiederum in ausgelatschten Lederschuhen. Er begrüßte zuerst meinen Vater, dann die anderen Männer.

»Dass er uns nicht anschaut«, raunte mir Funda zu, »ist übrigens nicht Missachtung, sondern ein Zeichen des Respekts.«

Scheich Sultan wusste jedoch offensichtlich auch, dass wir Westler andere Formen der Höflichkeit pflegten. Und so nahm er schließlich Chalil am Ellbogen und wandte sich mit ihm zusammen uns zu, um mich zu begrüßen. Er reichte mir sogar die Hand.

»*Marhaba*«, sagte er und blickte mir direkt in die Augen.

»Willkommen«, übersetzte Chalil. Sein Großvater sprach offenbar kein Englisch. Oder er wollte es nur nicht sprechen. Das traute ich ihm durchaus zu. Es war ein verschmitzter, schlauer Blick, den er mir schenkte.

»Ich bin schon sehr gespannt auf das Fest«, übersetzte Chalil dann seine schnellen und leisen arabischen Worte, »das mein Enkel für heute Abend dir zu Ehren organisiert hat. Ich finde es wichtig und interessant, etwas über fremde Kulturen zu erfahren. Und wenn sie sogar den Weg zu mir ins Wadi al-Abar as-saba finden, umso besser! Sei bedankt dafür, Finja.«

Ich schluckte überrascht. Gerne hätte ich irgendeine der arabischen Höflichkeitsformeln gekonnt, um den Dank an ihn zurückzugeben. Aber er schien nicht einmal zu erwarten, dass ich es mithilfe von Chalils Übersetzung versuchte. Denn er wandte sich fast augenblicklich ab und umarmte und küsste seine Enkelin Funda, erwies Umm Chalil seine Ehrerbietung und nickte auch Salwa zu. Damit waren wir seine Gäste.

Das Zelt, in das man Salwa, Funda und mich nun führte, war in zwei Räume unterteilt. Im einen standen Betten auf Beinen und Truhen, alles aus schwerem Holz, der andere war eine Art Salon mit Couch, Sesseln, Kissen und kleinen Tischchen. Der Boden war mit dicken Teppichen bedeckt.

Und es gab elektrisches Licht. Nur eines entdeckte ich nicht: weder Toilette noch Waschgelegenheit. Auf unserem Kamelritt durch die Wüste hatten wir uns hinter einen Felsen zurückgezogen. Aber hier?

Funda erlöste mich grinsend, indem sie mich darum bat, sie zu begleiten, und mir auf der anderen Seite der Zelte einen Wagen zeigte, eine Art Bauwagen, nur vornehmer, in dem ungemein luxuriöse, in Rot, Grün und Gold gehaltene Toiletten untergebracht waren, schön unterschieden nach Frauen und Männern, wobei das Zeichen für Frauen aus einem Piktogramm mit langem Rock bestand, nicht mit kurzem wie bei uns.

»Eine Erfindung aus Deutschland!«, erklärte Funda. »Sehr hübsch, nicht wahr? Mein Großvater ist mächtig stolz darauf. Er nimmt ihn mit zu allen großen Veranstaltungen. Man kann ihn an einen seiner Hummer-Geländewagen hängen.«

Der Toilettenwagen besaß auch einen Wassertank, nicht nur für den goldenen Wasserhahn, sondern auch für die Toiletten, allerdings nicht für die Spülung. Denn eigentlich benutzte man in arabischen Ländern kein Toilettenpapier, sondern Wasser, das aus Handduschen kam oder in Kannen in der Ecke stand. Die Beduinen reinigten sich heute noch vielerorts nur mit Sand, wie mir Funda erklärte. Deshalb galt die linke Hand als unrein.

Also alles ganz bequem und zugleich mit einem Hauch von Abenteuer versehen. Funda, Salwa und ich nahmen unsere Betten in Besitz. Umm Chalil nächtigte bei der alten Scheicha im Zelt. Chalil und Suhail schliefen vermutlich wiederum in Männerzelten. Offenbar gab es kein Bedürfnis der Eheleute Salwa und Suhail, hier ein Lager zu teilen. Und es war auch klar, dass ich keine Sekunde lang alleine sein würde. Es würden immer alle mitbekommen, was ich machte. Beispielsweise erregte mein Rucksack mit den Klettersachen, den ich aus meiner Reisetasche holte und beiseitestellte, sofort Fundas Aufmerksamkeit. »Du gehst mit deinem Vater zusammen klettern, nur ihr beide?« Neid schwang in ihrer Stimme mit.

»Und ich sichere meinen Vater sogar«, sagte ich. »Beim Klettern muss jeder jedem vertrauen.«

Sie lächelte versonnen. »Klingt märchenhaft. Schade, dass ich mir den Fuß verknackst habe. Sonst könntest du mir zeigen, wie man das macht.«

»Vielleicht geht es in ein paar Tagen wieder«, tröstete ich sie. »Dann zeige ich es dir. Felsen gibt es hier ja jede Menge.«

Sogar Salwa zeigte auf einmal Interesse. »Könnte ich das auch?«

»Na klar!«

Es würde jedenfalls keine Chance geben, mich davonzustehlen und mit Chalil zu treffen.

Zunächst einmal war ich allerdings gespannt auf das, was heute Abend stattfinden sollte. Ein bisschen peinlich war es mir auch, dass meine Weihnachtssentimentalität einen solchen Aufwand heraufbeschworen hatte. Chalil war extra eine Nacht vor uns aufgebrochen, um einen Tag Zeit zu haben, alles Mögliche vorzubereiten. Als ob es sich um ein nationales Fest handelte, wenn mein Papa und ich uns Geschenke überreichten.

Unsere Weihnachtsfeier in der Wüste war dann wirklich absolut verrückt und total rührend.

Salwa, Funda und ich hatten uns hübsch gemacht, auch wenn Kleider, Rock und Bluse gelitten hatten und ziemlich knittrig waren. Mein Vater holte mich nach dem Abendgebet hinüber in ein Zelt, dessen vordere Decken man zurückgeschlagen hatte. Darin stand ein Weihnachtsbaum, und zwar prächtig geschmückt mit Christbaumkugeln in Rot und Gold,

Strohsternen und elektrischen Kerzen, die rot, gelb und grün leuchteten.

Ich schaute mich unwillkürlich nach Chalil um. Er stand mit gesenktem Blick seitlich am Eingang hinter seinem Großvater, Scheich Sultan, Suhail, Salwa, Funda und Umm Chalil, die über mein Erstaunen lächelten.

»Und sogar eine Krippe habt ihr aufgebaut!«, rief ich. Es waren alle da: das Jesuskind in der Krippe, Maria und Josef, der Ochse, der Esel, die Schafe und in einiger Entfernung die Heiligen drei Könige. Über dem Dach des Stalls hing von einem Ast herab, aus Holz geschnitzt, der Komet, der den Königen den Weg weisen würde. Mein Vater hatte immer großen Wert darauf gelegt, dass die Weisen aus dem Morgenland erst am 6. Januar am Stall eintrafen. Als Kind hatte ich jeden Tag die Figuren ein Stück näher heranrücken dürfen.

»Eine Nordmanntanne, extra aus Finnland eingeflogen«, flüsterte mir mein Vater zu. »Die Sterne und Kugeln habe ich aus Deutschland mitgebracht. Die Krippe stammt aus dem Basar von Jerusalem, Olivenholz. Chalil hat sie besorgt.«

Es war alles total süß und rührend. Ich hätte beinahe losgeheult. Papa spürte es und legte den Arm um mich. »Gefällt es dir, Spätzelchen?«

Ich küsste ihn auf die Wange. An den Bart würde ich mich allerdings erst gewöhnen müssen.

Neben dem Baum stand ein Tischchen, auf dem ein Geschenk lag, das meines Vaters. Ich legte die Geschenke dazu, die ich für meinen Vater mitgebracht und für die anderen in der Dubai-Mall gekauft hatte. Schön sahen sie nicht mehr aus, nachdem sie nass geworden waren, aber die Geste zählte. Die Schachtel mit Gutsle – wie man bei uns in Stuttgart zu Weihnachtsplätzchen sagte –, die Jutta mir mitgegeben hatte, hatte ich leider ganz wegschmeißen müssen.

Aber Chalil hatte an alles gedacht und bereits vorgesorgt. Auf einem Tisch bei den Sitzkissen und Sesseln stand Kaffeegeschirr und – ich wollte meinen Augen kaum trauen –, dick mit Puderzucker beschneit, ein echter Christstollen.

»Eingeflogen aus Dresden«, informierte mich mein Vater leise. »Ich konnte sie nicht daran hindern. Das Festmahl nachher wird allerdings arabisch sein.«

Und das alles hatte Chalil organisiert? Er musste sich tagelang damit beschäftigt haben, alles herbeizuschaffen, eine Tanne einfliegen zu lassen, eine Krippe zu besorgen, den Stollen zu beschaffen. Wie hatte Funda ihn charakterisiert? Ein echter Wüstenritter, freigiebig und gastfreundlich bis zur aufopferungsvollen Hingabe. Ich schaute mich nach ihm um. Doch wieder hatte er den Blick niedergeschlagen und versteckte sich förmlich hinter den anderen, die mich mit offenem Lächeln und neugierigen Blicken beobachteten. Neben Umm Chalil stand inzwischen auch eine ältere Frau in kostbaren Gewändern mit einer vergoldeten Maske, offenbar die Scheicha, Chalils Großmutter. Hinter den Familienmitgliedern drängten sich, in der Dunkelheit vor dem Zelt kaum sichtbar, etliche Kinder, Frauen und Männer, die vermutlich ebenfalls zum engeren Familienkreis des Scheichs gehörten.

Ich fiel meinem Vater um den Hals und küsste ihn noch mal auf die bärtige Wange. Irgendjemanden musste ich jetzt einfach umarmen, um meine Rührung auszudrücken, denn bei Chalil durfte ich es nicht tun. Jedenfalls jetzt nicht.

»*Schukran!* Danke!«, sagte ich, an die andern gewandt. »Danke euch allen. Und dir, Chalil!«

Er hob den Blick. Eine Augenbraue zuckte und er sagte kühl: »Keine Ursache!«, doch sein Lächeln war so schön, dass es mir heiß und kalt den Rücken runterlief und mein Herz lange nicht wieder aufhörte zu klopfen.

Ich weiß auch gar nicht mehr so genau, wie das Fest im Einzelnen verlief. Auch bei Kaffee und Stollen hatte ich nur Augen für Chalil, der nur selten nicht schnell genug war, meinem Blick auszuweichen. Ich fasste es immer noch nicht: Er hatte so viele Gedanken darauf verwendet, dieses Fest zu gestalten! Er musste ununterbrochen an mich gedacht haben.

An die Bescherung erinnere ich mich allerdings noch ganz deutlich. Mein Vater hatte seine kleine Reisebibel dabei. Bevor er aufstand, wandte er sich an Scheich Sultan und fragte ihn mithilfe von Chalils Übersetzung, ob er etwas dagegen einzuwenden habe, wenn er aus der Bibel vorlese.

»*La, la!* Nein, nein!«, antwortete der Alte, verschmitzt lächelnd. »Weder die Bibel noch die Thora sind uns fremd«, übersetzte Chalil dann. »Bitte mach alles so, wie du es zu Hause tun würdest.«

»*Schukran!*«

»Wir sind es, die dir danken müssen, dass wir dabei sein dürfen«, sagte Scheich Sultan und Chalil übersetzte.

Mein Vater stellte sich also, wie er das immer zu Weihnachten gemacht hatte, neben den Baum, schlug das Matthäus-Evangelium auf und las die Weihnachtsgeschichte vor: »Es begab sich aber zu der Zeit, dass ein Gebot von dem Kaiser Augustus ausging, dass alle Welt geschätzt würde. Und jedermann ging, dass er sich schätzen ließe, ein jeder in seine Stadt. Da machte sich auf auch Josef aus Galiläa, aus der Stadt Nazareth, in das jüdische Land zur Stadt Davids, die da heißt Bethlehem, weil er aus dem Hause und Geschlechte Davids war, damit er sich schätzen ließe mit Maria, seinem vertrauten Weibe; die war schwanger …«

Mein Vater las auf Deutsch, deshalb verstanden ihn weder der Scheich noch die anderen, ausgenommen Chalil. Und er übersetzte es leise für die Seinen.

Als Kind hatte ich danach Blockflöte gespielt. Ein grausig quiekendes Weihnachtslied, das meine Mutter vorher mit mir geübt hatte. Nach ihrem Tod hatte ich meine Flöte nicht mehr angerührt. Ich hatte mir zwar vorgemacht, die Blockflöte erinnere mich zu schmerzlich an meine Mutter, aber in Wahrheit wollte ich mich und meinen Vater mit dem Gequieke verschonen. Ich hatte dann mit Gitarrespielen angefangen. Jutta sang gern. Als gute Protestantin kannte sie zahllose Weihnachtslieder.

Als mein Vater die Bibel zuschlug – er tat es immer mit demselben energischen und zugleich feierlichen Knall –, schauten wir uns kurz an. Er nickte, ich auch. Unser erstes Lied war immer: »Stille Nacht, heilige Nacht.« Er hatte eine tragende Stimme, und da wir nur zu zweit waren, strengte auch ich mich an, damit es auf keinen Fall irgendwie zaghaft und jämmerlich klang.

»Alles schläft, einsam wacht nur das traute hochheilige Paar!«, schmetterten wir. Bei der zweiten Strophe fiel zu meinem Erstaunen Suhail mit ein. Er kannte zwar den Text nicht, aber die Melodie hatte er erfasst. Er hatte eine schöne Stimme. Chalil kannte dagegen sogar den Text. Auch er sang mit, wenn auch nicht so laut und schmetternd wie sein jüngerer Bruder.

»Stille Nacht, heilige Nacht, Gottes Sohn! Oh wie lacht Lieb aus deinem göttlichen Mund! …«

Zum Schluss stimmte mein Vater die erste Strophe noch auf Englisch an. »*Silent night, holy night, all is calm, all is bright* …« An der Stelle versagte meine Textkenntnis, aber mein Vater brachte die Strophe schwungvoll zu Ende, unterstützt von Chalil und Suhail, die allerdings auch diesen Text nicht kannten.

Dann sangen wir noch »Oh Tannenbaum!« und »Kling,

Glöckchen, klingelingeling«. Suhail war immer mit dabei. Er erfasste die Melodien intuitiv. Dem alten Scheich gefiel das alles ausgesprochen gut. Sogar Salwa lächelte.

Dann ging es an die Geschenke. Mein Vater hatte ein Kettchen mit einer filigranen Hand als Anhänger für mich, ein arabisches Glückszeichen, gekauft im Goldschuk von Dubai. Ich hatte ihm von zu Hause den antiquarischen Science-Fiction-Roman von Hans Dominik mitgebracht, dessen Seiten leider wellig geworden waren. Aber mein Vater freute sich trotzdem. »Die Buchstaben sind ja noch alle drin.«

Danach gab ich meinem Vater der Reihe nach die Geschenke, die ich mit Salwa und Katja gekauft hatte, damit er sie überreichte. Vorher aber bat ich Chalil, seinem Großvater zu übersetzen, dass ich auch für ihn ein Geschenk gehabt hatte, eine Sandrose, die aber leider im Wasser zerfallen war.

Der Alte nickte gnädig.

Dann überreichte mein Vater die Geschenke, eins nach dem anderen, zuerst an Scheich Sultans ältesten Enkel Chalil, dann an Suhail, an Umm Chalil und schließlich an Funda und Salwa. Sie nahmen die Päckchen entgegen und legten sie sofort beiseite, ohne sie auszupacken.

»Das ist so üblich«, erklärte mir mein Vater später leise. »Ein Zeichen der Höflichkeit. Sie möchten dich, falls die Geschenke ihnen nicht gefallen, nicht durch Enttäuschung kränken.«

Schade. Ich hätte schon gerne erfahren, ob sich Suhail über das Modellauto, einen in China hergestellten Porsche, und Umm Chalil über das Tuch freuten. Was Salwa über ihre Haarklemmen und Funda über den Feministinnenanhänger dachten, würde ich später allerdings sicher erfahren. Wir schliefen ja zusammen in einem Zelt.

Und am liebsten hätte ich Chalil mein Geschenk natürlich

selbst überreicht. Zu gern hätte ich sein Gesicht gesehen, wenn er die CD mit den Weihnachtsliedern und dem Schneebild auspackte. Vermutlich hätte er gelacht. Auch über das kitschige Cover. Ich erinnerte mich, wie wir uns über Kitsch unterhalten hatten, als er mich am Schaufenster mit den Swarovski-Kristalltieren aufgestöbert hatte. Die Verachtung für Kitsch, hatte er behauptet, gab es vor allem in Deutschland. Für alle andern und für ihn war die Kapelle mit Tannen im Schnee auf der CD einfach typisch deutsch. Und vielleicht hätte Chalil sich auch wirklich aufrichtig gefreut, denn immerhin kannte er große Teile von »Stille Nacht« bereits auswendig. Nur eine Sorge hatte ich: Hoffentlich war der Chor gut genug für seine musikalischen Ohren!

Übrigens hatte die Familie, anders als ich erwartet hatte, tatsächlich nichts für mich. Für meinen Vater natürlich auch nicht. Aber sie, vor allem Chalil, hatten ja schon dieses unglaubliche Fest für mich und meinen Vater ausgerichtet. Ich war, ehrlich gesagt, dennoch ein bisschen enttäuscht. Ich war so gespannt gewesen, was Chalil sich für mich ausgedacht haben mochte. Aber vielleicht wäre es für ihn problematisch gewesen, mich vor den Augen seiner Familie mit einem Geschenk auszuzeichnen. Und eigentlich hatte er mir sein Geschenk bereits gemacht.

Hatte er eigentlich bemerkt, dass ich seinen Ring nicht trug? Hatte womöglich sein erster Blick meiner Hand gegolten, als wir uns am Ankunftsabend im Palast trafen, und war er darum so distanziert gewesen? Ich hätte ihm unbedingt erklären müssen, dass ich ihn auf dem Herflug noch getragen hatte, für ihn, und dass ich ihn abgenommen hatte, bevor seine Mutter ins Grübeln kommen konnte. Er hätte ihr und Funda eben nicht Schmuck derselben Marke mitbringen dürfen. Funda hatte es gleich gemerkt.

Und plötzlich war die Erinnerung an meinen ersten Abend in Dubai wieder da. Die Prügelei am Hafen. Chalils zerrissene Kleider, die Blutflecken, die Schürfwunde an seinen Fingerknöcheln, das Engelchen in meiner Faust, das ich hinter seinem Rücken in seinen Clubsessel fallen gelassen hatte, damit er es nicht entdeckte, falls er meine Hand ergriff, was ich gehofft hatte. Aber er hatte meine Hand nicht ergriffen. Und am andern Morgen war der Schotte Bill tot gewesen. Es kam mir zwar vor, als sei das ewig her und habe nichts mit mir und Chalil zu tun, aber die Erinnerungen wehten wie ein eisiger Hauch durch mein Glück.

Das Festmahl für alle etwa zweihundert Einwohner der Oase fand draußen unterm Sternenhimmel am Feuerplatz beim Grabhügel statt: Ziegen- und Kamelfleisch, Hammel, Bohnen, Reis, Gemüse. Musiker brachten ihre Instrumente herbei – Schellentrommeln, Lauten und Zupfinstrumente, die einer Zither ähnelten – und stellten sich auf. Unter ihnen war auch Chalil mit der *Rababa*, einem Streichinstrument, ähnlich dem, das er in seinem Zimmer im Palast aufbewahrte, nur nicht aus Blech, sondern in diesem Fall aus Holz. Suhail spielte eine lange Flöte.

Zwanzig ältere Männer stellten sich in zwei Reihen gegenüber und tanzten einen langsamen Schreittanz. Sie sangen und schwangen dazu in synchronen Kreisbewegungen lange Stöcke. Sie imitierten Bewegungen der *Gatra*, wie mir Funda erklärte, einer uralten Kampftechnik indischer Bauern, welche die Wüstenritter vor langer Zeit übernommen hatten, um sich zu jeder Zeit mit jedem beliebigen Alltagsgegenstand verteidigen zu können.

Die Frauen saßen in Grüppchen in zweiter Reihe um das Feuer und klatschten im Rhythmus. Später gab es starken

Kaffee mit Kardamom, Nelken und Zucker. Dann kreisten die Wasserpfeifen. Die Frauen rückten näher, die Männer erzählten Geschichten. Es waren lange Geschichten mit vielen Pausen und großen Gesten, großteils im Stehen vorgetragen, damit man ein Gefecht oder einen Kampf mit einem wilden Tier vorführen konnte. Meistens gab es viel zu lachen. Kinder bohrten sich in der Nase und lauschten atemlos. Funda übersetzte meinem Vater und mir vieles, aber eigentlich war es unnötig. Zum einen, weil die Dramatik unmittelbar wirkte, zum anderen, weil orientalische Geschichten und ihr besonderer Humor, hastig ins Englische übertragen, uns nicht unbedingt sogleich verständlich waren.

Mein Vater hatte den Arm um mich gelegt und ich schmiegte mich an ihn. Wenn das jemand unschicklich fand, so zeigte er es nicht. Es gab auch andere Väter, die ihre Töchter auf dem Schoß hatten, allerdings sehr kleine Töchter.

Als das Feuer in sich zusammengesunken war und nur noch glühte und man schon daran dachte, das Fest zu beenden, rief Funda auf Arabisch etwas in die Runde der Geschichtenerzähler. Die Männer erwiderten den Ruf mit Hallo und plötzlich richtete sich die Aufmerksamkeit auf Chalil. Er winkte lächelnd ab.

Funda zwinkerte mir zu. »Ich habe ihn gebeten, die Geschichte von seiner Begegnung mit dem Leoparden zu erzählen.«

Letztlich hatte Chalil keine Wahl. Er musste nachgeben und die Geschichte, die er in diesem Kreis sicherlich schon einige Male zum Besten gegeben hatte, erneut erzählen. Er tat es in einer Mischung aus Arabisch für seinen Clan und Englisch zu Ehren der Gäste. Schon bald verschwammen in meinen Ohren die beiden Sprachen miteinander und wurden austauschbar. Die Geschichte, die Chalil erzählte, entstand auf geheimnisvolle Weise in mir selbst und ich habe sie niemals vergessen.

Er erzählte nicht nur mit Worten, sondern mit dem ganzen Körper. Mal flüsterte er, mal rief er laut, dann wieder sprang er auf, wich zurück, packte zu oder setzte sich wieder. Oder er schwieg, minutenlang, und schaute uns an, jeden Einzelnen, der gebannt darauf wartete, das erlösende Wort von seinen Lippen zu hören. Und die Zuhörer seufzten, nickten, stöhnten, lachten oder sprangen auf und riefen etwas dazwischen, korrigierten den Erzähler sogar, wenn sie meinten, er habe es früher anders erzählt, diskutierten mit ihm oder machten Vorschläge.

»Seht, euer Herr ist Gott, der den Himmel und die Erde in sechs Tagen erschuf«, begann Chalil. »Und er schuf die Sonne und den Mond und die Sterne.«

»*Allahu akbar!*«

»Und ist unser aller Sehnsucht nicht der Friede unter allen Kreaturen Gottes? Sehnen wir uns nicht alle – das Tier wie der Mensch – nach dem Paradies?«

Zustimmendes Gemurmel.

»Ich war damals ein Junge von sechzehn Jahren, der die Ziegen des Großvaters hütete und sich langweilte und aus purem Übermut die Herde im Stich ließ, um die Herausforderung zu suchen und einen Berggipfel zu erklimmen, von dem es hieß, er sei unbesteigbar … «

Die Glut knisterte, über uns glitzerten die Sterne, mein Vater nahm mich unter seine Jacke und wir lauschten. Es war eine lange, umständliche Geschichte, in der Bäume, Felsen und Tiere sprachen. So will ich auch einmal erzählen können!, dachte ich. Genau so!

15

Ein seltsam würziger Duft nach Holz und Rauch drang mir ins Bewusstsein. Ich wachte auf. Meiner Armbanduhr zufolge war es acht Uhr durch. Jetzt erst mal duschen, dachte ich. Aber nein, ich befand mich ja in der Wüste, tief in den Bergen des Hadschar. Und Chalils Geschichte von seiner Begegnung mit dem Arabischen Leoparden füllte meinen Kopf mit seiner mächtigen Melodie aus. Es war, als ob sich ein Traum der Nacht fortsetzte und eigenmächtig fantastische Bilder schuf.

Ich sah Chalil als tatendurstigen sechzehnjährigen Jungen sich beim Ziegenhüten langweilen. Mit seinen dunklen Augen musterte er die schwarzen Berggipfel, und, je länger er das tat, umso mehr verspürte er das Bedürfnis, sie zu besteigen.

Eines klaren Morgens im Frühling trank er einen Becher Tee, aß eine Handvoll Datteln, legte sich einen Gürtel um und hängte daran den Wasserbeutel und ein Messer. Dann verließ er das Tal, in dem die Ziegen weideten. Bald umgab ihn die große Stille der Wüste, in der man Ameisen krabbeln hören konnte oder den Wind im Ginster und das Flüstern der Dschinn in den Felsspalten. Unter seinen Tritten entfalteten sich die Kräuterdüfte nach Wermut, Thymian und Salbei. Chalil stieg durch steile Schluchten, über schmale Grate, auf schrägen Gesimsen, dorthin, wo noch kein Mensch jemals gewesen war. Die Beduinen erzählten sich am Lagerfeuer, dass sich da oben in einem versteckten Tal ein Garten der Sinnenfreude, Leichtigkeit und des Friedens befand, das Paradies, eifersüchtig bewacht von den bösesten und gefährlichsten aller Dschinn und dem riesenhaften und gefräßigen Vogel Ruch. Nach Chalils Erfahrung enthielten alle Lagerfeuergeschichten, so fantastisch sie auch ausgeschmückt wurden, einen wahren Kern. Er war überzeugt, dass sich da oben eine Oase befand, reich an Blumen, Früchten und Tieren.

Und er war tief im Herzen gespannt, ob sich dort das Gefühl von Leichtigkeit und Frieden einstellen würde, welches Mohammeds Offenbarungen allen versprach, die ins Paradies kamen. Und vielleicht dachte er dabei sogar vage an das Mädchen, in das er sich eines Tages verlieben würde, scheu und schön wie eine Gazelle.

Natürlich wusste er, dass kein Lebender jemals das Paradies erblickte. Ein gewissenhafter Moslem betrat es erst am Tag des Jüngsten Gerichts, wenn er über die Brücke, dünner als ein Haar und schärfer als ein Schwert, ging und nicht seiner Sünden wegen ins Feuer stürzte. Dennoch schien es Chalil möglich, dass es im unzugänglichen Hadscharmassiv ein *Rub al-Chali*, ein leeres Viertel, gab, von niemandem bewohnt und so tief verborgen, dass Gott beschlossen hatte, es als Erinnerung an den Garten zu bewahren, wie er einst Adam und Eva als Heimstatt gedient hatte, bevor der Satan Adam verführte, vom Baum der Ewigkeit zu essen.

Als die Sonne den Zenit erreicht hatte, stand Chalil auf der Spitze des Gipfels und schaute über ein Meer schroffer Gipfel, in denen nichts grünte, nichts blühte. Er war nicht enttäuscht, schließlich hatte er nicht wirklich erwartet, etwas anderes zu sehen. Er wusch Hände, Füße und Gesicht, verrichtete das Mittagsgebet und setzte sich nieder, um ein paar Schlucke Wasser zu trinken und ein paar Datteln zu essen. Wie er so dasaß, hörte er hinter sich ein Geräusch.

Er entdeckte, hinter einen Felsvorsprung geduckt, das Zicklein eines Tahrs. Es lag ganz still und blickte ihn mit großen Augen an. Sein Haar war braun und flauschig, die Nase abgeflacht. Es gab keinen Zweifel, es war das wenige Wochen alte Lamm der arabischen Halbziege.

»Bitte, bitte«, schien es ihn anzuflehen, »tu mir nichts! Ich habe mich verlaufen. Ich musste flüchten vor dem Leoparden.«

Hier oben würde die Mutter es nicht finden, dachte Chalil. Und er nahm es hoch und begann mit ihm den Abstieg.

Die ganze Zeit rief das Lämmchen nach seiner Mutter. Aber sosehr Chalil auch schaute, er konnte nirgendwo eine ausgewachsene Halbziege entdecken. Die Tahre waren die scheuesten Tiere der Welt, von den Tieren abgesehen, die so scheu waren, dass sie noch nie ein Mensch erblickt hatte. Chalil kannte niemanden, der jemals einen erwachsenen Tahr gesehen hatte, mit seinen Steinbockhörnern und der flachen Nase einer Ziege, dem seidigen braunen Fell und der Mähne, die vom Kopf über Hals und Rücken bis zum Schwanz verlief.

Leider konnte ihm das Lämmchen nicht sagen, an welcher Stelle es seine Flucht vor dem Leoparden begonnen hatte. Also beschloss Chalil, sich niederzusetzen und zu warten. Er verhielt sich reglos wie ein Felsen, während das Lämmchen schrie. Als Chalil schon zu befürchten begann, dass ein Leopard die Mutter geschlagen haben könnte, hörte er in der großen und weiten Stille ein Steinchen rollen. Er ließ seinen

Blick über die Hänge wandern, ohne den Körper zu bewegen, und entdeckte hinter einem Felsvorsprung einen Ziegenkopf mit Steinbockhörnern.

Die Tahr-Mutter machte einen Schritt, traute sich aber nicht recht hervor.

»Schau«, sagte Chalil, »ich habe dein Lämmchen!«

»Tu ihm nichts! Gib es frei!«, erwiderte die Mutter. »Bitte, bitte!«

Das brachte Chalil auf die Idee, eine Bedingung zu stellen. »Ich lasse dein Kind frei, wenn du mir zeigst, wo der Garten liegt.«

Natürlich sprachen sie nicht wirklich miteinander. Aber Chalil erzählte die Geschichte so. Er verteilte seine Gedanken auf sich und die Tiere. Er hatte sich nämlich überlegt, dass das Tahr-Weibchen bestimmt wüsste, wo hier die versteckte grüne Oase lag, in der es reichlich zu fressen gab. Aber sie wollte ihn natürlich nicht dorthin führen.

»Was soll das überhaupt für ein Garten sein?«

»Ein Ort des Friedens, der Leichtigkeit und der Sinnenfreuden.«

»Hä-hä, ich kenne keinen solchen Ort. Das Leben ist schwer, wir werden ständig verfolgt, mit Gewehren, scharfen Krallen und langen Zähnen. Ein jeder ist unser Feind. Das Leben ist nicht friedlich. Und Sinnenfreuden? Bä-ä-ä-ä, dass ich nicht lache!«

Chalil nahm sich vor, ihr heimlich zu folgen, und wollte gerade das Lämmchen aus seinen Armen springen lassen, da vernahm er ein Knurren. Es kam von unten. Der sandfarbene Leopard sprang einen Felsabsatz herauf. Chalil bemerkte, dass er hinkte. Sein Fell war fast weiß, klein waren die dunklen Punkte darin. Seine Augen hatten die Farbe von Baumharz. Die Schwanzspitze zuckte nervös.

»He, Mensch, ich zeige dir den Garten«, knurrte der Leopard, »wenn du mir dafür das Lämmchen überlässt.«

»Neiiiin!«, schrie die Tahr-Mutter. »Er lügt! Er weiß auch nicht, wo das ist. Und außerdem wacht am Tor ar-Ruch, der große Vogel. Er wird dich entweder gleich fressen oder dir eine knifflige Frage stellen, die du nicht beantworten kannst. Und bedenke, wen der Vogel Ruch frisst, den frisst er mit Haut und Knochen und seiner Seele. Und am Tag des Jüngsten Gerichts wird man einen Körper für dich machen, aber deine Seele nicht finden, um sie hineinzutun. Und du wirst nicht auferstehen mit den anderen. Du wirst im ewigen Dunkel versunken sein.«

Chalil vertrieb seine Gedanken ans Paradies. Was ihn jetzt mehr interessierte, war die verletzte Pfote des Leoparden. Das scheue Tier hätte sich ihm, einem Menschen, nicht genähert, wenn es nicht fürchterlichen Hunger gehabt hätte. Offenbar konnte der Leopard seit Längerem nicht mehr jagen.

Er setzte das Lämmchen einen Felsabsatz nach oben und ließ es zu seiner Mutter fortspringen. Zwar ging ein Ruck durch den Körper des Leoparden, aber er ließ sich gleich wieder zurücksinken.

Und im nächsten Moment waren die Tahr-Mutter und ihr Lämmchen auch schon verschwunden in den Schründen des Gebirges und der Leopard und Chalil waren allein in der Stille unter blauem Himmel. Sie starrten sich in die Augen. Sie musterten sich. Dann blinzelte der Leopard und schaute weg. Es war ein Friedensangebot, das wusste Chalil. Aber eines aus Schwäche. Wie nahe würde die Raubkatze ihn wohl heranlassen? Chalil bewegte sich langsam eine Steinstufe hinunter. Die Schwanzspitze des Leoparden zuckte zwar, aber er blieb liegen. Chalil näherte sich noch ein Stückchen. Er sah die Wunde zwischen zwei Zehen der linken Vorderpranke. Vermutlich hatte der Leopard sich den Dorn einer Akazie zwischen die Zehen getreten und durchgebissen, beim Versuch, ihn mit den Zähnen herauszuziehen.

Chalil rückte bis auf einen Meter heran. »Zeig mal her«, sagte er und zog sein Messer.

Der Leopard streckte ihm zwar seine Pranke nicht hin, aber er zog sie auch nicht weg. Chalil hatte oft erlebt, dass Tiere wussten, wann ihnen nur noch ein Mensch helfen konnte. Aber man hatte als Mensch immer nur einen Versuch. Sobald der Leopard Schmerzen fühlte, würde er sich mit Zähnen und Krallen verteidigen.

»Wenn du mich packst, werde ich dir das Messer in den Leib rammen«, warnte ihn Chalil, »und du wirst langsam und qualvoll verenden.«

Der Leopard blinzelte. »Ich gebe dir mein Wort, dass ich dich in Frieden ziehen lasse«, schien er zu antworten. »Falls ich mich beherrschen kann.«

Chalil dachte nicht lange nach. Er sah das Stachelende zwischen den behaarten Krallen, er konzentrierte sich, er streckte die Hand aus, er bekam den Dorn zu fassen und sprang gleichzeitig zurück. Aber das Tier war dennoch schneller. Tiere waren immer schneller als Menschen. Mit der anderen Pranke erwischte der Leopard Chalil am Kinn und schlug zwei tiefe Scharten.

Ein Rascheln riss mich aus meinen Gedanken. Da war noch jemand außer mir im Zelt. Ich richtete mich auf und schob den Teppich beiseite, der unser Schlafzimmer vom Salon trennte.

Am offenen Zeltausgang hockte eine junge Frau in einem bunten langen Kleid. Der schwarze Umhang lag hinter ihr auf dem Boden. Sie grüßte mich mit einem Lächeln. In einem

Nasenflügel steckte ein üppiger Stern aus Silber. Sie hatte ein herzförmiges Gesicht, schöne Mandelaugen und ein kindliches Lächeln. Um den schlanken Hals trug sie eine Silberkette mit einem Anhänger aus Türkis.

»*Do you wish anything?*«, fragte sie.

Ich schüttelte den Kopf. Allerdings musste ich mal. »*I want to go to the washroom!*« Ich hoffte, dass sie mein dringendes Bedürfnis verstand und mich nicht für total bescheuert hielt, weil ich nach einem Waschraum fragte.

Das Mädchen stand auf und zog sich dabei den schwarzen Umhang über und das Kopftuch. »Komm!« Sie bedeckte ihr Gesicht mit einer schlichten Maske aus schwarzem, wenn auch schimmerndem Stoff, der von Stirn über Nase und Mund bis zum Kinn mit einem hervorstehenden Stoffgrat verziert war. Dann führte sie mich draußen ums Zelt herum zum Toilettenwagen. Ich wusch mir Gesicht und Hände und sehnte mich nach einer Dusche. Ich hätte mir gern den Schweiß von zwei Tagen abgewaschen.

Das verschleierte Mädchen erwartete mich draußen. Sie saß auf dem Boden und hatte vor sich eine kleine Pfanne, in der Holzschnitze glühten. Ein würziger Duft stieg davon auf. Es war der Duft, den ich gleich nach dem Aufwachen wahrgenommen hatte. Das Mädchen winkte mich lächelnd heran.

»Schau! So musst du es machen!« Sie fächelte sich den Rauch ins Gesicht. Dann zeigte sie mir, wie ich mich darüberbeugen und den Rauch unter meine Bluse fächeln konnte, bis er mir zum Kragen wieder herauskam. Wir lachten.

»Wir nennen es *ud*«, erklärte sie mir in ihrem etwas ungeübten Englisch. »Es stammt vom Adlerholzbaum. Was duftet, ist das Harz. Der Baum muss von einem Pilz befallen sein. Es ist sehr selten und sehr teuer. Es gibt verschiedene Düfte. Mir gefällt der am besten.«

Ich bedankte mich für die Rauchdusche. »Wie heißt du?«

Sie guckte mich an.

»Ich heiße Finja.«

»Finja?«, sprach sie mir nach und nickte.

»Und du? Wie heißt du?«

»Abra.«

»Abra? Oh!«

Dieses Mädchen mit dem Herzgesichtchen war also Abra, die Unglückliche aus Fundas Geschichten. Mir war fast so, als hätte ich plötzlich einen Promi getroffen, den ich aus dem Fernsehen kannte. Ich kannte sie, aber sie kannte mich nicht. Wer hatte das wohl arrangiert? Funda? Oder war es reiner Zufall, dass die Scheicha mir diese ihrer Dienerinnen geschickt hatte?

Sie nickte bekräftigend. »Ich bin Abra bint Uthman al-Mawardi.« Es klang, als entstamme sie einem Adelsgeschlecht.

»Freut mich, Abra!«, sagte ich. »Und ich bin Finja bint Kurt al-Friedemann.« Ich musste lachen.

Sie stimmte mit ein.

»Komm mit!«, sagte sie dann.

»Wohin?«

Doch sie hatte mir schon den Rücken zugekehrt und ging zügigen Schrittes aus der Oase heraus. Wir ließen die Palmen hinter uns und erklommen eine steinige Anhöhe. Dahinter senkte sich ein neues, ziemlich flaches Tal, das quer zum großen Wadi verlief. Die Sonne hatte die Felswände längst überstiegen und füllte das Wadi mit Licht und Hitze.

Abra hatte einen Mordsschritt drauf. Ihr Gewand flatterte hinter ihr, das Kopftuch wehte. Ich konnte ihr kaum folgen. Außerdem hätte ich gern gewusst, wohin sie mich brachte. Wer weiß, vielleicht war sie mir gar nicht freundlich gesinnt. Womöglich hatte sie gestern Abend beim großen Festessen auch nur Augen für Chalil gehabt. Und wenn Abra ihn liebte, dann waren gestern Abend die letzten Reste ihrer Hoffnungen zerstoben und sie hatte begriffen, dass sie eine Konkurrentin hatte. Sosehr Chalil sich auch kontrolliert haben mochte und so selten, wie er meinen Blick erwidert hatte, Abra hatte die winzigen Zeichen sicherlich zu deuten gewusst. Mir jedenfalls wären sie nicht entgangen. Und jetzt brachte sie mich in die Wüste. Sie brauchte mich nur irgendwo allein stehen zu lassen, um mich in Schwierigkeiten zu bringen. Ich erinnerte mich noch zu gut, wie ich mich vorgestern Nacht verlaufen hatte. Ich wollte gerade stehen bleiben und protestieren, da stoppte Abra und ich konnte sie endlich einholen. »Wo gehen wir hin?«

Sie antwortete nicht. Ich sah nur ihre Augen, eine schwarze Glut mit langen schwarzen Wimpern. Sie streckte ihren Arm aus und deutete auf eine Gestalt, ein Stück entfernt von uns. Sie saß im Schatten eines Felsens.

Und schon drehte Abra sich auf dem nackten Fuß um und eilte mit wehender *Abaja* fort, den Weg zurück, den wir gekommen waren.

Der Mann am Fels hatte sich inzwischen erhoben und kam auf mich zu. Ich erkannte ihn sofort. Ich hätte Chalil überall wiedererkannt, an der Art, wie er das Kinn hob und es gleich darauf wieder senkte, an der kraftvollen Lebenslust in seinen breiten Schultern, an seinem ruhigen und gelassenen Gang. Und natürlich an seinem Lächeln.

»Guten Morgen, Finja«, sagte er.

»Hast du ... Sollte Abra mich zu dir bringen?«

»Ist es dir nicht recht?«

»Doch!« Nichts hätte ich mir mehr gewünscht und nichts so wenig zu wünschen gewagt. »Aber ... ist es nicht riskant? Ich meine, sie ... was denkt sie jetzt? Und was erzählt sie?«

Chalil lachte. »Keine Sorge. Abra ist mir treu ergeben.«

Wenn er sich da mal nicht täuschte. Ich konnte mir schwer vorstellen, dass ein Mädchen, das einen Mann so verzweifelt liebte wie sie, eine treue Freundin war, bei der unser Geheimnis gut aufgehoben war. Ganz im Gegenteil. Abra musste ein Interesse daran haben, dass man mich in Schimpf und Schande fortjagte, so schnell wie möglich. Aber das konnte ich Chalil nicht so sagen, ohne zu offenbaren, dass mir Funda allerlei Geschichten erzählt hatte, in denen Abra und er vorkamen. Womöglich entsprachen ihre Geschichten ja auch nur ungefähr der Wirklichkeit. Und dann hätte ich mich blamiert.

»Und abgesehen davon«, fuhr er fort, »kann kein vernünftiger Mensch etwas dagegen einwenden, dass ich einer Touristin die Schönheiten des Landes zeige.«

Ja, wir Europäerinnen waren keine Frauen im Sinne der islamischen Regeln. Wir waren etwas anderes, vermutlich eine Art Mannweiber, die auf einen Moslem keine erotische Wirkung ausübten. Zumindest kamen wir als Ehefrauen nicht infrage. Und mein Vater würde auch keine Blutrache üben, wenn Chalil meinen Reizen erlag. Daher war es womöglich sogar egal. Der Gedanke kam mir wie ein Blitz.

»Schau«, sagte Chalil plötzlich und deutete in die mageren Zweige eines der kleinen Büsche, die wie Kugeln im trockenen Flussbett hockten. »Aber geh nicht zu dicht ran.«

Auf einem Zweig saß eine Heuschrecke. Sie war pechschwarz.

»Eine Heuschrecke?«

»Sie spritzt Gift, wenn man ihr zu nahe kommt. Bis zu einem Meter weit und immer genau in die Augen. Davon kann man erblinden.«

Ich fuhr zurück.

Er lachte leise. »Komm!«

Er nahm weder meine Hand, noch berührte er mich, aber als er sich zum Gehen anschickte, streifte mich das Tuch seiner *Dischdascha*. Er hatte die *Ghutra* über die *Agal* zurückgeschlagen. Schwarz glänzte sein Haar im Nacken über dem hochgeschlossenen Kragen des Gewands. Die Narbe am Kinn fiel mir wieder auf. Sie stammte von einer ziemlich tiefen Wunde, die nicht genäht worden war.

»Wirklich der Leopard?«, fragte ich.

»Was?«

»Die Narbe da, an deinem Kinn.« Ich hob die Hand.

Er wich mit einer sparsamen, aber schnellen Bewegung aus. »Ja, Finja.«

Warum wich er mir aus? Es war doch weit und breit niemand zu sehen. Warum hatte er Abra gebeten, mich zu ihm zu bringen? Warum vertraute er ihr, nachdem sie versucht hatte, ihn mit Alkohol zu überrumpeln? Wieso verzieh er ihr den hasserfüllten Fluch aus Liebe?

Siedend heiß fuhr es mir in die Glieder. Er war ja eingetroffen, Abras Fluch. Chalil hatte sich verliebt. In mich, eine Unerreichbare. Wenngleich auch alles eher spiegelverkehrt war. Ich stand nicht über ihm, sondern sozial und kulturell zu tief unter ihm.

Wie hatte Abras Fluch genau gelautet? *Was du liebst, wird sich von dir entfernen wie eine Fata Morgana in der Wüste, und deine Seele wird verdursten, weil du nach Erquickung strebst, die unerreichbar ist. Und niemand wird da sein, dich zu trösten!*

Hatte Chalil nicht gestern nach mir gegriffen und war ich ihm nicht entglitten, weil ein Windhauch dazwischenfuhr? Oh Gott! Mein Herz begann zu hämmern. Oder hatte Funda mir nur ein Märchen erzählt? Dann aber hatte sie es so zugeschnitten, dass es auf mich und Chalil passte. Und damit hatte sie mir sagen wollen: Vorsicht, Finja. Überlege gut, was du tust! Deine Liebe ist für Chalil ein Fluch. Er wird sich daraus nicht befreien können. Er wird unendlich leiden. Also lass ihn los! Lass ihn gehen, bevor es zu spät ist. Falls du ihn wirklich liebst.

Schwarz und steil erhoben sich die schroffen Gipfel des Hadschar in den blauen Himmel.

»Und hast du gut geschlafen?«, fragte Chalil.

»Was? Ach so, ja ...« Ich musste mich erst im normalen, sonnigen Leben orientieren. »Danke, sehr gut. Es ist alles erstaunlich bequem. Und Chalil, vielen Dank für das Fest. Es war ...«

»Es war nicht zu kalt heute Nacht?«, unterbrach er mich, ohne mich anzuschauen. »Wenn du noch eine Decke brauchst ...«

Ich musste lachen.

»Warum lachst du?«

»Du redest wie deine Mutter, Chalil. Oder ist das eine Beleidigung?«

Er schmunzelte. »Nein, durchaus nicht.«

»Und muss ich jetzt auch dir drei Mal versichern, dass alles ganz toll ist, bevor du aufhörst, mir Decken anzubieten? Es ist wie ein Palast aus Sand und Seide, Chalil! Und dieser Toilettenwagen ...«

»Kommt aus Deutschland. Ein Mann aus Norddeutschland hatte die Idee, dass wir so etwas brauchen könnten. Erst hat er die Wagen verliehen. Inzwischen verkauft er sie.«

Ich musste wieder lachen. »Und deine Mutter hat eine deutsche Küche, wie sie mir stolz erklärt hat. Und mein Vater baut für euch Solaranlagen und Solarfabriken.«

»Die Deutschen sind sehr geschickt und zuverlässig.«

»Chalil?«

»Was ist?«

»Ich …« Wie sollte ich es ausdrücken? Ich fühlte mich gerade sehr klein und fremd. Neben mir ging ein Scheich der Vereinigten Arabischen Emirate. Er sprach über uns Deutsche wie über führige Jagdhunde. Und was waren wir auch anderes – allen voran mein Vater – als Dienstpersonal, das den Scheichs das Leben bequemer machte, ihnen die höchsten Häuser der Welt baute, die Sanitäranlagen lieferte und die Solaranlagen hinstellte, mit denen sie die Emirate zum weltgrößten Lieferanten moderner Energie machen wollten.

»Was bin ich eigentlich für dich, Chalil?«

»Wie meinst du das?«

Ich bin doch ein Fluch für dich, lag mir auf der Zunge. Der Zauber des Morgens zerfiel, die Sonne fing an zu brennen, die Wüste wirkte leblos und öde.

»Wie soll ich das ausdrücken?«, lavierte ich. »Du bist … du bist so reich!«

Er blieb stehen und schaute mich an. »Und wieso erwähnst du meinen Reichtum? Was ist denn Reichtum? Ja, wir haben Geld. Mein Großvater kann sich Annehmlichkeiten leisten, die das Leben in der Wüste bequemer machen. Er hat Internet und Fernsehen. Was hat er damit mehr, als was ihr in Deutschland habt? Und auch in Deutschland habe ich große Wohnungen mit teuren Möbeln gesehen.«

Er verstand mich nicht. Zum ersten Mal verstand er nicht, was ich ausdrücken wollte. Oder wollte er es nicht verstehen?

»Chalil, es geht mir nicht um Reichtum oder so was. Ich meine nur … Du bist … ich verstehe so viel nicht. Und immer, wenn ich versuche, mit dir darüber zu reden, dann wirst du abweisend.«

Seine Augen funkelten aufbrausend. Und er blickte an mir vorbei. »Verzeihung. Was … was verstehst du nicht?«

Es fing bei den Blicken an! Dieses Wegschauen, wenn es persönlich wurde. Aber das konnte ich ihm nicht vorwerfen. Er war so erzogen worden. Ebenso gut hätte er mir vorhalten können, dass ich ihn und alle andern immer direkt anschaute.

»Geht es darum?«, fragte er. »Ist es das?«

Ich erschrak. Denn in seiner offenen Handfläche lag das Erzgebirgsengelchen. Es baumelte mit den Beinen in seinem Halbmond und sang hingebungsvoll, wenn auch unhörbar.

»Ich habe es im Sessel in meinem Zimmer gefunden, Finja, nachdem du bei mir warst.« Seine Stimme klang vorwurfsvoll. »Und ich weiß bestimmt, dass es vorher nicht dort gelegen hatte. Denn ich hatte den Sessel an diesem Abend noch nicht benutzt. Und ich weiß, dass ich es den Tag über in meiner Tasche hatte. Es gibt nur eine Stelle, wo ich es verloren haben konnte.«

»Ich habe es am Hafen gefunden«, sagte ich.

Er nickte. »Du hast gesehen, wie ich mich mit Bill geschlagen habe.«

»Eigentlich habe ich gar nichts gesehen. Und ich habe niemanden erkannt.«

»Aber dann hast du das Engelchen gefunden.«

»Ja, Chalil. Und …« Ich schluckte die Worte zurück, die mir auf der Zunge lagen. Hatte ich ihn nicht an dem Abend schon gefragt, warum? Und hatte er mir nicht harsch zu verstehen gegeben, dass mich das nichts anging? Also wollte ich nicht wieder »warum« fragen. Alles, bloß das nicht. »Und ich bin bereit zu bezeugen, dass Bill noch am Leben war … nach der Prügelei.«

Chalil zog erstaunt die Brauen hoch. »Niemand wird von dir verlangen, dass du irgendetwas bezeugst, Finja.«

»Okay. Ich dachte nur …«

»Du denkst, dass ich Bill getötet habe. Ist es nicht so?«
»Nein, Chalil! Das denke ich nicht. Aber ...«
»Ja?«
Verdammt, ich stand doch hier nicht vor Gericht. Wenn, dann Chalil, der sich weigerte, mir irgendeine Erklärung zu geben!
»Aber ich verstehe es halt nicht, Chalil! Ich verstehe nicht, warum du Bill die Nase zerhauen hast! Und ... und ich würde es gern verstehen.«
Er schwieg.
»Aber gut, wenn du es mir nicht sagen willst. Was geht es mich auch an!« Ich wandte mich ab.
Er kam mir nach. »Finja, entschuldige! Es ... es ist mir etwas peinlich. Ich war da draußen, weil ich ... weil ich dir gefolgt war. Ich hatte an diesem Tag alles darangesetzt, rechtzeitig zu Hause zu sein. Doch als ich spät in der Nacht ankam, warst du schon zu Bett gegangen. Ich ... ich war furchtbar enttäuscht. Ich habe sogar mit dem Gedanken gespielt, dich in deinem Zimmer aufzusuchen. Aber ich war mir nicht sicher, ob du das ... ob ich dich nicht störe.«
»Du hättest mich nicht gestört, Chalil!«
Er lächelte. »Ich stand unten im Hof und sah, wie du auf den Balkon tratest.«
Der weiße Schatten unterm Baum. Ich erinnerte mich daran. Ich hatte ihn für Suhails gehalten.
»Ich habe gesehen«, fuhr Chalil fort, »wie du versucht hast, vom Balkon aus in den Hof zu kommen. Du bist an den Mauern des Frauentrakts gescheitert. Ich habe vermutet ... und gehofft, dass du dir einen andern Weg durchs Haus suchen würdest. Als du hinten zur Tür hinausgingst, bin ich dir gefolgt.«
Das Knacken zwischen den Palmen.

»Wenn ich überraschend aus den finsteren Palmen getreten wäre, hätte ich dich vermutlich zu Tode erschreckt. Deshalb habe ich dich bis zum Hafen gehen lassen. Und außerdem war ich neugierig, wo du hingehen würdest.«

»Ich wollte ein Bad nehmen. Ich liebe das Meer, überhaupt alles Wasser. Und wenn man es vor der Haustür hat …«

»Ich hatte mir schon so was gedacht.« Chalils Lächeln weitete sich zu einem Grinsen. Einen blitzkurzen Moment stellte ich mir vor, wie er darauf gehofft hatte, dass ich mich auszog. Im Mondlicht! Aber nein! Ein tugendhafter Moslem tat so etwas nicht!

»Doch dann sah ich Bill zum Schuppen gehen«, fuhr er fort. »Er übernachtet manchmal dort oder hat dort übernachtet, wenn er zu … zu müde war, um heimzufahren.«

Ich dachte an die Wasserpfeifen und was auch immer Bill sonst noch so geraucht hatte.

»Ich wollte nicht, dass er mich sah. Also blieb ich im Schatten der Palmen. Aber dann …« Chalils Miene verfinsterte sich. Zugleich wirkte er fast verlegen, etwa wie ein junger Mann, der im Suff eine Dummheit begangen hatte. Er versuchte zu lächeln, aber seine Augen blitzten grimmig. »Aber etwas kam mir komisch vor. Ich hatte den Eindruck, als hätte Bill … nun, als hätte er ein Messer gezogen und schickte sich an, dir an den dunklen Strand zu folgen. Da habe ich …«

»Da hast du ihm eins übergebraten.«

Chalil nickte.

»Bill hat behauptet, es sei nicht sein Messer gewesen, sondern das des Angreifers.«

Chalil schnalzte verärgert mit der Zunge.

»Das habe ich ihm allerdings nicht geglaubt.«

»Vermutlich habe ich unbedacht gehandelt, vorschnell. Aber es ist ja letztlich nicht viel passiert.«

Na ja, ein gebrochenes Nasenbein war für mich als Europäerin nicht unbedingt »nicht viel«.

»Und Bill war ein ... ein ... Ich gebe zu, er war mir nicht sympathisch. Er war einer dieser Europäer, die sich in Muhammad umbenennen und meinen, sie hätten alles kapiert. Er war einer von denen, die vom *Dschihad* sprechen, sich einen Bart wachsen lassen und meinen, sie müssten uns zur Rechtgläubigkeit ermahnen.«

Ich musste lachen. Ich versuchte mir vorzustellen, wie der rotbärtige Konvertit Bill einen Korankenner wie Chalil mithilfe einer Sure einen Verhaltensfehler vorhielt. Das musste selbst einen seit Kindheit zur Bescheidenheit und Langmut dem Gast gegenüber erzogenen Araber wie Chalil auf die Palme bringen.

»Und weißt du«, sagte ich, »was er zu mir gesagt hat? Ich solle meinen arabischen Lover zurückpfeifen. Ich solle ihm sagen, dass er, Bill, nichts mit mir habe.«

»Allein für diese Verleumdung deiner Ehre gehörte er ...!« Chalil unterbrach sich.

»Er war wohl nur erschrocken«, versuchte ich Bills Reaktion abzumildern. »Er hat es nicht so gemeint.«

»Woher weißt du, wie er es gemeint hat?«

Da war es: das uralte Misstrauen, eine tief verankerte Eifersucht. Ich fragte mich, was Chalil wohl mit Bill getan hätte, wenn er gewusst hätte, dass er mich an dem Abend angebaggert hatte. Was hätte Chalil getan, hätte er mich gar über Bills Zweideutigkeiten lächeln sehen? Womöglich hatte Suhail es ihm ja berichtet. Und Chalil war losgezogen, dem Schotten ein für alle Mal klarzumachen, wo seine Grenzen waren. Dann war mein unbedachtes Lächeln für einen armen Idioten schuld gewesen an Bills gebrochener Nase. Und womöglich an seinem Tod.

»Es ist doch nicht mehr wichtig«, sagte ich, »was Bill gesagt oder gemeint hat. Er ist tot. Und wenn ich darauf bestanden hätte, einen Arzt zu holen, dann wäre er ... dann wäre er vielleicht noch am Leben!«

»Nein, Finja! Sag das nicht! Dich trifft nicht der geringste Vorwurf!« Chalils Ton war wieder ruhig, wenn auch sehr bestimmend. »Es geschieht nichts, was nicht mit Gottes Wissen und nach seinem Willen geschieht. Niemand kann den Tod eines anderen verhindern, aber es wird auch anerkannt, wenn man sich darum bemüht. Und du warst zur Genüge um Bill besorgt, Finja!« Anscheinend mehr als es Chalil gefiel, hatte ich den Eindruck. »Es tut mir leid«, setzte er hinzu, »dass du diese hässlichen Dinge miterleben musstest, Finja. Ich hatte gehofft, dass du davon nichts mitbekommen hast. Dass du schon weit genug weg warst.«

»Warum hast du eigentlich so ... so abweisend reagiert, als ich dich fragte, warum du es getan hast?«

Chalil senkte unbehaglich den Blick. »Es tut mir leid. Ich ...« Er schaute mich wieder an, fast herausfordernd. »Ich war überrascht. Ich war überhaupt überrascht, dass du plötzlich vor meiner Tür standest. Und ich in einem derartig ...«, er lächelte schief, »... unpräsentablen Zustand. Ich habe mich geschämt. Und bei uns fragt man auch nicht so direkt. Ich war darauf nicht vorbereitet. Ich habe nicht gleich gewusst, wie ich dir das alles erklären soll. Ich habe befürchtet, es sei dir nicht recht, dass ich dir nachgegangen war, ohne mich zu zeigen.«

»Ich hätte es ... süß gefunden, Chalil. Sehr menschlich!«
Er lächelte verlegen.
»Oder darf man das nicht sagen?«
»Du darfst alles sagen, Finja.«
Aber würde er mir jemals alles sagen? Vermutlich nicht.

Und wenn ich ihn das jetzt fragte, würde ich ihn verärgern. Ich erinnerte mich noch gut, wie er zurückgezuckt war, als ich fragte, ob er mir vertraue. Und noch deutlicher war mir sein harscher Ton im Gedächtnis, als er mir erklärte, er sei mir keinerlei Rechenschaft schuldig, und ich solle nicht über Verhältnisse urteilen, die ich nicht verstünde. Eigentlich passte es gar nicht zu den Verlegenheitsgefühlen, die er mir gerade geschildert hatte.

Seine Erklärungen klangen plausibel. Und wenn er lächelte, war ich geneigt, ihm alles zu glauben. Aber warum denn hätte Bill mir mit einem Messer folgen sollen? Um was genau zu tun? Wir waren doch gar nicht allein am Strand gewesen. In Rufentfernung hatten sich sicher noch andere Leute aufgehalten.

»Was ist, Finja? Du bist nicht zufrieden?«, fragte er, überraschend feinfühlig.

»Doch!«

Sein Lächeln spielte mit meinen Gefühlen. »Aber?«

»Kein Aber!« Ich lächelte zurück. »Es ist wunderschön hier! Wo gehen wir eigentlich hin?«

»Abwarten, Finja!«

Ich dachte an die Geschichte, die Chalil gestern Nacht am Feuer erzählt hatte. Eine Geschichte von der Einsamkeit in der Wüste und der tiefen Sehnsucht aller Wüstenkrieger nach Frieden und Leichtigkeit des Seins.

16

Die Frauen waren noch ein Stück näher gerückt an die Männer, die um die Reste der Glut hockten und die schlanke Gestalt des Erzählers anschauten und freundlich lächelten.

Und Chalil erzählte, wie er sich unter einen Akazienbaum gesetzt hatte, um das Blut zu stillen, das ihm aus der Wunde am Kinn lief, die der Leopard geschlagen hatte. Er erzählte, wie der Abend kam, die Nacht fiel, wie der Tau Steine, Kräuter, den Stamm und die Blätter der Akazie und Chalils Gesicht, Hände, Füße und Kleider benetzte. Jeden einzelnen Tautropfen würdigte Chalil in seiner Geschichte. Jedes Knistern und Rascheln im Geäst der Akazie bekam seinen Ton.

Es war eine orientalisch langatmige Erzählung, in der schließlich sogar die Akazie anfing zu sprechen und dem Jungen, der unter ihr saß, ihr Leid klagte. Das Leid des Baums, über das nachzudenken mir niemals eingefallen wäre, das aber Chalil und alle seine Zuhörer bedenkenswert fanden.

»Ich bin nur ein dummer Baum«, sprach die Akazie. »Ich kann mich nicht von der Stelle fortbewegen. Wer meinen Schatten nutzen will, tut es, ohne mich zu fragen. Und wer Hunger hat, reißt meine Blätter ab. Und bei Dürre fressen die Kamele und Tahre mich kahl und ich muss sterben.«

Während Chalil das erzählte, wurde er selbst zum Baum, an dem Getier herumzupfte. Und wie jede Kreatur, so konnte sich auch ein Baum an Gott wenden und um Abhilfe bitten. Und Gott schenkte der Akazie eine Waffe zur Verteidigung, nämlich Gift. Sobald zu viele Kamele an ihr rupften, stieg das Gift in ihre Blätter und machte sie bitter und ungenießbar. »So sorgt Gott für jedes seiner Geschöpfe«, sagte Chalil.

Ich ertappte mich, wie ich mit allen anderen zusammen »*Allahu akbar!*« murmelte. Das Feuer war schon fast verloschen. Es war kalt geworden und ich hatte mich an meinen Vater gekuschelt. Und immer neue Wendungen nahm die Geschichte, die Zuhörer lauschten mit unermüdlicher Spannung.

»Sie warten auf das Rätsel«, erläuterte Funda meinem Vater und mir. »Diese Geschichte endet immer mit einem neuen Rätsel, dass der Vogel Ruch Chalil am Eingang zum Paradies stellt. Und die Akazie war es, die Chalil den Weg wies. Dafür musste er ihr versprechen, einen ihrer Samen mitzunehmen und in den Garten zu pflanzen, falls er Zutritt bekam.

»Schau!«, sagte Chalil und riss mich aus meinen Gedanken. Wir hatten eine kleine Schlucht betreten, die zwischen hohen Felswänden tief in den Berg schnitt. Aus einem Felsspalt wuchs ein grüner Zweig mit kleinen ledrigen Blättern und einer einzigen Blüte an seiner Spitze. Sie bestand aus weißen Blättern und vielen violetten Staubfäden, zart und zauberhaft.

»Eine Kapernblüte«, erklärte Chalil.

»Kapern? Die sauren Dinger?«

»Es sind die eingelegten Blütenknospen, die wir essen.«

Ich staunte. »Und sie wächst einfach so im Stein!«

»Sie zeigt uns, dass es in den Spalten des Steins Feuchtigkeit gibt. Genug für eine Kaper.«

»Und diese Akazie, von der du gestern erzählt hast«, fiel mir ein, »ist sie wirklich giftig?«

»Aber ja. Akazien produzieren Tannin an den Stellen, wo sie massiv verletzt werden. Tannin ist für viele Tiere giftig. An der Stelle, wo sie verletzt werden, scheiden Akazien außerdem das Gas Ethylen aus. Es wird vom Wind weitergetragen und dient anderen Akazien als Signal, ebenfalls reichlich Tannin zu produzieren, um sich vor verfressenen Tieren zu schützen.«

»Genial!«

»Ja, auch Pflanzen können miteinander kommunizieren.« Und Chalil verstand sogar ihre Sprache.

Meine Gedanken kehrten zu seiner Erzählung zurück. Chalil hatte die Geschichte seiner Bergtour und seiner Suche nach einer geheimen Oase wie ein Märchen erzählt. Aber niemand zweifelte daran, dass Chalil in seiner Jugend tatsächlich einem Leoparden einen Dorn aus der Pfote gezogen und dafür eine krallige Ohrfeige verpasst bekommen hatte. Die Narbe konnte man immer noch sehen. Und ohne Zweifel hatte er anschließend die Nacht unter einer Akazie verbracht, vom paradiesischen Frieden unter Menschen und Tieren geträumt und sich gefragt, warum es für den Menschen so schwierig war, den Zustand des Einklangs mit sich und der Natur zu erreichen und dem Leben Leichtigkeit und Heiterkeit zu geben.

»Wo führt das Wadi hin?«, fragte ich.

»Geduld, Finja. Du wirst es gleich sehen. Es gibt Wasser dort. Es ist ein kleines Paradies.«

Wie hätte ich mich an Chalils Stelle verhalten?, fragte ich mich. Ich war jetzt sechzehn, so wie er damals, und ich konnte mir kein Glück mehr ohne Chalil vorstellen. Die Sehnsucht des damals Sechzehnjährigen, sein Glück in der

Einsamkeit und Abgeschiedenheit der Berge zu finden, ohne geliebt zu haben, war mir unbegreiflich. Sie machte mir sogar nachträglich Angst. Chalil und ich wären uns niemals begegnet, wenn er damals sein Glück gefunden hätte. Und es nagte an mir, dass das, was zwischen uns beiden begonnen hatte, gestern Abend in seine Erzählung nicht eingeflossen war. So, als schien es nichts wert, verglichen mit dem Traum, dem irdischen Leben zu entrinnen und im Paradies vorzeitig Frieden zu finden.

Es war auch eines der vielen Dinge, die ich nicht verstand.

Chalils philosophische Abenteuergeschichte endete im Labyrinth düsterer Gebirgsschluchten. Als Chalil schon glaubte, er müsse zu Boden sinken und erfrieren, da öffnete ein Hochplateau. Er sah den blauen Himmel und die Sonne. Um ihn herum wogte bis zum Horizont das unruhige graue Meer der Gipfel des Hadschar. Nicht ein grünes Blättchen war zu sehen, kein Leben hörbar.

Chalil war so erschöpft, dass er sich niedersetzte und, gegen eine Erhebung gelehnt, einschlief.

Das Flattern eines kleinen Vogels weckte ihn. Er war auf der Erhebung neben Chalils Kopf gelandet und blickte ihn aus winzigen gelben Augen an.

Chalil musste lachen. Den gefährlichen Vogel Ruch hatte er sich anders vorgestellt.

»Lach nicht, lach nicht!«, piepste der Vogel und plusterte sich auf. »Die gefährlichsten Lebewesen auf der Erde sind nicht die großen, sondern die kleinen.«

Chalil fragte ihn, ob er wisse, wo das Paradies sei. Da lachte nun der Vogel und erklärte ihm, dass er sich mitten im Paradies befinde, es aber nicht sehen könne, es sei denn, er habe die sieben Täler der Lebenserfahrung durchreist, das Tal des Verlangens, das Tal der Liebe, das der Erkenntnis, der Selbstgenügsamkeit, der Einheit, das der Bestürzung, des Nicht-Seins und schließlich das Tal des Todes, in dem er seine Unsterblichkeit erkenne. Aber das könne nicht sein, dafür sei Chalil noch zu jung. Deshalb könne er nur ins Paradies kommen, wenn er das Rätsel löse, das er, der Vogel, ihm vorlegen werde.

Chalils Zuhörerschaft spannte sich. »Jetzt kommt das Rätsel«, sagte auch Funda aufgeregt. »Mal sehen, wer es heute Nacht löst.«

»Es war einmal ein kluger König in Persien«, begann Chalil nun, »der hatte einen *Sufi* aus einer asketischen Ordensgemeinschaft sagen hören, dass ein guter König sowohl die geistigen als auch die materiellen Werte des Lebens ergründen und verstehen müsse. Also rief der König die drei weisesten Männer des Landes zu sich und gab ihnen je zwei kupferne Geldstücke. Im Palast, so erklärte er den Männern, befänden sich drei Zimmer. Sie seien verschlossen und völlig leer. Mit den zwei Geldstücken solle nun ein jeder sich etwas besorgen, mit dem er sein Zimmer vollständig füllen könne.«

»Hm.« Ich fühlte eine unendliche Leere in meinem Kopf. Den anderen schien es auch so zu gehen. Es war spät. Und wir hatten schon lange still zugehört. Niemand sagte etwas.

»Ich will euch sagen, womit der Erste sein Zimmer gefüllt hat«, sagte Chalil lächelnd. »Er hat für die beiden Geldstücke so viel Heu gekauft, dass er damit das Zimmer bis unter die Decke anfüllen konnte.«

Scheich Sultan nickte. »Der Mann hat Sinn fürs Praktische. Er wird allen Schwierigkeiten auf Erden mutig die Stirn bieten können. Aber reicht das für einen König?«

»Nein«, antwortete Chalil. »Was könnte der zweite also getan haben? Nehmen wir an, er hatte mehr Sinn für die Dinge, die man nicht anfassen kann und die dennoch eine große Bedeutung haben. Er könnte also eine Kerze gekauft haben, für die er nicht einmal beide Münzen gebraucht hätte. Die Kerze hätte er in das Zimmer gestellt und angezündet. Licht füllt auch ein Zimmer aus. Und es ist ein Symbol für die geistigen Werte des Lebens, für Wissen und höhere Erkenntnis.«

Scheich Sultan nickte wieder.

»Aber reicht das?«, fragte Chalil.

Nun überschlugen sich die Vorschläge. Funda kam mit dem Übersetzen kaum hinterher. Einer wollte die Tür des Raums mit Lehm abdichten, von oben ein Loch in die Zimmerdecke machen und vom nächsten Brunnen Wasser herbeitragen und hineinfüllen. Das löste große Heiterkeit aus. Aber er hätte immerhin nicht einmal eine einzige Kupfermünze ausgeben müssen. Schließlich rief sogar Funda über alle Köpfe hinweg Chalil zu: »Das ist doch ganz einfach!«

Chalil wandte sich seiner Schwester lächelnd zu.

»Man muss die Tür des Raums einfach nur geschlossen lassen«, sagte Funda. »Dann ist der Raum angefüllt mit Luft und Dunkelheit.«

»Ja, schon!«, widersprach einer der Männer, ohne sich dabei umzudrehen. »Aber wie soll man dem König das beweisen? Denn sobald man die Tür öffnete, fiele ein Lichtschein hinein und …«

»Dann muss man eben im Dunkeln hineingehen und die Tür wieder schließen!«, rief ein anderer. »Dann befindet man sich in völliger Dunkelheit und der Beweis ist erbracht.«

Sie überlegten noch eine ganze Weile hin und her. Schließlich beugte sich der alte Scheich Sultan ein wenig vor und schlagartig wurden alle still.

»Wenn die andern sich all die Mühe machen, um das Zimmer zu füllen«, sagte der Alte, »so hätte ich nicht bequem herumsitzen und abwarten wollen, um zu triumphieren, ohne irgendetwas getan zu haben. Also hätte ich mir eine Handvoll Heu aus dem ersten Zimmer geholt, es an der Kerze im zweiten Zimmer angezündet und es in mein Gemach gelegt, das alsbald mit Rauch angefüllt gewesen wäre.«

Man lachte und applaudierte.

»So hätte er«, nahm Chalil wieder das Wort, »sich den Einfall des Praktischen und den des Symbolikers zunutze gemacht, um daraus etwas Drittes zu schaffen. Er ist der weiseste der drei Weisen.«

Jetzt wurde mein Vater plötzlich unruhig.

»Alle haben aus wenig viel gemacht«, fuhr Chalil fort. »Aber dem kleinen Vögelchen gefielen diese Ideen nicht. Ihm leuchtete ein, dass man ein Zimmer mit Heu füllte, denn von den Samen im Gras konnte es lange leben. Das Licht nützte dem Vogel, um zu fliegen. Aber Rauch in einem Zimmer? Das machte es unbewohnbar. Überdies hatte der dritte Weise dafür von den beiden anderen etwas gestohlen, das sie von ihrem Geld gekauft hatten. Handelt so ein König?«

Die Runde am Feuer lachte. Auch der alte Scheich lachte mit, obgleich sein Enkel seinen Lösungsvorschlag dem Gelächter preisgegeben hatte.

»Leider habe ich damals die richtige Antwort nicht gefunden«, wandte sich Chalil wieder an uns alle. »Und so kehrte ich drei Tage später mit schmerzender Wunde am Kinn zu den Herden meines Großvaters zurück, ohne das Paradies gesehen zu haben. Und damit endet meine ...«

»Halt, warte!«, rief Funda. »Wir suchen nach etwas, das aus dem Geistigen entsteht und einen praktischen Nutzen hat, nicht wahr?«

Chalil nickte.

»Und du weißt nicht, was es ist?«, erkundigte sich Funda ungläubig.

Chalil schüttelte den Kopf. »Sonst hätte ich das Paradies ja gesehen.«

»Und die Aufgabe lautet«, überlegte Funda laut, »etwas zu vermehren, ohne hin und her zu rennen und ohne von anderen etwas zu stehlen.«

Und wieder überschlugen sich die Ideen.

Da beugte mein Vater sich zu mir herüber und raunte mir ins Ohr: »Die Antwort lautet: Jesus. Ihm ist es gelungen, etwas zu vermehren, und zwar mit nur einem Faktor, nämlich Gottes wundersamer Kraft und Allmacht.«

Ich wollte gerade nachfragen, welches von den Wundern, die Jesus begangen hatte, mein Vater meinte, aber Chalil hatte bemerkt, wie mein Vater sich zu mir beugte. Über die Köpfe seiner Leute hinweg richtete er das Wort an meinen Vater und sagte voller Ehrerbietung für seinen ehemaligen Professor: »Wenn du eine Antwort hast, *Schech*, dann lade ich dich ein, sie uns allen mitzuteilen.«

»Oh! Es sind so viele kluge Köpfe hier«, antwortete mein Vater, »dass auch sie die Antwort sagen können.«

»Es wird uns eine Ehre sein, sie von dir zu hören«, sagte daraufhin der alte Scheich Sultan.

»Also gut«, lenkte mein Vater ein. »Dann will ich mich nicht unnötig bitten lassen. Die Antwort steht bei uns im Matthäus-Evangelium. Jesus, der auch euer Prophet ist, hatte mit seinen Jüngern allein sein wollen und fuhr über den See Genezareth. Aber die Menschen sahen es und rannten voraus. Und dann erwarteten ihn Tausende am andern Ufer. Doch den Jüngern fehlte das Geld, Brot für so viele Leute zu kaufen und sie zu bewirten, geschweige denn, dass es in der kaum bewohnten Gegend einen Bäcker gegeben hätte. Also schickte Jesus sie los, irgendwo ein bisschen Brot aufzutreiben. Und sie brachten ihm fünf Brote und zwei Fische. Und

Jesus nahm das Brot, schaute auf zum Himmel, dankte Gott, brach das Brot und gab es den Jüngern. Die teilten es dann aus und es reichte für alle, die da saßen. Genauso war es mit den Fischen. Alle Männer, Frauen und Kinder wurden satt. Mehr als fünftausend Menschen. Und sie riefen: ›Jesus ist wirklich der Retter, auf den wir warten. Wir sollten ihn zu unserem König machen!‹ Sie wollten ihn festhalten, aber Jesus flüchtete allein auf einen Berg und betete zu Gott.«

»*Allahu akbar!*«

Man nickte beifällig, lachte und applaudierte. Dann erhob man sich, wünschte einander eine gute Nacht und ging auseinander. So mancher klopfte meinem Vater noch anerkennend auf die Schulter. Und ich war mächtig stolz auf meinen Vater. Aber er griff sich im allgemeinen Aufbruch blitzschnell Chalil und hielt ihn am Arm zurück. »Du Schlawiner!«, sprach er ihn gut Schwäbisch an. »Da hast du mich ja hübsch vorgeführt!«

Chalil zog mit gespieltem Erstaunen die Brauen hoch.

»Du selbst hast mir doch das Büchlein geschenkt, in dem dieses alte persische Märchen von dem König und den drei Zimmern steht«, erklärte mein Vater. »Und jetzt hast du das Rätsel nur erzählt, damit ich mich in Szene setzen kann! Vor deinem Großvater, deiner Familie und all diesen Leuten hier.«

»Und es hat großen Eindruck gemacht, *Schech*! Du hast dich in unser aller Herzen geredet. Hätte ich dir die Gelegenheit dazu vorenthalten sollen?«

»Dann muss ich dir dafür danken, Chalil!« Mein Vater deutete eine respektvolle Verbeugung an. »Aber hör auf, mich mit dem Ehrentitel *Schech* anzureden! Sonst werde ich noch ganz eingebildet!«

»Jawohl, *Schech*!«

Und vergnügt vor sich hin lachend, ging Chalil davon.

17

$\mathcal{D}$ieses heitere Gelächter klang in mir nach, als ich neben Chalil das Wadi hinaufging. Mit was für einer Raffinesse hatte er dafür gesorgt, dass mein Vater nicht außen vor blieb wie ein Tourist, sondern sich hineinfand in die Gemeinschaft am Feuer und allgemein akzeptiert wurde. Das war die hohe Kunst der Gastfreundschaft, die Chalil trotz seiner Jugend bereits meisterhaft beherrschte, und von der ich nicht die geringste Ahnung hatte. Bei uns trachtete man nur danach, sich selbst möglichst gut zu präsentieren. Wahrlich, es war eine völlig andere Kultur, aber keine primitivere als meine, der ich hier begegnete.

Ich musterte Chalil verstohlen von der Seite. Hinter dem kraftvollen Profil, unter *Agal*, *Ghutra* und *Dischdascha* steckte einer der schillerndsten Menschen, die mir in meinem kurzen Leben je begegnet waren. Chalil war ein Rätsel voller Lebenslust und Humor, er war gebildet und scharfsinnig, dabei mitfühlend und hilfsbereit bis zur Selbstaufopferung, er besaß die Größe, Irrtümer und Schwächen zuzugeben, und zugleich ein unerschütterliches Selbstvertrauen. Er fürchtete den Tod nicht und verachtete dennoch auch das Leben nicht. Er war mutig bis zur Verwegenheit, aber nicht aus Dummheit. Er war ein echter Wüstenritter, gezähmt durch die Schule der Zivilisation. Doch warum hatte sich so einer – ein Prinz unter den seinen – in mich verliebt, die kleine dumme Finja Friedemann aus Stuttgart? Was konnte ich ihm denn bieten? Gerade mal den unausgegorenen Plan, später mal Schriftstellerin zu werden. Es musste alles ein Riesenirrtum sein.

»He!«, hörte ich ihn zärtlich rufen. »Du schaust mich an?«

»Tue ich das?«

Er lachte leise. »Ja, das tust du.«

»Du bist ... schön! Weißt du das, Chalil? Du bist mir auf dem Weihnachtsmarkt am Stand mit den Erzgebirgsengeln schon aufgefallen, weil du ... weil du so unverschämt gut aussahst. Ich habe mich nicht getraut, dich anzusprechen. Ich bin weitergegangen. Aber bei jedem Schritt habe ich gedacht: Das ist falsch, kehr um! Habe ich aber nicht gemacht. Und wenn du nicht den Taschendieb eingefangen hättest ... wenn du nicht zu den Studenten meines Vaters gehört hättest ... Dann hätten wir uns nie wiedergesehen.«

»Doch, Finja. Wir hätten uns hier im Palast meines Vaters gesehen. Du hättest deinen Vater doch sicher auch dann zu Weihnachten besucht, wenn wir uns nicht am Glühweinstand wiedergetroffen hätten.«

Da hatte er auch wieder recht. Aber es wäre anders gewesen, dachte ich. Er hätte nicht das Bedürfnis gehabt, mir und meinem Vater ein Weihnachtsfest zu organisieren. Vielleicht hätte er mich gar nicht richtig wahrgenommen.

»Finja?«

»Ja.«

»Darf ich dich mal etwas fragen?«

»Alles, was du willst.«

Sein Lächeln war angespannt. »Eines kann ich mir nicht erklären, Finja. Warum hast du mir das Erzgebirgsengelchen in der Nacht nach der Prügelei mit Bill nicht einfach gegeben? Warum hast du es hinter meinem Rücken in meinen Sessel gelegt?«

»Ich weiß nicht.«

Warum musste er jetzt wieder auf dieses Thema kommen? Ich spürte in mir das Bedürfnis nach Ausflüchten. Aber ich besann mich. Wenn ich eine Stärke hatte, dann die des Muts zur Wahrheit, egal, was danach passierte.

»Ich war erschrocken, Chalil«, sagte ich. »Ich hatte das Gefühl, ich hätte nicht hinaus an den Strand gehen dürfen. Und ich hätte etwas gesehen, was ich nicht hätte sehen dürfen. Ich war verunsichert. Ich hatte das Engelchen in der Hand, als du plötzlich aus deinem Zimmer kamst. Wenn ich es in die Tasche meiner Jeans gesteckt hätte, hättest du es bemerkt. Also habe ich es bei nächster Gelegenheit in deinen Sessel fallen lassen, damit du es nicht doch noch zufällig in … in meiner Hand entdeckst.«

»Und was wäre daran so schlimm gewesen?«

Ja, verdammt! Begriff er das denn nicht? »Ich hatte was Verbotenes gemacht, Chalil. Jedenfalls dachte ich das. Und ich hatte gerade gesehen, wie du Bill krankenhausreif geschlagen hattest. Ich … ich hatte …«

»Du hattest Angst vor mir?« Er klang unendlich erstaunt.

»Ein bisschen schon. Ich dachte … Ach, ich weiß nicht, was ich genau dachte, Chalil. Es war alles so … so unheimlich. Dieser riesige Palast, diese düsteren Gänge, und plötzlich standest du vor mir und ich dachte: Vielleicht darf ich gar nicht in diesem Teil des Hauses sein. Und du … du wirst böse und … und …«

»Ich möchte nicht, dass du Angst vor mir hast, Finja. Ich werde nie etwas tun, was dir schadet. Niemals! Das verspreche ich dir!«

Große Worte! Erst viel später in meinem Leben habe ich gelernt, dass, wer ein solches Versprechen abgibt, im Begriff ist, es zu brechen. Hätte ich das damals schon gewusst, vielleicht wäre ich auf der Stelle umgekehrt und hätte meinen Vater gebeten, dass er mich mit dem nächsten Flugzeug nach Hause schickte. Aber ich hatte davon keine Ahnung. Und so steigerte sich meine Verwirrung nur und ich dachte: Es ist alles noch viel schlimmer. Ich hatte einige Stunden lang fest geglaubt, dass Chalil Bill umgebracht hatte. Aus primitiver Eifersucht. Aber das konnte ich ihm nicht sagen. Es hätte ihn nur wieder wütend gemacht. Und ich fürchtete diesen urtümlichen Zorn gekränkter Ehre. Ja, ich hatte irgendwie Angst vor ihm.

»Finja!« Er blieb abrupt stehen, nahm mich an beiden Armen, drehte mich zu sich her und schaute mir in die Augen. »Was ist los? Ich bitte dich, sei offen zu mir. Du darfst mir nichts verschweigen.«

Es klang fordernd. Das gefiel mir nicht. »Bist du denn auch immer ganz und gar offen zu mir, Chalil?«

Maßloses Erstaunen malte sich auf seinem Gesicht. Er stieß mich regelrecht von sich und wandte sich wortlos ab. Aber nicht das Wadi hinauf, wo er mir sein kleines – unser kleines – Paradies hatte zeigen wollen, sondern den Weg hinab, den wir gekommen waren.

So also war das. Er machte nicht einmal den Versuch, mir zu versichern, dass er Offenheit seinerseits für nötig hielt. So waren die Spielregeln. Was für mich galt, galt noch lange nicht für ihn. Wut stieg in mir hoch.

»Himmel noch mal, Chalil!«, rief ich, ihm hinterherlaufend. »Nun warte doch mal! Was soll das? Okay, ich habe kapiert, dass für mich andere Regeln gelten als für dich. Du bist ein Mann, ich bin bloß eine Frau. Und wie mir scheint, habt ihr Männer eine Scheißangst, dass wir Frauen irgendetwas tun könnten, was ihr nicht unter Kontrolle habt. All diese strengen Regeln! Wir dürfen uns nicht treffen, nicht unterhalten, uns nicht einmal einen Blick zuwerfen.«

Ich sah nur seinen Rücken, seine breiten Schultern, die Muskeln unter dem dünnen Stoff seines Gewands, die flatternden Enden des Kopftuchs mit dem schwarzen Heiligenkranz darauf.

»Weißt du, was ich glaube?«, schrie ich. »Euch geht es gar nicht darum, uns vor euch zu schützen. Sondern ihr wollt euch schützen vor uns Frauen. Es geht nur um eure Freiheit! Ihr habt total Angst, dass eine Frau Macht über euch haben könnte. Und wenn sich die Katastrophe ereignet, dass ihr euch verliebt, dann sperrt ihr die Frau ein. So habt ihr sie immer unter Kontrolle. Und wenn sie das nicht mitmacht, wenn sie ausbricht, dann … dann tötet ihr sie! Entschuldige, Chalil, aber das ist krank, total krank!«

Er stoppte und fuhr herum.

Am liebsten hätte ich meine Worte sogleich wieder zurückgeschluckt in meinen vorlauten und viel zu direkten westlichen Mund.

Mit großen Schritten kam Chalil zurück und blieb vor mir stehen. Natürlich, ohne mich anzuschauen. Stattdessen blickte er neben meinen Füßen auf den Boden und sagte steif: »Der Islam ist nicht gewalttätig! Er verbietet das Töten, Finja. Ehrenmorde und Blutrache haben nichts mit dem Islam zu tun, auch wenn sie vorkommen. Es schmerzt jeden aufrichtigen Gläubigen, wenn im Namen des Islam Gewalttaten begangen werden, die euch im Westen so erschrecken.« Er atmete langsam aus und tief wieder ein.

Mir war ziemlich mickrig zumute. Hätte ich doch die Klappe gehalten! Andererseits hatte er es so gewollt. Er hatte mich von Abra zu sich führen lassen, er hatte diesen fatalen Erzgebirgsengel hervorgeholt, er war in mich gedrungen mit seinen Fragen, hatte keine Ausflüchte akzeptiert. Von Anfang an hatte er nur eines vorgehabt an diesem unseligen Morgen: mit mir die Szenen des ersten Abends zu klären oder vielmehr mir seine Version der Ereignisse darzulegen und sich alle weiteren Fragen zu verbitten.

»Ich habe nicht den Islam kritisiert«, sagte ich. »Das würde ich nie wagen, ich kenne mich viel zu wenig aus.«

Chalil hob die Augen, schaute mich an und seufzte. »Bitte, verzeih mir, Finja«, sagte er dann leise. »Ich habe dich gebeten, Geduld mit mir zu haben. Leider habe ich nicht die gleiche Geduld mit dir bewiesen.«

»Mir tut es auch leid«, antwortete ich. »Mehr, als du dir vermutlich vorstellen kannst, Chalil. Ohne, dass ich deine Vorstellungskraft hiermit kleinreden möchte!«

Ein traurig amüsiertes Lächeln huschte über seine Lippen.

»Und du hast recht«, fuhr ich fort. »Ich brauche wirklich Zeit, um mich einzugewöhnen. Ich wollte weder dich noch deine Familie beleidigen, Chalil! Im Gegenteil. Dein Vater und dein Großvater, ihr alle habt mich ungewöhnlich offen und herzlich empfangen. Das ist nicht selbstverständlich, das ahne ich. Und diese Weihnachtsfeier, die du …«, mir blieb kurz die Stimme weg, » … du arrangiert hast … Das weiß ich sehr zu schätzen, Chalil, wirklich! Aber bitte versteh mich, es macht es nicht leichter. Es macht es eher noch trauriger und elender, gerade weil es keine Selbstverständlichkeit ist.«

»Ich verstehe vollkommen, was du sagen willst.«

»Wirklich?«

Aber da schaute er schon wieder über mich hinweg. Es war zum Verzweifeln. Ich hätte mich so gern an ihn geschmiegt und das wunderbare Gefühl von Sicherheit und Geborgenheit wiederhergestellt, das den gestrigen Tag mit ruhigem Glück angefüllt hatte. Aber da standen wir stumm zwischen Felswänden, in denen die Sonne Licht und Schatten umherwarf, und schauten aneinander vorbei.

»Ich glaube«, sagte er, »wir sollten zurückgehen. Dein ... dein Vater vermisst dich wahrscheinlich schon.«

Ausgerechnet mein Vater! Vermutlich meinte Chalil eigentlich alle anderen, die mit Argusaugen darüber wachten, dass Mann und Frau sich niemals allein in der Wüste begegneten.

Ist jetzt alles kaputt?, fragte ich mich. War's das jetzt? Ein kurzes Feuerwerk verliebter Hoffnungen, ein Knall von Desillusion und nun nur noch Asche?

Ich fasste mir ein Herz. »Chalil, bitte! Ich wollte dich nicht verletzen. Aber du wolltest, dass ich offen zu dir bin. Da konnte ich nicht lügen und so tun, als sei alles ganz easy.«

»Ich bin nicht verletzt, Finja. Ich verstehe sehr gut, dass unser Lebensstil dir fremd ist und dir ... missfällt.«

Er sagte »unser« statt »mein Lebensstil«. Er hatte sich innerlich kilometerweit von mir zurückgezogen.

»Und was bedeutet das nun?«

Er warf mir einen raschen Seitenblick zu. »Das musst du für dich entscheiden, Finja.«

»Verstehe!«

Verstand ich wirklich? Ich musste plötzlich daran denken, wie er mich um Geduld gebeten hatte, vor ein paar Tagen im Treppenhaus des Palasts, als er mich aus dem Männertrakt in den Frauentrakt führte. Er wisse, Geduld sei nicht gerade eine Stärke von uns Deutschen, hatte er behauptet. Und ich hatte geglaubt, er habe es gesagt, weil er tatsächlich eine Chance für uns beide gesehen hatte. Dabei hatte er eigentlich nur nicht Nein sagen wollen, nicht einmal vielleicht. Und eigentlich hatte es geheißen: Ich finde dich sehr hübsch und nett, doch mehr wird daraus nicht. Ich bin ein Scheich und du bist gar nichts.

Aber vor zwei Nächten, am Akazienbaum, war er bereit gewesen, alles über Bord zu werfen, und sich mir hinzugeben. Wie passte das zusammen? Da war er nur ein Mann, der liebte, leidenschaftlich, riskant und blind. Ich hatte mich ihm versprochen geglaubt, quasi stillschweigend verlobt. Doch schon nach einer Nacht bei seinem Großvater in der Oase, in der Chalil als Kronprinz herangewachsen und zum künftigen Oberhaupt seiner Familie erzogen worden war, hatte sich alles verändert.

Er hatte mich gezwungen zu begreifen, einzusehen und selbst auszusprechen, dass es niemals das Märchen von Chalil und Finja geben würde.

Das war sein Plan gewesen, als er Abra befahl, mich zu ihm hinaus in die Wüste zu bringen. Dann hatte er mich – liebevoll und grausam hart sich selbst und mir gegenüber – zu der Erkenntnis geführt, dass ich nicht bereit war, seinen Lebensstil zu tolerieren und schon gar nicht die Rolle zu akzeptieren, die in seiner Welt den Frauen zugedacht war. Das bedeutete, dass es mit uns niemals etwas werden konnte. Jedenfalls nicht mehr als eine Urlaubsaffäre. Natürlich heimlich!

Welches Paradies hatte er mir da eigentlich wirklich noch zeigen wollen?, fragte ich mich. Einen Ort der Nimmerwiederkehr? Und jetzt bloß nicht heulen, Finja!

18

»Was ist los mit dir, meine kleine *Rasala*?«, fragte Umm Chalil und setzte sich neben mich in den Schatten des Zeltdachs. »Deine Augen haben ihren Glanz verloren. Was können wir tun, damit sie ihn zurückgewinnen?«

»Nichts, danke, Umm Chalil. Es geht mir gut.«

»Komm, nimm ein paar Datteln! Es ist alles sehr anstrengend für dich? Du bist das nicht gewohnt. Das Klima, die Hitze …«

»Nein, nein! Es ist wunderschön hier. Es gefällt mir sehr gut. Ich habe noch nie eine echte Oase gesehen. Ich finde das alles sehr … interessant und spannend.«

Chalils Mutter lächelte mich an. »Nimm von den Datteln, sie werden dich beleben. Abra hat sie gerade gebracht. Keine versteht sich wie sie auf das Zubereiten von Sirup.«

Ich dachte an den Liebessaft, den Abra einst für Chalil angerührt hatte.

»Du musst sie unbedingt probieren!« Umm Chalil schob mir eine Messingschale hin, auf der sternförmig angeordnet Datteln in durchsichtigem Sirup schwammen. »Abra hat das extra für dich zubereitet. Ich darf ja nicht so viel süßes Zeug essen!«

Ich zögerte.

»Ich fürchte«, plauderte Umm Chalil weiter, »unsere Lebensart ist nicht sonderlich gesund. All das fette Essen, die vielen Süßigkeiten! Aber du bist noch jung und gesund. Nimm! Es wird das Lächeln in dein Gesicht zurückzaubern!«

Tatsächlich hatte ich kein Frühstück gehabt. Denn Abra hatte mich, kaum war ich aufgewacht, in die Wüste geführt, wo Chalil vermutlich schon seit Stunden im Schatten des Felsens gewartet hatte. Unser Rückweg war mir dann viel länger vorgekommen als der Hinweg. Chalil war zügig immer ein bis anderthalb Schritte vor mir her geschritten. Ich war ihm hinterhergestolpert. Zorn und Verzweiflung waren in mir angestiegen wie das Quecksilber in einem Thermometer in der Sonne.

Bis auf den Platz hatte Chalil mich gebracht, ohne Rücksicht darauf, was sich wer dabei dachte. Mit einem Nicken hatte er sich von mir verabschiedet, hatte sich umgedreht und war Richtung Gräberhügel und Moschee fortgegangen. Irgendein Gebet stand an. Jemand hatte mir erzählt – war es Funda gewesen oder mein Vater? –, dass Männer sich noch mal waschen mussten, wenn ihnen auf dem Weg zur Moschee eine Frau unter die Augen kam. Wusch Chalil sich jetzt die sündigen Gedanken ab, reinigte seine Augen von meinem Anblick, kniete nieder und beugte die Stirn bis zum Boden, um seine Seele von mir zu befreien?

Ich zügelte meine finsteren Gedanken. Weder der Islam und seine Gebräuche noch Chalil hatten Sarkasmus verdient.

»Ich muss gestehen«, riss mich Umm Chalil aus meinen Grübeleien, »ich bin nicht oft hier. Im Sommer ist es unerträglich heiß. Im Winter ist es allerdings besser als in der Stadt. Die Luft ist nicht so feucht, sie ist klar. Und dann die Ruhe! Ja, und nachdem es kürzlich geregnet hat, wirst du sehen, blüht bald alles hier. Das ist wie ein Wunder. So etwas erlebt man nicht oft. Ich habe es erst einmal gesehen. Wie gesagt, ich bin nicht oft hier. Ich habe es nicht so mit der Wüstenromantik, weißt du. Aber Chalils Vater wollte unbedingt, dass sein Ältester in der Tradition aufwächst. Alle Scheichfamilien sind beduinischen Ursprungs.«

»Hm.«

»Wenn es nach mir gegangen wäre«, sagte Chalils Mutter, »hätte man Chalil mit zwölf auf ein Internat in der Schweiz gesteckt. Meine Schwester lebt in der Schweiz.«

Gut, dass man es nicht getan hatte. Denn dann wäre Chalil ein völlig anderer Mensch geworden. Ein reicher Schnösel, der Schweizerdeutsch sprach, Ski fuhr und niemals eine Geschichte über einen Leoparden, einen Tahr, eine Akazie und kleine Vögel hätte erzählen können, die ihm beigebracht hatten, dass ins Paradies nur kam, wer das Leben liebte, nicht den Tod.

»Ich will nicht behaupten, dass die Wüste schlecht für Chalil war. Beileibe nicht. Die Wüste ist ein guter Lehrer und mein Schwiegervater ist es auch. Sie haben Chalil alles gelehrt, was einen Mann auszeichnet: Verlässlichkeit, vorausschauendes Handeln, Mut und Gottvertrauen, Härte gegen sich selbst und die Fähigkeit, Entbehrungen auszuhalten und Durst und Hunger zu ertragen. Es ist sicher auch sehr schön, wenn unsere jungen Männer noch Kamele reiten können und die hohe Kunst der Falknerei beherrschen. Jungs lieben solche Spiele und die Wüste ist ein riesiger Abenteuerspielplatz. Seine hohen Ansprüche an sich selbst haben Chalil in jeder Disziplin zum Besten unter seinen Freunden gemacht. Er war der beste Ziegenhirte meines Schwiegervaters, er brachte im Herbst die meisten und gesündesten Zicklein ins Wadi al-Abar as-saba herab.«

»Funda hat erzählt, er habe einmal ein Kamel mit einem Kaiserschnitt zur Welt gebracht.«

Umm Chalil nickte lächelnd. »So erzählt man es sich. Er soll auch einen Falken geheilt haben, der sich den Flügel gebrochen hat. Und dieser Falke, der eigentlich ein Dschinn war, hat ihm später das Leben gerettet, indem er vor Chalils Füßen herabstieß, um – was diese Falken von Natur aus niemals tun – eine Schlange zu schlagen, ehe sie zubeißen konnte.«

»Wollte Chalil nicht eigentlich auch Arzt werden?«

»Hat dir das Funda erzählt? Sie bewundert ihren großen Bruder sehr. Sie hätte es gern, dass er Arzt geworden wäre. Ich erinnere mich, dass Chalil mit zwölf oder dreizehn tatsächlich auch solche Ideen hatte. Er ist eben von Natur aus freundlich und hilfsbereit. Diese Abra …«, Umm Chalil beugte sich vor und ließ den Blick über den Platz schweifen, »… na, vorhin war sie noch hier. Was ich sagen wollte, Abra, die diese wunderbaren Datteln zubereitet, verdankt ihr Leben Chalils medizinischen Künsten.«

Ich nickte.

»Ah, das hat Funda dir auch erzählt! Nun ja, es war sicherlich eine gute Tat, aber sie hätte beinahe zu einer blutigen Fehde geführt.«

»Warum denn?«

»Abras Vater war natürlich nicht sonderlich begeistert davon, dass zwei wildfremde Männer bei seiner Frau waren, als sie gebären sollte.«

»Aber sie wäre gestorben!«

»Ja, schon. Aber das schien dem guten Mann das kleinere Übel, als seine Frau entehrt zu wissen. Ich teile seine Ansicht nicht, Finja. Und zum Glück konnte man den Mann auch wieder beruhigen. Nicht alles, was gut gemeint ist, führt auch zu einem guten Ende. Es ist heikel, sich einzumischen, wenn man dazu nicht eingeladen wurde. Später hat Chalil das Mädchen auch noch hierher ins Wadi geholt. Sie lebte im Elend und er hatte Erbarmen mit ihr. Glücklicherweise war Abra damals noch ein Kind, sonst hätte man es für einen Brautraub halten können. Nur mit einem ansehnlichen Geschenk hat sich Abras Vater damals beruhigen lassen. Und die Scheicha musste Abra als Dienstmädchen zu sich nehmen, obgleich sie zu jung war und ziemlich verträumt. Das alles konnte nicht verhindern, dass alsbald das Gerücht ging, Abra sei Chalil versprochen, ihm quasi spirituell vermählt, weil er sie – nur Gott weiß wie – aus dem Leib eines Kamels geholt habe. Andere sagen auch, es sei der Leib des Vogels ar-Ruch gewesen. Wir haben da eine Märchensammlung, *Alf laila wa-laila*, auf Englisch müsste man es mit *Thousand and one night* übersetzen. Sie ist bei uns sehr populär.«

»Bei uns auch. Ich habe die Geschichten schon als Kind gelesen.«

»Ah! Sehr schön! Jedenfalls mussten wir Chalil schleunigst von hier wegholen. Es stellte sich auch heraus, dass er einiges an Schulbildung nachzuholen hatte. Das hat er auf einem englischen Internat getan. Er tat mir fast leid. Aus der Wüste in den englischen Regen, aus der *Dischdascha* in die schwarze Schuluniform. Dabei war er doch nur großmütig gewesen und voller Erbarmen. So ist er eben.« Umm Chalil lachte, halb bedauernd, halb voller Stolz auf ihren Sohn. »Doch wer sich einmischt, geht immer auch Verpflichtungen ein. Manchmal sogar welche, die er nicht einlösen kann.«

Ich war alarmiert. »Was für Verpflichtungen denn?«

»Das will ich dir sagen, Finja. Bevor Chalil für ein Jahr zum Studium zu euch nach Deutschland kam, erbat er sich die Erlaubnis, noch einmal einige Monate bei seinem Großvater in der Wüste verbringen zu dürfen. Natürlich mochten wir ihm das nicht abschlagen. Doch danach teilte er uns mit, dass Abra sich nach einem Leben in der Stadt sehnte und er ihr versprochen habe, sie als Dienerin seiner künftigen Frau zu sich zu nehmen, falls sie sich nicht vorher verheirate.«

Da hatte ich die Antwort. Ich überlegte hastig, was sie bedeutete. In jedem Fall die Hölle für beide, Chalils Zukünftige und Abra, die ihn liebte.

»Mein Mann Nasser wurde sehr zornig«, fuhr Umm Chalil fort. »Ob das Mädchen ihn verhext habe ...«

Eine Unruhe draußen unterbrach uns.

Da kam, laut schreiend, ein kleiner Junge auf den Platz vor den Zelten des Scheichs gerannt. Seine Schreie hallten an den Wänden der Berge wider. Dann fiel er auf den Boden und blieb keuchend liegen.

»Oh Gott!«, sagte Umm Chalil, sich aufrichtend.

»Was ist los?«, fragte ich.

»Ein Hirtenjunge«, sagte sie. »Wenn ich das Geschrei richtig deute, ist sein Freund oben in den Bergen in eine Felsspalte gestürzt.«

Von überall her kamen Leute auf den Platz gelaufen. Auch Chalils Mutter erhob sich und ging hinaus. Ich folgte ihr. Mein Vater kam angelaufen, Funda hinkte herbei. Ich erkannte auch Abra an ihrer schmucklosen *Burka* zwischen anderen jungen Frauen.

Ein Mann flößte dem Jungen Wasser ein. Der Junge verschluckte sich vor Atemnot und hustete. Er stieß unaufhörlich Worte aus, sobald er genug Luft dazu hatte.

Die Menge um den Jungen teilte sich und Chalil trat in den Kreis, kniete sich nieder und fuhr dem Jungen übers Gesicht, was ihn sofort beruhigte. Dann stellte er ihm Fragen und bekam hastige Antworten.

»Mahmud hütet zusammen mit Mutlak die Ziegen des Scheichs droben in den Bergen«, fasste Funda für mich und meinen Vater zusammen, »und als er heute Morgen aufwachte, war Mutlak nicht mehr da. Mahmud hat sich, sagt er, sofort auf die Suche gemacht. Endlich hat er Mutlaks Rufe gehört. Sie kamen aus einer Felsspalte, in die Mahmud nicht hineinschauen konnte, so tief ist sie. Er ist sofort losgelaufen, um Hilfe zu holen. Mutlak ist ein Urenkel des Scheichs.«

Der alte Scheich Sultan kam nun ebenfalls. Ihm folgte ein Mann, dem die Angst ins Gesicht geschrieben stand. Es war Hassan, der Vater von Mutlak und Enkel von Scheich Sultan. Aus einer anderen Richtung kam eine Frau herbeigerannt, sie schrie laut und schlug sich mit den Händen auf den Kopf. Die Mutter von Mutlak. Andere Frauen hielten sie fest und redeten auf sie ein.

»Worauf warten wir noch?«, fragte mein Vater. »Wir müssen den Jungen aus der Felsspalte holen. Finja hat ihre Klettersachen dabei. Das hast du doch, Finja?«

Ich nickte.

»Chalil organisiert schon alles«, erklärte Funda. »Aber sag ihm, dass ihr helfen wollt.«

Mein Vater drängte sich in den Kreis um Mahmud. Ich sah Chalil zu ihm aufblicken, zuhören und nicken. Dann kam mein Vater zu Funda und mir zurück und meldete: »Der Aufstieg dauert vier Stunden. Man kann nicht mit Autos oder Kamelen hin, man müsste sonst einen Umweg machen, der noch mehr Zeit kostet.«

Papa und ich schauten uns kurz an. Vier Stunden Aufstieg. So was machten wir locker, wenn wir im Sommer in den Alpen bergsteigen gingen.

»Dann los!«, sagte mein Vater. »Aufbruch in einer Viertelstunde. Nimm Wasser und die warme Jacke mit.«

Ich lief ins Zelt, griff den Rucksack mit dem Kletterzeug, stopfte die Jacke dazu und ein paar Plastikflaschen Wasser und zog mir die Bergstiefel an. Funda war mir hinterhergehumpelt. »Bist du sicher, dass du dir das zumuten willst?«

Ich schaute sie erstaunt an. »Warum fragst du das?«

»Beduinen klettern wie Bergziegen.«

»Und du meinst, mein Vater und ich kämen nicht hinterher. Oder meinst du, man braucht uns gar nicht, wir stören nur?«

Funda schüttelte den Kopf. »Es ist bestimmt interessant für euch.«

Ich lachte. »Funda, wo ist das Problem?«

Sie lächelte mich offen an. »Als Chalil vorhin wiederkam von … von eurem Ausflug da …« Sie suchte nach Worten. »Finja, ich habe Chalil noch nie so gesehen. So … angespannt und niedergeschlagen.«

Ich erschrak.

»Nein«, versuchte Funda es weiter, »das trifft es auch nicht. Er kam mir irgendwie grimmig vor, wütend und … und traurig. Und er war so fahrig, dass er eine Teekanne umgestoßen hat. So was passiert ihm sonst nie!«

»Wir haben uns gestritten«, sagte ich.

Fundas schwarze Augen blickten mich verwundert an. »Ihr habt euch gestritten?« Sie lachte erstaunt. »Es ist dir gelungen, dich mit Chalil zu streiten? Alle Achtung!«

Jetzt war ich erstaunt.

»Chalil ist der höflichste und selbstbeherrschteste Mensch, den ich kenne. Er lässt sich nie provozieren. Ich dachte immer, das würde nur ich schaffen. Aber ich gehöre ja auch zur Familie. Gratuliere, Finja.« Zu meiner Überraschung umarmte sie mich. »Schwesterherz, jetzt sind wir schon zwei!«

Echte Beduinen brauchten sich nicht groß vorzubereiten, wenn sie zu einer Bergtour aufbrachen. Chalil trug über dem Gewand eine Sportjacke mit zahlreichen Taschen und an den Füßen alte Turnschuhe. Hassan, Mutlaks Vater, hatte ein Sakko übergeworfen und ein Gewehr geschultert, doch seine Füße steckten in einfachen Sandalen. Am oberen Ende des Wadis stieß außerdem noch der alte Walid zu uns, der Seil und Umhängetasche trug, die sich über seiner Brust kreuzten.

In mörderischem Tempo ging es in die Berge. Papa und ich waren bestimmt gut zu Fuß, aber die Beduinen mussten immer wieder auf uns warten. Sie taten es, ohne auch nur einmal ungeduldig die Miene zu verziehen. Sie sprangen über Schründe und Felsen wie Bergziegen. Papa und ich keuchten, aber sie atmeten kaum. Ich biss die Zähne zusammen. Bloß keine Schwäche zeigen! Nicht schlappmachen! Vor allem den Trupp nicht aufhalten und Chalil nicht in Schwierigkeiten bringen, weil er auf mich Rücksicht nehmen musste.

Aber was ich sah, wenn ich Luft genug hatte, mich umzuschauen, war großartig. Immer wieder öffneten sich Schluchten voller buntem Gestein. Dann schaute man in die Tiefe eines Wadis, in dem vom Regen gefüllte smaragdgrüne Wasserbecken leuchteten, dann wieder begleitete uns das erstarrte Geschiebe schwarzer Felsen. Hier und dort blühte etwas in tiefen Spalten oder auf den winzigen Flecken, an denen sich eine Erdkrume gebildet hatte. Dann wieder hatten Winde rötlichen Sand zu einer Düne in die Felsen geweht. An so einer Düne stoppte Chalil einmal plötzlich. Er rannte sie hinauf, stieß die Hände tief hinein in den Sand wie zwei Baggerschaufeln.

Als er herunterkam, kringelte sich eine kleine gelbe Schlange auf dem Sand in seinen Händen.

»Eine Viper«, sagte er, meinen Vater anschauend, der seine lange Nase interessiert über das Tier beugte.
»Giftig?«, fragte mein Vater.
»Ja. Aber ihr Gift wirkt nicht schlimmer als das eines Skorpions. Sie bewegt sich seitlich über den Sand.« Chalil deutete mit dem Kopf auf eine Spur aus schräg übereinanderversetzten Strichen im Sand.
»Aha. Deshalb sinkt sie nicht ein«, stellte mein Vater fest.
»Die hier hat sich wohl verirrt«, bemerkte Chalil und ließ die Viper vorsichtig in den sonnendurchglühten Sand zurückgleiten, wo sie sich rasch eingrub. »Sie sollte den Winter eigentlich in der Höhle einer Wüstenmaus verbringen.«
Nach der kurzen Unterbrechung setzten wir unseren Marsch fort. Rot, schwarz, ockerfarben und aschgrau erhoben sich die aufgefalteten Gipfel. Wir eilten ein flaches Wadi entlang. An manchen Stellen stand auch hier noch in Tümpeln Wasser vom letzten Regen. Ein Flaum grüner Halme bedeckte den Boden, gesprenkelt von gelben, violetten und weißen Blüten. Einsam im Tal stand auch eine Akazie, an deren Zweigen vier große schwarze Bündel hingen: der Hausrat einer Beduinenfamilie, die gerade woanders war.
»Und das klaut niemand?«, wunderte sich mein Vater.
»Nein«, erklärte Chalil. »Niemand nimmt Sachen, die an einem Baum hängen. Denn man sieht ja, dass der, dem sie gehören, zurückkehren wird. Was hingegen einfach so herumliegt, gehört jedermann. Denn wer etwas verliert in der Wüste, kehrt nicht um. Wenn du ein Auto zurücklassen musst, dann legst du Steine darauf und darum herum. Tust du das nicht, dann steht bald nur noch das Gerippe da.«
Mein Vater lachte.
Chalils Blick rutschte an meinem Vater vorbei auf mich, prüfend und besorgt. Er ging fast immer in unserer Nähe. Ich

spürte, dass ein Teil seiner Aufmerksamkeit immer auf mich gerichtet war, so, als wolle er zur Stelle sein, wenn ich abrutschte. Nicht sehr schmeichelhaft. Und nachdem Funda mir erzählt hatte, dass sie ihn ungewöhnlich angespannt und fahrig erlebt hatte, fiel auch mir auf, dass er weniger gelassen war, als ich ihn kannte. Seine Miene war angespannt, seine Bewegungen kraftvoller und energischer als nötig. Immer wieder bremste er seinen Sturmschritt, und nicht nur wegen uns. Als ob er am liebsten losgelaufen und vor sich selbst geflohen wäre, oder vor mir. Oder vor dem unlösbaren Konflikt, den es für ihn bedeutete, mich zu lieben.

Hätte ich ihn nur erlösen können!, dachte ich. Aber das konnte ich nicht. Es nützte nichts, wenn ich ihn freigab und ihm sagte: »Vergiss mich. Es hat nicht sollen sein.« Ich hätte danach augenblicklich verschwinden müssen. Ich hätte niemals wieder herkommen dürfen. Dieser Gedanke brachte mich zur Verzweiflung. Ihn nie wiedergesehen zu haben, das hätte ich nicht ausgehalten. Doch wirklich großmütig wäre ich nur gewesen, wenn ich es ausgehalten hätte. So, wie er es jetzt aushielt, mich zu sehen und zu wissen, dass er mich zurückweisen musste, wann immer ich mich ihm näherte.

Die Sonne brannte, der Himmel war fleckenlos blau. Ein Wind pfiff. Steine klackten unter unseren Tritten. Die Mienen aller Männer waren ernst, aber gehetzt oder gestresst wirkte keiner. Dabei zeigte meine Armbanduhr fast vier. In gut zwei Stunden würde es stockfinster sein. Schafften wir das überhaupt noch? Würden wir den kleinen Mutlak überhaupt noch lebend antreffen? Vielleicht war Chalils spürbare Nervosität eigentlich der Sorge geschuldet, dass der Junge schwer verletzt war und sein Vater Hassan einen Toten heimtragen müssen würde.

Wir überquerten einen Pass zwischen kahlen Granitzinnen. Vor uns breitete sich ein Tal aus, sandweiß am Grund, flankiert von rötlichen Felsen und getupft von Bäumen und Buschinseln. Der Schatten des *Dschabal Schams*, des Sonnenbergs, hatte es zur Hälfte erobert. Wir eilten die natürlichen Stufen eines trockenen Wasserfalls hinunter. Es war mir ein Rätsel, wie die Männer in ihren knöchellangen Gewändern die Stufen so hinunterspringen konnten. Mein Vater hatte immerhin lange Beine. Und ich fußelte hinterher. Schwarze Punkte sprenkelten das Tal. Es waren Ziegen.

Unten angekommen, stießen wir auf eine kalte Feuerstelle mit einer Blechkanne für Tee und dem runden Blech, auf dem man Brot buk. Dort hatten die beiden jungen Hirten genächtigt. Zwei Decken lagen auf dem Boden.

Der alte Walid deutete auf den Ausgang eines Wadis, das seitlich ins Tal mündete, und wir wandten uns dorthin. Ziegen sprangen meckernd vor uns zur Seite. Wir stiegen über Geröll hinein in das Wadi, dessen Wände sich alsbald verengten. Nach vielleicht hundert Metern endete der Schlund an einer Felswand. Chalil, Hassan und Walid klettern hinauf wie Eidechsen. Papa und ich folgten schwerfälliger. Vermutlich würden sie von mir weder Seil noch Hilfe brauchen und hatten uns nur aus Höflichkeit mitgenommen. Mutlosigkeit überwältigte mich. Würde ich jemals mit dieser Mentalität zurechtkommen? War es überhaupt nötig, dass ich es lernte? In anderthalb Wochen saß ich wieder im Flieger nach Deutschland, aller Träume und Illusionen beraubt. »Ich werde Chalil nie wiedersehen!«, würde ich Nele und Meike mitteilen. »Und ich möchte nicht darüber reden.« Mir kamen jetzt schon die Tränen, wenn ich nur daran dachte. Vermutlich waren daran die Anstrengungen der letzten Stunden schuld. Ich war total platt.

Wir gelangten an einen leidlich breiten Felsvorsprung in

der Wand. Auf der anderen Seite fiel der Fels in die nächste Schlucht. Man sah nur die gegenüberliegende Wand, aber nicht den Grund.

Hassan stieß einen Ruf aus. Und von unten herauf tönte die Stimme eines Jungen, müde und schwach. Hassan legte sich auf den Bauch, um über die Kante zu blicken. Aber es gelang ihm nicht, den Jungen zu sehen. Es folgte ein Dialog aus Rufen und schwachen Antworten.

»Immerhin, er lebt!«, bemerkte mein Vater.

Der alte Walid nahm sein Seil ab und ließ es auf den Boden fallen. Es kam mir ziemlich alt vor. Elastisch war es sicherlich auch nicht.

»Gibst du mir den Rucksack, Papa?«

»Wie tief geht es da runter?«, erkundigte sich mein Vater, während er den Rucksack abzog.

Der alte Walid strich sich den grauen Schnauzbart. »Vierzig Meter!«, sagte er. Was auf Arabisch so viel bedeutete wie: »Tief, ganz tief!«

Ich leerte meine Klettersachen aus und legte sie vor mich hin: das elastische Seil, hundert Meter lang, das kurze Seil, den Sitzgurt, den Abseilachter, die Karabiner, die Steigklemme.

Walid musterte das Arrangement amüsiert.

Währenddessen sah ich, dass Chalil bereits über die Kante kletterte. Ich wollte ihm zurufen, dass er sich anseilen solle, besann mich aber gerade noch rechtzeitig und tippte meinem Vater auf die Schulter.

»Warte, Chalil!«, rief er reflexhaft. Er hatte automatisch Englisch gewählt, was die anderen auch verstanden.

Chalil hielt inne, besann sich, schwang sich wieder herauf.

»Seil dich lieber an!«, sagte mein Vater. »Es nützt niemandem, wenn du auch abstürzt.«

Ein nachsichtiges Lächeln erschien auf Chalils Gesicht.

»Komm!«, sagte mein Vater. »Du kannst vielleicht alleine runter- und wieder heraufklettern, aber wie willst du Mutlak sicher heraufbekommen?«

Chalil musterte immer noch lächelnd die Ausrüstung, die ich auf dem Boden ausgebreitet hatte. Er überlegte, dann gab er sich einen Ruck, hob den Blick und schaute mich an.

»Willst du es machen, Finja? Willst du hinunterklettern?«

»Ich?«

»Du weißt, wie es geht. Du hast darin Übung.«

Ich verschluckte mich fast. Sein Tonfall verriet nichts, weder die Überwindung, die es ihn kosten musste, mir das Feld zu überlassen, noch den geringsten Anflug von Ärger oder Ungeduld. Einzig die beiden senkrechten Falten zwischen seinen Brauen verrieten seine Anspannung.

»Wie tief ist es denn?«, erkundigte ich mich.

»Ungefähr zehn oder fünfzehn Meter. Sonst hätte Mutlak den Sturz nicht überlebt. Er hat sich vermutlich den Arm gebrochen. Er sagt, er könne ihn nicht bewegen.«

»Dann ist es wohl besser, wenn du hinuntersteigst«, antwortete ich. »Du kannst seinen Arm erst einmal versorgen. Und dann schauen wir, wie wir ihn hochholen.«

Ein winziges Lächeln huschte über Chalils Gesicht. Danke, schien sein Blick zu sagen, dass du mich nicht vor den Männern blamierst. Es fällt dir schwer, ich weiß. Du kannst sicher sehr gut klettern. Und ich antwortete stumm: Aber du bist der Arzt, Chalil. Außerdem wirst du Mutlak leichter hochtragen können als ich. Ich bin nämlich ganz schön erledigt vom Marsch.

»Wie geht das?«, fragte Chalil nun und nahm das rätselhafteste Ding vom Boden hoch, den Abseilachter.

Ich hob den Sitzgurt auf. »Zuerst legst du den an.«

Er blickte an seiner *Dischdascha* herab. Ein Klettergurt, in den man mit den Beinen hineinsteigen musste, und so ein Nachthemd, das passte nicht zusammen.

Kurzentschlossen warf sich Chalil die Jacke ab, riss sich die *Ghutra* herunter und zog das Gewand über den Kopf. Dabei fiel auch das kleine weiße Käppchen zu Boden, das er unter der *Ghutra* trug. Und auf einmal stand er mit nacktem Oberkörper vor uns. Er trug nur noch leichte helle Baumwollhosen, die von einem ausgeleierten Gürtel auf den schmalen Hüften gehalten wurde. Mir blieb kurz die Luft weg.

Chalils Körper war nicht mehr der magere und eckige Körper eines Jugendlichen, sondern der eines Mannes, den die Reife an Jahren voller und weicher gemacht hatten. Unter der überraschend hellen Haut ballten sich an Schultern, Armen und Bauch Muskeln, mächtig wie die eines Boxers vielleicht. Chalil war viel muskulöser, als ich vermutet hatte. Ich konnte mir auf einmal gut vorstellen, wie er mit einem Schlag einem Raufbold wie Bill die Nase brach.

Er nahm den Sitzgurt, stieg hinein und zog ihn fest. »Und jetzt?«

Ich musste mich ihm nähern, wenn ich den Abseilachter vorne am Gurt anbringen und das Seil durchschlingen wollte. Mein Vater kam nicht auf die Idee, mir das abzunehmen. Er dachte sich nichts dabei. Also trat ich an Chalil heran. Er zuckte nicht zurück, keinen Millimeter. Seine Bauchdecke hob und senkte sich unter seinem Atem, kam meinen Händen nahe, entfernte sich. Ich spürte die Hitze, die sein Körper abstrahlte.

Die Männer um uns herum lächelten.

Um Chalil zu zeigen, wie er mit der linken Hand am losen Ende des Seils die Abfahrt bremsen konnte, musste ich mich dicht neben ihn stellen. Ich versuchte, seinen Arm nicht zu berühren, aber es gelang mir nicht. Meine Härchen stellten sich auf, ich spürte, wie ihm kurz der Atem stockte.

»Und jetzt mit der Hand so ans Seil! Nein, so herum.« Ich drehte meine Hand. Er folgte mit seiner.

»Ja, so!«

Automatisch blickte ich von der Seite hoch in sein Gesicht. Frappierend nah waren mir seine halb offenen Lippen mit dem winzigen Lächeln in den Winkeln. In seinen Augen verfing sich das Licht der sinkenden Sonne. Sie leuchteten im reinsten Dunkelbraun, wo die langen Wimpern sie nicht beschatteten. Er spürte meinen Blick. Seine Augen zuckten. Diesmal war ich es, die ganz schnell wegschauen musste.

»Und denk dran«, sagte ich, um Sachlichkeit bemüht, »du bremst nur mit der unteren Hand. Nie mit der, die du oben am straffen Ende des Seils hast. Klar?«

»Okay.«

»Der Abseilachter bremst den Lauf des Seils. Du saust nicht runter, du verbrennst dir nicht die Hand am Seil und kannst die Fahrt kontrollieren. Wenn du in der Wand bist, stößt du dich mit den Füßen ab und gibst dir dabei Seil, bis du wieder mit den Füßen aufsetzt. So springst du runter, wie ein Känguru, nur rückwärts.«

»Alles klar. Das habe ich schon gesehen«, antwortete er.

»Glaubst du, dass du das hinkriegst?«

Chalil lachte.

Auch die Männer lachten. Ich hätte mich am liebsten selbst geohrfeigt. Auch ich hatte mit Chalil englisch gesprochen statt deutsch. Und da hätte ich ihn auf keinen Fall fragen dürfen, ob er glaube, dass er etwas hinkriegte, was ich, eine Frau, ihm gezeigt hatte. Auch wenn diese Frage in meinem Kulturkreis eine war, die ein Mann beantworten konnte, ohne sich in seiner Ehre angekratzt zu sehen, sogar mit einem »Ich weiß nicht«, ohne dass er ausgelacht worden wäre.

Höchste Zeit zurückzutreten.

Anderseits war noch nicht alles geklärt. »Und wenn du hochklettern willst, dann nimmst du die Steigklemme.« Ich zeigte ihm das Gerät, hütete mich aber, ihm noch einmal zu nahe zu kommen.

»Und so baust du sie ins Seil ein.« Ich führte es ihm vor. »Sie verhindert, dass du am Seil zurückrutschst.«

Chalil nickte.

Ich biss die Zähne zusammen. Nicht noch mal fragen, ob er es sich auch wirklich zutraute! Im Grunde wäre es tatsächlich besser gewesen, ich wäre abgestiegen. Ich wusste, wie es ging, ich konnte das im Schlaf. Womöglich hatte ich den Abstieg mit meinem Sicherungssystem für ihn nicht unbedingt sicherer, sondern nur gefährlicher gemacht. Wenn er falsch griff, stürzte er ab. Aber nun gab es kein Zurück mehr. Ich hatte ihm unsere Technik aufgedrängt und musste ihm vertrauen, dass er damit umgehen konnte.

Mein Vater schlang das Seil um eine Felsnase in der Wand hinter uns, zog es sich hinterm Rücken entlang und umfasste beide Stränge. So war der Absteiger optimal gesichert.

Chalil näherte sich rückwärts dem Abgrund. Gegen das Seil gelehnt, tastete er sich mit den Füßen abwärts. Wo die Wand senkrecht wurde, musste er springen und sich dabei immer etwas Seil geben. Aber das sahen wir schon nicht mehr. Wir hörten ihn aber kurz darauf mit einem Plumps im steinigen Grund der Spalte aufkommen. Das Seil wurde locker.

Hassan legte sich wieder auf den Bauch und versuchte, über die Kante zu blicken. Er rief etwas hinab und bekam eine Antwort.

Und mir fiel siedend heiß ein, dass ich vergessen hatte, Chalil zu erklären, wie er Mutlak an sich binden musste. Außerdem lag das kurze Seil dafür noch hier oben.

Der alte Walid trat an den Abgrund vor, so weit er konnte, und beugte sich vor. Aber er konnte offenbar auch nichts sehen und trat kopfschüttelnd wieder zurück.

Ich zog mich derweil an die Felswand zurück, hockte mich nieder und kämpfte meine Angst um Chalil nieder.

Die Sonne berührte jetzt die Spitze des Sonnenbergs. Ein paar Minuten später hatte der Gipfel schon ein Drittel der Sonnenscheibe abgeknapst. Ein Ruf kam von unten. Der alte Walid griff sich in seine Umhängetasche, trat wieder an die Kante und warf ein Bündel hinunter, das aussah wie Verbandsmaterial mit Stöcken darin.

Urplötzlich verschwand die Sonne hinter der Bergzinne. Das Licht verlosch, als hätte man es ausgeknipst. Es wurde sofort spürbar kühler.

Nach einer Weile zog Hassan das Seil hoch. Er tat es so rasch, dass auf keinen Fall Chalil und Mutlak daran hängen konnten. Was mich beruhigte. In der Tat erschien nur der leere Sitzgurt. Hassan drehte sich um und machte ein rätselhaftes Zeichen. Weil er mich dabei anschaute, stand ich auf und ging zu ihm hin.

Er deutete in den Abgrund und sagte knapp: »*You go!*«

»Chalil, was ist?«, brüllte ich auch auf Deutsch den Abhang hinunter.

»Komm!«, antwortete er nur.

Hatte er Probleme? Mir klopfte das Herz. Ganz ruhig, Finja!, ermahnte ich mich. Konzentrier dich! Ich stieg in den Sitzgurt, nahm das kurze Seil und hängte es mir in einen Karabiner am Gurt, richtete mir das Seil im Achter ein und trat rückwärts an die Kante.

Mein Vater nickte mir zu.

Wenn ich mich ins Seil lehnte, konnte ich hinabschauen. Allerdings sah ich weder Chalil noch Mutlak, denn zwei Meter unter mir bildete die Wand einen Absatz. Ich gab mir Seil und sprang hinunter. Jetzt konnte ich den Grund sehen. Er bestand aus Schwemmkies und grobem Geröll. Ich musste also bei der Landung aufpassen. Es ging schätzungsweise fünfzehn Meter hinunter.

Chalil stand fünf Meter seitlich von der Stelle, wo ich aufsetzen würde. Neben ihm hockte ein Junge von höchstens zehn Jahren. Beide blickten zu mir empor.

Ich gab mir Seil und ließ mich im Känguru-Rückwärts-Sprung hinunter. Nach drei Sätzen war ich unten.

»Ah«, sagte Chalil, »so sieht das aus, wenn man es kann.«

»Wieso? Ging es bei dir nicht?«

»Doch, aber ich habe fünf Sprünge gebraucht.«

Es herrschte ein eigenartiges Licht in der Schlucht. Ein Strahl der untergehenden Sonne hatte zwischen Bergen, Schluchten und Einschnitten einen geheimnisvollen Weg gefunden, eine schiefergraue Fläche über uns zu beleuchten.

»Und wo ist das Problem?«, fragte ich.

»Welches Problem?«

»Warum wolltest du, dass ich herunterkomme?«

»Ist es dir nicht recht?«

Jetzt lachte ich erstaunt. »Sag bloß, du wolltest, dass ich auch zum Zug komme.«

»Du wolltest helfen«, antwortete er ernst. »Und das sollst du auch tun.« Er wandte sich zu dem kleinen Mutlak um, der uns mit großen Augen anguckte.

»*Salam*, Mutlak«, sagte ich.

»*Salam*«, hauchte er.

Mutlaks linker Arm war mit einer Bandage umwickelt, aus

der die Schalen einer Plastikschiene ragten. Er presste ihn mit der anderen Hand gegen seinen Leib. Seine Füße waren nackt, unter der *Dischdascha* trug er, anders als Chalil, auch keine lange Hose. Und er zitterte.

»Der Oberarm ist gebrochen«, informierte mich Chalil. »Ich habe ihn ruhig gestellt.«

»Das tut doch sicher fürchterlich weh!«

»Ja, sicher.« Chalil schien nicht sonderlich beeindruckt. Er griff nach dem Seil und schaute mich an. Ich zog das Seil aus dem Abseilachter an meinen Sitzgurt. Es war eine automatische Reaktion unter dem Eindruck einer befehlenden Geste. Völlig unbedacht. Mir wurde sofort klar, dass Chalil den kleinen Mutlak einfach ins Seil binden und hochziehen lassen wollte wie ein Paket.

»Nicht so, Chalil!«, platzte es aus mir heraus. »Wenn ihr Mutlak hochzieht, pendelt er gegen die Wand. Mit nur einem Arm kann er sich kaum abstützen und kontrollieren kann er sich auch nicht.«

Chalils Blick bohrte sich in meinen. »Ich habe Mutlak eben den Oberarmknochen gerichtet und geschient«, sagte er. »Und hast du ihn schreien gehört? Nein. Wir sind nämlich ziemlich hart im Nehmen, was Schmerzen betrifft, Finja. Es ist der einfachste und schnellste Weg. Wir binden ihm das Seil um und ziehen ihn hoch.«

»Aber oben an der Kante müsste man ihn über den Fels schleifen!«

Chalil stieß heftig den Atem aus. »Aber ... aber ...! Mutlak hat zwei gesunde Beine. Er kann sich abstützen.«

Ich biss mir auf die Lippe. Da waren wir wieder an dem Punkt, über den wir anscheinend niemals hinwegkommen würden.

Es war alles ein verdammt riesengroßer Fehler! Ein Fehler, dass ich klettern konnte, dass ich mitgegangen war, dass ich runtergestiegen war und Chalil widersprochen hatte. Hätte ich ihn doch auf dem Weihnachtsmarkt niemals erblickt! Nie in dieses Gesicht mit dem Selbstbewusstsein und Stolz von zehn Generationen Scheichs geschaut. Und er war auch noch so verteufelt gut gebaut, hatte einen so furchtbar einnehmenden Charme, war so klug und, in gewissen Momenten, so zärtlich. Dann fühlten wir beide, dass da etwas war zwischen uns, was uns band, fesselte; unsere Sinne, unser Denken und Fühlen in eins brachte. Ich wusste, was er dachte, er spürte, was in mir vorging. Doch dann … dann passierte es wieder, dass wir uns über die einfachsten Dinge nicht verständigen konnten. Über die grundsätzlichen! Was mutete man einem zehnjährigen Jungen mit einem gebrochenen Arm zu? Wie viel durfte eine Frau sagen und ab wann musste sie schweigen?

Und vor allem, wo!

Hier unten in der Schlucht waren wir allerdings so gut wie allein. Und da wir deutsch sprachen, verstand auch Mutlak nichts. Deshalb machte ich meinen Mund wieder auf, holte tief Luft und sagte: »Chalil, du bist so was von …«

Er hob die Hand, seine ganze Haltung befahl Stopp.

Ich gehorchte, schluckte zurück, was ich hatte sagen wollen.

Er wandte sich dem kleinen Mutlak zu. Er nahm das Kind und stellte es auf die Beine. Dann führte er es zum Seil, das über die Felskante herabbaumelte, nahm es und zog es Mutlak unter den Armen durch. Der Junge zuckte vor Schmerz, presste aber die Lippen zusammen. Sie bildeten einen tapferen Strich.

Hoffentlich wusste Chalil, was er tat, dachte ich.

Er wusste es. Denn auf einmal ließ er das Seil fallen, überlegte einen Moment, richtete sich auf, drehte sich um, ließ Mutlak stehen und kam die paar Schritte zu mir.

»Und wie geht das?«, fragte er. »Wie ziehen wir Mutlak rauf?«

Seine Augen blitzten im Zwielicht zwischen den Felswänden. Seinen Gesichtsausdruck konnte ich nicht deuten, etwas zwischen wild entschlossen und schüchtern. »Bitte zeig es mir, Finja!« Und plötzlich fasste er meine Hand, zog mich zum Seil hinüber. Sein Atem ging schnell. Nur zögernd ließ er meine Hand wieder los.

»Zuerst steigst du in den Sitzgurt«, sagte ich.

Er gehorchte.

»Jetzt nimmst du Mutlak hoch, sodass du ihn vorm Bauch hast.«

Chalil bückte sich und hob den Jungen hoch. Mutlak schlang seine mageren Beine um Chalils schmale Hüften und legte den gesunden Arm um Chalils Hals, fand aber nichts, um sich festzuklammern.

Ich entknotete das kurze Seil. »Ich binde Mutlak jetzt an dir fest«, kündigte ich an.

»*Eiwa.*« Chalil nickte.

»Ich ... ich muss dich dabei berühren.«

»Tu es!«, stieß er hervor. Seine Stimme hatte kaum Ton.

Ich verstand plötzlich sein Problem: Das war es, was er kaum erwarten konnte, wonach er sich ebenso sehr sehnte wie ich. Diese kleine, aber fürchterliche Distanz der Schicklichkeit überwinden, über die alle so genau wachten. Deshalb hatte er Mutlak so schnell wie möglich loswerden wollen. Für einen Wimpernschlag Alleinsein mit mir in einer Felsspalte, in die niemand hineinschauen konnte. Und nun steckte das Kind doch wieder zwischen uns mit seinen großen halb angstvollen, halb vertrauensvollen Augen. Und ich war schuld.

Ich knüpfte einen kleinen Sitzgurt für den Jungen und schlang das restliche Seil um Chalils schmale Hüfte, knapp oberhalb des alten Gürtels. Die zarten dunklen Härchen in den kleinen Kuhlen seines Beckens knapp oberhalb des ausgeleierten Gürtels stellten sich auf, Gänsehaut flutete seinen Rücken, als ich das Seil quer hinüberzog. Nur einmal zuckte er zusammen, als er meine Berührung fühlte. Dann hielt er still, angespannt wie ein wilder Hengst bei der ersten Zähmung. Sein Atem ging hörbar, seine Augen glitzerten.

Ich führte das Seil schräg über Mutlak und über Chalils Schulter und dann diagonal wieder über seinen Rücken hinab. Unter der Berührung meines Handrückens bäumten sich Chalils Muskeln am Schulterblatt auf wie Berge. Dann folgte das Tal des Rückgrats, die lang gestreckten Hügel der unteren Seitenstränge, wie durchglüht von der Wärme des Tages und der Hitze des Moments.

Noch einmal durfte ich den Weg gehen. Chalil hatte die Augen halb geschlossen, das Kinn gehoben, seine Gesichtszüge waren ausdruckslos. Ich zog das Seil über den Knaben, der den Kopf gegen Chalils Brust gelegt hatte, und führte es über Chalils andere Schulter. Noch einmal das Gebirge der Schulterpartie, das Tal des Rückgrats.

Dann wagte ich es. Ich strich Chalil mit der flachen Hand über den Rücken.

Er wankte. Ich spürte sein kaum zu bändigendes Bedürfnis, sich umzudrehen, mich in seine Arme zu schließen, um mich zu stoppen und zugleich zu besitzen. Aber er beherrschte sich, musste sich beherrschen.

»Was machst du mit mir, Finja?«, wisperte er über den Kopf des kleinen Mutlak hinweg, als ich meine Konstruktion mit Karabinern fixierte.

»Was wird daraus werden?«, fragte ich zurück.

Er griff nach mir, fand meine Hand und umschloss sie hart. Mehr konnte er in aller Heimlichkeit nicht tun. Er konnte mich nicht an sich ziehen, mich nicht küssen.

»Was wünschst du dir, dass daraus wird?«, fragte er leise.

Darauf gab es keine Antwort, jedenfalls keine, die ich hätte aussprechen können. Was wünschte ich mir? Alles! Ihn, das Glück und Freiheit. Aber alles drei zusammen würde ich nicht bekommen. Auf wenigstens einen der drei Wünsche musste ich verzichten.

»Einen Dschinn in einer Flasche wünsche ich mir«, antwortete ich, »der mir drei Wünsche erfüllen muss, wenn ich ihn freilasse.« Sanft entzog ich Chalil meine Hand. »Ich muss dir noch die Steigklemme einbauen.«

»Dann musst du das wohl«, erwiderte er mit schwerer Zunge, so trunken war er vor Sehnsucht und Begierde.

Ich zog das Seil durch den Abseilachter, bis es straff zur Felskante hochlief, verknüpfte das freie Ende mit der Steigklemme und rastete sie mit ihren Zähnen, die ein Rückrutschen verhinderten, über Chalil im Seil ein.

»Du kannst dich an der Seilklemme im Seil hochziehen«, erklärte ich ihm. »Du kannst aber auch, wie du das gewohnt bist, die Wand hinaufklettern. Dann benutzt du die Klemme nur als Sicherung. Du musst sie nur immer wieder ein Stück hochschieben.«

»Mach ich!«

Und dann gelang es ihm doch, mich zu fassen. Er packte mich im kurzen Nackenhaar. Gleichzeitig legte er seine andere Hand über Mutlaks Gesicht, das ohnehin abgewandt war. Gegenwehr wäre völlig zwecklos gewesen. Einem Griff, wie Chalil ihn hatte, entkam man nicht. Er zog mich an seine Seite. Seine Lippen waren heiß und salzig, weich und leidenschaftlich. Und ich wusste nicht mehr, wie ich hieß und wer ich war. Es gab keine Welt mehr um mich herum. Es gab nur noch ihn und mich und die Ewigkeit. Ich hatte es schon in Romanen gelesen, aber noch nie selbst erlebt, dass man bei einem Kuss alles um sich herum vergisst, nichts mehr hört, total versinkt. Bei Chalil war das so. Ich weiß auch gar nicht, was unserem Kuss ein Ende setzte. Auf einmal erwachte ich in der dämmrigen Schlucht. Der zauberhafte Sonnenstrahl war verloschen, ein kalter Luftzug ging. Am liebsten hätte ich mich niemals wieder aus der Wärme entfernt, die Chalil abstrahlte, mich nie aus dem Blick gelöst, der auf mir ruhte. Auch er lockerte seinen Griff nur widerstrebend. Und bevor er es konnte, musste er mich noch einmal an sich ziehen und küssen.

»Finja«, sagte er leise und hastig, »ich möchte so gern mein Leben mit dir verbringen. Ich wünsche mir, dass wir eine Zukunft haben. Ich würde dich so gern heiraten!«

Ich schluckte. »Aber ...«

Rasch wandte er sich der Wand zu.

»Chalil!«

Er drehte sich noch einmal um.

»Ich möchte es auch«, sagte ich.

Er lächelte ruhig und beglückt. Dann wandte er sich ab und begann, die Wand hinaufzuklettern, schnell, sicher und behände. Er hätte das Seil zur Sicherung nicht gebraucht.

Dann war ich allein. Sterne begannen sich im letzten Licht der Dämmerung über dem Felsspalt zu versammeln wie ein neugieriges Volk, das zusammenlief, die Köpfe zusammensteckte und darüber diskutierte, was ich wohl machte, da unten im Felsspalt im Hadschargebirge, in dem ich stand und zu ihnen, den Sternen, hinaufschaute, während ich darauf wartete, dass man das Seilende zurückwarf und ich aufsteigen konnte.

19

Die Nacht verbrachten wir zwischen Ziegen an dem Lagerplatz der Jungen am oberen Eingang ins Tal. Der alte Walid hatte in seiner Umhängetasche Mehl dabei und buk Fladenbrot. Dazu gab es ein paar Datteln für jeden und Minztee mit viel Zucker.

Die Männer schwatzten, lachten und sangen. Der kleine Mutlak schlief gegen seinen Vater gelehnt ein. Später zogen sie sich alle irgendwohin zurück und nur mein Vater und ich blieben mit den beiden Decken der jungen Hirten am verglühenden Feuer zurück.

Ich bibberte die ganze Nacht, obwohl ich meine Daunenjacke und eine Decke hatte. Der arme Mutlak, dachte ich zuerst, er hatte bestimmt Schmerzen, er war geschwächt von der Verletzung, was musste er frieren. Dann dachte ich nur noch an mich. Ziegen meckerten im dunklen Tal. Sterne glitzerten. Die Reste des Feuers knisterten und knackten. Der Wind flüsterte in Büschen und Halmen. Die um mich versammelte Pracht der Natur kam mir vor wie Hohn und Spott auf mein Gefriere und Gebibber.

Wie hielt man so was aus? Andererseits hielt ich es aus, weil es keine Alternative gab, weil ich zu niemandem gehen konnte, um zu klagen, schon gar nicht zu Chalil, der ohne Decke nur in seiner Outdoorjacke schlief, und weil in mir Glück pulsierte.

Ich dachte noch einmal alles durch und wärmte mich an jeder von Chalils Gesten und Worten in der Schlucht. Ich spürte noch einmal, wie sich seine Haut angefühlt hatte, glatt und weich über harten Muskeln, die Berge und Täler seines Rückens, die empfindlichen kleinen Kuhlen im Becken, knapp oberhalb des Gürtels. Ich schmeckte seinen Kuss nach. Kostete seine gezügelte Unbeherrschtheit aus. Und dann explodierte es in mir: Er hatte mich gefragt! Er wollte mich heiraten! Wir liebten uns, wir liebten uns, wir liebten uns ...

Wenn ich das Meike und Nele erzählte! Ich heirate einen Scheich! Wozu war ich mit meinem Vater in den Alpen herumgestiegen und hatte Klettern gelernt? Seit heute Nachmittag wusste ich es. Überhaupt war mein ganzes Leben Vorbereitung auf diesen Moment gewesen, auf Chalil. Ohne die Touren mit meinem Vater hätte ich den Aufstieg nicht durchgehalten. Wenn meine Mutter nicht so früh gestorben wäre, hätte mein Vater mich nicht zu den Weihnachtsmarkttreffen mit seinen Studenten mitgenommen und es wäre nie Brauch geworden, dass ich stets dabei war. Ich hätte auch niemals verstanden, wie sich Abra fühlte. Ich hätte ihre Träume vom schönen Todesengel nicht nachvollziehen können, die in Liebe zu Chalil mündeten, münden mussten, so wie meine Einsamkeit mich vorbereitet und auf geheimnisvolle Art empfänglich gemacht hatte für ihn, der doch im Grunde ebenso einsam war wie ich in der Strenge seines Lebens, das es ihm nicht einmal erlaubt hatte, Arzt zu werden. Und ohne Abra wiederum hätte Chalil nie gelernt, Mitgefühl mit einem Mädchen zu haben und seine Einsamkeit zu verstehen. Denn auch ich war einsam gewesen, mein halbes Leben lang. Papa hatte sich zwar um mich gekümmert, aber er hatte seine Arbeit, seine Projekte, seine Studenten. Und Jutta gab sich Mühe, würde mir aber immer eine Fremde bleiben, so wie die Scheicha, so freundlich und großzügig sie auch war, für Abra. Und wozu hatte ich zusammen mit Nele und Meike das Buch *Tausendundeine Nacht* zu meiner Privatbibel erkoren, wenn nicht, damit ich vorbereitet war auf orientalische Denkweise, auf die strengen Gesetze der Gastfreundschaft, auf Dschinn und die Allmacht Allahs? Ich war bereit, mein Leben mit Chalil zu verbringen.

Und nun löste sich alles ein. Wir würden heiraten.

Was würde Papa dazu sagen? Er würde wollen, dass ich trotzdem mein Abitur machte. Und ich wollte es ja auch. Das war ich mir schuldig. Chalil und seine Familie würden es verstehen müssen. Und wenn mein Vater nicht darauf bestand, dass ich erst heiratete, wenn ich volljährig war, dann würde ich den Schulabschluss hier machen. Schulen gab es ja auch in Dubai. Und danach würde ich studieren.

Würde ich darum kämpfen müssen?

Und noch mehr bange Fragen trieben mich um. Wie würden wir leben? Und wo? Würden wir eine eigene Wohnung haben oder im Palast leben müssen? Immer unter Aufsicht der Eltern, des Bruders, der Schwester, der Schwägerin? Würden wir im Palast wenigstens gemeinsame Räume bewohnen dürfen? Oder verlangte es die Tradition, dass ich im Frauentrakt lebte mit Salwa, Funda und Chalils Mutter zusammen?

Das würde ich nicht wollen. Dafür hätte ich Chalil nicht geheiratet. Darüber würde ich mit ihm reden müssen. Am liebsten wäre ich sofort aufgestanden, hätte ihn gesucht und ihn gefragt, wie er sich das vorstellte. Warum konnte ich nicht einfach zu ihm gehen und ihn fragen? Würde ich es in

Zukunft aushalten, dass genau solche Aktionen nicht gingen, dass unser Zusammensein Regeln unterworfen war?

Irgendwann schlief ich wohl ein, denn als ich die Augen wieder aufschlug, färbte zartes Rosa erst den Himmel, dann die Berggipfel. Die Sterne verloschen. Blau zog auf. Tau glitzerte auf den Gräsern. Und dann, plötzlich, blitzte die Sonne über die Gipfel und es wurde sofort warm.

Eine Viertelstunde später waren wir bereit zum Aufbruch. Der alte Walid blieb bei der Herde zurück, um sie in ein anderes Tal hinunterzutreiben, und zu fünft begaben wir uns die Steinkaskaden zum Pass hinauf: Chalil, Hassan und Mutlak, mein Vater und ich.

Chalil hütete wiederum seinen Blick, erlaubte es seinen Augen nicht, mich auch nur einen Moment lang anzuschauen. Aber ich spürte, dass er mit jeder Faser bei mir war. Seine herabhängende Hand schien mich mit einem kleinen Zucken zu grüßen, wenn mein Blick auf sie fiel, sein Halsmuskel zeigte mir unter dem hochgeschlagenen Kopftuch, wie gern er den Kopf zu mir gedreht hätte, sein Schritt stockte kaum merklich, wenn ich zurückblieb, sogar seine *Dischdascha* flatterte in meine Richtung, wenn ein Luftzug sie traf. Er war in meiner Nähe. Das fühlte sich ungemein gut an, es war schön und beglückend. Es machte mich ruhig und zuversichtlich. Wir liebten uns. Das war die Hauptsache. Alles Weitere würde sich fügen. Wir würden einen Weg finden. Hundertpro!

Ich weiß nicht, warum sich mein Vater just oben auf dem Pass zu mir umdrehte und fragte: »Weißt du eigentlich, warum die Araber diese Kordel auf dem Kopf tragen?«

»Nein. Warum?«

»Man erzählt sich, dass vor langer Zeit ein Beduine namens Mohammed lebte, der sieben Jahre fleißig seine Ziegen vermehrt und nun genug Geld beisammen hatte, um sich ein Kamel zu kaufen. Er beschloss, nach al-Air zu gehen und den Handel dort abzuschließen. Es war aber das erste Mal, dass Mohammed in die Stadt ging. Auf dem Weg malte er sich aus, was er alles zu sehen bekommen würde. Er stellte sich den Markt vor, die vielen Stände. Wenn er mit dem Kamelhändler gut verhandelte, würde sein Geld vielleicht sogar noch reichen, einen schönen Stoff für die Herrin seines Herzens zu kaufen, mit echtem Gold durchwirkt. Außerdem wollte er eine Kaffeestube besuchen, sich ein Essen servieren lassen und die Wasserpfeife rauchen. Und Frauen gab es dort, hatte man ihm erzählt. Sie waren einem für wenig Geld zu Diensten. Doch daran wollte er nicht denken. Er nahm sich vor, sie gar nicht anzuschauen. So sehr war Mohammed in Gedanken an all die Herrlichkeiten der Stadt versunken, dass er gar nicht bemerkte, wie sich ihm fünf Männer näherten. Und sie überfielen ihn und raubten ihm all sein Geld und seine Kleider noch dazu.

Und so musste er ohne Kamel und halb nackt unter allgemeinem Gelächter zu seinem Zelt zurückkehren. Die Herrin seines Herzens schimpfte ihn aus und noch viele Monate lang musste er sich den Spott seiner Freunde anhören. Als wieder sieben Jahre vorbei waren und Mohammed erneut genug Geld beisammen hatte, um sich ein Kamel zu kaufen, beschloss er wiederum, nach al-Air zu gehen. Aber diesmal wollte er seine fünf Sinne beisammenhalten. Deshalb nahm er eine Kordel aus Ziegenhaar, mit der man einem Kamel das Bein hochbindet, damit es nicht wegrennen kann, und schlang sie sich um den Kopf, zur Sicherheit gleich zwei Mal.

Und diesmal lenkte ihn nichts ab auf seinem Weg, keine Gedanken an goldene Stoffe und schöne Frauen. Niemand überfiel ihn und er konnte ein Kamel kaufen und sogar noch ein Kopftuch für die Herrin seines Herzens. Und seitdem tragen die Beduinen die Kamelfessel, die *Agal*, auf dem Kopf.«

Ich lachte.

Aber warum erzählte er mir das? Hatte mein Vater bemerkt, aus welchem Grund Chalil seinen Blick so sehr hütete? Nun gut, irgendwann würde ich es ihm sowieso sagen müssen. Und zwar ziemlich bald. Es würde Diskussionen geben. Vor allem auch mit Jutta.

»Es ist natürlich nur eine Legende«, sagte mein Vater. »Aber eine hübsche.«

»Papa?«

»Ja, Spätzelchen?«

»Ich ... ich frage mich gerade ...«

»Ja?«

»Hm, ich meine nur, manchmal habe ich den Eindruck, dass die Araber ihre ganze Kultur darauf ausgerichtet haben, sich vor Frauen zu hüten und sie auf Abstand zu halten. Wir müssen ja wahre Monster sein. Sind wir das, Papa?«

»Natürlich nicht.«

»Im Ernst jetzt mal. Du bist auch ein Mann. Bei uns macht man doch auch Witze über Frauen, wenn sie die Hosen anhaben oder Männer unter ihrem Pantoffel stehen. Und es heißt, dass Frauen keine Freundinnen sein können, weil sie immer Konkurrentinnen sind. Spieglein, Spieglein an der Wand, wer ist die Schönste im Land und so. Und du sagst doch auch immer, eine Studentin unter deinen Studenten stiftet nur Unruhe, zweie keifen die ganze Zeit und erst ab drei bleibt es friedlich. Ich meine, hinter all diesem Gerede steckt doch auch eine Angst. Warum haben Männer solche Angst vor uns?«

»Ich würde nicht sagen, dass wir Männer Angst vor Frauen haben. Wir lieben euch doch, Spätzelchen. Vielleicht haben wir manchmal nur Angst, dass wir uns selbst untreu werden, dass wir zu viel aufgeben, weil wir eine Frau zu sehr lieben. Und wir … wir sind manchmal schon ziemlich triebgesteuert.«

»Und Frauen, können die auch sich selbst untreu werden?«

»Ich weiß nicht. Vermutlich schon. Was meinst du?«

Ich überlegte noch, da taumelte der kleine Mutlak vor mir und fiel hin. Hassan kehrte um und setzte sich seinen Sohn auf die Schultern.

Den Hang hinunter mussten wir hintereinander gehen, weil der Pfad so schmal war, und ich konnte das Gespräch mit meinem Vater nicht fortsetzen. Wenn ich die Schule aufgab, dann würde ich mir untreu werden, überlegte ich. Andererseits strebte ich doch das Abitur nur an, weil es bei uns so üblich war. Es war eine Art kultureller Übereinkunft. Aber war es auch der Weg, den ich mir ausgesucht hätte, wenn ich hätte frei wählen können? Ich wollte doch eigentlich Schriftstellerin werden. Brauchte ich dafür Abitur und Studium? Nicht wirklich! Also konnte ich mir auch selbst untreu sein, wenn ich so weitermachte wie bisher. Mein Vater würde das allerdings ganz anders sehen. Das ahnte ich.

Unser Rückweg war ein anderer als unser Aufstieg. Als die Sonne schon halb hoch stand – acht Uhr nach meiner Armbanduhr –, kamen wir an eine Piste, die sich an einem trockenen Flusslauf entlangschlängelte. Es handelte sich um zwei ausgefahrene Spuren im Geröll. Und es kam auch gleich ein Auto von oben herab. Auf der Ladefläche des weißen Pickups lagen zwei Kamele. Ihre Vorderbeine waren mit schwarzen Kordeln verschnürt, damit sie nicht aufstehen konnten. Besonders glücklich sahen sie nicht aus. Aber Kamele sahen immer irgendwie pikiert aus, halb überheblich, halb beunruhigt, wie englische Ladys, wenn sie sich wunderten, dass ihre Teelöffel anfingen, im Tee zu tanzen.

Der Pick-up hielt. Im Fahrerhaus saßen vier Männer.

Chalil und Hassan begannen ein Gespräch durchs Seitenfenster. Dann rückten die Männer zusammen und Hassan stieg mit Mutlak auf die Rückbank. Chalil bedeute meinem Vater und mir, zu den Kamelen auf die Ladefläche zu klettern. Mein Vater stieg vorsichtig hinter den Kamelen entlang nach vorn durch. Ich wollte ihm folgen, aber der Wagen rollte plötzlich los. Ich krallte mich an der Seitenlade fest und hockte mich nieder, ehe ich über Bord ging. Chalil sprang im letzten Moment über die Rücklade auf den Wagen und kam, umgeworfen von einer Bodenwelle, neben mir zum Sitzen. Er legte den Arm hinter mir auf die Seitenlade, um sich festzuhalten.

»Wohin fahren wir?«, fragte ich ihn.

»Nach Awabi. Da gibt es eine Krankenstation mit einem Arzt und einem Operationstisch. Mutlaks Arm muss professionell versorgt werden.« Er zog aus der Innentasche seiner Jacke ein Satellitenhandy. »Und außerdem kann uns dort ein Fahrzeug meines Großvaters abholen.«

Der Pick-up rumpelte derartig über die Piste, dass es mich immer wieder gegen Chalil warf. Unsere Knie stießen aneinander und ich landete immer wieder mit der Schulter in seiner Achsel, während er telefonierte. Wenn ich meinen Kopf nur ein wenig zurücklehnte, konnte ich Chalils Arm spüren. Und wenn ich zu meinem Vater schaute, der am Fahrerhaus lehnte und sich krampfhaft festhielt, sah ich neben meiner Schulter Chalils kräftige Hand fest um die Kante der Seitenlade geschlossen und bestrebt, die Stöße abzufangen.

Vor uns lagen die beiden Dromedare und blickten pikiert in die Landschaft, die an uns vorüberholperte. Granitgrau stiegen die Hänge vom schneeweißen Sand des Wadis zu den Gipfeln empor. Darüber blauer Himmel. Grüner Flaum sprießte an der Böschung. Tümpel leuchteten grün unten im Flusslauf. Vögel flatterten.

»Dein Vater hat vermutlich nichts dagegen«, sagte Chalil, das Handy wegsteckend, »wenn ich mich mit dir unterhalte.«

»Nein, natürlich nicht«, antwortete ich. »Hast du das extra so arrangiert?« Ich lachte.

Er lachte auch, wenn auch ein bisschen angespannt. Auch ich war nicht unbefangen. Er hatte mich gestern Abend gefragt, ob ich ihn heiraten würde. Und jetzt hatten wir Gelegenheit, darüber zu reden.

»Hast du sehr gefroren heute Nacht?«, erkundigte er sich.

»Wie ein Schneider!«

Er lachte. »Frieren bei euch die Schneider, weil sie die Kleider immer nur für andere nähen und sich selber keine leisten können?«

»Das sagt man nur so. Ich muss dabei immer an diese Riesenmücken mit den langen Beinen denken. Die nennen wir auch Schneider. Sie zittern immer so mit ihren langen Beinen die Wände hinauf und hinunter.«

»Und man nennt sie Schneider, weil Schneider immer vor Kälte zittern?« Chalil lachte vergnügt. »Ich habe auch schon gehört, dass man sagt: ›Das kannst du halten wie ein Dachdecker‹, wenn man sagen will: ›Das kannst du machen, wie du willst.‹«

Ich wünschte, ich hätte mich mit unseren Redensarten besser ausgekannt und Erklärungen parat gehabt. Doch eigentlich wollte ich mit Chalil jetzt nicht deutsche Redensarten erläutern. Wir hatten Wichtigeres zu besprechen, fand ich. Oder hatte Chalil schon vergessen, was er mir gestern Abend in der Schlucht hastig zugeflüstert hatte? Bereute er es inzwischen gar? Fiel das unter die Kategorie Verwirrung der Sinne durch Anwesenheit von Frauen, weshalb Araber die *Agal* trugen?»Wie ist das eigentlich«, begann ich, »wenn man bei euch heiraten will? Muss ich …«

»Gemach, Finja!«, unterbrach er mich. »Bei uns fällt man nicht mit der Tür ins Haus. Übrigens eine sehr schöne Redensart. Das kann man sich wunderbar vorstellen. Wie jemand mitsamt der Tür ins Haus kracht. Und alle erschrecken zu Tode. Deshalb unterhält man sich bei uns erst einmal über Nebensachen: über das Wetter, die allgemeine wirtschaftliche Lage, die Falkenjagd in Pakistan und Kamelrennen, und viel später, meist erst am anderen Tag, kommt man auf das Geschäftliche zu sprechen.«

»Ist die Ehe denn ein Geschäft?«

Chalil lachte unbehaglich. »Die Ehe ist nichts anderes als ein Geschäft, Finja. Ein Geschäft zwischen zwei Familien. Da wird gerechnet, verhandelt, geschachert und gefeilscht.« Er wurde ernst. »Finja, du bist dir nicht im Klaren darüber, was das Leben in einer Familie wie meiner überhaupt bedeuten würde.«

Natürlich war ich mir nicht wirklich im Klaren darüber. Ich war erst ein paar Tage in diesem Land. »Ich werde superreich sein und mit Privatjets fliegen«, sagte ich scherzhaft. »Ich kann jeden Tag shoppen gehen und im Meer baden.«

Er schaute mich prüfend an.

»Das war ein Witz, Chalil!«

»Nun ja, es kommen immer wieder Europäerinnen nach Dubai mit dem einzigen Ziel, sich einen reichen Scheich zu angeln. Sie denken an Jachten, Pferde und Partys. Aber sie lernen nie ein Mitglied der sieben Scheichfamilien kennen, denn es führt sie niemand ein. Ich weiß von keiner Verbindung eines Scheichs mit einer europäischen Ausländerin.«

»Müssen wir denn eigentlich unbedingt gleich heiraten, Chalil?«

Er schaute mich erstaunt an. »Wie sollte es denn sonst gehen? Oder denkst du an eine *Muta'a*-Ehe? Die lehnen wir Sunniten allerdings ab, wenngleich es auch in Dubai geschieht.«

»Bitte was?«

»Die Genussehe. Eine Ehe auf Zeit. Männer schließen sie für eine Stunde ab, wenn sie mit einer Prostituierten schlafen wollen, oder für einige Jahre, wenn sie eine Geliebte haben, von der die Ehefrau nichts wissen soll. Aber ...«

Ich musste lachen. »Nein, das meinte ich nicht, Chalil.«

»Verzeihung!« Er lächelte verlegen. »Jetzt verstehe ich. Nein, Finja, das geht hier nicht so wie bei euch. Du allein kannst dir nicht einfach eine Wohnung in Dubai nehmen. Man würde dich als Hure betrachten. Und wenn wir zusammenleben wollten, müssten wir verheiratet sein. Beziehungen wie bei deinem Vater und Jutta sind hier nicht möglich. Leider.«

»Man könnte sich so besser kennenlernen, sehen, ob es klappt ...«

»Ja, das ist eine gute Sache, aber bei uns ist auch eine Scheidung möglich. Und sie ist für eine Frau kein Nachteil. Sie kann ihre Brautgabe behalten.«

»Oh Gott, Chalil!«

»Entschuldige. Du hast gefragt.«

»Ja, ja. Aber erst einmal müssten wir heiraten. Und zwar zügig. Oder?«

»Langsam, Finja! Langsam!«

Wenn ich heute zurückdenke und mir die Szene von damals noch einmal vergegenwärtige, dann komme ich mir unheimlich naiv vor. Finja, sechzehn Jahre, will einen Scheich heiraten und glaubt, es geht. Ich träumte wirklich noch im Märchenland von *Tausendundeiner Nacht*. Ich dachte, wenn Chalil und ich erst einmal verheiratet wären, dann wäre die größte Hürde überwunden. Dann würden wir leben, wie ich das von Eltern meiner Freundinnen kannte: gemeinsames Schlafzimmer, Frühstück, arbeiten gehen, Abendessen. Man zog die Kinder groß, man machte ab und zu Urlaub. Natürlich war man auch nicht immer einer Meinung, manchmal stritt man sich. Die Ehe kam vielleicht ein bisschen früh in meinem Fall, aber in meinem Kopf war alles schon fertiggedacht: Liebe, Leben und Tod. Zur Entschuldigung kann ich nur anführen, dass meine Lebenserfahrung damals darin bestand, mir Jutta vom Leib zu halten und mit Nele und Meike Französisch zu lernen und auszugehen. Chalil war mir nicht nur an Jahren und Erfahrung, sondern auch intellektuell überlegen. Im Grunde muss ich ihm sogar dankbar sein, dass er meine Unwissenheit nie ausgenutzt und mich nicht manipuliert oder überrumpelt hat. Er hätte es nämlich können. Auf der anderen Seite muss ich mir auch nicht vorwerfen, ich hätte seine Ergebenheit ausgenutzt und ihn zu etwas gedrängt oder gar erpresst, was ihn unglücklich gemacht hätte.

»Langsam, Finja«, sagte er neben mir auf dem rumpelnden Pick-up mit den beiden pikiert dreinblickenden Dromedaren, »ich werde mit meinem Vater reden, meine Mutter wird mit dir reden, mein Vater wird mit deinem Vater reden …«

»Ich habe ihm noch nichts gesagt von … von uns.«

»Ist dir klar, dass auch dein Vater massiv was dagegen haben könnte, dass du einen Moslem heiratest?«

»Frag mich nicht immer, ob mir was klar ist, Chalil. Ich bin kein naives verträumtes kleines Mädchen. Ich weiß auch, dass es nicht einfach wird.« Ich grinste ihn an. »Ist dir eigentlich klar, was es bedeutet, wenn du eine Europäerin zur Frau hast?«

Er senkte den Kopf und atmete aus. »Ich müsste lernen zu akzeptieren, dass du mir vor anderen widersprichst.«

»Ist das so schwierig?«

Er blickte mich kurz, fast scheu, von der Seite an. »Für mich vielleicht nicht. Aber für die anderen, Finja.«

»Also müsste ich lernen, den Mund zu halten?«

Er antwortete nicht.

»Müssen wir denn hier ... ich meine ... du hast in Deutschland studiert, du warst auf einem englischen Internat. Deine Mutter hat erzählt, eine Schwester von ihr lebe in der Schweiz. Müssen wir denn überhaupt hier leben? Könnten wir nicht in ... Deutschland leben oder in der Schweiz oder in London?«

»Das könnten wir«, antwortete er leise. »Wenn du hier nicht leben kannst, könnte ich mit dir woanders leben. Ich könnte in Europa arbeiten und als Ingenieur unseren Lebensunterhalt verdienen.«

»Ich würde ja auch Geld verdienen«, sagte ich. »Ich will Schriftstellerin werden, und wenn ich Erfolg habe ...«

Er lachte leise. »Finja, bist du denn durch nichts einzuschüchtern und nie um eine Antwort verlegen?« Er blickte mich an. Seine Nüstern waren geweitet. »Das hat mich vom ersten Augenblick an fasziniert an dir. Der Mut in deinem Blick, die Freiheit in deinen blauen Augen. Und sag nicht, ihr wärt alle so, ihr europäischen Frauen. Ich habe genügend andere gesehen. Du hast mehr davon als die anderen. Mir gefällt deine Selbstsicherheit, Finja. Du sagst, was du denkst, du tust, was du für richtig und notwendig hältst. Es ist eine große Kraft in dir, weißt du das? Sie macht mir Hoffnung. Eines Tages werden auch unsere Frauen frei und selbstsicher in die Zukunft schauen und sagen, ich werde Ärztin oder Professorin oder Chefredakteurin einer Zeitung, und sie werden es einfach tun, ohne ängstlich auf die Erlaubnis ihres Vaters zu warten. Du wirst sicherlich eine berühmte Schriftstellerin. Daran zweifle ich nicht.«

In mir begann etwas zu zittern. Zum ersten Mal hatte Chalil mir erklärt, warum er mich überhaupt wahrgenommen hatte und was ihn an mir faszinierte: Mut, Freiheit, Selbstsicherheit. Doch gerade fühlte ich mich überhaupt nicht so. Denn gerade lief alles darauf hinaus, dass wir beide – ich voran – einsahen, dass wir nicht kompatibel waren. Chalil hatte mir die Alternativen klar vor Augen geführt: illegales Verhältnis oder meine Unterwerfung unter seine Traditionen. Und die Dimension der dritten Möglichkeit hatte er nur angedeutet: Wenn er in Europa unseren Lebensunterhalt verdienen musste, so bedeutete das, dass er vom Vermögen seiner Familie abgeschnitten sein würde. Womöglich würde er dann mit seiner Familie brechen müssen.

Dieses Opfer durfte ich von ihm natürlich nicht verlangen. Und mal ehrlich, auch ich stellte mir mein Leben mit einem Scheich anders vor. Was würde von Scheich Chalil ibn Nasser ibn Sultan as-Salama übrig bleiben in einer Etagenwohnung mit Garten und einer Anstellung als Ingenieur bei Bosch oder Mercedes? Er wäre ein Niemand, einer von vielen mehr oder weniger unwillkommenen Ausländern, die man mit Ali anredete, weil der Name Chalil mit seinem Kehllaut unaussprechlich war und die europäisierten Varianten Kalil oder Halil sich niemand merken wollte. Aus Chalil as-Salama würde ein Ali Salami.

Und nun zitterte ich, weil mir klar wurde, was das bedeutete. Ich würde es sein, die das Opfer bringen musste.

»Wie würde es denn überhaupt gehen?«, fragte ich. »Wenn wir nicht nur so einen Ehebruchs-Eheschein haben wollen, was müssten wir tun? Müssen wir beim Imam eine Genehmigung einholen?«

»Wir sind Sunniten, Finja. Die Schiiten haben Imame, Vorbeter, die sie als Nachfolger des Propheten Mohammed betrachten, beispielsweise im Iran. Wir Sunniten aber stehen in der Tradition des Kalifats, benannt nach *Chilafa*, was Stellvertreter bedeutet. Der Kalif ist der Stellvertreter Gottes oder Nachfolger des Gesandten Gottes, also des Propheten Mohammed, der keine männlichen Nachkommen hatte. Die Zeit der Kalifate ist allerdings lange vorbei. Aber bei uns regieren nicht die Imame, sondern Emire. Es handelt sich um eine konstitutionelle Monarchie aus Emiren mit einem Nationalrat, dessen Mitglieder zur Hälfte in den einzelnen Emiraten gewählt worden sind, allerdings nur von wenigen, die auf den Wahllisten standen. Aber unter den 20 gewählten Mitgliedern befindet sich immerhin eine Frau. Der Nationalrat berät und kontrolliert und er strebt es an, künftig vollständig von der Bevölkerung gewählt zu werden. Ein wichtiger Grundsatz ist bei uns allerdings, dass der Emir für jeden von uns ansprechbar sein muss. Er hält regelmäßig ein *Madschli* ab, einen öffentlichen Empfang, bei dem jedermann sein Anliegen vorbringen kann, sei es privater Natur oder allgemeiner.«

»Und da könntest du unser Anliegen vortragen?«

Chalil lächelte. »Öffentliche Aufmerksamkeit ist nie gut, nicht bei so einer Sache.«

»Langsam verstehe ich gar nichts mehr, Chalil. Können wir nun heiraten oder können wir es nicht?«

»Wenn mein Vater es erlaubt ... Er ist der Scheich. Er entscheidet in Angelegenheiten der Sippe.«

»Und was wird dein Vater sagen?«
»Das weiß ich nicht.«
»Hm, das weißt du nicht.«
»Was wird denn dein Vater sagen?«
Ich warf meinem Vater einen raschen Blick zu. Er schaute in die vorbeiziehende Landschaft mit den kargen bunten Bergen.
»Das weiß ich auch nicht«, musste ich zugeben. »Aber ich nehme an, er wird mich fragen, ob ich mir das auch alles gut überlegt habe, und Hauptsache, ich werde glücklich. Und letztlich ist es egal. In anderthalb Jahren bin ich volljährig. Dann kann er mir nichts mehr verbieten, rein gar nichts.«
Chalil wandte den Blick ab und schaute über die Kamele hinweg in das schwarzgraue Geschiebe der Berggipfel.
Sehnte er sich nach der Freiheit, die ich genoss? Oder hätte ich mich nach der Geborgenheit in einer großen Familie sehnen sollen, die einem bestimmte Entscheidungen abnahm? Zum Beispiel die, mit einem Menschen ein gemeinsames Leben zu planen, der nicht derselben Religion angehörte, einen völlig anderen kulturellen Hintergrund hatte und einem gänzlich andersartigen gesellschaftlichen Konzept anhing. Das Einzige, was Chalil und mich verband, war unsere tiefe Zuneigung. Schon das Wort Liebe schien mir zu schwach, zu abgegriffen dafür. Liebe reicht nicht, hatte ich Jutta schon urteilen hören über gewagte Verbindungen in unserem Bekanntenkreis. Liebe vergeht. Und wenn es dann keine Basis gibt, keine gemeinsamen Interessen, keine kulturellen Übereinkünfte, wie man ein Leben gestaltet, dann geht das schief.
»Und, wirst du deinem Vater gehorchen, Chalil?«
»Mein Vater ist ein kluger Mann. Ich werde ihm … ich werde ihm genau zuhören. Und er wird mir zuhören.«
Auf einmal kam es mir vor, als seien Chalil und ich bereits

mit all unseren Fasern und Gedanken ineinander verflochten. Und es würde fürchterlich wehtun, wenn wir uns auseinanderreißen mussten. Es ging schon gar nicht mehr. Es würde bluten. Ich und er, wir würden verbluten.

»He!«, hörte ich ihn plötzlich dicht an meinem Ohr sagen. »Wein nicht, Finja! Bitte!«

Da erst registrierte ich, dass mir Tränen über die Wangen liefen. Ich wischte sie weg. Er fragte gar nicht, was los sei. Er wusste es.

»Finja, ich werde alles tun ...«

Da fuhr der Pick-up über einen Stein, der knallend unter dem Reifen hervorsprang. Uns katapultierte es regelrecht in die Höhe. Die Dromedare wippten und wackelten gefährlich. Eines versuchte aufzustehen, was ihm aber wegen der Fesseln misslang. Das Fahrzeug bremste und hielt. Der kleine Mutlak vorn im Führerhaus schrie wie wild.

Chalil sah alarmiert aus. Mit einem Satz sprang er von der Ladefläche und lief zur Fahrerkabine vor. Hassan stieg mit Mutlak aus und setzte ihn auf einen Stein an der Wegböschung. Mit der Fassung, die der kleine Junge bisher bewahrt hatte, war es endgültig vorbei. Er heulte lauthals.

Ich kletterte ebenfalls von der Ladefläche.

»Ich fürchte, der Knochen hat sich verschoben«, bemerkte Chalil.

»Eben, als wir über den Stein gefahren sind?«

»Vielleicht.«

Chalil blickte nachdenklich auf den Kleinen hinunter, dann griff er sich in eine Jackentasche und holte ein Lederetui heraus. Eigentlich war es ein Bündel länglicher Gegenstände, die mit hellem Leder umwickelt waren. Er hockte sich am Wegrand nieder und schlug es auf den Steinen auseinander. Zu meinem Grausen kam Operationsbesteck zum Vorschein, Chirurgenmesser, Schere, Nadel, Klemmen. In einer Innentasche des Etuis steckten außerdem ein paar Fläschchen, von denen Chalil eines herausnahm. Er stand auf, ging zu Mutlak und flößte ihm ein paar Tropfen von dem Mittel ein.

»Tilidin!«, bemerkte mein Vater, der ebenfalls vom Laster geklettert war. »Ein Opiat. Ich habe das bekommen gegen die Schmerzen bei meinem Bandscheibenvorfall.«

»Ich muss den Knochen wahrscheinlich neu einrichten«, sagte Chalil.

»Kannst du denn so was?«, fragte mein Vater entgeistert.

»*Inschallah!*« Chalil blickte zu ihm auf. »Und ich bräuchte dann vermutlich Hilfe.«

»Oh«, antwortete mein Vater und hob die Hände, »da darfst du nicht mich anschauen. Ich falle in Ohnmacht, sobald irgendetwas Medizinisches gemacht wird. Ein Pflaster auf eine Wunde kleben reicht schon. Finja hat da die stärkeren Nerven.«

»Okay«, sagte ich. »Was muss ich tun?«

»Zunächst mal, ihn halten.« Chalil schaute auf die Uhr. »Wir müssen zwanzig Minuten warten, bis die Wirkung des Mittels einsetzt.«

Die anderen Männer saßen inzwischen auf ihren Fersen und rauchten Zigaretten.

Es war eine grauenvolle Operation, die Chalil vorhatte. Zum Glück erklärte er mir nichts im Voraus. Sonst hätte ich gekniffen. So aber konnte ich weder ihn noch Mutlak im Stich lassen und biss die Zähne zusammen. Schon als Chalil den Verband löste, packte mich das Grausen. Der Arm war geschwollen und blau von einem Bluterguss. Nach Chalils Ansicht waren die beiden Knochenenden verschoben und drohten, aneinander vorbeizurutschen. So konnte man Mutlak auch keine halbe Stunde mehr transportieren, allein schon wegen der Gefahr, dass der Knochen eine Vene durchtrennte und Mutlak verblutete. So geschwollen wie das umliegende Gewebe war, würde Chalil die Knochen allerdings nicht einfach wieder mit den Bruchkanten aufeinandersetzen können. Er musste an der Bruchstelle aufschneiden.

Mutlak war zwar ziemlich benommen, als Chalil anfing, und sein Schmerzempfinden war stark reduziert, aber er war eben nicht ohne Bewusstsein. Und er zuckte und schrie auch vor Schmerzen.

Ich bewunderte Chalils Kaltblütigkeit. Er ließ sich durch nichts ablenken, weder durch Mitleid noch durch Blut. Und er arbeitete rasch und sicher. Er hatte mir seine *Ghutra* gegeben, damit ich das Blut wegtupfen konnte. Sie war bald nass und rot.

Irgendwann sagte er zu mir: »Augen zu und festhalten.«

Ich kniff die Augen zu. Mutlak schrie in wildem Protest und ich hörte ein ekelhaftes Knirschen von Knochen. Erschrocken riss ich die Augen wieder auf. In diesem Moment verlor Mutlak das Bewusstsein und wurde schlaff in meinem Arm. Ich sah die offenen Knochen, die beiden Enden, die aufeinandermussten, aber nicht wollten, es sei denn, ich gab ihnen mit dem Finger einen winzigen Stoß. Es knirschte noch mal, dann war auch schon das Schlimmste vorbei.

Chalil nähte den Schnitt zu, legte dem Jungen einen sterilen Mullverband aus seinem Reise-Chirurgen-Set an, polsterte den Arm mit trockenen Schilfgräsern, welche Hassan unten aus dem Bachbett des Wadis geholt hatte, und gipste ihn dann quasi ein mithilfe von Lehm, den Hassan ebenfalls brachte.

Während die anderen Mutlak auf die Rückbank im Führerhaus des Pick-ups legten, begaben Chalil und ich uns in das bis auf ein schmales Rinnsal ausgetrocknete Flussbett hinunter, um uns das Blut von den Händen zu waschen.

»Danke«, sagte Chalil. »Diesmal hast du Mutlak wirklich das Leben gerettet.«

»Quatsch! Wenn, dann hast du das getan, Chalil.«

Er lächelte. »Ohne deine Hilfe wäre es nicht gegangen.«

»Du hättest einen der Männer gebeten.«

»Schon, aber keiner von ihnen hätte im richtigen Moment verhindert, dass die Knochen die Schlagader durchsägen.«

»Was?« Um mich herum drehte sich plötzlich alles. Ich spürte Chalils festen Griff um meinen Oberarm. Helle Tropfen flogen mir ins Gesicht. Sie waren eiskalt. Chalil bespritzte mich mit Wasser aus dem Bach. Und allmählich pendelten sich auch die Gipfel des Hadschar wieder ins Lot und standen still.

»Setz dich!«, sagte er. Er ließ mich erst los, als ich auf einem Stein saß. »Und trink ein bisschen Wasser!«

Das Wasser war kalt und erfrischend.

»Tut mir leid, dass du das miterleben musstest.« Chalils Stimme war beruhigend. »Es ist unverzeihlich, dass ich mir nicht mehr Mühe gegeben hatte, eine andere Lösung zu suchen.«

»Na hör mal, ich bin doch kein Schokoladenpüppchen!« Ich lächelte ihn an. »Und ich habe nicht gewusst, dass ich so etwas aushalte. Jetzt weiß ich es. Und das ist doch auch gut.« Doch eigentlich hätte ich lieber dort weitergeheult, wo ich vorhin aufgehört hatte. Stattdessen versuchte ich zu lachen. »Alles, was nicht tötet, härtet ab, wie man bei uns sagt.«

Ein Lächeln zuckte in Chalils Mundwinkel, doch er wurde sofort wieder ernst, setzte sich neben mich und nahm meine Hand in seine beiden, obgleich man uns von oben sehen konnte.

»Du bist sehr tapfer, Finja! Ich sehe das! Aber eigentlich ist dir zum Heulen zumute. Es war alles sehr anstrengend, du hast die ganze Nacht durch gefroren, du warst vermutlich wütend auf mich, weil ich mich zu wenig um dich gekümmert habe. Du bist enttäuscht, weil ich nicht den Mut habe, aller Welt offen zu zeigen, was ich für dich empfinde. Du fühlst dich im Stich gelassen von mir.«

»Nun übertreib mal nicht. Ich verstehe schon, dass du nicht kannst, nicht darfst ...«

»Vielleicht könnte ich. Vielleicht sollte ich mich energischer über unsere Traditionen hinwegsetzen. Vielleicht sollte ich mutiger sein, weniger Rücksicht nehmen auf meine Rolle als Erstgeborener und die damit verbundenen Erwartungen an mich. Aber ich fürchte, ich ... wie sagt ihr? ... Ich kann nicht einfach über meinen Schatten springen. Ich versuche es zwar ...«

Das stimmte. Er versuchte es. Gestern Abend in der Schlucht hatte er meine Vorschläge erst abgelehnt und dann doch angenommen. Freilich erst nach einem kleinen Anfall von Zorn.

»Aber es ... es fällt mir schwer. Ich muss mich an deine Art, alles direkt anzusprechen, erst gewöhnen.« Er schmunzelte. »Und an deine Art, nicht klein beizugeben, sondern auf deiner Ansicht zu beharren. Ich weiß, du meinst es nicht böse. Aber es ...«, er senkte den Blick auf meine Hand in seinen beiden, »... es ist schwierig für mich. Und vielleicht werde ich niemals wirklich über meinen Schatten springen können.«

Ich wollte etwas Beschwichtigendes sagen, aber mir fiel nichts ein.

»Ich fürchte«, setzte er hinzu, »ich muss ganz und gar auf deine Großmut setzen.«

Und was bedeutete das? Sagte er mir da gerade, dass ich gefälligst lernen musste, den Mund zu halten, oder es würde nichts werden mit uns? Oder wollte er mir zu verstehen geben, dass er nicht mit mir, sondern ich mit ihm würde leben müssen, und zwar nicht in Europa, sondern hier? Vorausgesetzt, ich wollte mit ihm leben. Und das würde meine Entscheidung sein. Ganz allein meine.

Ich fragte nicht. Ich war zu schwach zu fragen. Ich konnte jetzt keine Entscheidungen treffen. Ich konnte überhaupt nicht mehr denken. Ich sah immer noch Mutlaks fürchterliche Wunde vor mir. Die blutgetränkte *Ghutra* von Chalil auf dem Stein.

Und neben mir saß dieser Mann, den ich so liebte, hielt meine Hände, sprach leise mit mir, sagte freundliche Dinge, die eigentlich ganz harte Dinge waren, und ich hätte mich einfach nur gern an ihn geschmiegt und mich von ihm trösten lassen.

Stattdessen wartete er auf eine Antwort.

Und wenn ich zögerte, wenn ich Einwände machte und Forderungen stellte wie »Ich fürchte, auf meine Großmut wirst du verzichten müssen, ich werde immer sagen, was ich denke! Ich kann mich nicht verbiegen!«, dann würde er wieder einmal aufspringen und sich abwenden. Er würde mich nicht mehr anlächeln, er würde nicht mehr mit mir sprechen, nicht meine Hand nehmen. Schlagartig wäre er wieder ein Fremder für mich: Scheich Chalil ibn Nasser as-Salama, unerreichbar.

Was sollte ich tun? Musste ich mich jetzt entscheiden? Er ließ mir doch nur die Wahl, auf seine Bedingungen einzugehen oder ihn zurückzuweisen. Großmut nannte sich das.

Da saß ich im tiefsten Hadschar, fern von allem, was mir vertraut war. Isoliert sozusagen, abhängig von Chalils Gnade, seinem Wissen, seinem Schutz. Auf einmal war mir alles zu viel. Es überstieg meinen Verstand, meine Gefühle sowieso. Er wusste doch, dass ich total verunsichert war vor Liebe, dass ich ihn, wie ich stand und ging, genommen hätte. Er spielte mit mir! Er näherte sich mir, überschüttete mich mit seiner Leidenschaft, zügelte sich dann und stieß mich zurück. Wollte er mich verrückt machen? Damit ich an nichts mehr dachte? Alles vergaß. Nur noch eins wollte: ihm gehören?

»Das ist unfair, weißt du das?« Ich zog meine Hand aus seiner.

Er blickte mich erstaunt an. »Wie meinst du das?«

»Vermutlich muss ich auch noch zum Islam übertreten, oder was?«

»Das müsstest du allerdings!«

Ich lachte böse. »Und dass du Christ wirst? Das geht natürlich gar nicht!«

»Nein.«

»Okay. Es ist deine Entscheidung!«, sagte ich, sprang auf und rannte den Hang hinauf. Und immer das Bild vor Augen, das ich im Abwenden noch gesehen hatte: Chalil, wie er im fleckigen Kittel mit aufgekrempelten Ärmeln und bloßem Haupt auf dem Stein saß, mit maßloser Verblüffung im Gesicht, die sich schlagartig in tiefe Betroffenheit und dann Schmerz verwandelte.

Warum hast du das nur so hart gesagt?, fragte ich mich. Es war völlig unnötig gewesen.

20

Mein Vater legte den Arm um mich. Ich kuschelte mich an ihn, als der Pick-up seine holprige Fahrt wieder aufnahm. Chalil war zu Mutlak und Hassan ins Führerhaus gestiegen und am hinteren Ende der Ladefläche mit den beiden pikierten Kamelen saß jetzt einer der vier Männer aus dem Fahrerhaus. Er knabberte Kürbiskerne und spuckte die Schalen in den Fahrtwind. Eine Stunde später näherten wir uns einem Bergdorf. Auch wenn dort die üblichen Dattelpalmen standen, schien es keine Palmenoase zu sein. Begrünte Terrassen zogen sich endlos die steilen Hänge hinauf. In ihnen leuchteten hier und dort rosafarbene Blüten. Ein geradezu märchenhafter Anblick inmitten der aschgrauen Felsen.

»Die hängenden Gärten der Semiramis«, murmelte mein Vater.

»Was?«

»Semiramis? Die Gründerin Babylons im Zweistromland, dem heutigen Irak. Ihr verdanken wir eines der sieben antiken Weltwunder: die hängenden Gärten von Babylon. Man weiß nicht so genau, wie sie aussahen. Aber man vermutet, dass es eine künstliche und sehr prächtige Terrassenanlage war.«

Unser Pick-up hielt auf einem Platz zwischen Häusern, die aus gelbem Naturstein gemauert waren. Kinder umringten uns. Wir sprangen von der Ladefläche. Chalil trug den kleinen Mutlak auf dem Arm. Der Junge hatte die Augen offen, war aber sehr blass.

»Wie geht es ihm? Hat er die Fahrt heil überstanden?«, erkundigte sich mein Vater.

»Ich hoffe.« Die steilen Falten zwischen Chalils Brauen waren sehr tief. Hassan nahm ihm den Jungen ab. Sie wollten ihn in die Krankenstation bringen.

Mein Vater schlug mir solange einen Spaziergang vor. Zwei Minuten später stiegen wir einen Pfad und viele verwinkelte Treppen empor in die üppig grünen Terrassen.

»Was bauen die hier wohl an?«, fragte ich. Die Zweige hatten kleine Stacheln. »Wenn ich nicht wüsste, dass es nicht sein kann, würde ich sagen: Sieht aus wie Rosen.«

»Es sind Rosen, wilde Rosen«, antwortete mein Vater. »Schau her!«

Er hatte in einem der Büsche inmitten von Knospen eine bereits offene Blüte entdeckt. Ich beugte mich darüber. Intensiver Rosenduft erlöste mich aus meinem Albtraum. Meine innere Starre löste sich etwas.

»Sie züchten tatsächlich Rosen hier in den Bergdörfern. Und zwar für das Rosenwasser, das in der arabischen Küche so reichlich verwendet wird«, erklärte mein Vater begeistert, während er mit seinen langen Beinen zwei Stufen auf einmal nahm. »Dazu benutzen sie ein uraltes, ausgeklügeltes Bewässerungssystem, das man *Faladsch* nennt.«

So stiegen wir empor in die Rosengärten des Hadschar. Hier und dort blühten schon ein paar. Aber es war die falsche Jahreszeit. Was musste das im Frühjahr für ein betäubender Duft sein! Und ein Meer von rosafarbenen Blüten!

Könnten wir doch immer nur hinaufsteigen, dann müssten wir niemals wieder umkehren! Auf unseren Wanderungen durch die Alpen hatte ich mir angewöhnt, zwei Schritte zu machen, wenn mein Vater einen machte. So konnten wir stundenlang im gemeinsamen Rhythmus bergan steigen. Oft schweigend. Als ich noch klein war – vielleicht zwölf –, hatte er mir Geschichten erzählt, wenn ich müde wurde. Selbst erfundene Märchen vom Zwerg Rumpelpumpel und der schönen Prinzessin Sissibis.

»Was war das mit Semiramis und den Gärten, Papa?«

Mein Vater lächelte und fing an zu erzählen. »Semiramis war eine kriegerische und kluge Frau. Sie war *al-Churra*, eine freie Frau. Die missgünstige Göttin Aphrodite hatte einst ihre Mutter in wilde Liebe zu einem schönen syrischen Jüngling verfallen lassen. In Aschkelon war das, im heutigen Israel. Nach der Geburt der Tochter verfiel ihre Mutter in eine tiefe Depression, tötete den hübschen jungen Syrer, setzte die Tochter in der Wüste aus und stürzte sich selbst in einen Teich, wo sie sich in eine Nixe verwandelte. Postnatale Depression würde man das heute nennen.

Tauben schützten das ausgesetzte Kind mit ihren Flügeln vor der Sonne und stahlen Käse, um es zu ernähren. Hirten folgten den Tauben, fanden das Kind und brachten es dem Oberhirten des Königs. Der gab ihr den Namen Semiramis, was Täubchen bedeutet. Dem Statthalter von Syrien fiel das schöne Mädchen eines Tages auf, als er seine Herden inspizierte, und er heiratete sie.«

So hätte es mit Abra auch laufen können, dachte ich. Davon hatte sie vielleicht geträumt.

»Semiramis«, fuhr mein Vater fort, »war nicht nur über alle Maßen schön, sondern auch sehr klug. Deshalb fragte ihr Mann sie um Rat und befolgte ihre Ratschläge auch. Dann aber war er einmal lange fort von zu Hause, um eine große Schlacht zu schlagen. Und Semiramis zog sich Kleidung an, in der sie nicht von Männern zu unterscheiden war, und reiste zu ihm. Dort erkannte sie, dass die Stadt, die der Statthalter von Syrien belagerte, nur dort von Mauern geschützt wurde, wo man leicht hingelangen konnte. Also versammelte sie geübte Bergsteiger um sich und drang über eine steile Schlucht in die Stadt ein.

Leider verliebte sich dann der alte König von Ninive in die Frau seines syrischen Statthalters und forderte Semiramis zur Frau. Im Gegenzug sollte der Statthalter die Tochter des Königs bekommen. Doch der Statthalter lehnte ab. Da drohte der König, ihn blenden zu lassen. Und der arme Statthalter wusste, das würde weder für ihn noch für Semiramis gut ausgehen, und erhängte sich. Daraufhin nahm der König Semiramis zur Frau. Sie gebar ihm einen Sohn. Kurz darauf starb der König. Das alles ereignete sich im Norden des heutigen Irak. Semiramis war nun Königin und erbaute Babylon. Dann führte sie Krieg gegen die Meder, ein Volk, das im heutigen Iran lebte. Sie gründete dort einige Städte und nahm sich hübsche Soldaten als Liebhaber, die sie verschwinden ließ, wenn sie ihrer überdrüssig war. Auf ihren Feldzügen unterwarf sie ganz Persien, Asien, Ägypten und Teile Libyens. Für ihre Kriege in Indien baute sie künstliche Elefanten. Als ihr Sohn schließlich versuchte, sie durch einen Eunuchen umbringen zu lassen, dankte Semiramis ab und flog als Taube davon.«

»Semiramis gefällt mir«, murmelte ich.

»Dachte ich mir, Spätzelchen.«

»Aber wie konnte sie sich einfach so vom König schwängern lassen, nachdem ihr Mann sich umgebracht hatte?«

»Immerhin ist sie dadurch Königin geworden, eine freie

Frau. Sie konnte über ein Heer befehlen und sich Liebhaber nehmen, wie sie wollte.« Mein Vater lachte gemütlich. »Ja, das waren noch Zeiten, als eine kluge und mutige Frau die Welt regieren konnte.«

Ach, wie sehr sehnte ich mich danach, wieder einfach nur sein kleines Spätzelchen zu sein, das atemlos lauschte, wenn er von Liebe, Verrat und Heldentum erzählte und ich dem unweigerlich glücklichen Ende entgegenfieberte, das stets mit der Ankunft in einer Berghütte zusammenfiel. Hätte ich die Zeit zurückdrehen können, dann wäre ich vor drei Wochen nicht am Stand mit den Erzgebirgsengeln vorbeigegangen, sondern hätte einen anderen Gang zwischen den Weihnachtsmarktständen genommen. Und Chalils Gestalt im Wintermantel mit wie Sterne glitzernden Tropfen im pechschwarzen Haar hätte mich nicht plötzlich berührt und ausgebremst in meiner Alltagshetze.

Es hätte mir allerdings nicht viel genützt, denn ich hätte Chalil ja später am Glühweinstand zwischen den Studenten meines Vaters gesehen. Aber da hätte ich ihn nicht wiedererkannt, sondern eben nur gesehen: im Kaffee rührend, weil er keinen Alkohol trank, der abstinente Sonderling, der strenggläubige Moslem. Vielleicht hätte ich mich dann nicht in ihn verliebt und er sich nicht in mich. Denn es hätte auch den kleinen Taschendieb nicht gegeben, der mir die Börse klaute und von Chalil wieder eingefangen wurde und so Vermittler zwischen uns beiden geworden war, der Bote, der uns zusammenführte. Ich hätte mich nicht darüber entrüstet, dass Chalil den kleinen Dieb laufen ließ, weil er als Araber die Armen als segensvolle Gelegenheit betrachtete, den vom Koran geforderten Vierzigsten seines Vermögens abzugeben. Das hatte ich damals nicht gewusst, ich hatte mir sein Verhalten nicht erklären können.

Vielleicht war bei mir erst aus meinem Unverständnis für sein Verhalten Neugierde entstanden und hatte meine inneren Türen sperrangelweit aufgestoßen für seine zweite Annäherung vor dem Schaufenster mit den Swarovski-Kristallen. Ich hatte sogar das Wort nicht vergessen, das er damals verwendete: *Rasala* für Gazelle. Und ich hatte ihn belehrt, es handle sich hier nicht um eine Gazelle, sondern um ein Reh, weil bei uns in den Wäldern nun einmal Rehe herumliefen.

Ich musste unwillkürlich lachen. Nein, ich wollte die Zeit nicht zurückdrehen, niemals hätte ich all das nicht erleben wollen. Warum musste Liebe nur so traurig sein? Und schon stürzten mir wieder die Tränen aus den Augen.

Mein Vater legte den Arm um mich. »Ach, mein Spätzelchen! Ja, diese Operation an dem armen Mutlak war grauenvoll. Das sind Bilder, die vergisst man nicht so schnell wieder. Auf so etwas bist du gar nicht vorbereitet gewesen. Chalil hätte dich nicht bitten dürfen, ihm zu helfen. Das war unverantwortlich.«

»Nein, Papa, das war schon okay.«

»Komm, gehen wir noch da hinauf. Das lüftet den Kopf!«

Mein guter Papa, der immer alles merkte und doch nichts verstand. Ich legte den Arm um seine Hüfte. Eine Weile gingen wir wie Vater und Kind durch Rosenbüsche. Es roch nach feuchter Erde und manchmal stahl sich der Duft einer Rose dazwischen, die schon erblüht war. Ein Paradies in der gigantischen Öde des Hadschar mit seinen spitzen Gipfeln und tiefen Tälern.

»Papa?«

»Ja?«

»Was würdest du sagen, wenn ich ... Nur mal angenommen ...«

Er lachte leise. »Nur mal angenommen? Das sind die hypothetischen Beschwörungen, hinter denen sich die schlimmsten Wahrheiten und größten menschlichen Dramen verbergen. Hast du jemanden ermordet?«

»Nein, Papa.«

»Und dir hat auch niemand einen Mord gestanden? Das Beichtgeheimnis gilt nämlich nur für Priester.«

»Nein, Papa. Du nimmst mich nicht ernst!«

»Oh doch!« Er drückte mich kurz. »Ich nehme dich sehr ernst. Ich wollte es dir nur ein bisschen leichter machen, es mir zu sagen.«

Ich erschrak. »Was denn?«

»Was du mir zu sagen hast, Finja. Ich bin zwar nur dein Vater, aber ich bin nicht blind.«

»Und … und was hast du gesehen?«

»Na ja, Chalil scheint ja ziemlich hin und weg von dir zu sein. Was mich nicht wundert, nebenbei bemerkt.«

»Hm.«

»Und du? Wie stehst du dazu? Ein bisschen verliebt bist du doch sicher auch, nicht wahr?«

»Na ja, er sieht total gut aus und … und er ist voll interessant. Er ist gebildet, er liest übrigens Goethe …«

Mein Vater lachte leise. »Und du kannst dich wunderbar mit ihm über Goethes *Faust* unterhalten. Ich verstehe.«

»Manno, Papa!«

Er antwortete nicht. Ich schaute zu ihm auf. Sein Gesicht mit dem blonden, struppigen Bart war auf einmal ziemlich ernst.

»Ich wusste«, sagte er, »natürlich immer, dass sich mein Spätzelchen eines Tages in einen jungen Mann verlieben wird. Als Vater hofft man nur eben, dass es ein junger Mann ist, mit dem man auch was anfangen kann.«

»Aber du kannst doch was anfangen mit Chalil! Du hast

ihn immer als deinen besten Studenten bezeichnet. Ihr baut zusammen Solaranlagen in der Wüste. Ihm verdankst du diesen tollen Auftrag.«

»Ja, schon! Aber ich beziehe mich eigentlich nicht so sehr auf eine Geschäftsbeziehung, sondern auf andere Gemeinsamkeiten. Als Vater möchte man mit dem Schwiegersohn im Garten grillen und Fußball gucken, so in der Art. Und Chalil ... das ist schon eine völlig andere Welt. Du verstehst, dass ich mir Sorgen mache?«

»Das musst du nicht, Papa!«

»Ich hoffe es, Finja. Ich kann nicht beurteilen, wie ernst es dir ist ...«

Er machte eine Pause, damit ich etwas sagen konnte. Aber ich konnte weder behaupten, dass es mir nicht so ernst sei, noch eingestehen, dass es bitterernst war, ganz furchtbar ernst, zum Verzweifeln existenziell.

»Und die andere große Frage ist: Wie ernst ist es ihm?«

Auch dazu konnte ich nichts sagen außer: Es ist ihm sehr ernst, sehr! Und das hätte meinen Vater unbedingt alarmiert. Zum Glück war er klug genug, nicht in mich zu dringen.

Mein Vater setzte neu an. »Was wolltest du mich denn vorhin fragen? Nur mal angenommen ...«

»Nun ja. Nur mal angenommen, ich wollte Chalil heiraten ... aber wirklich nur mal angenommen, denn ich will ihn nicht heiraten ...« Meine Stimme drohte zu versagen. Ich hustete. »Aber mal angenommen ... Was würdest du dazu sagen?«

»Ich würde es dir verbieten. Du bist erst sechzehn!«

»Aber wenn ich achtzehn bin, kann ich machen, was ich will.«

»Ja, das kannst du, Finja. Und dir mag ja das alles hier wie ein Märchen vorkommen, dieses Leben in Palästen, dieser Luxus, diese Wüstenabenteuer ... Und solche Märchen kommen sogar vor. Als ich vor einem Jahr schon mal hier war, machte einer der Söhne von Scheich Mohammed al-Maktum, dem Herrscher von Dubai, Schlagzeilen, weil er ein weißrussisches Zimmermädchen aus Minsk geheiratet hat. Scheich Said heißt er, glaube ich. Er war in Minsk zu einem Wettbewerb im Tontaubenschießen. Sie hatte ihm ein Glas Orangensaft ins Hotelzimmer gebracht und er hat sich augenblicklich in sie verliebt.«

»Und er hat sie geheiratet?«

Hatte mir nicht Chalil vorhin erzählt, er kenne keinen Fall, in dem ein Mitglied der Scheichfamilie eine Ausländerin geheiratet hätte? Es konnte doch nicht sein, dass er das nicht wusste. Waren Chalils Absichten doch nicht so redlich, wie ich bisher angenommen hatte? Und war meines Vaters Frage, wie ernst er es meinte, doch nicht so verkehrt? Am Ende war es Chalil nämlich sogar ganz recht, dass wir unsere Beziehung nie legalisieren konnten. Schäbige Zweifel schlugen mir aufs Gemüt.

»Ja, er hat sie geheiratet«, antwortete mein Vater. »Allerdings war dieses weißrussische Zimmermädchen nicht Scheich Saids erste Frau. Er war bereits verheiratet und zum damaligen Zeitpunkt Vater von einem halben Dutzend Kindern.«

Mein schäbiger Zweifel an Chalils Redlichkeit zerstob. Ich war ungeheuer erleichtert und erneut verzweifelt.

»Und der Vater des Mädchens war Moslem!«, ergänzte mein Vater. »Außerdem dürfte es eine Ehe auf Zeit gewesen sein. Männer dürfen hier, wenn sie eine Geliebte haben, Nebenehen schließen.«

»Ich weiß.«

»So, das weißt du schon. Dann ist dir ja sicherlich auch klar, dass du Chalil gar nicht heiraten kannst.«

»Wieso nicht?«

»Weil seine Familie es ihm nie erlauben würde, dass er eine Christin heiratet. Zumindest nicht als erste Frau.«

»Und wenn ich zum Islam übertreten würde ... Nur mal angenommen.«

Mein Vater seufzte. »Die Frage hatte ich befürchtet.«

»Wäre das so schlimm? Im Grunde ist es doch derselbe Gott, an den wir glauben. Nur die Art der ... der Verehrung ist eben etwas anders.«

»Spätzelchen, um die richtige Art, Gott zu verehren, werden seit Jahrhunderten blutige Kriege geführt. Und warum? Nicht, weil es derselbe Gott ist, sondern weil es um die Lebensart geht, um die Lebensregeln, um das, was verboten und erlaubt ist. Und du bist nun einmal in einer christlichen Tradition aufgewachsen, Finja, auch wenn dir das jetzt vielleicht nicht sonderlich wichtig erscheint. Aber unterschätz die Wurzeln nicht. Zuckerfest statt Weihnachten, wie würde dir das denn gefallen?«

»Ich weiß es nicht. Ich habe nie ein Zuckerfest erlebt. Ist es denn schwierig, zum Islam überzutreten? Müsste ich eine Koranschule besuchen oder so was?«

»Nein. Es ist nicht schwierig. Du musst nur vor zwei Zeugen mit der nötigen Inbrunst das Glaubensbekenntnis aussprechen: *La ilaha illa 'llah, Mohammadun rasulu 'llah.*«

Ich musste lachen. Mein Vater und Arabisch, das klang wie »lala-huhu-ulla«.

»Das heißt: ›Ich bezeuge, dass es keinen Gott außer Allah gibt und Mohammed sein Diener und Gesandter ist.‹«

»Und wieso kannst du das auswendig?«

Er warf mir einen kurzen Blick zu. »Bei Reisen in moslemische Länder kann es sich als nützlich erweisen, wenn man das Glaubensbekenntnis beherrscht. Es kann einem unter

Umständen das Leben retten. Übrigens, sobald du diesen Satz gesprochen hast, hast du dich von allen anderen Religionen losgesagt. Ein Zurück gibt es nicht mehr. Nach islamischem Recht kann man vom Islam nicht zum Christentum konvertieren. Auf den Abfall vom Islam steht in der *Schari'a*, dem islamischen Recht, die Todesstrafe.«

Da hatte ich die Antwort, die Chalil mir vorhin nicht mehr hatte geben können, weil ich davongerannt war. Ein Moslem konnte nicht Christ werden. Wenn er es doch wurde, hatte er sein Lebensrecht in Dubai und allen anderen islamischen Ländern verwirkt.

»Immerhin sieht sich der Islam«, sprach ich nach, was Katja mir im Megaeinkaufszentrum von Dubai erklärt hatte, »als Vollendung von Altem und Neuem Testament.«

»So, so! Ich fürchte allerdings, du kennst dich weder im Alten noch im Neuen Testament gut genug aus, um das beurteilen zu können.«

Da hatte er recht. Aber so schnell gab ich nicht auf. »Der Islam steht für Gerechtigkeit und Liebe. Und das wollen wir doch auch.«

»Spricht da die fundierte Kenntnis des Christentums aus dir oder die fundierte Kenntnis des Islam? Im Ernst, Finja. Nimm das nicht so leicht. Man ist verdammt tief in der eigenen Religion verwurzelt. Hat dir die Weihnachtsgeschichte denn nie etwas bedeutet?«

»Ja, schon ...«

Eine gewisse Ernüchterung machte sich in mir breit. Mein Vater hatte es geschafft, dass ich plötzlich spürte, was ich verlieren würde. Die vertrauten Feiertage und all die Gefühle, die ich seit meiner Kindheit damit verband: die Vorfreude auf Weihnachten, die lästige und doch schöne Pflicht, sich für Freunde Geschenke zu überlegen, die Ostereier zu Ostern, den Osterspaziergang – gehasst und doch lieb gewonnen –, mit dem man das Tor zum Frühjahr aufstieß. Die Schulgottesdienste, das Glockengeläute, Juttas protestantische Kirchenlieder, der Konfirmandenunterricht.

»Und mit den Freiheiten ist es dann auch vorbei.« Mein Vater spürte, dass er mich verunsichert hatte. »Dein Mann kann dir verbieten, zur Schule zu gehen, zu studieren. Ohne Erlaubnis deines Mannes darfst du schlichtweg nichts tun. Und wenn du verreisen willst, brauchst du einen männlichen Begleiter aus deiner nächsten Verwandtschaft, einen Bruder, den du nicht hast, zum Beispiel.«

»Aber in Dubai leben die Frauen doch ziemlich frei. Ich war mit einer Freundin von Salwa einkaufen. Sie heißt Katja und sie studiert und will Fernsehmoderatorin werden.«

»Eine reine Frage des Überlebens, Finja. In Dubai leben nur noch 200.000 Ureinwohner und natürlicherweise sind davon nur die Hälfte männlich. Die restlichen 1,3 Millionen, die in Dubai leben, kommen, von ein paar Tausend Europäern abgesehen, aus Indien, Pakistan, Bangladesch, aus Afrika, eigentlich aus allen armen Gegenden der Welt. Sie arbeiten als Bauarbeiter, Hafenarbeiter, in Fabriken, als Dienstpersonal oder Hausmädchen. Dreiviertel davon sind Männer! Das muss du dir nur mal klarmachen, Finja. Schlecht bezahlt und völlig abhängig von der Gnade ihres *Kafil*, also ihres Bürgen, der ihre Pässe einbehält und sie jederzeit des Landes verweisen lassen kann. Es sind in der Mehrheit hungrige Männer ohne Familien. Irgendwann haben die nichts mehr zu verlieren und gehen auf die Straße und dann fliegen den Dubaiern die sozialen Konflikte richtig um die Ohren. Sie sind absolut in der Minderheit. Da haben die Scheichs schnell ausgeherrscht und liegen erschlagen in ihren Palästen.«

Mir wurde mulmig. Wenn ich mit Chalil lebte, würde ich zu denen gehören, gegen die sich der Hass der hungrigen jungen Männer eines Tages richtete. Zu Recht, würde Jutta sagen. Das ist moderne Sklaverei, was in den Emiraten betrieben wird. Das können wir nicht gutheißen. So etwas hätte ich vor zwei Wochen ja auch noch scharf verurteilt. Ich war für Demokratie: freie und geheime Wahlen für jeden, natürlich auch für Frauen. Menschenrechte, Pressefreiheit.

»Die Scheichs haben durchaus erkannt«, fuhr mein Vater fort, »dass sie die Kontrolle über das Land nur behalten können, wenn sie auch ihren Frauen erlauben zu studieren und Unternehmen zu führen. Das geht sogar so weit, dass sie vier Frauen zu Muftis ernannt haben, also zu Interpretinnen des islamischen Rechts, und das ist absolut einmalig in der Geschichte des Islam. Und das wird natürlich auch Auswirkungen auf die Lage der Frauen haben. Dubai ist ohne Zweifel auf einem guten Weg.«

Dann würde sich auch für Chalil und mich ein Weg finden! Davon war ich auf einmal überzeugt. Irgendwo zwischen Tradition und Umbruch würden wir uns hindurchschlängeln. Ich wusste zwar noch nicht wie, aber wenn ich mich erst besser auskannte ... Ich würde Funda danach fragen.

»Allerdings«, fuhr mein Vater fort, »verstehen sich die Scheichs auch als Hüter der Traditionen. Und ohne den Familienverband bist du hier nichts, Finja. Du kannst nicht alleine reisen, kannst dir keine Wohnung nehmen, es sei denn, du beschränkst deine Kontakte auf andere Ausländer, die hier leben. Und wer weiß, wie lange das hier noch gut geht. Der Fundamentalismus ist überall auf dem Vormarsch. Auch hier. Vor einem Jahr habe ich in Dubai-Stadt noch deutlich weniger verschleierte Frauen auf den Straßen gesehen als jetzt. Auch hier gibt es radikale Moslems, die vom *Dschihad* schwärmen, vom Heiligen Krieg. Und es gibt auch hier immer mehr solcher Leute wie diesen Bill ...«

Angst flatterte in mir auf. »Was ist mit Bill?«

»Nun ja. Nach dem, was mir Bill letztes Jahr so alles erzählt hat über die Dekadenz des Westens und wie rein er sich fühlt, seit er zum Islam übergetreten ist, dass Menschen manchmal zu ihrem Glück gezwungen werden müssten, dass man in Dubai viel zu lasch sei und dass es auch einen *Dschihad* nach innen gebe, eine Rückbesinnung auf Werte und Anstand ... Das klang gar nicht gut. Und nebenbei plapperte er auch von einem Trainingslager im Jemen. Er hat zwar beteuert, er sei nur kurz dort gewesen. Aber ich hatte schon damals den Verdacht, dass er Kontakte zu al-Kaida hat. Dubai ist einer der Umschlagplätze von Geldern und Waren für diese Terrororganisation, auch wenn das niemand gerne hört. Und es würde mich wirklich nicht wundern, wenn es Leute von al-Kaida gewesen wären, die diesen geschwätzigen Burschen zum Schweigen bringen wollten.«

»Meinst du wirklich?«

»Ich weiß es natürlich nicht. Aber ich weiß, dass Scheich Nasser ihn auch nicht astrein fand. Aber solange nichts bewiesen war, blieb Bill Gast des Hauses.«

Davon hatte Chalil mir auch nichts gesagt. Und es konnte doch nicht sein, dass er als Kronprinz nicht gewusst hatte, was sein Vater über Bill dachte. Und wenn die Prügelei am Hafen doch ganz andere Gründe gehabt hatte? Politische Gründe ... Das aber würde bedeuten, dass es von Anfang an Chalils Absicht gewesen war, Bill zu töten. Und ich hatte ihn dabei gestört und dann war er zurückgekehrt und hatte die Tat vollendet, nachdem er mich in den Frauentrakt begleitet hatte.

Mir wurde kurz schwarz vor Augen. »Bill kam mir aber gar

nicht so radikal vor«, fiel mir ein. »Ja, sicher, er hatte einen Bart. Aber er hat mich voll übel angebaggert. Als strenggläubiger Moslem hätte er das doch niemals tun dürfen.«

Mein Vater schnaubte verächtlich. »Bill war eine arme Sau, um es mal so zu sagen. Einer von denen, die der Islam fasziniert, weil Männer da noch Männer sein dürfen. Für Bill war das so was wie eine Selbstbefreiung aus dem Joch der Frauen, die bei uns überall mitmischen und ihm sein Leben versaut haben, wie er fand.« Mein Vater lachte fast verlegen. »Aber vielleicht sollten wir jetzt langsam umkehren!« Er holte tief Luft. »Himmel, was für ein Blick!«

Die Terrassen mit den Rosenstöcken schoben sich zu einer grünen Decke mit rosafarbenen Tupfen zusammen, die bis ins Tal hinunterhing. Palmen und Orangenbäume drängten sich unten um die Steingebäude des Dorfs.

Auf halbem Weg die Treppen hinunter trat uns ein alter Mann entgegen und überreichte mir lächelnd eine Rosenblüte.

21

Auf dem Dorfplatz stand inzwischen statt des Pick-ups mit den beiden Kamelen ein riesenhafter schwarzer Hummer-Geländewagen mit getönten Scheiben. Scheich Sultan hatte ihn samt Fahrer geschickt. Sein Cockpit war mit GPS und jeder Menge Technik ausgestattet, sein hinterer Teil hatte mehr Ähnlichkeit mit einer Bar als mit einem Auto. Die Ledersitze waren seitlich angeordnet, zwischen ihnen befanden sich Kühlschränke mit Getränken, den Sitzen gegenüber hingen Videoflachbildschirme. Sogar eine Toilette gab es, und eine Mediathek mit Filmen und Musik. Selbstverständlich alles klimatisiert.

Diesen Luxus aus Leder, Chrom und poliertem Wurzelholz bestiegen wir, verdreckt und verschwitzt, wie wir waren. Nur der Gips um Mutlaks Arm strahlte sauber und weiß. Ich gab ihm die Rosenblüte, die mir der Alte geschenkt hatte. Mutlak versenkte die Nase im Duft der Blüte und konnte schon wieder lächeln.

»Na«, sagte mein Vater vergnügt und öffnete seinen Kühlschrank, »dann machen wir es uns mal gemütlich.«

Die Coladose zischte beim Öffnen. Ich war drauf und dran, hysterisch loszulachen. Aber Chalil, der uns gegenübersaß, sah so müde und abgekämpft aus, dass mich Mitleid überschwemmte.

Seine Augen waren gerötet, auf seinen schönen Lippen lag ein Hauch von Staub und Bitterkeit. Die *Ghutra* trug er nicht mehr, die hatten wir ja verwendet, um Mutlaks Blut zu stillen, sondern nur noch das weiße Käppchen. Die Jacke hatte er neben sich auf die Bank gelegt. Die Ärmel seiner *Dischdascha* waren hochgekrempelt, um die Flecken zu verbergen. Seine Hände hingen reglos zwischen seinen Knien herab, als seien sie zu erschöpft, um jemals wieder zuzupacken. Sein Blick ging ins Leere.

Mein Vater streckte ihm die Coladose hin, die er gerade aufgemacht hatte. »Bitte!«

Chalil fuhr zusammen, hob die Augen und bemühte sich zu lächeln. »*Schukran!*« Er nahm einen Schluck und reichte die Dose an Hassan und den kleinen Mutlak weiter. Der Junge trank gierig.

Mein Vater gab mir auch eine Dose und riss sich die dritte auf. Währenddessen nahm sich Chalil eine Flasche Wasser aus dem Kühlschrank auf seiner Seite. Ich fragte mich, ob es etwas zu bedeuten hatte, dass er das Getränk aus der Hand meines Vaters an Mutlak weitergegeben hatte. War es eine dieser Gesten, die man zu deuten verstehen musste, um daraus Freundschaft oder Feindschaft abzuleiten? Oder mochte Chalil nur keine Cola? Das Getränk der Amerikaner.

»Prost!«, sagte mein Vater und hob die Dose. »Das haben wir doch wunderbar hingekriegt! Auf dich, Chalil! Ich wusste gar nicht, dass du so ein guter Wüstendoktor bist.«

Chalil lächelte. »Ich habe euch zu danken für eure Anteilnahme und Hilfe.«

»Ach was!« Mein Vater winkte ab. »Für mich war es eine einmalige Gelegenheit, im Hadschar herumzukraxeln. Das habe ich immer schon mal gewollt. Vielleicht hat Finja dir ja schon erzählt, dass wir regelmäßig bergsteigen gehen. Das haben wir schon gemacht, da war Finja kaum zehn Jahre alt.«

Chalils Augen zuckten zu mir herüber. »Ja, deine Tochter kann gut klettern«, murmelte er.

»Das kann sie!«, bestätigte mein Vater. »Und sie kann noch einiges mehr. Aber das ist dir sicher nicht entgangen.«

Chalils Blick ging wieder zu meinem Vater hinüber. »Sie ist sehr mutig und ... und klug. Und ... und sie ist sehr schön.«

Ich wurde innerlich rot.

Mein Vater lachte. »Dann sind wir uns darüber ja schon mal einig, Chalil.«

Ich war alarmiert. Papa würde doch jetzt nicht anfangen, ihn wie einen künftigen Schwiegersohn abzuprüfen? Bitte nicht!

Aber ich hoffte vergebens. Mein Vater saß vorgebeugt, die Ellbogen auf die Knie gestützt, mit der Coladose zwischen den großen Händen und einem vergnügten Glitzern in den blauen Augen. So sah er aus, wenn er sich in wissenschaftliche Streitgespräche stürzte, die er zu gewinnen dachte.

»Dann bleibt nur noch eine Frage zu klären«, sagte er.

Chalil erwiderte seinen Blick mit zusammengezogenen Brauen und zugleich mit einem amüsierten Lächeln in den Mundwinkeln.

»Nämlich«, fuhr mein Vater fort, »wie wird das gehen?«

»Was wie gehen?«, unterbrach ich ihn hastig. »Wir fahren jetzt ins Wadi al-Abar as-saba! Was denn sonst?«

Mein Vater und Chalil ignorierten mich.

»Ich meine«, ergänzte mein Vater, »die Sache mit den Kamelen.«

Chalils Braue zuckte. »Wir zahlen das Brautgeld schon lange nicht mehr in Kamelen, falls du das meinst.«

»Ich weiß.« Mein Vater lehnte sich zurück und streckte die langen Beine aus. Chalil war auf sein Gesprächsangebot eingegangen. Den Erfolg konnte er schon mal für sich verbuchen.

Chalil lächelte leicht. »Bei uns trifft übrigens ausschließlich die Frau die Entscheidung, ob sie heiratet. Sie äußert zuerst, ob sie einer Ehe zustimmt. Erst dann kann der Mann seinen Willen erklären.«

Mein Vater blickte mich an.

»Du bist so was von peinlich, Papa!«

Chalil blickte auf die Plastikflasche nieder, die er in beiden Händen hielt. »Für eine Eheschließung«, erklärte er im Tonfall eines Fremdenführers, »braucht es nicht mehr als die Erklärung von Mann und Frau vor zwei Zeugen. Es ist keine besondere Zeremonie nötig. Zwar kaufen wir die Frauen ihren Familien nicht ab, allerdings ist eine Brautgabe üblich, über die verhandelt wird. Sie gehört der Braut auch dann, wenn es zu einer Scheidung kommen sollte, und soll sie für mindestens ein halbes Jahr finanziell absichern. Diese Summe wird im Ehevertrag festgeschrieben. Sie steht der Frau auch im Todesfall des Ehemanns zu, unabhängig vom Erbe. Und der Mann ist zu einer Morgengabe verpflichtet. Das sind Geschenke an die Frau, die dem Lebensstandard des Bräutigams entsprechen.«

Die Pelze fielen mir ein, die es in den Basaren und Einkaufsgalerien so reichlich gab und die auch Salwa bekommen hatte, als Versprechen auf das Niveau ihres künftigen Lebens und die Reisen in kalte Gegenden, die Suhail mit ihr unternehmen würde.

Chalil hob die Augen und blickte meinen Vater an. »Muslimischen Frauen ist es verboten, einen Mann anderer Glaubenszugehörigkeit zu heiraten, denn dann bestünde die Gefahr, dass die Kinder nicht als Moslems aufwachsen. Für einen muslimischen Mann gilt dieses Verbot nicht.«

»Aber dann ...«, fuhr ich auf.

»Der Punkt ist nur der, *Schech*«, schnitt mir Chalil das Wort ab, ohne die Augen von meinem Vater abzuwenden. »Die Herrscherfamilien, zu denen meine gehört, auch wenn wir derzeit in keinem Emirat den Emir stellen, fühlen sich der Tradition verpflichtet. Wir haben ungefähr die Stellung, die in Europa Königshäuser haben ...«

»Na, Prinz Charles hat einst eine Kindergärtnerin geheiratet, wenn ich mich recht erinnere«, bemerkte mein Vater.

Chalil lächelte geduldig. »Bei uns wird vom Erstgeborenen erwartet, dass er sich seiner Verantwortung für die Familie bewusst ist und eine Frau aus seinen Kreisen heiratet, eine Muslima, die ihm mindestens einen Sohn schenkt.«

»Als Thronfolger gewissermaßen«, versicherte sich mein Vater.

»So ungefähr.«

»Und ich nehme an, blond sollte der nicht sein, wenn es geht?«

Chalil senkte den Blick.

»Hm!« Mein Vater nahm bedächtig einen Schluck aus seiner Coladose.

»Wenn der Ehevertrag es nicht ausdrücklich verbietet«, sagte Chalil, »kann sich der Mann dann noch drei weitere Frauen nehmen.«

»Und da sind die Regeln nicht mehr so streng? Siehe der Scheich und sein weißrussisches Zimmermädchen.«

Chalil nickte knapp.

»Hat der nicht überhaupt nur eine Zeitehe abgeschlossen?«

Chalil zuckte mit den Schultern.

»Hm«, überlegte mein Vater. »Ich kann mir nicht so recht

vorstellen, dass eine mitteleuropäisch erzogene Frau sich so ohne Weiteres mit der Rolle der Zweitfrau abfinden könnte. Und von meiner Tochter kann ich mir das überhaupt nicht vorstellen. Außerdem hätte ich als ihr Vater auch einiges dagegen einzuwenden.«

»Das ist absolut verständlich und nachvollziehbar!« Chalil lächelte und senkte den Blick.

In mir brach etwas auseinander, zerbröselte und rieselte in sich zusammen zu einem Häuflein Elend. Chalil kämpfte nicht um mich. Er hatte aufgegeben. So schnell!

»Allerdings«, sagte mein Vater, »werde ich ja bald nichts mehr zu sagen haben, wenn Finja achtzehn ist. Ah!«, unterbrach er sich. »Da sind ja auch noch Sandwiches im Kühlschrank!« Er zog in Plastikfolie eingewickelte Dreiecke hervor. »Möchte jemand?«

Chalil schüttelte den Kopf.

»Du, Finja?«

»Nein, Papa, danke.«

Es war bereits dunkel, als wir in der Oase ankamen. Ich sehnte mich nach einer Dusche. Und nach zu Hause! Unter die Bettdecke und heulen. Wenn ich wenigstens Nele oder Meike hätte anrufen und ihnen brühwarm mein ganzes Elend schildern können.

Warum hatte mein Vater es so deutlich aussprechen müssen? Andererseits musste ich ihm dankbar sein, dass er eine Klarstellung herbeigeführt hatte. Mein Vater war ein Meister darin, Klarstellungen herbeizuführen. Und Chalil hatte die deutsche Deutlichkeit bewundernswert sachlich erwidert. Auch wenn er mich dann die ganze Fahrt lang nicht mehr angeschaut hatte. Aber das hätte er sowieso nicht getan. Und ich hatte auf einmal gar nicht mehr gewusst, was in Chalil vorging. Er hatte zwar müde und erschöpft, aber auch irgendwie selbstzufrieden ausgesehen, nachdem er herausgearbeitet hatte, dass er mich nur als Zweitfrau nehmen konnte und mein Vater damit unmöglich einverstanden sein würde. Mal abgesehen von mir, aber ich war ja erst gar nicht gefragt worden. Oder vielmehr, ich hatte ihm die Antwort ja schon gegeben. Ich hatte ihm am Bach deutlich zu verstehen gegeben, wie unfair ich es fand, ihn so sehr lieben zu müssen, weil er derart überwältigend schön, klug, zärtlich und einfühlsam war, und ihn dennoch nur dann lieben zu dürfen, wenn ich meine Freiheit, meinen Stolz, meine christliche Erziehung und viele kleine Selbstverständlichkeiten in meinem Verhalten opferte, an die ich jetzt noch gar nicht dachte, kurz: alles.

Und Chalil hatte den Rest der Fahrt nicht mehr resigniert oder bitter gewirkt, sondern zufrieden. So, als sei es für ihn die bessere Lösung, sich keine ernsthaften Gedanken mehr darüber machen zu müssen, wie er mich heimführen konnte. Es ging eben nicht. Basta. Es war schmerzlich, aber der Islam erlegte einem Rechtgläubigen viele schmerzliche Pflichten auf. Und er war ein guter Moslem und Beduine und es folglich gewohnt, zu verzichten.

Funda empfing mich mit tausend Fragen, als ich ins Zelt wankte. »Was war los? Chalil sieht fürchterlich aus, wie ein Krieger, der eine Schlacht verloren hat.«
»Er hat alle Schlachten gewonnen.« Ich erzählte ihr, was sich ereignet hatte. »Er hat Mutlak gerettet.«
»Mit deiner tatkräftigen Hilfe.« Funda lächelte. »Und warum siehst du dann aus, als wären dir Vater und Mutter gleichzeitig gestorben?«
»Tu ich das? Das liegt daran, dass ich dringend duschen müsste.« Dann stürzten mir die Tränen aus den Augen.

Funda nahm mich in den Arm.

So saßen wir eine Weile still in den Sesseln im dunklen Zelt. Fundas verstauchter Knöchel war noch bandagiert. An der Kette um ihren Hals blitzte das kleine Frauenzeichen, das ich ihr zu Weihnachten geschenkt hatte. Und sie trug immer noch schwarze Jeans und einen schwarzen Sweater. Anders als beispielsweise Salwa hatte sie sich in keiner Weise der Kleiderordnung der Beduinen angepasst. Funda wirkte hier genauso fremd wie ich. Nur, dass sie nicht dazu auch noch blond und blauäugig war, sondern schwarze Mandelaugen und schwarzes Haar besaß, wenn auch kurz geschnitten. Und natürlich bewegte sie sich wie eine Araberin. Wahrscheinlich steckte in den Genen Fundas die Erinnerung an das Tragen von Wasserkrügen auf dem Kopf, dem langen Weg vom Brunnen zum Zelt folgend bei lähmender Hitze, die Sparsamkeit in den Bewegungen verlangte. Es war eine in sich ruhende, aufrechte Haltung, die Stolz ausstrahlte, ohne angestrengt zu wirken.

»Was hat mein Bruder dir angetan?«, flüsterte Funda. »Ist er zudringlich geworden, hat er Unschickliches von dir verlangt? Was hat er getan? Erzähl es mir und ich gehe zu ihm und steinige ihn.«

Ich musste lachen. »Gar nichts, Funda. Chalil hat gar nichts getan.«

»Ah«, sagte sie. »Ist es das? Dass er gar nichts tut, dieser Feigling?«

»Chalil ist kein Feigling! Einer …« Ich dachte an Chalils muskulöse Gestalt und versuchte dabei den Gedanken an die Prügelei mit Bill zu verdrängen. »Einer mit solchen Muskeln …«

Funda lachte. »Ich bin erleichtert zu hören, dass er dir immer noch gefällt. Chalil ist ein gefürchteter *Pahlavan*.«

»Ein was?«

»Das kommt aus dem Persischen. Es ist ein Kampfsport, der ursprünglich der Körperertüchtigung diente. Wir Araber sind zwar keine Freunde der Perser und sie keine von uns, aber Kampf und Krieg verbinden ja auch. Wir nennen es hier *Indo-Pak-Wrestling*, Indisch-Pakistanischen Ringkampf. Chalil kann dir das ganz genau erklären. *Pahlavani* verbindet vorislamische Kampftechniken mit Karate und Aikido. Chalil war sogar schon emiratischer Meister. Während seiner Schulzeit in England hat er außerdem geboxt.«

Tränen rollten mir erneut aus den Augen. Ich konnte mir nicht helfen. Es tat so weh, an Chalils Leben keinen Anteil haben zu dürfen. Nie wieder diesen Körper berühren zu können, nie wieder meine Fingerspitzen über die empfindlichen Kuhlen seines Beckens knapp über der Gürtellinie gleiten zu lassen, nie mehr mich zu ergeben, wenn er mich kraftvoll an sich zog, um mich zu küssen.

»Aber Finja!« Funda drückte mich an sich. »Was ist denn nun eigentlich los?«

»Mein Vater hat ihn vorhin gefragt, ganz direkt. Und Chalil hat ihm erklärt, dass es nicht geht.«

»Was geht nicht?«

»Wir können nicht ... wir können nie ... niemals ...«

»Heiraten?«, fragte Funda sanft. »Meinst du das?«

Ich nickte. »Ich könnte nie seine erste Frau werden, nur die zweite. Und das würde mein Vater nicht erlauben. Gut, in zwei Jahren bin ich volljährig, dann kann er mir gar nichts mehr verbieten.«

»Kannst du dir das denn vorstellen, Chalils zweite Frau zu werden?«

»Vorstellen kann ich mir alles!«, antwortete ich und wischte mir die Tränen ab. Ich konnte mir sogar die Hölle vorstellen, die es bedeutete, wenn Chalil auch noch Abra als Dienerin ins Haus nähme.

»Aber du willst das nicht«, stellte Funda fest. »Immerhin ist nach dem Gesetz der Mann verpflichtet, alle Frauen genau gleich zu behandeln. Er darf keine bevorzugen.«

»Also dürfte er auch mich nicht bevorzugen.«

»Das ist allerdings richtig.«

»Wie haltet ihr das aus? Wenn ich mir überlege, was das für einen Stress gibt, wenn bei uns ein Mann eine Geliebte hat und die Ehefrau kommt dahinter! Sie ist total gekränkt und eifersüchtig. Wenn ich mir vorstelle, sie müsste dann auch noch mit der neuen jungen Geliebten zusammenleben.« Ich schüttelte mich unwillkürlich.

»Das ist auch bei uns ein riesiges Problem, Finja. Da gibt es zuweilen Mord und Totschlag in der Küche. Wir kommen damit auch nicht zurecht. Es ist eines der Dinge, gegen die wir kämpfen.«

»Wer wir?«

Funda senkte die Stimme. »Wir, die *Nisa li-l-Churria*, die Frauen der Freiheit, die Töchter von Semiramis. Du weißt, wer Semiramis war?«

Ich nickte.

»Sie war *al-Churra*, eine freie Frau!«

Gut, dass mein Vater mir heute von ihr erzählt hatte. Man trifft sich immer zweimal am Tag, dachte ich.

»Aber rede mit niemandem darüber, Finja. Es gibt zwar viele Förderprogramme für Frauen und mehr als die Hälfte aller Studenten sind inzwischen Frauen. Aber wir Töchter von Semiramis wollen noch mehr. Wir wollen die völlige Gleichstellung. Der *Kur'an* ist nicht das eigentliche Problem. Er lässt keinen Zweifel daran, dass Männer und Frauen gleichwertig sind. Der Mann kann eine Frau nicht einmal dazu verpflichten, für ihn zu kochen oder ihm die Hemden zu bügeln, nicht einmal dazu, sein Kind zu ernähren. Denn er ist der Ernährer, er hat diese Pflichten. Es ist auch nicht im Sinne des *Kur'an*, dass Frauen das Haus nicht verlassen. Sie hat sogar die Pflicht, sich zu bilden und am sozialen Leben teilzunehmen. Aber tatsächlich sind wir benachteiligt, abhängig vom Willen der Männer. Wenn wir die Scheidung wünschen, müssen wir vor einem Richter gute Gründe vorbringen und die Brautgabe zurückzahlen, während der Mann uns davonjagen kann, ohne sich einem Dritten gegenüber rechtfertigen zu müssen.«

Funda hatte sich in Rage geredet. Sie merkte es und unterbrach sich. »Aber das interessiert dich jetzt herzlich wenig.«

»Doch, doch ... es ist wichtig, dass ... dass Frauen mitbestimmen, wie wir miteinander leben. Dann hätten Chalil und ich jetzt vielleicht nicht dieses Problem.«

Problem war ein untaugliches Wort. Es klang nach Lösbarkeit. Und das hatte nichts mit meiner Verzweiflung zu tun. Könnte ich mich doch schütteln und aufwachen aus diesem Albtraum! Wir lebten im 21. Jahrhundert. Das Drama der Liebenden, die nicht zueinanderkommen durften, fand nur noch in Märchen, Novellen und Theaterstücken statt, mit denen wir uns im Deutschunterricht herumschlagen mussten. Was gingen mich *Romeo und Julia* an? Sie hatten sich gemeinsam umgebracht, oder vielmehr, er hatte sich vergiftet, weil er sie tot glaubte, und sie hatte sich erdolcht, als sie ihn tot fand. Auf einmal verstand ich die beiden. Solche Schmerzen waren einfach nicht auszuhalten.

Wie sollte ich denn weiterleben ohne Chalil? Ohne diesen Blick aus dunklen Augen, sein wunderbares Lächeln, seinen blitzenden Verstand, seine zärtlichen Hände, seine Liebe, die mich schon glücklich machte, wenn ich nur in seiner Nähe war? In gut einer Woche würde ich mich von ihm verabschieden müssen. Mich umdrehen, weggehen, ein Flugzeug besteigen. Ihn nie wiedersehen! In mir schrie alles auf, wenn ich mir das nur vorstellte.

Und wenn es ihm genauso ging? Mein Herz begann zu klopfen. Niemand würde uns trennen. Niemand konnte es. Keine Kultur, keine Tradition, keine Religion.

Funda riss mich aus meinen Gedanken. Sie packte mich am Arm, ihre Augen glitzerten. »Weißt du was, Finja? Weißt du, was wir tun werden? Wir … wir werden für dich kämpfen gehen! Wir, die Töchter von Semiramis, werden deine Sache zu der unseren machen.«

Mein Herzklopfen setzte kurz aus und startete dann erneut. »Das würdet ihr …?«

»Ich müsste natürlich erst mit meinen Schwestern darüber reden. Aber hier geht es doch um ein Menschenrecht. Um die Liebe, um die freie Entscheidung zweier freier Menschen füreinander. Der *Kur'an* schreibt die Ehe als Pflicht vor. Und wenn es unsre Pflicht ist, eine Familie zu gründen, dann soll alles andere auf dem freien Willen beruhen, finde ich! Dann soll man auch die Freiheit haben, sich den Menschen zu wählen, den man liebt.«

»Aber ich will keinen Aufstand lostreten!«

»Hier geht es um mehr als um dich!« Funda glühte vor Revolutionsgeist. »Und Chalil wird endlich einsehen, dass es auch gut für ihn und überhaupt für alle Männer ist, was wir wollen.«

»Aber er weiß es doch längst. Er ist doch auch der Meinung, dass Frauen mehr Freiheit haben müssen.«

»Hat er das gesagt?«

»Deshalb hat er sich in mich verliebt. Weil ich so bin, wie er möchte, dass die Frauen in seinem Land auch sind.«

Funda lachte etwas befremdet. »Dann wäre es aber schön, er würde mir das auch einmal sagen. Stattdessen hat er mir alle Aktionen mit den Töchtern von Semiramis verboten.«
»Sagtest du nicht, dass er dir noch nie was verboten hat?«
»Nun ja, er saß wegen mir im Gefängnis und …«
»Was?«
»Pscht! Nicht so laut! Salwa schläft gleich nebenan. Sie muss das nicht wissen. Es ist auch eigentlich keine große Geschichte. Chalil saß vier Wochen in Saudi-Arabien im Knast. Aber das machen die immer so.«
»Wie bitte?«
»Das war vor gut einem Jahr, kurz bevor Chalil zu euch nach Deutschland kam. Wir, die Töchter von Semiramis, hatten in Dschidda eine Aktion geplant. Wir hatten erfahren, dass eine Frau, die dort bei der Polizei gearbeitet hatte, entlassen worden war, weil sie bei ihrer Einstellung angegeben hatte, dass sie verheiratet sei. Sie war aber nicht verheiratet. Der Mann, der sie zur Arbeit brachte und abholte, war nicht ihr Mann, sondern ein Cousin. In Saudi-Arabien kriegen nur verheiratete Frauen eine Stelle. Man möchte vermeiden, dass sich ihre männlichen Kollegen ermuntert sehen … Die alte Leier. Es kam raus. Vielleicht hat auch ihr Vater was gesagt, weil er nicht wollte, dass seine Tochter arbeitet. Wer weiß. Jedenfalls hat man sie entlassen. Das Infame war, sie haben ihr erklärt, man hätte sie als unverheiratete Frau eingestellt, aber nun, da sich herausgestellt habe, dass sie ihre Vorgesetzten und die Behörden belogen habe, könne man sie natürlich nicht weiterbeschäftigen.«
»Unglaublich!«
»Darum hatten wir beschlossen, ihre Sache zu unserer zu machen. Wir wollten eine Demonstration veranstalten. Uns war klar, dass wir alle verhaftet werden würden. Presse und

Fernsehen würden unsere Aktion auch totschweigen. Deshalb wollten wir die Aktion mit der Kamera dokumentieren und dann auf YouTube stellen. Die Kamerafrau der Töchter von Semiramis bin ich. Ich dokumentiere alles, was wir tun, vom Beginn einer Aktion bis zum Ende.

Am besten erschien uns der November, die Zeit der *Haddsch*, der großen Pilgerfahrt nach Mekka. Da reisen unendlich viele Menschen und Gruppen nach Saudi-Arabien ein und es gibt Gruppen-Visa. Wir hatten vor, uns einer Pilgergruppe anzuschließen und uns dann in Dschidda abzusetzen. Einige, darunter ich, sollten aber jede für sich nach Dschidda fliegen. Dazu braucht man allerdings einen Mann, der einen am Flughafen abholt. Sonst steckt man dich in einen Raum für nicht abgeholte Frauen. Dort kannst du dann verschimmeln, bis jemand kommt, der dich holt.«

»Und wenn niemand kommt?«

»Dann schickt man dich mit dem nächsten Flieger dahin zurück, wo du hergekommen bist. Ich versuchte, über meine Kontakte in Saudi-Arabien einen Mann zu aktivieren, der mich und meine beiden Semiramisschwestern abholte. Aber es gestaltete sich schwierig. Der eine hatte keine Zeit, der andere machte gerade die *Haddsch* mit, der dritte hatte sich ein Bein gebrochen, der vierte war in der Wüste verschollen, der fünfte auf Segeltour im Mittelmeer und so weiter. Also musste ich schließlich Bill bitten.«

»Oh!«

»Ich wollte natürlich nicht, dass jemand von meiner Familie von unseren Plänen erfährt. Chalil mag zwar der Meinung sein, dass wir Frauen dieselben Rechte haben sollen wie die Männer, aber er hält Demonstrationen und Aktionen und ähnliche Provokationen – wie er das nennt – nicht für sinnvoll. Er findet, wir sollten darauf vertrauen, dass modern denkende Männer wie er unsere gerechte Sache verfechten und allmählich Änderungen herbeiführen. Aber erstens finde ich ihn nicht so modern und zweitens, darum geht es ja gerade, dass wir unabhängig werden von der Gnade der Männer. Dass wir unsere Interessen selbst vertreten dürfen, mit Gesicht und Stimme!«

»Ja klar!«

»Also bin ich auf Bill verfallen. Er sollte einen Tag vor uns nach Dschidda fliegen, uns abholen und dann nach Mekka pilgern.«

»Und was hat dich so sicher gemacht, dass er deinem Vater oder Chalil nichts davon erzählt?«

Funda klang verlegen. »Er ... na ja, er war ziemlich verknallt in mich.«

»Ach! Na so was!« Ich staunte. »Wer hätte das gedacht!«

»So abwegig ist das ja nun nicht!« Jetzt klang sie richtig entrüstet. »Er hat mich bei uns zu Hause gesehen, wir haben uns unterhalten. Wir ... wir sind dann auch mal Essen gegangen, wir haben uns sogar ein paarmal ...«, Funda senkte die Stimme ins Unhörbare, »... getroffen.«

»Oh!« Darunter konnte ich mir nun alles vorstellen. »Auch so, wie ich denke?«

»Pst!«

Das war Antwort genug. Ich senkte meine Stimme ebenfalls ins fast Unhörbare. »War er auch derjenige, mit dem du mal Alkohol getrunken hast?«

»Das war vor seiner Konversion zum Islam. Ich ... ich fürchte, er ist wegen mir zum Islam übergetreten. Nach der Aktion in Saudi-Arabien hat er mich gefragt, ob ich ihn heirate.«

»Und?«

»Ich habe Nein gesagt, Finja. Ich will grundsätzlich nicht

heiraten. Erst, wenn sie die Gesetze in unserm Land ändern. Das habe ich ihm erklärt. Wir hätten uns gern hin und wieder treffen können. Aber das konnte er auf einmal nicht mehr mit den Geboten des Islam vereinbaren. Diese Europäer, die plötzlich Muslime werden, sind oft ziemlich radikal. Bill hat meine Absage leider ziemlich übel aufgenommen. Er hat sich im Jemen in einem Lager ausbilden lassen und verkündet, er werde, wie von jedem rechten Muslim verlangt, einmal im Jahr den *Dschihad* führen.«

»Den Heiligen Krieg? Einmal im Jahr? Ist das wahr?« Ich war entsetzt.

»Ihr übersetzt das immer mit Heiliger Krieg«, sagte Funda. »Aber *Dschihad* heißt eigentlich nur: Anstrengung, Bemühen, Kampf. Klar, es stimmt schon, dass wir meistens an Krieg denken. Ein Muslim soll nach dem Heiligen Monat Ramadan in den *Dschihad* ziehen. So steht es im *Kur'an* in den berühmten Schwertversen: ›Kämpft gegen diejenigen, die nicht an Gott und den Jüngsten Tag glauben und nicht verbieten, was Gott und sein Gesandter verboten haben, und nicht der wahren Religion angehören. Kämpft gegen sie, bis sie kleinlaut aus der Hand Tribut entrichten!‹ Aber …«, das Weiße in Fundas Augen blitzte mich im Dunkeln an, »… glaubt ihr Christen nicht auch an Gott und den Jüngsten Tag?«

»Doch, ja!«

»Und die Juden auch.«

»Ich glaube, ja.« Ich musste lachen. »Du meinst, dass ihr gegen uns keinen Heiligen Krieg führen müsstet?«

»Leider«, schränkte Funda bedauernd ein, »verbietet ihr nicht, was der Prophet uns verbietet. Also gehört ihr doch zum *Dar al-Harb*, dem Haus des Kriegs. Es gibt aber auch viele Leute, die sagen, der *Dschihad* diene eigentlich der Verteidigung des *Dar al-Islam*, des islamischen Hauses, also wenn wir angegriffen werden. Und neuere Richtungen sprechen jetzt schon vom *Dschihad* des Herzens. Damit ist der Kampf gegen Untugend, Unwissenheit und Verführung zu verwerflichen Taten gemeint.«

Für meine Ohren klang das ebenfalls nicht sonderlich tolerant und friedfertig.

»Vor allem den wollte Bill führen. Uns zur Umkehr ermahnen!« Funda lachte hart. »Das musst du dir nur mal vorstellen! Bill, der Chalil erklärt, was *haram* ist! Aber egal. Bill ist tot. Und ich hätte ihn nicht bitten sollen, dass er uns in Dschidda hilft. Er hat daraus die falschen Schlüsse gezogen.«

»Welche Schlüsse?«

»Na, dass ich wieder was von ihm will. Dass wir zusammen den *Dschihad al-Tacharrur*, den Kampf der Befreiung, führen.«

»Gibt es das denn?«

»Nein. Aber Bill hat es geglaubt. Er war ganz erpicht darauf, irgendeinen *Dschihad* zu führen. Er hat im *Kur'an* ja nur die Stellen gekannt, die jeder kennt, die über die Verschleierung oder den Heiligen Krieg, dass der Mann eine Stufe über der Frau steht, dass er sie schlagen darf und dass man nicht ledig bleiben soll. Der *Kur'an* hat aber 114 Suren und 6236 Verse. Warum soll da nicht auch eine darunter sein, die von Freiheit spricht? Tatsächlich gibt es keine einzige. Aber was ich von ihm verlangt habe, war ja nichts Unrechtes. Er sollte uns ja nur am Flughafen abholen. Das klappte auch einwandfrei. Niemand schöpfte Verdacht. Wir galten als Pilger.

Unser Kontakt in Dschidda war die Journalistin, die uns auf den Fall aufmerksam gemacht hatte. Es war nicht ganz einfach, zwanzig Frauen unterzubringen, aber sie schaffte es, uns auf fünf Häuser ihrer Verwandten zu verteilen. Die

Transparente haben wir erst dort hergestellt. Man hätte sie sonst in unserem Gepäck entdecken können. Auch, wenn es schon schwierig war, allein nur das Material zu besorgen. In Saudi-Arabien braucht man praktisch für jede Bewegung außer Haus einen männlichen Verwandten, der einen begleitet. Ich habe das alles mit der Kamera dokumentiert. Schließlich kam der Tag. Wir ließen uns einzeln oder zu zweit mit Taxis in die Straße bringen, wo das Gebäude stand, in dem die Polizistin gearbeitet hatte. Ich fand einen guten Platz im zweiten Stock eines Rohbaus neben dem Polizeigebäude, wo man mich nicht so schnell entdecken würde. Wenn die anderen verhaftet würden, musste ich ja flüchten können, damit ich noch Zeit hatte, das Material auf YouTube zu veröffentlichen.

Es lief alles wie geplant. Die Frauen entrollten ihre Transparente. Das erregte die Aufmerksamkeit der Leute, die im Polizeigebäude arbeiteten. Sie schauten aus allen Fenstern. Die *Mutawwa*, die Religionspolizei, war schnell zur Stelle. Das sind die Männer, die darüber wachen, dass Frauen ihren *Nikab* richtig tragen und nicht mit einem unverheirateten Mann in einem Restaurant sitzen oder dass zum Valentinstag keine roten Rosen verkauft werden und so weiter.«

»Wie bitte?«

»Heidnisches Spektakel!«, erklärte Funda. »Immerhin dürfen sie jetzt nicht mehr einfach so die Leute verhaften. Es gab eine Brüllerei zwischen ihnen und unseren Frauen. Und zwanzig Minuten später nahm die Polizei alle mit. Mich entdeckten sie nicht. Es gelang mir, ein Taxi anzuhalten, das mich ins Haus der Journalistin brachte. Dort stellte ich das ganze Bildmaterial ins Internet. Dann nahm ich den nächsten Flieger zurück nach Dubai.«

»Und die andern?«, fragte ich entsetzt.

»Versteh das nicht falsch, Finja. Ich habe die anderen nicht im Stich gelassen. Es war meine Aufgabe, eine Veröffentlichung sicherzustellen. Man hat die Demonstrantinnen vierzehn Tage lang festgehalten und dann ausgewiesen. Da es bei uns üblich ist, bei Verhören die Namen der Mitstreiterinnen zu nennen – wir wollen Folter vermeiden und außerdem wollen wir ja unser Gesicht zeigen –, kannten die Behörden auch meinen Namen. Und mein Vergehen wog schwerer als das der Demonstrantinnen. Leider hatte ich nicht gewusst, dass sich Chalil in Saudi-Arabien aufhielt. Und so kam es, dass die Polizei ihn festnahm.«

»Was hatte er denn damit zu tun?«

»Das ist so üblich. Wenn man einen Verdächtigen nicht kriegen kann, setzt man einen Verwandten fest. Man geht davon aus, dass der Verdächtige sich daraufhin stellt, um seinen unschuldigen Verwandten auszulösen. Und mich wollten sie unbedingt haben und vor Gericht stellen, weil ich alles gefilmt und veröffentlicht hatte.« Funda seufzte.

»Und dann?«

»Na ja, meine Eltern waren nicht gerade erfreut! Ich wollte natürlich sofort nach Dschidda reisen und mich stellen, aber das hat Papa nicht zugelassen. Dass sein geliebter Chalil statt meiner im Gefängnis saß, hat ihn allerdings sehr geschmerzt. Ich glaube, er hat es mir bis heute nicht wirklich verziehen.« Wieder das verlegene Lachen. »Seitdem passen sie ziemlich auf, was ich so mache.«

»Und Chalil? Wie lange hat er für dich gesessen?«

»Wenn du das so ausdrückst, komme ich mir richtig mies und schäbig vor. Wenn es nach mir gegangen wäre, hätte ich ihn sofort ausgelöst.«

»Entschuldige.«

»Schon okay. Die Saudis haben Chalil nach vier Wochen

laufen lassen. Ich habe keine Ahnung, was mein Vater oder Chalil dafür versprechen mussten. Der Prozess gegen mich hat vor zwei Monaten stattgefunden. Ich wurde als Rädelsführerin und zur Abschreckung für alle anderen zu vierzig Peitschenhieben verurteilt.«

»Oh Gott!«

»Es ist ein mildes Urteil. Hätte man mich für antiislamische Umtriebe bestraft, wäre die Strafe viel härter ausgefallen.«

Mir grauste.

»Jetzt kann ich natürlich nicht mehr nach Saudi-Arabien einreisen. Es sei denn, ich will mich prügeln lassen. Daher ist es verständlich, dass mein Vater und Chalil mein Engagement für die Sache der Frauen derzeit nicht mit Wohlwollen sehen.« Sie lachte verlegen. »Als sich dann noch herausstellte, dass Bill sich in mich verliebt hatte, war der Ofen ganz aus. Leider war er so blöd, bei meinem Vater um meine Hand anzuhalten. Er war irgendwie der Meinung, mein Vater müsse ihm als konvertiertem Moslem dankbar sein und werde mich unter Druck setzen, ihn zu heiraten. Völlig bescheuert. Und nun überwachen sie mich. Im Grunde stehe ich seit einem Jahr unter Hausarrest. Und besonders leidenschaftlich überwacht mich mein Bruder Suhail. Seit Chalil wieder da ist, geht es mir etwas besser. Wir machen manchmal Ausflüge …«

»Aber er verbietet dir, dass du weitermachst.«

»Er meint es nicht böse, Finja. Er tut es zu meinem Besten. Er will mich und unsere Familie schützen. Das muss man verstehen!«

»Funda, Funda!«, rief ich, dämpfte aber sofort meine Stimme. »Vor lauter Bruderliebe versagt bei dir gerade dein Sinn für Eigenverantwortung und Emanzipation!«

»Ach, Finja!« Sie seufzte abgrundtief. »Chalil hat für mich im Gefängnis gesessen. Und wie es in saudischen Gefängnissen zugeht, das ...«
Ich war alarmiert. »Haben sie ihn gefoltert?«
»Darüber hat er nichts gesagt. Aber ich kenne Chalil. Wenn sie mich beleidigt haben ... er würde sich eher totprügeln lassen, als zu dulden, dass ein Fremder respektlos über mich redet. Ich fürchte, er hat mein Handeln vor diesen Männern verteidigt. Und nach seiner Rückkehr ging es ihm nicht gut. Er hatte Gewicht verloren. Sie haben ihn mindestens hungern lassen.«

Die Nacht war die schrecklichste meines Lebens. Diesmal waren es nicht die Kälte oder das Gemecker von Ziegen, was mich wach hielt. Es war das Durcheinander in meinem überreizten Gehirn. Ich würde alles opfern müssen: meine christliche Erziehung und meinen Stolz, wenn ich in zwei oder drei Jahren Chalils Zweitfrau werden wollte. Und vorher musste er in seinen Kreisen eine Gattin finden, die ihm einen Sohn gebar. Allein dieser Gedanke machte mich wahnsinnig! Aber wenn ich das Opfer nicht brachte, musste vermutlich er eines bringen. Und wer weiß, vielleicht verlor er alles, sein Ansehen, seine Privilegien, das Erbe und durfte nie wieder nach Dubai zurück. Keine Ahnung.

Ich drehte es hin und her und nichts wurde besser. Wir konnten nicht zusammenkommen, ohne uns unglücklich zu machen, entweder ich ihn oder er mich. Im Grunde blieb uns nur die Flucht, auf den Mond, in die Wüste, irgendwohin, wo niemand war. Wir würden uns für eine Nacht oder drei Nächte lieben und dann würden wir gemeinsam das Ende erwarten.

Doch das alles brauchte ich eigentlich gar nicht zu erwägen, denn die einfachste Lösung lag klar vor uns: Chalil und ich rissen unsere Herzen auseinander, wir trennten uns in gut einer Woche für immer und lebten unsere völlig sinnlosen Leben, jeder für sich als schmerzende Hälfte des anderen.

Und wenn wir Glück hatten, kam er gelegentlich mal nach Europa und wir trafen uns heimlich in irgendwelchen Hotels. Hinterher kaufte er Juwelen und Jachten für mich. Falls Chalil das mit seinen religiösen Prinzipien vereinbaren können würde. Und falls ich es aushielt, immer nur die heimliche Geliebte eines Scheichs zu sein.

22

Üblicherweise reisten die Scheichs im Winter mit ihren kostbaren Falken nach Pakistan oder in den Sudan zu großen Wettbewerben. Dort gab es reichlich Wild. Aber zu Ehren meines Vaters und mir sollte nun hier eine Falkenjagd stattfinden. Uns Frauen und meinen Vater karrte man in einem der Hummer-Geländewagen auf einen Hügel, auf dem ein Sonnenschutz aufgebaut war. Wir nahmen auf bequemen Stühlen Platz, von denen aus man das Wadi überblicken konnte, während die Männer, die zum Zuschauen gekommen waren, in der Sonne standen.

Für die Falken hatte man ebenfalls ein Zelt aufgebaut. Es waren prächtige Tiere mit schimmerndem Gefieder, manche fast weiß, andere braun gepunktet. Ihre Köpfe waren mit der *Burka* bedeckt, vergoldeten Hauben aus Leder, die dazu dienten, sie ruhigzustellen.

Scheich Sultan besaß zwei der teuersten Falken überhaupt, wie mir Umm Chalil erklärte. Sie wurden Pure genannt und einer von ihnen kostete hundertfünfzigtausend Euro. Übrigens alles weibliche Tiere. Sie waren größer als die Männchen und jagten aggressiver.

»Die Falkenjagd hat eine lange Tradition«, erklärte uns

Umm Chalil. »Einst hat sie den Beduinen das Überleben gesichert. Es ist kein Sport der Oberschicht. Alle haben Falken.«

»Was jagt man denn mit ihnen?«, fragte ich.

»Wie nennt man das auf Englisch: *Houbrara Bustard!* Es ist ein Schreitvogel. Wir nennen ihn *Hubara*.«

»Trappen«, sagte mein Vater auf Deutsch. »Kragentrappen.«

»Es erfordert Mut und Geschick von einem Falken, eine *Hubara* zu schlagen«, fuhr Umm Chalil fort, »sie sind viel größer als der Falke. Sie können bis zu zwei Kilo wiegen. In den Emiraten sind sie durch die Falkenjagd fast ausgerottet worden. Aber nun züchtet man sie nach und wildert sie aus. Heute werden wir die *Hubara* jagen. Aber man jagt auch Sandhühner. Die sind wiederum sehr schnell. Deshalb muss sich der Falke schon in der Luft befinden. Er muss etwa hundert oder zweihundert Meter über seinem *Sahib ad-Dawari* stehen. Der nähert sich dem Gebüsch, wo die Sandhühner vermutet werden, und wenn sie auffliegen, stößt der Falke herab.«

Während sie so redete, glitten meine Gedanken zurück zum gestrigen Tag.

Ich war im Morgengrauen aufgestanden, um den Toilettenwagen aufzusuchen. Die Luft war kalt und feucht. Ein Hauch von Rosa zeigte sich im Osten. Die Sterne verblassten. Aus den Tiefen der Oase drang der klagende Ruf eines Esels, quietschend wie ein ungeöltes Eisentor, wenn er Luft holte, gefolgt von einem blökenden Bäh. Ich beneidete den Esel darum, dass er so ungehemmt brüllen durfte, sein Leid herausblöken, seine Einsamkeit und seinen Protest gegen das Leben herausschreien konnte. Mir war, als müsste ich gegen

Berge anbrüllen. Gegen diese Berge, die mich kalt und schwarz umgaben. Und dann die Palmen niederschreien, die ihre strubbeligen Köpfe gleichgültig aus der Schlucht reckten. Aber ein vernunftbegabtes Menschenkind blökte sein Leid nicht heraus, es bewahrte Stillschweigen.

Ohne groß zu überlegen, wandte ich mich hinaus aus der Oase.

Was war es überhaupt, das in mir so schmerzte, dass ich am liebsten aus der Haut gefahren wäre? Was war so unerträglich?

Ich hatte die ganze Nacht Auswege gesucht und meine Hoffnungen erschlagen. Jetzt war es an der Zeit, vernünftig nachzudenken. Fest stand: Chalil liebte mich. Und ich ihn. Aber ich hatte ihn vor den Kopf gestoßen, mehrmals, und dann besonders, als ich ihn aufforderte, zum Christentum überzutreten. Das hatte er so verstehen müssen, als hätte ich seinen Heiratsantrag abgelehnt. Und daraufhin hatte er meinem Vater und mir fein säuberlich auseinanderklamüsert, dass es sowieso unmöglich war, dass ich und er irgendeine für beide Seiten akzeptable Verbindung eingingen.

Aber vielleicht, wenn man ganz in Ruhe nachdachte, steckte irgendwo noch ein Ausweg. Ein Kompromiss zwischen Tradition und Liebe, sozusagen. Am liebsten hätte ich die Zeit zurückgedreht bis zum Morgen nach unserer Kletterpartie in die Schlucht, in der wir uns näher gewesen waren denn je. Weil das nicht ging – es sei denn, ein Dschinn fand sich, der mir und meinen Wünschen Gehör schenkte –, musste ich Chalil dazu bringen, dass wir miteinander redeten. In aller Ruhe. Mit viel Zeit. Und zwar nicht heimlich, sondern auf dem Dorfplatz, am Brunnen, vor den Augen aller, damit auch allen klar war, dass nichts Unschickliches geschah.

Ich stieg in den heraufziehenden Morgen. Hinter der Anhöhe senkte sich das Nachbarwadi, in dem mich Abra schon einmal Chalil zugeführt hatte. Tau benetzte die Büsche und färbte die Steine dunkel. Ich zog die frische Luft tief in meine Lungen. Auf einmal begriff ich, warum für Araber die Morgenröte Inbegriff der Schönheit war. In wenigen Stunden würde es brütend heiß sein. Und dabei hatten wir noch nicht mal Sommer.

Jedenfalls gab es keinen Grund, Chalil böse zu sein. Er verlangte von mir nicht, dass ich mein Leben aufgab und in seinen Palast zog. Womöglich konnte er sich sogar vorstellen, was das Leben in diesem Palast aus Sand und Seide für mich bedeuten würde: Einsamkeit im Luxus, Gefangenschaft beim Duft von Rosenwasser fern meiner Familie und allen Freundinnen. Aber vielleicht war es gar nicht so schlimm, wie ich es mir vorstellte. Ich wusste gerade einmal so viel über das Leben der Frauen in islamischen Gesellschaften, dass ich es mir als Sklaverei vorstellte.

Aber da gab es doch auch Chalils Mutter, die eine Schnellimbisskette betrieb, der Staat förderte Frauen, die studieren und arbeiten wollten. Scheich Nasser empfing in seinem traditionellen *Madschli* auch Frauen, zum Beispiel mich an meinem ersten Abend, seine Ehefrau ließ sich dort blicken und nahm am Festessen teil. Der Palast des Scheichs war kein erzkonservatives Haus. Sie hatten sogar eine Weihnachtsfeier für mich ausgerichtet. Sie waren tolerant, großzügig und offen. Sie würden Verständnis für mich haben.

Wie hatte Chalil gesagt? »Das hat mich vom ersten Augenblick an fasziniert an dir. Der Mut in deinem Blick, die Freiheit in deinen blauen Augen. Es ist eine große Kraft in dir. Das macht mir Hoffnung. Eines Tages werden auch unsere Frauen frei und selbstsicher in die Zukunft schauen. Du wirst sicherlich eine berühmte Schriftstellerin.«

Vielleicht war genau das meine Aufgabe im Leben: von arabischen Frauen erzählen; von Funda und den Töchtern der Semiramis; von Salwa und ihrer Sehnsucht nach Orten, wo sie die Pelze tragen konnte, die Suhail ihr als Morgengabe geschenkt hatte; von Katja, die Fernsehmoderatorin werden wollte; von Umm Chalil, ihrer Imbisskette und wie man ein wirklich gutes *Schawarma* herstellte, den arabischen Döner. Vom höchsten Haus der Welt, dem *Burdsch Chalifa*; vom reichen Perlenhändler Achmed, der in einem finsteren Laden Wüstenrosen verkaufte, weil es ihm gefiel zu feilschen; vom Wasser, das plötzlich ein Wadi flutete; vom Duft der Rosen im Hadschar; von der Falkenjagd und den Träumen arabischer Männer.

Außerdem konnte ich mich mit Funda bei den Töchtern von Semiramis engagieren und von der Frauenbewegung in meiner Heimat berichten, von großen Zielen und Alltagsschlachten um Gleichberechtigung. Vielleicht hatten Chalil und ich uns deshalb so fürchterlich ineinander verliebt, dass wir entweder als unvollständige Hälften voneinander sterben mussten oder gemeinsam leben, weil ich Vermittlerin sein sollte zwischen Christentum und Islam, zwischen Westen und Orient. Und ich? Was tat ich? Ich suhlte mich tief unglücklich in feigen Bedenken, klammerte mich an die Idee der westlichen Freiheit.

Was verlor ich denn wirklich?

Ich schritt zügig aus. Das Schwemmland des Wadis war jetzt mit lichtem Grau gefüllt. Der Moment des Frühgebets, in dem man einen weißen von einem schwarzen Faden gerade eben so schon unterscheiden konnte, war längst vorbei. Die Sterne gab es nicht mehr.

Eine schwarze Figur fiel mir ins Auge. Sie eilte mit flatternden Tüchern am Wadirand entlang, dorthin, wo der Eingang in die Schlucht sein musste, in die Chalil mich vor zwei Tagen geführt und wo er mir die Kapernblüte gezeigt hatte, bevor wir uns gestritten hatten, weil ich mich niemals an das duckmäuserische Leben der Frauen gewöhnen wollte.

Heute sah ich das anders. An diesem frühen Morgen am Tag vor der großen Falkenjagd uns zu Ehren hatte sich in mir etwas verändert. Ich war bereit, meine Aufgabe zu erkennen, mich der Herausforderung zu stellen, mit meinem Mut und der großen Idee der Freiheit im Sinn. Wer, wenn nicht ich, sollte es wagen! Ich war ja keine von denen, die davon geträumt hatten, einen reichen Scheich zu heiraten, ein Leben auf Jachten in Privatjets, superteuren Hotels und megagroßen Einkaufsmalls zu verbringen. Ich hatte niemals nur Ehefrau und Mutter sein wollen. Ich hatte mehr vor im Leben. Und wenn ich diese Ziele mitbrachte in das Leben im Palast und hartnäckig weiterverfolgte, dann würde ich vielleicht etwas bewegen können. Für Funda und ihre Schwestern im Zeichen der Semiramis.

Die Frau im schwarzen Gewand war stehen geblieben und hatte sich zu mir umgewandt. Sie hob die Hand. Sie winkte mir zu. Vermutlich hatte sie mich an meinen Jeans und blonden Haaren erkannt. Ihre Gesichtsmaske war schlicht und schwarz. Auf dem Gewand darunter leuchtete hellblau ein Türkis. Es war Abra.

Ich schwenkte von meinem ziellosen Weg ab und ging auf sie zu. »*Salam!*«

»*Salam!*«, antwortete sie. »Möchtest du ein Bad nehmen?«

Am liebsten hätte ich sie umarmt. »Nur zu gern, Abra. Aber wie könnte das gehen?«

In den Winkeln ihrer dunklen Augen erschienen die Falten eines Lächelns. »Komm, ich zeig es dir.«

Wir betraten das trockene Flussbett zwischen den hohen

Wänden. Irgendwo war die Sonne schon aufgegangen und warf ihre warmen Strahlen auf die Erde. Aber der Einschnitt lag noch im Schatten. Die Kapernblüte war verblüht.

»Wohin gehen wir?«, fragte ich, um ein Gespräch mit der scheuen jungen Frau anzufangen.

»Zum Bir al-Haram.«

»Oh! Der Bir al-Haram. Ich habe davon gehört!«

Der Verbotene oder Heilige Brunnen, wo Abra zum zweiten Mal versucht hatte, Chalil zu verführen, mit der doppelten Dosis Liebessirup über den Datteln. Und wo sie ihren unseligen Fluch ausgesprochen hatte, jedenfalls Funda zufolge, die mir nie gesagt hatte, wer ihr die Geschichte von Abra und Chalil eigentlich erzählt hatte. Womöglich ein geheimer Beobachter, dachte ich, während ich neben Abra einherging, zum Beispiel ein Dschinn, der verflucht war, sein Leben unsichtbar unter Menschen zu verbringen und ihnen hinterherzutragen, was die anderen in Liebesdingen im Geheimen unternahmen. Bis ihn eines Tages jemand erlöste. Durch irgendetwas, was man herausfinden musste, durch eine besonders großherzige Tat, ein riesiges Opfer. Und wenn ich es herausfand und den Dschinn erlöste, dann hätte ich drei Wünsche frei und bekäme sie erfüllt: Chalil, Glück und Freiheit.

Es musste am Zwielicht zwischen Morgen und Tag liegen, dass ich mir so etwas ausmalte, oder an Abra, die mir vorkam wie eine Fee, die sich aus einem orientalischen Märchen in die Wirklichkeit verirrt hatte. Vermutlich kam ich ihr ebenso unwirklich vor mit meinen kurzen blonden Haaren, meinen blauen Augen, gekleidet in Jeans und Sweater. Vielleicht war ich für sie ein blondes Ungeheuer, ein arglistiger Hosengeist, ein besonders perfider Dschinn, der ihren Traum vom Glück mit Chalil vernichtete. Denn dass sie in dem Jahr, als er fort gewesen war, Chalil aufgegeben hatte, konnte ich mir nicht vorstellen.

»Ein Engel hat einst einen Hirten zu dem Brunnen geführt, nicht wahr?«, sagte ich.

»Ja«, antwortete Abra. »Seine Ziegen hatten Durst. Alle Brunnen waren versiegt. Da ist ihm im Traum ein Engel erschienen. Der hat ihm gesagt, nimm deine älteste Ziege am Ohr und mach die Augen zu und sie wird dich führen. Und er kam in dieses Wadi. Und der Engel sagte zu ihm: Nimm einen Stein und schlage ihn gegen den Fels. Und er tat es und es kam Wasser.«

»Und man muss das *Schahada* sprechen, wenn man sich ihm nähert.«

»*La ilaha illa 'llah, Mohammadun rasulu 'llah*«, sagte Abra.

Ich versuchte, es nachzusprechen, kam aber nicht über ein *Lalila-rasulu* hinaus. Abra lachte.

»Und wir sagen …« Ich versuchte, mein Glaubensbekenntnis zusammenzukratzen, wobei erschwerend hinzukam, dass ich es auch gleich ins Englische übersetzen musste: »Wir sagen: ›Ich glaube an Gott, den Vater, den Schöpfer des Himmels und der Erde. Und an Jesus Christus, seinen … seinen Sohn, unseren Herrn, empfangen durch den Heiligen Geist, …äh … geboren von der Jungfrau Maria …‹.« Eine Schande, dass ich nicht weiterwusste!

Abra schaute mich interessiert an. »Du bist Christin?« Sie legte dabei die Zeigefinger zu einem Kreuz übereinander. »Ich bin Sunnitin!«

»Und ich eigentlich Protestantin.«

Abras Augen wurden fragend.

»Für uns ist nicht der Papst in Rom zuständig«, versuchte ich zu erklären. Sie würde doch wohl wissen, wer der Papst war. »Der Papst ist nicht unser Patriarch.«

»Ah!«, sagte sie.
»Und ihr Sunniten?«
»Wir sind das *Ahl as-Sunna.*«
»Was?«
Die Worte kamen ihr immer flüssiger. »*The people of tradition.* Das Volk der Tradition. Unserer Stammvater ist Abu Bakr, der Schwiegervater des Propheten Mohammed und der erste gewählte Kalif der Gläubigen, er war *al-huda*, ein Richtiggeleiteter. Er wurde neben Mohammed in Medina beerdigt. Die beiden Gräber und das des zweiten Kalifen, Umar ibn al-Chattab, kann man in der Moschee der Propheten anschauen.«

Ich überlegte, ob auch Frauen die Pilgerreise nach Mekka und Medina machten. Abras Vater hatte die *Haddsch* jedenfalls gemacht. »Warst du schon mal dort?«

»Nein. Man braucht viel Geld für eine Pilgerreise nach Mekka. Aber ich möchte schon gern das *Bait Allah* sehen, das Haus Gottes, das von Adam erbaut und von Abraham und Ismael mit Gottes Hilfe wiederentdeckt wurde. Ich möchte die Heilige Moschee sehen und die sieben *Tawaf* machen, das heißt, man muss sieben Mal gegen den Uhrzeigersinn um die *Ka'ba* gehen und dabei Gott preisen.«

»Was ist das eigentlich genau, die Kaaba?« Ich kannte aus dem Fernsehen die Bilder dieses großen schwarzen Würfels inmitten von Hunderttausenden weiß gekleideter Pilger, die ihn wimmelnd umrundeten. Kein Ungläubiger, hatte ich gehört, konnte ihm jemals nahe kommen.

»Das ist ein Haus, das wie ein Würfel gebaut ist«, antwortete Abra. »Darüber hängen schwarze Tücher. An einer Ecke befindet sich der Schwarze Stein. Den hat Abraham als Geschenk vom Erzengel Gabriel erhalten, als er die *Ka'ba* baute. Der Stein stammt aus dem Paradies. Es heißt, ursprünglich sei er strahlend weiß gewesen. Doch er wurde schwarz aus Trauer über die vielen Sünder unter den Menschen.«

Wir waren inzwischen weit vorgedrungen in die Schlucht. Der Weg war gewunden. Zuweilen rückten die meterhohen Felsen über uns so eng zusammen, dass man kaum noch den blauen Himmel sah. Der Stein leuchtete safrangelb, rostrot oder ockerfarben. Und an den Rändern des Kies- und Sandbetts hatten Kräuter angefangen zu sprießen und zu blühen.

»Das ist schön«, bemerkte ich.

Abra schaute mich an. »*Do you like Dubai?* Gefällt dir Dubai?«

»Es gefällt mir gut«, antwortete ich höflich.

»Hast du die *Medinat* gesehen, die Stadt?«

»Dubai-City? Ja. Ich habe noch nie so viele Hochhäuser gesehen. Und so hohe! Das gibt es bei uns in Deutschland nicht.«

Abras Augen nahmen einen prüfenden Ausdruck an. Dann wurden sie herausfordernd. »Ich werde eines Tages in der *Medinat* leben«, sagte sie. »Im Palast des ehrwürdigen Scheichs Nasser. Ich werde Chalils Frau sein.«

»Aha!«

Ich hatte plötzlich ein ganz ungutes Gefühl. Warum sagte Abra das? War sie so verblendet, dass sie es immer noch nicht begriffen hatte. Oder stimmte Fundas Erzählung nicht? Hatte Chalil weder ihr noch seiner Mutter die ganze Wahrheit gesagt, nämlich dass Abra ihn doch mit ihrem Sirup verführt und ihn dazu gebracht hatte, ihr unter dem Eindruck ihres Liebreizes und ihrer Verzweiflung die Ehe zu versprechen? Irrten wir uns also alle? Dann allerdings hätte der Dschinn, der geheime Liebesdinge herumerzählte, gründlich versagt.

»*Ma… Mabruk!* Gratuliere!«, stammelte ich und hoffte, Abra sah mir nicht an, dass ich Zweifel hatte. Das war der

Vorteil einer Gesichtsmaske, wie sie eine trug: Ihre Gefühlsregungen sah ich nicht. Was würde sie tun, wenn ihr klar wurde, dass nicht sie Chalils Herz besaß, sondern ich?

Besaß ich es denn?

Die Gefasstheit, mit der ich meinen Spaziergang begonnen hatte, verflog. War es klug, Abra in diese Schlucht zu folgen, in die niemand hineinschauen konnte? Am verbotenen Brunnen hatte sie schon Chalil überrumpelt. Oder ihn verflucht. Oder was auch immer.

Das Grün war dichter und üppiger geworden. Die Wände standen eng. Und wenn ich jetzt einfach umkehrte und zurücklief, egal, was Abra über meine Flucht denken würde?

Ich überlegte zu lange. Plötzlich öffnete sich ein wahrhaft paradiesisch grünes Talbecken mit weißem Sandgrund, ein paar großen grauen Steinen, einer jungen grünen Palme und einem bis zum Rand gefüllten Bassin, dessen Wasser in allen Türkisfarben leuchtete. An seinen Rändern wucherte Kraut mit weißen und gelben Blüten. Von einer weißlich verkrusteten Stelle in der Wand, wo zwei Gesteinsschichten aufeinandertrafen, rann glitzernd ein Rinnsal ins Bassin, und wo es wiederum glitzernd überlief, stand ein wilder Rosenbusch. Seine Knospen mussten jeden Augenblick aufspringen.

Das also war Bir al-Haram, der verbotene Brunnen, der zugleich ein heiliger Brunnen war. Ein geheimnisvoller Ort von unwirklicher Schönheit. Als ob das Paradies von Adam und Eva in diesem verborgenen Winkel der Welt überdauert hätte. Und sicherlich sollte ich mich hier gar nicht aufhalten, denn ich hatte das *Schahada* nicht gesprochen und mein eigenes, das christliche Glaubensbekenntnis, auch nicht zusammenbekommen. Womöglich erzürnte das den Dschinn, der hier herrschte.

Totaler Quatsch, Finja!, ermahnte ich mich. Es gibt keine

Geister! Auch keine arabischen. Und du wirst jetzt hier baden und das wird dir guttun und die absurden Ideen von Dschinn vertreiben.

Abra nahm die Gesichtsmaske ab und lächelte mich an. Wieder fiel mir der schöne Silberstern in ihrem Nasenflügel auf. Trotz der raffiniert geschminkten Augen wirkte ihr Gesicht sehr kindlich. Sie war ja kaum vierzehn Jahre alt.

»Hier kannst du baden«, sagte sie.

Endlich Wasser! Ich zog mir den Sweater über den Kopf. Darunter hatte ich noch ein T-Shirt an. »Und du?«, fragte ich Abra, »Kommst du auch mit rein?«

Sie schien zu überlegen. Dann ließ sie ihren Umhang von den Schultern gleiten. Sorgfältig und bedächtig faltete sie ihn zusammen und legte ihn auf einen Stein. Sie trug ein gelbes knielanges Kleid mit roten Musterstreifen über weiten Hosen aus demselben Stoff. Ihr Haar war dicht und mit Spangen fixiert, auf denen Swarovski-Kristalle glitzerten.

Ich bückte mich und fühlte schon mal, wie kalt das Wasser war. Es war ziemlich kalt. »Brrr!«

Abra lächelte. Dann hockte sie sich nieder und faltete auf einem flachen Stein im Sand ein Tuch auseinander, das sie in der Hand behalten hatte. Darin lagen vier Rauten eines goldbraunen Gebäcks mit Mandeln. »*Bashusa*«, sagte Abra. »Grieskuchen. Ich habe ihn gemacht. Für dich. Bitte, nimm!«

Ich dachte an die Datteln mit dem Liebessirup für Chalil.

»Nachher«, sagte ich. »Erst mal gehe ich ins Wasser.«

Abra nickte lächelnd. Dann stand sie auf und schlenderte das kleine Tal hinauf. Sehr taktvoll. Ich hatte mir inzwischen nämlich schon überlegt, dass ich die Unterwäsche anbehalten würde. Ich hatte gehört, dass arabische Frauen in Kleidern ins Wasser gingen. Aber da Abra sich taktvoll entfernt hatte, zog ich mich kurzerhand ganz aus.

Der Beckenrand war glatt, winzige Algen wuchsen ein Stück weit ins Becken hinab. Aber das Wasser war klar. Das Becken war groß genug für einen Schwimmzug und an seiner tiefsten Stelle stand ich bis zur Brust im Wasser. Nichts ist so wunderbar wie Wasser mitten in der Wüste. Ich plantschte und plätscherte, vergaß die Zeit und meine Sorgen. Das Wasser schuf Klarheit, stärkte meinen Mut, weckte Kraft und Selbstsicherheit. Mit einem Mal wusste ich, was ich tun musste. Nachher, wenn ich zurückkehrte zu den Zelten, würde ich Chalil suchen. Ich würde ihm sagen, dass ich mich entschieden hatte. Ich würde ihn glücklich machen. Seine Augen würde ich zum Leuchten bringen. Sein Lächeln würde mir gehören. Ab heute waren seine Anmut und Schönheit nur noch für mich da. Er würde sich mir anvertrauen mit allen Gefühlen, mit seinen guten Gedanken und dunklen Geheimnissen. Er würde sich mir rückhaltlos öffnen. Er würde mich umhüllen mit seiner Verstandeskraft und dem Glanz seiner Stellung und Zukunft. Wir würden eins sein.

Die Kälte trieb mich irgendwann aus dem Wasser. Ein Handtuch wäre schön gewesen, aber die Sonne und die trockene Wüstenluft wärmten und trockneten mich erstaunlich schnell. Ich konnte bald Jeans und T-Shirt wieder anziehen. Es war wunderbar, sich sauber zu fühlen. Und zum ersten Mal kehrte Ruhe in mir ein. Für heute war nichts geplant und es würde uns hoffentlich auch kein Notfall aufschrecken. Morgen sollte dann uns zu Ehren eine traditionelle Falkenjagd stattfinden. Meine drängendste Frage war: Würde ich es schaffen, heute mit Chalil zu reden? Aber der Tag war noch lang.

Ich lehnte mich gegen einen Stein, streckte die Beine im Sand aus und ließ mir die Sonne ins Gesicht scheinen. Abra kehrte zu mir zurück. Sie hockte sich nieder und bot mir erneut mit einer Geste von den Süßigkeiten namens *Basbusa* an.

Es lag etwas Lauerndes in ihrem Lächeln, fand ich. Mit Liebeselixier hatte sie das Gebäck sicherlich nicht getränkt. Aber mit Gift? Ich versuchte zwar, mich zu beschwichtigen. Es war absurd. Wie hätte sie annehmen können, dass sie mich heute hier traf? Und mich vergiften? Da hörte das Spiel mit Träumen und Liebeselixieren auf. Das war Tod und Verderben, auch für sie, denn eine solche Tat wäre nicht ungestraft geblieben.

Dennoch konnte ich mich nicht überwinden, eines der Grießküchlein zu nehmen. In meinem Kopf spukten zu viele Dschinn herum. Es war mir nicht möglich zuzugreifen, obwohl ich die Gabe eigentlich nicht ablehnen durfte.

»Und wann wirst du Chalil heiraten?«, fragte ich, in der Hoffnung, sie abzulenken.

»Im übernächsten Sommer«, antwortete sie.

»Warum nicht eher?«

Sie lächelte. »Es hat alles seine Zeit. Bitte, nimm doch!«

Es war jetzt das dritte Mal, dass sie mich aufforderte. Ich nahm ein Küchlein vom Tuch. Abra hatte ja nicht wissen können, dass wir hier zusammensitzen würden, sagte ich mir. Andererseits, für wen hatte sie eigentlich Gebäck dabei? Hatte sie etwa eine Verabredung mit Chalil gehabt? Nein! Außerdem hatte sie vorhin gesagt, sie habe den Grießkuchen selbst gemacht, und zwar für mich.

Ich tat so, als wolle ich abbeißen, unterbrach mich aber und beugte mich vor. Ich schaute in die dunklen Mädchenaugen, die meinen Blick ohne Scheu erwiderten.

»Abra«, sagte ich. »Ich weiß von dir. Von deiner Mutter Nusra, von deinem Vater Uthman. Ich weiß, dass du in Chalil den Todesengel gesehen hast. Und ein Dschinn hat dir ein Liebeselixier gegeben. Ich weiß, dass du Chalil liebst, aber ...«

Abras Augen blitzten mich an. »Chalil wird mich heiraten, nicht dich!«

Nun war es wenigstens ausgesprochen.

Und es sprudelte förmlich aus ihr heraus: »Du bist eine Fremde! Du zeigst alles, was du hast. Du hast ihn verhext mit deinen blauen Augen. Er hat sich blenden lassen. Aber du bist nicht aufrichtig mit ihm. Du liebst ihn nicht, wie es sich gehört. Du wirst ihn unglücklich machen. Du verlangst von ihm, dass er seine Traditionen verleugnet, seinen Glauben. Du willst, dass er gottlos lebt wie ihr in Europa. Ich sehe doch, wie er sich quält. Sein Blick ist trübe, sein Lächeln ist verloschen. Wenn du von ihm verlangst, dass er nach eurer Art mit dir lebt, wird er dir folgen. Denn er ist völlig geblendet, er ist dir verfallen. Aber er wird unglücklich sein, denn es liegt kein Segen auf ihm und er wird sich hassen und dich.«

Ich musste insgeheim zugeben, dass Abras Analyse perfekt war. Ich bewunderte sie sogar dafür. Sie sprach aus – wenn auch böse und feindselig –, was mich selbst beunruhigte.

Sie hob herausfordernd das Kinn und sah mich hasserfüllt an. »Du bist ein Fluch für ihn!«

»He, jetzt reicht es aber!«, platzte es aus mir heraus. »Hör auf mit diesen Flüchen. Und übrigens ... du bist ja sogar schuld daran, dass Chalil sich in mich verliebt hat! Du hast ihm doch gewünscht, dass er so leidet wie du. Dass er sich in eine verliebt, die er nicht bekommen kann. Die sich von ihm entfernt wie eine Fata Morgana sich dem Wanderer in der Wüste. Ist es nicht so, Abra? Und weißt du was? Ich werde ihm nicht entgleiten! Ich werde nicht weglaufen! Nichts dergleichen. Ich werde hier mit ihm leben, Abra. In seinem Palast! Und wenn überhaupt, dann bist du ein Fluch für ihn!«

»Ich werde ihm eine ergebene Frau sein und ihm viele Söhne schenken!«

»*Inschallah!*«, sagte ich spöttisch. »So Gott will.«

Besser, ich beendete unseren Plausch jetzt, ehe er eskalierte. Ich legte das Gebäckstück zurück und stand auf. Aus dem Augenwinkel sah ich, wie Abra in die Falten ihres zusammengelegten schwarzen Umhangs griff.

Und plötzlich hielt sie einen Dolch in der Hand.

»He!«, rief ich und sprang zurück.

Ihre Augen waren groß, sie wirkte alarmiert. Sie drehte den Kopf und erhob sich hastig. Ich wich zurück. Aber sie stand einfach nur da, mit dem Krummdolch in der Hand, und schien zu lauschen. Dann drehte sie sich um und blickte talaufwärts, dorthin, wo die Palme neben einem großen runden Felsen wuchs.

Und jetzt hörte ich es auch. Steine klackten, etwas schepperte im Rhythmus von Schritten. Da kamen Leute. Mein Herz begann heftig zu klopfen. Hinter dem großen Stein erschienen nacheinander drei Männer. Der erste stoppte, als er uns sah. Er trug ein Hemd, darunter Hosen, an den Füßen Bergstiefel, darüber eine sandfarbene Jacke mit vielen Taschen. Sein Gesicht war mit einem rot gemusterten Kopftuch bis auf einen Sehschlitz bedeckt. Ich sah sofort, dass er kein Araber war. Er war zu groß, zu massig. Und die Bergstiefel passten nicht. Er bewegte sich zu plump. Die beiden anderen dagegen waren Omaner, wild aussehende Männer in Pluderhosen. Und sie trugen Maschinenpistolen.

Abra ließ den Dolch sinken und wandte sich zu mir um. Ein eigenartiger Ausdruck lag auf ihrem kindlichen Gesicht, eine Mischung aus Trotz und Triumph. Ich wusste blitzartig: Das war ernst. Meine Gedanken rasten, aber nach nirgendwo. Was genau geschah hier?

»*Salam aleikum!*«, sagte ich.

Die Männer antworteten nicht. Es gab keinen Friedensgruß. Der in den Bergstiefeln sagte etwas Kurzes auf Arabisch. Mir kam es vor, als hätte er Abra angeredet. Aber sie antwortete nicht.

Die beiden mit den Maschinenpistolen betraten hintereinander den schmalen Sandpfad, der an dem großen runden Stein am oberen Taleingang vorbeiführte. Sie hatten die Gewehre locker im Anschlag.

Das ist jetzt nicht wahr!, dachte ich. Angst schoss mir bis in die Kniekehlen. Eiskalt und siedend heiß. Die kommen wirklich.

Abra trat ihnen entgegen. Die Hand mit dem Dolch hielt sie hinter ihrem Rücken. Ich hatte den Eindruck, dass sie sich schützend vor mich stellen wollte. Es war einer der vielen widersprüchlichen Eindrücke, die ich erst später in Übereinstimmung bringen konnte.

Der vordere der beiden Männer mit den Maschinenpistolen schubste Abra beiseite. Sie taumelte, fing sich aber und begann zu schreien, laut und schrill.

Die Männer setzten ihren Weg fort, auf mich zu. Dunkle Gesichter, schwarze schmale Augen, blaue Tücher um den Kopf, Gleichmut in den Mienen. Der mit den Bergstiefeln hatte sich ihnen angeschlossen. Er hatte helle Augen, wie ich erkennen konnte.

Ich wich zurück, bis ich meinen Fuß auf dem glitschigen Wasserbeckenrand rutschen fühlte. »He!«, schrie ich. »Was soll das? Was wollt ihr? Ich bin Gast von Scheich Sultan as-Salama!«

Die drei stoppten und hielten inne. Aber nicht, weil der Titel des örtlichen Fürsten, dessen Verpflichtung zur Blutrache ich beschwor, sie so beeindruckte. Es war etwas anderes. Sie blickten an mir vorbei und schwenkten die Gewehrläufe von mir weg.

Ich blickte mich um.

Da stand am unteren Eingang ins Tal ein vierter Mann. Ganz still. Es war Chalil. Und beinahe hätte ich ihn nicht erkannt, denn er trug keine *Dischdascha*, nur helle Hosen, die vom ausgeleierten Gürtel auf den Hüften gehalten wurden, ein weißes T-Shirt und Turnschuhe. Auch sein Haupt war unbedeckt. Das kurze, dichte Haar schimmerte wie Pech. Sein Atem ging tief, aber ruhig. Seine Miene war versteinert, die Augen schmal. Das war nicht der Chalil, den ich kannte. Keine Spur mehr vom einnehmenden Lächeln in seinem Gesicht. Ein fremder Zug von tödlicher Entschlossenheit beherrschte seine Miene. Da stand ein Krieger. Wenn auch mit bloßen Händen.

Das konnte nicht gut gehen. Einer gegen drei! Was konnte Chalil gegen Maschinenpistolen ausrichten?

»Chalil, sie haben Gewehre!«, schrie es in wilder Panik aus mir heraus. »Sie schießen! Verschwinde! Hau ab!«

Ich konnte überhaupt nichts anderes mehr denken als: Gleich würden sie feuern, gleich fiel er im Kugelhagel, gleich lag er da in seinem Blut. Gleich war Chalil tot. Und dann war alles zu Ende.

Ich glaube übrigens, dass ich auf Deutsch schrie. Denn weder die beiden mit den Gewehren noch der große mit den Bergstiefeln reagierten. Und sie hätten mindestens lachen müssen über meine Dummheit und die Demütigung, die ich dem Mann zufügte, der angetreten war, sein Leben für uns – Abra und mich – in die Waagschale zu werfen. Und der es unweigerlich tun würde. Unbeirrbar und ohne mit der Wimper zu zucken.

Er war schon tot.

Doch sie ließen ihn noch ein paar Schritte herankommen. Wer wollte auch gleich auf einen Unbewaffneten schießen? Respekt vor dem Gegner war immerhin Tradition. Und Chalil kam weder hastig noch zögernd, er setzte einen Fuß vor den nächsten, mit Stolz in den breiten Schultern und Gelassenheit in den schmalen Hüften, den Kopf erhoben, das Kinn gesenkt.

Der Große mit den Stiefeln hatte sich mittlerweile zwischen seine beiden Schützen gestellt. Sie formierten eine Dreierfront.

Abra stand ein paar Meter entfernt, wie ich am Rand bemerkte.

Dann war Chalil da und hielt an, keine zwei Meter von den Mündungen der Maschinenpistolen und nur eine Armlänge von mir entfernt. Ich sah seinen Atem die Bauchdecke und das T-Shirt heben und senken. Ein Tropfen Schweiß, der ihm aus den Schläfenhaaren rann, verriet, dass er keineswegs ruhig war, sondern bis zum Äußersten angespannt.

Er sagte ein paar Worte, die ich nicht verstand.

Der Große antwortete knapp.

Chalils Brauen zuckten unangenehm berührt.

Auf eine weitere Frage des Großen schnalzte er mit der Zunge ein überhebliches und entrüstetes Nein. Und als ob damit alles gesagt sei, wandte er sich halb ab.

Da rissen die beiden Männer ihre Gewehre hoch.

Mit allem rechnete ich, aber nicht damit, dass Chalil mir einen Stoß versetzen würde. Sekundenkurz sah ich das Blitzen in seinen Augen, seine halb geöffneten Lippen; hart und gnadenlos traf mich sein Schlag mit der flachen Hand an der Schulter. Ich rutschte am glitschigen Beckenrand ab und fiel.

Er hatte mich aus dem Weg haben wollen, aus der Schusslinie, dachte ich im Fallen. Das versöhnte mich etwas. Dann schlug das kalte Wasser über mir zusammen und ich kämpfte mich augenblicklich hoch. Abwegig zu glauben, ich müsste Chalil beistehen oder könnte irgendetwas verhindern, und trotzdem trieb mich das empor. Als ob ich unbedingt hätte sehen wollen, wie sie Chalil erschossen und sein Blut den Sand durchtränkte. Ich wischte mir die Augen frei.

Chalil hatte das einzig Mögliche getan, mit ungeheurer Kaltblütigkeit. Er war mitten unter seine Gegner gesprungen, doch nicht etwa auf einen mit Maschinenpistole, in der Hoffnung, sie ihm entreißen zu können. Dann hätte der andere ja nur zu feuern gebraucht und dabei mit einigem Glück nicht einmal seinen Kumpel mit erschossen.

Stattdessen hatte sich Chalil auf den einzig Unbewaffneten gestürzt, den Ausländer in Bergstiefeln. Als ich aus dem Wasser auftauchte, schlug er ihm gerade die Faust ins Gesicht.

Die beiden mit den Gewehren konnten nichts dagegen ausrichten. Chalil befand sich genau zwischen ihnen. Hätten sie auf ihn gefeuert, hätten sie sich gegenseitig durchsiebt. Und weil sie dennoch irgendwie ihre Gewehre in Anschlag bringen wollten, hatten sie die Hände nicht frei.

Der Große japste, wankte und riss die Arme hoch. Ein zweiter Hieb fällte ihn. Während es den Ausländer aus seinen Bergschuhen haute, hatte Chalil sich schon dem Bewaffneten links zugewandt. Er täuschte einen Griff nach der Waffe vor, was bei dem Burschen den Reflex auslöste, sie mit beiden Händen festzuhalten. Damit aber eröffnete er jede Menge anderer Angriffsflächen. Immerhin gelang es ihm noch, den Lauf hochzureißen, ehe ihn Chalil mit einem fürchterlich schnellen Handkantenschlag gegen den Hals bewusstlos haute.

Der andere Omaner wollte fliehen, zumindest die Waffe wegwerfen, stolperte aber und strauchelte. Chalil packte die

Maschinenpistole und fing den Burschen, der noch im Schulterriemen der Waffe hing, auf. Aber nicht lange durfte er auf den Füßen bleiben. Chalil stampfte ihn mit einem Fußtritt in den Unterleib förmlich in den Sand, wo er wimmernd liegen blieb.

Mit der Maschinenpistole in den Händen sprang Chalil vom Kampfplatz zurück.

Einen Moment herrschte Stille auf dem Schlachtfeld.

Zumindest kam es mir so vor, wie ich da im Wasser hing. Die Szene lag wie eingefroren vor mir. Die hohen rötlichen Wände des Tals, die Palme, der große Stein am oberen Eingang, der weiße Sandplatz von Blut befleckt. Die vier süßen Stücke Grießkuchen auf Abras Tuch zertreten. Der eine Araber lag wie tot, der andere krümmte sich vor Schmerzen, der große Ausländer hatte sich taumelnd aufgesetzt, die Hände zu seiner blutgetränkten *Ghutra* über der Nase gehoben, und fluchte in ordinärstem Amerikanisch.

Chalil war stehen geblieben. Ich hätte die Hand nur auszustrecken brauchen, um seinen Fuß zu berühren. Er hatte das Gewehr im Anschlag, die Hand am Abzug.

»Nein! Nicht schießen!«, entfuhr es mir.

Ich sah, wie Chalil zusammenzuckte.

»Bitte nicht!«

23

Ich zitterte immer noch, als ich an gestern zurückdachte, obgleich wir nun ruhig unterm Zeltdach auf unseren Stühlen saßen und zuschauten, wie sich die Jäger auf ihren Pferden versammelten und aufstellten. Unbegreiflich, dass Chalil nur einen Tag später an einer zeremoniellen Falkenjagd teilnehmen konnte.

Er und sein Großvater ritten Schimmel. Sie steckten in blütenweißen Gewändern. Die Handschuhe an ihren linken Händen waren aus Leder und mit Gold verbrämt. Chalils Falke war ein Sakr, ein einheimisches Tier. Auf Scheich Sultans Hand saß ein Pure aus deutscher Zucht, wie Umm Chalil betonte.

Ich wandte mich an Funda. »Der Falke von Chalil, ist es … wie hieß er oder vielmehr sie? … Flügel meiner Seele?«

»*Adschniha ruchi.*« Funda lächelte. »Ich kann es dir nicht sagen, Finja. Ich kann die Viecher nicht auseinanderhalten. Aber *Adschniha ruchi* ist sein Lieblingsfalke. Er ist nicht so mutig wie der von Großvater, dafür jedoch taktisch klüger, sagt Chalil immer. Aber natürlich schätzen wir hier eigentlich besonders die mutigen Falken!« Sie lachte.

Ihre Aussage versetzte meinem Herzen einen Stich. Den

Namen hatte Abra dem Falken gegeben. Und so triumphierte sie nun doch noch über mich. Denn es kam mir so vor, als ob Chalil Abras geflügelte Seele auf seiner Hand trüge und mit ihr hinausritt in das grün überhauchte Wadi. Er hatte sie trainiert, für sich erzogen. Sie würde für ihn fliegen und jagen, klug und umsichtig und darum vielleicht erfolgreicher als der mutige Falke seines Großvaters.

Umm Chalil nahm das Fernglas. »Chalil fängt an!«

Soweit ich erkennen konnte und nach dem, was Umm Chalil uns dazu erklärte, hatte das Fußvolk, welches das Wadi abschritt, eine Trappe aufgescheucht.

»Da!«, rief Funda.

Ich sah nichts. Zumindest keine Trappe. Chalil lenkte sein Pferd dorthin, nahm dem Falken die Haube ab und ließ ihn von der Faust starten.

Und wieder zog es meine Gedanken zurück. Der Dschinn, der am Verbotenen Brunnen herrschte, hatte das Paradies binnen Minuten in einen wahrhaft grauenvollen Ort verwandelt. Er hatte alles Böse, wozu Menschen fähig waren, zusammengezogen: Eifersucht, Hass, Habgier und Gewalt.

Abra huschte herbei, schnappte sich Gesichtsmaske und Umhang und sprang hinter Chalil.

Der Große hatte aufgehört zu fluchen und schaute gebannt in die Mündung der Maschinenpistole, die Chalil auf ihn richtete. Der Bursche, der den Tritt in den Bauch bekommen hatte, erwartete zusammengekrümmt und ergeben den Todesschuss. Der Dritte lag immer noch ohne Bewusstsein auf dem Rücken. Es war ohnehin egal, denn in zwei Sekunden würden alle drei tot sein.

Bitte nicht! Ich dachte es nur noch. Ich sagte es nicht mehr. Zu atmen wagte ich auch nicht. Ich hielt still, als ob das kleinste Plätschern von Wasser das finale Massaker auslösen könnte.

Da nahm Chalil die linke Hand vom Lauf des Gewehrs, schaute kurz nach mir und streckte seine Hand aus.

Ich fasste sie wie automatisch. Seine Hand war heiß und packte viel zu hart zu. Mit einem Ruck zog er mich aus dem Wasser. Ich rutschte noch mal auf dem Rand ab und stolperte in einem Schwall von Wasser auf den Sand. Chalil schob mich im selben Moment hinter sich. Er tat es so ruppig, dass ich auf die Knie fiel.

Dann war er aber schon wieder schussbereit.

Ich rappelte mich hoch.

»Geh!«, sagte er auf Deutsch. Und etwas ähnlich Kurzes sagte er auch auf Arabisch, vermutlich zu Abra. »*Jallah!* Auf! Schnell!«

Abra sah, dass ich mich nicht rührte, kam zurück, nahm mich an der Hand. »*Come, come!*«

Sie zog mich zum unteren Ausgang des kleinen Talbeckens. Meine Schuhe quietschten, die Jeans klebten an den Beinen. Und ich konnte nicht anders, ich musste mich umblicken. Ich sah, wie Chalil eben auf den Großen zuging. Er hielt ihm die Mündung ins Gesicht. Der andere fiel rückwärts in den Sand. Er hatte sich aber bloß fallen lassen. Denn Chalil hatte nicht geschossen.

Er bückte sich und hob die Maschinenpistole des Ohnmächtigen auf. Er hängte sie sich über die Schulter und trat zurück.

Und noch mal bückte er sich, nahm meinen Sweater aus dem Sand, warf ihn sich über die Schulter und ging rückwärts mit der Maschinenpistole im Anschlag.

Hoffentlich war keiner so verrückt, noch irgendetwas zu versuchen! Hoffentlich besaß der Amerikaner keine Pistole, die er noch zog! Und hoffentlich wartete Chalil nicht einfach nur ab, bis Abra und ich verschwunden waren, um die Burschen niederzumähen!

Und worum war es hier eigentlich gegangen?

»*Jallah!*«

Abra zerrte mich zwischen die schattigen Wände der Schlucht und immer weiter. Angstvoll wartete ich auf die Salve aus der Maschinenpistole. Aber sie kam nicht. Nach einer Ewigkeit in Angst, in der Abra und ich die Schlucht hinuntereilten, hörte ich Schritte hinter uns. Und das Scheppern von Waffen. Es war Chalil, der uns einholte, mit zwei Maschinenpistolen über der Schulter. Ich war ihm unendlich dankbar, dass er die Männer nicht getötet hatte. Oder hatte er es still und leise mit Abras Dolch getan, der – wie ich sah – in seinem Gürtel steckte?

Ich wagte nicht zu fragen, denn ich befürchtete ohnehin, dass er mir meine Bitte um Gnade für die drei Angreifer übel nahm. In welcher Sprache hatte ich sie an ihn gerichtet? Wer hatte sie außer ihm und mir verstanden? Ich wusste es nicht.

Er kam bei uns an, zog meinen Sweater von der Schulter und gab ihn mir. Sein Blick war kurz und prüfend.

»Oh Gott, Chalil«, stolperte es aus meinem Mund. »Was wollten die denn?«

»Dich entführen!«

»Was? Warum denn?«

»Jetzt nicht, später!«

Wir hetzten die Schlucht hinunter, Chalil und Abra in einem Sturmschritt, bei dem ich kaum mithalten konnte, zumal in nassen Jeans.

Warum mich entführen?, fragte ich mich. Wir waren zwar in Oman, nicht in Dubai, aber ich hatte nie gehört, dass man in diesen Ländern Ausländer entführte. Im Jemen, ja, da kam das vor. Aber dann waren es Stammesfürsten, wie es immer hieß, und Clans im Krieg gegeneinander, für den sie Geld brauchten.

Außerdem schämte ich mich, weil ich mit meiner westlichen Sehnsucht nach einer morgendlichen Großwäsche diese Katastrophe heraufbeschworen hatte. Tadelte mich Chalil dafür? Dachte er jetzt: Siehst du wohl, jetzt verstehst du vielleicht, warum Frauen nicht allein in die Wüste gehen sollen! Warum sagte er überhaupt nichts?

Ich sah, wie er sich an den Bauch fasste, und erschrak. Das T-Shirt war zerrissen, Blut sickerte.

»Du bist verletzt!«, rief ich.

Er schnalzte mit der Zunge. Dann zog er Abras Dolch aus dem ausgeleierten Gürtel und reichte ihn Abra. Sie nahm ihn und verbarg ihn unter ihrem schwarzen Umhang.

Eigentlich hatte mich doch Abra zum Bir al-Haram hinaufgeführt. Und sie hatte nicht nur diese seltsamen Kuchen bei sich gehabt, sondern auch einen Dolch in ihrem Gewand versteckt getragen. Mein Herz begann zu pochen. Womöglich hatte ich es eigentlich den drei Fremden zu verdanken, dass ich noch lebte ... und Chalil natürlich. Wenn ich es genau bedachte, hatte Abra sich sehr seltsam verhalten. Sie hatte plötzlich diesen Dolch in der Hand gehabt, als ich aufgestanden war, um den Ort zu verlassen. Aber dann hatte sie sich doch auch wieder schützend vor mich gestellt! Oder hatte diese Geste einen anderen Grund gehabt, den ich mir nur nicht denken konnte, weil ich überhaupt nicht richtig verstanden hatte, was da gerade passiert war?

»Haben Beduinenfrauen eigentlich immer einen Dolch dabei?«, fragte ich.

»Die Frauen vom Stamm der as-Salama ja. Ein Messer ist nützlich. Man kann Wurzeln ausgraben, einen Riemen durchschneiden, Ziegen aus einem Gestrüpp befreien. Ein Zicklein schlachten.«

Der Blick, den Chalil mir zuwarf, war abwartend, sogar ein wenig misstrauisch. Ich hatte das bestürzende Gefühl, dass Abra und Chalil sich näher waren – jetzt in diesem Moment –, als ich Chalil jemals sein konnte. Sie hatte sofort gewusst, was er vorhatte, sie hatte sich während des Kampfs richtig verhalten, während er mich erst ins Bassin hatte stoßen müssen, damit ich aus der Schussbahn war. Sie hatte seinen Anweisungen gehorcht, ich nicht. Sie hatte mich wegziehen müssen, sonst hätte ich mit ihm noch darüber diskutiert, ob er die armen Teufel erschießen durfte oder nicht. Jedenfalls hatte ich plötzlich das Gefühl, dass die beiden einander sehr vertraut waren. Wie auch anders? Er hatte sie aus dem Bauch ihrer Mutter geschnitten. Sie hatte von ihm geträumt, lange bevor ich auch nur ahnte, dass es Chalil gab, und mich in ihn verliebte. Sie hatten gemeinsame Grundüberzeugungen, sie lebten nach denselben Regeln. Sie waren sich einig, was gut war und was verboten, was *halal* und was *haram*. Für beide war ich eine Fremde. Jemand, dem man sich erklären musste, eine, bei der Chalil nie sicher sein konnte, ob sie sein Tun billigte und ob sie, wenn sie es nicht billigte, wenigstens vor anderen den Mund hielt.

Endlich traten wir in das große Tal hinaus, das zum Wadi al-Abar as-saba hinaufführte. Warme Sonne empfing uns. Mit der Weite löste sich mein Schock.

»Wer um Himmels willen waren die?«, fragte ich.

Chalil zuckte mit den Schultern.

»Der eine war Amerikaner, glaube ich. Chalil, warum wollten die mich entführen? Ich muss das wissen!«

»Vermutlich wegen deines Vaters!«, antwortete er knapp.

»Was ist mit meinem Vater? Er ist doch nur einer von vielen, die in Dubai für euch arbeiten. Er baut am Flughafen Beleuchtungs- und Belüftungstechnik und eine Solarfabrik.«

Der Hauch eines Lächelns zuckte über Chalils Mund. »Dein Vater kann Solarzellen bauen, die einen viel höheren Wirkungsgrad haben als alle andern. Es ist ein bisschen knifflig. Aber wir werden in Dubai ein Werk bauen, das diese Solarzellen herstellt. Und damit werden wir Weltmarktführer.«

»Und du meinst, jemand will nicht, dass ihr das macht?«

»Oder jemand anders will die Technik haben oder verhindern, dass wir sie nutzen.«

Ich stolperte vor Hast. »Wer denn, wer sollte das denn sein? Und wozu mich entführen?«

Chalil verlangsamte seinen Schritt. »Weil du die Tochter deines Vaters bist. Dein Vater würde alles tun, um dich wiederzubekommen.«

Ich schluckte.

»Übrigens, es ... es waren vielleicht sogar Israelis!«, erklärte er. »Die Maschinenpistolen hier, das sind Uzis.«

»Israelis in Oman?«

Chalil zuckte mit den Schultern. »Der israelische Geheimdienst ist überall.«

»Der Ausländer war Amerikaner!«

»Dann eben Amerikaner. Die haben sicher auch ein großes Interesse an dieser Technik.«

Ich hätte vermutlich laut aufgelacht, wäre ich nicht noch so bestürzt gewesen. »Chalil, bitte, entschuldige, aber das meinst du doch jetzt nicht im Ernst. Oder? Mein Gott, wenn du nicht gekommen wärst ... Was hätten die mit uns gemacht?«

Chalil verlangsamte seinen Schritt noch einmal und schaute mich an. »Es tut mir leid, dass wir nicht besser aufgepasst haben. Finja. Das hätte nicht passieren dürfen. Ich … ich habe versagt.«

»Unsinn! Du hast uns gerettet.«

»Weil ich Glück hatte.« Er sah plötzlich ziemlich unglücklich aus. »Ich habe das Frühgebet verschlafen, Finja. Ich habe zu spät mitbekommen, dass du dein Zelt verlassen hattest. Und beinahe wäre ich nicht mehr rechtzeitig gekommen.«

Deshalb sah er aus wie vom Lager aufgesprungen und losgelaufen, ohne Zeit gehabt zu haben, sich richtig anzuziehen. Er sah aus wie ein Beduinenjunge, wenn auch martialisch bewaffnet und verwundet.

»Und …« Er blieb abrupt stehen, ergriff meine Hand, führte sie an seine Brust und küsste sie. »Und ich danke dir, Finja, dass du mich daran gehindert hast, diese Unwürdigen abzuknallen wie tollwütige Hunde! Ich fürchte, ich hätte mich im Zorn des Kampfs dazu hinreißen lassen.«

Ich konnte nichts sagen, nur schlucken.

Hinter seiner Schulter sah ich Abras große Augen zu uns herüberblicken. War Hass darin? Trauer?

»Was geschieht jetzt mit ihnen?«, erkundigte ich mich, nachdem Chalil meine Hand wieder losgelassen hatte und wir unseren Weg fortsetzten, und zwar in deutlich gemäßigterem Tempo.

»Wir werden Leute losschicken. Entweder sie finden sie dort draußen und bringen sie her und wir schauen, ob wir sie ärztlich versorgen müssen und sie dann einem Gericht übergeben können, oder sie finden sie nicht mehr und dann verenden sie in den Bergen.«

Vielleicht hatte ich wieder zu erschrocken ausgesehen, denn er setzte hinzu: »Keine Sorge, Finja, wir werden uns Mühe geben, sie zu finden. Ich möchte schon gern wissen, für wen sie … für wen sie arbeiten.«

Bill fiel mir plötzlich ein, der unselige Schotte, der zu Muhammad mutiert war. Warum dachte ich jetzt wieder an ihn? Weil Chalil ihm genauso die Nase zerschlagen hatte wie dem Amerikaner oben am Bir al-Haram?

»Chalil, ich verstehe das alles nicht«, sagte ich. »Was genau läuft hier eigentlich? Du bist mir heute Morgen gefolgt. Du bist …«

»Es ist nicht gut, wenn eine Frau allein in die Wüste geht«, unterbrach er mich.

Es war in der Tat nicht gut gewesen. Da hatte ihm der Überfall gerade recht gegeben. »Gilt das auch für den Strand an eurem Palast in Dubai? Da bist du mir auch nachgegangen. Du bist mir überhaupt immer gefolgt. Du hast mich keine Sekunde aus den Augen gelassen. Ich dachte immer, es sei, weil …« Ich unterbrach mich. Das Wort Liebe mochte ich nicht aussprechen, es schien nicht hierherzupassen. »… Aber jetzt habe ich den Eindruck, dass es immer um etwas anderes ging. Um … um Bewachung!«

»Du bist unser Gast«, antwortete er, »es wäre unverzeihlich, wenn dir irgendetwas geschieht. Du kennst dich nicht aus. Es war immer nur zu deinem Schutz, Finja.«

Ich schluckte. In der Tat befände ich mich jetzt in der Gewalt von Entführern, wenn er nicht zur Stelle gewesen wäre.

»Und darum ging es immer? Auch am Hafen, bei Bill?«

Chalil schaute zu Boden.

»Du hast gesagt, er hatte ein Messer. Wieso? Das habe ich mich schon vorgestern gefragt. Ich dachte aber, du hättest andeuten wollen, dass er mir nachgestellt hat aus … « Verdammt, wie sagte man das auf schickliche Art?

»Aus sexuellen Gründen«, sprach Chalil es aus und blickte mich an. »Nein, Finja. Ich bin überzeugt, du solltest damals schon entführt werden.«

»Was?«

»Bill hatte Kontakte zu ...« Er zögerte.

»Zu al-Kaida?«, ergänzte ich. »Das meint zumindest mein Vater. Und er hat mir auch gesagt, dein Vater hätte so was vermutet. Aber genau gewusst habe man es nicht. Und solange man es nicht beweisen konnte, habe Bill als Gast des Hauses gegolten.«

Chalil schwieg einen Moment. »Bill war ein Verirrter«, sagte er dann. »Er gehörte einer Gruppe an, die sich Islamische Bewegung von Dubai nennt. Viele von ihnen sind Ausländer, Wirrköpfe wie Bill. Sie wollen irgendeine Art von *Dschihad* führen. Anschläge auf Einkaufsmalls verüben, die Symbole der westlichen Dekadenz. Sie suchen Verbindungen zu Organisationen, die Selbstmordattentäter rekrutieren. Und sie brauchen Geld, um Waffen und Sprengstoff zu kaufen. Bill wusste, dass wir dich erwarteten. Er wusste, dass wir Weihnachten hier oben verbringen würden.«

»Und woher wusstet ihr, dass er dieser Gruppe angehört?«

»Ein Bekannter hat es mir verraten. Ich habe mich mit ihm getroffen, an dem Tag, als du in Dubai ankamst. Er hat mir allerlei über diese Leute erzählt, und auch, dass Bill dazugehört. Und dass sie eine Entführung planen. Wer entführt werden sollte, konnte er aber nicht sagen.«

Und mit dieser Information war Chalil spätabends im Palast seines Vaters angekommen. Nachdem das Gastmahl beendet war, hatte man sich – Scheich Nasser, Chalil und Suhail – den Schotten vorgeknöpft und ihn aus dem Haus gejagt. Überdies war Chalil ihm gefolgt und hatte ihn umgebracht. Nur, dass ich ihn beim ersten Versuch gestört hatte. Zumindest war es die logische Konsequenz. Aber Chalil hatte mir doch versichert, dass er Bill nicht getötet hatte. Wirklich? Wenn ich mich richtig erinnerte, hatte er mir nur unterstellt, dass ich das dächte. Aber bestritten hatte er es nicht. Und sicherlich ahnte er auch jetzt, was ich dachte. Und wieder schwieg er dazu.

»Warum«, fragte ich, »hast du mir das alles nicht gleich gesagt, vorgestern?«

»Ach, Finja. Welchen Eindruck hätte das auf dich gemacht? Ich wollte vermeiden, dass deine ersten Eindrücke in meinem Land von Düsternis und Gewalt geprägt sind. Wenn ihr an uns denkt, denkt ihr doch immer an Terror, an Bomben, Entführungen und radikalen Islamismus. Unsere Welt wirkt auf euch finster, blutig und rückständig.«

»Hm.«

Er schaute mich an. »Wir sind dir doch sehr fremd.«

»Stimmt. Aber es wird nicht besser, wenn man mir nichts erklärt, Chalil.«

»Okay. Das sehe ich ein. Ich habe dir auch deshalb nicht die ganze Wahrheit gesagt, Finja, weil ich vermeiden wollte, dass du mich insgeheim für einen Mörder hältst, der diesem unseligen Bill hinterrücks die Kehle durchschneidet, weil er sich als ... als unser Feind im eigenen Haus erwiesen hat.«

»Oh Gott, Chalil!«

»Es schien mir das kleinere Übel zu sein, wenn du in mir einen schmachtenden arabischen Lover mit Anflügen von Eifersucht siehst, der einem Nebenbuhler auch mal kurz eine reinhaut.«

Ich musste lachen. Und mir schwindelte vor Erleichterung.

»Chalil«, sagte ich. »Ich ...«

Seine Hand griff im Verborgenen nach meiner. Aber ich war sicher, Abra entging es nicht. Und sie hörte mit den Ohren der Liebenden Chalils weichen, scherzenden Tonfall.

»Ja, *Schams ad-Duha*, meine Morgenröte ...!«

»He, hör auf! Wir sind nicht allein!«

Er lachte. »Das ist schon okay. Wir Araber sind nicht nur Krieger, sondern auch Poeten, du Herrin der Schönheit, das musst du wissen!«

Da war es wieder, sein bezwingendes Lächeln voller Siegessicherheit und Zärtlichkeit. Er war mir wieder sehr nahe. All meine Zweifel waren plötzlich verflogen. Egal, welche Geheimnisse er hatte, ich gehörte ihm. Ich wollte ihm gehören. Mit Haut und Haaren.

Der Dschinn von Bir al-Haram verlangte ein Opfer, damit er seine Freiheit wiedererlangte. Chalil war eben bereit gewesen, sein Leben für das unsere, für meines zu opfern. Nun war ich dran. Und mein Opfer sollte mein Leben sein, nur auf eine andere Weise, eine, die Leben bedeutete und ihn glücklich machen würde. Und dann, wenn ich wirklich alles geopfert hatte, was mir unverzichtbar erschienen war, würde der Dschinn mir drei Wünsche erfüllen: Chalil, Glück und Freiheit.

»Du, Chalil ...«

»Ja?«

»Ich ... ich weiß nicht, wie ich es sagen soll.«

Ich spürte an seiner Hand, wie es ihm in die Glieder fuhr.

»Du hast doch gesagt, es muss zuerst die Frau sein, die sich erklärt.« Ich verschluckte mich an meiner eigenen Aufregung und hustete. »Ich ... ich wollte sagen, ich wäre ... also, wenn es nicht anders geht, dann ... Sobald ich achtzehn bin ... «

»Finja!«, sagte er leise und drückte meine Hand.

24

Während die Trappe ins Wadi hinaustrabte, stieg *Adschniha ruchi* in die Höhe und beschleunigte. Dann stieß sie herab. Doch die sandfarbene Kragentrappe war auch nicht feige und drehte sich um. Sie stellte sich dem kleinen Angreifer und trat mit krallenbewehrtem Fuß nach ihm. Der *Adschiha ruchi* bog im letzten Moment ab.

Ein verächtliches Raunen ging durch die Reihen. Doch ehe die Leute noch zu Ende geseufzt hatten, hatte Chalils Falke den zweiten Angriff gestartet und schlug der Trappe von hinten die Krallen in den Kopf. Die Trappe rannte noch ein paar Schritte und fiel. Chalil gab seinem Pferd die Sporen, langte bei seinem Falken an, nahm ihn auf die Faust und gab ihm seine Belohnung.

»Ein ungleicher Tausch«, bemerkte ich. »An der Trappe hätte er sich satt essen können.«

»Nein, im Gegenteil!«, widersprach mir Umm Chalil. »Den Vogel muss er erst rupfen und aufreißen. Von seinem Falkner bekommt er dagegen fressfertiges Taubenfleisch. Es ist ein guter Tausch. Und das weiß er. Deshalb kommt er gern wieder auf die Faust.«

Im Grunde unterschieden wir uns gar nicht so sehr von

dem Falken. Wir Frauen saßen gemütlich im Schatten eines Zelts, das Diener aufgebaut hatten, bekamen Getränke und Süßigkeiten gereicht und schauten dem Jagdspiel zu, das prächtig gekleidete Männer auf rassigen Pferden mit Falken aufführten, die so viel kosteten, wie bei mir daheim ein kleines Haus. Dieser unermessliche Luxus erschreckte mich durchaus. Aber seit ich mich entschieden hatte, herrschte große Ruhe in mir. Meine Zukunft lag klar vor mir. Ich sah sie zwar nicht im Detail, aber in der großen Linie.

Funda schirmte ihre Augen mit der Hand ab und sagte: »Die arme Trappe, gezüchtet, um bei der Jagd zu sterben.«

»Da!«, rief Umm Chalil und nahm das Fernglas. »Sie haben wieder eine *Hubara* aufgescheucht.«

»Und wie lange geht das jetzt so?«, erkundigte ich mich bei Funda.

Die Mutter ließ das Fernglas sinken. »Chalils Falke startet zwei Mal, danach startet der seines Großvaters, dann wieder der von Chalil und dann der andere. Man könnte die beiden auch in Kompagnie fliegen lassen, sie sind darauf trainiert, sich nicht gegenseitig die Beute streitig zu machen, aber so ist es viel spannender. Mut gegen Geschicklichkeit. Mal sehen, wer von beiden mehr Beute macht.«

»Das kann Stunden dauern«, bemerkte Funda.

Umm Cahlil warf ihr einen missbilligenden Blick zu.

Ich beugte mich zu Funda hinüber und fragte flüsternd: »Könntest du dir vorstellen, dass Abra versuchen würde, mich … mich irgendwie zu … zu beseitigen?«

Funda schaute mich aufmerksam an. »Hat sie es versucht?«

»Ich weiß es nicht. Ich kann mir darüber nicht klar werden. Sie hat mir gestern am Bir al-Haram was Süßes angeboten, irgendwelche Grießküchlein.«

Funda lachte leise. »*Basbusa?* Ja, darauf versteht sie sich, auf diese süßen Sachen.«

»Ich musste die ganze Zeit an die Datteln mit dem Liebeselixier für Chalil denken und habe mich nicht getraut, davon zu essen.«

Funda lachte vergnügt.

»Und dann hat sie mir erklärt, sie werde Chalil heiraten, und zwar im Sommer übernächstes Jahr.«

»Oh!« Fundas Gesichtszüge wurden ernst. »Da hat sie wohl was gründlich missverstanden.«

»Ich weiß nicht! Abra ist ja nicht doof. Vielleicht hat sie es nur gesagt, um mich zu provozieren. Sie hat mir dann jedenfalls deutlich erklärt, dass Chalil und ich nicht zusammenpassen, weil ich als Fremde ihn seiner selbst entfremde und unglücklich mache.«

»Diese Giftnudel!«, zischelte Funda. »Was maßt sie sich an!«

»He!«, wisperte ich. »Reg dich nicht auf! Irgendwie hat sie doch auch recht. Ich bin eine Fremde. Und Chalil müsste sich an einiges gewöhnen mit mir.«

Funda drückte meine Hand. »Das kann ihm nicht schaden!«

Chalil hatte mit stiller Freude auf meine Eröffnung reagiert, dass ich mir eine Zukunft mit ihm im Palast seiner Eltern vorstellen konnte. Mir lief ein Glücksschauer den Rücken hinunter, wenn ich an seinen Blick dachte, an das zugleich bestürzte, erstaunte und unendlich frohe Lächeln auf seinen Lippen. Seine Hand hatte meine sehr fest gedrückt. Und ich hatte nichts sagen können vor Glück. Alle meine Bedenken waren in diesem Moment verflogen und vergessen. Wenn nicht Liebe, was sonst konnte einem die Kraft geben, das Unmögliche zu versuchen. Zwar zuckten meine Bedenken immer wieder auf, aber sie hatten keine Macht mehr über mich. Man musste Kompromisse machen im Leben. Ich konnte nicht alles haben. Mit Chalil war ich glücklich, das war die Hauptsache. Und wenn man Geld hat, dachte ich, ist ja vieles sowieso kein Problem. Falls mir in Dubai Kleiderordnung, Verbote und Benimmregeln zu viel und die Shoppingmalls zu langweilig wurden, dann würde ich eben mit dem Privatjet des Scheichs nach Deutschland fliegen. Womöglich mussten wir ja auch nicht immer in Dubai leben.

»Ich kann Abra sogar verstehen«, wisperte ich Funda ins Ohr. »Die Welt ist doch sehr ungerecht für sie. Wir sitzen hier und sie im Zelt der Scheicha. Und übermorgen verlassen wir die Oase und sie bleibt zurück mit all ihren Rezepten für verführerische Süßigkeiten, die der Dschinn ihr nachts verrät und die sie dann nicht mehr braucht!«

Ja, in der Tat, Abra hatte verloren. Ein für alle Mal. Während sie auf Chalils einen Seite ging, hatte er sich mit der Frau auf seiner anderen Seite, mit mir, verlobt. Und wenn ich ganz ehrlich zu mir war, war sie sogar schuld daran, dass ich mir ein Herz gefasst und Chalil erklärt hatte, dass ich das Opfer bringen würde. Im Grunde war es Eifersucht gewesen, die mich geleitet hatte. Ich hatte dringend Chalils volle Aufmerksamkeit gewinnen wollen. Er sollte sich mir zuwenden, total und ausschließlich, mit seiner ganzen Zärtlichkeit, allen Worten und Gesten. Und genau das war mir gelungen. Wäre Abra nicht wie ein Schatten auf seiner anderen Seite gegangen und wären die beiden mir nicht so ungeheuer vertraut miteinander vorgekommen, wer weiß, vielleicht hätte ich nichts gesagt, hätte eine so wichtige Aussage auf später verschoben, auf einen geeigneteren Moment, wie auch immer der ausgesehen hätte.

»Sie soll sich nicht so haben!«, raunte Funda unwirsch. »Abra hat mehr Privilegien, als ihr ihrer Herkunft nach zustünden. Sie lebt im Luxus. Und Jussuf, der Lehrer in der Oase, schreibt Gedichte ihr zu Ehren und ist ihr wirklich herzlich zugetan. Es ist außerordentlich töricht von Abra, ihn hinzuhalten für die zweifelhafte Aussicht, bei uns im Palast zu leben. Ich glaube nicht, dass Abra sich mit Küchendiensten zufriedengeben würde.«

»Aber ihr Leben würde wieder beginnen«, sagte ich, überwältigt von der Erkenntnis. »Nur dann kann sie ihren Kampf um Chalil, der sie aus dem Bauch ihrer Mutter gezogen hat, wieder aufnehmen. Sie kann mithilfe ihres Dschinns wieder Elixiere für ihre köstlichen Süßigkeiten anrühren, damit Chalil in unsterblicher Liebe zu ihr entbrennt. Und dann schafft sie alle andern Frauen aus dem Weg. Und wenn die Dienerinnen und Chalils Frau tot oder wahnsinnig geworden sind und Abra sich ihrem Ziel ganz nahe glaubt, dann ... «

... Dann käme ich. Aber das durfte ich Funda noch nicht sagen. Chalil hatte mich um Stillschweigen gebeten, als wir uns gestern vor den Zelten des Scheichs trennten. »Wir besprechen das später«, hatte er gesagt, ehe er davoneilte, um die Suchmannschaft loszuschicken, die im Übrigen dann nur noch Reifenspuren der Flüchtigen gefunden hatte.

»Himmel, Finja!« Funda lachte leise. »Das sind ja schaurige Szenarien, die du da entwirfst.«

»Aber sie ... sie hat gestern versucht, mich ... ach, ich weiß nicht. Sie wollte immer, dass ich von den Kuchen probiere. Aber ich habe sie nicht angerührt. Und als ich gehen wollte, hat sie ihren Dolch gezogen.«

Funda runzelte die Stirn. »Wenn das wahr wäre ...«

»Ich weiß es echt nicht, Funda. Abra hatte den Dolch in der Hand und dann kamen auch schon diese Kerle. Eigentlich habe ich bis eben gedacht, sie hätte die Leute gehört und deshalb den Dolch gezogen.«

»Auch das wäre seltsam«, bemerkte Funda äußerst nachdenklich. »Normalerweise empfangen wir Fremde nicht mit einem Dolch in der Hand. Auch nicht draußen in der Wüste.«

»Und wenn sie es doch getan hat?«

»Dann könnte man fast meinen, Abra habe gewusst, wer sich nähert.«

»Und wenn es so wäre?«

»Dann ...« Funda überlegte. Ihre Miene wurde düster. »Dann haben wir ein sehr ernstes Problem. Oder vielmehr Abra hat es. Dann müsste man annehmen, dass sie Kontakt zu diesen Leuten hatte, die dich kidnappen wollten, und dass sie dich ihnen zugeführt hat.«

Das ordnete plötzlich einige Widersprüche in Abras Verhalten. Nun war ich geneigt anzunehmen, dass sie in ihre Süßigkeiten ein Betäubungsmittel gemischt hatte, das mich ruhigstellen sollte. Als ich dann gehen wollte, hatte sie den Dolch gezogen, um mich aufzuhalten, bis diese Leute erschienen. Und weil sie im selben Augenblick aufgetaucht waren, hatte es für mich so ausgesehen, als hätte sie mich verteidigen wollen.

»Und damit«, überlegte Funda laut weiter, »hätte sie das schlimmste Verbrechen begangen, das man in einer Sippe begehen kann: Verrat. Und Verletzung der Gastfreundschaft.«

»Und das heißt?«

Die Konsequenzen mochte ich mir eigentlich gar nicht vorstellen. Wahrscheinlich würde man Abra zu Tode steinigen. Keine Ahnung. Ich bereute, das Thema angeschnitten zu haben. Bisher war Abras Geschichte für mich so etwas wie ein Märchen gewesen. Doch auf einmal war mir alles entglitten. Und ich glaubte tatsächlich, dass Abra imstande wäre, mich zu töten oder die halbe Familie Chalils zu vergiften. Das war total absurd.

»Vielleicht irre ich mich ja auch!«, beeilte ich mich zu versichern. »Vermutlich sogar irre ich mich! Es ist gestern so viel in so kurzer Zeit passiert ... Und ich möchte auf keinen Fall, dass Abra wegen mir Schwierigkeiten bekommt.«

Funda legte die Hand auf meinen Arm. »Keine Sorge, Finja. Bei uns wird niemand vorschnell verurteilt. Aber klären sollten wir das schon! Ich werde mit Chalil darüber reden.«

»Nein, bitte tu es nicht! Ich habe sicher nur wieder alles missverstanden.«

Ein stöhnendes Raunen ging durch die Reihen. Manche Männer sprangen sogar entsetzt aus dem Sand auf. Der Falke von Scheich Sultan hatte seinen Mut und seine Verwegenheit beinahe mit dem Leben bezahlt. Die Trappe hatte nach ihm getreten und ihn offenbar getroffen. Der kostbare Falke flatterte benommen ein Stück und blieb dann auf dem Boden sitzen. Der alte Scheich ritt sofort zu ihm und sprang noch im vollen Galopp vom Pferd.

25

Am Abend dieses Tages brachte der Suchtrupp des Scheichs die drei Männer. Sie hatten sie an der Grenze zu Dubai geschnappt. Man brachte sie so still und heimlich in die Oase, dass mein Vater und ich es beinahe nicht mitbekommen hätten. Als Mann hatte mein Vater zwar etwas mehr Zugang zu Informationen, als Gast des Hauses hielt man aber auch ihn außen vor. Es war klar, dass uns das nichts anging. Und Chalil sah ich den Rest des Tages auch nicht mehr.

Man flüsterte außerdem, der Scheich sei in Trauer, denn sein Falke sei ernsthaft verletzt. Chalil habe ihn verarzten müssen. Wahrscheinlich müsse man ihn in die Falken-Klinik bringen. Sie befand sich beim Flughafen von Dubai.

Am anderen Morgen stellte sich uns der Lehrer Jussuf vor und nötigte uns, sich von ihm die ganze Oase, von oben nach unten und unten nach oben zeigen und erklären zu lassen. Wir erfuhren alles über Dattelpalmen. Davon gab es männliche und weibliche Bäume, und da nur die weiblichen Datteln Früchte trugen, pflanzte man in einer Oase auf hundert weibliche zwei bis drei männliche Palmen.

Jussuf war ein junger Mann, der in Hosen und Hemd herumlief und eine *Ghutra* trug. Sein Englisch war gut und sein

Lächeln freundlich. Er hatte keine Scheu, meine Fragen zu beantworten, er schaute mir ins Gesicht und war auch den akribischen Fragen meines Vaters gewachsen. Er wäre wahrscheinlich ein guter Mann für Abra gewesen, aber Liebe ließ sich nicht bestellen und seine Chancen waren gering, Abra für sich zu gewinnen. Denn wann konnte er sich schon mit ihr treffen, mit ihr beschäftigen und ihr die Facetten seiner Persönlichkeit zeigen, die ihr vielleicht gefallen würden, sei es Humor und Witz oder Einfühlsamkeit, Ernsthaftigkeit und Wertschätzung?

Am Nachmittag ging ich mit Funda klettern. Ihr Fuß war so weit in Ordnung, dass sie einen leichten Auf- und Abstieg im Seil bewältigen konnte. Ihre Augen leuchteten. Und sie war zäh und gelenkig. Es war ein schöner Nachmittag.

Als wir gegen Abend zu den Zelten des Scheichs zurückkehrten, rief uns Salwa entgegen: »Abra ist weg! Und sie hat dem Lehrer das Kamel gestohlen.«

Das Kamel war nicht das eigentliche Problem. Es herrschte angespannter Ärger im Frauenzelt, als Funda und ich eintraten. Umm Chalil winkte nur ab: »Was hat man auch erwarten können von diesem Mädchen! Eine Schande ist das! Aber vielleicht ist es besser so. Soll sie doch krepieren in der Wüste.«

»Was ist denn geschehen?«, fragte ich.

»Abra hat dich verraten, Finja. Sie wollte dich den Entführern ausliefern!«, antwortete sie unwirsch.

Ich schaute Funda an. Hatte sie doch weitererzählt, was ich gestern so alles viel zu laut vor mich hin gedacht hatte? Funda schüttelte kaum merklich mit dem Kopf.

»Dieser Amerikaner hat es gestanden«, fuhr Umm Chalil auch schon fort. »Diese Feiglinge! Was sind das für Kämpfer? Sie verraten ihre Kumpane, bloß, um ihre Haut zu retten.

Abra sei es gewesen, hat er gesagt. Sie sei ihr Kontakt in der Oase gewesen.«

»Woher weiß er das denn?«, fragte Funda. »Hat er ihr Gesicht gesehen?«

Salwa und Umm Chalil stutzten. »Natürlich nicht. Aber … Man erkennt sie doch an ihrem Türkisamulett, an der *Burka*.«

»Dann könnte es auch ein junger Bursche gewesen sein!«, behauptete ich ins Blaue. »Einer, der sich Abras Sachen angezogen hat. Dieser … wie hieß er doch gleich, Funda? Dieser Ziegenhirte, der für Geld alles macht und den sie … du weißt schon … den sie für ihr Elixier …«

»Du meinst Tamer!«

Umm Chalil und Salwa blickten mich verständnislos an.

»Und der nähme Abra ihren Türkisanhänger ab und gäbe sich als sie aus?« Funda schüttelte den Kopf. »Du hast ein blühende Fantasie, Finja. Nie und nimmer.«

»Aber gegen Geld …«

Funda schnalzte mit der Zunge und hob die Braue. Ihr ganzes Gesicht sagte: Nein.

Und Salwa legte nach: »Der Amerikaner hat Abra doch gesehen am Bir al-Haram und er sagt, sie war es.«

»Ja, natürlich«, antwortete ich. »Sie hatte ihre Gesichtsmaske abgelegt. Natürlich hat er ihr Gesicht gesehen. Aber woher wissen wir, dass Abra die Person war, die mich aus der Oase rausbringen sollte. Sie hat mich doch auch gar nicht rausgebracht. Ich bin ganz allein losgegangen. Ich habe sie erst draußen getroffen.«

»Warum läuft sie dann weg?«, fragte Salwa. »Damit ist die Sache doch wohl klar.«

Nun gut. Ich hatte getan, was ich konnte, sagte ich mir. Und wie hatte Chalil mir erklärt: Es geschieht nichts, was

Gott nicht schon weiß, und man kann ein Leben nicht retten, wenn es nicht sein soll, aber das Bemühen darum werde anerkannt. Vermutlich hatten die Moslems Engel, die sich gute und böse Taten notierten. Aber wie eine Heuchlerin kam ich mir dennoch vor. Im Grunde glaubte ich ja auch, dass Abra mir Böses gewollt hatte.

Ich setzte mich in einen der Sessel und bekam von einer Dienerin ein Glas Tee gereicht. »Seit wann ist Abra denn weg?«, erkundigte ich mich nach dem ersten Schluck.

»Es hat sie niemand mehr gesehen seit gestern Vormittag«, erklärte Umm Chalil. »Umm Nasser hatte sich hingelegt. Es ging ihr nicht so gut. Und als sie mittags nach Abra rief, konnte man sie nicht finden.«

»Dann ist sie abgehauen, während wir bei der Falkenjagd waren«, stellte ich fest.

»Vermutlich.«

»Und dem Vater von Jussuf fehlt ein Kamel«, ergänzte Salwa. »Sein bestes. Womöglich hat Jussuf ihr sogar geholfen.«

»Salwa!«, rief Umm Chalil tadelnd. »Das wissen wir nicht.«

Auf einmal begriff ich, warum uns Jussuf den ganzen Vormittag durch die Oase geführt hatte. Er hatte es tun müssen. Vermutlich hatte der Scheich oder Chalil ihn darum gebeten, damit er vorübergehend anderweitig beschäftigt war und die Befragungen und Untersuchungen nicht mitbekam. Was würde mit einem geschehen, der einer Frau zur Flucht verhalf? Stockhiebe, Todesstrafe?

Ach ja, und uns, meinen Vater und mich, hatten sie damit auch vorübergehend aus dem Zentrum des Geschehens entfernt. Und nachmittags noch die Kletterei mit Funda. Wir waren weit weg gewesen, während sich Abras Schicksal entschied. So war es beabsichtigt gewesen. Sicher auch von Chalil. Und als wir zurückkehrten zu den Zelten des Scheichs, war schon alles besprochen, geregelt und beschlossen. Das Urteil gefällt.

Was würden sie mit ihm tun, wenn es sich als wahr herausstellte? Und mit Abra, wenn sie sie wieder eingefangen hatten? Ihr die Zunge rausreißen, sie steinigen, ertränken? Ich wagte kaum weiterzufragen.

»Und ... und weiß man, wo Abra jetzt ist?«

Salwa zuckte mit den Schultern. »Soll sie doch krepieren!«

Umm Chalil schnaubte verächtlich. »Nein«, antwortete sie mir, »bisher hat man sie noch nicht gefunden. Der Hadschar ist zerklüftet, die Wüste ist groß und weit. Mit einem Kamel kann man andere Wege benutzen als mit einem Auto. Womöglich wird man Abra niemals finden. Nicht, wenn sie es nicht will.«

Das erleichterte mich insgeheim ein wenig.

»Zumindest nicht lebend«, ergänzte Salwa.

»Und wenn man sie findet?«, erkundigte ich mich. »Was geschieht dann mit ihr?«

»Das wird Großvater entscheiden«, antwortete Funda, die mir ansah, was ich fürchtete. »In Affären der Sippe hat der Scheich die Gerichtsbarkeit. Es wird eine Verhandlung stattfinden und er wird die Strafe festlegen. Es wird übrigens nicht die Todesstrafe sein. ›Vergib ihnen und wende dich von ihnen ab‹, sagt der *Kur'an*.«

»Aber natürlich«, sagte Salwa in zufriedenem Ton, »wird man nicht garantieren können, dass es nicht einer ihrer Brüder erledigt.«

»Ich bin kein Wüstenkind«, sagte Umm Chalil, »ich bin in Damaskus aufgewachsen. Warst du schon einmal in Damaskus? Die Umaijaden-Moschee ist die schönste aller Moscheen. Sie ist die älteste mit ihren vielen Pfeilern. Eines ihrer Minarette heißt übrigens Jesus-Minarett.« Sie lachte freundlich. »Wie gesagt, ich habe nicht diese Beziehung zur Wüste wie mein Mann und Chalil, aber ich werde jedes Mal wehmütig, wenn wir wieder in die Stadt fahren. Nirgendwo sonst hat man so viel Ruhe wie in der Wüste.«

Ich nickte. Wehmut war genau der richtige Ausdruck. Es tat weh, die Berge zu verlassen. Es fühlte sich an, als lasse man ein Teil von sich zwischen Felsen, an einer Palme oder neben einem Brunnen zurück.

In meinem ganzen Leben war nicht so viel passiert wie in diesen sieben Tagen in der Wüste. Erst die Wasserfluten im Wadi, in denen unsere Autos abgesoffen waren, und mein geisterhaftes Treffen mit Chalil an der Akazie unterm Sternenhimmel. Dann unser Kamelritt hinauf in die Oase. Allein davon würden normale Touristen daheim noch jahrelang erzählen. Aber wir hatten auch noch ein Weihnachtsfest mit Tannenbaum und Christstollen im Beduinenzelt gefeiert und am Festfeuer Chalils im Kern wahrer Geschichte von seiner Begegnung mit dem Tahr und dem Leoparden auf der Suche nach dem Tal des Friedens, der Leichtigkeit und der Sinnenfreuden gelauscht. Und schon anderntags waren wir eilig in die Berge gestiegen, um den kleinen Mutlak aus der Schlucht zu retten. Und Chalil hatte mir tief im Abgrund gezeigt und gesagt, wie sehr er mich liebte. Mit einem Hochzeitsantrag im Herzen hatte ich die Nacht gefroren wie ein Schneider. Dann die grausige Operation an Mutlaks Arm und der Aufstieg mit meinem Vater in die hängenden Rosengärten des Hadschar. Und ich hatte einsehen müssen, dass Chalil und ich nicht heiraten konnten. Jedenfalls nicht, ohne dass ich alles aufgab, was mir vertraut war. Dann die Fahrt mit dem Hummer-Geländewagen, der innen aussah wie eine Bar. Funda hatte mir von den Töchtern von Semiramis erzählt und wie es gekommen war, dass Chalil für sie im Gefängnis gesessen hatte. Und als sei das noch nicht genug an Aufregungen gewesen, wurden Abra und ich am anderen Morgen von dubiosen Islamisten überfallen, und jetzt sah es so aus, als hätten sie mich entführen wollen und als hätte Abra mich an sie verkauft. Schließlich dann die prächtige Falkenjagd, bei der taktische Klugheit über Mut und Tollkühnheit gesiegt hatte.

In diesen sieben Tagen hatte sich in mir alles gedreht. Ich war nicht mehr dieselbe. Aber hatte ich mich aufgegeben oder erst gefunden? War meine Entscheidung für Chalil und ein Leben in diesem Land richtig? Oder war es ein Traum, wie ihn nur die Wüste hervorbringen konnte und der zerfallen würde, wenn wir wieder in der Stadt waren? Weil Chalils Vater es verbot? Ich war bereit zu kämpfen. Aber war es Chalil auch? Gegen Feinde war er tapfer, aber seiner Familie gegenüber ergeben. War es Schwäche oder war es Charakterstärke, wenn er Verantwortung über Liebe stellen würde?

Reichten meine Kraft und Ausdauer für den langen Weg, der vor uns lag?

Umm Chalil und ich saßen in einem von drei luxuriösen Jeeps, die gestern Abend in der Oase angekommen waren. Sie würden uns in die Stadt zurückbringen. Der alte Scheich war gekommen, um sich von uns zu verabschieden und seinem Enkel seinen kranken Falken anzuvertrauen. Mein Vater war bei Suhail und Salwa eingestiegen, Funda und Chalil hatten sich in den dritten Wagen gesetzt, zusammen mit einem der beiden Diener und dem kranken Falken in einer Holzkiste.

Umm Chalil hatte darauf bestanden, dass ich mich zu ihr in den Wagen setzte. Neben unserem Fahrer saß einer der Diener mit den Stöpseln eines iPods in den Ohren. Ab und zu sang er lauthals mit, eines dieser wirbeligen indischen Lieder, die nur aus Halbtönen bestanden.

»Funda wäre auch gern in der Wüste aufgewachsen. Was hat sie ihren großen Bruder immer bewundert!«, seufzte Umm Chalil. »Sie sind sich sehr ähnlich!«

Das fand ich gar nicht. Fundas revolutionärer Geist hatte nichts gemein mit Chalils Besonnenheit. Immerhin, beide waren sie klug, mutig und konsequent. Aber Umsturz, das war doch nicht Chalils Ding. Wenngleich ich in seltenen Momenten auch bei ihm etwas gespürt hatte, einen Funken von Ausbruch und Rücksichtslosigkeit. Er war schwer zu fassen, weil er stets schon wieder verloschen war, wenn ich anfing, ihn zu bemerken. Zu Beginn war er mir bedrohlich vorgekommen. Beispielsweise bei unserem Kuss zwischen den finsteren Buden des Weihnachtsmarkts. Als ob in ihm urplötzlich alle Freundlichkeit und Anmut umschlagen könnte in Grausamkeit. Und als ich die Schlägerei am Hafen beobachtet hatte und am andern Morgen erfuhr, dass das Opfer tot war, hatte ich das mit dieser finsteren Leidenschaft in Verbindung gebracht. Aber sie hatte für mich auch eine helle Seite gehabt. An der Akazie unterm Sternenhimmel oder in der Schlucht bei Mutlak. Da war er bereit gewesen, alles abzuschütteln, wozu ihn seine Erziehung verpflichtete, geradezu leichtherzig und bedenkenlos. Und dann hatte ich gesehen, wie er in einer halben Minute drei Männer kampfunfähig schlug. Ohne Zögern, entschlossen und brutal. Und dennoch hatte er sie nicht getötet. Er hatte sich nicht dazu hinreißen lassen. Und ich war absolut überzeugt, dass es dabei meiner Bitte nicht bedurft hatte. Chalil hätte nicht geschossen.

Allerdings irritierte mich sein Verhalten nun schon wieder. Seit Abra in Verdacht stand, mich und damit die Gastfreundschaft der gesamten Oase verraten zu haben, hatte sich Chalil mit keinem Zipfel seiner *Ghutra* bei mir blicken lassen. Ohnehin sah das Protokoll keine Treffen vor. Immerhin hatte er mir gezeigt, dass es möglich war, sich Freiräume zu schaffen. Doch er tat es nicht. Vielleicht fürchtete er meine Klappe. Und das zu Recht. Ich hätte ihn mit Fragen gelöchert, was der Familienrat beschlossen hatte, und ich hätte alles daran gesetzt, das unzweifelhaft harte Urteil über Abra zu mildern. Ich hätte ihn in die Lage gebracht, die er hasste: Er hätte sich und die Spielregeln seines Lebens vor mir rechtfertigen müssen.

Würde er sich je daran gewöhnen? Würde ich mich daran gewöhnen, dass er sich mir entzog, wenn er mich nicht anhören wollte, wenn es unbequem wurde? Musste ich es ihm bequem machen?

Immerhin hatte Funda mir versprochen, ihrem Bruder alle nötigen Informationen zu entlocken. Und dazu hatte sie jetzt Gelegenheit.

»Funda ist so wild und lebhaft«, mischten sich Umm Chalils Worte in meine Gedanken. »An ihr ist ein Junge verloren gegangen. Ich finde das gut. Wirklich! Auch dass sie so sehr für die Sache der Frauen eintritt. Doch eigentlich haben die Frauen bei uns eine sehr starke Stellung.«

Ich schaute sie vermutlich zweifelnd an.

»Dir kommt unser Leben sehr traditionell vor, rückschrittlich, nicht wahr? Ich bin oft in der Schweiz bei meiner Schwester. Ich weiß, wie europäische Frauen leben. Und so groß ist der Unterschied eigentlich nicht, zumindest in der Stadt. Ich betreibe eine Imbisskette für *Schawarma*. Döner nennt ihr das in Europa. Nur, dass unser *Schawarma* viel besser ist, raffinierter, frischer. Du musst es unbedingt probieren, wenn wir wieder in der *Medinat* sind. Was ich sagen wollte: Auch bei uns studieren die Frauen, sie arbeiten, sie leiten große Firmen. Einen großen Unterschied gibt es allerdings sehr wohl. In Europa habe ich viele einsame Menschen gesehen, Alte, um die sich niemand kümmert, Mütter, die mit ihren Kindern allein gelassen werden. Wir dagegen genießen den Schutz und die Wärme der Familie. Wir stehen füreinander ein, bei uns fällt niemand durchs soziale Netz wie … Oh, warum halten wir?«

Der Geländewagen vor uns hatte aus voller Fahrt gebremst. Kaum stand er, sprang Chalil heraus und rannte in halsbrecherischem Tempo quer ins steinige Gelände. Seine Füße flogen, seine *Dischdascha* flatterte, seine *Ghutra* wehte. Auch Suhail war aus dem Wagen gesprungen und rannte seinem Bruder hinterher. Funda erschien ebenfalls. Sie winkte uns zu und lächelte.

Chalils Jagd endete an einem größeren Stein. Er packte irgendetwas, das sich so heftig wehrte, dass der Staub stob. Suhail versuchte, den Stein anzuheben.

Umm Chalil ließ die Fensterscheibe hinunter, streckte den Kopf hinaus und rief Funda etwas zu. Dann wandte sie sich an mich. »Steig aus. Guck dir das an. Eine Agame!«

Ich folgte der Aufforderung, auch wenn ich keine Ahnung hatte, was eine Agame war und warum sie einen derartig halsbrecherischen Spurt über die Geröllhalde lohnte.

Funda empfing mich lächelnd. »Man muss ihnen den Weg zu ihrer Höhle abschneiden«, sagte sie, »sonst hat man keine Chance. Die große Kunst aber ist, sie überhaupt zu entdecken. Sie sind perfekt getarnt.«

»Was ist eine Agame?«

»Wirst du gleich sehen! Komm!«

Mein Vater war ebenfalls ausgestiegen. Immer noch schienen die dunklen Berge des Hadschar ganz nahe in der klaren, trockenen Luft. Obwohl wir schon über eine Autostunde von ihnen entfernt waren. Wir machten uns in noch kühler Morgenluft auf den steinigen Weg zu Fundas Brüdern.

Chalil hielt, am Hals und Schwanzansatz gepackt, eine große Echse empor. Sie hatte aufgehört, sich zu wehren. Ihr Kopf war kurz und keilförmig, der Körper elefantengrau und der Schwanz mit dicken dornenartigen Schuppen besetzt.

»Eine Dornschwanzagame«, erklärte Chalil. »Sie ist noch ausgekühlt von der Nacht. Die Haut ist noch ganz dunkel. Tagsüber ist sie gelb wie Sand. Sie war einfach zu langsam. An einem Morgen in der Wüste entscheidet die Zeit, die ein Reptil in der Sonne verbracht hat, zuweilen über Leben und Tod.«

Stolz und Liebe lagen in seinem Blick. Sie galten dem Tier. Es war völlig ruhig geworden in seinen Händen. Langsam drehte er sich zu dem Steinbrocken um und setzte die Echse darauf ab. Mit den Fingerspitzen strich er ihr unter der Kehle und den Bauch entlang.

»Es hypnotisiert sie «, erklärte er. »Es macht sie starr für ein paar Minuten.« Damit trat er zurück.

Die Agame mit dem dornigen Schwanz und dem kurzen Kopf blieb wie erstarrt auf dem Stein sitzen. Nur an der Atmung sah man, dass sie lebte. Das Auge hatte sie starr auf uns gerichtet. Wir starrten zurück.

»Es ist selten, dass man im Winter eine sieht«, bemerkte Chalil. »Wenn es kalt ist, ziehen sie sich in Höhlen zurück. Aber es ist ja noch nicht wirklich kalt geworden in diesem Winter. Sie leben in Halbwüsten, sie fressen Pflanzen. Sie trinken nicht und sie setzen keinen Urin ab. Die Salze, die sich in ihrem Körper sammeln, scheiden sie über diese Drüsen hier an der Nase aus.«

»Interessant«, sagte mein Vater. Ihn interessierte alles, was mit Überlebenstechniken zu tun hatte: Wärmehaushalt, Wasserhaushalt, Energiespeicher. Die Biologie, pflegte er zu behaupten, habe alles schon erfunden an chemischen und physikalischen Tricks, was die Ingenieure nun nacherfinden müssten, beispielsweise in Form von Sonnenwärmekollektoren und energiesparender Fortbewegung.

Die Agame beschloss, dass es nun genug der Bewunderung sei. Sie machte ein paar Schritte, stellte fest, dass sie frei war, sprang mit einem Satz von dem Steinblock und flög förmlich über die Steine davon. Bald schon war sie mit der Umgebung verschmolzen. Nachdem ich sie einmal aus dem Auge verloren hatte, konnte ich sie nicht mehr wiederfinden. Chalil und Suhail folgten ihr dagegen noch lange mit ihren Blicken.

Schließlich drehten auch sie sich zu den Wagen um.

Das war's dann also. Die Agame zum Schluss machte mir den Abschied von der Wüste nur noch schwerer. Ich hatte in den wenigen Tagen mehr Wüstenwunder gesehen, als andere Ausländer in Jahren zu sehen bekamen: die Gewalt der Wassermassen in einem Wadi, dem man keinen Tropfen Nass zutraute, die schwarze Heuschrecke mit der Giftspritze im Busch, die Viper im Sand, eine Dornschwanzagame, die Kapernblüte im nackten Stein, Kamele, wie sie Dornenzweige der Akazie fraßen. Und fast meinte ich, ich hätte auch den arabischen Leoparden gesehen und den geisterhaft seltenen Tahr, und die Akazie hätte mir erzählt, wie sie sich in Dürrezeiten mit Tanninen gegen gefräßige Mäuler schützte. Ich hatte gesehen, wie der Falke einen Vogel schlug und wo in der heißesten Gegend der Welt die Rosen blühten.

Als wir wieder im Auto saßen, nahm Umm Chalil das Interview mit mir wieder auf. Sie war unerwartet hartnäckig, wollte alles wissen. Ich erzählte ihr von meiner Mutter und von dem Leben, das mein Vater, Jutta und ich führten. Allerdings verschwieg ich ihr, dass Papa und Jutta nicht verheiratet waren, und ich widersprach nicht, als Umm Chalil mutmaßte, dass ich ja nun wohl bald mit einem Geschwisterchen rechnen durfte. Das war wichtig, denn mein Vater hatte ja noch keinen Sohn.

Ich erzählte ihr auch, dass ich studieren wollte. Sie nickte dazu. »Es ist wichtig, dass Frauen eine gute Ausbildung haben! Die Männer wollen sich heutzutage mit ihren Frauen ja nicht langweilen.«

»Ich möchte Schriftstellerin werden«, sagte ich.

Sie nahm es, anders als bei mir zu Hause, nicht mit diesem mitleidigen Lächeln auf, mit dem man bei uns Mädchenträume und brotlose Berufsperspektiven quittierte, sondern nickte wohlgefällig. Sie erzählte von einem irrsinnig erfolgreichen Fernsehprogramm, das in Abu Dhabi gedreht wurde und »Dichter für Millionen« hieß. Anmutige junge Männer und hübsche Buben in blütenweißen Traditionsgewändern deklamierten Gedichte in alten Beduinendialekten. Der beste

Rezitator bekam eine Million Euro. Es war so eine Art »Arabien sucht den Superstar«, nur dass es sich bei den Vorträgen nicht um Popsongs, sondern um Lyrik zu Ehren von Mohammed und Allah handelte.

»Manchmal denke ich«, stellte Umm Chalil fest, »dass die Menschen im Westen nicht glücklich sind. Die Männer aus Europa und Amerika, die mir begegnet sind, wirkten oft gehetzt und unzufrieden. Ich glaube, es liegt daran, dass sie keine Werte haben, die ihnen Halt geben. Sie fürchten den Tod, denn sie glauben nicht an ihre Auferstehung am Tag des Jüngsten Gerichts, sie fürchten überhaupt viele Dinge, weil sie keinen Gott haben, auf den sie vertrauen.«

»Na ja, ich weiß nicht«, sagte ich. »Bei uns gibt es auch viele religiöse Menschen.«

»Bist du denn glücklich mit deinem Leben, Finja?«

Ich schluckte.

»Bitte verzeih mir meine Direktheit, aber ich bin oft in der Schweiz und dort sagt man, dass die Deutschen viel reisen. Warum reisen sie so viel? Weil sie nicht glücklich sind in ihrem Land und mit ihrem Leben?«

»Ja, vielleicht.« Das Gespräch hatte eine unangenehme Wendung bekommen. Was würde passieren, wenn ich der Frau widersprach, die vielleicht meine Schwiegermutter wurde?

»Warum bist du denn hierhergekommen, Finja?«

»Um meinen Vater zu besuchen. Um Weihnachten zu feiern. Ich habe bisher jedes Jahr Heiligabend mit ihm verbracht.« Es klang in meinen Ohren wie eine Ausrede. »Ich werde Papa ja nun einige Monate nicht sehen, solange er hier arbeitet. Außerdem war ich natürlich neugierig, wie es hier ist. Ich glaube, wir Deutschen reisen so viel, weil wir wissbegierig sind. Das ist doch auch eine Tugend, nicht wahr?«

»Ja, natürlich!« Umm Chalil ließ sich nicht beirren. »Ich kenne Deutsche, die nach Dubai-Stadt gezogen sind und dort leben. Sie sprechen viel von der arabischen Gastfreundschaft. Sehr viel. Und wenn sie von zu Hause erzählen, dann reden sie von Enge, Hektik, unfreundlichen Gesichtern, Neid, Missgunst, vielen Beschränkungen und schlechtem Wetter.«

»Stimmt. Bei uns regnet es ständig. Und gerade jetzt ist es nasskalt und dunkel.«

Chalils Mutter lächelte mich an, durchaus anerkennend, wie mir schien. Ich war der Kontroverse, auf die sie zusteuerte, höflich zustimmend ausgewichen. Schlagartig wurde mir bewusst, dass sie mich prüfte. Sie erzählte über die Sitten ihres Landes, die Vorteile der Familienclans, Wärme und Gastfreundschaft, sie animierte mich, über mein Leben zu erzählen. Sie unterstellte mir beinahe unhöflich, ich sei zu Hause nicht glücklich und darum nach Dubai gekommen. Dass sie sich diese Mühe machte, konnte eigentlich nur eines bedeuten: Wenn die Mutter eines unglaublich gut aussehenden Mannes in heiratsfähigem Alter sich Zeit nahm, mit einem sechzehnjährigen Mädchen stundenlang zu reden, dann wusste sie, dass ich ihr als Gefährtin ihres Sohnes noch länger erhalten bleiben würde. Und für mich ging es um alles: um Chalil, mein Glück, meine Zukunft.

»Möchtest du vielleicht einmal im Ausland studieren?«, fragte sie. »Wir haben eine gute Universität für Frauen in Dubai. Könntest du dir das vorstellen?«

»Ja ... äh ... durchaus. Das wäre sehr reizvoll.«

»Dein Vater wird ja vermutlich auch immer mal wieder hier arbeiten.«

»Ja. Ich glaube, das würde ihm gefallen.«

»Wir haben eine evangelische und eine katholische Gemeinde in der Stadt. Wir sind das einzige Emirat, in dem es außerdem noch einen Hindu-Tempel und eine Gebetsstätte für Sikhs gibt.«

»Muss man eigentlich«, fragte ich mit Bedacht, »Moslem sein, wenn man eine Moschee besuchen will?«

Umm Chalils Augen hatten kurz aufgeblitzt. »Nein. In unserer großen Dschumaira-Moschee gibt es einmal in der Woche Führungen für Touristen. Du musst sie dir anschauen. Es ist eine sehr beeindruckende Moschee.«

»Ja, da will ich unbedingt mal rein!«

»Das wird sicherlich möglich sein, auch außerhalb der Führungszeiten. Ich werde mit Chalil sprechen. Ihm ist es erlaubt, Gäste mitzubringen.«

»Das wäre toll!«

Sie musterte mich streng, aber nicht unfreundlich. »Chalil … nun, er gefällt dir, nicht wahr?«

Ich hatte die Frage erwartet und erschrak doch.

»Wir sind unter uns, Finja«, sagte sie. »Du kannst offen mit mir sprechen. Ich bin eine Frau. Und die Verhältnisse sind für ein junges Mädchen wie dich sehr kompliziert.«

»Das stimmt.«

»Ich sehe schon lange, wie deine Augen an ihm hängen. Ihr habt euch in Stuttgart kennengelernt, nicht wahr?«

»Eigentlich nicht, jedenfalls nicht richtig«, antwortete ich. »Ich habe ihn rein zufällig an seinem vorletzten Abend in Stuttgart getroffen. Zusammen mit anderen Studenten meines Vaters«, beeilte ich mich hinzuzusetzen. »Wir … wir haben miteinander gesprochen.«

»Und er hat dir einen Ring geschenkt.«

Ich verfluchte erneut meine Dummheit, den Ring bei meiner Ankunft getragen zu haben. Umm Chalils scharfen Augen war die Ähnlichkeit des Designs mit dem ihres Colliers ebenfalls nicht entgangen.

»Stimmt, das hat er«, räumte ich ein. »Ich wollte den Ring erst nicht annehmen, aber bei uns in Deutschland glaubt man, dass man einen Araber tödlich beleidigt, wenn man ein Geschenk ablehnt. Deshalb habe ich mich nicht getraut, den Ring zurückzuweisen.«

Umm Chalil lachte. »Natürlich durftest du den Ring annehmen und du hättest Chalil schwer gekränkt, wenn du ihn nicht genommen hättest, Finja. Allerdings nicht tödlich.« Sie lachte vergnügt.

»Er hat mich gefragt, wo man in Stuttgart typisch deutschen Schmuck kaufen kann«, fiel mir nun noch zur Entschuldigung ein. »Also habe ich ihn zu dem Laden geführt.«

»Und dann hat er den Kopf verloren und sich in dich verliebt, in seine kleine deutsche *Rasala*. Ich kann es ihm nicht verdenken. Und was ist mit dir? Liebst du Chalil?«

»Ich ...« Nicht herumdrucksen, Finja! »Ja«, sagte ich. »Ich liebe ihn ... mehr als ... als mein Leben.«

»Große Worte!«

Ich schwieg beschämt.

»Wir Araber machen gerne große Worte. Das ist wahr.«

»Deshalb habe ich es nicht gesagt. Ich ... ich würde alles ... tun, um ihn ... ach, ich weiß nicht, wie ich das ausdrücken soll. Ich weiß nur, ich kann mir ein Leben ohne Chalil schon gar nicht mehr vorstellen. Obwohl ich weiß, dass es schwierig ist, vielleicht sogar unmöglich.«

»Hm!« Die elegante Dame wiegte den Kopf. »Unmöglich würde ich nicht sagen.«

»Nicht?« Meine Hoffnungen stiegen in glühende Höhen. »Es ... es wäre möglich? Wirklich?« Ich musste meine Hände im Schoß falten, damit sie nicht zitterten vor Aufregung. »Aber ein Scheichsohn darf doch keine nicht gebürtige Muslimin heiraten, oder?«

»Wir leben nicht mehr wie die Beduinen im einstigen Fischerdorf«, antwortete Umm Chalil. »Ich gebe allerdings zu, dass es nicht üblich ist und sicherlich für einige Irritationen sorgen könnte. Und ich weiß nicht, wie mein Mann darüber denkt. Und du müsstest natürlich zum Islam übertreten.« Sie warf mir einen forschenden Blick zu.

Ich nickte.

»Und Arabisch lernen. Aber das versteht sich von selbst. Denn Arabisch ist die Sprache des *Kur'an*.«

Ich nickte wieder.

»Stell dir das nicht zu einfach vor!«

»Ich stelle es mir ungeheuer schwierig vor.«

»So schwierig ist es auch wieder nicht.«

Mir schwindelte. Auf einmal erschien alles ganz leicht. Warum nur hatten Chalil und ich uns so gequält? Seine Mutter wusste offenbar längst Bescheid und hatte nichts dagegen. So in Stein gemeißelt waren die Traditionen eben doch nicht mehr.

Gegen Mittag erreichten wir die Oase al-Ain und überquerten die Grenze von Oman nach Dubai. Das Gewusel einer Stadt empfing uns mit schattigen Palmenhainen, breiten Straßen, grünen Parks, blauen Seen, massigen Gebäuden und vielen Menschen auf der Straße. Die dunklen Gipfel des Hadschar waren von hier aus noch gut zu sehen in der klaren Luft. Lieber wäre ich dort geblieben. Die Stadt kam mir nach nur einer Woche Wüste fremdartig und unpersönlich vor. Die Straßen so glatt und breit, die Gebäude aufdringlich groß, die Parks verschwenderisch grün. Zugleich jubelte alles in mir: Du wirst nicht Abschied nehmen für immer, du wirst die Wüste, den Hadschar, die Oasen, all die Pracht noch oft sehen. Das alles wird bald deine Heimat sein!

Unsere Geländewagen rollten auf den Parkplatz des Hilton-Hotels.

»Hast du einen Badeanzug dabei?«, fragte mich Funda, kaum, dass wir ausgestiegen waren. »Dann nimm ihn mit. Hier gibt es einen Pool. Los!«

Zehn Minuten später hatten wir uns in einem Hotelzimmer umgezogen, plantschten im Wasser einer gigantischen Poolanlage, Funda, Salwa und ich, während Umm Chalil, ihre Söhne und die Diener sich ebenfalls Zimmer nahmen, um sich den Staub vom Leib zu duschen und frische Sachen anzuziehen. Mein Vater gönnte sich unterdessen an der Bar ein Bier.

»Das Hotel hat auch einen Golfplatz«, erzählte mir Salwa. »Spielst du Golf? Übrigens ist hier kein Gebäude höher als sechs Stockwerke, aber die Oase erstreckt sich über eine Fläche so groß wie Paris. Es gibt einen Flughafen und einen großen Kamelmarkt, den die Touristen gern anschauen. Möchtest du den Kamelmarkt sehen? Oder den Zoo mit seinem Tiefseeaquarium? Da gibt es auch weiße Oryxantilopen. Sie waren mal fast ausgestorben, aber jetzt züchtet man sie nach.«

Während Salwa wieder Mensch wurde und so viel redete, wie ich sie seit unserem Einkaufsbummel durch die Mall von Dubai nicht mehr hatte reden hören, blickte Funda nach der ersten Freude über das kühle Wasser zunehmend finster vor sich hin.

»Was ist los?«, fragte ich sie, als Salwa gerade mal abgelenkt war.

»Nichts«, antwortete sie hastig, stieß sich mit den Füßen an der Poolwand ab und schwamm ein paar Züge.

Ich folgte ihr in die Mitte des Pools. »Gibt es was Neues über Abra?«

»Nachher, Finja. Ich erzähle es dir später!«, antwortete sie und ließ sich unter Wasser sinken.

Später nahmen wir alle zusammen einen Imbiss im Hotelrestaurant. An einem Tisch mit Tischdecke. Chalil aß kaum einen Bissen. Auch Funda schien keinen Appetit zu haben. Sie sahen aus, als hätten sie Streit gehabt. Sie hatten eine Wand zwischen sich hochgezogen. Wobei Chalil immer wieder mit kleinen Gesten Kontakt aufnahm, Funda aber rigoros ablehnte.

»Was ist denn los?«, fragte ich sie auf dem Weg zu den Toiletten.

Sie winkte ab. »Heute Abend, Finja, ich erzähle es dir heute Abend, wenn wir zu Hause sind. Jetzt bin ich zu ... zu wütend.«

Am Nachmittag tauchten im Dunst der Küste die Wolkenkratzer von Dubai vor uns auf. Der Wagen mit Chalil und Funda bog ab. Sie brachten den Falken in die Klinik. Es war die weltweit größte Klinik für Falken, erklärte mir Umm Chalil. Amerikanische und deutsche Tierärzte arbeiteten dort.

Wir selbst machten einen Abstecher in ein Wüstencamp, in dem Kamele gezüchtet wurden. Vor einem Ensemble aus Bretterbuden mit Zeltplanen stand mitten im Sand ein Sofa. So lernten wir Kamel-Uschi kennen, eine temperamentvolle Dame in arabischen Gewändern, die meinen Vater und mich in breitestem Oberschwäbisch begrüßte. Sie stammte aus Ravensburg, war in den Neunzigern nach Dubai übergesiedelt und züchtete und trainierte seit etlichen Jahren Rennkamele, für die sich insbesondere Suhail interessierte. Während er und seine Mutter sich von Uschis Mitarbeitern durch die Farm führen ließen, bewirtete sie uns auf dem Sofa mit Tee und Datteln und erzählte.

Sie hatte sich in das Land und das Leben der Beduinen verliebt, als noch niemand daran dachte, Dubai zu besuchen. »Die überwältigende Gastfreundschaft«, sagte sie, »die wunderbaren Nächte in der Wüste, das einfache Leben auf einer Kamelfarm, das alles hat mich von Anfang an fasziniert.«

»Und so allein als Frau?«, erkundigte sich mein Vater.

»Geht das denn?«

Sie lachte. »Ich bin nicht allein. Meine Gastfamilie hat mich von Anfang an ohne Vorbehalte bei sich aufgenommen. Ich habe gleich gewusst: Hier bin ich richtig. Alle Mitglieder der Familie bringen mir denselben innigen Respekt entgegen, den sie untereinander pflegen. Das ist ein völlig anderer Umgang miteinander, als wir es aus Deutschland kennen.«

Es geht also, dachte ich. Alles in mir flatterte vor Glück.

»Und in der Wüste gibt es keine Hektik!«, erklärte sie meinem Vater und mir, während wir auf dem Sofa unter dem blauen Himmel saßen und Tee schlürften. »Hier läuft alles viel gemütlicher ab. Wer hierherkommt, sollte die Zeit vergessen!«

Bei Sonnenuntergang kamen wir in Dubai-City an. Die Wolkenkratzer leuchteten im Abendrot unter rötlicher Dunstglocke.

Es gab ein schweigsames Abendessen im Palast. Chalil und Suhail verschwanden, sobald es die Höflichkeit erlaubte, zusammen mit ihrem Vater. Vermutlich gab es wegen der Ereignisse in der Oase allerlei zu besprechen und zu entscheiden. Salwa war geistig abwesend, denn sie hing die ganze Zeit am Handy, um sich bei ihren Freundinnen zurückzumelden und die Unternehmungen der nächsten Stunden zu verabreden.

»Komm zur Zeit des Nachtgebets zu mir«, raunte mir Funda zu und zog sich dann ebenfalls zurück.

Ich begleitete meinen Vater auf sein Zimmer. Er telefonierte mit Jutta, während ich mit der englisch unterlegten arabischen Tastatur des Computers auf seinem Tisch kämpfte und meine E-Mails durchschaute. Nele und Meike hatten geschrieben und verlangten Berichte und Fotos. Ich antwortete kurz und versprach später einen längeren Bericht.

Eigentlich hätte ich meinem Vater gestehen müssen, dass es mit Chalil und mir ernst wurde. Vielleicht sprach Chalil gerade mit seinem Vater über mich und unsere Heiratspläne. Ich hätte meinen Vater vorwarnen müssen, falls Scheich Nasser später das Gespräch mit ihm suchte, aber ein vages Gefühl von Unsicherheit hielt mich davon ab. Auch, wenn Chalils Mutter mir signalisiert hatte, dass ich in der Familie willkommen war, musste es Chalils Vater nicht auch so sehen. Also lieber abwarten, was Chalil mir berichten würde. In arabischen Kulturen überstürzte man nichts. So viel hatte ich immerhin begriffen.

Als der Muezzin das Nachtgebet ausrief, begab ich mich zu Funda. Sie kam mir entgegen, nahm meine Hand, zog mich neben sich aufs Sofa und sagte: »Es tut mir so schrecklich leid, Finja«, sagte sie. »Ich muss dir was sagen, was dir nicht gefallen wird und mir auch nicht gefällt.«

Ich wappnete mich mit Tapferkeit. »Abra ist tot?«

Funda stutzte. »Nein. Jedenfalls nicht, dass ich wüsste. Man hat ihr Kamel gefunden, aber nicht sie. Vermutlich hat sie sich von einem Lastwagenfahrer mitnehmen lassen.«

»Wohin denn?«

»In den Süden. Ein Onkel von ihr, der Bruder ihrer Mutter, lebt im Leeren Viertel. Unsere Leute in Süd-Oman und in den Liwa-Oasen sind alarmiert. Sobald Abra dort irgendwo gesichtet wird, wird man es uns mitteilen.«

Ich wollte eigentlich fragen, was das Leere Viertel war, aber Funda fasste meine Hand fester und fuhr fort: »Aber darum geht es jetzt nicht, Finja.«

»Um Himmels willen! Was ist denn los, Funda!«

»Ach, Finja«, seufzte sie. »Du musst Chalil vergessen. Und grolle ihm nicht, verzeih ihm vielmehr, wenn du kannst, und bedenke, wie sehr er dich liebt. Dennoch musst du ihn aus deinen Träumen streichen, Finja. Du musst ihn vergessen. Fahr nach Hause, Finja, und denk nie wieder an uns. Ich schäme mich ... für meinen Bruder, für meine Familie!«

Mein erster Impuls war, sie zu trösten. Dann wurde mir bewusst, dass es um mich ging. »Wie muss ich das verstehen, Funda? Was ist los?«

»Chalil ist versprochen, Finja. Er hat es mir erst vorhin auf der Fahrt gestanden.«

Ich schluckte. Ich dachte an Abras Behauptung, dass sie ihn im übernächsten Sommer heiraten werde. »Aber Abra hat doch ...«

»Nein, nicht Abra.« Unter anderen Umständen hätte Funda über meine Idee gelacht. »Chalil wird die Prinzessin Basma heiraten.«

Ich war wie vor den Kopf gestoßen. »Wen?«

»Sie gehört dem großen Saudischen Königshaus an.«

Aber das war doch genau das, was jetzt passieren musste, dachte ich. Erst musste Chalil eine Prinzessin heiraten, die ihm einen Sohn gebar, dann konnte er mich zur Zweitfrau nehmen. Ich bemühte mich um einen scherzhaften Ton. »Und, ist sie hübsch?«

Funda blickte mich entgeistert an. »Ich habe keine Ahnung. Ich habe gerade versucht, im Internet ein Foto von ihr zu finden, aber es gibt nur eines, auf dem sie den *Hidschab* trägt. In Saudi-Arabien darf sich keine Frau ohne totale Verschleierung in der Öffentlichkeit zeigen. Außerdem ist Prinzessin Basma erst zwölf oder dreizehn Jahre alt.«

»So? Hm. Und was bedeutet das alles jetzt?«

»Wenn Chalil sie gleich heiratet, wird er ein paar Jahre warten wollen, bis er ihr eine Schwangerschaft zumutet.«

»Verdammt, sind die Frauen bei euch denn zu nichts anderem gut, als Söhne zu gebären?«, sagte ich wütend, denn mir wurde gleichzeitig klar, dass ich nun also noch viele Jahre auf Chalil warten musste, nicht nur bis zu meiner Volljährigkeit. »Oder könnte nicht ich vielleicht im Ehevertrag festlegen, dass ich so lange verhüte, bis Basma den Thronfolger geboren hat?«

Was redest du denn da?, fragte ich mich gleichzeitig. Ich sah in der armen Prinzessin Basma ja selbst nichts anderes als eine Gebärmaschine.

Fundas Antwort war klar: »Bei uns nimmt man nicht die Pille, Finja. Arabische Männer wollen viele Kinder! Und … Ich fürchte …« Sie schluckte und setzte neu an: »Du wirst Chalil überhaupt nicht heiraten. Er hat mir gesagt, dass die Familie von Basma wünscht, dass im Ehevertrag festgelegt wird, dass er keine weiteren Frauen nehmen darf.«

»Was?«

»Ja, es gibt die Möglichkeit, vertraglich festzulegen, ob der Mann weitere Frauen heiraten darf oder nicht. Und Basmas Familie möchte sie wohl auch deshalb nach Dubai verheiraten, weil wir hier moderner denken und eine solche Möglichkeit haben.«

»Aber …« Ich unterbrach mich. Nein, dazu gab es nichts mehr zu sagen. Da versickerten alle Aber im Abgrund der Ohnmacht.

Warum hatte Chalil mir das nicht erzählt? Und nicht nur das! Er hatte mir sogar Hoffnungen gemacht. Ja, er hatte mich doch direkt gefragt, ob ich ihn heiraten würde. Nun ja, gefragt hatte er eigentlich nicht. Ich versuchte, mich zu erinnern. Was hatte Chalil genau gesagt, damals in der Schlucht, als er den kleinen Mutlak auf dem Arm hatte und mich mit der anderen Hand festhielt? »Ich möchte so gern, dass du mich heiratest.« Oder so ähnlich. Er hatte es sich gewünscht, ja, aber er hatte es nicht so gesagt, als ob es eine realistische Möglichkeit wäre. Und er hatte auch nicht geantwortet, als ich ihm meine Bereitschaft erklärte, ihn zu heiraten. Er hatte sich nur gefreut. Mehr nicht. Und danach hatten wir kein privates Wort mehr miteinander gewechselt. Man konnte auch sagen: Er war abgetaucht.

Und ich naives Huhn hatte in meiner Fantasie mein künftiges Leben darauf aufgebaut. Und nun? Alles zurück auf Anfang? Meine Zukunft würde genau so verlaufen, wie sie hatte verlaufen sollen, bevor ich Chalil in die dunklen Augen geschaut und sein schönes Lächeln mich getroffen hatte.

Funda streichelte meine Hand und riss mich damit aus meinen Gedanken. »Chalil hätte es dir sagen müssen, Finja. Gleich zu Anfang! Hat er ... hat er dir denn wirklich Hoffnungen gemacht?«

»Irgendwie schon. Aber ... aber ich habe wohl alles falsch verstanden. Er hat gesagt, dass ... dass ... dass er um mich werben würde, wenn er ein anderer wäre. Schon in Stuttgart hat er das gesagt. Nachdem wir uns geküsst hatten.«

Funda runzelte die Stirn.

»Und dann hat er gesagt, dass er sich wünsche, er könnte sein Leben mit mir verbringen. Und ich wünsche mir das auch. Meinem Vater hat er dann erklärt, dass er jemanden wie mich nur als Zweitfrau nehmen könnte. Und zum Islam müsste ich auch übertreten. Mein Vater hat gesagt, das werde er nicht erlauben. Aber wenn ich volljährig bin, kann ich machen, was ich will. Und ich wollte es tun. Auch wenn es für mich ein ... ein Opfer ist. Aber einer von uns beiden muss ja ein Opfer bringen, und Chalil müsste ... er müsste wahrscheinlich mehr aufgeben als ich ... jedenfalls könnte ich niemals von ihm verlangen, dass er all das hier aufgibt.«

Funda sah so aus, als sei das in der Tat ein völlig abwegiger Gedanke.

»Deshalb habe ich beschlossen, dass ich zum Islam übertrete und all das. Und das habe ich Chalil gesagt und er hat ... er hat gelächelt, so glücklich, und ... und ich dachte wirklich ...«

»Seiner Ansicht nach hat er dir nie etwas versprochen.«

»Aber wir ... wir haben uns geküsst und ...« Ich konnte nur noch in Halbsätzen reden und denken.

»Ja!«, sagte Funda in einem Tonfall, der beruhigend und mitfühlend klingen sollte, aber vor Zorn bebte. »Das bedauert er. Er habe sich hinreißen lassen, sagt er.«

In mir brach alles zusammen.

»Er hat sich in dich verliebt, Finja. Bedenke das! Er liebt dich sehr. Er hat mir erklärt, dass er an nichts anderes denken kann als an dich. Immer, wenn du mit ihm zusammen bist, meint er, alles umwerfen zu können. Dann glaubt er, ein Leben ohne dich werde es für ihn nicht geben, ein Leben ohne dich sei sinnlos. Er hat gesagt, du hättest eine besondere Kraft in dir, eine Klarheit und Helligkeit, die gleich einem Sturm in ihm alles wegbläst, was er bisher für unumstößlich hielt: die Regeln, die Traditionen, seine Pflichten. Er vergäße sich, sagt er. Und es mache ihm nicht einmal Angst, denn er spüre, dass seine Gefühle richtig und natürlich seien und dass niemand, weder Gott noch die Menschen, sich dazwischenstellen dürften. Du bist die Kerze, Finja, und er ist dein Nachtfalter. So hat er es gesagt.«

Mir liefen Schauer des Glücks den Rücken hinunter.
»Aber wenn er mich doch so sehr liebt, wie du sagst ...«
Funda seufzte.
»Unser Vater würde einer solchen Verbindung niemals zustimmen!«
»Und Chalil muss gehorchen? Wenn er nicht gehorcht, was passiert dann? Wird er enterbt?«
Chalils Schwester zuckte mit den Schultern. »Das ist undenkbar. Mein Vater ist ein sehr weltoffener Mann, glaub mir, Finja. Er hat für sehr vieles Verständnis, aber ich denke, er kann es unmöglich billigen, dass sein Erstgeborener eine Ungläubige heiratet.«
»Ich würde doch zum Islam übertreten!«
»Ja, Finja, ich weiß. An dir liegt es nicht. Du kannst gar nichts tun. Wir leben nun mal in einer bestimmten Tradition. Die Öffentlichkeit schaut auf uns. Man würde es nicht verstehen, dass eine Europäerin Mutter des Stammhalters wird. Abgesehen davon, ist es ja entschieden. Chalil heiratet Basma. Darum ist es auch völlig unnötig und überflüssig, wenn Chalil versuchen wollte, unseren Vater von etwas anderem zu überzeugen.«
»Das heißt, er wird nicht einmal mit eurem Vater reden?«
»Nein.«
»Und warum hat mich eure Mutter dann heute im Auto ausgefragt, als wäre ich ihre künftige Schwiegertochter?«
»Weil sie neugierig ist. Sie ist aber bestimmt nicht davon ausgegangen, dass du Chalils Frau wirst. Wenn überhaupt, hat sie höchstens an eine Kurzehe gedacht.«
»Du meinst diese Genussehe, die *Muta'a*-Ehe?«
Funda nickte.
»Aber hast nicht du selbst mir erklärt, Funda, dass man kämpfen muss? Du hast gesagt, du und die Töchter von Se-

miramis, ihr wolltet unsere Sache zur euren machen und ... und demonstrieren, für Chalil und mich.«

Funda lächelte verlegen. »Ja, das habe ich gesagt. Aber eines habe ich dabei nicht bedacht. Darauf hat mich erst Chalil aufmerksam gemacht und ich fürchte, er hat recht. Dein Vater ...«

»Was ist mit meinem Vater?«

»Unser Vater ist der *Kafil*, der Bürge deines Vaters. Dein Vater arbeitet nicht nur für uns, er ist auch unser Gast. Er lebt hier im Palast.«

»Willst du damit sagen, dass mein Vater davongejagt und des Landes verwiesen wird, wenn dein Vater erfährt, dass Chalil und ich uns lieben?«

»So ungefähr, nur höflicher.«

»Schluss mit den Flughafenprojekten und der Fabrik für Solaranlagen? Und das nur, weil ihr nicht damit klarkommt, dass sich zwei freie Menschen frei ineinander verlieben und miteinander leben wollen, was das Natürlichste von der Welt ist?«

Funda nickte.

Ich entzog ihr meine Hand und ließ mich gegen die Rückenlehne des Sofas fallen. Ich wollte nachdenken, aber in meinem Kopf herrschte völlige Leere. Meine Augen wanderten über das Mobiliar des schönen Zimmers, das zu Fundas Gemächern gehörte: den edlen Holztisch, Ledersessel, ein edler Schreibtisch mit Computer, Bücherregale, kostbare Teppiche. Das Fenster stand offen, aus dem Innenhof des Palasts drangen leise Geräusche herauf. Der Wind flüsterte im Orangenbaum am Brunnen.

»Okay!«, sagte ich schließlich und stand auf. »Dann gibt's jetzt wohl nichts mehr zu sagen.«

»Moment, Finja!«

Sie schaute mit tränenerfüllten Augen zu mir auf. »Glaub mir, ich bin stocksauer auf Chalil. Ich könnte ihn ...« Sie machte eine zornige Geste, die in Niedergeschlagenheit versickerte. »Aber er kann nichts dafür und er hatte keine andere Wahl. Als er vor einem Jahr im Gefängnis saß ...«

Ich sank wieder aufs Sofa.

»Ich dachte bis heute, er habe in Dschidda im Gefängnis gesessen, damit ich mich stelle. Und das hätte ich auch getan, wenn unser Vater es mir nicht verboten hätte. Aber jetzt hat mir Chalil erzählt, dass es damals um etwas anderes ging. Sie haben ihn als ... als Terroristen verhaftet.«

»Was? Wieso das denn?«

»Wir hatten uns doch von Bill am Flughafen abholen lassen. Er ist auf den Kameras am Flughafen zu sehen. Die Saudis hatten Bill wohl schon länger unter Beobachtung. Und gleich darauf reiste Chalil ein. Idioten gibt es überall, Finja, auch bei der saudischen Polizei. Sie dachten, Chalil und Bill planten irgendwas, einen Anschlag auf Mekkapilger, was weiß ich. Man hat Chalil jedenfalls gleich in eines der Gefängnisse für Terroristen gesteckt.«

»Und damit man ihn laufen ließ, musste er versprechen, diese Prinzessin Basma zu heiraten?«

»Nein. So simpel ist es nicht. Hätte ich nach unserer Demonstration vor dem Polizeigebäude nicht Bilder und Berichte ins Netz gestellt, hätte man Chalil vielleicht nicht festgehalten. Was ich gemacht habe, war eine Provokation. Einmischung von außen in die inneren Angelegenheiten Saudi-Arabiens. Das war politisch, Finja. Das hätte beinahe zu diplomatischen Verwicklungen geführt. Und dann tauchte in diesem Zusammenhang auch noch Bill auf, ein radikalisierter Konvertit, nur, dass mir das damals nicht bewusst war. Ich glaube, Chalil war eine Art Geisel. Er bestreitet das, aber ich glaube trotzdem, dass es so war. Mein Vater und er mussten irgendwie klarstellen, dass unsere Beziehungen zum saudischen Königshaus freundschaftlich sind.«

»Und deshalb hat Chalil versprochen, diese Basma zu heiraten?«

Funda nickte.

»Wurde er gefoltert?«

»Schläge wird er bekommen haben und hungern haben sie ihn auch lassen. Ob noch was anderes war, weiß ich nicht, Chalil will nicht darüber reden. Es wurde Stillschweigen vereinbart. Das ist der Grund, warum ich es auch erst jetzt erfahren habe. Ich habe ihn direkt gefragt, Finja. Ich habe ihn gefragt, was denn nun mit dir und ihm sei, was es werden solle. Und da musste er es mir erklären. Basma ist die Tochter eines Cousins des Mannes, der Chalil geholfen und der vermittelt hat. Es sollte aber auch nicht so aussehen, als seien Chalil und mein Vater irgendwie unter Druck gesetzt worden. Deshalb sollte Chalil für ein Jahr ins Ausland gehen. Zu euch nach Deutschland. Und nach seiner Rückkehr sollte dann offiziell bekanntgegeben werden, dass er die saudische Prinzessin Basma heiraten wird. Für Basma ist er eine gute Partie. Schließlich wird Chalil eines Tages Minister der Vereinigten Arabischen Emirate sein oder der Emir von Schardscha.«

Funda nahm wieder meine Hand. »Und irgendwie fühle ich mich mitschuldig, Finja. Wenn wir Töchter von Semiramis nicht diese Aktion veranstaltet hätten, wenn ich Bill nicht um Hilfe gebeten hätte …«

Ich glaube, es war der reine Schock, dass ich in diesem Moment nicht so sehr an mich und meine eigene Katastrophe dachte, sondern an Funda. Weinen konnte ich später immer noch. »Aber du konntest doch wirklich nicht ahnen, was Bill für einer war.«

Sie nickte. »Übrigens glaubt Chalil heute, dass Bill gar kein islamischer Fundamentalist war. Für einen konvertierten Moslem war Bill zu ... wie soll ich sagen ... du hast ihn ja selbst erlebt. Er konnte ganz schön ... na ja ... schamlos sein.«

»Stimmt. Mich hat er voll übel angemacht.«

»Darum meint Chalil, der Name Muhammad und der Bart und all das sei nur Tarnung gewesen. Chalil glaubt, dass Bill in Wahrheit dem israelischen Geheimdienst angehört hat. Beweisen kann er das natürlich nicht. Das wird man nie beweisen können. Aber du erinnerst dich vielleicht an die ominöse Sache mit diesem Hamas-Führer, der vor einiger Zeit in einem Hotel in Dubai ermordet wurde.«

Ich schüttelte den Kopf. Immerhin wusste ich, dass Hamas die Leute waren, die im palästinensischen Gaza-Streifen regierten.

»Es waren ein Dutzend Leute. In Dubai wird alles überwacht und alles gefilmt, sie sind auf der Videoüberwachung des Hotels zu sehen. Der Hamas-Führer wurde mit einem Schlafmittel betäubt und dann erstickt. Man hat festgestellt, dass die Verdächtigen alle mit ausländischen Pässen eingereist sind, mit finnischen, britischen, sogar deutschen. Und kurz nach der Tat sind sie wieder ausgereist. In Großbritannien hat sich ein Schotte gemeldet, der seinen Pass auf einem Fahndungsfoto wiedererkannt hat. Er hat gesagt, der Pass sei ihm ein paar Jahre zuvor gestohlen worden. Es war offenbar der Pass, mit dem Bill sich in Dubai aufgehalten hat.«

»Aber Chalil hat mir erst vor ein paar Tagen erzählt, dass irgendwelche Informanten ihm gesagt haben – übrigens an dem Tag meiner Ankunft in Dubai –, dass Bill zu dieser Bewegung gehört ... dieser islamischen Bewegung von Dubai oder so ähnlich.«

Funda schaute mich an. Das Frauenzeichen, das ich ihr geschenkt hatte, blitzte zwischen den Knöpfen ihrer schwarzen Bluse. »Bei uns redet man mit Frauen nicht über Politik, Finja.«

»Du meinst, Chalil erzählt mir nur das, worauf ich selber gekommen wäre?«

»Ich weiß es nicht.«

»Das heißt also«, hakte ich nach, »Bill gehörte zum israelischen Geheimdienst, hat in Dubai den radikalen Moslem gegeben und zusammen mit anderen vor ein paar Monaten diesen Hamas-Führer ermordet?«

Funda zuckte mit den Schultern.. »Wir wissen es nicht. Chalil hat mir erklärt, er habe erst jetzt begriffen, wie gefährlich Bill war. Und wie gefährlich es war, dass er als Freund unserer Familie galt.«

Auf einmal wurde mir klar, warum Chalil mir das nicht so erzählt hatte. Er wusste, was ich denken würde. »Seit wann vermutet Chalil das denn?«

»Das weiß ich nicht.«

»Und was haben er, Suhail und dein Vater beschlossen, nachdem sie es wussten?«, fragte ich.

Funda blickte mich an.

»Bill wurde ermordet, Funda!«

Sie schüttelte heftig den Kopf. »Nicht von Chalil oder Suhail! Auf keinen Fall!«

»Was macht dich da so sicher? Ihr habt womöglich einen israelischen Geheimagenten beherbergt, wenn auch unwissentlich! Er hat eure Gastfreundschaft missbraucht!«

»Du willst doch nicht ernsthaft behaupten, dass meine Brüder Mörder sind, Finja!« Ihre Augen blitzten.

»Nein, natürlich nicht!«, antwortete ich hastig. »Aber ... der ... der *Dschihad* ... Bill war doch wohl eindeutig ein

Feind des *Dar al-Islam*, des islamischen Hauses, oder? Das heißt, er stand nicht mehr unterm Schutz der islamischen Welt. Damit hatte er auch sein Recht auf Leben verwirkt, ist es nicht so?«

Funda nickte widerstrebend. »Letztlich ist es doch ganz egal, was mit Bill passiert ist. Mir jedenfalls ist es egal. Ich denke, es waren seine eigenen Leute, die der Islamischen Bewegung von Dubai, die er ja ebenfalls hintergangen hat. Sie haben ihn getötet.«

Ich war mir da nicht so sicher. Aber meine Zweifel bildeten nur einen kleinen Teil meiner Verzweiflung. Es war alles kaputtgegangen.

27

Der letzte Tag dieses Jahres war ein toter Tag. Ich weiß nicht, wie ich die Nacht verbrachte und wie ich an den Frühstückstisch kam. Und die allgemeine Erregung in Erwartung des größten Feuerwerks der Welt, das man in Dubai zum Jahreswechsel abschießen wollte, erreichte nicht einmal die Außenbezirke meiner Empfindungen.

Ich war innerlich tot und kommunizierte und bewegte mich wie ein Automat. Suhail zeigte meinem Vater und mir die Dschumaira-Moschee, die größte und schönste von Dubai. Sicherlich hätte sie mir unter anderen Umständen gefallen. Sie lag mit ihrer weißen Kuppel und den beiden Minaretten nicht weit vom Strand und war innen von eleganter lichter Pracht. Die Kuppel wurde von schlanken Säulen mit hohen Bögen getragen, alles in zartem Blau und Rosa und von beruhigender Ausstrahlung. Moschee hieß »Ort der Niederwerfung«. Sie besaß keinen Altar, erklärte uns Suhail, sondern einen *Mihrab*, eine Nische, die gen Mekka zeigte. Sie diente dem *Imam*, dem Vorbeter, als akustischer Verstärker. Was er in die Nische hineinrezitierte, schallte in den Gebetsraum zurück. Heutzutage gab es allerdings ein Mikrofon. Wenn der Imam predigen wollte, stieg er eine Art Kanzel empor, die sich neben dem *Mihrab* befand. Der Gang zum Freitagsgebet war Pflicht für einen Moslem. Ansonsten musste er seine fünf täglichen Gebete nicht in der Moschee verrichten. Er brauchte bloß einen sauberen Platz dafür.

Islam bedeutete Unterwerfung oder völlige Hingabe an Gott, wie ich bei dieser Gelegenheit auch erfuhr. Suhail war ein überraschend guter Fremdenführer. Freundlich, geschwätzig und sogar witzig. Er war mir mittlerweile beinahe sympathisch geworden, nachdem er unsere Weihnachtslieder mitgesungen und aufgehört hatte, mich anzustarren. Seine Mutter hatte mir über ihn nichts erzählt, ihn nicht einmal erwähnt. Suhail sah zwar so aus, als sei er sehr zufrieden mit seinem Leben, aber womöglich sehnte er sich insgeheim nach der privilegierten Stellung seines älteren Bruders. Wer wusste das schon.

Womöglich habe ich dann in der Nacht das Feuerwerk gesehen – sicherlich sogar –, aber ich erinnere mich nicht mehr daran. Ich weiß nur, Chalil war nicht dabei. Ich hatte ihn den ganzen Tag nicht gesehen.

Am ersten Januar, irgendwann gegen Mittag, fing ich wieder an zu denken. Ich dachte solche sinnlosen Dinge wie: Vielleicht sollte ich in den Sommerferien mal wieder auf die Insel Baltrum fahren. Und ich roch das Meer meiner Kindheit, als meine Mutter noch lebte. Ich sah das Treibsandloch im Watt wieder, in dem mein Vater mit dem Fuß stecken blieb. Ich war ungeheuer erschrocken gewesen, weil mein großer starker Vater seinen Fuß beinahe nicht wieder herausbekam. Ein halbes Jahr später nahm mein Vater mich mit an die Uni, wo ein Kollege Versuche aufgebaut hatte, mit denen er das Verhalten von Sand in Wasser erforschte. Es war das erste Mal, dass ich mich in meinem Leben für ein Phänomen und seine wissenschaftliche Aufklärung interessiert hatte. Auch andere glückliche Momente aus meiner Kindheit fielen mir ein, wie die Murmeltiere in den Alpen. Leider hatten wir keine Tahre gesehen. Und schon tropften mir die Tränen von den Backen und malten dicke dunkle Flecken auf meine Jeans.

Glaubte Chalil wirklich, es genügte, wenn er Funda beauftragte, mir zu erklären, dass wir beide – Chalil und ich – unterm Wüstenmond einem schönen, aber von den Dschinn verhexten Traum aufgesessen waren?

Er hätte wenigstens mit mir sprechen müssen! Stattdessen war er unterwegs, wie mir Funda mitteilte. Wo, wusste sie nicht.

Würde er wieder auftauchen, bevor ich in drei Tagen nach Deutschland zurückfuhr? Dieser Feigling! War so einer es wert, dass ich auch nur erwogen hatte, meine Freiheit und meine westliche Kultur zu opfern, um mit ihm leben zu können, irgendwie, und sei es als Zweit- oder Nebenfrau? Einer, der davonlief, statt zu kämpfen? Wenigstens versuchen hätte er es können. Mit seinem Vater einfach mal reden. Immer hatten alle gesagt, Scheich Nasser sei ein offener Mann. Er würde seinem Sohn doch wohl wenigstens zuhören. Chalil musste doch nur erzählen, was ihn mit mir verband. Er konnte doch gut erzählen. Und wenn man aus *Tausendundeiner Nacht* eines lernen konnte, dann, dass im Orient ein guter Erzähler noch alles erreichen kann. Vorausgesetzt, Chalil wollte überhaupt. Oder hatte ich mich getäuscht? War ich nur ein kleines Spiel für ihn gewesen, ein Traum von einem anderen Leben, das er niemals ernsthaft angestrebt hatte?

Und wieder hockte ich da und weinte.

Doch selbst wenn an dieser Ehe mit Prinzessin Basma und einem Ehevertrag, der weitere Ehen ausschloss, nicht mehr zu rütteln war, scheiden lassen konnte Chalil sich immer noch, nachdem Basma ihm den nötigen Sohn geboren hatte, meinetwegen auch zwei. Er konnte mit der ganzen Selbstherrlichkeit moslemischer Männer die Scheidung aussprechen. Ich musste nur solange auf ihn warten. Und Chalil brauchte nicht zu befürchten, dass ich mich in der Zwischenzeit in einen anderen Mann verliebte, selbst wenn ich zehn Jahre warten musste. Es würde für mich nie einen anderen geben, den ich lieben können würde.

Aber galt das auch für ihn? Würde er mich in fünf oder zehn Jahren noch lieben? Ja, würde er mich überhaupt nach einem Jahr noch lieben? Vielleicht würde er manchmal noch den Erzgebirgsengel in die Hand nehmen – den er dann schon lange nicht mehr bei sich trug – und an seine kleine *Rasala*, seine Gazelle aus Deutschland, denken wie an ein Souvenir, das man sich von einer langen Reise mitbrachte. Womöglich würde es ihm einen kleinen Stich versetzen, wenn er sich an unsere Küsse erinnerte, an die Momente unserer Nähe, an seine unerfüllte Sehnsucht, daran, wie kurz er manches Mal davor gestanden hatte, alle Moral über den Haufen zu werfen. Er würde Gott danken, dass er jedes Mal irgendeine Störung geschickt hatte, zu seinem und meinem Besten. Und mit der Zeit würde er Prinzessin Basma schätzen lernen, vielleicht sogar lieben. Weil sie schön war, aus gutem Hause stammte und ihm Kinder schenkte, ihn bewunderte und ansonsten keine Probleme machte. Womöglich war sie sogar klug und verstand es, ihn zu faszinieren und zu halten. Oder sie war auch nur raffiniert und listig genug, weil sie darauf spekulierte, einst an Chalils Seite Herrscherin von Schardscha zu sein. Die Märchen aus *Tausendundeiner Nacht* waren voller Frauen und Männer, die es verstanden, ihre Geliebten oder Eheleute einzuwickeln und zu halten. Nicht zu vergessen Scheherazade selbst.

Allerdings, wenn ich es recht bedachte, erzählten sie noch öfter von all denen, die mit List und Tücke den geliebten Mann oder die geliebte Frau für sich gewannen. Der eine ließ sich in einer Kiste hinter die Mauern des Schlosses bringen, in dem der eifersüchtige Kaufmann seine schöne Frau eingeschlossen hatte, und sie liebten sich, während der Kaufmann unterwegs war. Der andere warf seiner Geliebten einen mit Luft gefüllten Schlauch zu, als der König sie wegen ihrer Untreue ertränken wollte. Und es eilten Feen und Geister zu Hilfe, um einen überaus anmutigen jungen Mann mit einer überirdisch schönen Frau zu vermählen, die eigentlich einem Buckligen versprochen war. Auch tapfere junge Frauen gab es, die an Waffen zum Kampf ausgebildet worden waren, ihre Brautwerber zum Zweikampf herausforderten und sich sicher sein konnten, dass sie die Ritter besiegen würden. Sie begehrten, sie kämpften, sie trieksten, sie erstritten sich, was sie wollten, sie zogen sich Männerkleider an und regierten Königreiche.

Wenn ich also Chalil für mich gewinnen wollte, dann musste ich aufhören zu heulen. Dann durfte ich nicht schmachten und mich selbst bemitleiden. Dann genügte es nicht, wenn ich in Gedanken an die Größe meines Opfers schwelgte. Was war es denn schon für ein Opfer? Ich war bereit, meine europäische Meinungsfreiheit und Bewegungsfreiheit aufzugeben für unermesslichen Reichtum, der mir andere Freiheiten bescheren würde. Und Macht. Ich würde ganz oben stehen in der gesellschaftlichen Hierarchie. Andere Frauen würden sich an mich wenden, von mir Rat einholen, so wie Funda, die von mir hatte wissen wollen, wie das in Europa mit der Frauenbewegung abgelaufen war. Ich würde Existenzgründerinnen unterstützen können, Geld verteilen, Universitäten für Frauen gründen, wer weiß.

Stopp, Finja! Du bist nicht Chalils Frau und du wirst es nie werden!

Es sei denn, ich tat etwas dafür! Der Mut flackerte wieder in mir. Ich hatte Papas Geht-nicht-gibt's-nicht-Gen. Ich würde kämpfen mit allen Tricks, zu denen orientalische Frauen wie ich sie aus *Tausendundeine Nacht* kannte, fähig waren. Und das Erste, was ich erreichen musste, war: mit Chalil sprechen. Er musste mir ins Gesicht sagen, dass er eine saudische Prinzessin heiraten wollte. Das war das Mindeste.

Nur musste er dazu auch wieder auftauchen. Und wenn nicht, dann musste ich verhindern, dass ich in drei Tagen ins Flugzeug stieg. Irgendwie!

Beim Abendessen war Chalil auch nicht dabei. Allerdings fehlten auch Suhail und Scheich Nasser und mein Vater. Sie speisten irgendwo in der Stadt, erklärte Umm Chalil. Salwa murrte, denn sie hatte eigentlich mit Suhail und Freunden in die Eisbar von Dubai gehen wollen. »Schade«, sagte sie zu mir, als bedauerte sie es wirklich, »es wäre für dich sicherlich interessant gewesen. So was habt ihr nicht in Deutschland, nicht wahr?«

Ich setzte mich auf den Balkon und wartete darauf, dass in dem Fenster Licht anging, das ich als das von Chalil ausgemacht hatte. Spät in der Nacht sah ich stattdessen meinen Vater auf den Balkon des Männertrakts treten. Es war so still, dass er mein leises »He, Papa!« hörte und mich zu sich herüberwinkte. Ich eilte meinen Gang entlang, das Treppenhaus hinunter, hinüber in den anderen Flügel und dort das Treppenhaus wieder hinauf. Mein Vater lächelte ungemein entspannt, als ich eintrat, und nahm mich in den Arm.

»Du glaubst es nicht, Finja«, sagte er »Aber ich habe eben den Deal meines Lebens gemacht. Ich weiß nicht, warum sie es tun, aber die Scheichs kaufen mir irgendein kleines Patent zur Effizienzsteigerung von Solaranlagen für fünf Millionen Euro ab.«

Mir blieb der Mund offen stehen. »Fünf Millionen?«

»Ja, Spätzelchen. Ich komme mir vor, als hätte ich im Lotto gewonnen.«

»Und wer ... äh, wann ...« Mich interessierte nur – und zwar brennend –, ob Chalil dabei gewesen war.

»Gerade eben, Spätzelchen. Ich war mit Scheich Nasser und seinen Söhnen essen. Hat man dir das nicht ausgerichtet?«

»Doch, klar!«

»Und ich soll ihnen auch hin und wieder beratend zur Seite stehen. Es ist ein wissenschaftlich hochinteressantes Projekt. Von so was habe ich immer geträumt. Mit viel Geld unter Realbedingungen experimentieren.«

So glücklich hatte ich meinen Vater noch nie gesehen. Vielleicht war er es in meiner Kindheit manchmal gewesen, als meine Mutter noch lebte. Aber als kleines Kind hatte ich für die Liebe zwischen meinem Vater und meiner Mutter natürlich überhaupt keinen Sinn gehabt. Eigentlich ahnte ich erst jetzt, wie furchtbar es für meinen Vater gewesen war, seine Frau zu verlieren. Wie untröstlich er gewesen sein musste. Alles musste für ihn zu Ende gewesen sein. So, wie für mich alles zu Ende sein würde, wenn ich ins Flugzeug stieg und Chalil sich für immer von mir losgesagt haben würde. Mein Vater hatte sich nur deshalb nicht der Verzweiflung hingegeben, weil ich noch da war und weil er seine Arbeit gehabt hatte, die er – wie mir schien – fast so sehr liebte, wie er meine Mutter geliebt hatte.

»Papa?«

»Ja, Spätzelchen?«

»Was ist an dem, was ihr da machen wollt, eigentlich so besonders? Kann es denn wirklich sein, dass mich jemand deshalb entführen wollte?«

Mein Vater strich sich über seinen Bart.

»Komm, setz dich mal her«, sagte er dann und zog mich neben sich auf das Sofa. »Du bist jetzt alt genug …Das vergesse ich immer. Für mich bist du immer noch das Spätzelchen, mit dem ich in die Berge gestiegen bin und dem ich Geschichten vom Zwerg Rumpelpumpel erzählt habe, damit dir der Aufstieg nicht zu lang wird.«

Er nahm meine Hand.

»Photovoltaik ist bisher nicht sehr interessant gewesen, weil man große Anlagen braucht, um vergleichsweise wenig Strom damit zu gewinnen. Aber wenn sich die Ausbeute bis achtzig oder neunzig Prozent steigern ließe, dann würde sie für alle interessant, die schnell irgendwo Energiequellen einrichten wollen. Beispielsweise bei einem Krieg in der Wüste. Und ich habe ein paar technische Details entwickelt, die helfen könnten, dieses Ziel zu erreichen.«

»Aber dann braucht doch bloß jemand so ein Solarfeld zu kaufen oder zu stehlen und nachzuschauen, wie du es konstruiert hast.«

»Kluger Einwand!«, bemerkte mein Vater. »Doch es gibt beispielsweise spezielle Kleber, die man nicht einfach so analysieren und nachmachen kann. Dazu muss man das Verfahren kennen.«

»Hm.«

»Ich denke, diese Leute, die dich entführen wollten, hatten es einfach nur auf eine Europäerin abgesehen, weil sie wissen, dass Europa alles tut, um Entführungsopfer wieder freizukriegen. Und dass unsere Gastgeber es auch tun werden. Hätte ich auch nur im Entferntesten vermuten müssen, dass jetzt auch in Dubai Extremisten anfangen, Europäer zu entführen, hätte ich niemals erlaubt, dass du hierherkommst.«

»Aber sie haben es ja nicht geschafft, Papa.«

»Und am liebsten würde ich dich gleich morgen ins Flugzeug setzen. Aber ...« Er lächelte schief. »Ich fürchte, damit wärst du nicht einverstanden. Hm?«

Ich schüttelte den Kopf.

»Es wird allerdings nicht leichter, Finja, wenn du dich in drei Tagen von Chalil verabschieden musst.«

»Ich weiß.«

Mein Vater schaute mich prüfend an. »Oder gibt es da irgendetwas, was ich wissen sollte?«

»Nein.«

»Muss ich mir um dich Sorgen machen, Finja?«

»Nein, bestimmt nicht, Papa! Ich ... ich werde es ... es überleben.«

»Man überlebt es immer, Spätzelchen. Aber ich bin mir nicht ganz sicher, ob du dir da auch so sicher bist. Als dein alter Vater weiß ich, dass es nach der ersten großen gescheiterten Liebe noch ein Leben gibt. Und es macht sogar wieder Spaß nach einer gewissen Zeit.«

»Wie ... wie hast du das eigentlich damals geschafft, nach Mamas Tod?«

»Ich weiß es nicht genau. Das Leben will leben, auch wenn der Verstand meint, es gehe nicht mehr. Ich habe einfach nur weiter gegessen und geschlafen und gearbeitet. Und dann warst du ja auch noch da. Und ich durfte dich doch nicht alleinlassen, Finja.«

Wir saßen danach noch eine ganze Weile zusammen und redeten miteinander und ich erzählte meinem Vater fast alles über Chalil und mich, über Funda und über Abra.

»Das ist ja ein richtiges Märchen aus *Tausendundeine Nacht*«, sagte er am Ende.

»Und wenn es eines wäre? Was würdest du tun, wenn du an meiner Stelle wärst, Papa? Was für eine List würde eine Heldin aus dem Märchen anwenden?«

»Ich würde zusehen, dass ich einen Geist in der Flasche finde, und ihm meine drei Wünsche vortragen.«

»Sehr hilfreich, Papa!«

»Im Ernst, mein Kind. Man kann niemanden zu seinem Glück zwingen. Und wenn Chalil sich so sehr an seine Traditionen gebunden und seiner Familie und der Politik verbunden fühlt, dann ... fürchte ich, Spätzelchen, ... dann kannst du nichts dagegen machen. Du kannst ihn ja nicht entführen und gefangen setzen. Das hilft in den seltensten Fällen, glaub mir. Und ehrlich gesagt: Dann hat er dich auch nicht verdient. Aber ich weiß, das tröstet dich jetzt nicht. Sieh es doch mal so: Du bist bereit, für ihn ein ziemliches Opfer zu bringen, finde ich. Und was für eines bringt er? Gar keins! Vielleicht hat er nicht einmal begriffen, was du bereit wärst, für ihn aufzugeben. Und ich muss zugeben, ein bisschen bin auch ich von Chalil enttäuscht.«

Und auf einmal wurde mir klar, warum Scheich Nasser meinem Vater fünf Millionen Euro zahlte. Es ging nicht um effiziente Solaranlagen. Er hatte Chalil von mir losgekauft. Und zugleich hatte Scheich Nasser ihm aufgezeigt, welche Macht er hatte. Er konnte meinen Vater verjagen oder reich machen. Er hatte ihm auf die indirekte Weise der Araber zu verstehen gegeben: Sorg du dafür, dass deine hübsche Tochter meinem Erstgeborenen nicht weiter den Kopf verdreht. Dann mache ich dich zu einem reichen Mann, zumindest für deutsche Verhältnisse.

28

Jemand stieß mit dem Bein gegen mein Bett. Es war mitten in der Nacht. Ich wunderte mich, dass ich überhaupt eingeschlafen war.

»Finja!«, flüsterte Funda.

Ich machte Licht. »Um Gottes willen, was ist passiert?«

Sie war im Pyjama. »Wir wissen, wo Abra ist. Sie ist gestern gesehen worden in Mahdar bin Usayyan. Das ist in Abu Dhabi an der Grenze zu Saudi-Arabien am Nordrand des Rub al-Chali, des Leeren Viertels.«

Da war es wieder. »Das Leere Viertel?«, murmelte ich verschlafen.

»Das ist eine Wüstenregion, in der niemand lebt«, erklärte Funda. »Der größte Teil davon liegt in Saudi-Arabien. Das Rub al-Chali ist eines der unzugänglichsten Gebiete der Erde. Es gibt nur Sanddünen und Schotterebenen und allerlei Geheimnisse, die noch nie jemand gesehen hat. Und das alles endlos über Tausende Kilometer.«

»Was will Abra denn dort?«

»Ihr Onkel lebt in dieser Gegend. Und Chalil fährt in zwei Stunden los.«

Endlich war ich hellwach. »Und dann?«

Funda zuckte mit den Schultern.

Mir klopfte das Herz zum Hals heraus. Ich überlegte fieberhaft. »Was passiert üblicherweise in solchen Fällen?«

»Wir hatten so einen Fall noch nie. Aber ...« Sie zuckte wieder mit den Schultern.

»Du meinst, Chalil soll sie töten?«

»Das glaube ich nicht.«

Aber warum weckt sie mich dann?, fragte ich mich. Vor zwei Tagen hatte sie mir noch vehement versichert, dass ihr geliebter älterer Bruder kein Mörder war. Und heute schien sie zu fürchten, dass er geschickt wurde, um an Abra das Todesurteil des Familiengerichts zu vollstrecken.

»Fährst du denn nicht mit ihm?«, fragte ich.

Sie schnalzte mit der Zunge. »Ich bin zu vierzig Peitschenhieben verurteilt, wenn sie mich auf saudischem Boden erwischen ...«

»Ach ja, richtig.«

Allerdings fragte ich mich, wen Funda auf saudischer Seite zu fürchten hatte, wenn es das Kennzeichen des Leeren Viertels war, dass es leer war. Aber gut. Ich schwang die Beine aus dem Bett. »Gut. Dann fahre ich mit!«

Funda lächelte. »Ich hatte schon vermutet, dass du so reagierst. Aber ich muss dir gleich sagen: Chalil wird es nicht erlauben. Außerdem kann es gefährlich werden. Das Leere Viertel ist ... ein böser Ort. Absolut lebensfeindlich, meine ich.«

»Aber Chalil ist doch ein erfahrener Wüstenmensch!«, antwortete ich und sprang aus dem Bett.

In meinem Kopf war der Plan schon fertig. Es war ein ganz alter Plan, den schon viele Frauen vor mir gehabt hatten, zumindest in den Märchen und Legenden. »Du musst mir helfen, Funda. Ich brauche Männerkleider, *Dischdascha* und *Ghutra* und alles, was dazugehört.«

»Was hast du vor?«

»Ich verstecke mich in Chalils Auto. Er wird doch sicher mit einem der gut ausgestatteten Geländewagen fahren.«

»Und dann?«

»Wenn wir ankommen, wo auch immer das ist ...«

»In den Liwa-Oasen ...«

» ... gebe ich mich zu erkennen. Was soll er dann noch machen? Er wird mich nicht zurückbringen wollen, wenn wir erst einmal so weit gekommen sind.«

Funda lächelte und stellte keine weiteren Fragen. Wir hatten auch nicht viel Zeit. Sie lief los, um in aller Heimlichkeit Männerkleidung zu organisieren. Ich stopfte derweil das Notwendigste in meinen Rucksack zu den Klettersachen. Dabei fiel mir der Ring wieder in die Hand, den Chalil mir in Stuttgart geschenkt und den ich dann in den Waschbeutel geworfen hatte. Ich streifte ihn über meinen Finger. Er fühlte sich warm an und schimmerte perlmuttfarben an meiner Hand. Eigentlich ein schöner Ring. Wunderschön!

Dann fiel mir ein, dass ich meinem Vater noch schnell eine Nachricht schreiben sollte, etwas wie: »Mach dir keine Sorgen, ich bin mit Chalil losgefahren, Abra suchen. Wir sind rechtzeitig wieder da vor meinem Heimflug.« Und lieber nicht per SMS, sondern auf Papier. Ich faltete es zusammen und gab es Funda, damit sie die Nachricht gleich morgen früh meinem Vater gab. »Und sag ihm, dass er sich wirklich keine Sorgen machen muss!«

»Vor allem muss er den Mund halten. Dass du mit Chalil unterwegs bist, sollte niemand erfahren. Ich werde dich beim Frühstück entschuldigen und dann behaupten, dass ich mit dir einen Ausflug mache ... in den Zoo, die arabische Wildkatze anschauen. Salwa hasst den Zoo. Da wird sie nicht mitkommen wollen. Das kriege ich schon hin.«

Sie half mir eilends, mich in einen Beduinen zu verwandeln. Turnschuhe, damit man meine kleinen hellen Füße nicht sah, eine helle Baumwollhose, darüber das Gewand, hochgeschlossen, außerdem eine weite Trekkingjacke mit reichlich Taschen, die meinen Busen bedeckte.

Als ich sie über meiner Brust zusammenzog, fiel mir auf, dass ich noch Chalils Ring trug. Ich zog ihn unauffällig ab und ließ ihn in eine der Taschen gleiten.

Für meine blauen Augen brachte Funda noch eine Sonnenbrille. Dann setzte sie mir das Krönchen auf, die schwarze Doppelkordel. Sie fiel mir bei der ersten schnellen Bewegung herunter. Daher die würdevolle Haltung der Scheichs, dachte ich. Sie erklärte sich aus der Notwendigkeit, die *Agal* auf dem Haupt zu balancieren. Funda wickelte mir die *Ghutra* so um den Kopf, dass man weder mein Haar noch Mund und Nase sehen konnte und die *Agal* auch hielt.

Als ich mich im Spiegel betrachtete, kam ich mir allerdings ziemlich verkleidet vor. So einfach, wie sich das las, war es nicht, als Mann durchzugehen, auch wenn man bis zur Nasenspitze in Stoff steckte und kaum ein Zentimeter Haut zu sehen war. Ich wirkte irgendwie fülliger unter der *Dischdascha* als die sehnigen und knochigen Beduinen und ich würde mich nie so gelassen bewegen, nie so schlendern können wie ein arabischer Mann.

Auch Funda musterte mich kritisch. »Besser, du steckst deine Hände in die Taschen, wenn Fremde dich sehen«, bemerkte sie. »Sie sind viel zu hell und gepflegt. Sobald du kannst, solltest du sie mit Sand abreiben, am besten mit Dreck.«

Dann mussten wir auch schon los. Als der Muezzin mit dem Ruf zum Morgengebet begann, huschten wir durch Gänge und Treppenhäuser hinunter in die Garage. Vor Ende des Morgengebets würde Chalil nicht aufbrechen. Wir hatten zehn Minuten, mich zwischen Wasserkanistern, Schlafsäcken, Ersatzreifen und Kisten mit Geräten im Kofferraum des Allradantriebs unterzubringen. Es musste halbwegs bequem sein, denn ich würde einige Stunden liegen müssen. Je länger, umso besser, denn je weiter wir uns von Dubai-Stadt entfernt haben würden, ehe Chalil mich entdeckte, desto eher würde er geneigt sein, nicht sofort umzukehren und mich wieder im Palast abzuliefern.

Funda wünschte mir viel Glück und zog eine Decke über mich. Es war dunkel und still. Ich hörte gedämpft den Muezzin noch sein »Das Gebet ist besser als der Schlaf!« und sein »Allahu akbar!« rufen. Kurz darauf spürte ich, wie jemand die Wagentür öffnete. Der Wagen wackelte, dann wurde er gestartet und rollte los.

Noch kannst du aussteigen!, dachte ich. Ganz wohl war mir bei der Sache nicht. Was würde Chalil sagen, wenn ich in arabischer Männertracht seinem Kofferraum entstieg? Würde er schimpfen? Oder würde er, was noch schlimmer war, nichts sagen und schweigend umkehren, weil das nicht ging, was ich da tat? Würde er sich besinnen, wie er sich jedes Mal besonnen hatte, wenn wir in einen Konflikt geschlittert waren, oder war das, was ich jetzt tat, das Quäntchen zu viel, das ihm als gutes Argument diente, dass ich einfach nicht die richtige Frau für ihn war?

Aber darum ging es gar nicht mehr, sagte ich mir. Es ging nicht um Chalil und mich, nicht um das, was von unserem Traum noch übrig geblieben war. Es ging um Abra. Glaubte ich tatsächlich, dass Chalil aufgebrochen war, um sie als Verräterin zu töten? Glaubte ich, dass ich ihn davon würde abhalten können? Dass ich Abra vor ihm retten müssen würde? Ein ungeordneter Wust solcher Gedanken war es gewesen, der mich bewogen hatte, heimlich in Chalils Auto zu klettern. Dabei hatte er mir doch erklärt, dass er Ehrenmorde missbilligte. Aber er hatte mir viel erklärt. Und vieles eben nicht.

Als wir gleichmäßig rollten, zog ich mir die Decke vom Gesicht. Die getönten Scheiben des Geländewagens ließen die Morgendämmerung erahnen. Es war jetzt schon reichlich unbequem hinter den Wasserkanistern und Kisten. Die Ladefläche war hart und leitete die Stöße der Straßenunebenheiten direkt in meine Knochen weiter. Andererseits meldete sich der verpasste Schlaf, und eine angenehme Müdigkeit hüllte mich ein. Als ich wieder aufwachte, war es hell. Meine Armbanduhr zeigte halb acht. Ich richtete mich leise und vorsichtig etwas auf – wobei ich darauf achtete, dass mein Kopf hinter den Rücksitzen nicht für den Fahrer im Rückspiegel sichtbar wurde – und spickte aus den Fenstern. Wüste zog vorbei. Orangefarbene Sanddünen türmten sich in den blauen Himmel, neben der Straße grünten in Reihen Büsche und junge Palmen, hingesetzt wie aus einer Maschine gestanzt, endlos an schnurgerader Straße.

Wenn ich die Arabische Halbinsel richtig im Kopf hatte, befanden wir uns mittlerweile in Abu Dhabi. Funda hatte mir erklärt, dass es bis zu den Liwa-Oasen eine Fahrt von rund 350 Kilometern war, also rund dreieinhalb Stunden. Die würde Chalil wohl ohne Pause durchfahren. Hoffentlich war es auch Chalil, der am Steuer saß! Und wann genau wollte ich aus dem Auto klettern und mich ihm zeigen? Wenn wir uns auf einem Parkplatz inmitten einer Oasenstadt befanden und ein Dutzend Leute zuschauten oder doch besser erst, wenn er später irgendwo im Leeren Viertel hielt? Falls er überhaupt in die saudische Wüste fuhr, falls er Abra nicht schon in der Oase aufstöberte.

Der Wagen verlangsamte spürbar seine Fahrt.

Ich linste wieder aus den Fenstern: immer noch Wüste, Sanddünen, turmhoch. Und grüner Straßenrandbewuchs. Trotzdem wurde der Wagen immer langsamer. Ich spürte Bremskräfte. Der Bauch eines Kamels verdunkelte das Seitenfenster. Im Rückfenster tauchten immer mehr Kamele auf, die wir überholt hatten. Dann standen wir still. Der Motor erstarb. Wüstenstille senkte sich auf uns.

Ich atmete leise und bewegte mich nicht, damit Chalil mich nicht hörte. Ich traute mich auch nicht, die Decke über meinen Kopf zu ziehen. Die Leiber von Dromedaren verdunkelten die Fenster und damit den Innenraum. Offenbar waren wir in eine Herde geraten, die es angenehmer fand, auf der Straße zu gehen als im Sand.

Der Wagen ruckelte. Ich hielt den Atem an. Die Tür klackte, der Fahrer stieg aus. Die Tür schlug zu. Ich zog rasch die Decke über mein Gesicht und duckte mich, so tief ich konnte, hinter den Kanistern und Kisten. Aber ich überlegte auch hektisch. War das jetzt die Gelegenheit, Chalil meine Gegenwart zu offenbaren? Oder war der Rückweg kürzer als der Weg zum Ziel und er würde umkehren?

Chalil nahm mir die Entscheidung ab. Er öffnete die Heckklappe. Ich hörte Wasser gluckern. Ich dachte, er wolle seine Wasserflasche nachfüllen, und hielt die Luft an. Nicht bewegen! Würde ihm die Decke auffallen?

Sie fiel ihm auf. Ich spürte einen Zug an der Decke. Ich war entdeckt. Die Sonne blendete mich. Im Gegenlicht der offenen Heckklappe konnte ich Chalils Gesichtsausdruck nicht erkennen. Sofort räumte er Kanister und Kisten beiseite. Ich rutschte mit den Füßen voran von der Ladefläche, was in einen ziemlichen Kampf mit dem knöchellangen Gewand und dem Kopftuch ausartete. So viel Stoff musste man managen können.

»Hallo, Chalil«, sagte ich, mich zurechtzupfend, als ich auf der Wüstenpiste stand, Kamele und Dünen um mich herum. »Ich ... äh ...«

Ernst und schweigend blickte er mich an. Wie einer, der in der Sekunde, die über Leben und Tod entscheidet, abzuschätzen versuchte, was er tun musste, um dem Verderben zu entgehen. Ich kam mir auf einmal furchtbar kindisch und dumm vor. In was für eine Lage hatte ich ihn gebracht? Und mich! Wie sollte ich ihm erklären, warum ich gemeint hatte, ich müsste unbedingt dabei sein, wenn er Abra fand?

»Ich ...«, stammelte ich verlegen. »Ich habe erfahren, dass ihr wisst, wo Abra ist. Funda ... Funda hat es mir erzählt. Und da dachte ich ...«

Chalil zog die Brauen hoch.

Zum Teufel, was hatte ich eigentlich gedacht? Ich hatte gedacht, ich müsste Abra vor dem sicheren Tod retten. Das hatte ich gedacht! Aber warum nur? Ich verstand mich selbst nicht mehr. Was hatte mich bewogen, ernsthaft zu befürchten, dass Chalil sie töten würde, kaum dass er sie gefunden hatte? Was für eine ungeheuerliche Unterstellung! Was für ein böser Verdacht! Ich schämte mich unendlich.

»Ach, ich weiß nicht, was ich gedacht habe. Ich weiß es wirklich nicht. Ich wollte nur unbedingt mit. Ich wolle ... Ich fürchte, es war nicht sonderlich überlegt. Bitte, sag doch was, Chalil!«

»Ich glaube, du bist es, die mir etwas zu sagen hat, Finja! Immerhin hast du genug Zeit zum Überlegen gehabt, um ...« Er ließ den Blick von meinem Kopf bis zu den Füßen gleiten. »... um dir diese Kleider zu besorgen.«

»Ich dachte, mit einer Frau darfst du ja nicht reisen, also verkleide ich mich als Mann.«

Chalil lachte kurz auf. »Und du glaubst wirklich, es merkt

keiner, dass da eine Europäerin in *Dischdascha* und *Ghutra* steckt? Hat dir das Funda weisgemacht?«

Ich setzte die Sonnenbrille auf, zog das Kopftuch über Mund und Kinn und steckte die Hände in die Taschen der Jacke. »Und jetzt?«

Er schmunzelte. »Und was gedenkst du zu tun, wenn dich jemand grüßt? Stocksteif stehen bleiben und schweigen? Dein Arabisch ähnelt, fürchte ich, keinem der hiesigen Dialekte. Um nicht zu sagen, dass du gar kein Arabisch sprichst. Soll ich dich als meinen stummen und völlig ungehobelten dummen kleinen Bruder verkaufen?«

»Okay, das habe ich mir nicht überlegt.«

»Das scheint mir auch so«, erwiderte er und schlug die Heckklappe zu. »Na, dann steig mal vorne ein.«

Die Kamele waren dabei, in einiger Entfernung vor uns die Asphaltpiste zu verlassen und in die Dünen abzubiegen. Die Straße schnitt schnurgerade durch rötlichgelbe Dünenlandschaft. Links und rechts der Straße war der Boden geebnet und bepflanzt, um zu verhindern, dass der vom Wind getriebene Sand nach und nach die Piste bedeckte. Ein ziemlich heftiger Wind wehte gerade Schwaden von Sand über die Straße. Schon, um mich vor den Nadelstichen der Sandkörner zu schützen, zog ich die *Ghutra* vors Gesicht.

Ich stieg rechts ins Auto, Chalil setzte sich hinters Lenkrad und griff nach dem Zündschlüssel. Ihn neben mir zu spüren, erfüllte mich urplötzlich mit wildem Glück. Das mit uns beiden ist einfach richtig!, dachte ich. Ein bestürzendes Gefühl innerer Klarheit herrschte in mir. Auch, wenn dahinter die Trauer lauerte, weil es nicht richtig sein durfte.

»Und jetzt?«, fragte ich. »Bringst du mich zurück?«

Er schaute mich an. »Willst du das? Soll ich dich nach Dubai zurückbringen?«

»Nein, Chalil, nein!«

Ein Lächeln zuckte in seinem Mundwinkel, als er den Wagen startete und anrollen ließ.

Er war mir nicht böse! Ich war unendlich erleichtert. Ich hätte mehr Vertrauen in ihn haben müssen. Ja, ich konnte ihm vertrauen. Das war ein irres Gefühl. Mein Glück verwandelte sich in Seligkeit. Der Glanz dieses Tages war nicht mehr zu übertreffen. Mein Herz juckte vor Freude. Ich kann es nicht anders sagen. Noch nie hatte ich mich so einig mit mir selbst gefühlt, so frei von Angst oder Sorge, aber auch frei von Wünschen und Hoffnungen. Mochte passieren, was wollte – und wenn die Welt um uns herum explodierte –, es konnte mir nichts anhaben. Es schreckte mich nicht, solange ich mich an Chalils Seite wusste und ihn an meiner. Er war ein Teil von mir und ich ein Teil von ihm. Getrennt waren wir nur halb.

Und er liebte mich auch. Er hatte es Funda gestanden und sie hatte es mir erzählt. Er konnte an nichts anderes denken als an mich. Immer, wenn er mit mir zusammen war, meinte er, alles umwerfen zu können, dann glaubte er, ein Leben ohne mich könne es für ihn nicht geben, weil es sinnlos sei. Ich hatte die Kraft in mir, die in ihm gleich einem Sturm alles hinwegfegte, was er bisher für unumstößlich gehalten hatte. Er vergaß sich, wenn er mit mir zusammen war, und es machte ihm nicht einmal Angst, denn er spürte, dass seine Gefühle richtig und natürlich waren. »Du bist die Kerze, Finja, und ich dein Nachtfalter.« So hatte er es gesagt.

Was auch immer in den nächsten Stunden geschehen würde – mit mir, mit Chalil, mit uns beiden –, es war weit weg von der Zukunft, die in Dubai auf uns wartete, von Finsternis und Trennung. Wir fuhren in die Gegenrichtung! Es war, als ob wir unsere von anderen festgeschriebene Zukunft hinter uns ließen, zumindest für zwei Tage. In denen würde ich leben, heute und für alle Zukunft.

Ich erinnerte mich kaum mehr daran, dass ich erst vor ein paar Stunden grimmig von Chalil Rechtfertigung hatte einfordern wollen, dafür, dass er einer saudischen Prinzessin versprochen war und es mir nie gesagt hatte. Ich dachte weder an Basma noch an Zweitehen und Scheidungen. Ich dachte auch nicht an meinen Vater, der sich bestimmt Sorgen machte. Für ihn sah es vermutlich so aus, als wäre ich mit Chalil durchgebrannt.

»Ich habe übrigens gespürt, dass noch jemand im Wagen ist«, bemerkte Chalil, nachdem wir eine Weile schweigend gefahren waren.

»Ja? Woran?«

»Ich habe Bewegungen wahrgenommen, die ich weder mir noch der Straße zuordnen konnte. Vielleicht habe ich auch deinen Atem gehört.«

Ich lächelte. »Und wen hast du erwartet?«

Er schaute zu mir herüber. »Wenn ich sage, ich hätte dich erwartet, wäre es eine Lüge. Ich habe zuerst an Funda gedacht.«

»Warum?«

»Weil …« Er zögerte und schaute wieder nach vorn. Ich sah die Scharte an seinem Kiefer von dem Prankenhieb des Arabischen Leoparden, sein scharfes Profil mit den dunklen Brauen, den langen Wimpern, das energische Kinn und das kleine, seinem Mundwinkel eingeborene Lächeln. »Weil Funda stocksauer ist auf mich, Finja«, sagte er.

»Sie hat mir alles erzählt«, sagte ich.

»Tatsächlich? Verstehe! Deshalb bist du hier. Sie hat dir erzählt, dass das Gericht meines Großvaters ein Urteil über Abra gesprochen hat und dass ich es vollstrecken soll?«

Ein Schauer rieselte mir über den Rücken. »Nein, das hat Funda mir nicht gesagt. Jedenfalls nicht so direkt. Allerdings hatte ich den Eindruck, dass sie das glaubt.«

»Dann glaubst du es also, Finja? Warum sonst bist du hier?« Er unterbrach sich erneut. »Nein! Ich ziehe die Frage zurück. Ich habe mir vorgenommen, dich nie wieder zu fragen, ob du mir dies oder das zutraust. Es ist unfair, wenn ich von dir blindes Vertrauen verlange. Für uns gelten nicht dieselben Regeln. Was in deiner Welt unmöglich ist – Blutrache zum Beispiel –, ist in meiner möglich, jedenfalls nimmst du das an. Woher sollst du wissen, welche Maßstäbe für mein Verhalten gelten?«

Ich staunte. Noch allzu gut erinnerte ich mich an seine Irritation in der Nacht beim Akazienbaum am überfluteten Wadi. Damals hatte er mich gebeten, ihm zu vertrauen, befehlend geradezu. »Hab Vertrauen, Finja. Ich werde dich nie belügen, ich werde dir nicht wehtun!«

Ein Versprechen, das er gegeben hatte, weil er genau wusste, wie schwierig es für ihn sein würde, es zu erfüllen. Und es war ihm nicht gelungen. Ich hatte ihn im Gegenzug gefragt, ob er denn auch mir vertraue. »Wenn du aufrichtig zu mir bist«, hatte er geantwortet und aus mir war herausgeschossen, das sei kein Vertrauen, denn Vertrauen stelle keine Bedingungen. Damals hatte ich das beklemmende Gefühl gehabt, an seine Grenzen gestoßen zu sein, die Grenzen einer düsteren Welt, in der Männer alles fordern durften und Frauen unentwegt ihre Treue beweisen mussten. Was für alberne Diskussionen hatten wir geführt?, fand ich jetzt. Läppisch, wenn ich bedachte, dass wir uns übermorgen für immer trennen würden.

»Ich denke«, antwortete ich ihm jetzt, »für dich gelten die Grundsätze des Islam und die alten Traditionen. Und die

Schari'a. So heißt doch euer islamisches Recht. Aber ich glaube, dass für dich auch die Grundsätze der Menschlichkeit gelten: Vergebung, Nachsicht ... Respekt vor dem Leben.«

Er schaute lange zu mir herüber. Die gerade Straße ließ es zu. Außer uns schien hier kein Mensch zu fahren. Ich begriff auch, warum jede Kuppe und jede noch so leichte Kurve bei diesen Strecken mit großen Leitplanken und leuchtenden Warnbaken versehen war. Man vergaß einfach, auf die Straße zu schauen. Und wir schauten beide nicht. Sein Blick ruhte prüfend auf mir und ich sah seinen Augen mit der dunkelbraunen Iris beim Schauen zu. Seine Nasenflügel waren geweitet, seine Lippen halb geöffnet. Und keinerlei Häkchen zwischen den Brauen störten die Reinheit und Schönheit seines Gesichts.

»Ich weiß nicht, was die *Schari'a* bei Verrat vorsieht«, sagte ich in seinen Blick hinein, »aber ich weiß, dass du niemanden auspeitschen, steinigen oder töten wirst. Egal, wie das Urteil eures Familiengerichts lautet.«

»Und wenn ich es müsste?«

»Nur sterben muss man.«

Chalil lachte. »Sagt man das so bei euch? Wenn ich dann also sterben müsste, weil ich den Beschlüssen des Familienrats zuwiderhandle?«

»Dann würdest du dich für den Tod entscheiden«, sagte ich.

Er fasste das Lenkrad fester und blickte zur Windschutzscheibe hinaus.

»Um Gottes willen, Chalil!«, rief ich. »Ist es denn so? Was sollst du tun, wenn du Abra auftreibst? Was steht auf Verrat?«

»Auf Verrat an Gott, also dem Islam, steht die Todesstrafe, obgleich der *Kur'an* keine Strafe im Diesseits fordert, weil man ja im Jenseits ohnehin verloren ist.«

»Aber Abra hat keinen Verrat am Islam begangen«, wendete ich ein. »Sondern, wenn überhaupt, einen an mir oder an euch als unsere Gastgeber.«

Chalil warf mir einen raschen Blick zu, mit einem Glitzern in den Augen. »Entspann dich, Finja. Das Verbrechen, das Abra begangen hat, gehört nach der *Schari'a* nicht zu den Vergehen, die das Recht Gottes verletzen wie Unzucht, Ehebruch, schwerer Diebstahl oder Raubmord. Für diese sogenannten Grenzverletzungen sind die Strafen festgeschrieben und kein Richter kann davon abweichen.«

»Schläge?«

»Oder das Hand-Abhacken bei Diebstahl. Wobei übrigens Handtaschenraub oder Diebstahl aus Not nicht dazugehören.«

Ich dachte an den Taschendieb, den Chalil auf dem Stuttgarter Weihnachtsmarkt gefangen und wieder laufen gelassen hatte, und ich bin sicher, auch Chalil dachte daran – an mein Erstaunen und meine Bemerkung, dass er ein ganz besonderer Heiliger sein musste –, denn ein Lächeln grub sich in seine Augenwinkel. »Aber der Genuss von Wein gehört zu den schweren Verbrechen gegen Gottes Gebote«, fuhr er fort. »Deshalb wird Alkoholgenuss härter bestraft als beispielsweise ein Verbrechen gegen einen Mitmenschen wie ...«, er zögerte, »... wie Mord oder Totschlag.«

»Was? Tatsächlich?« Ich reagierte, wie jeder Westler reagieren würde: verständnislos.

Chalil blickte kurz zu mir herüber. »Für die schweren Vergehen, also die gegen Gott, kann ein Richter dich nur verurteilen, wenn es mindestens zwei männliche Zeugen gibt, bei Ehebruch müssen es sogar vier männliche Zeugen sein. Oder, wenn es ein Geständnis gibt. Und der Geständige muss mündig und bei vollem Verstand gewesen sein.«

»Das klingt zwar schräg, aber nicht nach Willkür«, räumte ich ein.

»Abras Verbrechen, nämlich Verrat«, fuhr Chalil fort, »gehört nun allerdings weder zu den schweren Verbrechen gegen Gott noch zu denen, die nach dem Prinzip Auge um Auge, Zahn um Zahn vergolten werden. Euch besser bekannt als Blutrache. Eine tote Frau für eine tote Frau und so weiter. Wobei auf das Töten verzichtet werden kann, wenn der Verbrecher einen Blutpreis zahlt. Und diese sogenannte Wiedervergeltung kann auch nur der nächste männliche Verwandte des Getöteten fordern. Für all diese Verbrechen ist, wie gesagt, die Strafe in der *Schari'a* festgelegt. Ein Richter kann nicht nach eigenem Ermessen davon abweichen. Alle anderen Vergehen aber fallen in den Ermessensspielraum eines Richters: Aufruhr, üble Nachrede, Betrug, Erpressung, Entführung, Verrat ...«

Etwas verwunderlich, aber ich entspannte mich. Dass Vergehen gegen religiöse Regeln schwerer wogen als Mord, Erpressung oder Entführung, war für mich schwer zu begreifen. Aber für Abra war es ein Vorteil.

Chalil nahm mir jedoch diese Illusion sofort. »Harmlos ist die Strafe trotzdem nicht, die mein Großvater als Richter des Clans verhängen wird, falls Abra schuldig ist.«

»Was für eine Strafe wird es sein?«

»Früher hätte man der Verräterin die Zunge rausgeschnitten oder den Kehlkopf zertrümmert.«

»Oh Gott!«

»Aber mein Großvater neigt nicht zu unmäßigen Grausamkeiten. Auch wenn dein Vater ...« Er unterbrach sich.

»Wie bitte? Was hat mein Vater damit zu tun?«

»Er war bei der Gerichtsverhandlung dabei, die wir in Abwesenheit Abras abgehalten haben.«

»Davon hat er mir gar nichts erzählt! Warum war er dabei? Was wollte er denn da?«

»Vielleicht war er nur neugierig. Aber er war auch ziemlich geschockt. Und zu Recht. Du und er, ihr seid unsere Gäste. Er durfte sich auf unseren Schutz verlassen. Doch wir haben nur mit Müh und Not unsere Pflichten erfüllt. Dein Vater war aufgebracht. Aber er wollte natürlich mich und meinen Großvater nicht beschuldigen, schlecht aufgepasst zu haben. Deshalb richtete sich sein Zorn gegen Abra. Und ich hatte sogar beinahe den Eindruck, als hätte dein Vater in diesem Augenblick von Sorge und Zorn nichts gegen eine Steinigung Abras einzuwenden gehabt. Er meinte, sie habe deine Vertrauensseligkeit ausgenutzt und dich heimtückisch aus der Oase gelockt.«

»Das stimmt doch gar nicht!«, protestierte ich. »Ich bin Abra erst draußen im Wadi begegnet. Auf den Weg gemacht hatte ich mich ganz allein.«

Chalil nickte. »Ich weiß. Als ich entdeckte, dass du nicht im Zelt warst, und durch die Oase rannte und schließlich hinauslief, da habe ich gerade noch gesehen, wie du auf Abra zugingst, die am Eingang in die Schlucht zum Bir al-Haram stand.«

»Höre ich recht?«, rief ich. »Du hast nachgeschaut, ob ich im Zelt schlafe? Du hast ins Frauenzelt geguckt? Dich gar meinem Lager genähert!« Ich lachte. »Chalil, ich bin entsetzt!«

Er grinste. »Ich hatte gehofft, dich irgendwie … na ja.«

Da hakte ich zu gern noch mal nach: »Was genau hattest du gehofft?«

»Dass du aufwachen würdest und … und mit mir gehen würdest, um einen …«, er machte ein vage Handbewegung und grinste schief, »… einen Morgenspaziergang zu machen.

Wir hätten ja auch einiges zu besprechen gehabt, nicht wahr? Ich hatte dir einiges zu erklären.« Er schluckte und wurde ernst.

Würde er es mir jetzt sagen?, fragte ich mich. Musste er es mir eigentlich noch sagen? Es hatte doch von Anfang an festgestanden, dass Chalil und ich niemals ein gemeinsames Leben führen können würden. Da spielte eine Verlobung mit einer saudischen Prinzessin Basma, die er mir verheimlicht hatte, auch keine Rolle mehr. Nicht hier, auf der schnurgeraden Wüstenpiste zwischen Niemandsland und Nirgendwo.

»Immerhin habe ich so wenigstens mitbekommen«, fuhr er fort, »dass du schon unterwegs warst.«

»Hattest du gewusst oder geahnt, was Abra vorhatte?«

»Nein, nicht im Geringsten! Wie hätte ich auf so was kommen sollen? Ich glaubte dich und deinen Vater absolut sicher bei uns in der Oase im Hadschar, vor allem, nachdem Bill ...« Er stockte wieder.

»Nachdem Bill tot war«, vollendete ich seinen Satz. »Ist das denn wirklich wahr, dass er und seine Gruppe mich entführen wollten? Ach nein!« Diesmal war ich es, die sich unterbrach. »Bill soll ja eigentlich ein Agent des israelischen Geheimdienstes gewesen sein, der zusammen mit anderen diesen Hamas-Führer in einem Hotel in Dubai ermordet haben soll! Etwas verwirrend.«

»Ja, es ist verwirrend«, räumte Chalil ein. »Vor allem, weil ich mir alle Mühe gegeben habe, dieses Thema von dir fernzuhalten. Ein Fehler, wie ich jetzt einsehe. Aber der Fall ist mittlerweile aufgeklärt. Mein Vater hat mir gleich nach unserer Ankunft im Palast erzählt, dass die Polizei alle Mitglieder dieser Gruppe verhaftet und verhört hat. Es sind viele Ausländer dabei, Amerikaner, übrigens auch ein Deutscher, Wirrköpfe, die im *Dschihad* irgendeine Art von männlicher

Erfüllung suchen. Sie haben gestanden, deine Entführung geplant zu haben, um von deinem Vater und uns Geld zu erpressen. Man hatte sich das auch als Demütigung für uns Scheichs vorgestellt, die wir – nach Ansicht dieser Wirrköpfe – Dubai an den Abgrund von Verwestlichung und Unzucht führen. Und einer von ihnen hat schließlich zugegeben, Bill getötet zu haben, weil der ein Agent des Mossad, also des israelischen Geheimdienstes, gewesen sein soll. In solchen Fällen gilt übrigens bei uns in Dubai nicht die *Schari'a*, sondern ganz normales Strafrecht. Wobei wir allerdings noch die Todesstrafe haben. Aber darin stehen wir ja Amerika an Barbarei in nichts nach.«

Ich schwamm in Erleichterung. All meine Zweifel zerflossen. Chalil war genau der Mann, für den ich ihn immer gehalten hatte. Punkt.

»Okay«, sagte ich. »Du hattest also eigentlich keine Angst um mich, du hast Abra vertraut und bist uns trotzdem gefolgt.«

Chalil lächelte leicht verlegen. »Das ist auch der Grund, warum ich so spät aufgetaucht bin, fast zu spät, als diese Idioten euch überfallen haben. Ich ... ich hatte gehört, dass du ein Bad nimmst, und mich wieder zurückgezogen. Die ... die Versuchung wäre gar zu groß gewesen ...«

Mir lief ein Schauer den Rücken runter. Ein wohliger. Ich stellte mir vor, wie er mit sich gerungen hatte.

Als ob er meine Gedanken gehört hätte, sagte er: »Weißt du, es ist eine lange, fast heilige Tradition bei uns, sich an der Schönheit einer Frau zu ergötzen. Wir schauen gern, Finja.« Er blickte kurz zu mir herüber und fing an, mit leiser Stimme zu rezitieren: »Deine Augen leuchten wie Weinbeeren hinter deinem Schleier, dein Haar ist wie eine Herde weißer Oryxantilopen, die durch die Wüste ziehen, deine Zähne sind wie eine Herde frisch geschorener Schafe, die aus der Schwemme heraufkommen. Wie eine karmesinrote Schnur sind deine Lippen, und dein Mund ist lieblich. Wie eine Granatapfelscheibe schimmert deine Schläfe hinter deinem Schleier. Deine beiden Brüste sind wie Kitze, Zwillinge der Gazelle, die in Lilien weiden.«

Er lächelte mich an. Ich schmolz. Unsere Blicke verfingen sich ineinander, der Wagen wurde langsamer. Meine Hand fand unwillkürlich zu ihm. Ich spürte seine gespannte Flanke unter meinen Fingern, seinen Atem unter dem dünnen Stoff. Er beugte sich zu mir herüber ...

Da ertönte ein fürchterliches Hupen hinter uns. Mit seiner Zugmaschine saß uns ein Lastwagen fast im Heck. Wir fuhren auseinander. Chalil gab Gas. Der Vierzigtonner wurde im Rückfenster kleiner.

»So ähnlich heißt es«, sagte Chalil, um Gelassenheit bemüht, aber leicht außer Atem, »im Lied der Lieder des Propheten Salomo, des Beherrschers der Dämonen und Dschinn.«

»Habt ihr den also auch?« Ich bemühte mich ebenfalls um einen lockeren Ton.

Chalil lachte. »Ja, den haben wir auch. Allerdings steht das Hohe Lied nur in eurer Bibel. Nicht bei uns.«

»Sag bloß, du kennst auch unsere Bibel!«

»Nur sehr unvollkommen!«

»Übrigens«, fiel mir ein, »ich weiß inzwischen, dass du niemals zum Christentum übertreten könntest. Selbst wenn du es wolltest. Darauf steht die Todesstrafe nach der *Schari'a*.«

Er zog die Brauen zusammen. »Nicht zwingend. Es sei denn, man fällt Radikalen in die Hände. Aber Folgen hat es schon. Man verliert seine Bürgerrechte, wird enterbt und so weiter.«

29

Plötzlich blitzte in den Zwickeln zweier orangegelber Dünen dunkles Grün auf. Es verschwand gleich wieder, weil die Düne sich davorschob. Der Wind riss eine Fahne aus Sand von ihrem Grat. Dann machte die Straße einen leichten Bogen und vor uns lagen ausgedehnte Palmenplantagen zwischen Sandbergen. Aber auch Getreide zeigte auf Feldern erste Halme, die sich im Wind bogen.

»Die Oase al-Hama'im«, sagte Chalil. »Sie gehört zu den Liwa-Oasen, die sich mit vierzig Ortschaften von hier über hundert Kilometer nach Westen ziehen. Denn wunderbarerweise gebiert das Leere Viertel an seinem Nordrand üppige Wasserquellen. Von hier stammt übrigens die Herrscherfamilie von Abu Dhabi.«

Auf der vierspurigen Straße schossen wir förmlich über sanfte Hügel durch endlose Palmenhaine und vorbei an riesigen Kamelherden. Es waren nicht viele Fahrzeuge unterwegs. Vor uns fuhr ein Quad, auf dem zwei Araber mit flatternden Gewändern saßen. Einmal kam uns ein Sattelschlepper entgegen, der Gemüse aus den Anlagen in die großen Städte im Norden abtransportierte. Am Straßenrand stand hin und wieder eine Wellblechhütte hinter Strohzäunen. Nach der siebten oder achten großen Plantage tauchten Häuser auf. Sie waren festungsartig in die Höhe gebaut und besaßen schießschartenartige Fenster. Ich wickelte schon mal meine *Ghutra* fest ums Gesicht und setzte mir die Sonnenbrille auf. Alsbald versammelten und verdichteten sich die Plantagen und burgähnlichen Wohnanlagen im orangegelben Sand zu einer kleinen Stadt.

»Muzeira!«, sagte Chalil mit Betonung auf der letzten Silbe. »Der Hauptort der Oasen.«

Eine seltsame Architektur aus quadratischen Wehrtürmen, Säulen und schmalen Fenstern trotzte Sonne und Wind. In den unteren Stockwerken befanden sich Läden. Die bunte Welt hatte uns wieder und sie sah aus, wie aus einer Laune Gottes heraus in den Sand gespuckt, mit allem, was dazugehörte, nur, dass es nach ein paar Metern wieder aufhörte und erst Palmen, Kamele und dann Wüstendünen übernahmen.

Chalil bog von der Autobahn ab. Die Asphaltstraße endete nach wenigen Metern zwischen Drahtzäunen und Baracken im Staub. Wir holperten weiter bis zu einer Ladenzeile. Neben einem Geschäft für Mobiltelefone befand sich ein Lokal. Es war kaum breiter als der Handyladen daneben, so breit wie eine Tür und ein Fenster. Vor einer dunkelroten Wand standen rot gestrichene Biertischbänke und ein Tisch aus Plastik. An der Ecke saßen auf dem Boden Männer in weißen Gewändern und rauchten. Bei ihnen lag ein gesatteltes Kamel. Der Wind trieb vertrocknetes Gezweig vorbei.

Chalil blieb einen Moment still hinterm Lenker sitzen und überlegte. Dann wandte er sich an mich: »Ich bin hier mit einem Mann verabredet, der mir hoffentlich sagen kann, wo Abras Onkel seine Zelte aufgeschlagen hat und ob Abra dort sein könnte. Am liebsten würde ich dich im Auto lassen, aber ich weiß nicht, wie lange es dauert.«

Ich dachte an den Spruch: Wir Europäer haben die Uhren und die Araber haben Zeit. Man würde sicherlich etwas essen, aber ich durfte meine *Ghutra* nicht vom Gesicht ziehen. Das würde unweigerlich Befremden auslösen. »Dann warte ich eben.«

Chalil ließ den Blick zu den Männern an der Ecke gleiten. »Und was machst du, wenn dich jemand anspricht?«

Ja, was machte ich dann? Männerverkleidungen waren in der Wirklichkeit eindeutig riskanter als in Märchenerzählungen.

»Könnte ich nicht ein Gelübde getan haben?«, schlug ich vor. »Dass ich nichts esse und trinke, bis wir Abra gefunden haben. Gibt es bei euch Gelübde?«

»Hm. Ich könnte dich als einen Bruder von Abra vorstellen und behaupten, du hättest das *Saum* gelobt, das Fasten und Schweigen, wie es in der Sure neunzehn Maria in der Offenbarung befohlen wird: ›Und wenn du einen von den Menschen siehst, dann sage: Ich habe dem Barmherzigen ein Fasten gelobt. Darum werde ich heute mit keinem menschlichen Wesen sprechen.‹ Das sage ich natürlich an deiner Stelle! Du gibst keinen Ton von dir.«

Er reichte mir die Wasserflasche, damit ich vorher noch etwas trinken konnte, dann stiegen wir aus und betraten einen dunklen Gastraum mit ein paar Tischen. Es duftete unverschämt gut.

»Hm«, sagte Chalil. »Es gibt *Schawarma*.«

Mir lief das Wasser im Mund zusammen.

Wir setzten uns an einen Tisch an der Tür. Ein dicker Mann in blauem Gewand kam aus den finstern Tiefen des Lokals. Chalil grüßte ihn, reichte ihm die Hand und erklärte etwas, was den Wirt bewog, mir nicht mehr als einen kurzen Blick zuzuwerfen. Von dem Gespräch verstand ich kein

Wort. Es klang nach Bemerkungen über das Wetter, das letzte Kamelrennen, die Falkenjagd und das Befinden sämtlicher Anverwandten. Dann ging der Wirt weg. Nach einer Weile brachte ein Junge Tee und ein in Papier gewickeltes *Schawarma* für Chalil, jenes mit geröstetem Fleisch, Salat und würziger Soße gefüllte Brot, das man bei uns Döner nannte. Chalils Augen blitzten mich halb mitfühlend, halb übermütig an, als er das Papier öffnete und hineinbiss. »Wir nehmen nachher für dich auch was mit«, tröstete er mich immerhin.

Da ich nichts sagen durfte, musste ich geduldig abwarten, was er mir freiwillig mitzuteilen gedachte.

»Der Wirt geht seinen Onkel holen«, erklärte er nach den ersten hungrigen Bissen. »Er hat wohl vorgestern eine Frau in omanischer Tracht gesehen.« In den Pausen zwischen den Bissen fuhr er fort: »Als wir entdeckten, dass Abra Richtung Süden unterwegs ist, haben wir alle möglichen Leute alarmiert und sie gebeten, uns Bescheid zu sagen, wenn ihnen etwas auffällt. Gestern Nacht rief der Wirt dieses Lokals bei uns an und sagte, seinem Onkel sei ein Mädchen aus Oman aufgefallen, das ganz allein unterwegs zu sein schien.«

Mir knurrte der Magen.

Chalil blickte mich an. »Du fragst dich vielleicht, warum wir so einen Aufwand treiben, um Abra zu finden.«

Das hatte ich mich bisher noch gar nicht gefragt.

»Nur, um sie vor Gericht zu stellen. Vielleicht kommt dir das wie Rachedurst vor.«

Ich schüttelte den Kopf. Ich wollte schließlich auch wissen, welche Rolle Abra tatsächlich gespielt hatte. Wenn ich mich auch jetzt fragte, wozu? Wenn sie mich wirklich verraten hatte, was dann? Wäre ich mit einer der drakonischen Strafen einverstanden, die man in einem Familiengericht verhängte? Mir war schließlich nichts geschehen.

»Aber du musst wissen«, fuhr Chalil leise fort, »dass ich ein besonderes Verhältnis zu Abra habe. Ich war ein Knabe, als sie geboren wurde, mitten in der Wüste in einem von Gott verlassenen Tal des Hadschar. Mein Großvater und ich kamen zufällig des Wegs, als ihre Mutter Nusra niederkommen sollte.«

Kein Wort über die Geburtshilfe, die er geleistet hatte. War es aus Bescheidenheit oder hatte Funda ihre Geschichte allzu fantastisch ausgeschmückt? Aber Umm Chalil hatte dasselbe gesagt.

»Wenige Jahre darauf starb Nusra. Ihr Mann war untröstlich, denn er hatte sie sehr geliebt. Er hielt es in dem Zelt bei seiner Mutter und deren Schwestern nicht mehr aus und ich glaube, auch der Anblick seiner lieblichen kleinen Tochter, in der er seine Frau wiedererkannte, war mehr, als er ertragen konnte. Jedenfalls brachte Uthman Abra zu uns in die Oase und verlangte, dass sie eine gute Schulbildung bekäme. Er selbst begab sich auf Reisen und verschwand. Man hat nie wieder etwas von ihm gehört.«

Auch die Begegnung am Brunnen, als Abra in Chalil den Todesengel Isra'il gesehen und er sie den drei Weibern im Zelt von Uthman gegen einige Ziegen und einen Bock abgekauft hatte, erwähnte er nicht.

»Abra war mir von der ersten Minute an sehr zugetan. Sie war anhänglich wie ein Zicklein, das man mit der Hand aufzieht. Sie hatte wenig Freundlichkeit erfahren in den Zelten ihres Vaters bei den Weibern. Sie hat mich geliebt wie eine kleine Schwester ihren großen Bruder. Sie war aufgeweckt und wissbegierig. Und so war sie auch mir lieb wie eine kleine Schwester. Schon bald stellte sie sich so geschickt an, dass meine Großmutter sie zur Dienerin ausbildete. Und Abra wuchs heran und aus dem unschuldigen Mädchen wurde eine junge Frau, aus der schwesterlichen Zuneigung wurde die Liebe, die eine Frau für einen Mann hegt. Abra war … sie ist sehr schön. Du hast sie ja gesehen. Ihre Augen sind wie zwei Weinbeeren, ihr Haar wie eine Herde Zicklein, die vom Gebirge herabspringen.« Chalil lächelte versonnen. »Jedermann in der Oase erkannte sie an ihrem stolzen Gang und der Anmut ihrer Bewegungen. Sie hielt Einzug in die Träume vieler junger Männer. Jussuf, der Lehrer, hat Gedichte zu ihren Ehren verfasst, doch sie hat ihn abgewiesen. Sie hatte keine Augen für irgendeinen jungen Mann. Sie hatte es sich in den Kopf gesetzt, dass sie meine Frau werden müsste.«

Ich nickte bestätigend.

Chalil lächelte leise. »Funda hat dir Abras Geschichte erzählt, nicht wahr?«

Ich nickte.

»Funda glaubt felsenfest, dass Abra alles unternimmt, damit ich in Liebe zu ihr entbrenne. Und meine Mutter glaubte es von Anfang an. Es gefiel ihr nicht, dass ich mich um Abra gekümmert habe wie ein Bruder um seine Schwester. Meine Mutter hat dafür gesorgt, dass ich ins Internat gesteckt wurde, nur damit ich der Oase und Abra fernblieb. Allerdings war meine Mutter auch immer der Ansicht, dass es nicht ausreicht, wenn ich reiten, mit dem Falken jagen, die emiratischen Meisterschaften im *Pachlavan*-Ringen gewinnen und den *Kur'an* rezitieren kann. Auch fand sie mein Englisch ziemlich dürftig. Also schickte sie mich im Sommer in die Schweiz zu ihrer Schwester. Dann steckte man mich in die schwarze Uniform der Schüler von Eton. Südengland ist sicherlich ein schönes Land, sehr grün, viel Wasser, milde Temperaturen. Aber ich war darauf nicht vorbereitet gewesen. Ich war ein arabischer … wie sagt ihr? … ein Hinterwäldler …«

Ich musste schmunzeln unter meinem Kopftuch. Von Wäldern konnte gerade hier nicht die Rede sein.

»… nun ja, ein Beduine eben«, fuhr Chalil fort. Sein Ton wurde plötzlich härter. »Ich war ein Wüstenritter: furchtlos, streitbar, geradlinig, aufrichtig, loyal meinen Kameraden gegenüber und unerbittlich gegenüber meinen Feinden. Kurz, ich war unendlich naiv. Es war verteufelt schwierig, im Alltag des britischen Schullebens die Gebetszeiten einzuhalten, und weil ich es oft nicht schaffte, stand ich nachts noch ein paar Mal auf, um das *Salat al-lail* zu beten. Denn es heißt: ›Bringe einen Teil der Nacht wach im Gebet zu, als gute Tat, die über das Gesetz hinausgeht.‹ Vermutlich war ich chronisch übermüdet. Ich bezweifelte keine Sekunde, was meine Kameraden mir über die Schüler des Abschlussjahrgangs berichteten von Saufgelagen und Sexorgien. Sie hatten schnell gemerkt, dass sie mich damit in Aufregung versetzen konnten. Und schließlich behaupteten meine beiden Zimmergenossen eines Abends, soeben habe einer von den Ältesten ein Mädchen zu sich aufs Zimmer genommen. Und ich lief los, um das Mädchen zu retten, bevor es entehrt würde.«

Chalil knüllte das Papier, in dem das *Schawarma* gekommen war, in seiner Faust.

»Sie erwarteten mich zu sechst. Fünf Jungs und das Mädchen, ganz vergnügt. Erst lachten sie mich aus, als ich kampfbereit ins Zimmer platzte. Und sie hatten sich gut vorbereitet. Es war eine Falle. Je zwei packten mich an meinen beiden Armen, das Mädchen begann sich … sich auszuziehen. Und der fünfte Junge näherte sich mir mit einer Flasche Wodka. Mir wurde schnell klar, worauf es hinauslaufen sollte. Man wollte es so aussehen lassen, als hätte ich in betrunkenem Zustand das Mädchen vergewaltigt oder meinetwegen auch nur Sex mit ihm gehabt.«

Er warf die Papierkugel auf den Tisch.

»Ich wehrte mich. Am Ende hatte ich einem der Jungs das Handgelenk gebrochen, dem anderen eine Sehne am Knie zerschlagen, dem dritten die Schulter ausgerenkt und den vierten beinahe entmannt. Der fünfte flüchtete zusammen mit dem Mädchen. Der Rektor war zwar geneigt, mir zu glauben, aber es gab fünf Zeugen, die gegen mich aussagten. Und das Mädchen behauptete zusätzlich, ich hätte ihm schon länger nachgestellt. Am Ende sah es so aus, als hätte ich aus krankhafter Eifersucht und mit falsch verstandenem Ehrbegriff vermeintliche Konkurrenten krankenhausreif geschlagen. Auch der Rektor befand schließlich, ich hätte wohl eine harmlose Geburtstagsfeier missverstanden. Dass ich etwas missverstanden hatte, war unzweifelhaft richtig. Und so war ich froh, dass an meine Eltern ein höfliches Schreiben mit der dringenden Bitte erging, mich unverzüglich von der Schule zu nehmen, weil ich in nicht zu tolerierendem Maß gewalttätig geworden sei. Meine Eltern folgten der Bitte, ich durfte die schwarze Schuluniform nach zwei Jahren wieder ablegen. Aus Scham über meine eigene Dummheit habe ich meinem Vater nie gesagt, was wirklich geschehen war. Vielleicht ahnte er es und wollte es mir ersparen zuzugeben, dass ich mich wie ein Tölpel hatte reinlegen lassen, jedenfalls fragte er nie. Aus Dankbarkeit gelobte ich, mich den Wünschen meines Vaters zu beugen und Ingenieurswissenschaften zu studieren.« Chalil wirkte auf einmal müde. »Eigentlich hatte ich Arzt werden wollen. Seit meiner Kindheit wollte ich Arzt werden.«

Ich nickte wieder. Leider durfte ich nichts sagen.

»Aber ich nütze meiner Familie mehr, wenn ich den technischen Fortschritt vorantreibe. Und mein Vater träumt davon …« Er unterbrach sich.

Der Wirt und ein Mann in Hemd und Hosen waren zur Tür hereingekommen. Chalil stand auf, ging ihnen entgegen und begrüßte den Neuankömmling, der wohl Raschid war und bereits über mein Gelübde unterrichtet schien, denn er machte keinerlei Anstalten, mich zu grüßen.

Damit begann meine Leidenszeit.

Essen wurde aufgetragen, noch mal Tee, ein Teller Humus, Oliven, Salat, dicke Bohnen. Raschid war hungrig. Die Unterhaltung plätscherte dahin. Raschid hatte alle Zeit der Welt. Er war ein Mann von vielleicht vierzig Jahren, mit glattem Gesicht und glatten Händen, an denen Ringe steckten, und er hörte sich offenbar gern reden, denn er redete ohne Unterlass, und das mit langen Pausen und viel Brimborium. Chalil zeigte mit keiner Miene oder Geste, dass wir es eilig haben könnten. Denn je später wir aufbrachen, um Abra zu folgen, wohin auch immer sie gegangen sein mochte, desto schwieriger würde es werden, sie zu finden. Das dachte zumindest ich, während die Männer Kaffee tranken und ihre Finger in eine Schale mit Datteln steckten, die zu einem Klumpen verklebt waren, die Kerne aus dem klebrigen Mus drückten und es sich dann in den Mund steckten.

Zudem begann mich meine Blase zu drücken.

Aber ich musste auf innere Verdampfung hoffen, denn auf eine Damentoilette konnte ich nicht gehen, falls es überhaupt eine gegeben hätte. Und nach der Toilette fragen ging auch nicht, falls ich mich getraut hätte, den Ort zu besuchen, wo die Herren sich erleichterten.

Irgendwann klingelte Raschids Handy. Und ich lobte im Stillen die Segnungen der Zivilisation, die auch in diesen Oasen am Rand des Leeren Viertels Einzug gehalten hatten, denn Raschid machte Anstalten, eilig aufbrechen zu müssen, was dann allerdings noch eine ganze Weile dauerte. Endlich bezahlte Chalil und man erhob sich und trat gemächlichen Schrittes hinaus in die Sonne. Das Kamel und die Männer waren fort. Chalil verabschiedete sich von Raschid mit einem herzlichen Bruderkuss. Raschid bestieg einen Jeep und wir unseren Geländewagen. Ich dachte sehnsüchtig an das *Schawarma*, das er mir versprochen hatte. Ich war so hungrig, dass ich auch rohe Lammaugen oder Dattelpampe gegessen hätte. Anderseits wollte ich unseren Aufbruch nicht gerade jetzt verzögern. Außerdem hätte es den Wirt wohl auch verwundert, wenn Chalil nach dem üppigen Frühstück mit Raschid noch ein *Schawarma* mitgenommen hätte.

»Und, was hat Raschid erzählt?«, fragte ich, während Chalil den Wagen anrollen ließ.

»Abra – oder vielmehr die junge Frau in omanischer Tracht – ist bei einem anderen Rasthaus bei Mahdar bin Usayyan gesehen worden. Wir müssen also wieder zurück. Aber vorher ...«, er schmunzelte, »... besorgen wir dir was zu essen. Dein Magen knurrt so laut wie eine Horde Kamele. Ich habe zwar was zu essen im Auto dabei, aber bis wir irgendwo draußen Rast machen können, dauert es noch eine Weile.«

»Und außerdem muss ich mal!«

Er trat auf die Bremse, stoppte und stellte den Motor wieder aus. »Warum bist du nicht hier ...« Er lachte. »Ach so, ja! Na, dann komm!«

Gemeinsam betraten wir das Rasthaus wieder. Chalil führte mich an einen Ort, wo sich hinter einer dunkelrot gestrichenen Spanplattentür ein Klo auftat, das aus einem Loch im Boden bestand. Und es war natürlich auch nicht mit Klopapier ausgestattet, sondern mit der obligaten Gießkanne voll Wasser. Während Chalil sozusagen draußen Wache hielt, kämpfte ich mit meinem langen Gewand und sonstigen Stoffbahnen.

Fünf Minuten später saßen wir erneut im Auto und fuhren durch Staubfahnen zurück zur Hauptstraße. Chalil stellte den Wagen am Häuserblock mit den Ladenkolonaden ab. Wir stiegen aus.

Und dann geschah etwas sehr Seltsames. Chalil ergriff einfach meine Hand. Auf offener Straße. Ich erschrak, wollte meine Hand wegziehen, aber er hielt sie fest. Und mit mir an der Hand schlenderte er vom Parkplatz zur Treppe, die unter die Kolonaden führte. Jeder konnte es sehen, aber keinen schien es zu befremden.

Und es war tatsächlich nichts dabei, denn für alle anderen sahen wir aus wie zwei junge Männer. Und Männer – das hatte ich schon beobachtet – durften ohne Weiteres Hand in Hand gehen. Niemand verdächtigte sie deshalb, schwul zu sein, denn Homosexualität gehörte wiederum zu den Todsünden, für welche die Strafen durch die *Schari'a* festgelegt waren. Es war so, als ob sich die Männer untereinander die körperliche Nähe und Wärme holten, die sie niemals in ihrem Leben von ihren Frauen bekommen würden. Stattdessen hatten sie die Bruderküsse, Umarmungen und zahllose Berührungen kultiviert.

Hand in Hand spazierten wir also die Läden entlang. Chalils Finger spielten unauffällig mit meinen. Könnten wir doch ewig so weitergehen! Es machte mir nichts aus zu schweigen, es war nicht wichtig, ob Chalil etwas sagte. Der warme Wüstenwind wehte Sandfahnen empor, trieb trockenes Wüstengebüsch über die Straße, zerrte an unseren Gewändern. Ein Mann stand in der Tür eines Lebensmittelladens und musterte den Himmel. Es roch nach eingelegten Oliven, nach Nelken und Zwiebeln, nach Mottenkugeln und Kaffee. Vor einem Laden glänzten bunte Kinderfahrräder in der Sonne. Doch schon jenseits der Straße begann die Wüste, der man

Palmengärten und Wohnanlagen abgetrotzt hatte. Hoch wie ein Gebirge stiegen Dünen in den blauen Himmel. Dahinter lag das geheimnisvolle Leere Viertel. Und in mir herrschte absolute Ruhe, tiefer Friede. Es war ein Stillstand aller Wünsche und Ängste, aller Zweifel und Ziele. Dieser eine Moment sollte mein Leben sein. Und zum ersten Mal spürte ich, was die Leute meinten, wenn sie sich wünschten, im Moment zu leben. Und ich begriff, wie sich das anfühlte, wenn man sein Leben in Gottes Hand legte. Mach, dass es immer so ist wie jetzt! So ist es gut.

Aber der Moment endete. Chalil kaufte für mich an einem Kiosk ein *Schawarma* und wir kehrten zum Auto zurück. Er ließ mich los, wir stiegen ein, der Hunger kehrte zurück und ich biss, während wir die Piste in die östlichen Oasen zurückrollten, in mein Brot mit Fleisch, Zwiebeln, Gemüse und Soße.

»Na, schmeckt's?«, fragte Chalil. »Das *Schawarma*, das meine Mutter in Dubai in ihrer Kette vertreibt, ist natürlich viel besser.«

»Hm!«, mampfte ich. Ich fand es köstlich. »Und, was hat Raschid nun genau erzählt?«

»Das Gespräch hätte ich mir eigentlich sparen können. Er hat Abra gar nicht selbst gesehen, wie sich herausgestellt hat. Und wer weiß, wen der Wirt vom Rasthaus von Mahdar wirklich gesehen hat.«

Das Gespräch hatte uns über zwei Stunden gekostet. Mittlerweile war es fast elf Uhr. Das Rasthaus von Mahdar bin Usayyan lag inmitten einer unüberschaubaren Palmenplantage. Auf dem viel zu großen staubigen Parkplatz standen zwei Geländewagen und im Lokal saß eine sechsköpfige Gruppe aufgekratzter Touristen mit zwei einheimischen Wüstenscouts. Die Männer steckten in Shorts und Trekkingstiefeln, eine der beiden Frauen war sehr blond, die andere trug über ihren europäischen Hosen und zu Trekkingstiefeln eine rote *Dischdascha*. Was sie sprachen, klang nach Schwedisch.

Sie schauten uns an und steckten die Köpfe zusammen. Offensichtlich erregte Chalils stattliche Erscheinung die Aufmerksamkeit der Frauen. Sie kicherten und stießen sich gegenseitig an. Dass ich sie im Schutz meiner Sonnenbrille die ganze Zeit anstarrte, während Chalil mit einem Mann hinterm Tresen redete, irritierte sie außerdem. Sie gehörten vermutlich zu den Touristen, die das Abenteuer mit Geländewagen suchten: die Dünen rauf und wieder runter, einfach nur zum Spaß. Einer der Männer hatte sich eine *Ghutra* um den Kopf gewickelt, der andere trug eine Baseballmütze. Sie wirkten seltsam propper ausgestattet und zugleich verwildert. Der eine hatte einen Dreitagebart, die Frau in der *Dischdascha* war ungekämmt. Abenteurer, die es genossen, die Zivilisation abgeschüttelt zu haben, ohne dabei in der Wirklichkeit der Wüste angekommen zu sein. Menschen in einem Zwischenzustand. Verlorene!, dachte ich plötzlich. Sie lebten nicht gern dort, wo sie lebten, deshalb begaben sie sich an immer entlegenere Orte, um Herausforderungen zu bestehen, die keine waren, weil eine Horde Einheimischer und etliche GPS-Geräte auf sie aufpassten.

Aber was war ich im Grunde anderes als eine bis zur Unkenntlichkeit verkleidete Ausländerin, die verloren neben der Tür eines Wüstenrasthauses stand? Nur, dass ich nicht an den Rand des Leeren Viertels gereist war, um auszuprobieren, was ein moderner Vierradantrieb leistete. Ich war auch nicht nach Dubai geflogen, um die höchsten Wolkenkratzer der Welt zu sehen und mich im Winter an einem Strand zu bräunen. Mich hatte es an den Rand der bewohnten Welt verschlagen, weil ich einen Mann liebte, der hierhergehörte, und weil sein Leben ein Teil meines Lebens geworden war, wenigstens für vierzehn Tage. Und weil er – und darum auch ich –, weil wir ein vierzehnjähriges Mädchen suchten, das vor etwas davongelaufen war, was sie alleine nicht mehr hatte bewältigen können: vor der Liebe, vor dem Verrat, vor der Strafe.

Hoffentlich war Abra überhaupt noch am Leben! Denn was konnte sie hier anderes suchen als den Tod? Und selbst wenn sie ihn nicht suchte, was konnte sie anderes finden, wenn sie alleine ins Leere Viertel vorgedrungen war? Und was das hieß, das ahnte ich ja in diesem Moment noch nicht einmal.

Eine Viertelstunde später saßen wir wieder in Chalils Geländewagen und rollten durch die Palmenplantage zur Piste zurück.

»Und?«, fragte ich.

»Der Wirt hat erzählt, dass ein Mädchen in omanischer Tracht ihn nach dem Weg gefragt hat. Er habe sich gewundert, dass sie ganz allein unterwegs war. Aber sie habe ihm erklärt, ihr Mann sei gestorben, und sie habe niemanden mehr als einen Onkel. Dieser habe seine Zelte in der Nähe von Schaibah aufgeschlagen.«

»Und wo ist das?«

Chalil deutete gen Süden. »Mitten im Leeren Viertel. Shaibah ist eine Ölförderanlage. Es gibt ein großes Ölfeld unter dem Leeren Viertel. Es ist technisch sehr aufwendig, es auszubeuten, aber Saudi-Arabien lebt vom Öl. Schaibah ist eine durch und durch künstliche Oase mit Wohnanlagen für siebenhundert Menschen und Landebahn für Flugzeuge.«

»Ich dachte, das Leere Viertel heißt so, weil sich niemand dort befindet.«

»Tja! Zeig mir einen Ort auf der Welt, den Menschen nicht versuchen, der Natur abzutrotzen!«

Chalil bog von der Autobahn ab, die durch die Liwa-Oasen führte. Damit verließen wir die Welt von Asphalt und Leitplanken. Auch wenn es nicht das Ende der Straßen war. Keine Wüste konnte so leer und verlassen sein, dass nicht ein Weg durch sie hindurchführte, den Autoreifen gebahnt und verbreitert hatten. Unsere Straße wurde zunächst sogar begleitet von Strommasten. Sie endeten nach einigen Kilometern an einem grünen Flecken inmitten der Dünen, aus dem sich ein großer sandfarbener Palast erhob, der sich zu meiner Verblüffung als Luxushotel mit dem schönen Namen *Kasr al-Sarab*, Palast der Fata Morgana, entpuppte.

»Von hier aus unternimmt man Geländewagenausflüge in die Wüste«, bemerkte Chalil. Seiner Miene war anzusehen, was er davon hielt.

Auch diese Fata Morgana verschwand hinter uns. Der Fahrweg schlängelte sich auf überraschend festen, fast weißen Flächen durch das Labyrinth von Dünen, die teilweise Hunderte von Metern hoch zu sein schienen. Es waren regelrechte Gebirgszüge aus rötlichem Sand, auf die der ewige Wind Wellen gezeichnet hatte. Chalil erklärte mir, dass das Rub al-Chali von oben aussah wie ein erstarrtes Meer, dessen Wellen in Reihen gen Norden brandeten. Wer wie wir von Norden nach Süden wollte, musste immer wieder quer von West nach Ost oder Ost nach West fahren, um einen Durchgang ins nächste Wellental zu finden.

Windböen rüttelten an unserem Fahrzeug. Schon bald konnte ich keine Straße mehr erkennen. Chalil hatte am Armaturenbrett sein GPS-Gerät aktiviert. Sein Display zeigte nichts als eine leere rote Fläche, auf der ein Pfeil uns die Richtung wies, an die wir uns halten mussten. Und immer wieder wichen wir deutlich davon ab. Aber er behauptete, dass wir bald wieder auf eine Straße kommen würden, die quer von Oman zur Küste führte, immer an der saudischen Grenze entlang.

»Der Wind gefällt mir nicht«, bemerkte Chalil. »Wenn er sich zu einem Sandsturm auswächst, werden wir umkehren müssen.«

»Aber Abra! Wenn sie da draußen ist?«

»Ich weiß!«

»Warum ist sie hier, kannst du dir das erklären?«

Chalil wiegte den Kopf. »Als sie ein kleines Kind war, liebte sie die Geschichte von Bilkis, wie wir die Königin von Saba nennen. Sie wollte immer wieder, dass ich sie ihr erzählte.«

Kam die Königin von Saba nicht auch im Alten Testament vor? Ich erinnerte mich dunkel. »Und wie geht die Geschichte?«

»Im Süden ...«, Chalil deutete zur Windschutzscheibe hinaus, »... also jenseits des Leeren Viertels im heutigen Jemen, lebte einst eine sehr mächtige Königin. Sie besaß einen großen Palast mit einem kostbaren Thron und unermessliche Reichtümer. Ihre Karawanen brachten Myrrhe, Balsamöle und Weihrauch in aller Herren Länder und kamen mit Gold und Edelsteinen zurück. Es war zur Zeit des Königs Salomo, den Gott mit der Gabe ausgestattet hatte, mit den Tieren zu sprechen, und den er zum Herrn über den Wind, über alle Satane und über die Dschinn gemacht hatte. Außerdem besaßen seine Soldaten Panzerhemden, sodass sie im Kampf nicht verletzt wurden. Eines Tages fiel König Salomo auf, dass einer seiner Vögel nicht anwesend war, ein Wiedehopf. Er rief nach ihm. Als der Wiedehopf endlich kam, erzählten ihm seine Kameraden, dass der König nach ihm gefragt habe und er schleunigst zu ihm kommen solle. Der Wiedehopf begab sich vor den König und erklärte: ›Ich war in einem ganz eigenartigen Land voller unvorstellbarer Reichtümer. Es liegt in der Wüste und ist dennoch grün und voller Blüten. Und die Leute sind klug und beten dennoch die Sonne an. Das Land heißt Saba und über all seine Reichtümer regiert eine Königin mit Namen Bilkis. Sie besitzt einen ungemein prächtigen Thron aus Gold und Edelsteinen. Und all diese Macht und diesen Reichtum besitzt sie, obgleich sie gar nicht Gott anbetet, so wie du, Salomo, der du alle deine Macht durch Gott hast, sondern die Sonne.‹

Das gefiel Salomo gar nicht. Es konnte kein König, auch keine Königin, größer und mächtiger sein als er, schon gar nicht eine Sonnenanbeterin. ›Hast du auch nicht übertrieben?‹, fragte er den Wiedehopf. Doch der bekräftigte, dass er die Wahrheit erzählt habe.

Also beauftragte Salomo den Vogel, der Königin von Saba einen Brief zu überbringen und abzuwarten, was sie darauf antworten werde. Der Wiedehopf tat, wie ihm befohlen war. Er hatte ja nicht gelogen. Er ließ den Brief von König Salomo vor die Füße von Bilkis, der Königin von Saba, fallen.

Sie hob ihn auf und rief ihre Berater und Gefolgsleute zusammen und las Salomos Brief vor. Er lautete: ›Im Namen Gottes des Barmherzigen, glaubt nicht, dass ihr mir überlegen seid, kommt zu mir und unterwerft euch mir!‹«

»Super!«, bemerkte ich. »Ein netter Zeitgenosse, der König Salomo.«

Chalil schmunzelte. »Das fand Bilkis auch. ›Es ist ja eine große Ehre‹, sagte sie zur ihren Beratern und Gefolgsleuten, ›dass König Salomo mir schreibt. Aber ein bisschen unverschämt ist es schon.‹

›Unsere Heere stehen bereit!‹, sagten ihre Berater. ›Wenn

du es willst, ziehen wir in den Krieg gegen ihn und zeigen Salomo, wer sich wem unterwirft.‹

Aber Bilkis war nicht dumm. Im Gegenteil. Sie gehörte zu den klügsten Frauen auf der Welt. ›Wenn Könige mit ihren Heerscharen in ein Land eindringen, dann verwüsten sie es und stürzen die Menschen in Armut und Elend‹, sagte sie. ›Und das sollten wir uns ersparen. Wir haben einen Staudamm errichtet, der die Wüste fruchtbar macht, unsere Karawanen sind unterwegs in die ganze Welt. Also werden wir den König Salomo mit Geschenken überhäufen, sodass er geblendet wird vom Glanz unseres Goldes und unserer Edelsteine und glaubt, er habe unser Land bereits geplündert und uns unterworfen, denn mehr Reichtum kann es ja nicht geben auf der Welt.‹

Und so geschah es. Die Karawane, die sich auf den weiten Weg nach Jerusalem machte, bestand aus vierzig Kamelen, beladen mit kostbaren Stoffen: Weihrauch, Myrrhe, Balsamölen, Edelsteinen, Gewürzen und Gold.

König Salomo aber war kein armer Mann. Seine Handelsschiffe brachten ihm Gold, Silber, Elfenbein, Affen und Pfauen aus aller Welt ins Land. Als nun die Karawane mit den Schätzen der Königin von Saba ankam, beschaute er sich die Sache und sagte zu dem Überbringer: ›So, so, ihr wollt mich mit Schätzen überhäufen! Ihr hofft wohl, dass ich mich davon blenden lasse. Aber was ist all dieser Reichtum wert, verglichen mit dem, was mir Gott gegeben hat? Ich besitze die Macht über die Welt der Tiere und Dschinn und die Herrschaft über den Wind. Was kann es mehr geben? Behaltet eure Geschenke, mir scheint, ihr erfreut euch an eurem Reichtum mehr als ich. Kehrt zu eurer Königin zurück und bestellt ihr, dass ich mit meiner Armee zu ihr kommen werde. Der hat sie nichts entgegenzusetzen. Wir werden sie aus ihrem Palast und von ihrem Thron vertreiben und in Schande davonjagen.‹

Der Überbringer der Geschenke zog betreten wieder ab. Und als er nach geraumer Zeit mit den vierzig Kamelen wieder zurückkehrte, war Königin Bilkis doch beeindruckt. Noch niemand hatte bisher ihren Geschenken widerstehen können. ›Den will ich kennenlernen!‹, sagte sie sich. ›Außerdem ist offensichtlich, dass er mich kennenlernen will. Schließlich bestellt er mich, damit ich mich ihm unterwerfe.‹ Und sie befahl, zur Reise zu rüsten.

Als König Salomo erfuhr, dass die Königin von Saba aufgebrochen war, überlegte er, wie er sie wohl angemessen empfangen konnte. Er wollte sie ja nicht demütigen, sondern er wollte sie zum Glauben an Gott bekehren. Da kam ihm eine Idee. Er fragte in die Runde seiner Geister, wer ihm denn den Thron der Königin von Saba herbringen könne, bevor sie bei ihm eintrifft.

Da meldete sich ein Riese unter den Dschinn und sagte: ›Ich bin stark genug, ich werde den Thron herbeischaffen, ehe du von der Versammlung aufstehst. Du kannst dich auf mich verlassen.‹

Das hörte einer, der die Offenbarung Gottes kannte und überhaupt viel wusste, und er sagte: ›Ich bringe dir den Thron innerhalb eines Wimpernschlags. Allein mit Gottes Hilfe.‹

Und schon stand der Thron der Königin von Saba vor König Salomo. Er betrachtete ihn genau. Der Thron war unzweifelhaft kostbar. Aber an ihm prangten auch viele Abbilder von Götzen und das Symbol der Sonne, zu der das Volk von Saba betete.

›Macht das alles weg!‹, befahl Salomo. ›Wenn der Thron neben meinem steht, soll er eines frommen Hauses und einer klugen Königin würdig sein.‹

Endlich kam die Königin mit ihrem Gefolge in Jerusalem an. Man ging ihr entgegen und führte sie in den Palast des Königs. Dort begrüßte Salomo Bilkis herzlich und fand, dass sie sehr schön sei. Ihre Augen blitzen vor Klugheit und ihr Mund war lieblich. Und Salomo führte sie in den Versammlungssaal, wo ihr Thron und seiner nebeneinanderstanden.

›Ach!‹, rief Königin Bilkis. ›Der Thron sieht ja ganz und gar aus wie meiner.‹ Und sie erkannte die Absichten Salomos. Er wollte ihr beweisen, dass er mit Gottes Hilfe mächtiger war als sie. Das Zugeständnis wollte sie ihm gern machen. Und so fügte sie an: ›Der Thron sieht aus wie früher, als wir allein auf Gott vertrauten und noch nicht die Sonne anbeteten. Gut, dass du den unnützen Zierrat hast entfernen lassen. Ich denke, er ist nun viel bequemer. Die Sonne wird mich nicht immer im Rücken drücken, wenn ich darauf sitze.‹

Salomo begriff, dass die Königin von Saba viel klüger war, als er erwartet hatte. Ihre Antwort war sehr diplomatisch gewesen. Aber er glaubte nicht, dass sie deshalb zum Glauben an Gott bekehrt war. Fast schien es ihm, als mache sie sich sogar ein bisschen über ihn lustig.

Aber König Salomo hatte noch etwas in der Hinterhand. Er bot der Königin von Saba an, ihr seinen Palast zu zeigen. Denn er besaß ein Aquarium, das in den Boden eingelassen und mit Glas bedeckt war. Als er die Königin nun in den Innenhof führte und sie Fische hin und her huschen sah, glaubte sie, in ein Wasserbecken treten zu müssen, und hob ihren Rocksaum, damit er nicht nass würde. Und Salomo sah, dass sie Fesseln und Füße hatte, behaart wie die eines Esels.«

»Igitt!«, entfuhr es mir. »Das ist ja voll eklig.«

Chalil lachte. »Ein Zeichen, dass die Königin von Saba eine Satansbraut war oder der Teufel selbst. Bei euch hat der Teufel doch auch einen Pferdefuß oder etwas dieser Art. Salomo nahm es allerdings sehr gelassen. Schließlich war er der Herrscher über alle Teufel und Dschinn. Er gab der Königin von Saba eine Enthaarungscreme und damit war das Problem erledigt.«

Ich musste lachen. »Und weiter.«

»Nun, Bilkis hatte ihr Kleid angehoben, sodass der König ihre Füße sehen konnte. Eine ziemlich weitgehende Entblößung. Doch als sie den ersten Schritt tat, war das, was sie für Wasser gehalten hatte, hart und unnachgiebig. Und König Salomo lachte und erklärte ihr, dass der Boden mit Kristall gekachelt sei. Sie müsse nur genau hinschauen.

Da war Bilkis nun doch beschämt. In der Tat hatte sie nicht wirklich hingeschaut, sonst hätte sie erkennen müssen, dass es keine lebendige Wasseroberfläche war, die den Innenhof zierte, sondern eine künstlich geschaffene Fläche.

›Ich habe verstanden, was du mir damit sagen willst‹, sagte sie zu Salomo. ›Wer weiß, wie oft ich mich bisher schon habe täuschen lassen, weil ich nicht genau genug hingeschaut und nicht gründlich genug nachgedacht habe. Ich sehe ein, dass es besser ist, an Gott zu glauben, den man nicht sehen kann, dessen Macht aber umso größer ist, als an goldene Kälber oder die Sonne, nur weil sie glänzen und strahlen. Es gibt nur diesen einen Gott.‹

Salomo war sehr zufrieden. Und nicht nur das, er war hingerissen vom Charme der Königin von Saba, von ihrem Gelächter, ihrem Witz und ihrem glasklaren Verstand. Sie setzten sich zum Essen nieder und Salomo bat sie, bei ihm zu bleiben, wenigstens für einen Monat. Und die Königin von Saba blieb, denn sie dachte, sie könne sicher viel lernen von ihren Gastgebern. Dieser Monat war jedoch außerordentlich für den ganzen Hofstaat. Denn Bilkis liebte Rätsel und sie gab ständig und jedermann ihre Rätsel auf und ließ sich ebenso gern selbst welche stellen, wobei sie jede Rätselaufgabe herausbekam.

Nur König Salomo hielt sich tunlichst aus den Wettbewerben heraus.

Allmählich aber begann Bilkis, sich nach Saba zu sehnen und sie kündigte an, dass sie ein großes Fest zum Abschied veranstalten werde.

Und wieder bat König Salomo sie, noch ein Weilchen zu bleiben.

›Na gut‹, antwortete sie und lächelte verschmitzt. ›Aber nur, wenn du mir eine Rätselfrage beantwortest.‹

›Gut, die Wette gilt!‹, antwortete Salomo. ›Stell deine Frage.‹

Und Bilkis sagte: ›Dann hör gut zu und sag mir: Wie heißt das Wasser, das nicht vom Himmel fällt, auch nicht von Bergen oder Felsen strömt und kein Bach ist, obgleich es aus einer Quelle fließt und manchmal süß ist und manchmal bitter wie Wermut?‹

Der ganze Hofstaat rätselte.«

Ich rätselte ebenfalls.

»Es müsste das Trugbild der Wüste sein, der See des Teufels, schlug einer vor. Die Fata Morgana. ›Sie spiegelt uns in der Ferne Wasser vor, wo keines ist. Sie ist süß, wenn wir sie sehen, und bitter, wenn wir hinkommen, und dort ist nichts als Sand.‹

›Falsch‹, sagte Bilkis, die sich schon als Siegerin fühlte.

Da lächelte König Salomo und sagte: ›Es sind die Tränen, die süß sind, wenn sie vor Freude fließen, und bitter, wenn sie vor Trauer vergossen werden.‹

Seine Antwort war richtig. Also musste Bilkis noch einen Monat bleiben. In diesem Monat stellte sie Salomo zahlreiche Rätselaufgaben und alle verstand er zu lösen. Die Königin von Saba erkannte neidlos an, dass Salomo der weiseste unter den Menschen war.

Nach zwei Monaten kehrte sie nach Saba heim und gebar, nachdem zwei Drittel des Jahres herum waren, einen Sohn, den sie Menelik nannte. Wer das Kind sah, erkannte in seinem Gesicht Salomo wieder. Und alle waren verzückt von seiner Klugheit. Als er schließlich erwachsen war, reichte die Königin von Saba ihrem Sohn einen Spiegel und sagte zu ihm: ›Schau dich gut an und merke dir, wie du aussiehst, denn du siehst aus wie dein Vater, König Salomo. Ich möchte, dass du nach Jerusalem reist und dich deinem Vater vorstellst und deine Ansprüche auf seinen Thron anmeldest.‹

Menelik war einverstanden.

Die Königin von Saba aber bedachte die Klugheit des Königs Salomo und setzte hinzu: ›Wenn du aber auf dem Thron von Jerusalem einen Mann sitzen siehst, der nicht dir und deinem Vater gleicht, so grüße ihn nicht und wende dich ab.‹

Und Menelik machte sich auf den Weg. Als König Salomon hörte, dass ein Fremder in die Stadt gekommen war, der behauptete, sein Sohn zu sein, stieg er von seinem Thron, zog seine königlichen Gewänder aus und hüllte sich in Lumpen. An seine Stelle setzte er einen Eselshirten in königlichen Kleidern auf den Thron und reihte sich unter die Menge ein, die im Thronsaal herumstand und die Audienz verfolgte.

Als Menelik den Thronsaal betrat, erblickte er einen Mann auf dem Thron, der ihm nicht ähnlich sah. Er trat nicht heran, um ihn zu grüßen. Stattdessen wandte er sich ab, um den Saal zu verlassen. An einem Seiteneingang aber sah er einen Mann in Lumpen, dessen Hautfarbe und Gesichtszüge seinen eigenen glichen, und er verbeugte sich vor ihm, fiel auf die Knie und sagte: ›Sei gegrüßt, mein Vater. Ich bin dein Sohn Menelik. Ich will dir auf dem Thron nachfolgen.‹

König Salomo war gerührt. ›Du bist tatsächlich mein Sohn‹, sagte er. ›Du sollst das Land regieren.‹

Menelik ergriff die Hand seines Vaters und führte sie an die Lippen und an die Stirn. Im Stillen aber pries er die Klugheit seiner Mutter.«

Chalil schaute zu mir herüber und lächelte.

»Eine schöne Geschichte«, sagte ich. »Ich kann mir vorstellen, dass Abra sie gemocht hat.«

»Ja, am Ende sind uns Männern die Frauen immer über«, bemerkte Chalil. »Denn sie lassen uns weiterleben in unseren Söhnen und Töchtern. Übrigens erzählt man sich, dass Salomo auf seinem Thron sitzend starb, und niemand merkte es. Alle gingen wie üblich ihren Geschäften und Pflichten nach, und erst als ein Holzwurm den Stock durchnagte, auf den Salomo sich gestützt hatte, fiel er vom Thron, und man bemerkte, dass er tot war. Und die Dschinn und Teufel ließen alles stehen und liegen und liefen in alle Winde auseinander. Es hat nach Salomo niemanden mehr gegeben, der sie beherrschen konnte. Sein Sohn Menelik auch nicht. Er wurde hochmütig und fiel von Gott ab, klaute das Heiligtum des Volks Israel, die Bundeslade mit den zehn Geboten, und schaffte sie nach Saba.«

»Und du meinst, Abra ist auf dem Weg ins legendäre Saba?«

»Es würde zu ihr passen. In ihre Welt der Dschinn. Die Königin von Saba war die Herrin der Balsamöle, der Salben und Tinkturen. Und niemand versteht sich besser aufs Anrühren von Ölen und Essenzen als Abra. Irgendwie passt es, finde ich. Ich erinnere mich, dass sie mir als kleines Kind einmal verkündete: Ich werde eines Tages Königin von Saba sein.«

»Und … und wird sie einen Sohn zu euch in den Palast zurückschicken?«, fragte ich.

Chalil schaute mich an. »Wenn, dann keinen, der mir ähnlich sieht!«, sagte er ziemlich schroff.

»Entschuldige! So habe ich das nicht gemeint.« Er milderte seinen Ton. »Wie dann?«

»Es war nur so ein Gedankenblitz. Ich kann es nicht richtig erklären, Chalil. Es wäre nur konsequent. Schließlich endet die Geschichte der Königin von Saba, wie du sie ihr erzählt hast, so. Die Königin ist schwanger, als sie nach Saba zurückkehrt. Aber, wie gesagt, es war nur so eine Idee. Von wem sollte Abra denn auch schwanger sein.«

»Hm«, machte Chalil.

30

Als die Sonne im Zenit stand, erreichten wir eine Asphaltstraße. Chalil konsultierte das GPS-Gerät und bog gen Westen auf die Straße ein. Erst führte sie in leichten Kurven zwischen zwei Dünenzügen hindurch, dann wurde das Gelände flacher und die Straße schnurgerade. Rötlicher Staub hing inzwischen in der Luft wie Nebel. Die Sonne glühte ein kupferrotes Loch in den Dunst.

Chalil bremste plötzlich, schaute sich um und setzte zurück. »Hier müsste es sein!«, sagte er mit Blick auf sein Navigationsgerät und ein paar verwaschene Reifenspuren links neben der Straße. Wir rollten die Böschung hinunter. Zwischen Sandverwehungen wurde Asphalt sichtbar. Diese Straße führte genau nach Süden, ins Leere Viertel hinein.

Leichte Beklemmung erfasste mich. »Sind wir jetzt in Saudi-Arabien?«

»Ja.«

»Geht das einfach so?«

»Wenn irgendwer merkt, dass du eine Frau bist, dann werden sie uns beide ins Gefängnis stecken«, antwortete er. »In Saudi-Arabien darf ein Mann nur mir der Frau unterwegs sein, mit der er verheiratet ist, oder mit seiner Schwester.«

Mir wurde mulmig. »Aber hier ist doch niemand.«
Chalil grinste. Er musste sich jetzt allerdings ziemlich auf den Weg konzentrieren. Die Straße war zwar asphaltiert, aber an zahllosen Stellen von Sand zugeweht. Zuweilen häuften sich regelrechte Hügel an. »Die Dünen wandern«, erklärte mir Chalil. »Sie sind ständig in Bewegung. Wüstenstraßen freizuhalten ist so viel Arbeit wie bei euch im Winter den Schnee wegzuräumen, nur eben das ganze Jahr über.«
»Und du meinst, Abra hat diese Straße genommen?«
»Ich würde es tun, wenn ich zu Fuß unterwegs wäre. Bei einer Straße weiß man immer, dass man nicht plötzlich in einem Tal ohne Ausgang landet. Außerdem führt diese Straße zu den Ölanlagen von Schaibah. Das sind ungefähr zwanzig Kilometer von hier. Dort leben Menschen, dort gibt es Wasser.«
»Aber denkt Abra auch so, wenn sie sich für die Königin von Saba hält?«
Chalil zuckte mit den Schultern. »Einen Versuch ist es wert. Und …« Er brach ab.
»Ja?«
»Ich weiß nicht, es ist nur so ein Gefühl. Das Leere Viertel enthält viele unentdeckte Geheimnisse. Und wenn Abra dem Wirt erklärt hat, sie wolle nach Schaibah, weil ihr Onkel dort sein Zelt aufgeschlagen habe, dann denke ich, liegt ihr Ziel tatsächlich hier in der Gegend. Warum sonst sollte sie den Namen Schaibah kennen und überhaupt wissen, dass es diesen Ort gibt? Sie muss es von jemandem gehört haben. Und es muss ein sehr attraktives Ziel für sie sein.«
»So eine Art Paradies.«
Chalil nickte. »Vielleicht so etwas wie mein Paradies, das ich einst im Hadschar gesucht habe. Und der Ort ihrer Hoffnungen liegt nun eben hier.«

»Was könnte das für ein Ort sein?«

»Ich weiß es nicht, Finja. Aber ...«

Der Geländewagen rutschte seitlich weg. Chalil kurbelte, bis die Reifen wieder fassten. Er drosselte das Tempo.

»Ja, was wolltest du sagen?«, hakte ich nach.

»Nun, die Beduinen erzählen sich, dass es mitten in der Wüste einen Ort mit einem Brunnen geben soll. Sie nennen ihn das Auge der Wüste.«

»Und was ist das für ein Ort?«

»Ein Ort, wo ein mächtiger Dschinn herrscht, ein heiliger Ort, ein verzauberter oder ein verfluchter. Ich weiß es nicht.«

Schwaden von Sand prasselten, vom Wind getrieben, immer wieder gegen die Türen und Seitenfenster des Wagens. Wenn das so weiterging, würde der Lack bald aussehen wie geschmirgelt.

Ich dachte plötzlich an meinen Vater. Vielleicht, weil er mit seinen Autos immer so aufgepasst hatte. Kratzer konnte er gar nicht leiden. Inzwischen musste er meinen Brief gelesen haben. Und dass er sich keine Sorgen machte, war ein abwegiger Gedanke. Vermutlich war er in heller Sorge und Funda würde viel Überredungskunst brauchen, damit er nicht das ganze Haus alarmierte und darauf drang, dass man Suchtrupps losschickte. Es war töricht von mir gewesen, ihn nicht geweckt und selbst von meinem Vorhaben unterrichtet zu haben. Er hätte es mir zwar verboten mitzufahren, aber er hätte wenigstens nachvollziehen können, warum ich ihm nicht gehorchte. Vielleicht. Vielleicht auch nicht. Keine Ahnung.

»Was ist?«, fragte Chalil.

»Warum fragst du? Was soll sein?«

»Du bist so ... so still. Hast du Angst? Sollen wir umkehren?«

»Nein. Ich dachte nur gerade an meinen Vater. Er macht sich wahrscheinlich Sorgen.«

»Hm.«

»Was passiert eigentlich, wenn deine Eltern erfahren, dass ich mit dir mitgefahren bin? Dass wir jetzt zusammen unterwegs sind.«

»Mein Vater vertraut mir.«

»Deine Mutter auch?«

Er grinste. »Mir vielleicht schon, dir aber vermutlich nicht.«

»Und du?«

Er lenkte den Wagen behutsam durch eine Sandwehe hindurch. Dann löste er die Hand vom Lenker und ergriff meine Hand. »Du und ich, wir sind eins. Ich müsste mir selbst misstrauen, wenn ich dir misstrauen wollte, und in welchem Punkt könntest du mich täuschen, Finja? Oder wo könnte ich mich in mir täuschen und damit dich?«

»Du bist verlobt, Chalil.«

Chalil ließ meine Hand abrupt los und warf mir einen raschen Seitenblick zu.

»Funda hat es mir erzählt.«

»Ich habe dir nie vorgemacht, dass wir eine legale Beziehung haben können.« Es klang streng und abweisend, wie er es sagte.

»Das stimmt«, antwortete ich. Das »Aber« hing in der Luft. Ich war stolz darauf, dass ich es nicht sagte, doch er hörte es trotzdem.

»Ich weiß«, sagte er auf einmal sanft und weich. »Mir geht es ja genauso. Es muss doch möglich sein, denke ich. Und immer, wenn wir zusammen sind, glaube ich, dass sich uns nichts und niemand in den Weg stellen kann. Doch dann sehe ich meinen Vater oder meine Mutter und ich weiß, dass ich sie verletzen und enttäuschen müsste. Und mir wird ganz krank und elend. Ich kann nicht leben ohne dich, Finja, aber auch nicht mit dir.«

»Ich weiß.«

Ich öffnete meine Hand und er legte seine hinein. Der Wagen wurde langsamer. Schließlich bremste Chalil und wir standen still inmitten der roten Sandberge, die ständig in Bewegung waren.

Chalil wandte sich mir zu. »Ist es so verkehrt«, fragte er, »auf die Wünsche der Eltern Rücksicht zu nehmen?«

»Es ist schön, dass du eingebunden bist in deine Familie. Ich kann im Prinzip machen, was ich will. Das ist manchmal auch beängstigend. Wenn ich einen Fehler mache, hält mich keiner davon ab.«

»Wäre es ein Fehler, wenn wir unser Leben miteinander verbringen würden?«

»Ich weiß es nicht, Chalil. Ich glaube nicht. Aber ...«

»Es hängt allein an mir, nicht wahr? Ich müsste ... ich müsste mutiger sein. Du bist mutig, Finja. Du bist bereit, deine Kultur und deine Heimat zu verlassen und deinen Vater zu enttäuschen. Und ich kann dein großmütiges Angebot nicht einmal annehmen. Nicht einmal das kann ich.«

Er senkte den Kopf.

»Was würde passieren, wenn du es tätest?«

Er schaute mich wieder an. »Es ist nicht denkbar, Finja. Für eine Ehe braucht es nun mal die Zustimmung der Eltern, übrigens auch die deines Vaters. Im Allgemeinen schließt man in so einem Fall wie dem unseren eine *Mut'a*-Ehe, eine Ehe auf Zeit. Doch wir sind Sunniten und lehnen das ab. Es müsste heimlich geschehen. Aber du bist minderjährig und dein Vater würde es nicht zulassen. Abgesehen davon, dass du in Dubai nicht alleine wohnen könntest.«

»Gibt es denn immer nur diese eine Antwort?«, fragte ich. Ich spürte, wie Bitterkeit in mir aufstieg. »Immer nur: Es geht nicht. Ich kann nicht. Gibt es nichts Lebendiges in deiner Kultur, eine Tradition des Ausbruchs, der Wagnisse, der Neuerungen?«

Er überlegte. »Nein«, sagte er dann. »Denn bei uns sind die Wünsche des Einzelnen nicht wichtig. Der Einzelne ordnet sich dem Ganzen unter. Daher gibt es keine Tradition des individuellen Wegs.«

»Aber du warst in Europa, Chalil! Vermisst du nicht etwas?«

Er senkte den Kopf.

Ich dachte an die Geschichte aus dem englischen Internat. Vermutlich vermisste Chalil nichts, was meine Heimat auszeichnete: den Zwang zum Individualismus, das unentwegte Streben, berühmt zu werden, die Prahlereien, das ständige halb spöttische, halb gekränkte Drängen, Alkohol zu trinken. Bei uns ordnete man sich nicht der Gemeinschaft unter und man bekam auch keine Anerkennung, wenn man es versuchte. Man bekam nur dann Anerkennung, wenn man mit herausragenden Leistungen auftrumpfen konnte. Nele und Meike würden mich auch nicht verstehen, wenn ich zurückkam und ihnen erklärte, ich hätte aus Rücksicht auf meinen Vater auf Chalil verzichtet. Und er aus Rücksicht auf seine Eltern und seine Traditionen auf mich. Und die Wahrheit war: Ich konnte es selbst nicht verstehen. Ich konnte es nicht akzeptieren. Ich würde es niemals akzeptieren.

»Ich finde«, sagte ich, »niemand, weder Eltern noch die Gemeinschaft, dürfen eine solche Macht haben, dass sie das Glück zweier Menschen zerstören!«

Chalil blickte hoch. »Bei uns sieht man es so, dass wir in unserer Jugend auf unsere Eltern hören, weil sie mehr Lebenserfahrung haben als wir und besser wissen, woraus Glück und woraus Unglück entsteht.«

»Mit andern Worten, du meinst, wir müssten unglücklich werden.«

Er stöhnte. »Nein, nein!«

»Aber deine Eltern sind dieser Auffassung. Also musst du ihnen glauben.«

Verzweifelt schüttelte er den Kopf und zog meine Hände an seine Lippen. »Und selbst, wenn sie recht hätten, würde ich es in Kauf nehmen, Finja. Wenn ich nur bei dir sein kann.«

In seinen langen Wimpern glitzerte eine Träne, seine Augen waren dunkel vor Trauer, der Griff seiner Hände war hart und sehnsuchtsvoll. Er sagte kein Wort. Aber sein Blick schien zu sagen: Lass uns zusammen verloren gehen im Leeren Viertel. Lass uns unser Paradies finden – den Ort der Leichtigkeit, des Friedens und der Sinnenfreuden – und niemals mehr zurückkehren in die Welt mit ihren unerträglich schmerzhaften Forderungen der Vernunft. Möge dieser Moment zur Ewigkeit werden! Einverstanden, antwortete ich ihm im Stillen. Nimm mich mit, wohin auch immer du gehen musst. Wenn ich nur mit dir gehen darf und nicht übermorgen allein im Flugzeug nach Hause fliegen muss, ohne die geringste Hoffnung haben zu dürfen, dass wir uns auch nur wiedersehen.

Mein Gott, schon übermorgen! Panik erfasste mich. Es war nicht auszuhalten. Nicht dran denken, Finja! Denk nicht daran! Heute ist heute.

Wenn ich heute, vier Jahre später, zurückblicke, dann war das der entscheidende Moment und der gefährlichste meines Lebens. Niemals zuvor und auch niemals danach – jedenfalls bisher nicht – habe ich eine solche Einigkeit mit mir empfunden, eine solche tiefe Gleichgültigkeit meinem bisherigen Leben und meiner Zukunft gegenüber. Und niemals habe ich mich wieder so leicht und glücklich gefühlt, so frei und unbeschwert. Ja, ich wäre bereit gewesen, Chalil überallhin zu folgen, ohne auch nur einmal an meinen Vater zu denken, ohne Reue, ohne Bedauern, ohne auch nur einen Gedanken an die Zukunft zu verschwenden, die ich vor vierzehn Tagen als sechzehnjähriges Mädchen noch gehabt hatte: ein Leben, ein Studium, womöglich Erfolg als Schriftstellerin ... Und was dann passierte, wäre sicherlich niemals geschehen, wären wir beide uns in diesem Moment nicht so einig gewesen, dass es nicht mehr möglich war, unsere Seelen auseinanderzureißen. Niemals würden wir jeder für sich seinen einsamen und öden Weg in die Zukunft gehen.

Die Dünen, von denen der Wind Fahnen in den Himmel riss, die Berge aus Sand, die ständig in Bewegung waren, wenn auch so langsam, dass man es zunächst nicht bemerkte, türmten sich wie schützend um uns auf. Sie täuschten sogar Chalil. Und zunächst gewannen wir auch wieder festen Boden unter den Reifen, als wir auf die ganz gut gepflegte Asphaltstraße gelangten, die nach Schaibah führte.

Die Wellenkämme des Rub al-Chali brandeten gegen uns an. Die Straße schlängelte sich zwischen den Dünenzügen hindurch. Hatte man einen hinter sich gelassen, türmte sich der nächste auf. Über den festen, manchmal salzweißen Grund der Wellentäler trieb rötlicher Sand wie eine Nebelschicht. Manchmal sah man den Boden kaum.

Irgendwann tauchten im Nebel die Röhren, Tanks und Türme einer der kleineren Anlagen des Ölfelds von Schaibah auf. Wenn man die Macht der Sanddünen betrachtete, konnte man sich vorstellen, was für eine Arbeit es gewesen war, eine ebene Fläche für die Maschinenhallen freizuschaufeln, und welchen Aufwand es erforderte, sie auch freizuhalten. Die Straße führte in einiger Entfernung um die mühsam begrünte Anlage herum. Nach wenigen Minuten befanden wir uns wiederum im endlosen Sandmeer allein auf der Straße.

Der Wind rüttelte am Wagen. Chalil musste sich ziemlich konzentrieren.

Ich langte nach hinten nach der Wasserflasche, holte sie vor und trank.

»Du auch?«

Chalil nahm die Flasche und trank ein paar große Schlucke. Seine Halsmuskeln strafften sich eindrucksvoll, sein Kehlkopf hüpfte. Ich bemerkte an seinem Kinn und Hals Bartstoppeln auf der sonst so glatten Haut. Mit einem kurzen Lächeln gab er mir die Flasche wieder.

Beim Zurücklegen auf die Rückbank fiel mein Blick aus dem hinteren Seitenfenster. Und da sah ich sie: eine schwarze Gestalt, phantomkurz, im Zwickel zweier Dünen.

»Halt, stopp!«, rief ich.

Chalil bremste.

»Da hinten! Ich habe Abra gesehen, glaube ich. Zumindest war da eine schwarze Gestalt. Dort in der Senke zwischen den beiden Dünen.«

Chalil stieß etliche Meter zurück und hielt an der Stelle, von wo aus ich die Frau gesehen zu haben meinte. Aber da war niemand. Die schwarze Gestalt war verschwunden.

»Aber ich habe sie gesehen!« Ich holte das Bild aus meiner Erinnerung zurück auf meine Netzhaut. »Sie hat sich bewegt, sie ist ziemlich schnell gegangen. Mit wehendem Umhang.«

Chalil überlegte einen Moment. Er wählte beim GPS-

Gerät einen Modus, der unsere Strecke, die wir ab jetzt fahren würden, aufzeichnete, schaltete das Differenzialgetriebe aus und lenkte den Wagen behutsam von der Straße hinunter in den Sand. Leicht eiernd rollten wir auf die Senke zwischen den beiden Dünen zu, die allerdings immer noch deutlich höher lag als die Straße. Ich spürte den Wagen ruckeln, weil die Reifen unterschiedlich gut griffen. Chalil runzelte die Stirn und stoppte.

»Was ist?«

»Ich muss Luft aus den Reifen lassen, sonst kommen wir nicht weiter«, erklärte er und stieg aus.

Sich die *Ghutra* vors Gesicht ziehend, ging er zum Vorderreifen.

Ich stieg ebenfalls aus. »Und wenn es nicht Abra war?«

Chalil blickte mich leicht verwundert an. »Eine Frau, die hier alleine herumläuft … die kann uns auf jeden Fall etwas sagen.«

Am liebsten wäre ich losgelaufen, um nachzuschauen, ob sich die schwarze Gestalt wirklich im Tal hinter den beiden Dünen befand. Aber so am Fuß des Sandhangs stehend, wirkte der Pass zwischen den beiden Dünen ziemlich hoch. Nach ein paar Schritten gab ich auf. Meine Füße sanken tief ein im weichen Sand und rutschten bei jedem Schritt, den ich nach oben setzte, wieder einen halben Schritt hinunter. Außerdem blies der Wind mir Sand ins Gesicht. Er stach wie tausend Nadeln. Ich zog meine *Ghutra* bis an die Augen hoch und war dankbar für die Sonnenbrille, auch wenn die Sonne nur noch ein kraftloser rötlicher Punkt im benebelten Himmel war.

Schließlich hatte Chalil aus allen vier Reifen Luft abgelassen und wir stiegen wieder ein. Deutlich zügiger ging es jetzt die Düne hinauf. Auch, wenn der Wagen sich bedenklich neigte. Auf der Kuppe kippte der Wagen abrupt nach vorn. Vor uns öffnete sich ein Tal, das von einer weiteren Dünenkette begrenzt wurde.

Aber es war weit und breit keine schwarze Gestalt zu sehen. Vielleicht hatte ich mich getäuscht. Vielleicht war ich einer Fata Morgana aufgesessen. Keine Ahnung.

Wir rutschten mehr, als dass wir fuhren, die deutlich steilere Seite des Dünenzwickels hinunter. Unten war es überraschend windstill.

Chalil stieg erneut aus.

Ich folgte ihm.

Er schritt langsam quer durchs Tal, den Blick auf den Boden geheftet. Dann ging er in die Hocke. »Fußspuren«, sagte er und erhob sich. »In dieser Richtung!«

Auch ich sah die Fußspuren. »Und du bist sicher, dass sie frisch sind?«

»Bei dem Wind? Die Kanten sind noch scharf, nicht verwaschen.« Er überlegte. Dann schaute er mich an. »Am besten, du fährst mir hinterher, während ich …«

»Ich kann nicht fahren, Chalil. Tut mir leid. Ich habe keinen Führerschein.«

»Ach so! Ja, richtig.« Ein bisschen schien es ihn zu erstaunen. Wahrscheinlich probierten auch Frauen hier das Fahren früher als wir, beispielsweise in solchen Gegenden, wo einem niemand in die Quere kam.

»Aber ich könnte doch der Spur folgen und du fährst mir hinterher«, schlug ich vor.

Er stimmte zu. Allerdings kamen wir auf diese Weise nicht sonderlich weit. Denn nach einigen Hundert Metern verlor ich die Spur. Chalil stieg erneut aus. Der Boden war hier härter und weißlich. Dennoch fand Chalil nach einigen Minuten Anzeichen menschlicher Fußtritte wieder und folgte ihnen.

Sie führten an den jenseitigen Dünenzug heran, an ihm entlang und dann plötzlich den Hang hinauf. Im weichen Sand erkannte auch ich dann wieder die Abdrücke menschlicher Füße. Sie hatten tiefe Löcher im glatten Hang hinterlassen, die aber vom Wind bereits nivelliert wurden.

Chalil blickte den Sandberg hoch und stellte fest: »Da kommen wir mit dem Wagen nicht hinauf. Wir müssen außen herum.«

Ich schaute auf die Uhr. Seit ich die schwarze Gestalt gesehen hatte, war fast eine Dreiviertelstunde vergangen. Wie weit kam eine Beduinin in einer Dreiviertelstunde? Vier Kilometer, fünf? Und wenn sie immer den gerade eben noch begehbaren kürzesten Weg wählte, während wir im Slalom um die Dünen kurvten? Und hinter dieser Dünenfront stand eine weitere und dann kam wieder eine.

Chalil ließ sich von meiner Ungeduld nicht anstecken. In dem gelassenen Schritt, der ihm eigen war, ging er zum Auto zurück und startete erneut. Nach einem Kilometer fanden wir eine wiederum sehr bequeme Durchfahrt ins nächste Wellental. Wir fuhren es zurück. Auf dem GPS-Gerät konnten wir erkennen, wann wir die Höhe erreicht hatten, wo wir auf der anderen Seite des Sandriegels die Spuren gesehen hatten.

»Da«, sagte Chalil. »Da ist sie heruntergekommen. Siehst du?«

Man sah es deutlich. Die Spur verlief schräg in die Richtung, aus der wir eben herangefahren waren. »Aber hätte sie uns dann nicht entgegenkommen müssen?«

»Ich denke, sie ist längst ein oder zwei Täler weiter.« Chalil stellte den Motor ab und stieg aus. Nach einer Weile hatte er die Fußspuren im harten Boden der Talsohle entdeckt. Der Wind trieb Sand in Schwaden darüber hinweg. Man konnte zusehen, wie sie verschwanden. Chalil orientierte sich, dann gingen wir wieder zum Auto. Auf unseren eigenen Fahrspuren rollten wir zurück, bis wir eine passable Durchfahrt entdeckten. Im nächsten Wellental das Gleiche. Es gab eine Spur, die sich verflüchtigte, aber es war kein Mensch zu sehen.

»Kommen wir ihr denn nie näher?«, fragte ich verzweifelt.

Im übernächsten Tal war die Spur verschwunden. Jedenfalls fand Chalil sie nicht wieder. Weder mithilfe der GPS-Lokalisierung noch mit seinen scharfen Augen.

»Wer weiß, ob es überhaupt Abra war«, bemerkte ich. »Vielleicht war es irgendeine andere Beduinenfrau.«

Chalil blickte mich fast amüsiert an. »Willst du aufgeben?«

Eigentlich wollte ich das nicht. Aber warum war es eigentlich so wichtig, dass wir Abra fanden?, fragte ich mich doch. Vielmehr, dass Chalil sie fand. Denn ich war ja nur mitgefahren, um … tja … um das Schlimmste zu verhindern: einen Racheakt, eine archaische Strafe. Eine Befürchtung, derer ich mich jetzt schämte.

»Warum willst du sie unbedingt finden, Chalil?«

»Weil ich meinem Großvater und … und deinem Vater versprochen habe, dass ich sie finde. Wenn sie wirklich für diese Wirrköpfe im Lager meines Großvaters spioniert und dich ihnen zugeführt hat, dann wird sie ihrer Strafe nicht entgehen können.«

»Aber ich bin Abra nicht böse«, erklärte ich. »Mir ist doch nichts passiert. Ich könnte damit leben, dass sie ohne Strafe davonkommt. Sie ist in dich verliebt, Chalil, und dann komme ich, eine Fremde, eine Ungläubige! Ich kann verstehen, dass sie in ihrer Verzweiflung …«

Ich brach ab, denn Chalil hörte mir offensichtlich nicht zu. Sein Blick war auf etwas halb hinter mir gerichtet, seine Miene war fast andächtig. Ich drehte mich um.

Es war ein irrealer Anblick. Vier schneeweiße Tiere, groß wie Esel, stiegen hintereinander schräg die Düne empor. Sie hatten lange gerade Hörner, sandbraune Beine und Schwänze mit Quasten.

»Weiße Oryx«, sagte Chalil leise.

Unsere Anwesenheit schien die Antilopen nicht zu irritieren. Ohne Hast stapften sie den Sandhang hinauf. Ihr weißes Fell leuchtete vor dem Hintergrund aus rotem Sand. Die Hörner ragten wie schwarze Spieße empor. Die Gesichter hatten eine dunkle Zeichnung. Wie gebannt schauten wir zu, wie sie ihres Weges zogen. Ich zumindest. Wo fanden sie nur etwas zu fressen in dieser Wüste?

Als ich mich nach Chalil umschaute, vergaß ich schlagartig, was ich hatte fragen wollen. Ein seltsamer Ausdruck lag auf seinem Gesicht, ein Ausdruck in sich versunkener Ruhe, gepaart mit großer Aufmerksamkeit. So, als lauschte und verstünde er etwas, was ich nicht einmal hörte. Der Wind zerrte an seinem Gewand und seinem Kopftuch, aber es schien, als könne nichts die Gestalt umwerfen, die da stand und eins geworden war mit dem Boden, dem Wind, dem Sand.

Einen Wimpernschlag später war der Zauber gebrochen. Chalil schaute mich an. »Sie werden uns führen«, sagte er.

Er ging zum Wagen und nahm einen Rucksack aus dem Kofferraum.

»Gib mir meinen auch!«, sagte ich. »Da ist das Kletterzeug drin.«

»Das werden wir hier nicht brauchen«, erwiderte er, gab ihn mir aber. Dann schloss er den Wagen ab, suchte die größten Kiesel und Brocken, die er finden konnte, und legte sie zu einem Kreis auf die Kühlerhaube des Geländewagens. Ein letzter Blick auf das Gefährt, dann wandten wir uns dem Dünengebirgszug zu.

Die Antilopen hatten inzwischen den Grat erreicht und verschwanden, eine nach der anderen, auf der anderen Seite.

»Wohin werden sie uns führen?«, fragte ich.

»Zum Wasser. Wenn sie hier sind, dann ist hier irgendwo Wasser.«

»Und du glaubst, dass Abra …«

Chalil nickte. »Abra ist bei ihnen. Oder vielmehr, sie ist dort, wo das Wasser ist.«

»Wieso bist du dir da so sicher?«

Er warf mir einen skeptischen Blick zu. »Es ist so ein Gefühl … Nun ja, um ehrlich zu sein: Die Antilopen haben es mir verraten.«

»Wie meinst du das?«

»Ich habe sie gefragt, ob sie wissen, wo Abra ist, und die älteste, die ganz vorn geht, hat mir geantwortet, dass sie es wisse und dass sie uns zu ihr bringen würden, wenn wir uns mit einem kleinen Geschenk erkenntlich zeigen.«

Ich musste lachen. »Echt, jetzt?«

Er lächelte. »Ich habe Brot im Rucksack, als Geschenk.«

»Aber sie haben nicht wirklich mit dir gesprochen.«

»Was ist schon wirklich? Tiere kennen alle Geheimnisse der Wüste. Man muss ihnen nur zuhören. Der Falke sieht die Beute, bevor du sie siehst. Die Oryx riechen Wasser und Weidegründe über viele Kilometer. Nur trächtige Tiere brauchen täglich Wasser und die Leitkuh ist trächtig. Also komm! Sie werden uns nicht in die Irre führen.« Er begann den Anstieg in der Spur der Antilopen. »Außerdem zeigen sie uns, dass sie Menschen nicht fürchten«, erklärte Chalil. »Oryxantilopen sind so bejagt worden, dass sie in freier Wildbahn ausgestorben waren. Jetzt setzt man sie wieder aus. Ich schätze, Abras Onkel ist der Wildhüter, der auf sie aufpasst und vielleicht noch ein bisschen füttert.«

Er schritt kräftig aus. Ich keuchte schon nach ein paar Schritten. Es war anstrengend, denn man sank tief ein und rutschte immer wieder zurück. Chalil setzte die Füße irgendwie anders auf. Sein Sand hielt, meiner nicht. Ich versuchte, Chalils ruhigen Schritt zu imitieren. Fuß vor Fuß, zügig nach oben, ohne Hast, aber auch ohne Zögern. Allmählich ging es besser. Der Wagen blieb klein unten zurück. Mein Atem fand seinen Rhythmus.

So erreichten wir den Kamm. Der Wind war hier oben so stark, dass er uns förmlich weiterschubste. Ich musste mich an Chalil festhalten.

Die Antilopen zogen weiß leuchtend viele Hundert Meter vor uns dahin, und zwar im Halbbogen an den Dünenhängen entlang hinab in ein Tal mit ovalem Grund, der an allen Seiten von Dünen umschlossen war. Eine Gipfellandschaft bot sich unseren Blicken, die aussah, als hätten Giganten ein Tuch über Berge geworfen, das überall Falten schlug, und als hätte ein Dschinn an dieser Stelle seine Faust in die Tiefe gerammt.

Der Grund des Trichters schimmerte an manchen Stellen eigenartig gläsern. Etwas aus der Mitte gerückt lag ein schwarzer Steinbrocken, rund wie eine Kanonenkugel. Um ihn herum wucherte krautiges Grün mit gelben Blüten.

»Das Auge der Wüste!« Chalil lächelte. »Das muss es sein. Hier ist ein Meteorit eingeschlagen.«

»Wie bitte?« Ich kam mir vor wie auf dem Mond.

»Ja, sieh doch, der schwarze Stein. Er hat den Krater geschlagen. Und er hat offenbar eine Wasserblase aufgebrochen.« Chalils Augen leuchteten. »Es ist bekannt, dass vor vielen Jahren ein sehr großer Meteorit ins Leere Viertel gestürzt ist. Die Beduinen erzählen von einem Feuerball, der die Wüste zum Brennen gebracht habe. Aber gefunden hat ihn bisher noch niemand. Jedenfalls nicht offiziell.«

»Und was machen wir jetzt? Abra ist jedenfalls nicht da unten.«

»Ich möchte es mir trotzdem gern anschauen. Ich gehe runter.«

»Da?« Für meine Augen ging es fast senkrecht hinunter.

»Du bleibst am besten hier.«

»Ich denke nicht daran!«

Chalil lachte. »Dann mach es mir nach. Es ist wie Fliegen.« Er tat einen Schritt über den Dünenkamm ins Leere, fiel und sprang dann in großen Sätzen in einem Schwall von Sand den Hang hinunter. Und er hatte recht. Man flog regelrecht. Im Nu waren wir beide unten angelangt. Im Auge der Wüste, eingeschlossen von himmelhohen Dünen.

Die Oryx hatten innegehalten und äugten von der anderen Seite zu uns herüber.

»Lassen wir sie erst einmal kommen«, sagte Chalil, nahm mich an der Hand und hockte sich auf den Boden nieder. Im Sand schimmerten seltsame Steine, glatt geschliffen und durchsichtig wie Glas. Eigentlich sah es aus, als hätte hier mal jemand den Inhalt von Altglascontainern ausgeschüttet.

Chalil hob einen solchen Glasstein auf und hielt ihn gegen das Licht. »Es ist Glas«, sagte er. »Wüstenglas. Ich weiß zwar, dass es das gibt, aber ich habe es noch nie gesehen. Das war der Meteorit. Als er hier einschlug, hat die Hitze den Sand zu Glas verschmolzen. Bisher kennt man nur einen einzigen Ort in Libyen, wo es Wüstenglas gibt.«

Inzwischen hatten die Oryx wieder Zutrauen gefasst und ihren Abstieg fortgesetzt. Wir saßen still und schauten zu. Kaum unten angelangt, senkten die Antilopen die Köpfe und rupften das Grünzeug, das um den schwarzen Stein herum wucherte. Die Leitkuh fraß nicht, sondern hielt die Schnauze still am Boden.

»Sieht aus, als ob sie trinkt«, sagte ich. »Aber ich sehe kein Wasser.«

Chalil schien darauf auch keine Antwort zu haben. »Die Oryx begnügen sich normalerweise mit dem Morgentau«, sagte er nur. »Sie lecken ihn sich aus dem Fell. Es wird Zeit für mein Geschenk.«

Er zog langsam seinen Rucksack von den Schultern und eine Wasserflasche und Brotfladen heraus. Aus der Flasche goss er etwas auf ein tellergroßes flaches Stück Wüstenglas. Das Brot zerriss er in kleine Stücke, die er, so weit er konnte, in Richtung der weißen Antilopen warf. Sie zuckten zuerst zusammen, hoben die Köpfe und stellten die Ohren auf. Ein Jungtier wagte sich schließlich vor, schnüffelte und fraß ein Brotstück. Die anderen kamen ebenfalls. Immer näher lockte Chalil sie mit den Brotstücken. Das mutige Jungtier holte sich eines sogar aus Chalils Hand. Die Zeichnung auf dem Gesicht war aus der Nähe besehen braun und weiß. Die Hörner waren lang und sehr spitz.

Ich hielt den Atem an.

Schnaubende Nüstern und durstige Mäuler näherten sich dem Glasstein, den Chalil mit Wasser benetzt hatte, Zungen fuhren heraus und leckten. Dann schnaubten sie an Chalils Gewand herum, und als nichts mehr zu holen war, drehten sie um und zogen von dannen.

Erst jetzt merkte ich, dass ich Chalils Hand umklammert hielt.

Er lächelte. »Es ist gut, Respekt vor ihnen zu haben. Ein Oryx stellt sich mit seinen Hörnern sogar dem Leoparden und tötet ...«

Ein blökendes Brüllen unterbrach ihn. Es war der Notschrei eines Tieres. Drei weiße Leiber flüchteten in weiten Sprüngen die sandigen Hänge hinauf. Das vierte Tier war gefallen oder ausgerutscht, sprang aber schon auf und folgte den anderen, allerdings mit sandigem Hinterteil und in einem Schwall von Wassertropfen.

Chalil war aufgesprungen und hatte mich mit hochgezogen. »Was ist denn das? Wasser!«

Ein vager Gedanke kam mir. »Es ist …«

Aber Chalil war schon losgelaufen.

»Stopp!«, schrie ich. »Geh nicht weiter!«

Zu spät.

Ich sah ihn eben noch den Fuß heben und aufsetzen, da sank er auch schon ein. Es ging blitzschnell. Mit einer kraftvollen Drehung versuchte Chalil noch, sich zu retten, aber es gelang ihm nicht. Schon steckte er bis zum Brustbein im von Kraut überwucherten Sand.

Ich schrie und stürzte vor.

Aber er war nicht tiefer gesunken. Und er lachte verblüfft. Er schob das Grünzeug beiseite und strich mit den flachen Händen über die Sandfläche darunter. »Wasser«, sagte er und betrachtete lachend seine tropfenden Hände, an denen der Sand klebte. »Wasser, das wie Sand aussieht!«

»Treibsand«, antwortete ich.

»Was? Was ist das denn?«

»Das gibt es bei uns an der Nordsee.«

»Ah!« Noch immer lächelte er.

»Als ich noch ein Kind war und wir mit meiner Mutter an der Nordsee den Urlaub verbrachten, habe ich das einmal gesehen. Mein Vater ist mit dem Fuß darin versunken. Später hat er mir an der Uni Versuche damit gezeigt.«

Erst gestern hatte ich mich daran erinnert.

»Es ist ein Phänomen. An der Nordsee entstehen solche Stellen, wenn Wasser sich im Loch eines Strudels mit Sand vermischt. Dabei verbacken die Sandkörner nicht, sondern sie schweben gewissermaßen im Wasser. Und wenn man hineintritt, dann ist es, als würde man ins Wasser treten. Nur, dass es aussieht wie Sand. Man kann es an der Oberfläche nicht erkennen. Die Stellen sehen aus wie fester Strand.«

»Stimmt«, bemerkte Chalil. »Ich habe es nicht gesehen. Auch die junge Oryx hat es nicht erkannt. Die alten schon, die haben einen Bogen darum gemacht, aber die junge nicht.«

Hätte er mal auf die Alten gehört, dachte ich.

»Das Problem ist«, sagte ich, »man kommt nicht wieder heraus, jedenfalls nicht allein.«

»Ach was!«, sagte Chalil und lachte.

Ich sah seinen Oberkörper rucken. Das Lächeln verschwand aus seinem Gesicht. Er probierte es noch mal und noch einmal. Dann gestand er: »Ich kann die Beine nicht bewegen. Ich kann sie nicht hochziehen.« Verdutzt schaute er zu mir empor. »Als ob ich einbetoniert wäre.«

»Das ist das Problem. Und wenn so etwas an der Nordsee passiert und die Flut kommt, dann ertrinkt man.«

»Na, ertrinken werde ich sicherlich nicht. Du musst mich herausziehen, Finja.«

»Ich fürchte«, antwortete ich, »dazu werden weder meine noch deine noch unsere vereinten Kräfte reichen. Die Sandkörner verbacken, sobald man von unten gegen sie drückt. Das Wasser weicht seitlich weg und der Sand wird fest. Und dann liegt ein Mordsgewicht auf deinem Fuß, ein Meter nasser Sand. Den hebt man nicht einfach so.«

Das konnte er sich nicht vorstellen. Niemand konnte sich das vorstellen, der es nicht selbst erlebt hatte. Ich verstand ihn nur zu gut.

»Du hast doch deinen Rucksack dabei, mit den Seilen.«

»Na gut!« Einen Versuch war es wert. Vielleicht ging es ja. Vielleicht hatte mein Vater übertrieben oder ich hatte mir als

Kind nur die Schrecken solcher Treibsandlöcher gemerkt. Ich zog meinen Rucksack ab, holte das kurze Seil heraus und zog den Rucksack wieder an. Keine Ahnung, warum.

»Aber pass auf, dass du nicht selber reinrutschst!«, warnte mich Chalil. Hörte ich da etwa Angst?

»Danke, guter Tipp!«, sagte ich leichthin und tastete mit den Füßen den Boden ab. Das Treibsandloch, in dem Chalil steckte, hatte vielleicht anderthalb Meter Durchmesser.

»Es muss durch die Quelle entstanden sein, die darunter liegt und nach oben quillt«, sagte er, während er sich das Seil um den Brustkorb schlang. »Sie hält den Sand in der Schwebe. Dass es so etwas gibt, habe ich noch nie gehört. Was für ein seltsamer und einmaliger Ort ist das!«

Zwei Minuten später fluchte er leidenschaftlich. Wenn auch auf Arabisch. Ich hatte gezogen, was meine Kräfte hergaben, aber er hatte sich keinen Millimeter aus dem Loch bewegt. Und mir knirschte der Sand zwischen den Zähnen.

»*Asch-scheitan!*«, stieß er hervor. »Teufel! Das gibt es doch nicht!«

Er versuchte es mit aller Kraft und an Kraft fehlte es ihm bestimmt nicht.

»Ganz ruhig«, sagte ich. »Lass uns überlegen.« Ich ging in die Hocke. »Mit Kraft geht es nicht. Mein Vater hat mir damals erklärt, dass man sich nicht ruckartig bewegen darf, Chalil. Man muss vielmehr die Sandkörner am Schwimmen halten. Sie müssen locker schweben.«

»Und wie?«

»Indem man umrührt. Du musst ...«

Chalils Augen weiteten sich plötzlich. Sein Gesicht erstarrte. Bevor ich sah, was geschah, hörte ich es. Ein rauschendes Grollen lag in der Luft. Von der höchsten Düne rutschte der Sand, den der Wind über den Grat geschaufelt hatte, ab und kam als Lawine herab. Sie schlug auf dem Talgrund auf und staubte. Ich zog mir die *Ghutra* vors Gesicht, Chalil tat das Gleiche.

Als ich wieder sehen konnte, war die riesengroße Düne um etliche Meter an uns herangerückt. Der Platz mit den Glassteinen war zur Hälfte bedeckt. Und hoch oben trieb der Wind beständig den Sand über den Grat. In kleinen Lawinen floss er herab und bedeckte jedes Mal weitere Zentimeter Boden. Und schon kam der nächste Sand. Es hörte nicht auf.

»Um Gottes willen, Chalil, was passiert hier?«

Er antwortete nicht. Sein Gesicht war ernst, in seinen Augen glomm etwas, das ich Angst genannt hätte, wenn es nicht völlig unmöglich gewesen wäre, dass Chalil Angst hatte.

Er ergriff meine Hand. »Hör mir gut zu, Finja!«, sagte er. »Und tu genau, was ich dir sage! Versprichst du mir das?«

»Nein!«, sagte ich. »Ich lass dich hier nicht allein!«

»He, Finja!« Seine Stimme war zärtlich und beschwörend. »Du sollst doch bloß eine ... eine Schaufel aus dem Auto holen.«

»Bis ich zurück bin, hat dich die Düne begraben. Nein, Chalil. Hör du mir zu! Dann ...«

»Bitte, Finja! Geh. Der Sturm wird den ganzen Krater mit Sand füllen. Das geht blitzschnell. Du musst hier raus. Folge der Spur der Onyx, dann wirst du es schaffen.«

»Aber du nicht. Und deshalb ...«

Sein Griff wurde hart, er zerquetschte mir fast die Hand. »Du tust, was ich sage, Finja! Denk an deinen Vater! Wie könnte ich ihm in die Augen schauen, wenn du ...«

»Du wirst ihm nicht mehr in die Augen schauen, Chalil. Und ich auch nicht. Also halt die Klappe und tu, was ich dir sage. Hör mir wenigstens zu. Dann ... dann tue ich auch, was du sagst ... vielleicht.«

Seine Hand entspannte sich, seine Züge wurden ruhiger. Die dunklen Augen waren weit offen und sein scharfer und kluger Blick tauchte in meinen, wie um sich nie wieder daraus zu lösen. Er würde mich erst loslassen, wenn der Sand ihn zwang, die Augen zu schließen. Das also war unser letzter Augenblick. Nur der Tod konnte uns trennen, das hatten wir immer gewusst. Und jetzt war er da.

Nein!, schrie es in mir. Nein! Panik flackerte in mir auf. Ruhig, Finja! Ganz ruhig!

»Hör zu«, sagte ich. »Jetzt kannst du zeigen, ob du zur Geduld fähig bist, Chalil, zur echten und wahren arabischen Geduld. Man kann sich aus Treibsand nur befreien, wenn man den Sand flüssig hält. Du rührst mit den Händen so tief unten, wie du kannst, und dann, ganz langsam, ganz sachte und mit viel Gefühl, versuchst du, einen Fuß anzuheben. Wie in Zeitlupe, hörst du! Dann verbacken sich die Sandkörner nicht wieder. Sei behutsam, sei langsam! Lass dich zu keiner schnellen Bewegung verführen, was auch passiert. Hörst du?«

Chalil nickte.

»Versuch es! Bitte!«

»Ich versuche es.«

Eine neue Sandlawine rauschte herab und bedeckte einen weiteren Meter vom Talgrund. Jetzt fehlten nur noch fünf Meter bis zu uns. Noch glaubte ich, wir könnten es schaffen.

»Geht es?«

»Ich glaube, ja.«

»Ganz langsam!«

»Ja! ... ja, es geht! ... Es geht!« Hoffnung trat in seine Augen und mischte sich mit dem Entsetzen und der Sorge um mich angesichts des unaufhörlichen Rieselns. Die riesenhafte Düne näherte sich uns unaufhaltsam, schob sich Zentimeter für Zentimeter vor.

»Bleib ruhig!«, beschwor ich ihn und vielleicht mehr noch mich selbst. Ich war versucht, aufzuspringen und am Seil zu ziehen, immer wenn wieder ein Schwall Sand uns den Boden nahm. Noch zwei Meter, noch einer. Dann fühlte ich den Sand an meinen Füßen und musste sie wegziehen.

»Oh Gott, bitte! Bitte!«

Mit den Händen versuchte ich, den Sand zurückzuschieben. Ich kam mir vor wie eine alleingelassene Ameise. Es war ein absolut sinnloses Unterfangen, den Berg aufhalten zu wollen. Er schob sich über das grüne Kraut, in dem die Oryx eben noch geweidet hatten. Er leckte an dem teerschwarzen Stein von einem anderen Stern, der diesen Krater vor vielen Jahren geschaffen hatte. Und ich schaufelte und schaufelte. Schweiß tropfte mir in die Sonnenbrille. Ich riss sie herunter.

»Geh, Finja!«, hörte ich Chalil rufen. »Ich bitte dich! Steig auf der anderen Seite die Düne hoch! Tu es! Du hast es mir versprochen. Geh, ehe es zu spät ist. Ich werde es schaffen. Ich schaffe es alleine, das verspreche ich dir!«

Aber ich konnte schon nicht mehr klar denken. »Leg dich hin, Chalil! So, als wolltest du schwimmen. Leg die Arme auf den festen Rand. Das nimmt Gewicht von deinen Beinen. Los, tu, was ich dir sage!«

Er legte sich nach vorn. »Ah!«, ächzte er. Dann setzte er verwundert hinzu: »Es geht. Es geht, Finja. Ich kann mich bewegen. Gleich …«

Ich sprang auf, nahm das Seil. »Ganz langsam!«, ermahnte ich vor allem mich. Wenn ich zu früh zog, machte ich womöglich alle Bemühungen Chalils zunichte, aber – verdammt – es blieb nicht mehr viel Zeit. Die ersten Sandzungen leckten am Loch und es rieselte unaufhörlich nach.

Chalil wickelte sich die *Ghutra* vollständig um den Kopf, sodass auch seine Augen bedeckt waren. Und weg war sein

Blick, der mich beruhigte, die letzte Verbindung zu ihm. Wie eine Mumie sah er aus. Mit ausgebreiteten Armen lag er da, fast regungslos, während der Sand erst seine Hände bedeckte, dann seine Unterarme. Alles, was er tun konnte, um sich zu retten, musste er tief unten im unergründlichen Treibsandloch tun.

»Soll ich ziehen?« Eigentlich hatte ich es leise fragen wollen, aber ich schrie es.

»Geh, Finja, geh schon mal! Sonst schaffst du es nicht! Ich bin gleich draußen! Ich komme gleich nach.«

Auf einmal war es, als würden sich die Dünen von allen Seiten auf uns stürzen. Der Wind trieb den Sand kreisförmig im Trichter herum. Der schwarze Meteorit war schon weg.

Dann, auf einmal, hatte Chalil ein Bein frei. Es gelang ihm, das Knie auf den festen Rand des Treibsandlochs zu ziehen. Jetzt das zweite Bein. Würde er dafür genauso viel Zeit brauchen? Zeit, die er nicht hatte. Und ich konnte ihm nicht helfen!

In diesem Augenblick kam eine neue große Lawine. Ich hörte sie. Es war ein irres singendes Rauschen, ein Sirren in der Luft. Ich sah den Sandschwall kommen, breit und böse. Und im nächsten Moment war Chalil verschwunden. Begraben. Als ob er nie da gewesen wäre. Es gab nur noch Sand und mein Seil, das aus dem Sand kam.

»Chalil!«

Ich schrie! Ich warf mich ins Seil. Ich zog. Und zog. Die Füße rutschten mir weg, ich fiel vornüber, mit dem Gesicht in den Sand. Ich hustete. Meine Tränen mischten sich mit Staub.

»Chalil!« Warum tötet ihn die Wüste und mich nicht!

Die Antwort kam sofort: Eine Lawine riss mir die Beine weg. Ich fiel, der Sand warf sich über mich. Steh auf! Kämpfe,

Finja, kämpfe! Dann wurde es dunkel. Die Luft blieb mir weg. Mit dem nächsten Atemzug würde ich Sand einatmen.

Da fühlte ich, wie etwas an mir riss. Mein Rucksack riss an mir. Er zog mich hoch und ich schlug mit den Armen und wühlte mich ans Licht. Der Rucksack zog mich auf die Beine. Und dann eine verstaubte und sandverklebte Mumie vor mir.

»Komm, Finja!«, hustete sie. »Los! Komm!«

31

Damit war es noch lange nicht überstanden. Es war ein Kampf auf Leben und Tod mit ungewissem Ausgang. Zum Glück kapierte ich es nicht, sonst hätte mich vermutlich die Panik erstickt. So, wie es mir jetzt noch manchmal geht, wenn ich daran denke. Es war so irrsinnig knapp. Eigentlich hätten wir es nicht überleben können.

Dass wir überlebten, lag an Chalil. Ich hätte nicht den richtigen Weg genommen und nicht die Kraft gehabt, gegen das unaufhörliche Rinnen und Rieseln von Sand die Dünenwand hinaufzuhetzen. Chalil hatte die Spur der Antilopen gewählt, die einen gemächlichen Halbkreis nach oben beschrieb, und zwar auf der Seite des Tals, gegen die der Wind prallte und die darum nicht abrutschte. Ich hatte längst die Orientierung verloren. Durch den dünnen Stoff der *Ghutra*, die ich übers Gesicht gezogen hatte, sah ich schemenhaft Chalil vor mir, der mich an der Hand gepackt hielt, und die rote Hölle unter mir.

Das Auge der Wüste war bereits blind. Vom Grund war nichts mehr zu erkennen. Der Meteorit, die Quelle, das Wüstenglas, das grüne Kraut mit den gelben Blüten – alles war für immer verschwunden. Der Trichter füllte sich in beängstigendem Tempo. Das Wunder dieses Orts existierte nicht mehr. Als hätte es ihn niemals gegeben. Als ob der Dschinn, der diesen geheimnisvollen Ort beherrschte, seine Wohnstatt geopfert hätte, nur um uns zu vernichten, Chalil und mich.

Stattdessen hatten wir den Dschinn besiegt, weil wir einander nicht losgelassen hatten. Keiner der Geister, die einst der weise König Salomo beherrscht hatte, kam gegen die Liebe an. Hatte ich nicht eben mein Leben in die Waagschale geworfen, um Chalil zu retten? Genau das hatte ich getan. Und jetzt warf mich der Schock nachträglich um. Was für ein Leid hätte ich meinem Vater bereitet. Niemals hätte er erfahren, wo ich abgeblieben war, seine einzige geliebte Tochter. Niemand hätte jemals unsere Leichen gefunden unter Metern und Tonnen von Sand mitten im Leeren Viertel. Niemals hätte mein Vater absolute Gewissheit bekommen, ob ich lebte oder tot war. Für den Rest seines Lebens hätte er sich gefragt, was passiert war und warum er es nicht hatte verhindern können.

Später dachte ich nur noch in Fetzen: Was hatte Abras ungnädiger Dschinn von ihr gefordert als Gegengabe für den Liebessirup, mit dem sie Chalil nicht einmal hatte verführen können? War der Verrat an der Familie des Scheichs, die ihr Leben und Schutz gegeben hatte, das Opfer, das sie ihm hatte bringen müssen? Was für ein böser, unfairer Dschinn!

Und war es wirklich Abra gewesen, die ich gesehen hatte, oder nur ein Phantom? Hatte Abra sich selbst ins Leere Viertel verbannt, um dem Dschinn ein letztes Opfer zu bringen, damit er uns vernichtete: Chalil, weil sie ihn nicht bekommen konnte, und mich, weil ich ihr den Mann genommen hatte, den sie liebte, ihr ganzes Leben lang?

Ich schüttelte mich: Zum Teufel mit diesen Dschinn! Es gibt keine Geister, Finja!

Und plötzlich waren wir oben angelangt. Das endlose Meer der Dünen wellte sich vor uns unter dem Schleier windgetriebenen Sandes. Ich spürte Chalils starken Arm. Er hielt mich fest. Er wischte mir den Sand aus dem Gesicht. Keine Ahnung, was er tat oder sagte, um mich aus meiner Trance zu holen, aber allmählich bekam ich wieder Luft und gewann meine Sinne zurück und konnte mich aufrichten am ruhigen und zärtlichen Blick Chalils. Ich hatte ihn nicht verloren!

»Meine tapfere Finja!«, hörte ich ihn sagen. »Tapferste aller Frauen, du Königin der Wüste und meines Herzens! Du bist uns allen über, Finja! Dein Mut gleicht dem einer Gazelle, die ihr Kitz gegen einen Löwen verteidigt. Deine Treue und Opferbereitschaft deinen Freunden gegenüber übersteigt die des stärksten und verwegensten Helden, der sich auf seine Kampfkunst verlassen kann. Wir stehen tief in deiner Schuld, Finja. Niemals werden wir sie abgelten können, mein Vater, meine Mutter, Funda und … und ich.«

»Nein, Chalil! Es war kein Mut! Ich hatte nur Angst um dich … ich hätte es nicht ertragen …« Meine Stimme versagte.

Er zog mich an sich. Ich spürte ihn tief einatmen.

»Komm!«, sagte er. »Wir müssen beim Auto sein, ehe die Sonne untergeht. Wirst du es schaffen?«

Ich nickte mit dem Kopf an seiner Brust.

Die Sonne stand schon sehr tief. So diffus das Licht auch war, die Dünengipfel um uns herum warfen tiefe Schatten, wo die Sonne nicht mehr hinkam. Wir wanderten, eng aneinandergeschmiegt. Er behielt den Arm um meine Schulter gelegt. Stundenlang hätte ich so gehen mögen und können. Unser Atem ging im selben Rhythmus, unsere Schritte waren die gleichen.

Es war aber auch dieser Weg ein Wettlauf. Diesmal mit der untergehenden Sonne. Chalil orientierte sich auf geheimnisvolle Weise, und ich zweifelte keinen Moment daran, dass wir in die richtige Richtung gingen. Als der letzte Funke der Sonne verlosch, standen wir an einem Dünengrad und konnten hinunterblicken in das von Dämmerung gefüllte Tal, in dem wir unseren Wagen gerade eben noch so ausmachen konnten. Die ersten Sterne begannen zu leuchten.

Zwei Stunden später saßen wir unterm gewaltigen Sternenhimmel beim Wagen und tranken heißen süßen Tee. Der Wind hatte sich gelegt. Wir hatten uns mit frischem Wasser gereinigt. Chalil hatte mit Holzkohle, die er im Wagen dabeihatte, ein Feuer gemacht, Tee gekocht, Brot gebacken und weiße Bohnen und Fleisch aus der Dose heiß gemacht.

Außerdem hatten wir mit dem Satellitenhandy Funda angerufen. Sie hatte zuerst mit Chalil gesprochen und dann mit mir. Es war ihr nicht gelungen, meine Abwesenheit zu verheimlichen, denn mein Vater war nicht bereit gewesen, dabei mitzumachen.

Zehn Minuten später hatte ich dann mit meinem Vater telefoniert. »Es ist alles okay, Papa«, hatte ich behauptet, und er hatte geantwortet: »So okay finde ich das nicht, Finja. Du kannst nicht einfach mit Chalil durchbrennen. Du weißt doch, wie so etwas hier aufgenommen wird. Und ich bin für dich verantwortlich. Weißt du, in was für eine Lage du mich bringst vor unseren Gastgebern? Und nicht nur mich, sondern auch Chalils Eltern! Ihr Sohn hat dich entführt!«

»Chalil trifft nicht die geringste Schuld, Papa. Das musst du den Eltern sagen!«

»Was glaubst du, was ich denen die ganze Zeit versuche zu erklären? Aber sie fühlen sich trotzdem verantwortlich für sein Verhalten! Daran hättest du denken müssen. Du bist alt genug!«

»Tut mir leid, Papa. Aber ich ... ich hatte keine andere Wahl. Das erkläre ich dir, wenn wir wieder zurück sind.«

»Und mir lässt du auch keine andere Wahl, hm?«, hatte er geantwortet. »Warum hast du nicht mit mir geredet?«

»Mitten in der Nacht? Außerdem hatte ich keine Zeit. Und du hättest es eh nicht erlaubt.«

»Richtig!«

Wenn ich bedachte, dass mein Vater mich heute Nachmittag beinahe verloren hätte, dann hätte ich am liebsten losgeheult. Zu denken, dass mein kindlicher Brief das Einzige gewesen wäre, was meinem Vater von mir geblieben wäre! Kein ordentlicher Abschied. Im Groll hatte er heute Nachmittag an mich gedacht, während er mich beinahe verlor. Nicht auszudenken, es wäre so gekommen!

»Tut mir leid, Papa. Wirklich!«, sagte ich. »Ich hab mir das echt nicht richtig überlegt.«

»Hm. Ist euer Ausflug wenigstens schön, Spätzelchen? Geht's euch gut?«

Später saßen wir satt und müde am Feuer und schlürften Tee. Chalil hatte den Arm um mich gelegt, ich lehnte mich gegen ihn.

»Zu Abra haben uns die Antilopen jedenfalls nicht geführt«, bemerkte ich. »Wahrscheinlich war sie eine Fata Morgana.«

»Das glaube ich nicht. Siehst du den Stern dort?« Er deutete gen Süden, wo tief unten zwischen zwei schwarzen Dünenbergen ein auffällig heller Stern stand.

»Das ist Suhail ...«

»So heißt doch dein Bruder.«

»Ja, Suhail bedeutet: stattlich, leuchtend, unbekümmert. Er ist der zweithellste Stern an unserem Sternenhimmel. Bei euch kann man ihn nicht sehen. Bei Vollmond legen sich die Karawanenführer so schlafen, dass sie Suhail im Blick haben. Denn wenn der Mond aufgeht, steigen Nebel in die Höhe und die Sandwolken fallen nicht wieder herab, sondern ballen sich zusammen und bilden die Gestalten von Menschen und Tieren. Aus den Sandhügeln steigen gebleichte Knochen empor und verschwinden zwischen den Gestalten, die sich allmählich in Bewegung setzen und einen langen Zug bilden. Das ist die Geisterkarawane. Alle, die in der Wüste starben, alle, die das Schwert oder die Kugel des Beduinen niederwarf, und alle, die der Wind bedeckte und tötete, kommen hervor aus ihren Sandgräbern und reihen sich in die Karawane ein, die zum dumpfen Ton einer Pauke durch die Wüste zieht.«

»Brrr!« Ich schmiegte mich enger an Chalil und schaute verstohlen nach dem Mond. Er war nicht mehr ganz voll.

»Für einen Menschen ist es nicht gut«, fuhr Chalil fort, »wenn er die Geisterkarawane erblickt. Denn wer sie gesehen hat, wird krank und stirbt bald. Manche, die sie gesehen haben, konnten vor ihrem Tod noch erzählen, dass der Anblick schrecklich sei. Ganz ruhig schreiten die Kamele einher, ihre Augen sind starr und leblos, regungslos sitzen die Männer auf ihnen, ihre Kopftücher hängen in tiefer Trauer herab, ihre Gewänder rauschen schauerlich im Wind. Die toten Frauen sitzen zusammengesunken auf ihren Pferden mit langen Schleiern über ihren Köpfen. Manchmal erkennt derjenige, der das Unglück hat, die Geisterkarawane zu sehen, einen Freund oder einen Verwandten, der ihm zuwinkt. Und wehe dem, der diesen Gruß empfängt, sein Tod ist gewiss und Gott möge ihn schützen.«

»Und warum muss man sich so legen, dass man Stern Suhail im Auge hat, wenn die Geisterkarawane kommt?«

»Damit man sie nicht sieht. Denn sie zieht immer am nördlichen Horizont von Westen nach Osten. Ihr Ziel ist die Oase, welche die Sterblichen in der Wüste so oft am Horizont auftauchen sehen, und die, je näher man ihr kommt, immer wieder zurückweicht und entschwindet, die Insel im Teufelssee. Ihr nennt solche Trugbilder Fata Morgana, was so viel heißt wie Fee Morgan.«

»Ach!«, machte ich.

»Ja, Fata Morgana ist eine abendländische Bezeichnung. Bei uns sagt man manchmal auch *Bahr al-Ifrit*, das heißt Teufelssee. Die Insel darin ist das Paradies, welches die Gnade Gottes für die Unglücklichen geschaffen hat, die in der Wüste sterben, die der Sand bedeckt und denen kein Begräbnis zuteilwerden konnte, wie es dem Rechtgläubigen zukommt.«

Beinahe hätten wir auch zu denen gehört, dachte ich. Und ein fröstliger Schauer rann mir den Rücken hinunter. Chalil legte seinen Arm noch fester um mich.

»Und wenn bei Vollmond die Nacht aufsteigt«, sagte er in leisem, erzählendem Ton, »dann ziehen die Toten in einer endlosen Karawane gen Osten in das Reich der Prinzessin Morgan, wo sie die Nacht in wilder Lust und Fröhlichkeit zubringen.«

Ich musste lachen. »Eine Prinzessin Morgan?«

»Die Prinzessin Morgan ist die Tochter einer Fee aus nordischen Ländern, die, als sie schwanger war, in ihrer Torheit und ihrem Stolz die Königin der Feen darum bat, dass ihre Tochter so schön sein möge, dass sie kein Sterblicher anschauen könne, ohne vor Entzücken und Liebe zu sterben. Der Wunsch wurde ihr gewährt. Aber um den Stolz der Mutter zu bestrafen, setzte die Königin der Feen hinzu, dass auch nur ein Sterblicher imstande sein solle, der Prinzessin Morgan Liebe einzuflößen. Und als Prinzessin Morgan erwachsen war, richtete ihre Schönheit nicht nur unter den Menschen, sondern auch unter den Geistern schreckliches Unheil an. Die Geister starben zwar nicht bei ihrem Anblick, aber sie verfielen in tiefe Schwermut, denn keinem gelang es, im Herzen der Prinzessin Morgan Gegenliebe zu erwecken. Ein Sterblicher wiederum konnte bei der Prinzessin keine Liebe erwecken, denn er starb, sobald er sie erblickte, vom Strahl ihres Blicks und ihrer Schönheit getroffen. Und so lebte sie zurückgezogen auf der Insel Fata Morgana, zu der jeden Monat bei Vollmond die Toten und in der Wüste Gestorbenen in langer Karawane hinziehen, um wilde und verzweifelte Feste zu feiern.

Doch da gab es einen jungen Mann mit Namen Salah ... Ist dir kalt, Finja, soll ich einen Schlafsack holen?«

Ich musste lachen. »Nein, danke. Erzähl weiter! Bitte!«

»Aber es ist eine lange Geschichte und die Nächte in der Wüste ...«

»... können kalt werden. Ich weiß, Chalil. Was war mit Salah?«

»Salah war ein Findelkind. Sein Pflegevater war ein berühmter Sternenkundler gewesen, der viel reiste. Und als er eines Tages mit seinem Diener die Wüste durchquerte, da begegnete ihm eine Frau mit einem Kind auf dem Arm. Sie war zu erschöpft, um weiterzugehen. Es kam aber ein böser Sandsturm heran und die Frau flehte die Reisenden auf ihren Pferden an, wenigstens das Kind zu retten. Kaum hatte der Sternenkundler das Kind zu sich aufs Pferd genommen, war der Sandsturm auch schon da, die Pferde bekamen es mit der Angst und galoppierten los. Hinter dem Sternenkundler und dem Diener warf sich der Sand über die arme Frau und begrub sie. Aber das Kind war gerettet und wuchs bei dem Sternenkundler auf.

Der hatte es sich in den Kopf gesetzt, das Rätsel der Fata Morgana zu lösen. Er wollte herausfinden, warum diese von Wasser umgebene Oase für alle Wüstenwanderer unerreichbar war. Eines Tages erzählte ihm ein alter Mann, dass diese Insel von Prinzessin Morgan regiert werde. Sie sei unermesslich reich und so schön, dass jedermann sterbe, der sie sähe. Deshalb habe noch kein Sterblicher ihr Gesicht erblickt, es sei aber einem mächtigen Zauberer gelungen, ein Bild von ihr zu malen. Für ein Menschenherz sei es bereits gefährlich, auch nur dieses Bild zu betrachten, denn es erkranke sofort vor Entzücken und Liebe. Wo dieses Bild sei, fragte der Sternenkundler. Das konnte der Alte nicht sagen. Erst am Ende seiner Tage gelang es dem Astronomen, das Bild zu finden und zu erwerben. Und nur, weil er schon alt und sein Liebestrieb erloschen war, wurde sein Herz nicht krank vor Liebesschmerzen beim Anblick des Bildnisses der Prinzessin Morgan. Für eine Reise in die Wüste war er nun allerdings zu alt und schwach, und so war all sein Streben vergeblich gewesen. Er wurde schwermütig und starb bald darauf.

Salah war sein einziger Erbe. Er erbte aber außer einem verschlossenen Kästchen, zu dem der Schlüssel fehlte, nichts. Und obwohl der Diener seines Ziehvaters ihn warnte, öffnete er es mit Gewalt. Kaum war sein Blick auf das Bildnis der Prinzessin Morgan gefallen, ergriff ihn der Wahnsinn und er konnte an nichts anderes mehr denken als daran, wie er zu dieser schönen Frau kommen könne. Zugleich aber warf ihn ein Fieber nieder, und er konnte viele Tage und Nächte das Lager nicht verlassen. Immer und immer wieder betrachtete er das Bild. Und obgleich die Schmerzen der Sehnsucht und Liebe nicht weniger wurden, gewöhnte er sich allmählich daran und gewann langsam Besinnung und Lebenskraft zurück. Und so fasste er den Entschluss, nach der schwimmenden Oase der Prinzessin Morgan zu suchen.«

»Hat nicht Abra dich verflucht?«, fiel mir plötzlich ein. Ich richtete mich etwas auf, damit ich ihm ins Gesicht schauen konnte. »Was du liebst, wird sich von dir entfernen wie eine Fata Morgana in der Wüste, und deine Seele wird verdursten, weil du nach Erquickung strebst, die unerreichbar ist. Und niemand wird da sein, dich zu trösten!«

Chalil erwiderte meinen Blick. »Es gibt keinen Fluch«, antwortete er ernst, »den ein kluger Mensch nicht brechen kann. Oder sagen wir: eine kluge Frau. Auch die Geschichte von Salah und der Prinzessin Morgan ist eine, die ich Abra oft erzählt habe.«

»Okay!« Ich kuschelte mich wieder gegen Chalil und er erzählte weiter.

»Salah schloss sich allen Warnungen zum Trotz einer großen Karawane an und begab sich mit ihr in die Wüste. Und als der Mond sich zu füllen begann, nahm er sein Pferd und entfernte sich heimlich von der Karawane. Als der Tag kam und die Sonne immer höher stieg, sah er, wie am Horizont Wasser zu entstehen schien, auf dem eine Insel schwamm. Und er hielt darauf zu. Aber wie es bei einer Fata Morgana üblich ist, erreichte er den See mit der Insel niemals.«

»Wie entsteht denn eigentlich eine Fata Morgana?«

»Sie entsteht, wenn die Sonne den Boden aufheizt. Knapp über dem Boden ist dann auch die Luft heißer als weiter oben. Physikalisch gesehen ist es so, dass einfallendes Licht gebrochen wird, sobald sich die Dichte des Mediums ändert, und heiße Luft ist dünner als kühlere. Wir kennen das vom Wasser. Es ist dichter. Es erscheint uns blau, weil sich der blaue Himmel darin spiegelt. Und so ist es hier auch. An der heißen Luftschicht spiegelt sich der blaue Himmel, weshalb man Wasser zu sehen glaubt, und es spiegeln sich auch Berge, weshalb im Wasser eine Insel zu schwimmen scheint.«

»Und Salah ...«

»Salah wusste das alles natürlich auch. Dennoch folgte er vier Tage lang den Trugbildern. In der fünften Nacht war Vollmond. Sein Pferd brach vor Erschöpfung tot zusammen und er selbst war dem Tod nahe. In seinem Wahn sah er das Bildnis der schönen Prinzessin Morgan vor sich. Sie saß an einem Brunnen und hatte den Kopf in die Hand gestützt. Salahs Herz belebte sich, doch als er sich erhob, verschwamm das Bild und er fiel zurück auf den Boden. Sein Herz klopfte hastig und ängstlich. Er hörte es schlagen wie eine Pauke. Und auf einmal kam es ihm vor, als mische sich ein anderes Geräusch darunter. Deutlich hörte er den dumpfen Ton einer Pauke. Womöglich kamen Menschen, um ihn zu retten, auch wenn eine Karawane gewöhnlich bei Nacht ihren Weg nicht fortsetzte. Dennoch kamen die Geräusche näher. Er hörte den leisen regelmäßigen Tritt der Kamele und das Rauschen und Flattern der Kopftücher und Gewänder der Reiter.

Er öffnete die Augen und sah die Geisterkarawane dicht bei sich vorbeiziehen. Es schien ihm auch, als winkte ihm ein toter Mann hämisch zu. Doch niemand kümmerte sich ansonsten um ihn. Den Reitern folgten Lastkamele mit Sklaven, in deren Mitte eine verschleierte Frau auf einem prächtigen Araber ritt. Als sie den Sterbenden im Sand erblickte, richtete sie sich plötzlich aus ihrer trostlosen Haltung auf und hielt das Pferd an. Sie stieg ab, kam heran und hob ihren Schleier. Ihr Gesicht kam Salah freundlich und vertraut vor. Es war, als habe er es in einer Zeit gesehen, an die er sich kaum erinnerte. Die Frau kniete neben ihm nieder und strich ihm übers Gesicht.

›Ja, er ist es!‹, sagte sie, nachdem sie ihn eine Weile betrachtet hatte. ›Du bist mein Sohn, den der Sandsturm verschont hat, in dem ich gestorben bin.‹ Und sie gab ihm aus einer Flasche zu trinken, die sie am Gürtel trug. Der Trunk belebte ihn und füllte seine Glieder mit neuer Kraft. Bald war er imstande, sich aufzurichten. Dass er sich eben noch hatte sterben fühlen, kam ihm wie ein Traum vor. Und er erinnerte sich an den weisen Spruch seines Ziehvaters: Wer den ersten Schluck trinkt, vergisst, dass er eben noch am Verdursten war.

›Mutter!‹, sagte er. ›Du bist es? Du bist meine Mutter, die ich so früh verloren habe? Und jetzt bist du mir erschienen, um mich zu retten?‹

Und sie umarmten sich herzlich.

Dann bot sie ihm ein Pferd an, das einer der Sklaven bei sich führte, und Salah stieg auf und reihte sich in die Geisterkarawane ein. Lange zogen sie so dahin, bis Salah meinte, vor sich im Dunkeln die Schatten von Palmen aufragen zu sehen. Seine Mutter hielt an, stieg ab und führte ihn zu einem weichen grünen Rasenstück unter einer Palme. Und sie sprachen miteinander. Salah erzählte ihr sein Leben, sie berichtete ihm von ihrem Schicksal, das sie dazu verdammte, immer, wenn Vollmond war, zusammen mit allen anderen in der Wüste Gestorbenen zur Oase der Prinzessin Morgan zu ziehen und als Entschädigung für das göttliche Paradies, das sie niemals erreichen würden, eine Nacht lang ein wildes und ausgelassenes Fest zu feiern.

Salah war sehr aufgeregt, als er das hörte. Er glaubte sich dem Ziel seiner Träume nahe. ›Du kennst Prinzessin Morgan? Dann flehe ich dich an, bring mich zu ihr!‹, bat er seine Mutter. ›Ich liebe sie bis zum Wahnsinn!‹

›Aber weißt du denn nicht, dass du sterben musst, sobald

der Strahl ihrer Augen dich trifft?‹, fragte seine tote Mutter entsetzt. Und sie erzählte ihm alles über die Prinzessin Morgan und den Fluch der Schönheit, der auf ihr lastete. Und Salah fragte sich betrübt, was wohl schlimmer für ihn sein würde: sein ganzes Leben in schmerzhafter Sehnsucht und unerfüllter Liebe zu verbringen oder im Moment des Anblicks seiner Geliebten einen schönen Tod zu sterben.

Darüber wurde es Morgen und seine tote Mutter musste zurückkehren zum Ort, wo der Sand sie begraben hatte und sie gestorben war. Sie ließ aber ihren Schleier bei ihrem Sohn zurück, breitete ihn über seinen Kopf und sein Gesicht und empfahl ihm, ihn nicht abzunehmen, denn er werde ihn vor allem Bösen bewahren.

Als der Tag kam, schlief Salah ein. Die Sonne stieg am Himmel empor, und obgleich Salah schlief, spürte er doch eine Bewegung, als befände er sich auf einem großen Schiff, das von Wellen getrieben sanft im Meer schaukelte. Denn die Oase mit der Palme, unter der er lag, war die Insel der Prinzessin Morgan, die auf den Wellen aus Sand geisterhaft dahinglitt und wie ein Menschenherz nie zur Ruhe kommen konnte.

Auf einmal hörte er Fußtritte und erwachte. Der Schleier über seinem Gesicht tauchte alles in mildes Licht. Er konnte sogar in die glühende Sonne schauen, ohne geblendet zu werden. Er blieb ganz still liegen, denn eine junge Frau näherte sich ihm. Zu seinem Entzücken erkannte er die Prinzessin Morgan nach dem Bild in der Schatulle seines Vaters. Sie blieb erstaunt stehen, als sie einen fremden jungen Mann auf dem Boden ausgestreckt liegen sah. Und Salah war so geblendet von ihrer Schönheit, dass er sich nicht rühren konnte und wie gelähmt liegen blieb. Das Fieber schien wiederkehren zu wollen und ihm war, als könne nur der Tod ihn von den Qualen der Sehnsucht erlösen. Doch dank des Schleiers seiner toten Mutter wurde der Glanz der Schönheit der Prinzessin gemildert. Deshalb starb Salah nicht.

Die Prinzessin wiederum war erstaunt über den fremden jungen Mann, der dort lag wie tot. Doch sie sah, wie sich seine Brust unter seinem Atem hob und senkte. Also war er nicht tot. Sie wollte ihn nicht wecken, denn sie wusste ja, sobald er die Augen aufschlug und sie erblickte, würde er sterben. Also entfernte sie sich rasch. Aber sie kehrte noch mehrmals am Tag zurück, um den Fremden zu betrachten. Salah entging dies nicht und er stellte fest, dass sein Herz jedes Mal, wenn sie erschien, weniger wild schlug und dass sein wilder Schmerz sich Mal um Mal verringerte. Am Abend dieses Tages bestand er nur noch in einem kleinen Stechen.

Und so wuchs in ihm der Mut. Er zog den Schleier seiner Mutter vom Gesicht und erhob sich. Schließlich machte er sich auf den Weg ins Innere der Oase. Hoch und herrlich waren die Bäume, frisch und grün stand das Gras, überall blühten Blumen, Quellen rieselten klar über weißem Silbersand dahin und kühlten die Luft. Prächtig waren die kleinen Landhäuser, an denen er vorbeikam. Das konnte nur das Paradies sein.

An seinem ängstlichen und harten Herzklopfen merkte Salah auf einmal, dass er dem nahe kam, was er suchte. Einen Moment hielt er inne, um Atem zu holen. Durch Bäume sah er einen Springbrunnen, auf dessen Rand die Prinzessin saß. Sie hatte den Kopf in die Hand gelegt, ganz so wie auf dem Bild, das Salah so oft betrachtet hatte. Zögernd ging er weiter, und weil ihr Anblick ihn plötzlich schwach machte, sank er vor ihr auf die Knie und wagte es kaum, den Blick zu erheben. Die Prinzessin aber erschrak und sprang auf. Ihr Blick traf seinen und obgleich er sich den Tag über an ihren

Anblick etwas gewöhnt hatte, sank er ohnmächtig zu Boden, denn der Schleier seiner Mutter schützte ihn nicht mehr vor der brennenden Glut ihres Blicks.

Als er wieder zu sich kam und die Augen öffnete, sah er zu seinem Entzücken, dass die Prinzessin Morgan sich über ihn gebeugt hatte und ihn aufmerksam und besorgt musterte. Er schloss seine Augen wieder und auf einmal spürte er statt der verzehrenden Glut, die ihn früher beherrscht hatte, eine sanfte angenehme Wärme durch seinen Körper strömen. Er öffnete die Augen, fasste die Hand der Prinzessin und drückte sie an sein Herz. ›Ach möge mir Gott doch wenige Augenblicke schenken‹, stammelte er, ›damit ich dir sagen kann, wie sehr ich dich liebe.‹

Und die Prinzessin? Sie war überglücklich. Denn zum ersten Mal geschah es, dass ein junger Mann nicht augenblicklich tot vor ihr zusammenbrach. Zum ersten Mal hörte sie die Stimme eines jungen Mannes zu ihr sprechen – und es waren auch noch überaus zärtliche Worte der Liebe – und sie blickte in lebendige Augen und ein lebhaftes Gesicht.

Glückseligkeit und heftige Liebe erfassten ihr einsames Herz. Sie fühlte sich unsagbar froh und befreit. Endlich erfüllte sich die paradoxe Prophezeiung der Königin der Feen, dass nur ein Sterblicher in ihr Liebe erwecken könne, und sie war erlöst und ihr Fluch gebrochen. Und obgleich die Schönheit der Prinzessin Morgan blieb, so verwandelte sich doch die verzehrende Glut ihrer Augen in dem Moment, da sie dem jungen Salah ihr Herz geschenkt hatte, in eine angenehme behagliche Wärme, die jedem wohltat, der ihr ins Auge sah.

Und beide liebten sich innig und herzlich und lebten viele Tage glücklich miteinander. Doch Prinzessin Morgan hegte schon lange den Wunsch, in die Welt hinauszugehen und endlich einmal die Pracht und Schönheit der Städte mit ihren Moscheen und Palästen zu sehen, genauso wie Flüsse und Ströme, Gebirge und Meere. Das alles war ihr bisher verwehrt gewesen, da sie nicht Gefahr hatte laufen wollen, etliche junge Männer tot vor sich hinsinken zu sehen. Und sie bat Salah, dass er sie von der Oase fort in die Welt führe. Er versprach es voller Freude, bat sich aber aus, dass er den nächsten Vollmond abwarten dürfe, um sich von seiner Mutter zu verabschieden.

Als wieder Vollmond war, kam die Geisterkarawane mit den Toten, um in der Oase ihr trauriges Fest zu feiern. Unter ihnen war auch die Mutter von Salah. Und wie erleichtert war sie, ihren Sohn lebend zu finden. Er dankte ihr für ihre kluge Idee, ihm ihren Schleier zu überlassen, damit er sich an Prinzessin Morgans gleißende Schönheit gewöhnen konnte, und erzählte ihr von seinem Glück und dass er schon morgen mit der Prinzessin zusammen die Oase verlassen werde, um unter den Menschen zu leben. Traurig stimmte ihn nur, dass er dann seine Mutter niemals wiedersehen würde. Sie tröstete ihn jedoch und bat ihn, zu ihrem Andenken eine Totenfeier zu halten, wie sie einem Rechtgläubigen zukam, damit ihre Seele erlöst werde und in die Freuden des Paradieses eingehen könne. Das versprach er.

Am anderen Morgen war eine große Karawane ausgerüstet und die Kamele mit mehr Gold und Silber beladen, als zwei Menschen jemals draußen in der Welt zum Leben brauchen würden. Prinzessin Morgan und Salah bestiegen zwei prächtige Pferde und setzten sich an die Spitze der Karawane. Und sie verließen die Oase und begaben sich hinaus in die Wüste. Kaum hatte das letzte Kamel den Fuß vom Rasengrund der Oase gehoben und in den Wüstensand gesetzt, entfernte sich die Oase von ihnen und schwebte über den Sand fort. Und schon bald sahen sie sie für immer unerreichbar am fernen Horizont in ihrem See schwimmen, so, wie sie alle Reisende an heißen Tagen sehen: Die Palmen zittern, das Wasser schwankt, und die Ränder der Fata Morgana verschwimmen allmählich im Sand, sodass man nicht mit Bestimmtheit sagen kann, wo sie anfängt oder aufhört. So, wie die Liebe im Herzen eines Menschen.«

Chalil schwieg plötzlich. Die große Stille der Wüste hüllte uns ein.

»Und?«, fragte ich.

»Nichts und. Sie ließen sich in einem Palast am Fluss einer großen Stadt nieder und wurden wegen ihrer Freigiebigkeit und ihres Reichtums von allen geliebt.«

»Eine schöne Geschichte.«

»Ja.«

Die glühenden Kohlen knackten. Außerdem hörte ich Chalils leisen Atem und hin und wieder das Rascheln von Stoff, wenn wir uns ein wenig bewegten. Aber eigentlich saßen wir ganz still gegen eine der Gerätekisten aus dem Auto gelehnt. Chalil hatte den Arm um meine Schulter gelegt und mich an sich gezogen. Ich ignorierte die Kälte, die allmählich aus dem finsteren Tal an uns herankroch und sich sogar zwischen die Kohleglut und uns drängte, denn einen Schlafsack holen – ja überhaupt sich zum Schlafen hinlegen – hätte bedeutet, dass ich die beruhigende Nähe zu Chalil aufgeben musste. Dabei war ich todmüde. Vielleicht ging es Chalil ganz ähnlich. Er hatte schon eine ganze Weile aufgehört zu reden. Aber auch er machte den Vorschlag nicht, dass wir in unsere Schlafsäcke krochen.

Die Ereignisse des Tages begannen, in meinem müden Kopf zu kreisen: die Fahrt durch die Wüste am Morgen, erst im Kofferraum, dann neben Chalil; die grünen Oasen inmitten von Sand; das Rasthaus, in dem ich stundenlang hatte still sitzen müssen; wie Chalil dann auf der Straße meine Hand genommen hatte. Das Dünenmeer mit seinen urplötzlich auftauchenden Spuren menschlicher Bauwut – ein Luxushotel und Ölförderanlagen –, der schwarze Schatten Abras, die Geisterkarawane der weißen Oryxantilopen, die uns ins Auge der Wüste gelockt hatten. Die Wut des Sandsturms, der über uns hergefallen war ... Mir wurde innerlich eiskalt, wenn ich daran dachte. Hätte ich nicht zufällig aus Kindertagen mein Wissen über Treibsand an der Nordsee mitgebracht – ein Phänomen, mit dem hier wirklich keiner rechnen konnte –, dann wäre Chalil jetzt tot. Und ich vielleicht auch. Aber wenn nicht ... wenn ich im letzten Moment doch noch geflohen wäre ... wie hätte ich damit weiterleben können, Chalil sterben gesehen zu haben, ohnmächtig und hilflos? Die Welt ohne Chalil? Es machte mir Angst, sie mir vorzustellen. Übermorgen würde ich mich von ihm trennen müssen. Womöglich für immer? Meine Panik wuchs.

Und Chalil schwieg. Er hatte außer seinem Dank, kurz nachdem wir dem Sand entkommen waren, nichts mehr über das gesagt, was wir gemeinsam überstanden hatten. Vielleicht war es für ihn normal, einer Lebensgefahr zu entrinnen. Für mich war es ein einmaliger Schrecken und einer, von dem ich hoffte, dass er sich niemals wiederholen würde. Tapfer hatte er mich genannt, als ich so schwach war, dass er mich hatte halten müssen, mutig hatte er mich genannt, dabei hatte ich nur Angst um ihn gehabt. »Wir stehen tief in deiner Schuld, Finja«, hatte er gesagt. »Niemals werden wir sie abgelten können, mein Vater, meine Mutter, Funda und ich.«

Er hatte nicht gesagt, dass er selbst mir dankbar war, dass ich ihm sein Leben gerettet hatte. Vielleicht wäre er lieber gestorben. Hätte am liebsten die Augen für immer verschlossen vor dem unlösbaren Problem, das ich für ihn bedeutete. Hätte den Schmerzen der Liebe, die ihn quälten wie den jungen Salah beim Anblick des Bildes der tödlich schönen Prinzessin Morgan, die er niemals besitzen würde, lieber für immer ein Ende gesetzt. Jedenfalls hatte Chalil ausdrücklich »wir« gesagt. Mehr als an sich hatte er an seine Eltern und seine Schwester gedacht. Sie würden mir dankbar sein müssen oder wollen, weil ich ihnen den Sohn und Bruder gerettet hatte.

Bedeutete das aber auch, dass sie seiner Verbindung mit mir nun zustimmen mussten? Das wäre es, was ich von ihnen erbitten würde, wenn sie mir aus Dankbarkeit einen Wunsch freistellten.

Ich richtete mich wohl unwillkürlich etwas auf, denn Chalil fragte: »Was ist los?«

»Ich habe mich nur gerade gefragt ... Wer wird uns das Zaubertuch geben, das unsern Fluch bricht?«

»Der Sinn der Geschichte ist ein anderer, Finja. Es ist nicht das Tuch von Salahs Mutter, das den Fluch bricht, sondern die Zeit. Das Warten, die Geduld, das Sich-langsam-Gewöhnen an eine zunächst erschreckende Situation.«

»Und du meinst, ich müsste ... «

»Nein, nicht du! Ich! Ich bin es, der Zeit braucht. Es hat mich vor fünf Wochen wie ... wie ein Blitz getroffen. Ich bin krank vor Liebe und Schmerz, Finja.«

»Das weiß ich doch!« Ich löste mich von ihm, damit ich ihm ins Gesicht sehen konnte.

Seine Augen glitzerten im Mondlicht. »Finja, du hast mir mit unvorstellbarer Großmut dein Herz und dein Leben anvertraut. Und ich bin tief beschämt, weil ich dir im Moment nicht so entschlossen und bedenkenlos folgen kann wie Salah seiner Prinzessin Morgan, obwohl mein Herz es mir eingibt. Aber ich verspreche dir, Finja, wir werden eine gemeinsame Zukunft haben, ich werde dir folgen. Ich werde einen Weg finden, meinen Weg! Verlass dich darauf, eines Tages werden wir ...«

Chalil straffte sich plötzlich, hob den Kopf und lauschte.

»Was ist los?«

Er legte den Finger auf die Lippen und zog den Arm von meinen Schultern. Wachsam drehte er den Kopf gen Norden.

»Die Geisterkarawane?«, spöttelte ich, um meine eigene Anspannung zu überspielen.

»Nein, aber da kommt jemand.«

Angst flackerte in mir auf. Mussten wir Angst haben?

Chalil stand auf. »Bedeck dich!«, sagte er zu mir, dann machte er ein paar Schritte vom Feuer weg.

Ich zog rasch meine *Ghutra* über Mund und Nase. Die Sonnenbrille war mir im Sturm abhandengekommen, aber bei der Dunkelheit würde sowieso niemand sehen, dass ich blaue Augen hatte. Die Stunde des Gebets, da man gerade eben einen weißen von einem schwarzen Faden nicht mehr unterscheiden konnte, war lange vorüber. Wobei mir auffiel, dass ich Chalil den ganzen Tag nicht hatte beten sehen.

Im Silberlicht des Mondes über dem weißen Sand des Dünentals nahm eine Gestalt Formen an. Es war ein Mann in hellem Gewand mit dunklem Mantel darüber. Das Tuch hatte er sich zu einem Turban gewickelt und im Gürtel trug er einen großen Krummdolch.

Chalil begrüßte ihn. Er grüßte zurück. Dann traten sie zusammen an die fast verloschene Glut unseres kleinen Feuers. Der Mann hatte einen grauen Bart und die hageren Gesichtszüge der Wüstenbewohner. Er hockte sich nach Art der Beduinen auf seine Fersen nieder und ließ sich von Chalil ein Glas Tee reichen, während er mich verstohlen musterte.

Aber er machte keinen Versuch, mich anzusprechen. Offenbar hatte Chalil ihn über mein Schweigegelübde unterrichtet.

Er und Chalil unterhielten sich eine Weile. Chalil bot ihm auch noch Datteln an. Schließlich stand der Mann wieder auf und ging weg, in die Richtung, aus der er gekommen war.

Chalil kam meiner neugierigen Frage zuvor und sagte: »Das war Ismael, Abras Onkel. Sie ist bei ihm. Er hat sein Zelt im Nachbartal aufgeschlagen, ganz am Ende. Deshalb haben wir es nicht gesehen. Der Wind hat ihm den Geruch unseres Feuers gebracht. Er ist gekommen, um nachzuschauen, wer wir sind. Ich habe ihn gebeten, mit Abra sprechen zu dürfen. Die Bitte hat er mir gewährt. Wir dürfen ihn morgen besuchen.«

»Dann war es also tatsächlich Abra, die ich heute Mittag gesehen habe?«

»Möglich.«

»Und warum hat Ismael hier sein Zelt stehen? Hier ist doch wirklich gar nichts!«

»Nun, bis vor ein paar Stunden war hier noch eine sehr wasserreiche Quelle und die Oryx kamen regelmäßig hierher, um zu trinken und zu fressen.«

»Du meinst Ismael ist ... na, sagen wir ... der Hüter dieses seltsamen Ortes?«

Chalil nickte. »So ungefähr. Aber eigentlich wartet er auf eine Exkursion. Er hat erzählt, dass er vor einem halben Jahr in den Liwa-Oasen einen Geologen aus Europa getroffen hat, der einen Führer für das Leere Viertel suchte. Der Geologe interessierte sich für Meteoriten. Es sind einige Stellen bekannt, wo man Meteoritentrümmer findet. Ismael hat ihn als freundlichen und freigiebigen Mann schätzen gelernt. Er hat ihn etliche Wochen herumgeführt und ihm schließlich, wie er es formulierte, auch das letzte Geheimnis der Wüste erschlossen. Ich denke, er meinte den großen Meteoriten. Der Europäer jedenfalls wollte binnen einer Halbjahresfrist mit einer großen Exkursion zurückkehren, um Untersuchungen zu machen. Das müsste dieser Tage geschehen. Und ich bin sicher, dass Ismael hier zeltet, damit er ihn und seine Exkursion auf keinen Fall verpasst. Ich schätze, der Geologe hat ihn fürstlich bezahlt.«

»Tja, da wird er aber nun zu spät kommen.«

»Hm.«

»Weiß Ismael, dass der Krater und die Quelle nicht mehr existieren? Hast du es ihm gesagt?«

»Nein.«

»Warum nicht?«

Chalil zuckte mit den Schultern. »Muss er es von mir erfahren?«

32

Chalil richtete unser Lager auf zwei Isomatten mit zwei Schlafsäcken ein. Wir legten uns ganz dicht nebeneinander. Er küsste mich, strich mir das Haar aus der Stirn und wünschte mir eine gute Nacht. Ich spürte, dass ihn dieselbe Unruhe plagte wie mich. Eine süße Unruhe, die auf Erlösung drängte und die doch zugleich aufgehoben werden wollte wie eine Köstlichkeit, die man ohne Hast und Reue im richtigen Moment genießen sollte, statt sie gierig in sich hineinzustopfen. Doch seine Küsse waren weich und drängend, sein Körper zitterte vor Leidenschaft, seine Hände suchten mich, seine Augen waren trunken vor Sehnsucht.

Wir hätten uns geliebt in dieser Nacht. Nichts hätte Chalil noch aufhalten können, nichts und niemand. Dazu hatte nur noch ich selbst die Macht, wenn auch kaum die Kraft. Er hätte sich vergessen, wenn ich ihm nicht die Hände gebunden hätte. Wenn ich sie nicht gesucht und ergriffen hätte, wenn ich meine Hände nicht um seine vor Ungeduld zuckenden Handgelenke geschlossen hätte. Bei seinen Kräften wäre es für ihn ein Leichtes gewesen, sich zu befreien und mich zu überwältigen, aber er tat es nicht. Natürlich tat er es nicht.

Er stöhnte und ließ sich neben mich auf sein Lager fallen.

»Danke, Finja«, murmelte er und suchte meine Hand und drückte sie.
Warum hast du das getan?, fragte ich mich. Aus Achtung vor mir selbst und vor ihm, lautete meine Antwort. In dieser Nacht wäre Chalil an den Türen des Paradieses nicht umgekehrt. Gemeinsam wären wir in den Garten des Friedens, der Leichtigkeit und der Sinnenfreuden gegangen. Aber wir hätten zurückkehren müssen. Und in seiner Welt, die auch meine war, hätte ihn Reue empfangen. Er hätte sich Vorwürfe gemacht, er hätte das Vertrauen seiner Eltern in ihn enttäuscht. Er hätte das Vertrauen ich sich selbst zerstört. Und das in mich. Wenn wir in dieser einen Nacht, in der keine Macht der Welt außer der, die wir über uns selbst hatten, über uns wachte, uns kontrollierte und störte, alle Rücksichten über Bord geworfen hätten, dann hätten wir einander zwar besessen, aber er nur um den Preis der Selbstverachtung. Und das wollte ich Chalil nicht antun.

Die Sonne weckte mich. Ich hatte über so vieles nachdenken wollen und doch geschlafen wie ein Stein. Die Sonne spickte eben über einen Dünenkamm. Tau glitzerte auf den Kieseln, um im selben Moment zu verdampfen, da die Sonnenstrahlen auf ihn trafen.
Ich richtete mich auf.
Chalil hatte das Holzkohlefeuer neu entfacht und kochte in einer Kanne Tee.
»He, guten Morgen, Fürstin meiner Träume!«, rief er, goss Tee in ein Glas und kam damit zu mir.
»Hm, Tee ans Bett!«
Er lächelte. »Das habe ich bei den Engländern gelernt.«
»Wird das immer so sein?«
»Wenn es dich glücklich macht.«

Mein Herz tat einen schmerzhaften Sprung. Ich erinnerte mich an das, was er mir gestern versprochen hatte, bevor Ismael uns unterbrach. »Heißt das wirklich …« Ich verschluckte mich fast. »Heißt das, du siehst wirklich eine Zukunft für uns?«

»Eine Zukunft gibt es immer, solange man lebt.«

»Bitte, Chalil! Ich meine es ernst.«

»Ich auch, Finja.«

»Und was meinst du genau?«

Er beugte sich zu mir herab, nahm mein Gesicht in beide Hände und küsste mich. »Wir werden heiraten, Finja. Und sollte mein Vater uns seinen Segen nicht erteilen wollen, dann wird es ohne seinen Segen sein.«

»Aber morgen geht mein Flugzeug!«

»Und du wirst darin sitzen, Finja.«

»Und du?«

Er ließ mich los. »Ich werde etwas Zeit brauchen.«

»Und die saudische Prinzessin … wie heißt sie doch gleich … Basma? Was wird mit der?«

Er senkte den Blick und seufzte. »Verzeih mir, aber ich weiß darauf keine Antwort. Basma ist erst zwölf Jahre alt. Wer weiß, wie sie über die Ehe mit mir denkt, wenn sie älter ist. Und …«, er schmunzelte, »… nachdem sie Funda kennengelernt hat. Ich denke, Funda wird alles tun, damit Basma begreift, dass sie Dubai lieber als Sprungbrett in die Welt nutzen und ein eigenes, selbstbestimmtes Leben führen sollte statt dem einer Ehefrau und Mutter von Prinzen. Sobald Basma das wünscht, spreche ich die Scheidung aus.«

Und wenn sie nie die Scheidung wollte? Wenn das ihr Plan war …

»Dann solltest du Funda und die Töchter von Semiramis aber unterstützen, Chalil!«

»Das tue ich doch!«

»Indem du Funda ihre Aktionen verbietest, weil sie öffentlichen Ärger auslösen?«

»Ich bewundere meine Schwester«, sagte er energisch. »Sie ist unsere Zukunft. Sie kämpft. Wir brauchen Frauen wie sie. Ein Volk, das die Hälfte seiner Mitglieder an den Rand drängt, ein Staat, der die Intelligenz und Kraft der Frauen nicht nutzt, wird untergehen. Er geht an Erstarrung zugrunde. Wenn ein Pferd und ein Reiter ihre Kräfte vereinen, dann können sie dem Sandsturm entrinnen. Ein Haus aber, so groß und prächtig es auch sein mag, wird begraben.« Er wurde ernst. »So, wie ich ohne dich gestern verloren gewesen wäre.«

»Und ich ohne dich.«

»Aber ohne mich wärst du gar nicht erst in Gefahr geraten.«

»Allerdings bin ich ja auch gegen deinen Willen mitgefahren. Und wenn ich Abras Schatten nicht gesehen hätte …«

Er lachte. »Musst du immer das letzte Wort haben, Finja?«

Und wieder hatte er mich vom eigentlichen Thema abgelenkt. Und wieder war nichts zu Ende besprochen. Wer hatte hier eigentlich das letzte Wort? Ich nicht!

Eine halbe Stunde später hatten wir unser Lager zusammengepackt und im Auto verstaut. Der Himmel war klar und leuchtend blau. Der Tag versprach, sehr heiß zu werden. Chalil hatte im Handschuhfach noch eine Sonnenbrille gefunden, die er mir gab. Er half mir, Gewand, Jacke und Kopftuch so zu arrangieren, wie sie typischerweise aussehen mussten. Dann bestiegen wir den Wagen und rollten los.

Die gigantischen roten Dünen erhoben sich links und rechts von uns still und ewig. Sie waren blank gefegt und sauber. Auch im Tal hatte der Wind alle Spuren verwischt, die einmal dort gewesen waren. Nur die Tritte von Ismael waren sichtbar, zumindest für Chalil. Ismael hatte ihm gesagt, dass es zwei Kilometer weiter vorn zwischen den Dünenreihen einen Durchgang gab, den man mit dem Auto passieren konnte.

»Was hat Ismael eigentlich gesagt, warum Abra plötzlich die Flucht ergriffen hat?«, erkundigte ich mich.

»Er sagt, sie habe gehört, dass der Amerikaner behauptet habe, sie habe dich zum Bir al-Haram geführt. Und weil er ihr Gesicht gesehen habe und sie jederzeit öffentlich beschuldigen könne, so wie die beiden anderen, und weil es somit drei Zeugen gebe, habe sie befürchtet, dass man sie verurteilen würde.«

»Kann das sein?«

Chalil zuckte mit den Schultern. »Mein Großvater ist ein kluger Mann. Ich glaube nicht, dass er Abra verurteilen wird, wenn sie energisch bestreitet, dass sie die Verräterin war.«

»Aber wer war es dann?«

»Gegenfrage: Warum hätte Abra so etwas tun sollen?«

»Weil sie eifersüchtig auf mich war, Chalil. Sie liebt dich.«

Er warf mir einen raschen Blick zu. »Würdest du Abra in einen Hinterhalt locken, wenn mein Herz ihr gehörte?«

Eine unsinnige Frage. Chalil gehörte allen – seinem Vater, seiner Mutter, den Traditionen – nur nicht mir.

»Abra hatte ein Messer dabei. Und sie hat es unter ihren Sachen hervorgezogen, ehe die Männer erschienen.« Ich überlegte. »Allerdings ganz kurz vorher.«

»Vielleicht hatte sie sie gehört.«

»Empfängt eine Beduinenfrau an einsamen Orten Fremde mit dem Messer in der Hand?«

»Nein. Aber wenn Abra gewusst hätte, dass es diese drei

Männer waren, die dich verschleppen wollten, und wenn sie ihnen geholfen hätte, warum hätte sie sich dann zur Verteidigung vor dich stellen sollen?«

»Hm.« Ich blickte zu ihm hinüber. »Mir scheint, du bist von Abras Unschuld überzeugt.«

Er erwiderte meinen Blick mit ernsten Augen. »Habt ihr nicht einen Grundsatz? Jeder ist unschuldig bis zum Beweis des Gegenteils? Warum sollte ich der Aussage von drei Verbrechern, darunter ein Amerikaner, der sich vor Angst schier in die Hosen gemacht hat, mehr glauben als einer Frau, die in unserer Mitte aufgewachsen ist und uns Dank schuldet?«

Chalil hatte, während wir redeten, die Dünen auf der linken Seite aufmerksam im Auge behalten. Jetzt tat sich eine Lücke auf. Er lenkte den Geländewagen hinein. Die Reifen sanken tief ein, aber wir kamen vorwärts. Schließlich rollten wir in das nächste Tal hinab. Es wirkte kurz und war weiter unten von einer kleinen Düne verstellt.

Und dort stand eine schwarze Gestalt.

»Abra!«, bemerkte ich.

Chalil antwortete nicht. Ich sah eine gewisse Anspannung in seinem Gesicht, als wir langsam auf die schwarze Gestalt zurollten, deren Gewand sich im leichten Wind bauschte. Ansonsten stand sie regungslos. Chalil verlangsamte das Tempo.

»Was ist?«

»Hm«, machte er.

Ich spürte förmlich, wie er all seine Sinne scharf stellte: Gehör, Augen, Gespür, Intuition.

»Stimmt was nicht?«

»Da steht sie wie Prinzessin Morgan«, bemerkte er. Es sollte locker klingen, aber in seiner Stimme schwang Unbehagen. Und diese einsame Gestalt ohne Gesicht inmitten der menschenleeren Berge, die morgen schon woanders sein konnten, hatte wirklich etwas Gespenstisches.

Chalil hielt den Wagen an und stellte den Motor aus, etwa zwanzig Meter von der Gestalt entfernt. »Sie wird entscheiden, ob sie zu uns kommen will«, erklärte er, bevor ich ihn fragen konnte.

Er öffnete die Tür und stieg aus. Ich kletterte ebenfalls aus dem Wagen und folgte Chalil, der ein Stück in die Ebene hinausging und dann stehen blieb. Ich zog die *Ghutra* von meinem Kopf. Meine blonden Haare würden leuchten in der Sonne, und Abra würde wissen, dass wir nicht zwei Männer waren.

In der Tat, die Gestalt setzte sich in Bewegung.

Sie trug die Gesichtsmaske der omanischen Frauen. An der Silberkette um ihren Hals leuchtete der blaue Türkis. Es war Abra. Es war ihre mädchenhafte Gestalt, es waren ihre dunklen und stets weit offenen Augen.

Kaum war sie bei uns angekommen, fiel sie, Chalils Hand ergreifend und gegen ihre Stirn drückend, auf die Knie. Dabei murmelte sie hastige Worte.

Chalil zog sie wieder hoch und sprach beruhigend auf sie ein.

Sie begann zu reden. Mehr und länger, als ich sie je am Stück hatte reden hören. Leider verstand ich kein Wort. Aber Chalils Miene spiegelte, was sie sagte. Erst war sie streng, dann wurde sie finster. Allmählich aber wurden seine Züge milder, dann nachsichtig. Doch das Lächeln, das ihn so auszeichnete, erschien nicht, sein herrliches und herrschaftliches Lächeln, das alles in ein wohltuendes Licht tauchte. Das Lächeln des Gerechten, des Verzeihenden und Barmherzigen, dieses Lächeln, mit dem er einst den kleinen Dieb auf dem Stuttgarter Weihnachtsmarkt hatte laufen lassen. Es brach nicht durch.

Von Abras Gesicht konnte ich nicht mehr sehen als ihre großen schwarzen Augen, aus denen die Not sprach, eine drängende Bitte, Trauer und schließlich Resignation.

Nur einmal sprang ihr Blick zu mir herüber.

Das Gespräch endete mit einem knappen Wort Chalils, mit einer kurzen Nachfrage von ihr und seinem Nicken.

Dann kehrte sie auf dem Absatz um und lief davon.

Der Staub flatterte von ihren Füßen auf, kleine Wölkchen, die noch eine Weile über dem Boden standen.

»Was hat sie gesagt?«, fragte ich.

»Komm zum Wagen«, antwortete er. »Und bedecke dich! Schnell!« Er ging mit großen Schritten, ich folgte ihm.

»Was ist denn los? Was hat sie gesagt?«

»Steig ein!«, befahl er. Er riss mir die Tür auf, schlug sie hinter mir zu, lief um den Kühler, setzte sich hinter den Lenker und griff nach dem Zündschlüssel.

Abra hatte inzwischen den Sandhügel erreicht. Sie war ihn noch nicht halb hochgeeilt, da erschienen auf der Kuppe zwei Männer mit Gewehren.

Chalil startete, setzte zurück und schlug den Lenker ein, um zu wenden. Doch von der anderen Seite kam ein Pick-up auf uns zugerollt, auf dessen Ladefläche ein Mann mit einem Maschinengewehr stand. Er hob es hoch, damit wir es sehen konnten.

»Um Himmels willen, was wollen die von uns?«

Chalil stoppte. »Es ist nicht erlaubt, dass ein Mann und eine Frau wie wir in einem Auto unterwegs sind.«

»Und da kommen sie gleich mit Gewehren? Das glaube ich jetzt nicht! Was geht die das denn an?«

Er schwieg.

»Und woher wissen sie es überhaupt?«

»Sie wissen es von Abra«, antwortete Chalil. »Sie hat mir

gerade erzählt, dass ihrem Onkel Ismael deine Armbanduhr aufgefallen ist, als er uns gestern besuchte. Er hat daheim in seinem Zelt darüber berichtet. Von dem jungen Mann ohne Gesicht mit dem Schweigegelübde und einer Armbanduhr, wie sie Frauen tragen. Da hat Abra die Vermutung geäußert, dass du das bist, diese Ungläubige aus Europa.« Er blickte kurz zu mir herüber. »Übrigens, sie hat dich tatsächlich verraten.«

»Hat sie es gestanden?«

Er nickte. »Wir können von Glück sagen, dass Imsael und seine Leute uns nicht schon heute Nacht überfallen haben. Aber Ismael musste erst seine Brüder aus den Liwa-Oasen holen. Unser Vergehen ist keine Kleinigkeit, Finja. Es gehört zu den *Hadd*-Vergehen, denen gegen Gott. Auf *Zina'*, auf Unzucht, stehen hundert Stockschläge.«

Der Pick-up war in einiger Entfernung von uns stehen geblieben. Hinter uns kamen die Männer mit den Gewehren den Hügel herab.

Abras schwarze Gestalt stand immer noch dort.

»Und wenn wir jetzt einfach mit Vollgas ...«

»Der hat sein Maschinengewehr nicht zum Schmuck, Finja! Da kommen wir nicht vorbei.«

Er überlegte kurz, dann langte er über meine Knie zum Handschuhfach, öffnete es, holte eine Pistole heraus und ließ sie in die Tasche seiner Jacke gleiten.

Mir wurde eiskalt. »Aber du kannst doch jetzt nicht ...«, stammelte ich. »Das ist doch Wahnsinn!«

Chalil legte die Hand auf den Türgriff. »Du bleibst im Auto und duckst dich so tief, wie du kannst.«

»Und du?«

»Sie brauchen vier männliche Zeugen oder ein Geständnis! Und auch bei uns gilt: Im Zweifel für den Angeklagten. Ich rede mit ihnen.«

»Mit einer Pistole? Du hast doch überhaupt keine ...«
»Scht! Finja!« Sein Blick war warnend. »Du musst mir schon zutrauen, dass ich weiß, was ich tue. Auch wenn du mich gestern retten musstest, heute nicht!«
Ich nickte hastig.
Er stieg aus. Der Schlüssel blieb im Zündschloss stecken. Der Anhänger in Form eines Falken baumelte sachte. Ich hätte mich ducken sollen, aber ich brachte es nicht fertig. Im Rückfenster sah ich Chalil auf die beiden Männer zugehen, die am Fuß des Hügels standen. Er bewegte sich mit der unnachahmlichen Gelassenheit eines Herrschers, die unweigerlich Eindruck auf Ismael und den Mann bei ihm machen musste.
Aber gleichzeitig setzte sich der Pick-up auf der anderen Seite in Bewegung. Ich sah es aus dem Augenwinkel. Er hielt vor dem Kühler des Geländewagens. Der Mann mit dem Maschinengewehr sprang von der Ladefläche, riss meine Tür auf und forderte mich auf auszusteigen.
Er hatte ein Grinsegesicht und kaute irgendwas.
In meinem Kopf ging plötzlich ein Türchen auf. Eine Erinnerung nahm Gestalt an. Während ich vor dem Lauf des Gewehrs durch den steinigen Sand stolperte, kramte ich hastig zusammen, was die Erinnerung an den Konfirmandenunterricht noch hergab.
Abra stand still wie ein böser Geist seitlich hinter den Männern mit den Gewehren. Ich erkannte Ismael an seinem grauen Bart wieder. Der andere Mann war jünger und ihm fehlte ein Auge. Keiner, auch Chalil nicht, blickte mir entgegen. Sie schauten entweder finster über mich hinweg oder an mir vorbei. Es war, als wäre ich nicht existent, obgleich es doch im Grunde um mich ging.
Ich sah, wie Chalils Hand zur Jackentasche zuckte, in der ich die Pistole wusste. In Sekunden musste er sich entschei-

den zwischen Kampf und Taktik. Er ließ die Hand sinken. Er entschied sich gegen Kampf, zumindest vorerst. Hätten die Beduinen geahnt, was für ein Kämpfer Chalil war, hätten sie die Gewehre nicht so spielerisch locker gehalten, sondern ihn gefesselt.

Aus irgendeinem Grund steckte ich die Hand in die Tasche meiner Outdoorjacke, die meine Brüste verbergen sollte, und stieß, als hätte ich ihn gesucht, mit den Fingerspitzen auf den Ring, den Chalil mir geschenkt hatte. Ich hatte ihn ja gestern früh noch einmal auf meinen Finger gesteckt und dann abgezogen und in die Jackentasche gleiten lassen. Eins fügte sich zum andern.

Man bedeutete mir, mich niederzusetzen. Ich nahm die Sonnenbrille ab. Es war mir auf einmal zuwider, mich vollständig zu verstecken. Ich war ja sowieso enttarnt. Es reichte, dass ich die *Ghutra* bis über die Nase hochgezogen halten musste.

Chalil sagte ein paar Worte und erhielt eine Antwort von Ismael. Die Worte waren kehlig und scharf, Chalil klang ruhig, Ismael deutlich erregter. Er gestikulierte und schwenkte das Gewehr.

Ich bemerkte, dass der Mann mit dem Grinsegesicht mich musterte. Eine echte Unhöflichkeit. Eine Unverschämtheit.

Ein Rascheln hinter mir ließ mich herumfahren. Es war Abra, die herankam und sich neben mich setzte. Ihre Augen lächelten in meine hinein. Ihre Hand kam unter der *Abaja* hervor und griff nach meiner. »Hab keine Angst«, sagte sie in ihrem langsamen und akkuraten Englisch. »Ich werde dich beschützen.«

»Wovor denn?«

»Niemand weiß, was den Männern einfällt, wenn sie ihre Ehre gekränkt sehen.«

»Inwiefern haben wir Ismaels Ehre gekränkt?«

»Nicht seine. Es ist Chalils Ehre, die wir gekränkt haben. Mein Onkel hat ihm verwehrt, mich mitzunehmen. Deshalb kann Chalil den Auftrag seines Großvaters nicht ausführen und mich nicht bestrafen. Und nun steht er als Feigling da.«

»Aber es hat doch noch niemand ein Urteil gefällt über dich, Abra.«

»Das Urteil steht schon fest. Und ich verdiene die Strafe. Es war Tamer, der Ziegenhirte, der mir schon einmal einen Dienst erweisen sollte ...«

»Er sollte dir einen Liebestrank beschaffen, aber du konntest ihn nicht bezahlen«, wisperte ich.

Abras Augen schauten überrascht. »Woher weißt du das?«

»Ich kenne dein Leben«, antwortete ich. »Und was hat Tamer gewollt?«

»Er hatte Geld bekommen dafür, dass er den Männern sagt, wann der Scheichsohn mit den Gästen in die Oase kommt. Tamer hat es ihnen gesagt. Und er hat es mir erzählt, als er sich von mir Heilbalsam für seine Tiere holte. Er hat mich gefragt, ob ich dich hinausführen könnte. Wenn Chalil dabei gewesen wäre, hätte Gefahr bestanden ...« Sie schluckte. Ich sah es an ihrem Kehlkopf.

»Dann hätte Gefahr bestanden, dass sie ihn kurzerhand über den Haufen schießen, um mich entführen zu können. Und das wolltest du unter allen Umständen vermeiden.«

Abra nickte.

»Du hast Chalil das Leben gerettet«, bemerkte ich. Dass meines ihr weniger wichtig gewesen war, konnte ich akzeptieren. Und jetzt erklärte sich mir auch, warum sie gewusst hatte, wer da kam und warum sie das Messer gezogen und sich schützend vor mich gestellt hatte. Sie hatte nicht mich ausliefern, sie hatte nur Chalil davor bewahren wollen, dass er aus einem Hinterhalt heraus erschossen wurde, falls er mir gefolgt wäre und nichtsahnend das Tal betreten hätte.

»Aber warum bist du nicht zu Chalil gegangen und hast ihm alles erzählt, Abra?«

Sie senkte die Lider mit den schweren Wimpern. Ihre Augen hatten die Farbe von Weinbeeren, die in der Sonne fast schwarz geworden waren, ein tiefes Rotbraun mit Blaustich. Das waren die Augen, die König Salomo im *Hohen Lied* besang. Der Inbegriff der Schönheit.

»Er hatte doch nur Augen für dich«, flüsterte sie. »Wie hätte ich mich ihm nähern können? Und die andern ... sie hätten mir nicht geglaubt, wenn ich Tamer beschuldigt hätte. Tamers Vater gehört zu den engsten Vertrauten des Scheichs. Ja, und dann ... dann war es schon zu spät.«

»Und diese Kuchen, die du dabeihattest, waren sie ... waren sie vergiftet? So wie einst die Datteln, mit denen du Chalil verführen wolltest?«

Abra schlug ihre Augen wieder auf, groß und entrüstet. »Nein! Nein! Ich habe niemals irgendein Gift, auch kein Zaubermittel, kein Liebeselixier, nichts dergleichen an Datteln oder Kuchen oder irgendein Nahrungsmittel getan.«

»Ach!«

»Ich weiß, dass Funda behauptet, ich hätte Alkohol an die Datteln getan. Aber es ist nicht wahr. Woher hätte ich so etwas haben sollen? Bestimmt nicht von einem Dschinn. Es gibt keine Dschinn! Die kommen nur in Märchen für Kinder vor.«

»Und im Koran!«

Sie zog die Augenbrauen hoch. »Aber gesehen hat sie noch niemand.«

»Und worum geht es jetzt hier?«, erkundigte ich mich.

Abra warf den Männern einen kurzen Blick zu. »Ismael

glaubt, dass Chalil vorhat, mich mit Gewalt zu holen. Deshalb hat er euch heute Morgen eine Falle gestellt. Und du bist sein Pfand dafür, dass Chalil in Frieden abzieht. Eine Frau darf nicht mit einem Mann zusammen reisen, die nicht nahe mit ihm verwandt oder mit ihm verheiratet ist.«

»Und was hat Ismael vor?«

»Er droht damit, euch den Behörden auszuliefern. Dann würdest du zu hundert Stockhieben verurteilt. Und er wirft Chalil vor, dass er mit einer Ungläubigen Beziehungen pflegt und dass er von Gott abgefallen ist.«

»Das ist ein schlimmer Vorwurf, nicht wahr?«

Abra nickte. »Denn es heißt in Sure 8: ›Bekämpft die Ungläubigen, bis es keine Verführung zum Unglauben mehr gibt und alle Religion auf Gott gerichtet ist‹ und: ›Wenn sie sich abkehren, dann ergreift sie und tötet sie, wo immer ihr sie findet‹, so steht es in der 4. Sure.«

»Das ist doch totaler Wahnsinn!«, entfuhr es mir.

Abra schaute mich mahnend an. »Still! Ich werde dich beschützen.« Sie griff sich unter den schwarzen Umhang. Die Klinge eines Dolchs blitzte kurz auf. »Niemand darf dir ein Leid zufügen, es sei denn, er tötet mich vorher.«

Sehr tröstlich! Denn vermutlich würde niemand zögern, eine Frau zu töten, die sich ihm mit einem Messer entgegenstellte. Ich sprang auf.

Ich sah Erschrecken in Chalils Augen, während es den bewaffneten Männern gelang, mich wiederum nicht anzuschauen.

»*Schech* Ismael«, sagte ich so unterwürfig, wie ich konnte. »Ich bitte um die Erlaubnis zu sprechen.«

Ismael wandte sich ab und zeigte mir die Schulter. Der Einäugige blinzelte und der mit dem Maschinengewehr grinste über die Maßen verlegen.

Na gut. Ich ließ mich auf die Knie fallen. Nie im Leben hätte ich vermutet, dass ich jemals in die Lage kommen würde, so eine Haltung annehmen zu müssen. Und es nagte an meinem Stolz. Ganz erheblich.

»Mein Name ist Finja bint Abu as-Salam«, sagte ich, kurzerhand den Nachnamen meines Vaters mit »Vater des Friedens« übersetzend. »Und ich bitte um Gehör, so wie einst Abigail, die Frau des Schafzüchters, als sie dem Propheten David begegnete, der ihrem Mann blutige Rache geschworen hatte. Aber sie ist nicht gekommen, um ihren Mann zu retten. Nicht einmal sich selbst, sondern um den Propheten David zu seinem eigenen Wohl zur Umkehr zu bewegen. Die Macht Gottes ist auf deiner Seite, *Schech* Ismael, und wenn ich sprechen dürfte wie einst Abigail vor dem Propheten David, so würde ich Euch bitten: Schenk einer Sünderin dein Ohr, denn du bist stark und mächtig und hast deine Krieger bei dir und kannst es dir erlauben, mir dein Ohr zu schenken und mich wahrzunehmen, so wie einst der große und weise Prophet David es tat.«

Die Männer reagierten nicht, jedenfalls nicht, soweit ich das erkennen konnte im begrenzten Sichtfeld meiner Verschleierung und zudem von unten.

»Wenn ich sprechen dürfte wie Abigail, dann würde ich sagen«, fuhr ich fort, da mich niemand unterbrach, »verzeiht einer Fremden, die von weit her kommt und sich aus Unwissenheit falsch verhalten hat. Chalil hat keine Schuld daran. Ich habe mich gestern früh in seinem Wagen versteckt. Ich hatte erfahren, dass er aufbrechen sollte, um Abra zu finden, die ihm wie eine Schwester und zugleich wie eine Tochter ist und die ihr Leben in den Zelten seines Großvaters verbracht hat, wo es ihr an nichts gefehlt hat. Und als drei Männer kamen, um mich zu verschleppen, womöglich zu misshandeln und zu töten, hat sie sich ihnen mutig entgegengestellt, um mich zu schützen.«

Dass sie eigentlich Chalil vor dem Tod hatte bewahren wollen, weil er mich andernfalls begleitet hätte, war nicht angebracht zu sagen. Einerseits wegen Chalils Ehrgefühl, zum andern, weil es eine Sünde gewesen wäre, die wiederum zu ahnden gewesen wäre.

»Und für diese Tapferkeit«, fuhr ich fort, »will ich ihr danken. Da, wo ich herkomme, bedankt man sich persönlich, sonst gilt man als feige und kleinlich. Deshalb konnte ich Chalil nicht damit beauftragen. Ich habe für Abra ein Geschenk mitgebracht, denn für ihre Großmut gebührt ihr ein Geschenk. Und das ist es.«

Ich streckte die rechte Hand aus, in der der emaillierte Ring schimmerte.

»Und auch Chalil trägt für Abra ein Geschenk in der Tasche. Denn sie soll wählen können, so wie einst die kluge Abigail, als der Prophet David, den man den Weisen nennt, ihr zum Dank zweierlei Geschenke anbot. Denn nur, wer die Wahl hat, kann sich entscheiden für den richtigen und gegen den falschen Weg.«

Ismael blickte Chalil an.

Er hatte mich verstanden, senkte die Hand in die Brusttasche seiner Jacke und streckte sie dann Ismael entgegen. Darin lag das Erzgebirgsengelchen, das in seinem Halbmond saß und hingebungsvoll, wenn auch lautlos, sang.

Die Beduinen beugten sich vor und begutachteten das Engelchen. Der mit dem Grinsegesicht lachte und machte eine Bemerkung, auf die Chalil lächelnd etwas erwiderte. Die finsteren Gesellen entspannten sich spürbar. Und Ismael wandte sich jetzt mir zu.

»Was ist das für eine Geschichte mit Abigail und dem Propheten David?«, fragte er, ohne allerdings den Blick auf mich zu richten.

»Es war zu der Zeit, da Saul herrschte und David noch nicht Kalif war. David hatte mit seiner Steinschleuder den Riesen Goliat ...«

»Dschalut«, übersetzte Chalil so unauffällig, dass es den Männern vorkommen musste, als hätte ich es gesagt.

»... Dschalut besiegt und sich die Eifersucht des Königs Saul zugezogen ...« Ich unterbrach mich. »Ihr kennt alle die Geschichte, wie David den Riesen Dschalut besiegt hat?«

Das Grinsegesicht sagte etwas auf Arabisch und hockte sich nieder auf seine Fersen.

»Erzähl sie!«, forderte Chalil mich auf.

»Es war, als die Philister ihre Heere zum Kampf sammelten, und auch König Saul und seine Männer kamen zusammen und rüsteten sich zum Kampf«, begann ich, während Chalil meine Worte den Beduinen leise auf Arabisch übersetzte.

»David war damals noch ein einfacher Hirte und er war gekommen, um seinen drei Brüdern, die aufseiten Sauls standen, etwas zu essen zu bringen. Da trat aus den Reihen der Gegner ein Riese heraus.

Er stellte sich auf und rief herüber: ›Ihr seid ausgezogen, um mich und die Philister zu besiegen. Ihr seid aber bloß feige Knechte. Sucht einen unter euch aus. Er soll zu mir kommen und gegen mich kämpfen. Wenn er mich erschlägt, dann werden wir uns unterwerfen. Erschlage ich ihn, dann müsst ihr euch uns unterwerfen.‹ Mit solchen und anderen Sprüchen verspottete er, der Ungläubige, die Soldaten, das ganze Heer und den König Saul. Und es machte Eindruck auf die Soldaten. Sie bekamen es mit der Angst zu tun. Schließlich setzte Saul eine Belohnung aus. Derjenige, dem es gelang,

Dschalut zu besiegen, sollte Sauls Tochter zur Frau bekommen und seine Familie sollte von allen Steuern befreit werden. Davon hörte auch David und er erkundigte sich, ob es wirklich so sei. Man gewann den Eindruck, dass David mit dem Gedanken spielte, den Kampf zu wagen.

Schließlich berichtete jemand König Saul, dass da ein frecher kleiner Schafhirte herumfragte, was für eine Belohnung derjenige bekäme, der Dschalut besiegte, so, als ob er Lust hätte, den Kampf zu wagen. Saul befahl, den Jungen herzubringen. Als David vor Saul stand, sagte er: ›Sei nicht so verzagt! Vertrau Gott, so wie ich es tue. Ich werde gegen diesen Philister kämpfen.‹

›Das kannst du nicht‹, sagte Saul. Er hätte wohl gelacht, wenn die Situation nicht so ernst gewesen wäre. ›Du bist zu jung und unerfahren. Du hast keine Ahnung von Kampftechniken. Du bist ein Hirte. Dschalut dagegen wurde seit seiner Jugend für den Krieg ausgebildet.‹

›Das mag schon sein‹, erwiderte David. ›Aber ich hüte von Kindheit an die Schafe und Ziegen meines Vaters. Und da kam auch mal ein Löwe und hat ein Schaf weggetragen. Ich bin ihm hinterhergelaufen, habe ihn am Bart ergriffen und ihn totgeschlagen und die Beute weggenommen. Da werde ich mit diesem ungehobelten Philister allemal fertig, der euch und damit Gott verhöhnt.‹

Das will ich sehen, dachte Saul. Und das Bürschlein wird schneller kapieren, als ihm lieb ist, dass es keine Ahnung hat. Und in der Tat hatte David sich das wohl doch etwas zu leicht vorgestellt. Denn Saul gab ihm jetzt seine Rüstung und gürtete ihn mit seinem Schwert. Und als David losmarschieren wollte, stolperte er über das Schwert, und da er die starre Rüstung nicht gewohnt war, taumelte er und fiel zu Boden. Und alle lachten.«

Meine Zuhörer lachten auch.

»David kämpfte sich aus der Rüstung heraus und legte sie ab. Er nahm das, womit er sich sicher fühlte, seinen Hirtenstab, fünf Steine aus dem Bach und seine Steinschleuder. So ging er hinab ins Tal. Alsbald kam Dschalut. Er stutzte, als er den anmutigen und schönen jungen Mann sah, und musterte ihn verächtlich.

›Du willst gegen mich kämpfen?‹, spottete er. ›Komm her, damit ich dich zerreißen und dein Fleisch den Vögeln und Aasfressern vorwerfen kann.‹

Und David antwortete: ›Du kommst mit Schwert und Lanze, ich aber komme im Namen Gottes, den du verhöhnt hast. Er wird mir helfen, dich zu besiegen. Ich werde dir den Kopf abschlagen und deine Leiche den Tieren zum Fraß vorwerfen! Gott ist allmächtig!‹

»*Allahu akbar!*«, murmelten die Beduinen.

»Dschalut setzte sich in Marsch. David nahm einen Stein, legte ihn in seine Steinschleuder und schleuderte ihn dem Riesen gegen die Stirn. Dschalut stürzte aufs Gesicht. Und mit Dschaluts Schwert schlug David ihm den Kopf ab. Daraufhin waren die Philister so entsetzt, dass sie schreiend die Flucht ergriffen.«

Ismael warf Chalil eine Bemerkung zu, die nicht sonderlich freundlich klang. Chalil antwortete in dem rezitierenden Tonfall, in dem er Koranverse zitierte.

»*Allahu akbar!*«, nickten die Beduinen.

Im Koran, das erfuhr ich später, war David Teil eines kleinen mutigen Häufleins, das mit glühendem Glauben im Herzen gegen Goliat und seine Mannen anstürmte. Und David hatte Saul vorhergesagt, dass Gott die Soldaten am Fluss prüfen werde. Wer daraus trank, glaubte nicht fest genug, wer nichts trank und in die Schlacht strebte, der erwies sich als wahrer Gläubiger. Und keinesfalls tat sich dann einer hervor, denn individuelles Heldentum war nicht die Sache des Korans. Der kleine Trupp besiegte Goliat gemeinsam.

»Danach holte Saul David an seinen Hof«, fuhr ich fort. »Doch obgleich David wunderbar Harfe spielte, ertrug Saul ihn nicht lange im Palast. Denn unter den Leuten galt David als Held, weil er Dschalut besiegt hatte, und hinter dem Rücken des Königs wurde gemurmelt, eigentlich müsse David zum König gesalbt werden. David wollte davon nichts hören. Er war ja auch noch recht jung. Doch weil er so jung war, gefiel es ihm vielleicht zu sehr zu hören, dass man ihn für den wahren König hielt, und er verbat sich solche Reden nicht energisch genug.«

Die Männer lachten nachsichtig.

»Jedenfalls, eines Nachts kam Sauls Sohn zu David und sagte zu ihm, er müsse fliehen, denn sein Vater, König Saul, plane einen Mordanschlag. David sammelte schnell ein paar Freunde und Kriegsgefährten um sich und floh aus dem Palast in die Wüste, wo er umherzog und die Beduinen schützte vor Räubern und fremden Völkern, die ihnen Land und Vieh wegnehmen wollten. Eines Tages erfuhr er, dass der reiche Schafzüchter Nabal seine Schafe zum Scheren an den Fluss gebracht hatte. Es waren Tausende von Schafen. Und David erkannte, dass Nabal ein sehr reicher Mann sein musste. Also schickte er ein paar seiner Leute zu ihm nach Hause. Sie sollten ihm sagen, sie kämen in guter Absicht und in Freundschaft und er solle ihnen Gutes mit Gutem vergelten und für David und seine Leute Schafe schlachten und auch sonst an Brot und Käse mitgeben, was er gerade im Haus habe und hergeben könne.

Doch Nabal lachte Davids Leute aus: ›Wer ist denn dieser David, dass er Verpflegung von mir fordert wie ein Heerführer und König. Ein davongelaufener Knecht ist er, ein Nichts, und ihr alle seid nichts weiter als Knechte, die davongelaufen sind und jetzt Schutzgelder erpressen! Ich kann mich aber sehr gut selber schützen!‹

Als seine Leute ihm das berichteten, ärgerte David sich dermaßen, dass er blutige Rache schwor. ›Da habe ich also alles, was Nabal an Herden in der Wüste hat, umsonst beschützt‹, sagte David. ›Ihm ist kein Schaf abhandengekommen! Und das ist nun der Dank? Warte nur, Gott richtet über meine Feinde, und von allen, die zu Nabals Haus gehören, wird bis zum hellen Morgen nicht ein einziger übrig bleiben, der männlich ist!‹

Das wiederum erfuhr Nabals Frau Abigail, weil einer aus Davids Schar zu ihr kam, um ihr zu erzählen, wie ihr Mann reagiert hatte. Abigail war nicht nur eine überaus schöne, sondern auch eine außergewöhnlich kluge Frau. Sie kannte die herrische Art ihres Gatten, sie konnte sich gut vorstellen, wie er die Leute Davids angeblafft hatte. Der Geiz ihres Mannes beschämte sie außerdem schon lange. Er dachte niemals daran, den Armen zu geben. Abigail musste das hinter seinem Rücken tun.

Und nun frage sie sich besorgt, wie sie das Unglück abwenden konnte, das Nabals Haus und allen Männern, die darin wohnten und für sie arbeiteten, drohte. Sie überlegte, wie sie David wohl besänftigen konnte, und sagte sich, dass er doch eigentlich nicht mehr verlangt hatte als ein paar Schafe und Brot für sich und seine Leute. Das sollte er bekommen. Und ein Geschenk dazu. Und als Nabal aus dem Haus gegangen war, befahl sie ihren Dienstleuten, Esel zu beladen mit Rosinenkuchen, Broten, Hammelfleisch und Mehl. Sie selbst setzte sich auf einen Esel und folgte der kleinen Karawane.

Währenddessen zog David, angetrieben von finsteren Gedanken, dem Haus Nabals entgegen. Wenn dieser reiche Schafzüchter meinte, er, David, sei ein Nichts, ein entflohener Knecht, der eine Horde von Gesetzlosen anführte, so sollte er ihn kennenlernen. Und zwar genau so, wie er von ihm dachte.

So zog David bergan und Abigail bergab, bis sie sich begegneten.

Abigail stieg sogleich von ihrem Esel ab und warf sich David zu Füßen. Und dann hielt sie eine sehr lange Rede, um David von seinem Plan abzubringen und zur Umkehr zu bewegen.

Sie sagte: ›Mein Herr, ich bin nur eine Frau und ich mache viele Fehler und irre mich. Ich bin es nicht wert, dass du mich anhörst. Aber würdest du mir dein Ohr schenken, so würde ich sagen: Es lohnt sich nicht dein Zorn gegen Nabal. Das ist ein heilloser Mann, ein Narr und Dummkopf. Leider war ich nicht zu Hause, als deine Leute kamen, um deinen Lohn einzufordern für deinen Schutz und den Schutz Gottes, den wir genossen haben. Aber jetzt bin ich hier, und wenn du ein gottgläubiger und barmherziger Mensch bist, dann kann Gott nicht gewollt haben, dass du durch deinen Zorn und durch eigene Hand in Blutschuld gerätst. Es wäre doch fürchterlich, wenn ein einziger dummer Mann schuld daran wäre, dass du ein blutiges Gemetzel anrichtest unter seinen Knechten. Und ich würde es mir nie verzeihen, wenn ich nicht alles unternommen hätte, um zu verhindern, was Gott nicht wollen kann. Darum bringe ich dir hier meine Geschenke und meinen Segen. Bitte verzeih mir, dass ich solche Reden führe und die Regeln des Anstands übertrete. Aber Gott ist mit dir und er wird für dich sorgen. Denn im Namen Gottes führst du Krieg und deshalb darf in dir nichts Böses sein, solange du lebst. Dann wird Gott deine Gegner zerschmettern und ihre Seelen werden verloren sein, während du im Bund mit Gott stehst und das Paradies dir sicher ist. Und wenn Gott so viel Gutes an dir tut und dich schließlich zum König macht, so darf doch nicht eine solche Bluttat aus nichtigem Anlass, wie du sie vorhast, deine Seele mit ewiger Reue belasten. Das würde ich dir sagen, David, wenn du mir ein Ohr schenken und mir gnädig zuhören würdest.‹

David musste lächeln über die Klugheit der schönen Frau, die vor ihm kniete und alles gesagt hatte, was sie sagen wollte, ohne abzuwarten, ob er auch zuhören wollte. Doch hinter Davids Lächeln verbarg sich auch tiefe Betroffenheit.

Und er sagte zu Abigail: ›Gelobt sei Gott, dass er dich zu mir geschickt hat! Du hast eine kluge Rede gehalten. Ich bin dir dankbar, dass du mir entgegengetreten bist und mich gestoppt hast. Sonst hätte ich heute Nacht ein Gemetzel angerichtet und wäre in große Blutschuld geraten, nur um mir zu holen, was mir ein dreister Dummkopf nicht geben wollte. Gott sei Dank hast du mich davon abgehalten. Zieh in Frieden nach Hause, Abigail. Und du siehst, ich habe dir zugehört und ich habe dich wahrgenommen und angeschaut. Und ich gehorche dir sogar und tue, was du sagst! Denn Klugheit gefällt mir!‹

Abigail erhob sich und wollte schon ihren Esel besteigen, da hielt David sie zurück. ›Warte‹, sagte er. ›Du hast mir und meinen Leuten mehr Verpflegung gebracht, als wir essen können. Dafür möchte ich mich erkenntlich zeigen. Ich will dir ein Geschenk machen.‹

Er griff in seine Manteltaschen und förderte wie zufällig daraus einen kostbaren Ring aus Gold mit Edelsteinen und eine kleine Holzfigur hervor, von einem Kind gemacht aus weißem Stoff und einem Stück Kohle für den Kopf. Beides zeigte er Abigail und sagte: ›Du hast die Wahl! Beides ist mir gleich viel wert. Nimm eines davon.‹

Alle wunderten sich, dass Abigail zögerte und überlegte. Was gab es da lange zu überlegen?, fragten sich die Leute. Sie musste den Ring nehmen, denn er war so kostbar, dass sie, wenn sie ihn verkauft hätte, den Rest ihres Lebens ihren Lebensunterhalt hätte bestreiten können.

›Was zögerst du?‹, fragte auch David, doch er lächelte dabei.«

»Sie muss die Puppe nehmen!«, sagte der Mann mit dem Grinsegesicht. »In solchen Geschichten muss man immer das nehmen, was wertlos scheint. Darauf liegt dann der Segen. Und hier ...«, er deutete auf den Erzgebirgsengel in Chalils Hand, » ... handelt es sich um einen Engel. Abigail hat sicherlich die Figur genommen und Abra muss nun den Engel nehmen.«

»Ha!«, rief der Einäugige. »In Märchen und Legenden funktioniert das so. Aber hier? Wenn Abra den Engel nimmt, wird sie immer nur eine Holzpuppe haben, auch wenn sie wie ein Engel aussieht. Wenn sie getreu die Gebote erfüllt und betet, dann genießt sie sowieso Gottes Wohlwollen und kann ruhig den Ring nehmen, der ihr außerdem noch Wohlstand beschert.«

Sie diskutierten eine Weile hin und her. Schließlich wandten sie sich mir zu. »Und was hat Abigail getan?«, fragte der mit dem Maschinengewehr grinsend.

»Sie hat ebenso überlegt wie ihr. ›Wenn ich den Ring nehme‹, sagte sie zu David, ›dann habe ich ausgesorgt bis zum Ende meiner Tage, auch wenn mein Mann früh zu Tode kommt und die Herden verderben. Doch müsste ich den Ring vorher an einen Goldhändler verkaufen. Und abgesehen davon, dass der mich betrügen könnte, wie könnte ich einen

Ring verkaufen, den mir der Prophet David geschenkt hat. So hätte ich denn einen wertvollen Ring, um den mich alle beneiden, aber keinen Gewinn davon. Im Gegenteil. Es mag nicht nur Neider geben, die Kunde von Davids Ring in meinem Besitz mag auch Diebe anlocken, gegen die ich mich nicht wehren kann, es sei denn, ich bezahlte Beschützer. Und so würde mich der Ring auch noch Geld kosten und Nächte der Angst.‹

›Das leuchtet mir ein‹, erwiderte David. ›Das habe ich nicht bedacht. Ein Geschenk kann auch eine Last sein. Fast schäme ich mich, dir ein so wertvolles Geschenk angeboten zu haben. Also willst du die Holzfigur nehmen?‹

›Wenn ich darüber nachdenke‹, sagte Abigail, ›erscheint mir das auch nicht richtig. Du hast gesagt, dir sei beides gleich viel wert, der Ring und die Figur. Wenn aber eine von Kinderhand gemachte Figur aus einem Stück Holz, etwas Stoff und einem Stück Kohle dir ebenso viel bedeutet wie dieser Ring aus Gold und Juwelen, so muss sie das Geschenk eines anderen sein, eines Freundes, eines Menschen, der dir nahesteht und an dem dein Herz hängt. Wenn ich dir nun dieses Stück wegnehme, so nehme ich dir einen Teil deiner Erinnerungen weg. Und womöglich bringe ich dich sogar in Verlegenheit vor dem Freund. Denn der wird dich eines Tages fragen: Hast du meine Holzfigur noch? Und du musst ihm antworten: Nein, ich habe sie fortgeschenkt an eine Frau und dabei habe ich noch einen guten Schnitt gemacht, denn sie hat mir den Ring aus Gold und Edelsteinen gelassen.‹

David lachte anerkennend. ›So musst du also beides zurückweisen.‹

›Das geht auch nicht‹, antwortete Abigail. ›Es sei denn, ich wollte dich kränken, vor deinen Leuten beschämen und deine aufrichtigen Absichten verspotten. Du hast sicherlich gut und großherzig gedacht, David, als du mich vor die Wahl stelltest. Denn nur, wer die Wahl hat, kann zwischen richtig und falsch entscheiden. Das aber widerspricht der Idee des Geschenks. Hat Gott den Propheten Mohammed vor die Wahl gestellt, als er ihm die Offenbarung schenkte? Stellt er den Gläubigen vor die Wahl? Nein! Wer schenkt, gibt ganz oder gar nicht. Er gibt seine Seele oder er gibt nichts. Also gibt es nur eine einzige Möglichkeit. Und ihr, David, seid weise genug, zu wissen, was ich meine.‹

Und David lachte laut. ›Du bist zum Fürchten schlau, Abigail. Ich verstehe vollkommen, was du mir sagen willst.‹ Und er überreichte Abigail beides, den Ring und die Puppe. Und als Nabal bald darauf starb, heiratete David Abigail. Und so war beides auch wieder in seinem Besitz und noch dazu besaß er das Herz einer klugen Frau.«

Die Männer lachten.

Ismael stellte sein Gewehr mit dem Kolben in den Sand. Zum ersten Mal sah er mir in die Augen. Es war kein freundlicher Blick. Es war ja auch nie freundlich gemeint, wenn ein Mann einer ihm fremden Frau direkt ins Gesicht blickte.

Der Alte musterte mich eine Weile, dann sagte er: »Du hast den Islam in den Augen. Auch wenn sie blau sind wie die Trugbilder der Wüste. Willst du nicht das *Schahada* sprechen?«

Ich erinnerte mich, dass mein Vater das Glaubensbekenntnis auswendig gelernt hatte für solche Fälle. War es jetzt so weit? Tod oder Islam?

Doch dann lachte Ismael, erst leise, dann laut. »Keine Angst!«, sagte er, »Vielleicht wirst du es eines Tages tun. Denn du bist ein Mädchen mit einem großen Geist. Und jetzt geh in Frieden. Und wenn du wieder zu Hause bist, erzähle deinen Leuten, dass wir Araber großmütig sind und Andersdenkende respektieren, wenn sie uns mit Respekt begegnen.«

Er drehte sich halb zu Abra um und winkte sie heran. Mit einem Handzeichen bedeutete er ihr, dass sie den Ring aus meiner und den Erzgebirgsengel aus Chalils Hand nehmen sollte.

Sie stand auf und kam herbei. Ich streckte ihr meine offene Hand hin. Sie wollte schon nach dem Ring greifen, doch dann zog sie ihre Hand zurück.

»Ich weiß noch eine andere Antwort auf Davids Prüfung«, sagte sie plötzlich. »Und ich glaube, es ist das, was Abigail ihm eigentlich hatte sagen wollen.«

»Was soll das sein?«, fragte Ismael verwundert.

»Schau, Onkel, Abigail nimmt von David beides, den weltlichen Reichtum und das Symbol der Freundschaft und der Erinnerung. Und beides bringt sie zurück in sein Haus, indem sie sich mit ihm verheiratet. Nun muss der Reichtum, den der Ring ihr verleiht, ihr keine Angst mehr machen, denn im Palast ist sie geschützt. Und wenn Davids Freund eines Tages nach der Puppe fragt, kann er sagen: ›Sie befindet sich in den Gemächern bei meiner Frau, die ich liebe.‹ Denn David hat diese beiden Dinge Abigail nur zum Pfand gegeben. So ist jedes Geschenk ein Pfand.«

Sie warf mir einen kurzen Blick zu, nahm den Ring aus meiner Hand, ging zu Chalil hinüber und ließ sich von ihm den Erzgebirgsengel geben. Dann wandte sie sich an ihren Onkel.

»Seit ich ein kleines Kind bin«, sagte sie, »träume ich davon, die Welt zu sehen. Doch niemals konnte ich es aus eigener Kraft tun. Chalil musste mich aus dem Leib meiner Mutter schneiden. Er musste mir als Engel des Todes am Brunnen erscheinen und Mitleid haben mit dem Kind, das keine Freude empfand. Und so hat er mich mitgenommen in die große und prächtige Oase seines Großvaters. Dafür habe ich ihn geliebt wie … wie einen großen Bruder und wie einen Vater in einem. Mein armes Herz hatte ja sonst niemanden. Und schließlich hat er mir versprochen, dass er mich mitnimmt in den Palast in der Stadt, wenn ich älter bin. Und als er mir dieses Versprechen gab, begriff ich, dass meine Träume nicht ihm galten, sondern dass ich, wenn ich mir ein Leben mit ihm ausmalte, eigentlich von der Stadt träumte. Ich möchte zur Schule gehen und einen Beruf erlernen. Und Chalil ist doch gekommen, um mich zu holen. Nicht, um mich vor Gericht zu stellen, sondern damit sich meine Bestimmung erfüllt. Bitte lass mich gehen, Onkel!«

Daraus ergab sich ein heftiger nur noch auf Arabisch geführter Wortwechsel. Ismael warf die Hände hoch und gestikulierte. Chalil antwortete ruhig und bestimmt. Schließlich nickte Ismael. Und ich sah Abras Augen leuchten.

Auf dem Weg zum Wagen steckte sie mir ein winziges grünes Fläschchen zu, das mit einem Stück Holz verkorkt war. »Ich kann dir nicht viel geben zum Dank«, sagte sie. »Das ist mein wertvollster Duft, der Schatz des Oman. Er besteht aus dem Harz des Silberweihrauchs, dessen Bäume von Engeln beschützt werden, aus Myrrhe und den Essenzen der Felsenrose vom geheimen Berg Achdar. Er möge dir Glück bringen, *inschallah!*«

33

Ich hatte meinen Vater noch nie so böse erlebt wie bei meiner Ankunft in Dubai-City nach einer langen Fahrt durch die Wüsten Arabiens mit Abra und Chalil. Er war vor allem furchtbar gekränkt. Ich hätte sein Vertrauen grob missbraucht, hielt er mir vor. »Hast du überhaupt eine Vorstellung, in welche Gefahren du dich selbst gebracht hast? In Saudi-Arabien wird man verhaftet, wenn man als Frau mit einem Mann unterwegs ist. Und ist dir klar, in welche Gefahr du auch Chalil damit gebracht hast?«

So wütend und enttäuscht war er von mir und meiner Unvernunft – wie er das nannte –, dass ich mich nicht traute, ihm die ganze Wahrheit über unsere Reise zu erzählen. Ich verschwieg den Sturm, in den wir geraten waren und der uns fast das Leben gekostet hatte. Das hätte er Chalil niemals verziehen. Ich erzählte ihm auch nicht, dass wir anschließend auch noch Abras Onkel vor die Flinte gelaufen waren. Zu erzählen, dass ich mich, Chalil und sogar Abra durchs Geschichtenerzählen gerettet hatte, sparte ich mir für Nele und Meike auf, die es bestimmt zu würdigen wissen würden. Meinem Vater gegenüber schwieg ich auch darüber.

Es dauerte lange, bis mein Vater mich wieder Spätzelchen

nannte. Und es klang nie mehr so zärtlich und vertrauensvoll wie früher. Auf einmal war ich kein Kind mehr. Heute, vier Jahre später, weiß ich, dass das Entsetzen meines Vaters über meinen Ausflug mit Chalil gleichzeitig Trauer darüber gewesen war, dass ich aufgehört hatte, sein Spätzelchen zu sein. Er spürte, dass ich Dinge erlebt hatte, die ich nicht mehr mit ihm teilte. Es hatte damit begonnen, dass ich mich in Chalil verliebt hatte. Und nun war ich eine andere geworden. Das hatte er in diesen beiden Tagen seiner Angst und seines Zorns begriffen. Und auch ich musste einsehen, dass ich meinen Papa verloren hatte. Jedenfalls den Papa, der vom Zwerg Rumpelpumpel und der heldenhaften Königin Semiramis erzählte. Mein eigenes Leben begann. Und er musste nicht mehr alles darüber wissen.

Meike und Nele verstanden überhaupt nicht, dass Chalil und ich nicht seinen Eltern gegenüber aufgetrumpft hatten damit, dass ich ihm das Leben gerettet hatte. »Dann hätten die Eltern einer Ehe von euch doch unbedingt zustimmen müssen! Alles andere wäre undankbar gewesen!«, meinte Meike.

»In arabischen Ländern ist das Leben des Individuums nicht so wichtig«, versuchte ich ihnen zu erklären. »Die glauben viel stärker als wir ans Paradies. Der Tod schreckt sie nicht. Im Gegenteil. Er ist Befreiung von irdischer Mühsal. Chalil hat zwar meinen Mut bewundert, aber bedankt hat er sich eigentlich nicht.«

»Was?« Nele war entsetzt.

»Ich glaube sogar«, fügte ich an, »dass es ihm schwerfällt, es mir zu verzeihen.«

»Was? Bloß, weil er nicht der Held war?«

Ich widersprach Nele nicht. Sie und Meike mussten Chalil nicht verstehen. Ich hatte nicht seine Ehre gekränkt, indem ich ihn rettete, sondern ich hatte ihn gezwungen, mit seiner Liebe zu mir und seiner Ohnmacht weiterzuleben, obwohl ihm davor graute. Genauso wie mir. Nur, dass er auf sich auch noch die Last seiner eigenen Schwäche ruhen fühlte. Denn an ihm lag es, sich zu entscheiden, für mich und gegen seine Familie und seine Traditionen oder gegen mich und für seine Pflichten als Scheich.

Ich sah ihn vor meinem Abflug nur noch ein einziges Mal. Spät in der Nacht und furchtbar kurz. Er war im Innenhof auf meinen Balkon gestiegen und stand plötzlich in der Tür. In seiner schönsten Gestalt, nur mit Jeans und T-Shirt bekleidet, schmalhüftig und breitschultrig. Ein Mann voller Stolz und Kraft und dennoch bescheiden und zurückhaltend. Seine Augen glühten, sein Blick überwältigte mich mit seinem wilden Schmerz, seiner Sehnsucht, seiner Verzweiflung.

Ich blickte von meiner Reisetasche auf und ließ alles fallen, was ich hatte hineintun wollen. Er machte einen raschen Schritt ins Zimmer. Dann lagen wir uns in den Armen. Er küsste mich, strich mir durchs Haar. »Königin meiner Träume«, flüsterte er. »Du bist meine Kerze und ich bin dein Nachtfalter. Dürfte ich nur in deinem Licht verglühen!«

»Du bist ein Teil von mir«, antwortete ich. »Und ich bin ein Teil von dir und wir beide sind nur die Hälfte des Ganzen. Wie sollen wir nur ...«

»Scht!«, machte er und legte mir den Finger auf die Lippen. »Hab Geduld, meine kleine *Rasala!* Die Zeit ist auf unserer Seite. Hab Vertrauen.«

Ich nickte tapfer.

»Ich werde morgen nicht mehr da sein«, sagte er. »Ich muss fort. Mein Vater wünscht, dass ich nach Teheran reise.«

»Heute Nacht?«

»Das Schiff legt in zwei Stunden ab.«

»Was hast du denn im Iran zu tun?«

»Geschäfte. Der Iran wickelt seinen Handel über Dubai ab. Elektronik von uns für den Iran, Gemüse und Teppiche für uns. Und weil der Westen demnächst seine Handelsblockaden verschärfen wird wegen des iranischen Atomprogramms, muss unsere Handelsstruktur neu organisiert werden.«

»Aber was hast du denn damit ...«

»Scht, Finja! Es hat keinen Sinn zu protestieren.«

»Dein Vater schickt dich fort wegen mir, nicht wahr? Damit wir uns nicht noch einmal sehen.«

Chalil nickte.

»Er wird niemals erlauben, dass du mich ...«

»Still, Finja!« Er küsste mich noch einmal, sanft und gebieterisch, und ich spürte die reine Kraft einer Leidenschaft, die den Tod nicht fürchtete. Obwohl es unser letzter Augenblick war, machte sich tiefe Ruhe in mir breit, ein irrationales Vertrauen in ihn und seine Welt, die für uns ein Wunder bereithalten würde. Und wenn König Salomo dazu noch einmal auferstehen musste, um die Dschinn der Wüsten und verbotenen Brunnen Arabiens zu vereinigen und zu unserer Rettung anzuführen.

Irgendwann löste er seine Lippen von meinen, seine Hände verließen mich, er trat zurück. »Ich muss gehen, Finja.« Tropfen glitzerten in seinen langen Wimpern. »Bitte, verzeih mir!«

Aber sicher, alles! Ich wollte es noch sagen, doch da klopfte es an meiner Tür und Chalil war schon draußen und über das Balkongeländer verschwunden.

Vier Jahre sind seitdem vergangen. Und alles ist ganz anders gekommen, als ich dachte. All denen, die meinen, ihr Leben sei zu Ende, wenn eine große Liebe endet, kann ich sagen: Es stimmt nicht.

»Die Zeit besteht aus zwei Tagen, der eine gewährt Sicherheit, der andere droht mit Gefahren; das Leben besteht aus zwei Teilen, der eine ist klar, der andere trübe; siehst du nicht, wenn Sturmwinde toben, wie sie nur die Gipfel der Bäume erschüttern?«

So steht es in dem Buch *Tausendundeine Nacht*, das so viele Jahre lang für Nele, Meike und mich wie eine Bibel gewesen war. Zuerst dachte ich, ich könnte es niemals aushalten. Nicht einmal schreiben durfte ich ihm. Denn es war Funda gewesen, die geklopft und Chalil verjagt hatte. Und ich hatte mir die Tränen abgewischt und ihr geöffnet. »War Chalil hier?«, war ihre erste Frage gewesen.

»Sollst du mich überwachen?« Meine Gegenfrage war mir ziemlich scharf und bitter geraten.

»Aber nein!«

Doch dann hatte sie sich mit mir in die kostbaren Ledersessel gesetzt und mir unter mitfühlenden Gesten, aber unnachgiebig als liebende Schwester erklärt, dass es für Chalils Seelenfrieden besser wäre, ich würde ihm erlauben, mich gänzlich zu vergessen. »Ich habe ihn noch nie so gesehen!«, hatte sie gesagt. »Ich dachte heute Nacht, von mir verabschiede sich ein Fremder. Chalil musste dringend nach Teheran, weißt du. Es wäre ohnehin nicht gegangen, dass er euch mit zum Flughafen bringt und sich dort von dir verabschiedet. Er liebt dich zu sehr, Finja. Ich erkenne ihn kaum wieder. Er ist nicht mehr er selbst. Er … er verrichtet nicht mehr seine fünf Gebete. Ich habe Angst um ihn. Verstehst du das? Ich habe Angst, dass er daran zerbricht. Und wenn du ihn wirklich liebst, Finja, dann hilf ihm! Mach es ihm nicht noch schwerer. Versuch nicht, mit ihm Kontakt aufzunehmen.«

»Und ich?« Mir hatten die Tränen dunkle Flecken auf die

Jeans getropft. Ich hatte tapfer sein wollen, aber ich schaffte es nicht.

»Am besten, du vergisst ihn auch. Du bist noch jung! Es kommt ein anderer. Ich weiß, das klingt zynisch. Aber es ist uns allen mal so ergangen. Mir auch. Ich dachte, ich sterbe. Aber heute bin ich gottfroh, dass nichts daraus geworden ist. Er war Amerikaner.«

Sie hatte mir eine lange Geschichte erzählt, die ich nicht hörte. Meine Gedanken waren zurückgekehrt zum Abschied von Chalil. Und ich hatte nur sein »Hab Vertrauen!« gehört. Ich hatte mich eingekapselt in diesem Gedanken: Hab Vertrauen in die Zukunft. Du wirst den Dschinn in der Flasche finden, du wirst ihn freilassen und er wird dir drei Wünsche erfüllen: Chalil, dein Glück und die Freiheit.

Am Morgen nach dem Frühstück auf dem Weg in die Garage zum Wagen, der meinen Vater und mich zum Flughafen bringen sollte, wendete Suhail sich zum ersten und letzten Mal direkt an mich. Er tat es hinter dem Rücken meines Vaters. Sein Blick aus kleinen Augen, der mich anfangs ständig verfolgt hatte – was, wie ich inzwischen wusste, eine niederträchtige Respektlosigkeit gewesen war –, bohrte sich in mein Gesicht. Und der sagte: »Flieg nach Deutschland und komm niemals wieder! Lass Chalil in Frieden! Sonst werde ich meinen Bruder vor dir zu schützen wissen!«

Heiliger Zorn stieg mir bis unter die Haarwurzeln. »Willst du selber was von mir, oder was? So, wie du mich anstarrst?«

Er fuhr zurück und begleitete uns nicht einmal mehr zum Auto. Es war ein Diener, der meinen Vater und mich zum Flughafen und ihn dann ohne mich wieder in den Palast zurückbrachte. Er kam drei Wochen später in Stuttgart an, um fünf Millionen Euro reicher, die allerdings unser Leben nicht wesentlich veränderten. Denn mein Vater war viel zu gern Professor für Ingenieurswissenschaften, als dass er seine Arbeit vor der Pensionierung aufgegeben hätte.

Mir ging es wirklich schlecht. Aber hätte ich mich damals aufgegeben, dann hätte ich dem Wunder, so unwahrscheinlich es auch erschien, jede Chance geraubt, sich zu ereignen. Und nachdem ich den Frühling überlebt hatte, sah ich die Sonne auch wieder. Der Sommer war lang und heiß. Ich bestand das Abitur und begann in Heidelberg Arabistik und Literatur zu studieren.

Kaum ein Tag verging, an dem ich nicht an Chalil dachte, auch wenn die Erinnerung mich manchmal nur wie ein Hauch anwehte, beispielsweise beim Anblick von schwarzblauen Weinbeeren oder eines Sandkastens. Aber manchmal kam sie auch knüppeldick. Wenn ich im Fernsehen den *Burdsch al-Arab* gesehen hatte, wenn mir im Internet ein Artikel über das Rub al-Chali unterkam oder wenn eine Kommilitonin mich gefragt hatte, ob ich ihr für ein Referat über die arabische Frauenbewegung nicht Kontakte vermitteln könne. Dann hockte ich abends in meiner Studentenbude und heulte oder lachte oder beides. Dann überfielen mich die Schrecksekunden der Lebensgefahren und ich durchlitt noch einmal den Horror des Moments, als im Auge der Wüste die Düne Chalil verschüttet und ich geglaubt hatte, ich hätte ihn verloren. Dann sah ich ihn vor mir, wie er sich am Bir al-Haram mit bloßen Fäusten den drei Männern entgegengestellt hatte, die mich entführen wollten, und wie er sie mit drei Schlägen außer Gefecht setzte. Und ich meinte, ihn ganz nahe zu spüren, beinahe körperlich, ich roch seinen Duft nach Sand und Myrrhe – manchmal mischte sich auch Weihrauch und Rosenduft darunter – und fühlte den feinen Haarflaum in den Kuhlen seines Beckens knapp über dem Gürtel und die festen Muskeln unter seiner Haut. Dann zog er mich an sich und küsste mich, weich und leidenschaftlich.

Im zweiten Sommer bekam ich einen Halbbruder und Jutta durfte den Ehrennamen Umm Achim tragen. Im dritten Sommer verliebte sich Markus in mich, ein Student mit blonden Locken und blauen Augen. Ich bat ihn um Bedenkzeit und dachte immerhin zwei Wochen ernsthaft nach. Chalil würde ich nie wiedersehen. Er hätte sich längst bei mir melden können, wenn er es gewollt hätte. An ihn war ja kein Verbot ergangen, den Kontakt aufrechtzuerhalten. Aber der nötige Zorn über seine Feigheit, seine Schäbigkeit – oder wie auch immer Nele oder Meike das genannt hätten – wollte sich bei mir nicht einstellen. Der Panzer blinden Vertrauens, in den Chalil mich bei unserem Abschied gehüllt hatte, hielt. Es fiel Markus schwer zu akzeptieren, dass ich noch Zeit brauchte. Unendlich viel Zeit.

Um Distanz zu ihm und Heidelberg zu schaffen, rief ich meinen Vater an und schlug ihm eine Tour in den Appenzeller Alpen vor. »Nur wir zwei, wie früher.« Inzwischen hatten wir einander verziehen, dass ich erwachsen geworden war und er seine Jutta geheiratet hatte und seinen Sohn Achim liebte, auch wenn ihm die Unruhe im Haus manchmal zu viel wurde. Jedenfalls war er sofort begeistert von der Idee, mit mir einmal wieder in die Berge zu fahren.

Ich kramte den Rucksack mit den Klettersachen aus den Tiefen des Schranks hervor. Ein Hauch von Erinnerung, eigentlich eher ein Windstoß, der mich umzuwerfen drohte, wehte mir entgegen. Ich hatte den Rucksack nie zurückgelassen bei meinem Auszug von zu Hause und meinen Umzügen in Heidelberg, aber ich hatte ihn auch nie mehr aufgemacht, seit ich mit ihm auf dem Rücken aus dem Leeren Viertel zurückgekehrt war. Sand rieselte, als ich ihn öffnete. Steigklemme, Sitzgurt, Karabinerhaken und Abseilachter steckten im Gewirr der Seile. Nur das kurze fehlte, es war unter Tonnen von Sand im Auge der Wüste zurückgeblieben.

Als ich den Wust herauszog, fiel ein kleines grünes Fläschchen auf den Boden und zerbrach.

Der Duft nach Rosen, Weihrauch und Myrrhe explodierte förmlich in meiner Dachstube mit Blick aufs Heidelberger Schloss. Er war so gewaltig und dicht, so überwältigend, dass ich meinte, ich könnte ihn als bläuliche Wolke aufsteigen und sich ausbreiten sehen.

Chalil, das Glück und die Freiheit!, dachte ich plötzlich.

Denn was da in meiner Stube waberte und nach Rosen und Weihrauch roch, war Abras Dschinn, der Schatz des Oman. »Er möge dir Glück bringen, *inschallah!*«, hatte sie gesagt. Eine große Geste, die ich nie hatte würdigen können. Ich hatte danach nie mehr an das kleine grüne Fläschchen gedacht, das sie mir geschenkt hatte, um sich für die Chance zu bedanken, die meine Geschichte von David und Abigail ihr verschafft hatte. Auf der Rückfahrt hatte sie versucht, mir den Ring, den mir Chalil geschenkt hatte, und ihm das Erzgebirgsengelchen vom Stuttgarter Weihnachtsmarkt zurückzugeben. Aber wir hatten es beide nicht angenommen. Was wohl aus Abra geworden war? Hatte sie sich in der Stadt zurechtgefunden und zu studieren angefangen, wie es ihr Traum gewesen war? Funda würde es mir vermutlich nicht übel nehmen, wenn ich sie fragte. Gleich, wenn ich von der Bergtour mit meinem Vater zurück war, würde ich ihr eine E-Mail schreiben.

Mir war, als würde es auf einmal wieder hell in meinem Kopf. Eine Heiterkeit, von der ich vergessen hatte, dass es sie gab, nahm von mir Besitz. Ich hatte einen Anlass, mit Funda Kontakt aufzunehmen. Drei Jahre waren genug des Schweigens, der Erstarrung. Und ich würde ja nicht nach Chalil fragen. Es war Zeit, zur Normalität zurückzukehren und einander unbefangen neu zu begegnen. Funda und ich hatten uns ja immer gut verstanden, wir hätten Freundinnen werden können und konnten es immer noch werden. Und eines Tages würde ich vielleicht sogar wieder nach Dubai fliegen. Arabisch konnte ich ja mittlerweile. Auch, wenn mir jetzt noch ganz schwummrig wurde bei dem Gedanken, dass ich Chalil begegnen würde, verheiratet mit einem halben Dutzend Kindern mit rabenschwarzen Schöpfen und kohlschwarzen Augen, er selbst schwerer geworden und langsamer unter der Last von Pflichten, Geschäften und Würden, ausgestattet mit dem markanten kurzen Bart der Scheichs und distanziert wie alle Scheichs den Frauen gegenüber, die nicht zu ihrer Familie gehörten.

»Alles gut, Spätzelchen?«, fragte mein Vater, als ich ihn mit dem Auto in Stuttgart abholte.

»Bestens!«

Er musterte mich und nickte. Ich spürte seine Erleichterung. Ich bin sicher, er dachte: Endlich hat sie es überwunden. Und so ganz unrecht hatte er nicht. Etwas war anders geworden. Nicht nur meine Studentenbude in Heidelberg war imprägniert vom Duft nach Weihrauch, Wildrose und Myrrhe, es quälte mich auch nicht mehr, wenn ich an Chalil dachte. Es tat nicht mehr weh.

»Hast du das in der Zeitung gelesen?«, fragte er. »Vor zwei Wochen hat es zum ersten Mal eine Frau in die TV-Show *Dichter für Millionen* geschafft. Das ist ...«

»... *Deutschland sucht den Superstar* auf Arabisch, ich weiß, Papa. Anmutige junge Männer tragen einem Millionenpublikum Beduinen-Oden vor.«

»Und jetzt war zum ersten Mal eine Frau im Finale, sie heißt Hissa Hilal und stammt aus Saudi-Arabien. Und das

Erstaunlichste: Sie trägt nicht diesen altmodischen Kitsch vor, sie kritisiert die Religionsführer, und zwar ganz unverblümt. Stell dir das vor. Hissa Hilal sagt solche Dinge wie: ›Die Mullahs sitzen auf ihren Thronen und wildern wie Wölfe unter den Menschen, die nur Frieden suchen. Sie sind böse in der Stimme, barbarisch im Denken, wütend und blind, gehüllt in den Tod als Gewand und zusammengeschnürt von einem Gürtel.‹ Womit der Sprengstoffgürtel der Selbstmordattentäter gemeint ist. Und so eine haben die Leute bis ins Finale gewählt. Sie hat zwar dann die Million nicht gewonnen, aber immerhin … ! Es bewegt sich was, Finja!«

Ich dachte an Funda und die Töchter von Semiramis. »Wir wollen die Stimme erheben und Gesicht zeigen.« Jetzt hatte Hissa den arabischen Frauen eine Stimme gegeben. Ihr Gesicht allerdings hatte sie bei der Show nicht gezeigt. Sie war vollständig in Schwarz verschleiert aufgetreten. Ich hatte das Bild in der Zeitung gesehen.

Eine Woche lang stiegen mein Papa und ich in den Appenzeller Alpen herum. Am Sonntag schauten wir auf dem Säntis in sechs Länder: die Schweiz, Deutschland, Österreich, Liechtenstein, Frankreich und Italien. Beim Abstieg nach Ebenalp auf halbem Weg stolperte mein Vater über einen der Stöcke, den ein uns entgegenkommender Wanderer nicht recht unter Kontrolle hatte, trat fehl und verdrehte sich das Knie. Es war nicht mehr daran zu denken, dass er aus eigener Kraft würde absteigen können.

Es blieb mir nichts anderes übrig, als die Bergrettung um Hilfe zu bitten. Und die versprach uns einen Hubschrauber.

Die Sonne stand bereits tief, um uns gipfelten die Alpen, der Bodensee lag still und dunkel in der Ferne.

»Das lasse ich mir gefallen«, bemerkte mein Vater. »Bei dieser grandiosen Aussicht auf einen Hubschrauber zu warten, der uns runterbringt.« Schmerzen hatte er nicht, wenn er das Bein ruhig hielt.

»Vielleicht ist ja das Kreuzband auch gar nicht gerissen«, überlegte er. »Eine Dehnung ist auch sehr schmerzhaft.«

Chalil hätte es gewusst, dachte ich.

»Sag mal, Spätzelchen?«

»Ja?«

»Darf ich dich mal was fragen?«

Ich ahnte, worum es ging. »Du darfst, Papa.«

»Was ist eigentlich nun mit dir und Chalil?«

»Das weißt du doch. Nichts ist.«

»Hat er sich nicht bei dir gemeldet? Nie wieder?«

Ich schüttelte den Kopf.

»Ich muss dir etwas gestehen, Finja.«

»Was?« Mein Herz begann zu klopfen wie schon lange nicht mehr.

»Ich habe, nachdem du aus Dubai abgeflogen warst, Chalil dringend gebeten, dich in Ruhe zu lassen, für mindestens drei Jahre.«

Ich überlegte, ob ich ihm dafür böse war. Ich war es nicht.

»Bitte, versteh mich richtig, Finja«, erklärte er. »Ich wollte nur, dass du zur Besinnung kommst. Nicht alles, was man mit sechzehn empfindet, hat Bestand. Und es wäre eine sehr schwerwiegende Umwälzung deines Lebens gewesen und meines. Ich war der Meinung, dass du zu jung warst, um wirklich beurteilen zu können, worauf du dich einlässt.«

»Hm.«

»Bist du mir böse?«

»Nein, Papa. Funda hat mich übrigens um etwas ganz Ähnliches gebeten, zum Schutz ihres Bruders, und Suhail hat mich regelrecht bedroht. Ihr hattet alle miteinander solche Angst.«

Mein Vater nahm meine Hand.»Und ... und wie siehst du das heute?«

»Eure Angst war völlig unnötig. So sehe ich das heute. Wir beide waren uns immer bewusst, dass es nicht einfach werden würde bei unseren kulturellen Unterschieden. Aber ... schlimm finde ich es – wirklich schlimm, Papa –, dass wir es nicht haben versuchen dürfen. Und ...« Ich blickte ihn an. »Und es hat sich nichts geändert, Papa. Ich liebe Chalil immer noch. Und wenn ich könnte, wenn ich wüsste, dass er ...«

»Und er hat sich wirklich nie bei dir gemeldet?«, unterbrach er mich.

Es war etwas in seinem Blick, das mich stutzig machte. »Warum hätte er sollen?«

»Weil ...verdammt!« Mein Vater verzog das Gesicht, denn er hatte aus Versehen das Bein angezogen. »Weil Chalil ... nun ... wie soll ich dir das erklären, ohne dir erneut wehzutun?«

»Ich weiß nicht, ob mir noch was wehtun kann, Papa.«

»Da kennst du das Leben schlecht, fürchte ich. Aber gut. Ich finde, du musst es wissen. Nachdem du abgeflogen warst und Chalil aus dem Iran zurückgekehrt war, ist er direkten Weges zu seinem Vater marschiert und hat ihm ... nun ja, den Gehorsam aufgekündigt. Natürlich hat die Familie versucht, es vor mir zu verbergen, aber Funda hat mich gnädigerweise mal beiseitegenommen und mir erklärt, warum alle so durch den Wind gewesen waren in den letzten drei Wochen. Chalil hat von seinem Vater die Entlassung aus den Pflichten des Erstgeborenen erbeten. Es ist Scheich Nasser nicht leichtgefallen, das kann ich dir sagen. Aber letztlich hat bei ihm das Mitgefühl gesiegt. Er hat Chalil zugestanden, seine Angelegenheiten im Einklang mit der Familienehre zu regeln. Da gab es wohl eine Verlobung mit irgendeiner saudischen Prinzessin ... Hast du das gewusst?«

Das leise Knattern eines sich nähernden Hubschraubers war jetzt zu hören.

»Ja, das habe ich gewusst.«

»So? Nun gut. Jedenfalls, als ich dann nach Hause fliegen musste, war man an dem Punkt angelangt, dass Suhail Chalils Aufgaben übernehmen sollte, also die ganzen Geschäfte mit den Industrieanlagen und den Handelsschiffen und was weiß ich noch alles. Den *Zakat*-Fond verwaltet Scheich Nasser weiterhin persönlich.« Mein Vater unterbrach sich. »Hörst du das auch? Ein Hubschrauber. Ah, da kommt er. Es ist ein roter. Das ist er.«

Er fing an zu winken.

»Und Chalil?« Ich konnte nicht verhindern, dass meine Stimme zitterte.

»Er hat den Palast verlassen, um ... He! Hier sind wir? Der wird doch nicht abdrehen?« Mein Vater versuchte aufzustehen. »Sehen die uns denn nicht?«

»Doch, die sehen uns! Bleib sitzen!«

Der Hubschrauber schwenkte auf uns zu und senkte sich zu uns nieder. Die Sonne stand inzwischen so tief, dass sie den weißen Bauch des Hubschraubers mit dem roten Kreuz von unten beleuchtete. Die Rotorblätter fegten Staub und Steinchen hoch. Ich schaute mich um. Weder auf dem Grat noch auf dem schrägen Hang würde er landen können.

Der Helikopter blieb also in der Luft stehen und ein Mann in roter Jacke und mit Koffer ließ sich an einem Seil herab. Er kam zu uns und begann mit ersten Untersuchungen am Knie meines Vaters. Währenddessen fuhr das Seil wieder hoch und ein zweiter Retter ließ sich herab.

»Au!«, sagte mein Vater.

»Und das? Tut das auch weh?«

Mein Vater stöhnte. »Ja-ha!«

»Ist vermutlich was gerissen«, bemerkte der Retter. Er schaute sich nach seinem Kollegen um, der eben herbeigelaufen kam.

Ich blickte hoch. Und erstarrte, erschrak, war vom Blitz getroffen und vom Donner gerührt, gelähmt.

Unter Tausenden hätte ich diese Gestalt wiedererkannt, und wenn meine Augen und mein Verstand zu blöd gewesen wären zu glauben, was ich sah, mein Körper teilte es mir mit: Mein Herz begann zu pochen, heiße und kalte Schauer rasten mir den Rücken hinunter, Gänsehaut floss über meine Arme. Sie waren mir so vertraut: die kraftvolle Leichtigkeit der Bewegungen, das freundliche Lächeln auf dem schönen Gesicht mit den scharfen dunklen Augen unter schwarzen Brauen und der Narbe am Kinn vom Prankenhieb des Arabischen Leoparden.

»Chalil!«

Er stockte, er stoppte. Die untergehende Sonne blitzte in seinen Augen. Sie leuchtete erbarmungslos aus, was sich auf seinem Gesicht abspielte: Erschrecken erst, ein Anflug von schlechtem Gewissen, dann blankes Erstaunen, schließlich helle Überraschung und tiefe Freude.

Im nächsten Moment setzte er seinen Weg fort und kniete neben seinem Kumpel bei meinem Vater nieder. »Hallo, Professor!«, sagte er.

»Chalil, ja, zum Teufel, wo kommst du denn her?«, antwortete mein Vater.

»Ich studiere Medizin in Zürich und arbeite in den Semesterferien bei der Schweizerischen Rettungsflugwacht.«

Jetzt schaute er zu mir herüber. Es war eine große Klarheit

in seinen Zügen. Keine Spur von senkrechten Häkchen zwischen seinen Brauen. Sein Blick war offen und direkt. Und fragend.

Ich war so durcheinander, dass ich froh war, dass er sich erst einmal dem Knie meines Vaters widmete. Er untersuchte das Gelenk, ohne dass mein Vater auch nur einmal Au sagte.

»Nichts gerissen«, stellte er fest. »Aber das Innenband ist überdehnt. Du musst sechs Wochen Ruhe halten. Wo habt ihr euer Hotel?«

»In St. Gallen.«

Inzwischen rollten meine Gedanken wie Mühlsteine: Chalil war in Zürich und hatte sich nicht bei mir gemeldet? Die drei Jahre, um die mein Vater ihn gebeten hatte, waren seit einem halben Jahr vorbei. Das also war es gewesen, was meinen Vater so beunruhigt hatte. Deshalb hatte er befürchtet, mir wehzutun, wenn mir klar wurde, dass Chalil mich doch schlussendlich – zermürbt vom Kampf aller gegen unsere Liebe – vergessen hatte, zumindest aber nach Ablauf der drei Jahre nicht mehr das Bedürfnis verspürt hatte, mit mir Kontakt aufzunehmen. Ein Schmerz in der Tat, der alles überstieg, was ich bis dahin gekannt hatte. Denn das wäre wirklich das Ende. Dann blieb keine Hoffnung mehr übrig. Dann konnte kein Wunder mehr geschehen und der Dschinn aus Abras Fläschchen verspottete mich nur. Dann war alles nur Illusion gewesen, eine Fata Morgana, der ich bis heute nachgelaufen war, ohne zu merken, dass sie sich unaufhörlich von mir entfernte.

»He!«, sagte mein Vater. »Finja, nimmst du meinen Rucksack?«

Chalil und sein Kollege hatten das Bein meines Vaters geschient, ihm aufgeholfen und waren nun dabei, ihn in den Tragesitz zu schnallen, in dem er zum Hubschrauber hochgezogen werden würde. Chalils Kollege hakte sich ebenfalls ein. Beide fuhren hoch zum Hubschrauber.

Ich schaute ihnen so lange hinterher, wie ich konnte, und länger, während in mir das Herz pochte und heillose Verwirrung herrschte.

»Finja«, hörte ich die tiefe, sanfte Stimme mit dem leichten schweizerdeutschen Akzent, »Finja.«

Und ich fühlte seine Hand sich um meine schließen, warm und fest, gebieterisch geradezu.

»Dein Vater wird sicher oben ankommen. Wir machen das nicht zum ersten Mal. Bitte, schau mich an.«

Ich schaute ihn an. Und mir wurden die Knie weich. »Wie lange ...« Augen zu und durch. Ich holte tief Luft. »Wie lange wolltest du noch warten, bis du dich bei mir meldest?«

Er runzelte die Stirn.

»Mein Vater hat dich gebeten, mir drei Jahre Zeit zu lassen. Aber die sind seit Weihnachten vorbei.«

»Und dir hat er verboten, mir zu schreiben? Oder wie? Und du hast ihm sogar gehorcht?« Er lächelte ungläubig. Sogar ein wenig bitter.

Und plötzlich verstand ich. »Nein, Chalil. Mein Vater hat mir das alles eben erst erzählt. Aber deine Schwester Funda, die hat mich dringend gebeten, dich in Ruhe zu lassen. Damit du nicht zerbrichst und dir nicht untreu wirst und wieder ... wieder zurückkehrst zu den fünf Gebeten am Tag. Wenn ich dich wirklich liebe, hat sie gesagt, dann müsse ich dich in Frieden lassen.«

»Oh Gott, Finja! Und ich ...« Er wankte. Der Mann, den nichts aus dem Gleichgewicht bringen konnte, hielt sich plötzlich an mir fest.

»Und du hast wirklich gedacht, ich hätte mich von dir abgewandt, oje, Chalil?«

Er senkte beschämt den Blick. »*Asif*, verzeih!«

Das Seil mit den Transportsitzen fiel neben uns auf den Boden. Und ich war es, die Chalil dorthin führte. Mit zitternden Händen begann er, mich festzugurten. Als er dann sich selbst festmachte, hatte er seine Ruhe wieder gefunden. Er legte den Arm um mich und zog mich an sich. Ich spürte, wie sein Herz schlug.

So fuhren wir empor zum Hubschrauber.

Lehmann, Christine:
Die Rose von Arabien
ISBN 978 3 522 50217 7

Einbandgestaltung und -typografie:
Gundula Hißmann und Andreas Heilmann, Hamburg
Innentypografie: Marlis Maehrle
Schrift: Esprit book und Vineyard
Satz: KCS GmbH, Buchholz/Hamburg
Reproduktion: immedia 23, Stuttgart
Druck und Bindung: Friedrich Pustet, Regensburg
© 2010 by Planet Girl Verlag
(Thienemann Verlag GmbH), Stuttgart/Wien
Printed in Germany. Alle Rechte vorbehalten.
5 4 3 2 1°   10 11 12 13

www.planet-girl-verlag.de
www.lehmann-christine.de